新版 アメリカ文学史
コロニアルからポストコロニアルまで

別府恵子/渡辺和子編著

ミネルヴァ書房

新版『アメリカ文学史：コロニアルから
ポストコロニアルまで』出版にさいして

『アメリカ文学史：植民地文学からポストモダンまで』を出版して，10年の歳月が流れた。20世紀最後の10年間，それまで以上に，政治，文化，経済的変化が加速された。とくに1989年，東西ドイツを隔てていたベルリンの壁が崩壊し，米ソの冷戦時代に幕が閉じられ，アメリカ一頭の世界情勢が生まれた。一方で，世界各地で民族紛争が噴出，あらたな独立国が設立した10年であった。植民地支配の終焉，第二次世界大戦の決着がようやく進み，香港，マカオ，パナマ運河の管理がそれぞれ主体国に返還される。

15, 6世紀にはじまったヨーロッパ列強国による植民政策の結果，17世紀初頭に北米大陸に英国植民地が誕生した。1783年，英国植民地が本国から独立して欧米系白人の「アメリカ合衆国」が建設された。この10年間における世界の動向は，「アメリカ合衆国」の始まりをあらためて問う契機を提供する。20世紀は，モダニズムで始まり「ポストモダン」を経て，ポストコロニアル時代をもたらし，多文化主義の社会を形成してきたのである。

そこでこのたび，変容する歴史，社会のコンテクストのなかで「アメリカ文学史」の読み直しをおこなうことにした。『アメリカ文学史』の副題を『コロニアルからポストコロニアル』として，次のような点を配慮して本書を改訂，増補して新版『アメリカ文学史』を出版することになった。

- アメリカの歴史を北米大陸の先住民の歴史からとらえ，ヨーロッパ列強国の植民地支配の歴史を加えて，その記録文学を対象のなかに入れた。すなわち，文学史の時代区分は旧版を踏襲したが，「第Ⅰ部　1620—1820」を，コロンブスの「新大陸発見」以前を踏まえ，「1492—1820」とした。
- 全体にジェンダー，人種，階級などの差異の視点を入れて，各章に加筆修正を加えた。
- とくに，「第Ⅴ部　1945—現代」においては，この10年間の新しい文学（小説，詩，劇），批評の主な動きを大幅に加筆した。

・なお，呼称や表記上，多文化主義の視点から「インディアン」「黒人」などについては「先住民」「アフリカン・アメリカン」と書き換えたが，歴史／時代的コンテクストから旧版のままにした場合もあることを断っておく。

　旧版と同様に，本書がアメリカ文化／文学，ひろくアメリカ社会に関心をもつ読者の参考になれば幸いである。
　1999年12月

　　　　　　　　　　　　　　　　　　　　　　　　　　編　　者

はしがき——序にかえて

　本書は、アメリカ文学を学ぶ人たちのために編集されたアメリカ文学史の概説書である。

　文学史のとらえ方は、アメリカという国の独自性・伝統をどこにみるか、変化していく評価をどこにおくかによっておのずと異なってくるであろう。そのためかこれまでにもそれぞれに工夫がなされた「アメリカ文学史」が、多く編まれてきた。本書もこの点に留意して、時代や作家が必然的に与えてくれる視点、さらに執筆者の個々の視点をとおして、作家の存在の意義づけを多角的にとらえることを試みた。さらに、さまざまな文学的アプローチが試みられている1980年代末という時点からみて、作家とその作品が時代の流れのなかでそれぞれにどのような意義があったかを浮かびあがらせ、そのとらえ方や解釈に少しでも新しい視点を提供するように努めた。

　アメリカ合衆国において自国の文学史が成立してまだ一世紀にも満たない。1920年代でもなお、アメリカ文学は多くの大学ではイギリス文学の一部であって、独立した学問体系にはなっていなかった。一方、ＭＬＡ（全米近代言語学会）で最初のアメリカ文学のセクションが開かれ、*American Literature*（1929—　）誌が創刊され、最初の文学史『ケンブリッジ・アメリカ文学史』（*The Cambridge History of American Literature*, 1917）が編まれたのもその頃であった。つまり、この頃アメリカ文学史は批評家や研究者によって意図的につくられたのだった。さらに大学でアメリカ文学が採用されるにつれ、教授陣が主に白人男性であったために、白人男性作家がアメリカ文学史を占めるようになったという歴史的事実を忘れてはならないだろう。1950年代になると女性、少数民族の作家が排除される傾向はいっそう顕著となった。

　しかし、1960年代から70年代に公民権運動、大学紛争、女性解放運動などが起こり、大学のカリキュラムが解体、再編成されるにともない、アメリカ文学史においても西欧系の白人男性作家中心の傾向がゆらいできた。アメリカの歴史が、いわゆるコロンブスの「アメリカ発見」からはじまるとみなすこ

との誤謬も，インディアンと呼ばれるアメリカ先住民の文化，文学の見直しによって指摘された。このような状況から「アメリカ文学の再構築」が模索されている。そしてアメリカ文学が西欧系白人男性だけではなく，これまで沈黙させられてきた民族，女性の文学を含むべきであるということが，「黒人研究」，「エスニック研究」，「フェミニスト文学批評」，「カルチュラル・スタディ」などによって主張されている。1980年代半ばには，その成果の一端があらわれはじめ，ノートン，ケンブリッジ，マクミラン社などアメリカの大手出版社があい次いでアメリカ文学作品集を改編し，『コロンビア・アメリカ合衆国文学史』(Columbia Literary History of the United States, 1988) のような新しい文学史が出版された。

いま文学史を編集するさいにこのような動きを無視するわけにはいかないが，しかし文学史の情報としては従来の文学史を否定することもできないだろう。本書では以上のような動向をふまえて，これまで重要とみなされた作家とその作品，さらに基礎的な文学史上の事項を一とおり網羅しながらも，さらにこれまであまり重視されなかった作家や作品もとりあげるように努めた。

本書の構成は，アメリカ合衆国の植民地時代から1987年までを，文学に直接，間接に少なからず影響をおよぼしたと思われる戦争，つまり独立戦争，南北戦争，第一次，第二次世界大戦を節目に，第Ⅰ部：1620—1820，第Ⅱ部：1820—1865，第Ⅲ部：1865—1914，第Ⅳ部：1914—1945，第Ⅴ部：1945—現代の五部に分けた。各部の冒頭には，「時代思潮」として，その時代の政治，経済，宗教，文化の流れを概観し，文学をつくりだすそれぞれの時代背景を素描した。

さらに各時代の文学を小説，詩，散文，劇，批評という文学ジャンル別にとりあげた。これらのジャンル配分は時代によって異なり，歴史書，説教，日記など記録文学が中心だった第Ⅰ部や，散文のジャンルがきわだった第Ⅱ部，また詩がほとんどめだたず，欠落している第Ⅲ部，批評が文学研究の主流の一つになるほど隆盛を極める現代まで，時代に即応したジャンル配分を考慮したつもりである。また，これらのジャンル別の章の冒頭には，「概観」を設けて，そのジャンルにおける文学の流れとその特徴についての概説を付

記した。

　本文は，ジャンル別の章分けのなかをさらに細かく分けられた時代にそって作家別に区分した。そのなかでアメリカ合衆国の揺籃期から独立を経て，変動期から世界大国としての確立期の文学を，作家論を中心に叙述した。というのも，個々の作家の登場がおのずと文学史を織りなしていくと考えるからである。しかし，第二次世界大戦以降についてはなお作家の評価も流動的なので，作家論よりも同時代の作品群がつくりだす文学の傾向に注目した作品論となっている。こうして本書の副題を「植民地文学からポストモダンまで」とした。

　このような構成からなる本書にも文学史作成上の問題点がいくつかあり，それに対する創意も本書では試みた。まず，紙数が限られているためにどの時代，どのジャンルにしても存分に作家論が展開させられるとはかぎらない。そこで作家を羅列するよりも，各時代を代表していると思われる作家とその作家の特徴を浮かびあがらせると思われる作品に焦点をあてた。また作家に関しては，文学史辞典を参照すれば明らかになるような事実の紹介はなるべく割愛した。

　次に，戦争によって分けられた時代区分も，それらが統一された一つの文学の流れのなかにあるのではなく，多様な異なる流れが入りくんでいる。さらに，文学の流れを包括的な潮流としてみることと個別の作家，作品の分析とは必ずしも一致せず，流れに逆らうことを特徴とする作家も多い。いくつかのジャンル，文学潮流にまたがり，地域性を特徴とする作家もいる。これらを補うために，同時代作家を示すジャンル別の作家の生没の年表，作品の出版年と背景となる主な出来事を組み入れた年表，アメリカの文学を地域的に理解するための合衆国地図，英語名を付記した作家，および作品，重要事項を網羅した索引を付した。また年表には，各年のアメリカ文学の批評家や読者の評価を反映していると思われるピューリッツァ賞，全米図書賞を受けた作品を明示してある。これらの資料はアメリカ文学史を時代と地域にわたって多層的に理解するための一助となるであろう。

　このような点から，本書は文学史やアメリカ文学セミナーなどのテキストとして最適であろう。本書がアメリカ文学の入門者，研究者にとってさらに

研究の糸口を開いてくれることになれば幸いである。

　最後に，限られた枚数のなかで各章に新しい視点を入れるように苦慮されながら，健筆をふるってくださった執筆者の方がたに感謝したい。そして全体のバランスから完成原稿を削除，変更してもらった箇所があったことを申しそえておく。また，ミネルヴァ書房の杉田啓三氏には編集にかかわる貴重な助言をいただいたことを述べて，感謝の意を表したい。

　1989年3月

編　　者

目　次

新版『アメリカ文学史：コロニアルからポストコロニアルまで』出版にさいして
はしがき——序にかえて
地　図

I　1492—1820

〈時代思潮〉　新大陸の発見…(2)　北アメリカの探険…(2)　植民地の創設…(3)　植民地における分離主義と非分離主義…(4)　マサチューセッツ湾植民地における非分離主義…(4)　ピューリタニズムの衰退…(5)　拡大する新大陸と啓蒙思想…(5)　大覚醒…(6)　アメリカ革命…(7)　合衆国憲法と領土の発展…(7)

第1章　散　文——9

〈概説〉　先住民の口承文学…(9)　探険者による記述…(9)　記録文学…(9)　ピューリタンの文学…(9)　独立期の文学…(10)

1　16世紀——先住民の時代　10
　(1)　**先住民の文化**　10
　(2)　**コロンブスと探険者たち**　11　スペインの威力…(11)　先住民との交流…(11)

2　17世紀前半——新大陸探険とピューリタニズムの時代　12
　(1)　**スミス，ヒギンスン，バード**　12　スミスと紀行文…(12)　北部のヒギンスン…(13)　バードと新大陸像…(13)
　(2)　**ブラッドフォード，ウィンスロップ，コットン**　13　『プリマス植民地』…(13)　「丘の上の町」…(14)　回心体験告白…(15)　日記文学…(15)　「空白の土地」…(15)

3　17世紀後半——ピューリタニズムの衰退　16
　(1)　**インクリース・マザー，ローランドスン，シューアル**　16　「エレミアの嘆き」…(16)　ローランドスンとピューリタン信仰…(17)　シューアルの

7

　　　　『日記』…(18)
　（2）　コットン・マザー　18　『不可視の世界の驚異』…(18)　『アメリカにおけるキリストの大いなる御業』…(19)
4　18世紀前半——理性の時代　20
　（1）　エドワーズ　20　「怒れる神の手のなかの罪人たち」…(20)　エドワーズの評価…(20)
　（2）　フランクリン　21　ヤンキーの父…(21)　『自叙伝』その他…(22)
　（3）　ウールマンとバートラム　23　『ウールマンの日記』…(23)　『バートラムの旅行』…(23)
5　18世紀後半——アメリカ独立の時代　23
　（1）　トマス・ペイン　23　『コモン・センス』と『人間の権利』…(23)　『理性の時代』…(24)
　（2）　ジェファスンと連邦主義者たち　24　独立宣言…(24)　『ヴァージニア覚え書』…(24)　ジェファスンの理神論…(25)　連邦主義者たち…(25)
　（3）　クレヴクールとブラウン　25　「アメリカ人とは何か」…(25)　アメリカ小説の父…(26)

第2章　詩——27

〈概説〉　ピューリタン的想像力…(27)　新天地の歌…(27)
1　17世紀——植民地時代　28
　（1）　ブラッドストリート　28　詩作する女性…(28)　女性としての視点…(29)
　（2）　テイラー　29　瞑想詩と形而上詩の伝統…(29)　「洪水に寄せて」…(30)
2　18世紀——共和国形成時代　30
　（1）　フリノー　30　アメリカ独立革命の詩人…(30)　ロマン主義詩人の先達…(30)
　（2）　バーロウ　31　偉大なアメリカの叙事詩…(31)　冗長な詩の雄大な構想…(31)
　（3）　フィリス・ウィートリ　31　「黒人文学の母」…(31)　敬虔な宗教心と愛国的言説…(31)

目　次

II　1820—1865

〈時代思潮〉　国民意識の高揚…(34)　民主主義の確立…(35)　新しい思想…(35)　超越主義思想…(36)　マニフェスト・デスティニィ…(37)　南北対立の表面化…(37)

第1章　散　文——39

〈概説〉　国民文学を求める声…(39)　コンコードの超越主義グループ…(39)
1　超越主義の時代（I）　40
　（1）　エマスン　40　『自然論』…(40)　「アメリカの学者」…(40)　「神学部講演」…(41)　「自己信頼」…(41)　自然の位置と役割…(42)　「対応」の原理…(43)
　（2）　ソロー　44　全体像…(44)　自然観…(44)　野性…(45)　『ウォールデン』の構成とテーマ…(45)　「市民としての抵抗」…(47)　ネイチャーライティングの始祖…(47)
2　超越主義の時代（II）　48
　（1）　エマスンの周辺作家——チャニング　48　人間尊重の先駆者…(48)　奴隷制反対論…(49)
　（2）　エマスンの周辺作家たち——オールコットとフラー　50　実践的超越主義者オールコット…(50)　フェミニズムの先駆者フラー…(51)

第2章　小　説——53

〈概説〉　アメリカ小説の誕生に向けて…(53)　アメリカ小説の誕生——同時代へのアンチテーゼ…(53)　象徴主義と小説における新たな試み…(54)　女性作家と家庭小説…(54)
1　ロマン主義時代（I）　54
　（1）　アーヴィング　54　イギリスへの郷愁と現実からの逃避…(54)　人生の傍観者…(55)
　（2）　クーパー　56　クーパーの現状認識…(56)　『革脚絆物語』…(56)　アメリカ神話の批判…(57)

2　ロマン主義時代（II）　58
  （1）ポー　58　閉ざされた空間…(58)　葛藤を欠いた一人芝居…(58)　「穽と振子」…(59)　感性と知性の共存…(59)　批評家ポー…(60)　ポーの再評価…(60)
  （2）ホーソーン　61　ピューリタンの過去…(61)　ロマンスと心の真実…(61)　「僕の親戚，モリノー少佐」…(62)　『緋文字』…(62)　『七破風の屋敷』…(63)
  （3）メルヴィル　64　水夫体験…(64)　「人間は天使か犬か」…(64)　時代批判と孤立…(65)　実験小説…(65)　『白鯨』…(66)

第3章　詩──68

〈概説〉「伝統派」と「実験派」…(68)　南北戦争の詩…(68)

1　ロマン主義時代（I）　69
  （1）ポーとエマスン　69　ポーの「詩の原理」…(69)　詩人としてのエマスン…(69)
  （2）ブライアント，ロングフェロー，ホイッティア　70　「アメリカ詩の父」…(70)　「水鳥に寄せて」…(70)　「アメリカ国民詩人」…(71)　ロングフェローの功績…(71)　"Schoolroom Poet"…(72)

2　ロマン主義時代（II）　73
  （1）ホイットマン　73　ホイットマンの現代性…(73)　リンカーン追悼詩…(74)　アメリカの叙事詩…(74)
  （2）ディキンスン　75　ディキンスンの現代性…(75)　ディキンスンの自然詩…(76)　愛と死のテーマ…(77)　ディキンスンと現代女性詩人…(77)

III　1865─1914

〈時代思潮〉南北戦争後の近代化…(80)　産業化と都市化…(80)　金メッキ時代…(82)　労働運動の激化…(82)　革新時代…(83)　資本主義，市民文化，消費文化の形成…(84)

第1章 小　　説 ── 86

〈概説〉　南北戦争後のアメリカ文学…(86)　リアリズム文学の形成…(86)　ジャーナリズム，大衆文学の形成…(86)　地方色文学の形成…(87)　女性作家の活躍…(87)　自然主義文学の形成…(88)

1　リアリズム文学の時代（Ⅰ）　88

（1）**トウェイン**　88　新しい文学の誕生…(88)　『ハックルベリー・フィンの冒険』…(89)　金メッキ時代の文明批判…(90)　晩年のトウェイン…(91)

（2）**ジェイムズ**　92　ジェイムズ文学の誕生…(92)　異文化体験…(93)　心理的リアリズム小説…(94)　金銭の世界…(95)　ジェンダーとアメリカ女性…(95)

（3）**ハウエルズ**　96　批評家ハウエルズの小説…(96)　『卑近な事例』…(97)　『サイラス・ラパムの向上』…(97)　社会風俗的リアリズム…(98)

（4）**アダムズ**　99　歴史家アダムズ…(99)　『ヘンリー・アダムズの教育』…(99)　金メッキ時代批判の小説…(100)

2　リアリズム文学の時代（Ⅱ）　100

（1）**地方色文学**　100　地方色文学とハート…(100)　地方色作家たち…(101)

（2）**ニューイングランドの地方色作家たち**　102　ストーと地方色文学…(102)　ジュエット…(102)　フリーマン…(104)

（3）**ショパン，ギルマン，ウォートン**　105　ショパンと『めざめ』…(105)　ギルマン…(106)　ウォートン…(106)　『歓楽の館』…(107)　『ジ・エイジ・オヴ・イノセンス』…(108)

3　自然主義文学の時代　109

（1）**クレインとノリス**　109　自然主義文学の台頭…(109)　クレイン…(109)　ノリス…(111)

（2）**ドライサーとロンドン**　111　ロンドン…(111)　ドライサー…(112)　キャリーの「欲望」…(112)　『アメリカの悲劇』…(113)

第2章 劇 ── 115

〈概説〉 植民地時代の演劇…(115) 革命時代とそれ以降の作家…(115)
1 アメリカ演劇の先駆者たち　116
　ヨーロッパ劇の模倣…(116)　ブーシコールト…(116)　デイリー…(116)
　ハワード…(117)　ベラスコ…(117)
2 マッケイとムーディ　117
　マッケイ…(117)　ムーディ…(118)

Ⅳ　1914—1945

〈時代思潮〉 両大戦のはざま…(120)　狂乱の20年代…(120)　1920年代の影…
　(121)　ジャズエイジ…(122)　崩壊…(123)　苦難の時代…(124)

第1章 小　　説 ── 125

〈概説〉 アメリカ文学の国際化・普遍化…(125)　アメリカ文学の深化…(125)
　文学をめぐる状況…(125)　20年代と30年代の文学…(125)
1 モダニズムの時代　126
　（1）キャザーとスタイン　126　キャザー…(126)　スタイン…(127)
　（2）ルイスとアンダスン　128　ルイス…(128)　アンダスン…(129)
2 1920年代　130
　（1）フィッツジェラルド　130　ジャズ時代の物語…(130)　『偉大なるギャ
　　ツビー』…(132)
　（2）ヘミングウェイ　133　個と全体…(133)　『ニック・アダムズ物語』…
　　(134)
　（3）フォークナー　136　ヨクナパトーファの内と外…(136)　「熊」…(137)
　（4）ドス・パソスと「ハーレム・ルネサンス」　139　ドス・パソス…(139)　『U
　　SA』三部作…(139)　「ハーレム・ルネサンス」…(139)
3 1930年代　140
　（1）ウルフとコールドウェル──南部の作家たち　140　ウルフ…(140)　コ
　　ールドウェル…(141)

目 次

（2） ファレルとオルグレン──中西部の作家たち 141 『スタッズ・ロニガン』三部作…(141)　オルグレン…(142)

（3） スタインベックとサロイアン──西部の作家たち 143 スタインベックの主要作品…(143)　サロイアン…(144)

（4） ミラーとウェスト 145 ミラー…(145)　ウェスト…(145)　その他…(146)

第2章　詩──147

〈概説〉　アメリカ詩のルネサンス…(147)　「シカゴ・ルネサンス」…(147)　モダニスト…(147)　「ハーレム・ルネサンス」と「サザン・ルネサンス」…(147)

1　アメリカ詩確立の時代 148

（1） シカゴ・ルネサンスの詩人たち 148　シカゴ・ルネサンス…(148)　マスターズ…(148)　『シカゴ詩集』…(149)　リンジー…(150)

（2） モダニズムの先駆者たち 151　伝統と新しい声…(151)　フロスト…(152)　『ボストンの北』…(152)　ジェファーズ…(153)

2　モダニズムの時代 154

（1） パウンド 154　パウンドのモダニズム…(154)　『キャントーズ』…(155)

（2） エリオット 155　『荒地』…(155)　『四つの四重奏』…(156)　スタイン…(157)

（3） 瞑想と凝視の詩人たち 157　スティーヴンズ…(157)　ウィリアムズ…(158)　『パタスン』…(158)

3　モダニズム展開の時代 159

（1） ムア，カミングズ，クレイン 159　アメリカ現代詩…(159)　ムア…(159)　ワイリー，ミレー，パーカー…(160)　カミングズ…(160)　クレイン…(161)　ハーレム・ルネサンス…(162)

（2） 新批評の詩人たち 162　サザン・ルネサンス…(162)　ランサム…(162)　テイト…(163)　ウォレン…(163)

第3章　劇──164

〈概説〉　ヨーロッパの新劇運動の影響…(164)　アメリカにおける小劇場…(164)

13

大学付属劇場…(165)　1920—30年代の劇作家…(165)
1　1920年代　165
　(1)　オニール　165　初期の作風…(165)　『楡の木陰の欲望』…(166)　斬新な舞台装置…(166)　第三期の作品の特徴…(166)　『地平線の彼方』…(167)　『皇帝ジョーンズ』と『毛猿』…(167)　晩年のオニール…(168)
　(2)　ライス　168　新しい作劇の試み…(168)　『計算機』…(169)
2　1930年代　169
　(1)　アンダスン，キングスレー，シャーウッド　169　経済大恐慌の影響…(169)　『ウィンターセット』…(170)　キングスレー…(170)　『デッド・エンド』…(170)　シャーウッド…(170)
　(2)　グリーンとワイルダー　171　南部出身の作家グリーン…(171)　ワイルダー…(172)
　(3)　オデッツ　172　オデッツ…(172)　『レフティを待ちつつ』…(173)
　(4)　ヘルマン　173　『子どもの時間』…(173)　『子狐たち』…(174)

V　1945—現代

〈時代思潮〉　戦後世界の二極構造化…(176)　50年代——アメリカの世紀…(177)　50年代——大衆社会の出現…(177)　開かれた60年代…(178)　60年代——若者革命…(179)　不確かさの70年代…(180)　70年代——ミーイズムの時代…(181)　70〜80年代——保守主義の台頭…(181)　80〜90年代——東西冷戦の終結とアメリカの再生…(183)

第1章　小　　説——185

〈概説〉　1945年から1960年頃まで…(185)　1960年頃から1970年代半ば頃まで…(186)　1970年代半ば頃から80年代まで…(187)　1980年代から現代まで…(188)

1　1945年から1960年頃まで　189
　(1)　メイラーとジョーンズ——戦争小説　189　メイラー…(189)　ジョーンズ…(190)
　(2)　南部の作家たち　191　ウエルティ…(191)　マッカラーズ…(191)　オコ

ーナー…(*192*)　カポーティ…(*192*)　その他…(*193*)
　（3）**黒人作家たち**　*193*　ライト…(*193*)　エリスン…(*194*)　ボールドウィンと60年代以降…(*194*)
　（4）**戦後世代の作家たち**　*196*　メイラー…(*196*)　サリンジャー…(*197*)
　（5）**不条理小説の作家たち**　*197*　不条理小説の類型…(*197*)　スタイロン…(*198*)　パーシー…(*199*)　ビート世代の小説…(*199*)

2　**1960年頃から1970年代半ば頃まで**　*200*
　（1）**ユダヤ系作家たち**　*200*　ユダヤ系作家とは…(*200*)　ベロー…(*200*)　マラマッド…(*201*)　ロス…(*202*)
　（2）**リアリストたち**　*203*　アップダイク…(*203*)　オーツ…(*204*)　ガードナー…(*205*)
　（3）**ブラックユーモアの作家たち**　*206*　ブラックユーモア…(*206*)　ヘラー…(*206*)　バース…(*207*)　ピンチョン…(*207*)　ヴォネガット…(*208*)　その他…(*209*)
　（4）**ニューフィクションの書き手たち**　*209*　バーセルムとブローティガン…(*209*)　バース，クーヴァー，ギャス…(*210*)
　（5）**ニュージャーナリズムの旗手たち**　*212*　メイラーとウルフ…(*212*)　トンプスンその他…(*213*)

3　**1970年代半ば頃から1990年代まで**　*213*
　（1）**ネイティヴ・アメリカンの作家たち**　*213*　モマディ…(*213*)　シルコー…(*214*)　アードリックとウェルチ…(*214*)　他の少数民族の作家たち…(*215*)
　（2）**女性作家たち**　*216*　ピアシーとフレンチ…(*216*)　その他…(*217*)
　（3）**その他の動向**　*218*　自伝（伝記）体小説と歴史小説…(*218*)　実験小説…(*219*)　リアリズム復活の動き…(*220*)　ミニマリズム…(*220*)　新しい世代の作家たち…(*221*)

第2章　詩——*222*

〈概説〉　戦後アメリカ詩の展開…(*222*)　「われらすべての母」スタイン…(*222*)　戦後アメリカ詩の多様性…(*222*)　"Poetry Reading"…(*223*)　『吠える』と『人生研究』…(*223*)　現代アメリカ詩人と社会…(*223*)　「ランゲージ・ポ

エッツ」…(224)　口承詩の復権…(224)
1　1945年から1960年頃まで　224
　(1)　ローウェル　224　『懈怠卿の城』…(224)　『人生研究』…(225)　「病んだ季節」…(226)
　(2)　ベリマン　227　『ブラッドストリート夫人への賛辞』…(227)　連作『夢の歌』…(227)
　(3)　セクストン　228　「告白詩」…(228)　狂気と詩作…(228)
　(4)　プラス　229　フェミニズムとプラス…(229)　詩人としてのアイデンティティ…(231)
2　1960年から80年代まで　231
　(1)　ブライ　231　反戦詩…(231)　「内面的イマジズム」…(232)
　(2)　レヴァトフ　233　レヴァトフとアメリカ…(233)　"Cancion"…(234)
　(3)　ギンズバーグ　234　『吠える』…(234)　「アメリカの夢」と現代アメリカ詩人…(235)　ギンズバーグの遺したもの…(236)
　(4)　リッチ　236　自己探求と詩作…(236)　リッチとフェミニズム…(237)　黒人女性詩人…(238)
　(5)　スナイダー　238　スナイダーのライフスタイル…(238)　「パイウート・クリーク」…(239)　エコロジーとスナイダー…(239)　レックスロスとマーウィン…(240)
3　80年代以降, 90年代　241
　(1)　詩的表現の実験　241　「ランゲージ・ポエッツ」…(241)　スーザン・ハウ…(241)
　(2)　あたらしい声　242　オードレ・ロードとリタ・ダヴ…(242)　サイモン・オーティズ…(243)　キャシー・ソングとジャニス・ミリキタニ…(243)　アルベルト・リオス…(244)

第3章　劇——246

〈概説〉　大戦後のアメリカ演劇の動向…(246)　オフ・ブロードウェイ, オフ・オフ・ブロードウェイ…(246)　黒人演劇…(246)　ミュージカル…(247)　個人的な演劇体験の必要性…(247)

1 1950年代 *248*
 （1） オニール *248* 1950年代のオニール…(*248*) 『夜への長い旅路』…(*248*)
 （2） ウィリアムズとミラー *249* オニールの後継者…(*249*) 『ガラスの動物園』…(*249*) ウィリアムズの心理描写…(*249*) 社会派のミラー…(*250*) 大衆演劇…(*251*) 黒人演劇…(*251*)
2 1960年代 *252*
 （1） オルビーとコピット *252* 前衛演劇とオフ・ブロードウェイ…(*252*) 『動物園物語』…(*252*) コピット…(*253*)
 （2） ウィリアムズ，ミラー，サイモン *253* 『イグアナの夜』…(*253*) ミラー…(*254*) ブロードウェイの寵児――サイモン…(*254*)
 （3） 黒人劇作家 *254* ハンズベリー…(*254*) ボールドウィン…(*255*) バラカ…(*255*)
3 1970年代 *255*
 （1） シェパード *255* オフ・オフ・ブロードウェイ…(*255*) 演劇界のニューウェイブ――シェパード…(*256*)
 （2） マメット *256* シカゴの演劇…(*256*) 『アメリカン・バッファロー』…(*257*)
 （3） 1960―70年代の劇作家たちのその後 *257* オルビー，サイモン…(*257*) ウィリアムズ，ミラー…(*257*)
4 80年代，90年代 *258*
 （1） ノーマン *258* 新進劇作家…(*258*) 『脱出』…(*258*)
 （2） シェパード，マメット，サイモン *258* 『真実の西部』…(*258*) シカゴ演劇…(*259*)
 （3） アメリカ演劇のいま *259* オルビーほか…(*259*) あたらしい演劇…(*260*)

第4章 批　　評——*261*

〈概説〉 構造主義以前…(*261*)　構造主義とその後…(*261*)
1 構造主義以前 *263*
 （1） ニュー・クリティシズム *263* アカデミズム批判と批評の独立…(*263*)

「意図を読む誤謬」と「感情移入の誤謬」…(263)　有機的統一をなすテクスト…(264)
　（2）　**シカゴ学派**　265　多元論の提唱…(265)　アリストテレス的方法論…(265)
　（3）　**神話批評**　266　文学体系の確立…(266)　神話と原型…(267)
2　構造主義とその後　268
　（1）　**構造主義と記号論**　268　アメリカにおける構造主義の流れ…(268)　ソシュール言語学…(269)　構造主義と文学批評…(270)
　（2）　**読者反応批評**　271　文学批評と読者…(271)　フィシュの理論…(271)　経験分析と学識ある読者…(272)　解釈の戦略と解釈共同体…(272)
　（3）　**解体批評**　273　デリダの解体批評…(273)　イエール学派の四人…(275)
　（4）　**フェミニスト批評**　276　女，あるいは「抵抗する読者」…(276)　ガイノクリティクス…(277)　文学史の修正…(277)　ポスト構造主義フェミニズム…(278)　セクシュアリティ，人種・階級…(279)
　（5）　**新歴史主義，または文化の詩学**　279　歴史と文化…(279)　「主体」への疑念…(280)
　（6）　**ポストコロニアル批評**　280　エドワード・サイード…(281)　ガヤトリ・C．スピヴァク…(281)　ホミ・K．バーバ…(282)　アフリカン・アメリカン批評…(283)

アメリカ作家年表　284
アメリカ文学作品年表　287
人名・作品索引　315
事項索引　337

アメリカ合衆図の発展

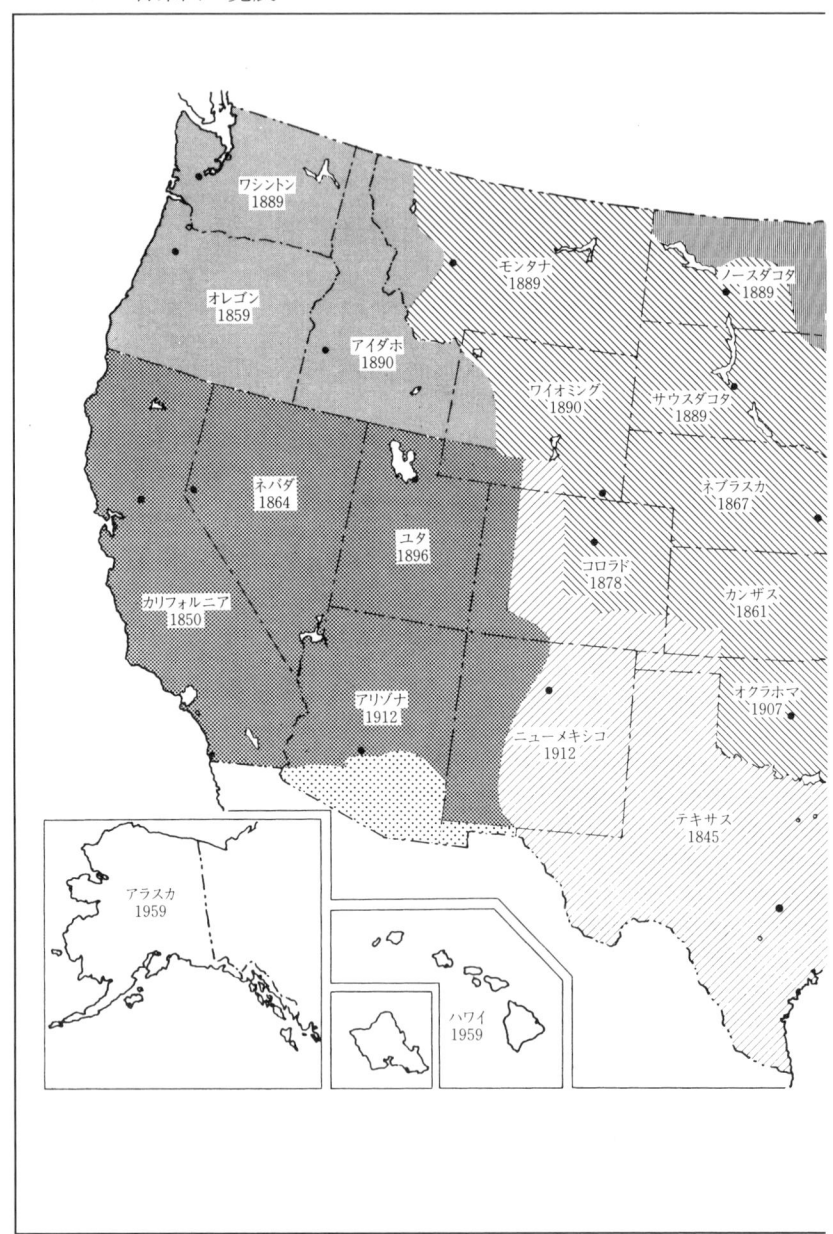

地　図

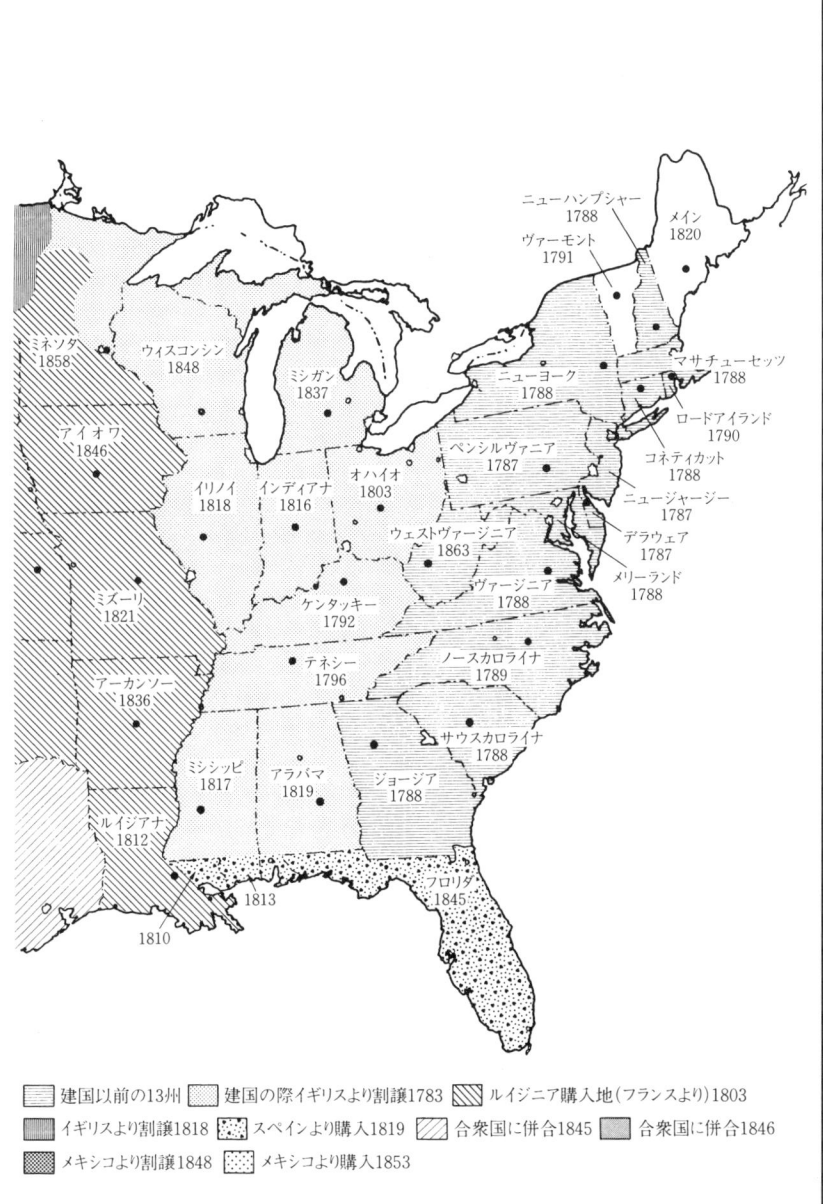

合衆国の大区分

地　図

合衆国の主たる都市

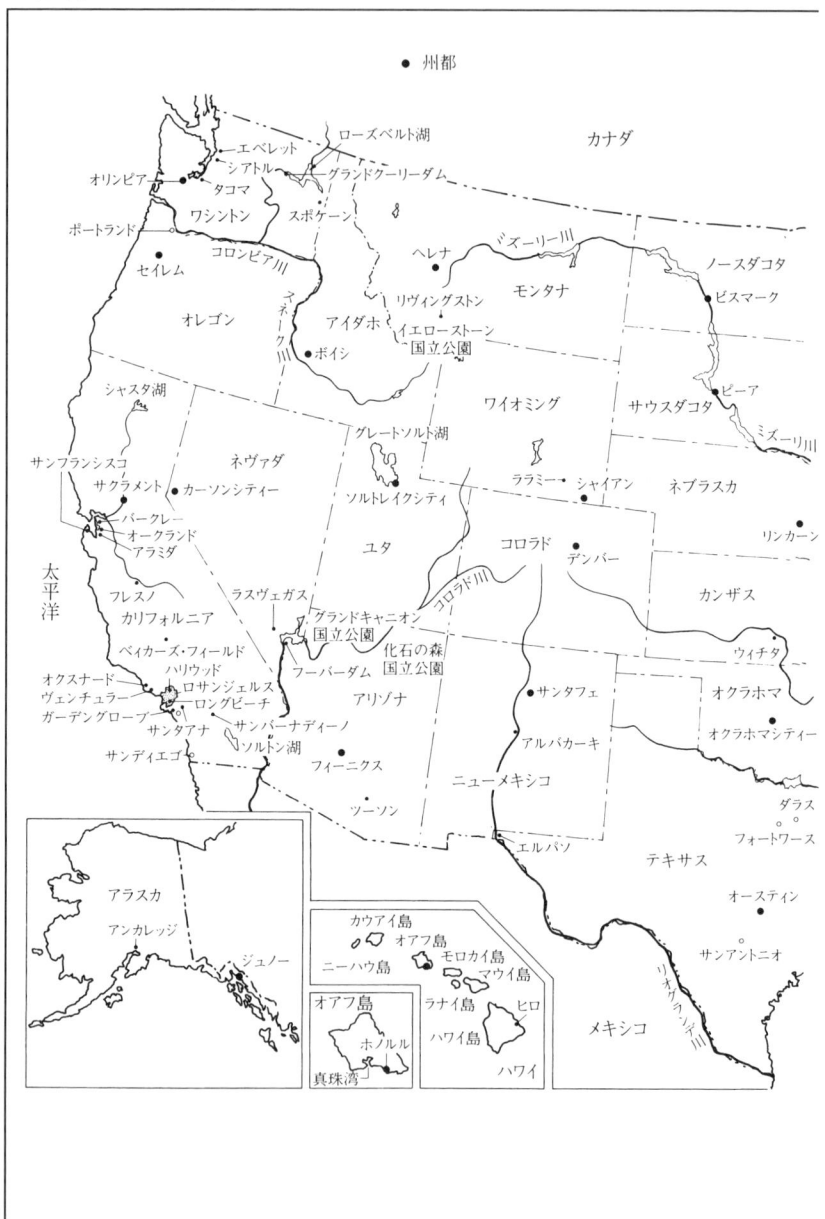

地　図

I
1492—1820

トマス・ペインの『コモン・センス』

I 1492—1820

時代思潮

● ── 新大陸の発見

　紀元前30000年頃アメリカ大陸は，アジア大陸と陸続きだった。その頃から紀元前11000年の間に，現在のベーリング海峡を横断してアジアからアメリカに移住したのがアメリカの先住民の起源とされる。先住民はアメリカ大陸を南下し，南アメリカまで居住地を広げていった。

　新大陸は大航海の時代まで未知の土地であった。しかし，15世紀から16世紀にかけてポルトガルとスペインはインドへの道を探すために大洋に乗り出したのである。まずポルトガルは1471年にアフリカのゴールド・コースト（現ガーナ）に到達し，1487年にバルトロメオ・ディアスは喜望峰を回り，1498年にヴァスコ・ダ・ガマがインドのカリカットに到着した。さらに1521年から22年にかけてフェルディナンド・マゼラン（c. 1470—1521）は世界一周周航に成功した。一方，スペインにおいては1492年にクリストファー・コロンブス（1451—1506）がスペイン国王フェルディナンドとイサベラの命により三隻の船で太西洋を横断し，バハマ諸島に上陸した。これが新大陸の発見である。

　アメリカという名は1497年に中南米を探険したアメリゴ・ヴェスプッチに由来する。この後スペインはエスパニョラ島（現ドミニカとハイチの島）に植民地を建設した。ポルトガルとスペインの新大陸の領土獲得競争は1494年のトリデシリャス条約で，ケープ・ヴェルデ諸島から西方100リーグ（1770キロメートル）西経46度37分を境にスペインは西側，ポルトガルは東側とされた。ヨーロッパの列強国は領土獲得に次々と参入したが，そのなかでスペインの優勢は，1521年にエルナン・コルテス（1485—1547）がアステカ帝国の首都テノチティトラン（メキシコ・シティ）を陥落させ，1532年にフランシスコ・ピサロ（c. 1475—1541）がインカ帝国（現ペルー）を征服することによって決定的となった。

● ── 北アメリカの探険

　北アメリカの探険は，1520年代から活発になりカナダ地域は主にフランスによって探険された。1524年にフランス国王から派遣されたジョヴァンニ・デ・ヴェラザノはハドソン川を発見し，その11年後ジャック・カルティエはセント・ローレンス川を発見した。17世紀に入ると，サミュエル・ド・シャンプラン（c. 1570—1635）が1603年にケベックに上陸し，以後11回の探険でニュー・フランス植民地を確立した。彼はド・モンとともに1605年にはポール・ロワイヤル（現ノヴァ・スコシア州アナポリス），1608年にはケベックシティを建設し，カナダ地域の基盤を固めていく。北方に位置する巨大なハドソン湾がヘンリー・ハドソンにより発見されたのは1610年であった。さらに1642年にはモントリオールも基地として確立し，フランスの探険は五大湖のスペリオル湖まで及んだ。

　一方スペインはメキシコ湾を中心に探険をおこなった。1528年にアルヴァ・ヌネス・カベサ・デ・ヴァカ（c. 1490—1558）がテキサス海岸に漂着したあと内陸放浪を開始する。

時代思潮

　その後1539年エルナンド・デ・ソト（c. 1496—1542）はフロリダに上陸してアメリカ深南部を探検した。しかし16世紀の植民地建設はなかなか成功しなかった。その理由は探検の目的が金と富を手に入れることだったからである。探検者はヨーロッパで重宝される金や財宝が目当てで，アステカ帝国，インカ帝国，マヤ文明はみな彼らの餌食となった。また一世紀にわたった新大陸と大西洋上におけるスペインの覇権は，1588年にスペインの無敵艦隊アルマダが英国に敗退して弱体化した。17世紀以後スペインは，キリスト教伝道を目的にメキシコとカリブ海諸島を含むフロリダから北上するルートを取った。
　このようなフランスとスペインの動きに対抗して，英国は1580年代から北アメリカに目を向け始めた。1585年のウォルター・ローリー卿によるヴァージニアのロアノーク島の植民地開設がその最初である。しかしこの植民地は，先住民との関係の悪化と戦争による補給路の断絶で悲惨な最期をとげた。ニュー・イングランド地域の探険は，1605年にジョージ・ウェイマスがメインの海岸を探険したのが最初である。翌年ニュー・イングランド植民の父と呼ばれるフェルディナンド・ゴージス卿が探険隊を派遣し，1607年にはメインのサガダホック植民地がジョージ・ポパムにより作られるが，短期間で消滅。ピルグリム・ファーザーズが渡航したのは，1616年から17年にわたって疫病でニュー・イングランドの先住民が激減した後，1620年であった。

● ── 植民地の創設

　アメリカには1776年独立宣言の発布以前に，約170年間の植民地時代がある。独立後の華々しいアメリカ合衆国の発展の陰に隠れて，この長い植民地時代は，「アメリカ文学」不在の期間として軽視されがちであった。しかし，この期間にアメリカにおける欧米中心の政治や文化の土壌が育っていたのである。
　植民地時代の社会は大きく南部と北部に分けられる。南部と北部は，地理・気候条件が異なるばかりではなく，政治的，宗教的，文化的にも，本国イギリスの遺産を継承しながらもそれぞれ独自の文化を形成していった。
　アメリカの初期の植民は南部も北部も株式会社によってなされ，投機的要素をもっていた。1607年にヴァージニア会社によってジェイムズタウンが設立された。南部の大西洋沿岸は土地が肥沃であり，温暖な気候のために農耕が発達し，ヴァージニアやメリーランドではタバコ，サウスカロライナでは米が生産され，港湾都市を経由して輸出された。労働力は年季奉公人により供給されたが，彼らは一定期間（四〜五年）の間，渡航費の弁済のため，主人に仕えたのである。その契約期間があけると彼らのなかには自営農やプランターとなる者もいた。
　南部は，文化的には英国に近く，プランターの子弟は英国に学んだため，貴族的雰囲気を残していた。また，南北カロライナ州は英国貴族によって設立された植民地であった。

I 1492—1820

時代思潮

宗教的にも英国国教徒が多く，ピューリタンのもつ宗教改革意識は希薄であった。

● ―― 植民地における分離主義と非分離主義

アメリカ文化の要であるピューリタニズムは，英国の宗教改革にさかのぼる。ヘンリー八世による英国国教会の設立（1534）の目的は政治と宗教における国王絶対主義であった。これに反対し，宗教改革を推進しようとした人々がピューリタンである。彼らは，国王から王権を侵すものとして迫害され，エミグレ（国外移住者）となった。この分離主義者たち（ピルグリム・ファーザーズ）は，ジェイムズ一世が統治していた英国から一時オランダのライデンに逃れたが，1620年にボストン近郊のプリマスに渡り，植民地を創設した。このとき互いに「メイフラワー契約」を結び，その共同体の基礎をつくった。この神の王国の建設をめざした植民地の歴史を記述したものがブラッドフォードの『プリマス植民地』（*Of Plymouth Plantation*, 1630—51執筆，1856出版）である。こうして「救済の国民」としてのアメリカの原型はプリマスにはじまる。

● ―― マサチューセッツ湾植民地における非分離主義

マサチューセッツ湾植民地は1630年にジョン・ウィンスロップが率いたピューリタンたち（非分離主義者）によって建設された。彼らは，英国国王から勅許状を得て，世界の模範となるべく「丘の上の町」を新大陸に建設しようとした英国国教会内部の改革者であった。また移住も大規模であり，知識人が多かった。これは，プリマス植民地が英国の小さな村スクルービの村人が中心となって形成されたことと様相を異にする。

共同体社会実現を目標とするマサチューセッツ湾植民地の基礎はタウンとよばれる小規模な宗教的・政治的な自治体であった。政治への参加は教会員である自由民に限定されていたが，植民地議会はタウンの代表から構成され，直接民主主義を反映したものである。

プリマスに上陸したピルグリム・ファーザーズ

時代思潮

したがって，アメリカの共和制の基礎はタウンにあったといえる。

アメリカのピューリタニズムは、「非分離」の会衆主義に向かい、教会は長老を排し、「恵みの契約」をもつ「見ゆる聖徒」である信者のみから構成された。その思想的源泉はカルヴィン主義の「予定説」にある。これは、「創世記」において原罪を犯したアダムとその子孫を哀れんだ神が救済を予定された者に「恵みの契約」を与えたとするものである。この救済が与えられることを「義認」とよび、救済によって聖なる生活を送ることが許される状態を「聖化」とよぶ。これらの概念を基礎とし、会衆派のカルヴィン主義的信仰は、人間の堕落性、無条件の神の救済、贖罪の限定性、恵みの不可抗力性、聖徒の堅忍不抜、の五カ条に要約される。また1648年には、ケンブリッジ綱領が出され、カルヴィン主義的会衆主義が信仰の中心として定められた。こうした宗教的、思想的背景からピューリタン独自の文学が生まれてくる。

● ── ピューリタニズムの衰退

ピューリタニズムは宗教上の信仰心と厳格な道徳によって支えられていたが、この二つの間の均衡が揺らいでいた。マサチューセッツ湾植民地においては、神権政治による秩序が優先され、宗教上の対立は共同体の秩序を乱すものとされた。そのため、反律法主義のアン・ハッチンスンや政教分離を唱えたロジャー・ウィリアムズは追放されたのである。1636年、ウィリアムズはロードアイランド植民地を創設した。1662年のマサチューセッツ教会会議の半途契約もピューリタニズムの衰退を示す大きな転機となる。これは半途教会員の子弟（第三世代）に幼児洗礼を認めるもので、回心体験告白を経て教会員となるという純粋な意味での会衆派教会が失われていった。これ以後の約20年間は「エレミアの嘆き」の時期で、信仰の衰退を嘆く多くの説教がなされた。植民地時代において、三代にわたって影響力をもったマザー家の二代目のインクリース・マザーの説教「災いの日は近い」("The Day of Trouble is Near," 1674) はその典型的なものである。また、1692年のセイレムの魔女裁判はボストンを中心に広く及んだが、これはアメリカにおけるピューリタニズムの歴史のなかの異端迫害である。こうした教会組織の崩壊を防ぐために、1708年、セイブルック綱領が出され、教会の管理と統合を強めた。

政治的には、1675年にインディアンとの戦争、フィリップ王戦争がはじまり、1684年には植民地に対する勅許状が無効となり、ピューリタンの自治共同体は崩れはじめた。1691年における勅許状の再交付のさい、プリマス植民地はマサチューセッツ湾植民地に吸収され、国王直轄領土となった。

● ── 拡大する新大陸と啓蒙思想

17世紀から18世紀にかけてのピューリタニズムの衰退期は、経済面では新大陸発展の時期であった。人口は増加し、開拓地は内陸へと拡大した。南部においては、タバコ、米、

I　1492—1820

時代思潮

　インジゴ（藍）の生産が増大し，英国の名誉革命（1688）以降は，本国資本が黒人奴隷を大量に供給したため，奴隷制プランテーションが登場する。一方，北部では，ニュー・イングランド，西インド諸島，アフリカを拠点とする三角貿易がおこなわれ，ラム酒，糖蜜，奴隷が貿易され，商業資本が潤った。

　こうした経済的発展とあいまって，新しい啓蒙思想はカルヴィン主義的思想を弱めた。ニュートンの物理学とジョン・ロックの経験哲学を主柱とする啓蒙主義は，世界を合理的に観察し，自然現象を科学的に解釈しようとした。啓蒙主義は自然を予測可能なものとしたため，カルヴィン主義における絶対的な「神の主権」は薄れたが，神の存在を認めているので無神論ではない。

　当時，啓蒙主義思想のなかでも，とくに理神論者は世界を神が創造した完璧な機械と考え，一度機械が動きはじめると，神の介在なしに機械は動くものであるとした。理神論は，この精密機械を分析し神を知ることを目的とし，キリスト教から人間の理性によって理解できぬ自然現象を排除した。この理神論があらわれたことを契機に，コットン・マザー以降の宗教は，正統派カルヴィン主義を踏襲し，信仰復興をめざすリバイバル派（イエール大学を中心とするエドワーズとその後継者のホプキンジアン）と，理性重視のリベラル派（ハーヴァード大学を中心とするメイヒューとボストン派）に分かれていく。また，牧師養成機関であった大学が宗派別に，プリンストン（旧カレッジ・オブ・ニュージャージー，長老派，1746），ブラウン（洗礼派，1764），コロンビア（旧キングズカレッジ，英国国教会，1754），ダートマス（会衆派，1769）に創立された。

● ── 大覚醒

　こうした信仰心の衰退に歯止めをかけて大規模に宗教を伝道しようとする動きは，1730年代に活発になる。英国のギルバート・テナントやジョージ・ホイットフィールドは1739年から1740年にかけて，ニュー・イングランドから南部のジョージアまで巡回説教をおこない，宗教覚醒運動をおこした。しかし，もっとも重要な運動はジョナサン・エドワーズによる大覚醒（1734—35と1740—43）である。

　ロックの経験哲学から「感覚の修辞学」ともいうべき影響を受けたエドワーズは，「心という感覚をもって救済を求めよ」と述べて，宗教は感知できるものでなくてはならないと考えた。しかし，「怒れる神の手のなかの罪人たち」（" Sinners in the Hands of an Angry God," 1741）のようなあまりにもセンセーショナルな説教と，回心体験告白を復活しようとしたことによって，エドワーズはノーサンプトン教会の牧師の地位を追われた。

　またエドワーズ以後，ピューリタニズムにおいては信仰の面よりも道徳の面が重視されるようになり，宗教が世俗化していく。この世俗化と啓蒙主義の台頭をもっともよく代表する人物がベンジャミン・フランクリンである。フランクリンは，理性重視という点では

時代思潮

啓蒙主義の，そして節制や勤勉という点ではピューリタニズムの申し子であり，アメリカの価値観を体現する「ミスター・アメリカン」であった。

● ── アメリカ革命

植民地時代のアメリカは，母国イギリスの重商主義経済の一環を担い，税の賦課により本国財政を潤してきた。英国は王政復古（1660）後，植民地の王領化を進めたが，ベーコンの反乱（1676）をはじめとして植民地政策に頭を痛めた。しかし事実上は，航海条令（1696）による船舶規制と輸出入貿易の統制を除いて，各植民地は帝国の利益追求において，本国との補完関係を保っていた。

政治的には，本国は軍事・外交・通商を掌握したが，各植民地議会は内政・予算を司り，事実上の連邦制が維持されていた。これに加えて，植民地における自治の伝統と母国との地理的距離によって，いわゆる「有益な怠慢」政策がとられていたのである。

ベンジャミン・フランクリン

しかし，この植民地寛容政策はフランスとの長期にわたる争いに決着をつけたフレンチ・インディアン戦争（七年戦争）の勝利を契機に変更される。1763年のパリ講和条約の結果，世界における英国の優位が確立した。英国は「太陽の没することなき」世界帝国となり，カナダからフロリダにいたるミシシッピ川以東の土地を獲得し，この広大な領土の統治にのりだした。

フレンチ・インディアン戦争が終了したにもかかわらず，植民地には正規軍が常駐し，その維持のために砂糖法（1764）が制定されたことは圧政と受けとられた。この後も印紙税法（1765），タウンゼント法（1767），茶税法（1773）が出された。しかし，植民地時代から自治の伝統があるアメリカでは「代表なき所に課税なし」として課税に反対した。こうして独立戦争のきっかけとなるボストン茶会事件（1773）などがおこった。独立派の主導権は，トマス・ペインが国王との絆を断ち切り独立せよとよびかけた『コモン・センス』（*Common Sense*, 1776）の出版により確立し，1776年7月4日に「独立宣言」が出された。

● ── 合衆国憲法と領土の発展

合衆国憲法は，それ以前の連合規約（1777）を修正して書かれた成文憲法である。憲法判例によるイギリスの立憲政治とは異なり，アメリカは「メイフラワー契約」以来，構成員の合意により政治的権力が形成されるという社会契約思想が存在した。合衆国憲法は，

I 1492—1820

時代思潮

　人民主権を基盤とする三権分立を規定し，立法と行政は分離し，立法府と行政府と司法府の三部門の抑制と均衡が保たれた。
　合衆国（この名称は1777年の連合規約から使用）は1783年のパリ条約で広大な領土を獲得したが，この領土に関して，1785年公有地条令が出され，公有地を個人や法人に払い下げる方式がとられた。さらに1787年の北西部領地条令は，人口に応じて準州から州に昇格させ（青年男子人口が5000人以上），他州と同等の資格で連邦に参加させることを規定した。共和制の原理に従い連邦に加入する州を従属化しなかったことは，この後のアメリカの領土の発展に寄与したのである。1803年にジェファスンは「ルイジアナ購入」をおこない，ミシシッピ川以西の広大な土地を獲得した。このように合衆国は，アメリカ革命により政治的な独立を達成し，憲法のもとで国家としての統一をなし，国家の基盤を固めた。

アメリカ憲法の成立

第1章　散　文

❖　**先住民の口承文学**　新大陸には350以上の言語があったと言われる。しかしアメリカ大陸の先住民の文化は文字ではなく，記憶にたよる口承のものが多かった。主題としては聖書の創世記に相当する「世界の始まり」，洪水などの自然現象，人間の誕生と人生，動植物の創造などが伝えられている。現在ではイロコイ族，ピマ族，セネカ族のものが知られ，また太平洋岸のヤキマ族では童話のような四季の発生物語が残っている。これらのナラティヴに共通する特徴は，自分たちが住む場所を宇宙の中心と考え，そこに根づくことによりアイデンティティを得て，命が育まれているという点である。

❖　**探険者による記述**　1455年，グーテンベルク印刷術の発明後，ヨーロッパ大陸に印刷文化が広まった。新大陸の発見はこれと同時期だったので，その情報は印刷の広がりとともに急速に浸透した。コロンブスを始め，新大陸を探険した人々は未知の大陸の印象をさまざまな形で残している。コロンブスがスペイン国王にあてた手紙，探険者が政治的な判断を仰ぐ文書，アステカ帝国を征服したコルテスを正当化する著書などがある。新大陸はヨーロッパの知識人の関心を集め，彼らに影響を及ぼした。シェイクスピアは，リチャード・ハクルイトが編集した航海記述の集大成である『主たる航海』(*The Principall Navigations*, 1598—1600)を読み，新大陸を「すばらしい新世界」" brave new world " と呼んだ。

❖　**記録文学**　植民地時代から共和国の成立までの文学は，未知の大陸をヨーロッパに知らせるための移民用パンフレット，説教，日記，体験記，歴史記述，書簡，私家版著書，新大陸の紹介文，自伝，独立をよびかけた文書，独立宣言，憲法などの散文文学であった。したがってその目的上，それは文学作品というよりもむしろドキュメンタリーに近い。南部のジョン・スミス（1580—1631）の紀行文にはじまり，ウィリアム・バートラム（1739—1823）による新世界の紹介書，メアリー・ローランドスン（c. 1635—78）のインディアン捕囚記，*A Narrative of the Captivity and Restoration of Mrs. Mary Rowlandson* (1682)，が広くヨーロッパで読まれた。またベンジャミン・フランクリン（1706—90）の移民小冊子，トマス・ジェファスン（1743—1826）の『ヴァージニア覚え書』(*Notes on the State of Virginia*, 1780—81 執筆, 1787 出版)，ミシェル・G. クレヴクール（1735—1813）のアメリカ論が出版された。

❖　**ピューリタンの文学**　ピューリタンは日記を自己内省の手段と考えていた。ジョン・ウィンスロップ（1588—1649）の『日記』*The Journal of John Winthrop 1630-1649*（*The History of New England* とも言う，1790 出版）は，ピューリタンの日記

文学の典型で，植民地の記録だけでなく，柔軟な筆致で世相を今日まで伝えている。また，新天地の開拓に力を注いだ指導者たちの著作は記録歴史文学となっている。20年を経て完成したウィリアム・ブラッドフォード（1590―1657）の『プリマス植民地』は壮大なノンフィクション文学であり，コットン・マザー（1663―1728）の『アメリカにおけるキリストの大いなる御業』（*Magnalia Christi Americana*, 1693―1702）もこうした歴史記述文学の好例である。

　ピューリタンの文学の特徴は，神の摂理と日々の出来事が関連づけられている点である。ウィンスロップの『日記』には，ケンブリッジ教会会議（1648）の会議場に侵入した蛇が杖で殺されることによって会議の正統性を立証するエピソードや，英国国教会の祈禱書がネズミに食われたエピソード（1640年12月15日付）が記述されている。またブラッドフォードは，プリマスに渡航する途中，悪口雑言を吐いた男が病にかかり最初に海上に葬られたことを神の摂理であるとしている。ピューリタンたちは，彼らの使命を旧約聖書のイスラエル民族にたとえ，ウィンスロップをモーゼに，ニュー・イングランドを神の都市に，そして植民地の歴史をイスラエルの歴史と考えた。またタイポロジー（予型論）は，イスラエルの歴史を記述した旧約聖書がキリストの生涯を予示すると解釈する理論である。

❖　**独立期の文学**　　18世紀に入ると，ジョナサン・エドワーズ（1703―58）がピューリタニズムの集大成をした後，文学には宗教色があせてくるが，その美しい自然観はロマン主義の先駆となった。そして時代とともに神の絶対的主権が揺らぎ，人間性が前面に出てくると，文学も変容していった。日記に代わり，新しいジャンルとして，フランクリンの『自叙伝』やエドワーズの「信仰告白録」などの一人称文学が書かれる。

　アメリカ独立期の文学は，短い優れた散文が主であった。フランクリン，ジェファスン，トマス・ペイン（1737―1809），ジェイムズ・マディスン（1751―1836）らは政治家にして名文家であり，彼らの間でとりかわされた書簡も文学的価値が高い。ジェファスンらは理性の時代の指導者であったから，その書簡のなかに迷信打破の名文を書いている。こうして政治的に独立したアメリカは，その文学も宗教的束縛から解放されて，チャールズ・ブロックデン・ブラウン（1771―1810）の登場とともにアメリカ文学の確立へと歩むことになる。

1　16世紀――先住民の時代

（1）　先住民の文化

　アステカ帝国では文字や記号が使用されていたが，北アメリカの先住民の間では文字を使用した文学は残されていない。

先住民の口承文化には歌，ナラティヴ，チャンツ（詠唱）などがある。これらは文学というより儀式としてのパフォーマンスであった。ナバホ族やイロコイ族の儀式的ダンスは，踊りが歌の中に組み込まれ，間の取り方，歌う速さ，声の高低，ジェスチャー，リズムの遅速が複雑なパフォーマンスを構成していた。これらの演技を通して，先住民は人間と地球の関係を混沌の世界から秩序の世界へと変貌させ，世界の始まりや自然を理解しようとした。その世界には悪や堕落はなく，親密な自然との交わりがあった。

（2） コロンブスと探険者たち

▶スペインの威力　コロンブスは大西洋を四回横断した。最初の航海で発見した島を救世主にちなんでサン・サルバドーレと名づけ，次々と発見した島々にも国王の名前をつけた。彼はのちに植民地経営の責任を問われて失意の晩年を送ったが，最後の航海の1503年付けの書簡のなかで，自分の不遇を嘆きつつ，新大陸を「どのキリスト教国よりも広々として豊かである」と描写している。

　スペインは武力で植民地化し，のちにエンコミエンダと呼ばれる強制労働を先住民に課した。カトリックの聖職者であり，インディオ保護官であったバルトロメ・デ・ラス・カサス（1474—1566）は，スペイン領植民地の非道徳性を『インディーズ破壊の簡単な説明』（*The Very Brief Relation of the Devastation of the Indies*, 1552）に記している。このなかでラス・カサスはコンキスタドール（征服者）による富の略奪を暴露した。

　アステカ帝国を打倒したエルナン・コルテスは，帝国の壮大な神殿に感銘を受け，モンテズマ皇帝から差し出された貢ぎ物を一覧表にしている。コルテスの征服は，遠征に参加したベルナル・ディアス・デル・カスティリョ（1492—1584）の『ニュー・スペインの征服に関する本当の歴史』（*The True History of the Conquest of New Spain*, 1568? 執筆，1632出版）に詳述されている。先住民との激しい戦いの思い出は，長寿であった彼の晩年まで彼を苦しめたことが分かる。

▶先住民との交流　一方，1528年から1536年までテキサスとニューメキシコを放浪したカベサ・デ・ヴァカは，一時先住民の奴隷と

なったが，治療者としてピマ族インディアンと親しくなり，先住民との長い共同生活をもとに親近感あふれる記述をしている。その著書『アルヴァ・ヌネス・カベサ・デ・ヴァカの物語』(*The Relation of Alvar Nunez Cabeza de Vaca*, 1536―40頃執筆，1542出版) は，ラス・カサスのように先住民に対して人道的で，スペインのアメリカ先住民の政策を批判している。

　スペイン人の探険者のあとに，英国人が新大陸にやってきた。1584年にアーサー・バーロウはフィリップ・アマダスと共にヴァージニアのロアノーク島を探険した。バーロウはウォルター・ローリー卿と親しく，彼の渡航は翌年のロアノーク植民地創設の前ぶれとなった。彼は博物学者トマス・ハリオット (1560―1621) と美術家ジョン・ホワイト (c. 1545―93) を同行し，新大陸の動植物の観察をおこなった。バーロウは新大陸を「甘い空気」と形容し，先住民を「優しく，愛すべき，忠実な」人々であると描写した。またホワイトの絵画は先住民を忠実に描き，当時のアメリカ先住民の生活を知る上で貴重な資料となっている。

2　17世紀前半――新大陸探険とピューリタニズムの時代

(1)　スミス，ヒギンスン，バード

▶スミスと紀行文　　植民地時代の南部は強い宗教意識が存在しなかったため，宗教書は少なく，文学としては植民のための勧誘文や新大陸の冒険・体験記が残っている。このトラクトとよばれる勧誘の小冊子には虚構の部分もあったが，英本国の人々に新大陸を紹介した貴重な資料であった。

　1607年にジェイムズタウンに上陸したジョン・スミス船長は紀行文と歴史書を次々と出版したが，なかでも『ヴァージニアとニュー・イングランドとサマー諸島の一般史』(*The Generall Historie of Virginia, New England, and the Summer Isles*, 1624) が有名である。このなかでインディアンの酋長ポーハタンの娘ポカホンタスがスミスの命を助けるエピソードは最初の「物語」ともいえよう。後にこのロマンスはミュージカルの題材にもなっている。スミスは，冒険家らしい精力と好奇心をもってこのほかにもニュー・イングラ

第1章　散　文

ンドの紀行文を書いており，地上の天国としてのアメリカを旧大陸の人々に伝えるのに大きな役割を果たした。

▶北部のヒギンスン　　北部においても植民の勧誘文書が書かれた。G. モートと署名された *Mourt's Relation*（1622）はまるで写真のように細かくニュー・イングランドの風景を描写し，精神的な避難の地を求めた彼らの新世界観がよくあらわれている。また1629年にセイレムの牧師となったフランシス・ヒギンスン（1586—1630）は『ニュー・イングランド植民地』（*New-Englands Plantation*, 1630）で新大陸を「豊かな黒い大地」で「健康に大変よい」と描写した。ヒギンスンの航海記『ニュー・イングランドへの最近の旅の本当の物語』（*True Relation of the Last Voyage to New England*, 1629）はウィンスロップに影響を与え，日記の執筆を動機づけた。ヒギンスンが見た新大陸は，花が咲き緑が美しい大地であった。

▶バードと新大陸像　　スミスとヒギンスンの約一世紀後には，ウィリアム・バード（1674—1744）がノースカロライナとヴァージニアの動植物について記し，1740年以前における唯一の南部出身の王立協会員に選ばれた。バード家は現代にまで家系が及ぶヴァージニアの名門であり，ウィリアム・バードは英国で教育を受けた知識人のプランターであった。ヴァージニアのタイドウォーター地方は土地が肥沃で貴族的文化が栄えたが，バードはそのなかでもとくに富裕な地主であった。

　バードの描いた新大陸像はニュー・イングランドのそれとは異なり，彼は地上の楽園を自分のプランテーションに実現しようとした。彼のめざした文明と田園の統合は，後のジェファスンが邸宅で同様のことを試みている。バードはヴァージニアとノースカロライナの境界線を確定するさいの日記をもとにして『境界線の歴史』（*History of the Dividing Line*, 1729執筆）を書いたが，これはロンドンで広く読まれた。

(2)　ブラッドフォード，ウィンスロップ，コットン

▶『プリマス植民地』　　ウィリアム・ブラッドフォードの『プリマス植民地』は，ジュネーブ版聖書を手本に簡潔で明晰な文体で書かれた歴史書である。102人のピューリタンを率いて入植したブラッドフォ

ードは，上陸にさいし神に感謝しつつも，眼前に広がる荒涼たる自然を忘れてはいない。「恐ろしい荒涼とした荒野」が目の前に広がり，「ふり返ってみれば，自分たちが航海してきた大海が，世界のあらゆる文明と自分たちを隔てている」と彼は記している。

このような苦難の上陸を前に，ピルグリム・ファーザーズは，植民地の「目的の遂行のためにもっとも適切となるような」法を制定すべく，「メイフラワー契約」を結んだ。この契約は彼らの理念を明確に文字化したものであるが，同時に個人が契約により共同体を建設するという社会契約説を現実化したものである。また，政治権力は構成員の同意にあるとする考えは後の独立宣言にも大きく影響した。

プリマス植民地の人々はピューリタンのなかでももっとも純粋な分離派である。ブラッドフォードは『プリマス植民地』をマサチューセッツ湾植民地の入植時の1630年から執筆している。プリマス植民地は英国国教会と分離し，マサチューセッツ湾植民地は非分離主義だが，執筆の意図は同じ「神の王国」を建設しようとしたプリマスを後世に伝えるためであった。ブラッドフォードは，オランダのライデンへの移住やリバプール出航の様子，最初の冬の厳しさを清澄な筆致で描き，アメリカの創設期にともなう困難を平明な文体で伝えている。

▶「丘の上の町」　ブラッドフォードより10年後にボストンに入植したのはジョン・ウィンスロップである。彼がアーベラ号上でおこなった説教「キリスト教徒の愛の原型」（"A Model of Christian Charity," 1630）は，ピューリタンの理想を掲げたものとして知られている。このなかでウィンスロップは，われわれが「愛の絆」に結ばれて，「正統な統治形態のもとで」公共優先に徹し，「神との契約」を守り，「丘の上の町」を建設するようよびかけた。

このような強い使命感は，植民地を建設したピューリタンの間に強かった。コネティカット植民地を創設したトマス・フッカー（1586—1647）は「遺棄の危機」（"The Danger of Desertion," 1631）のなかで，英国の状態を憂い，「神がイギリス国民を見捨てる兆候」があらわれていると警告し，理想の実現を新世界に求めた。ウィンスロップは説教のなかで「兄弟愛」や「公共」とい

う概念をくり返し使う。この共同体とは、ウィンスロップの「モデル」に代表される神権政治を意味し、聖徒の指導による神の王国を意味した。

▶回心体験告白　ウィンスロップと双璧をなしたのは、神学者のジョン・コットン（1584―1652）である。神権政治の基礎は、教会員のみが政治に関与する公民資格をもつことにあった。コットンは聖徒を選抜する回心体験告白制度を作り、のちのケンブリッジ綱領のもととなる『天上の王国への鍵』（*The Keys of the Kingdom of Heaven*, 1644）を著した。彼は敬虔な聖徒からなるバイブル・コモンウェルスの建設をめざしていた。

▶日記文学　ピューリタンは「自分は神の目にどのように映るのか」とつねに自己内省をした。ウィンスロップの『日記』には所々に神の摂理と植民地が関連づけられている。初期の植民地では、共同体と個人のどちらが優先されるかは大きな問題であった。ウィンスロップが厳格なピューリタン指導者とされるのは、彼が聖なる共同体に献身したピューリタンであったためである。他方、彼の解釈と対立した人物としては、アン・ハッチンスン（1591―1643）とロジャー・ウィリアムズ（1603―83）があげられる。

ハッチンスンは聖霊が「直接啓示」で自己の心に訴えたと述べ、律法よりも信仰における個人の良心を唱えた。これは後のエマスンの「自己信頼」やクエーカー教徒の「内なる光」に通ずるものである。しかし、ウィンスロップは『日記』にこの反律法主義論争を細かく記し、この「直接啓示」を「妄想」と判断している。

ハッチンスンと同時期に、政教分離を主張したロジャー・ウィリアムズの論拠は予型論であった。彼は、ジョン・コットンとの1636年の論争において、旧約聖書を予型と考えはしたが、キリスト以後は歴史は新しくはじまるとした。つまり、「キリストを求めることは個人の自由」であり、統治は人民に由来する、とウィリアムズは『迫害の血なまぐさい教理』（*The Bloody Tenent of Persecution*, 1644）で主張している。一方、ハッチンスンやウィリアムズのように個人の信仰を重視することは、制度を否認する個人主義に向かう、とウィンスロップなどは懸念した。

▶「空白の土地」　新大陸には先住民がいたので、彼らから土地を取得するには論理的根拠が必要であった。ウィンスロップは『ニュー・

イングランドの植民に関するウィンスロップの結論』(*Winthrop's Conclusions for the Plantation in New England*, 1630) のなかで，新大陸は「空白の土地」であり，土地を耕して改良したものに与えられると主張した。またコットンは『植民地への神の約束』(*God's Promise to His Plantation*, 1630) で，アメリカは約束の土地カナンであると神学的弁護をした。彼らにとって，新大陸はキリスト教徒によって植民されることを約束された土地であった。

　一方ジョン・エリオットのように伝道を目的として聖書をアロゴンキン語に翻訳する者もいた。またロジャー・ウィリアムズは先住民の言葉が理解できた。ウィリアム・ウッドは『ニュー・イングランドの展望』(*New England's Prospect*, 1634) でアロゴンキン語と英語の訳のリストを作っている。

　しかし入植した人々と先住民との関係は1637年のピーコット戦争に見られるように悪化していた。その時に指揮官であったジョン・アンダーヒルは『アメリカからのニュース』(*News from America*, 1638) のなかで，先住民を皆殺しにしたこの戦争を「残虐」と形容している。

3　17世紀後半——ピューリタニズムの衰退

(1)　インクリース・マザー，ローランドスン，シューアル

▶「エレミアの嘆き」　　ウィンスロップ同様，植民地の指導者であった初代のリチャード・マザーは，その生涯のうちにすでにピューリタニズムの衰退のきざしを感じとっていた。二代目のインクリース・マザー (1639—1723) はジョン・コットンの娘と結婚し，ハーヴァード大学の学長となり，ピューリタニズムの黄金時代を生きたと考えられたが，その時代にはすでに「エレミアの嘆き」が聞かれていた。そしてコットン家とマザー家の流れを受け継いだ三代目のコットン・マザーは17世紀のピューリタニズムを回顧したピューリタンである。

　インクリース・マザーは，はじめは半途契約に反対し，コネティカット渓谷の「法王」ソロモン・ストダード (1643—1729) と大論争をした。しかし，そのインクリースも教会が空になることを恐れて，1671年頃までには半途契約を認めたのである。こうした信仰の弱まりを憂い，インクリースは説教「災

いの日は近い」(1674)をおこなっている。「エレミアの嘆き」の説教には，悔恨，謙虚，悔い改め，神の審判などの語句が頻用されている。聖書の預言者エレミアがイスラエル民族の信仰の衰えに対して警告したように，悔い改めをよびかけたものと，初期のウィンスロップが体現したようなピューリタンの共同体意識に訴えたものが多い。

　説教者として有名なジョナサン・ミッチェル（1624—68）は，「城壁に立つネヘミア」("Nehemiah on the Wall," 1671)で，利益よりも公共福祉を優先するよう高利貸しを説得してエルサレムの城壁を修理したネヘミアを引用し，人々に「公共心」をよびかけた。また，この説教のなかで，ミッチェルは「真の聖書による宗教改革を研究し実践することは，われわれに託された荒野への使命である」という印象的な言葉を残した。これは，サミュエル・ダンフォース（1626—74）の説教「ニュー・イングランドに託されし荒野への使命」("New-England's Errand into the Wilderness," 1671) のもととなった有名な言葉である。こうしたピューリタンの説教は聖書の「聖句（テクスト）」の解明からはじまり，「教説（ドクトリン）」で主題を検討し，最後に「教訓（ユース）」でその時代の問題点に照らして解答を提示して終わる。

▶ローランドスンと
▶ピューリタン信仰

　メアリー・ローランドスン夫人の『メアリー・ローランドスン夫人の捕囚と奪回』は，植民地を弱体化させたインディアンとの「フィリップ王戦争」の間に，マサチューセッツ州ランカスターでインディアンの捕虜となった夫人の体験記である。捕囚されている間に息子の一人を失いつつも，夫人は裁縫と編物の技術を生かし死を逃れる。しかしインディアンに虐待され，どんぐりの実を食べ物として神に感謝するくだりは，読者にインディアンに対する恐れと敵対心をおこした。ローランドスン夫人の生涯は明らかではないが，「逆境は神から与えられた信仰の試練である」という古いピューリタン信仰を実例で示した捕囚記は，19世紀まで愛読された。これは，同時代の聖職者たちによる「エレミアの嘆き」の説教に対し，大衆レベルの信仰復興運動といえる。また，植民地の人々にとってサタンであった残虐なインディアンに捕われたキリスト教徒の英雄的行為や忍耐を描いたこの作品は，クーパーの『最後のモヒカン族』や後の西部小説のはしりとなった。

▶シューアルの『日記』　前述のウィンスロップの厳しい自己内省を映した日記に対して、日常の茶飯事を記録した日記も書かれた。サミュエル・シューアル（1652―1730）の『日記』（*Diary*, 1674―77, 1685―1729 執筆, 1878―82 出版）は、世俗化への過渡期のピューリタン信仰をよく示している。シューアルは判事のときにセイレムの魔女裁判に加わったが、五年後の1697年１月14日付の日記でこの裁判の不正を告白している。彼は、富や公職への追求や野心を日記に記し、ピューリタンからヤンキーへと変貌していく過程を示している。

　シューアル自身も世俗化したピューリタンであったが、彼の現実的な対応は商業階層に支持された。こうした点で、彼はフランクリンの先駆けともいえる。また『日記』には、かつらの使用に反対したり、キャサリン・ウィンスロップ夫人から拒絶されたにもかかわらず求婚するエピソードが細かく記されている。初期のピューリタンと違って、その記述は世事や金銭に細かく、奉公人に与えた手当の額まで列挙されている。

（2）　コットン・マザー

▶『不可視の世界の驚異』　コットン・マザーは父よりもはるかに内省的で、正統派を擁護した過去に生きるピューリタンであった。これは、コットンがセイレムの魔女裁判を支持したことや不幸な家庭生活（二人の妻は病死し、三人目は発狂）したことにも起因するが、マザー自身の生きた時代が理性の時代へと向かっていたにもかかわらず、カルヴィン主義から脱却できなかったからである。

　しかし、膨大な歴史記述やフランクリンに影響を及ぼした『善行論』（*Bonifacius : or, Essays to Do Good*, 1710）などの著書、そして444点の出版物によって、マザー家三代のなかでもコットンはもっともよくピューリタニズムを体現した人物である。

　植民地全体をまきこんだ1692年のセイレムの魔女裁判は、植民地における宗教と科学の分水嶺であった。この裁判の支持派は、コットン（父インクリースは反対）をはじめとして、シューアル、ジョン・ホーソーン判事（ナサニエル・ホーソーンの祖先）たちであった。コットンは積極的に裁判には出席しな

かったが,『不可視の世界の驚異』(*The Wonders of the Invisible World*, 1693) のなかで, セイレムの出来事は「このかわいそうな植民地を覆そうとする」悪魔の陰謀であるとし, これを植民地と悪との決戦場と解釈し, 人々に信仰の悔い改めをうながした。

しかし, 裁判は悪魔の「霊的証拠」に依拠せざるをえず, この非科学的な証拠の実証をめぐって大論争がおきた。加えて, 裁判は自白と告発に頼ったため, 告発があい次いだ。この告発のセンセーショナルな面を強調し, 1950年代のマッカーシーの赤狩りを模して, アーサー・ミラー (1915—)は『るつぼ』(*The Crucible*, 1953) を書いている。

コットンを悪魔払いの儀式をしていると糾弾したのは, ロバート・ケイレフ (1648—1719) である。ケイレフは『不可視の世界のさらなる驚異』(*More Wonders of the Invisible World*, 1700) のなかで, コットン・マザーは「世界を欺こうとしている」と反論した。後に父インクリースは *Cases of Conscience* (1693) のなかで裁判の中止をよびかけ, コットンも裁判の不正に気づいた。しかし, コットンの名声はこれを契機に失墜する。

▶『アメリカにおけるキリストの大いなる御業』　マザーの名声を不動のものとしているのは, 厖大な著書『アメリカにおけるキリストの大いなる御業』である。ニューイングランドの歴史を記述しようという試みは, 早くはエドワード・ジョンスン (1598—1672) の『ニュー・イングランドにおけるシオンの救世主の驚くべき摂理』(*The Wonder-Working Providence of Sions Saviour in New England*, 1654) があった。コットンは, 植民地時代の指導者を中心にすえ, その歴史を難解なラテン語系の語による文体で集大成した。

マザーの大著は「どのようなほかの場所で生きようとも, ニュー・イングランドはわれわれの歴史のなかに生きるに違いない」という有名な文を含む「序論」からはじまる。この作品は, アメリカのピューリタニズムの黄金時代を記しているが, とくに優れた部分はブラッドフォードやウィンスロップなどの聖徒列伝である。なかでも「アメリカのネヘミア」とマザーがよぶウィンスロップ像は, 初期の植民地共同体の精神を具現する人物として, また信仰の模範として描かれ, 作品のなかの白眉である。

I　1492—1820

4　18世紀前半——理性の時代

（1）　エドワーズ

▶「怒れる神の手の
なかの罪人たち」

　「新しい学問」として知られた啓蒙主義思想の普及は，18世紀から始まった。ハーヴァード大学ではジョン・レヴェレット学長（1708—24在任）とエドワード・ホリヨーク学長（1737—69在任）が積極的に科学を導入した。またイエール大学に学んだ知識人はロック（1632—1704）やニュートン（1642—1727）の影響を受けている。

　誰よりもこのニュートンとロックを理解したのはエドワーズである。彼は，感覚によって人間の経験の tabula rasa（白紙状態）が埋められていくというロックの経験論を文学に使用し，説教はその場で「感じられる」ものでなくてはならないと主張した。

　「怒れる神の手のなかの罪人たち」は1741年にエンフィールドでなされた典型的な大覚醒の説教である。このなかでエドワーズは，罪深き人間の姿を「神の怒りの燃えさかる炎の恐ろしい深み」にはまった罪人として描いている。また，罪深さが人自身を鉛のように重くして，地獄の奈落へとひきずりこむという。この説教のなかでは，炎，水，蜘蛛の糸などのさまざまなイメージによって人間の罪と神の絶対主権が描かれている。

　こうした罪深さからくる恐怖から救済の歓びへと跳躍することがピューリタニズムの真髄である。「信仰告白録」（"Personal Narrative," 1740執筆，1765出版）は回心体験の幸福感を述べた小品である。このなかでエドワーズは，sense, sensible, sweet, soul という感覚を強調する単語を多用し，矛盾語法（oxymoron）を使って神を崇拝する心を 'majestic meekness' や 'awful sweetness' とよんでいる。このなかの詩的な箇所は，真のキリスト教徒の姿を描いた部分で，現在分詞や生き生きとしたイメージ——花の色彩（白），芳香——が救済の喜びを示すために使われ，闇に差し込む太陽の光線が神の救済を暗示している。

▶エドワーズの評価

　エドワーズはまさに「神に陶酔した」カルヴィン主義者であった。追放後に執筆された『意志の自由論』

(*Freedom of the Will*, 1754) は，人間の意志を重んずるアルミニウス主義に反駁して書かれたものである。エドワーズは，人間の意志の力を高く評価すれば，それに比例して人間の「神への依存度が弱められる」とし，自己の意志決定をおこなう自己原因律を否定した。これはカルヴィン主義の神による原因律と神の絶対主権に背くものだったからである。

しかし，こうした最後のピューリタンとしてのエドワーズの姿を覆し，新しい文学的評価を加えた作品が，1948年になってペリー・ミラーにより編集された『神聖なるもののイメージと影』(*The Images or Shadows of Divine Things*, 1948) である。エドワーズは，自然とその美を文学に取り入れる手法においては，きわめて斬新で，はるかに時代に先んじていた。エドワーズは，自然が「精神的な神秘」をわれわれに示していると解釈し，抑制された美を好んだ。巻末のエッセイ「世界の美」は自然の象徴主義を美しく描いた優れた作品である。エドワーズは美の無限性を自然にみいだしていた。この作品は，ロマン主義における象徴主義の先駆であり，エドワーズからエマスンへ継承されるアメリカ文学における自然の解釈のひとつを示すものである。

(2) フランクリン

▶**ヤンキーの父** エドワーズと同時代に生まれ，ピューリタンの道徳的な面を代表する人物はベンジャミン・フランクリンである。フランクリンは，コットン・マザーの『善行論』を手本とし，勤勉と節約に励んだ独立独行のピューリタンであった。トマス・カーライルはフランクリンを「ヤンキーの父」とよんだが，その多方面にわたる活躍と歴史や文化における意義を考えれば「ミスター・アメリカン」とよばれるにふさわしい。

フランクリンの文体は，英国のジョゼフ・アディソン (1672—1719) とリチャード・スティール (1672—1729) が創刊した『スペクテイター』(*The Spectator*) 誌を模範とした平明体である。『貧しきリチャードの暦』(*The Poor Richard's Almanac*, 1733—58) ではことわざを変形し，「天は自ら助くる者を助く」や「空っぽの袋は立たぬ」など有名なものが多い。フランクリンによる格言集は別に『富に至る道』(*The Way to Wealth*, 1758) がある。このように実践的なフランクリンの著作は明治期の日本で広く読まれた。

『貧しきリチャードの暦』の成功により、フランクリンは事業主としての基盤を固め、実業界に入った。フランクリンは消防組合（1736）や下水溝や街灯を設置し、避雷針やフランクリン・ストーブを発明し、アメリカ哲学協会（1743）、ペンシルヴェニア大学（1749）、ペンシルヴェニア病院（1751）などの創立に参画した。しかし40歳頃までに事業から引退し、政界に入った。そして独立戦争で活躍し、フランスでのアメリカ代表を務め（1776―85）、独立宣言に署名している。

▶『自叙伝』その他　こうした輝かしい人生をふり返って書かれたのが『自叙伝』（*Autobiography*, 1771―90執筆、1818出版）である。立身出世のバイブルとしての『自叙伝』は13の徳目――「節制」、「沈黙」、「整理整頓」など――を列挙している。これらを毎日毎週表にして検討し、また一日の仕事を時間に配分して怠惰にならぬようにした。この『自叙伝』は、後のアメリカの成功物語の原型となり、文学的にもフィッツジェラルド（1896―1940）の『偉大なるギャツビー』（*The Great Gatsby*, 1925）やドライサー（1871―1945）の作品に影響を及ぼしている。

「アメリカへ移住しようとする人々への情報」（"Information to Those Who Would Remove to America," 1784）は、勤勉によって成功したフランクリンが、アメリカでの成功を夢みて移住する人々への警告として書かれた冊子である。このなかでフランクリンは、家柄よりも「その人は何ができるのか」がアメリカでは問われるという。また、政府が移住者の旅費を払うとか、アメリカには公職がいくらでもあるなどの誤解を解き、勤勉によってのみ「ボロから金持ち」になれるのだと強調している。

理性の時代に生きたフランクリンの宗教観がもっともよく出ているのは、エズラ・スタイルズ（エドワード・テイラーの孫、1727―95）への1790年3月9日付返書である。フランクリンは「宇宙の創造者である唯一の神を信じ、神がその摂理によって宇宙を支配していることと、神が崇拝されるべきことを信ずる」が、「キリストの神性に関してはいくつかの疑問を抱いている」と記している。また、この手紙が公表されることを恐れて、公表しないよう追伸を書いていることは、フランクリンの現実的な対応を示すものである。

(3) ウールマンとバートラム

▶『ウールマンの日記』　ウールマン (1720―93) は事業を投げて伝道に入ったが、その簡素な生活と世俗的成功の放棄は、フランクリンと好対照をなす。彼は、内的生活を重んじ、自給伝道をするために裁縫を学び、旅行の費用をまかなった。またソローと同じく奴隷制に強く反対して、伝道中に必ず奴隷制廃止について言及した。チャールズ・ラム (1775―1834) は、『ジョン・ウールマンの日記』(*Journal of John Woolman*, 1774) を彼が再読した唯一のアメリカの本であると賞賛している。この作品には内省的で静かなクエーカー教徒の伝道活動が書かれている。クエーカー教徒はカルヴィン主義の予定説を拒否したためピューリタンに迫害された〔ホーソーンの短篇「優しい少年」("The Gentle Boy," 1832) はこれを主題にしている〕。

▶『バートラムの旅行』　博物学者のウィリアム・バートラム (1739―1823) も、ウールマンと同時代のクエーカー教徒である。父のジョン・バートラムも著名な博物学者で、フィラデルフィアで植物園を経営していたが、ウィリアムは紀行文に優れ、『ウィリアム・バートラムの旅行』(*The Travels of William Bartram*, 1791) を残している。カーライルやワーズワス (1770―1850) などのイギリス・ロマン派の文人は、バートラムの描いた地上の楽園のイメージや、荒野やインディアンの描写を好んだといわれる。前述のウィリアム・バードとともに、バートラムの自然観はヨーロッパにおけるアメリカ像の形成に大きな貢献をした。

5　18世紀後半――アメリカ独立の時代

(1) トマス・ペイン

▶『コモン・センス』と『人間の権利』　アメリカの独立前後の文学としては政治文書が多い。これらは、ギリシア・ローマの古典を模倣した文体で、社会契約の概念を説明し、革命思想のバックボーンとなった。なかでもイギリス生まれのトマス・ペインの『コモン・センス』は約50万部売れ、驚異的なベストセラーとなり、革命の契機となった。

ペインはアメリカの独立を世界的観点から考えていた。独立戦争中に『危

機』（*The Crisis*, 1776—83）と名づけられた16のパンフレットを出し，独立後にはフランス革命を擁護して『人間の権利』（*The Rights of Man*, 1791）を著わした。ペインはこの作品のなかで，アメリカの独立はアメリカ自身のためでなく「全世界のために」宣言された，と述べている。

▶『理性の時代』　　ペインは，革命思想だけでなく，理神論においても急進的であった。革命後に書かれた『理性の時代』（*The Age of Reason*, 1794）のなかで，ペインは「聖書の言葉に対するわれわれの概念が一つとなれるのは天地創造においてのみである」と述べ，理神論の本質を突いた。しかしペインは，聖書を「最も下等な悪徳の歴史」と称したために聖職者を怒らせ，『コモン・センス』の出版によって確立されたペインの名声は『理性の時代』により損なわれてしまう。

(2) ジェファスンと連邦主義者たち

▶独立宣言　　「独立宣言およびヴァージニア州宗教自由法の起草者，ヴァージニア大学の創立者」として後世に知られることを希望したジェファスンは，第三代合衆国大統領（1800—09）を務めた。これら三つの役割に共通するジェファスンの信条は，国家であれ，教会であれ，無知であれ，その暴政から人間の精神を解放することにあった。「われわれは以下の真理を自明のものと考える。すなわち，人間は平等につくられ，すべて人間の創造主によって侵すべからざる一定の権利を与えられており，これらの権利のなかには，生命，自由，そして幸福の追求が含まれる」という文をふくむ独立宣言は，民主主義の理念を述べた歴史に残る文章である。

　しかし，この宣言に表明されなかった問題は奴隷制である。ジェファスンは，当初草稿の段階で，独立宣言に奴隷制反対意見を組み入れることを望んでいたが，却下され，その部分はすべて削除された。これは憲法において奴隷は五分の三で人口に組み入れるという五分の三条項で妥協をみることになるが，ジェファスンは啓蒙主義者としてつねに奴隷制の悪を意識していた。

▶『ヴァージニア覚え書』　　『ヴァージニア覚え書』は，フランスの博物学者の質問に答えてヴァージニアの地理，生態，社会史について書かれたものである。このなかでアメリカにおける田園志向や農本

主義がうたわれている。またその一節でジェファスンは，奴隷制とその非人間性が子どもの教育に及ぼす影響を指摘している。彼自身は奴隷所有者であったが，「神は正義であり，その正義は永遠に眠っているわけはないと考えるとき，私は国を思うと身震いする」と述べて奴隷制を憂慮していた。

▶ジェファスンの理神論　理性の時代に生きたジェファスンは，宗教に関する著作も残している。ジェファスンとフランクリンは，宗派の論争を避け，いかなる聖職者の権力闘争にもくみしなかった。また，奇蹟に関しては懐疑的で，彼の書簡と私家版著書は，具体的な例をあげて奇蹟について平明に解説している。甥のピーター・カーに送った書簡（1787年8月10日付）は，彼の理神論を要約したものとして有名である。「つねに理性を見張りにつけ，その探求から生じる結果を恐れるな」という。「たとえばヨシュア記に太陽が数時間止まったとある」。ジェファスンは，このような「自然の法則に矛盾する聖書のなかの事実は，注意深くさまざまな側面から検討されなければならない」と警告している。

▶連邦主義者たち　都市よりも田園を愛し，中央集権政府よりも地方分権を好んだジェファスンと政治において対立する人物は，アレグザンダー・ハミルトン（1757―1804）である。ハミルトンが合衆国憲法の批准を求めて，ジョン・ジェイ（1745―1829）やマディスンとともに書いた政治文書（85篇）が『連邦主義者』（*The Federalist*, 1787）である。これらの政治文書は，当時急速に発達した印刷術の恩恵を受け，ニューヨークの新聞に掲載された。マディスンはジェファスンに近く，基本的人権を保証した「権利の章典」の確定に尽力した。『連邦主義者』は政治思想を展開した優れた文書であり，派閥の弊害と連邦の役割を論じたマディスンの執筆した「第十篇」はよく知られている。『連邦主義者』は，個人の権利を守りつつ，共和制の機能を生かすというアメリカの民主主義の本質を明確に述べている。

（3）クレヴクールとブラウン

▶「アメリカ人とは何か」　アメリカが国家として確立するにつれ，さまざまなアメリカ人観が出版される。その代表はクレヴクールによる『アメリカ人の農夫からの手紙』のなかの「アメリカ人とは何

か」である。アメリカとフランスの二つの革命を体験したクレヴクールはフランス人でありながら，1770年代にニューヨーク州オレンジ郡で農場を経営した体験をもとに，アメリカ人の特徴をついた洞察を残している。

　イギリスに反して，アメリカは何も所有していない者が市民となれる国であり，勤勉が報いられる国と描いている。その労働の動機づけは「私欲」である。また，「人種のるつぼ」としてのアメリカを評して以下のように述べている。「私はこんな家庭を知っている。祖父はイギリス人，その妻はオランダ人，息子はフランス人と結婚し，いまの四人の息子たちは四人とも国籍の違う妻をもっている。移住した人は，わが偉大なる『育ての母』の広い膝に抱かれることによってアメリカ人となるのである」。

▶アメリカ小説の父　　「アメリカ小説の父」とよばれるチャールズ・ブロックデン・ブラウンは，英国のゴシック小説の影響を受け，アメリカの自然を物語の舞台として，人間の心理を描いて，後にアメリカ・ゴシック小説といわれる一連の作品を残した。その代表作『ウィーランド』（*Wieland ; or The Transformation*, 1798）は，カーウィンという腹話術師によって惑わされたセオドア・ウィーランドが家族四人を惨殺する物語である。この事件の真相の解明過程が，書簡体，法廷記録，告白とさまざまな形式で描かれる。「私の唯一の罪は好奇心でした」と弁解するカーウィンを通して，ブラウンは人間の内面の悪をえぐる。これは「人間の心の神聖さを侵す」大罪を告発したホーソーンの先駆けともいえよう。

　『エドガー・ハントリー』（*Edgar Huntly*, 1799）は，荒野を背景に夢遊病者や森のなかのインディアンを登場させたゴシック小説である。この夢遊病という設定が急場しのぎの役割を果たし，物語は突然に場面展開する。また物語のなかで，主人公が落とし穴に落ちる恐怖はエドガー・アラン・ポー（1809—49）の「穽と振子」("The Pit and the Pendulum," 1843）に利用されたといわれるように，ブラウンの推理小説的要素がポーに与えた影響は大きい。ブラウンは中世ヨーロッパの城の代わりにアメリカ独特の森の情景やインディアン，洞窟を利用したが，これに心理的要素を加えた。このような要素が後のアメリカ小説の基盤となったことを考えると，文学史におけるブラウンのもつ意義は大きい。

第2章 詩

❖ **ピューリタン的想像力**　最初，マサチューセッツに移住したピューリタンたちは，彼らの植民地共同体を早急に設立する必要があった。彼らの目的はまず新天地に神の国を建設することで，神の選民として，「丘の上の町」を設立することをその使命としたのである。したがって，神の意志を遂行することが何よりも優先されたから，新しい文学を創造する余裕などあるはずがなかった。もっとも，初期のピューリタンたちのなかには学識豊かな聖職者たちが多く，聖書やキリスト教教義にもとづいた詩――賛美歌――は書かれていた。

植民地時代の最初の書物といえば，リチャード・マザー（1596—1669）が訳者の一人であった『賛美歌集』（*The Bay Psalm Book*, 1640）で，それが彼らにとって唯一の「詩」であった。続いて，1662年には，マイケル・ウィグルズワース（1631—1705）の『審判の日』（*The Day of Doom*）が出版された。彼らの詩作の源となったピューリタン的思考，想像力とは，宇宙の神秘や人間の生とその営みを神の摂理，すなわち，そのはかり知れない計画のなかにみようとする性向である。アメリカ大陸に移住した初期の「アメリカ人」たちは，その生の営みが神の計画のうちにあることを信じて疑わず，旧約聖書に書かれた事項にそくして新大陸の現実をみようとする予型論的（タイポロジカル）な姿勢が彼らの生活を支配していた。

『審判の日』は，「最後の審判」を想像して書かれた隔行韻を踏む八行連，224連からなる詩で，当時の人々になじみ深い聖句に依拠したものであったため，出版と同時にたちまちベスト・セラーになった（ニュー・イングランドの住民の20人に一人が購入したという記録が残っている）。それはピューリタンたちの信仰を表明するもので，罪あるものに「最後の審判」の恐怖心をおこさせると同時にまた，改悛した人間が救いにあずかり，神の意志が成就するという信仰を確認するよすがともなったのである。壮絶な地獄絵を描いてみせ，さしずめ韻文で書かれたエドワーズの説教「怒れる神の手のなかの罪人たち」といったものである。

❖ **新天地の歌**　植民地時代の文書はすべて実利的かつ記録文学の要素が濃厚である。日々の糧として暗唱するために書かれ，人口に膾炙した詩や賛美歌の歌詞は，芸術的目的のために書かれたのではなかった。歴史的事件，著名人の死，または先住民との戦いなど，作者はそうした出来事を単に記録するだけで，文学的評価とか美的基準などは度外視された。

こうした傾向は，植民地が発展し，独立共和国への機運が高まっていった時代におい

ても同様である。神の国建設のため、諸事がなされ、その記録として歴史や、日誌、詩が書かれたのなら、共和国形成時代に書かれた文書や詩には共和国の理念、フィリップ・フリノー（1752—1832）がいう「人類の解放者としてのアメリカ」の夢が説かれたといえる。近代から出発したアメリカにはイギリスや他のヨーロッパ諸国と違って、英雄叙事詩や神話がないとされてきた。その代わりに新大陸の詩人たちは、近代の歩みとその意識の叙事詩を創造しようとしたのである。後にアメリカ国歌（1931）とされたフランシス・スコット・キー（1779—1843）の「星条旗」（"The Star-Spangled Banner," 1814）がつくられたのもこの時代のことである。

　植民地時代および共和国形成時代のアメリカ詩人としては、アン・ブラッドストリート（c. 1612—72）とエドワード・テイラー（c. 1644—1729）、フィリップ・フリノーとジョエル・バーロウ（1754—1812）、1980年代後半になって、「黒人文学の母」として、あらたに注目されだしたフィリス・ウィートリ（c. 1753—84）などをあげることができる。

1　17世紀——植民地時代

（1）　ブラッドストリート

▶詩作する女性　　イギリス生まれのブラッドストリートは1630年にマサチューセッツ湾植民地に夫とともに移住した。多難な新天地での生活の合い間にスペンサーやシドニーの詩を読み、イギリスでの教養を素地に自らも伝統的詩形で多くの詩を書いた。ヴァージニア・ウルフはイギリスには女性詩人の伝統がなく、詩作する女性は狂人扱いされたと苦言を述べたが、伯爵の家老だったトマス・ダッドレーの娘として生まれ、教育を受けたアンが、「自由の聖地」アメリカでその文才の花を咲かせたという事実はきわめて象徴的なアメリカ体験といえよう。

　1650年にイギリスで出版された彼女の詩集 *The Tenth Muse* には「肉体」と「精神」との対話形式で書かれた "The Flesh and the Spirit" に代表される宗教詩が多い。しかし、現代の読者に興味深いのは、ブラッドストリートが男性詩人をまねることなく、「女の領域」をわきまえ、「女のテーマ」で詩作したことである。この詩集の「序」で彼女は詩作の目的を明らかにした後、皮肉たっぷりに次のようにしめくくる。「学問のない私の詩にはタイムや

パセリの冠でけっこう。月桂樹の冠など望まない。この乏しい荒削りの私の詩はあなたたちの黄金と輝く詩をさらにひきたてるでしょうに」。

▶女性としての視点　ここに提示された視点が，最近フェミニスト批評家によって，ブラッドストリート，エミリー・ディキンスン（1830—86），エイドリアン・リッチ（1929—2012）へと継承されるアメリカ女性詩人の系譜をなすとされる由縁であろう。

　ブラッドストリートは，当時多用された対句詩形(押韻した二行からなる詩)を用いて，夫のこと，家族のこと，家事をテーマに多忙な生活のなかでそのときどきの感情を素直に詩に託した。その作品のなかには，ホーソーンの『緋文字』の冒頭に出てくる灰色の衣服をまとった陰鬱なピューリタンのイメージからは想像できないような，夫婦の細やかな愛情を大胆に歌った恋歌も多く，"To My Dear and Loving Husband"はその好例であろう。

　とはいっても，幼い孫の死にさいして，そこに神の摂理をみ，自己を慰めようとするピューリタン的姿勢は，やはり彼女の生きた時代精神を反映している。そうした態度は，彼らの家が火事で焼け落ちたときにもうかがえる。人生の苦難，災難に遭遇したとき，聖書の言葉が当時のピューリタンたちの心の支えであったことが，ブラッドストリートの詩から明らかである。最近になって，フェミニスト批評をはじめとして本格的なブラッドストリートの研究書が日本においても出版されるようになった。

（2）　テイラー

▶瞑想詩と形而上詩の伝統　ブラッドストリート同様，テイラーもイギリスで生まれ，成人してからアメリカに移住したピューリタンの一人である。17世紀イギリスの形而上詩の伝統を踏襲したテイラーの「瞑想詩」は，神につくられた器としての自己を歌ったもので，その趣旨は，いかにして神の意志を読みとり，それをおこなうかといった趣向のものである。なかでも，'Make me, O Lord, thy Spining Wheele compleat./ Thy Holy Worde my Distaff make for mee.'（主よ，私をあなたの完全な紡ぎ車にして下さい。あなたの聖なる言葉をその糸巻棒として下さい）にみられるように，「神の業をあらわす器として」のピューリタン的人間観が顕著にあらわれ

ている「主婦仕事」("Huswifery")がよく知られている。

▶「洪水に寄せて」　また、「洪水に寄せて」("Upon the Sweeping Flood")では、人間を、病んだ天を原罪という薬で治療する医者にたとえ、ノアの洪水を天が人の「誇り高き頭」の上に見舞う排泄物という奇抜な比喩（コンシート）を使って、ジョン・ミルトンが、その叙事詩『失楽園』でしたように、テイラー独自の「神の人への道を説く」(to justify the way of God to man)詩とした。

2　18世紀——共和国形成時代

（1）フリノー

▶アメリカ独立革命の詩人　「アメリカ独立革命の詩人」の名にふさわしいフリノーは、英国植民地が本国から独立しようとしていた共和国形成期に、その思想的土壌をつくるのに大いに貢献した文人である。ロックやペインの思想を宣伝する政治的パンフレットを書き、また「人権」や「自由」をテーマに詩を書いた。その代表的なものは、「ペイン氏の人権論を読んで」("On Mr. Paine's Rights of Man")である。英雄詩形をとった二行連句で書かれた詩で、専制君主制の終わりを告げ、「人類の救済の国家」としてアメリカのアイデンティティを高らかに歌う。'……So shall our nation, formed on Virtue's plan,/Remain the guardian of the Rights of Man,/……Without a king, to see the end of time.'（高い理想のもとに立てられたわが国は、君主をいただかず、世の終りまで、人権の守護神として存続する）と、「世界の警察官としてのアメリカ」の原型を描く。

▶ロマン主義詩人の先達　また、人類の希望を実現する輝かしいアメリカの未来を歌う「発展するアメリカの栄光」("The Rising Glory of America")では新しい——禁断の果実の樹や人間を誘惑する蛇のいない——楽園が約束されている。またフリノーには、「野生のスイカズラ」("The Wild Honey Suckle")や「インディアンの塚」("The Indian Burying Ground")など、新大陸の事物、風景を簡素な言葉で歌った詩もあって、後のロマン主義詩人の先達となっている。

（2） バーロウ

▶偉大なアメリカの叙事詩　バーロウはヨーロッパ滞在中にフランス革命に共鳴し，ペインに代表される当時の啓蒙思想の影響を受けた。フリノー同様，彼も愛国的な詩を書いた。

　文学史におけるバーロウの重要性は，彼が「偉大なるアメリカの叙事詩」を手がけたことだろう。最初，「コロンブスの夢」("The Vision of Columbus")として書かれ，後に改訂，増補され『コロンブス物語』(*The Columbiad*, 1807)として出版された「叙事詩」は，'I sing the Mariner who first unfurl'd/An eastern banner o'er the western world.'とコロンブスへのよびかけではじまる。

▶冗長な詩の雄大な構想　その内容は，合理主義的人間観にもとづくジェファスン流民主主義が基調となっていて，新しい共和国の壮大な未来が展開されている。作品の構想は雄大だが，「読むに耐えない」冗長な詩で文学的価値はあまりないとされている。

（3） フィリス・ウィートリ

▶「黒人文学の母」　1650年にアン・ブラッドストリートの詩集が早くも出版された事実はアメリカ文学史を概観するうえで特筆すべきことだが，もう一人，共和国形成時代に黒人女性で詩作をおこない，その才能を認められた詩人がいた。マサチューセッツ州では，1985年に2月1日をフィリス・ウィートリ・デイとして，彼女を記念することにしたという。

　1761年にボストンに連れてこられた奴隷のなかにいた幼い少女を，ボストンの有力な商人ジョン・ウィートリの妻が自分の身の回りの世話をする奴隷として買い，奴隷船フィリス号にちなんで，フィリス（・ウィートリ）と名付けた。少女の並はずれた才能を認めたウィートリ夫妻は，フィリスに詩と聖書，ラテン語まで習わせた。奴隷に教育を授けるということは，白人女性でさえ教育の必要が認められなかった時代に，異例のことだった。

▶敬虔な宗教心と愛国的言説　12歳で詩作をはじめたフィリスはボストンはじめ13の植民地で「天才詩人」としての評判を得て，ウィートリ夫人など著名なボストン住民たちの後ろ盾もあって，1773年に彼女の詩集がロ

ンドンで出版される。アン・ブラッドストリートに次いで（アメリカ）女性として二番目の詩集出版という快挙だった。詩集出版と前後してフィリスは奴隷の身分から解放されるが，恩人のウィートリ夫人を亡くし，さらに独立戦争の混乱のなか，ボストンを離れたフィリスは支持者を次々と失う。1778年に自由黒人の商人であったジョン・ピーターズと結婚，二人の子どもを出産するが，二人とも夭折。病弱だったウィートリ自身も三番目の子どもの出産で，母子ともに死亡，30歳という若さだった。

　フィリスの詩は故郷アフリカを「暗黒の住処」とし，アメリカ大陸に連れてこられたことは神の慈愛によるものと，神への感謝と信仰を明言するもの——" 'Twas mercy brought me from my pagan land "（On Being Brought from Africa to America"，ジョージ・ワシントンを讃える献辞，" To His Excellency General Washington "），アメリカの独立を祝う詩「自由と平和」——など，建国期の社会状況を反映するもので，独立への機運を歌い上げたフィリップ・フリノー同様，アメリカ建国期の詩人として評価されるべきである。

II
1820—1865

ホイットマンの『草の葉』

II 1820—1865

時代思潮

● ── 国民意識の高揚

　この時代の特徴は自信と発展であった。経済的独立および文化的独立が達成され、政治の面でも、国民性の面でも今日のアメリカの基礎が確立された。人口も急激に増大し、1820年の960万から1860年の3140万と三倍になっている。

　このような発展の機運は第二次対英戦争（1812—14）によってもたらされた。少数の熱烈な愛国者によってはじめられた先の独立戦争に比べると、この戦争には国民大多数の支持があった。ナポレオンの大陸封鎖に端を発する英仏相互の通商制限によって、東部の商人、南部の農民いずれも痛手をこうむったが、とくに船舶に関して、臨検、誤認逮捕といった英国側からの実際的被害がたび重なり、反英感情が高まっていたからである。局地戦における勝利はアメリカ国民の自信を深め、国民意識をいやがうえにも高めていった。

　第二次対英戦争自体は、直接の原因となったナポレオンの没落とともに二年後にめだった得失なしに終結した。しかしその大きな成果として、長年の対英コンプレックスは払拭され、人々の目はヨーロッパから自国の内部へと転じられた。1830年代から50年代には国民的自覚の高まりを背景に、アメリカ独自の思想と文学が開花する。

　経済的独立は、対英戦争の促進した産業革命の進行と平行してなしとげられた。輸入の途絶えた工業製品を自国で調達する必要、貿易業者が海運業から引き上げた資本、動力と労働力、良好な港などの条件がそろい、東部沿岸諸州において1820年代に早くも綿工業を中心に近代的な工場制度が確立した。その後1840年代、1850年代には重工業部門を含む多方面にわたって産業革命は進行し、1850年代末にその過程を終えた。こうした産業革命の進行と産業資本の確立に従って、イギリスからの経済的独立が着実に実現していったのである。同時に国内においては、北部、とくにニューヨークを中心とする統一的な国内市場

産業革命の進行を示す繊維工場

時代思潮

ができ，産業革命から取り残された南部経済は北部に依存せざるをえなくなった。

● —— 民主主義の確立

外交面においてアメリカは，1823年モンロー宣言によってすでに独自の内政不干渉主義を打ち出していた。一方，国内においては民主主義の確立がこの時代の世界に誇りうる特徴であり，西部出身の最初の大統領アンドルー・ジャクスンの時期（1829—37）がこの傾向を象徴的にあらわしている。

ジャクスンは，中央銀行への断乎たる処置によって民主的政府のあり方，政府とは中・下層階級の利益を擁護するものであるという理念をはじめて明らかにした。すなわち，中央銀行は政府の特別の保護を受けて政財界に強大な勢力をもっていたが，彼はそれを違憲的存在，民衆の敵ときめつけ，数々の特権を認めた従来の特許状の再交付をきっぱりとはねつけたのである。彼の実現した諸改革のなかでとくに重要なものは，大統領候補者選出のための全国指名大会制度の採用であり，これによって民衆の声が直接届く道が開かれた。

ジャクスン民主主義のもとで力強く推進された労働者の団結は，労働組合，独自の政党へと結実し，民衆の生活に直結した民主化運動の原動力となった。普通選挙制や公立学校制の要求も労働者運動の一環であった。発展する西部諸州では最初から普通選挙制がとられていたが，旧州でもしだいに意識改革が進み，広範な運動の結果，従来の財産制限が徐々に撤廃されていき，全白人の男子に選挙権が拡大された。一方，急増する移民のアメリカ化教育の必要も生じ，各地で運動が積み重ねられた結果，1860年には北部各州および南部の数州で公立学校制度が実現した。

このような民主化の潮流のなかで見落としてならないものは，1848年ニューヨーク，セネカ・フォールズの会議で出された「婦人の所信宣言」である。選挙権をはじめとして「合衆国市民として」当然与えられるべき諸権利の女性への承認を強く主張するものであり，ここに女性解放運動の力強い第一歩がふみだされたのである。この運動は1920年ついに婦人参政権が実現するまで息長く続けられることとなる。

● —— 新しい思想

政治的，経済的独立にとどまらず，文化的にも1837年のエマスンの講演「アメリカの学者」によっていわばアメリカの知的独立宣言がなされた。エマスンの提唱した超越主義は，このような知的独立を導く新しい思想であった。

その背景となったユニテリアニズムは，カルヴィニズムへの批判から生まれた反カルヴィン主義的自由神学である。チャニングのボルティモア説教（1819）などで明らかなように，聖書主義，聖書を読み解くさいの理性尊重を主張し，カルヴィニズムの予定説や三位一体説を拒否する。また，人間理性を信仰に不可欠な要素として重視する，人間主義的な神学であった。ボストンを中心におこったこの新しい神学の波が，理神論との接触ですで

II 1820—1865

時代思潮

に揺らぎはじめていたカルヴィニズムの衰退を決定づけ、精神界に自由の気風を送りこんだのである。さらに、ユニテリアニズムを根拠としながらもその聖書主義の枠をこえ、人間の優位をいっそう進めようとする思想が生まれてきた。エマスンにおいて頂点に達する超越主義思想である。

● ── 超越主義思想

超越主義とは、人によりあらわれ方は異なるが概括して述べると、まず周囲の物質界全体、歴史、常識、経験、悟性による認識、を「超越」することである。これらいっさいのものを超越したあとに残るものは、あらゆる束縛から解放された個人の魂である。しかもそれは、神が内在するゆえに「神と同じくらい」神聖なのである。したがって超越主義は、チャニングの「聖書」をこえ、自由な精神があればそれだけで人は直観的に神や万物の真理を認識できるとし、人間最高の美徳として「自己信頼」を説く。このように、個人の魂の神聖さを強調して宗教の枠をもこえた人間主義的な理想主義や人生態度を超越主義という。当然、社会のあり方にも深い関心を示し、物質的繁栄に溺れかけていた世相に警鐘を鳴らし、魂の問題の重要性を説いたのである。当時各地で盛んになってきていた講演会や彼らの機関誌『ダイアル』が社会との接点となった。

したがって、超越主義を軸として数々の社会改良運動が実践されたのもこの時代の特徴である。禁酒運動、奴隷解放運動、平和運動などが展開された。一方、ロバート・オーウェンの空想的社会主義思想もこの頃フーリエ主義と結びついて流行し、40以上のフーリエ主義共同社会がつくられた。そのなかでもっとも有名なものは超越主義者自らの手になる「共同農場（Brook Farm）」（1841—47）であった。これは、「労働と思索の結合、およびそれからくる双方の深化」という独特の目的をもっていたため、社会的影響がとくに大き

フロンティアの生活

時代思潮

かった。

● ── マニフェスト・デスティニィ

　カルヴィニズム衰退による精神界の拡大と呼応するかのように，地理的にも驚異的発展をみたのが，この時代であった。ルイジアナ購入（1803）によって一挙に領土は二倍となり，西漸運動が活発になった。以後フロリダ購入，テキサスへの移住開始および最終的併合（1845），と広大な領土が次々に合衆国の所有下に入ったのである。肥沃な土地を求める移住の動きは，購入地をさらにこえて西方へと抑えがたい勢いで伸展する。

　このような現状をみて，合衆国の土地拡大の要求は自然法の理念にもとづき阻止できぬ，むしろ阻止すべきでない「マニフェスト・デスティニィ（明白な宿命）」であるとする見方が支配的となってきた。辺境線は休みなく西方へ動き，オレゴン，カリフォルニアへと進み，メキシコ戦争を経て，1853年ガズデン（アリゾナ・メキシコ国境地帯）購入によりマニフェスト・デスティニィは一応達成されたのである。

　この間約40年にわたった辺境開拓の歴史は，アメリカ気質の形成に深い影響を及ぼした。独立心，勇気，平等を重んじる開拓者精神は入植時のピューリタニズムとともに，今日のアメリカ国民性の二大原点となっている。この特色は政治，社会面では民主主義と結びついた。ジャクスン大統領選出が示すように，アメリカの民主化はつねに西部への発展とともに実現されたのである。ただし東部にも，西部から押し寄せる民主化の波を受けとめる精神的風土が存在していた。なぜなら，超越主義が個人の魂を最大限に尊重し，いかなる権威にも服さぬことをめざしているとするなら，結局は万人平等の思想につながっていくからである。東部国民にとって，西方に横たわる無限の領土は夢と自信を与えるだけでなく，実際的には広大な市場でもあった。発展する西部がひかえていたために，産業革命は国外市場に依存することなく進行しえたのである。東西双方の必要から運河や鉄道が飛躍的に発達し，両地域のつながりが緊密になっていった。

● ── 南北対立の表面化

　取り残されたのは南部であった。北部産業資本によって統一され順調に発展する北西部経済とは対照的に，南部は依然として少数の大農場主が左右する非近代的非民主的な経済機構に頼っていた。奴隷制がこの経済機構と密接に結びつき，それを支えていた。北部からみれば，封建的南部社会は国民経済発達の大きな妨げであった。一方，南部人の間には，工業をおこしえず，経済全面にわたって北部資本の支配下に入った現状に不満と焦りがつのっていった。しかし，南北の感情的対立の原点はやはり奴隷制であった。これは自由労働者の北部，自営農からなる西部と心情的にとうていあい入れないものであり，南部はしだいに孤立を深めていった。ついには南部自営農の立場から矛盾をつく内部告発の書『迫りくる南部の危機』（H. R. ヘルパー，*The Impending Crisis of the South*, 1854, 1857）

時代思潮

すら出版され，大きな反響をよぶこととなる。

　社会的，経済的観点とは別に，宗教的，人道的立場からも奴隷制反対運動が営々と続けられていた。奴隷解放のための機関誌の創刊(1831)やアメリカ反奴隷制協会の設立(1833)があり，どちらも最終的勝利をみるまで活動を続けたのである。チャニング，ソロー，ホイッティア，ストー夫人らの文筆による奴隷制に対する糾弾も人々の心情に強く訴えた。また，先のセネカ・フォールズに結集した女性たちのなかからも，奴隷制問題が緊迫してくると，人道的見地から奴隷解放に運動の主眼を移すグループが出てきた。

　一方，政治的にも奴隷制は南北対立の源となった。西部の新州が連邦に加入するたびに，その所属をめぐって激しい攻防が展開されたからである。ともかく危機と妥協が幾度かくり返されたあと，内部告発書をめぐって対立は頂点に達し，1860年北部の反奴隷制主義者リンカーンが大統領に当選するに及んで南部七州が連邦を脱退し，ついに南北戦争（1861—65）に突入した。

　一国の発展途上で，内部矛盾を自らの手により解消することは避けられない一過程であるが，この内戦の悲劇が時代思潮に及ぼした影響は決定的であった。これにより，楽観的理想主義やロマン主義で特徴づけられた一つの時代が終わりを告げたのである。

南北戦争とリンカーン

第1章　散　文

❖ **国民文学を求める声**　対英戦争の結果，政治的独立に次ぐ経済的自立も達成されて国民意識が高まり，アメリカ独自の文学を求める声が強くなった。オレスティーズ・A. ブラウンスン（1803—76）やウィリアム・エラリー・チャニング（1780—1842）をはじめとする当時の知識人によって国民文学待望論があい次いで著わされ，続いて小説や散文文学における傑作が生まれ，アメリカの文化的独立が達成されたのがこの時代であった。

　文学史の区分ではロマン主義時代にあたる。ヨーロッパから流入した，人間の思想感情の奔放な活動を尊重する文芸思潮は当時ようやくアメリカに定着したが，同時にこれはアメリカ生まれの新しい思想である超越主義と結びつき，アメリカ・ロマン主義文学は倫理的色彩をおびることとなった。倫理的傾向は当時の社会批判，人間再生のテーマを揚げてとくにエッセイの形式におもむき，ここに散文文学の黄金期が出現した。

❖ **コンコードの超越主義グループ**　文学史に残る散文はラルフ・ウォルド・エマスン（1803—82）を中心としたコンコードの超越主義グループのなかから生まれた。エマスン，ヘンリー・デイヴィッド・ソロー（1817—62）のほかにエイモス・ブロンスン・オールコット（1799—1888），マーガレット・フラー（1810—50），ジョージ・リプリー（1802—80），オレスティーズ・A. ブラウンスン，セオドア・パーカー（1810—60）らの名をあげることができる。彼らの論説は主としてユニテリアン派の機関誌『クリスチャン・エグザミナー』や後に彼ら自身で発行した『ダイアル』に発表された。その著作活動をみると，それぞれがエマスンの影響を待たずに，時代精神への敏感な反応のうえに超越主義思想を形成していたことがわかる。

　彼らの関心は，人によって宗教から哲学，教育，文学と多岐にわたっていたし，細部において必ずしも見解の一致はみられないが，基本的に彼らの精神に共通していたものは次のような点である。すなわち，(1)物質に対する精神の優位，(2)霊魂の不滅，(3)人間のなかにある神聖さ，(4)人間の「理性」をくもらせる伝統や習慣への批判，である。散文文学を特徴づけている，読者に対する啓蒙の姿勢は文体の面にもみいだされる。平易な口語スタイルや例証，隠喩を多くふくむ，いわば講演のスタイルが主流であり，その背後には，読者側の理解や共感に対する配慮がつねに働いている。この傾向は，内容的にはきわめて難解なエマスンの『自然論』にもみられる。

II 1820—1865

1 超越主義の時代（Ⅰ）

（1） エマスン

▶『自然論』　ラルフ・ウォルド・エマスンは超越主義者の中心的存在として当時のアメリカ精神界の指導者的役割を演じた。フラーとともに『ダイアル』の編集にあたる一方，講演，散文，詩を通じて彼の理想主義を世に訴えつづけた。

　1820年代から40年代は，イギリス経由で流入したドイツ観念論の影響，国内における民主主義の進行にともなう精神的激動の時期であった。他の超越主義者と同じく，エマスンもまた「動きゆく」時代をはっきりと自覚し，自らの手で新しい時代を創りだすという意識に立って仕事をした。なかでもとくに革新的意図をもって公にしたものが，第一作『自然論』(Nature, 1836)と次に述べる二つの講演である。

　「太陽は今日も輝く……新しい土地，新しい人間，新しい思想があるのだ」と高らかに宣言する『自然論』は，伝統に縛られた彼の時代への大胆な挑戦であり，人間と思想の再生を待望する書である。そして人間再生の場として自然が大きくクローズアップされる。なぜなら，自然と一体になり，自然のなかに流れる神の霊と神秘的合一を果たすことによって人間の魂は飛躍的成長をとげるからである。『自然論』は，伝統や教会はおろか，ユニテリアニズム最大の根拠である聖書の権威すら認めず，人間と神との直接的交流を説く。したがって宗教界から危険視されはしたが，人間の魂の尊厳を極限まで主張する点で，まさしく新しい時代を指し示していたのである。と同時に，超越主義思想を体系的に説いた最初の書物として注目を集め，超越論者相互の連帯感を強めるうえでも大きく貢献した。

▶「アメリカの学者」　『自然論』に続いてなされた二つの講演は，いずれも非常な反響をよんだ。どちらもともに人間の魂の尊厳を説いているが，「アメリカの学者」("The American Scholar," 1837)はその主張が文学界に向けられ，ヨーロッパ依存のアメリカ文学界に対する覚醒の警告となっている。まず，学者のあるべき姿を論じ，外部のいかなる力にも

おもねることなく自己の内にある大いなる力,「理性」あるいは直観とよぶものの声にのみ従わなければならないと知識人の自立性を強調する。この理念をアメリカの現状にあてはめれば,アメリカの「学者」はいまこそヨーロッパの模倣を脱し,自らの文化を創造するよう求められているのである。「自分の足で立ち,自分の手で働き,自分の心を語りましょう」という感動的な結びは聴衆に深い感銘を与えた。

当時いくつかの国民文学論が発表されていたが,この講演はたんに国民意識の発露や民主主義精神の表現に向けた国民文学要望論ではない。むしろ万人が自分の内なる神聖な声に従うべきだという普遍的理念にもとづいての「独自の文化」論である。この根本理念のゆえに,「アメリカの学者」は一時の主張をこえて,アメリカ国民文学創造のための思想的基盤となりえたのである。

▶「神学部講演」　「神学部講演」("The Divinity School Address," 1838)は,形式主義におちいった宗教界に対する刷新の訴えとなっている。それは,内容をめぐって宗教論争をひきおこし,ユニテリアン保守派とユニテリアン革新派（つまり超越主義派）との対立を先鋭化したが,この講演もまた宗教の場における時代の新しい傾向を端的にあらわしている。つまり,エマスンは形式や伝統優先の宗教界に人の心を,牧師の心を重んずるようにと訴えたのである。形骸化した説教に牧師の心を浸透させ,聴き手の魂を動かすものとしなければならないと説く。宗教界の現状に対する批判は痛烈であり,保守派の激怒を買ったが,講演の真意は新しい時代に対応できる宗教復活の訴えにほかならなかったのである。

▶「自己信頼」　エマスンが由緒あるボストン第二教会の牧師を辞任した原因は,形骸化した聖餐式にあった。その儀式の根拠が聖書のどこにもみあたらないため,さらに重要なことは,それが彼自身の感情に合致しないためであった。判断にさいして最終的に自分の感情を重視すること,つまり自分の本性に従うこと,これがエマスンの生涯と主要作品全般を貫く姿勢であった。この姿勢を彼は「自己信頼」("Self-Reliance," 1844)とよんでいる。あらゆる束縛をしりぞけ自己の本性に従うというこの姿勢は,まさにロマン主義的である。

しかし同時に、これがけっして今日的な個人主義に通じるものでない点にも注意しなければならない。エマスンにおいて「自己」の本性とは内在する神にまでいたるのである。ゆえに、自己の内面の声にもっと耳を傾けるなら、「われわれは普通の意味でもっと利己的になるのではなく……真理自体、そして神に頼ることになる」(『日記』, 1830年9月27日)という逆説が成立する。「自己信頼」とは、伝統や形式はもとより、皮相的な個人性をも突き抜けて、身内に流れる大いなる力に頼ることである。したがって、エマスンのいう「自己」とは絶対的、肯定的な内容をもつものである。

それならば、「自己」のみいだした真理は恣意的なものではありえないのであり、エマスンの次のような信念が生まれてくる。「自分自身の思想を信じること、つまり、自分の個人的な心のなかで自分に真理であるものは万人にもそうだと信じること」。自分にとっての真理はすなわち万人の真理というこの信念こそ、予言者としてのエマスンを全面的に支えたのであった。「自己信頼」の理念は表現にもかかわってくる。自己の本性にいかなる規制や方向づけをも加えぬことをめざすのであるから、「偉大な魂は首尾一貫などというものにこだわらない」とエマスンはいいきる。矛盾や飛躍あるいは誤解をも恐れず自分の本性にとっての刻々の真理を述べるという信念にエマスンは徹したのである。そして実は、彼の著作を読むさい読者が覚える困難さも、多くは叙述のこの自由自在さからくるのである。

▶**自然の位置と役割** 人間と神の問題を論じるさいに、自然という視点を導入したのがエマスンであった。このため彼の思想は具体性を帯び、かつ文学的表現に定着することにもなった。物質である自然は、美を接点として精神界に舞いあがり、エマスンの思想体系に位置づけられる。清らかに美しい自然の様相は「神の顔」であり、自然はすなわち人間と同じく神の化身と考えられる。ただし、物質であるがゆえに、人間よりは「遠く離れた化身」と定義される。

こうして、神を頂点として人間と自然を底辺の二点とする三角形の構図が、エマスン思想の骨格としてできあがってくる。ここでは自然の復権がみられ、自然と人間は等価とすらいえる扱いを受けている。物質と精神という根本的違いはあるが、人間に果たす機能という点で自然の価値は人間に近づくので

ある。『自然論』における有名な「透明な眼球」の場面が示すように，自然は，人間が内なる神をより直接的に認識し，合一という神秘的体験にいたる媒介となる。さらに自然は，物質であるがそれゆえ自由意思をもたず，堕落の危険にさらされていないために，人間が神からの隔たりを知る定点としてつねに機能している。

▶「対応」の原理　　エマソンの思想における自然の位置は，「対応(correspondence)」関係の導入によっていよいよ確固たるものとなる。エマソンが若くして知ったスウェーデンボルグの神秘思想が，エマソン自身の思索と直観によって育てられ，自然（あるいは世界といってもよい）と精神の「対応」の思想となった。

　この思想の形成過程をよくあらわしている日記によれば，すでに1833年にパリ動植物園で決定的体験をしている。陳列された動物すべてと人間との間に不思議なつながりがあることを悟り，「……私は妖しい共感に動かされた」と記している。この実感は思索によってさらに進められ，自然界の個々の現象が精神界の現象を象徴し，自然界全体は精神界の壮大な象徴であるという信念に発展したのである。エマソンの作品にあふれる自然への親近感はこの「対応」の思想と結びついている。

　「対応」の原理は，自然から精神的意味をくみとる傾向につながり，エマソンの自然を素材とする多くの思想詩を生みだした。さらに象徴論と斬新な言語論をも導きだした。「詩人」("The Poet," 1844)，「詩と想像力」("Poetry and Imagination," 1875) その他にみられるように，エマソンは芸術，文学の本質は象徴性にあると説く。現象界のいっさいのものが象徴であるから，詩人は想像力によってその意味をとらえねばならない，またいいかえれば，事物や言語は実在としてではなく，象徴(シンボル)として用いねばならないという当時としては新鮮な見解であった。エマソンの「現代文学論」("Thoughts on Modern Literature," 1840) は現象界の事物がそれ自体すでに象徴にすぎないのであれば，事物からへだたったあいまいな言葉は，本来の意味からさらに遠ざかると考え，事物に密着し，明確なイメージをもった言葉を使用すべきだと主張する。エマソンのこの言語論は後にイマジスト派の詩人たちに影響を与えることとなった。

(2) ソロー

▶全体像　ソローは，エマスンらの超越主義グループに属し，散文作品や詩を発表する一方，超越主義思想を実践に移したことで知られる。長らく彼はエマスンの亜流，せいぜい自然愛好詩人の名でよばれ，比較的低い評価に甘んじていた。しかし，19世紀末に流行したジョン・バロウズ（1837—1921）らの自然愛好文学が，ソロー復活の一つのきっかけとなり，さらに20世紀の30年代，40年代に再評価の波がおこった。すなわち，大不況の1930年代に人々はソローの掲げた簡素化の理想にめざめ，迫りくるファシズムの影に全世界がおびえた1940年代には，ソローの個人主義が以前よりもっと深い意味で真に理解されたのである。今日では，彼の高い理想主義と，彼独自の内容にともなう個性的文体が評価され，ソローは当時のもっとも独創的な思想家の一人，もっとも優れた散文作家の一人とみなされるにいたった。

▶自然観　自然はエマスンの場合以上にソローの世界で中心的位置を占めている。エマスンが自然を全体として観念的にとらえる傾向があったのに対し，ソローのほうは自然界の一木一草といった具体的な存在に関心を寄せる。ソローの自然観は彼に深い影響を与えたエマスンの『自然論』から出発しているが，同時に彼が本来，自然をみるリアリスティックな目をもちあわせていたことも，『日記』にみられる克明な自然観察の記録からうかがわれるのである。

　まず，彼の自然は超越主義思想そのままに，神の啓示としての世界，人間と調和関係にある自然である。神の霊が流れる自然はまた人間の再生を導く場であり，それだからこそソローは森へおもむいたのであった。代表作『ウォールデン』（*Walden*, 1854）においてソローは，『自然論』のエマスンと同じく，自然との精神的交流を忽然と悟り，深い喜びを経験している。

　しかし，メイン州の荒れ山に登り，続いてコッド岬の非情な自然に触れて，ソローの自然観に動揺が生じる。彼のリアリスティックな目に，人間精神による意味づけという衣を剝ぎとられ物自体となった自然が迫ってきたのである。ソローの衝撃を反映して旅行記「クタードン」（"Ktaadn," 1848初出，のち *The Maine Woods*, 1864に収録）では，自然は「広大で恐ろしい物質そのも

の」，あるいは『コッド岬』（*Cape Cod*, 1865）では，「非人間的で本物の，人間に無駄な心配りなどせぬ裸のままの自然」ととらえられている。このような自然認識をソロー本来の超越主義的世界観のなかでどう位置づけるかについて見方は一定していない。新しい認識が超越主義的世界像を打ち砕いたとする説もある。一方，ソローが観念的なところのきわめて少ない柔軟なタイプの思想家であった点に注目し，彼が異なる世界像を強いて統合することなく同時にもちえたのだとする主張もある。

▶野　　性　　自然に対するリアリスティックな目とともにソローをきわだたせている特質は，野性（wildness）への賛仰の念であった。ウォールデンの森で彼がウッドチャックの野性に強くひかれた場面はあまりに有名であるし，メインの山やコッド岬が一度は深刻な打撃を与えながらもソローをひきつけてやまなかった理由は，その激しい野性にあった。野性は人間のなかにも存在する。自分のなかに精神性と野性の両方をみいだすが，「どちらもともに私は尊重する」とソロー自身『ウォールデン』のなかで述べている。

ただしソローは，人間のなかにある情欲に関する部分は獣性（the animal）とよび，野性とは峻別している。野性には神聖な面があり，ちょうど先住民に彼が発見したような，文明によって脆弱化されぬ原始的活力といったものをそこにみている。しかも野性はそれ自体で目的となるのではなく，精神性と協調し，それを強化，活性化するためにこそ必要なのである。大自然の野性に触れ，自己の野性を尊重し，しかもいかにそれを精神性に結びつけていくか，その方途は個々の人間の課題とされている。

▶『ウォールデン』の構成とテーマ　　自己の思想を実践するため，ソローは1845年森に入り，ウォールデン湖畔で独居生活を営んだ。この体験から生まれたものが『ウォールデン』である。だが，『ウォールデン』はたんなる森の生活記録ではなく明確なテーマのもとに全体が有機的に構成された文学作品である。テーマは「再生」であり，人間の魂の無限性を信じる超越主義思想の最高の表現がここにあるといってよい。「再生」とは，作品によれば，「静かな絶望の生活」から「詩的なもしくは神聖な生活」へのめざめといいかえられる。この過程で直観や自然との交感が助けとなるが，ソローの場合

にはより具体的な方途も示されている。つまり，節制や清浄化をふくむ簡素性（simplicity）の追求である。ソローの二年二カ月にわたる森の生活は，この簡素な生活と瞑想を通じて自己再生をはかる試みにほかならなかった。

　精神の発展が季節の推移によって象徴されて，作品構成は夏からはじまり万物のめざめる春に終わる一年間の仕組みになっている。構成の緊密さは同時代にはまったく理解されなかったが，今日では，序章に続く14の章が実は二章ずつ対をなし，ソローの思索と生活の事実を交互にあらわしていることが知られている。また，交替のリズムは潮の干満，昼と夜など自然の動きそのものを模しているといわれている。しかもこの組み合わせは，けっして機械的ではなく，内容的に対照あるいは補完の関係に立っているのである。交替のリズムに従って作品は進行し，冬の三章だけは，ソローの思索が表面に出ず，抑えた調子で事実のみが述べられるが，それは最後のめざめにともなう感動と喜びをきわだたせる効果がある。

　作品中，個々の事物がすべてシンボル化の可能性をみせているなかで，とくに重要なシンボルはウォールデン湖である。作者の生活の場であった湖はしだいに人間精神のシンボルとなる。湖の結氷は精神的眠りや死であり，再生のために必要なプロセスである。そしてその間にソローは水深の測量に成功する。湖の深さにまつわるさまざまな風説をしりぞけてソローが実際に測量の労をとる時，この行為は，「私はウォールデン湖の長らく見失われていた底を探しだしたかった」という彼自身の言葉と呼応して，いっさいの偏見や観念を排除し，人生，人間の実体を探る試みに重なってくる。ソローにとって，新しい生とは確実な自己の実体見極めの上に確立されねばならないのであった。簡素性という理念は人間精神の場にも及び，自己の実体をおおい隠す諸々の付加物を捨て去ることをも要求するのであった。測量の成功を待って湖は解氷しはじめる。「死んでいたウォールデンが生き返ったのだ」（Walden was dead and is alive again）という歓喜に満ちた宣言が再生のテーマを頂点へと導く。

　この作品は上昇曲線を描いているといわれる。ソローも人間の無知と不浄に盲目ではなく，序章は現状に対する告発である。しかし彼は，人間の悪を見据えると同時に，それと闘い，より高い生に生まれ変わる人間精神の力を

も信じているのである。絶望にはじまり歓喜に終わる『ウォールデン』は，ロマン主義のなかにある人間信頼の理念が生みだした代表作の一つである。

▶「市民としての抵抗」　「市民としての抵抗」("Resistance to Civil Government," 1849, のち"Civil Disobedience"と改題され，*A Yankee in Canada, with Anti-Slavery and Reform Papers*, 1866 に収録）は，社会批評家および政治信念の実行者ソローの所信表明であり，後世にもっとも強い影響を与えた論文である。その基本思想もまた，人間の霊的尊厳であり，それが政治の場にあてはめられたのである。

　ソローの主張は「われわれはまず第一に人間であって，臣民でなければならないのはその次だ」に集約されている。国家よりも人間，全体よりも個人，法律よりも良心を優先させなければならない。したがって悪しき政府に対して人は，「忠誠を拒否しこれに抵抗する」権利と義務があると説く。良心の命令に従った「抵抗」という理念は，奴隷制やメキシコ戦争に反対するソロー自身の行動にもあらわれている。この「抵抗」の精神は20世紀に入って再び力強くよみがえり，インドのガンジーや公民権運動のキング牧師を支える指導理念となった。

　良心に従った抵抗という主張は同時に，多数派支配という民主主義原理への疑問にもつながっていく。ソローによれば，正義は多数意見より優先されねばならず，世間よりも正しい者は単独でも多数派を構成するのである。ここにソローの個人主義の真髄がある。あくまで良心を前提としたソローの個人尊重の思想であったが，当時の民主主義興隆期には無視された。しかし今日，民主主義の限界も意識される時代となって，彼の個人主義思想は，ファシズムが支配した1940年代とはまた異なった角度から，人々に訴えかけている。

▶ネイチャーライティングの始祖　さらに今日ソローをめぐるもっとも新しい動きは，ソローをネイチャーライティングの先駆者とする位置づけである。現代の新しい文芸・文化批評として台頭しつつあるエコクリティシズムが一つの文学ジャンルとして注目するネイチャーライティングとは，自然の前景化，科学的言説，自然との一体感あるいは人間と自然との共生の思想を併せもった散文作品を総称したもの。エドワード・アビー，アニー・ディ

ラード，ロバート・フィンチらが代表的作家である。いわゆる自然文学はアメリカに従来から存在したのだが，上のような特性をそなえた文学の一ジャンルは『ウォールデン』から始まったとみなされている。『ウォールデン』の自然観が，超越主義の最高の表現であると同時に今日のエコロジー思想とも見事に合致している点が，『ウォールデン』に点在する科学的言説と共に注目されているのである。

2 超越主義の時代（II）

(1) エマスンの周辺作家――チャニング

▶人間尊重の先駆者　ウィリアム・エラリー・チャニングは，ユニテリアニズムの牧師であり超越主義思想への道を開いた。若き日のエマスンに影響を与え，超越主義グループの定期的会合に招かれたこともある。チャニングの最大の功績は，宗教をはじめ文化全般に人間尊重の視点を導入し，ニューイングランドの精神界に新しい方向づけを与えたことである。

その思想は，キリスト教教義，そこから生じる人間観，奴隷制や国民文学など当時の問題への発言のなかにうかがうことができる。「ユニテリアンのキリスト教」("Unitarian Christianity," 1819)は一般にボルティモア説教とよばれ，彼のユニテリアニズム信条の第一声である。キリスト教の最大の根拠は聖書であるが，それは人間にわかるように話された神の言葉のはずであるから，解釈にあたって人は理性と判断力を用いねばならない。この信念に立って，チャニングは次のように聖書の意味を解き明かす。

すなわちそれは，(1)神は父なる神ひとり，(2)キリストは神と人二面の一体化ではなく人である，(3)神は人間の「父」であり，ゆえに人間すべてに正義とともに慈悲をももっておられる，(4)キリストが救世主となったのは神の慈悲による，(5)キリスト教における徳は人間の徳性，良心から能動的に生じる，というものである。ボストン精神界に自由の気風を吹きこんだユニテリアニズム初期の信条は，以上の五点に尽くされている。そのエッセンスは慈愛の神の回復と人間の尊厳の確立であった。チャニングのキリスト教思想は，さ

らに「反カルヴィニズム道徳論」("The Moral Argument against Calvinism," 1820),「ユニテリアンのキリスト教こそ敬虔を重んず」("Unitarian Christianity Most Favorable to Piety," 1826),「キリスト教の偉大な目的」("The Great Purpose of Christianity," 1828)などの論文において展開され,カルヴィニズム批判,キリスト教の真の目的が明らかにされていく。

　チャニングの人間観も,明るいものである。子が父の形質を受け継ぐように,人間も「父なる」神の神聖さを受け継いでいる。つまり,「神に似ている」("Likeness to God," 1828)のである。そして神との類似をいっそう進めることが人間にとって可能であると同時に義務であり,ここからチャニングの重要な概念,「自己修養(self-culture)」が生まれてくる。しかし,この努力において人は自己の本性を曲げる必要は少しもない。人間には生まれながらに道徳的能力が備わっており,そのなかにこそ発展の基礎があるからである。人間の神聖さとは,すなわちこの道徳的能力あるいは良心に由来し,この能力ゆえに,「人はすべて尊厳をもち,人間性は最大限に尊重されねばならぬ」("Honor Due to All Men," 1832)と論じられる。

▶奴隷制反対論　　チャニングは,当時の精神界のリーダーとして社会の問題にも当然関心をもち,とくに奴隷制にはくり返し反対意見を表明している。「奴隷制」("Slavery," 1835),「奴隷解放」("Emancipation," 1840)などから明らかなように,奴隷問題においてチャニングの姿勢を貫いているものはキリスト者としての立場である。すなわち,人間の神聖さを皮膚の色の違いから侵害することはキリスト教の掟に反する,という人道主義の立場からの反対論である。この点で,経済面からの矛盾を告発した前述のH. R. ヘルパーの論旨と読み比べてみると興味深い。キリスト教精神によっているゆえに,奴隷制には断固反対するが,その反対論が奴隷所有者への憎しみに短絡的につながることはなく,当時の奴隷制廃止論者たちとは一線を画している。

　一方,「国民文学論」("Remarks on National Literature," 1830)もチャニングのキリスト教思想のなかに位置づけられる。人間性の改良が彼の最大の願望であるが,これがもっともよく可能となるのは,階級による人間差別の弊害をもたぬ国アメリカであり,アメリカの社会制度においてである。この

認識に立ってチャニングは，文学のもつ教化力に期待して，アメリカの精神をあらわす国民文学を待望したのである。これも「自己修養論」("Self-Culture," 1838)と同じく，人間改良をめざすチャニングの道徳意識にもとづく発言であった。

(2) エマスンの周辺作家たち——オールコットとフラー

▶**実践的超越主義者**
オールコット　教育者であり超越主義思想家のエイモス・ブロンスン・オールコットは，ペスタロッチの理論を受け入れ，対話による教育を実践して，アメリカ教育界に大きな足跡を残した。『福音書をめぐる児童との対話』(*Conversations with Children on the Gospels,* Vol. I, II, 1836—37)はその実践記録である。本書に記録された授業の目的は，子どもたちに一連の意見を与えることではなく，方向づけだけを与えて彼らの「思考をめざめさせ，感情をかきたて」て宗教的真理に到達させることである。当時としてはきわめて進歩的なこの教育方針は，著者の超越主義的人間観と彼の長年の体験にもとづく深い児童理解に支えられていた。オールコットによれば，人間の魂は生まれながらに真理や善に向かっていく本性をもっているのであり，とくに児童においてはそのさいに直観がもっとも新鮮無垢な姿であらわれるという。著者の問いかけに応じて，児童が直観を働かせながらしだいに宗教的真理に近づいていく様子を鮮やかに伝えるこの作品は，オールコットのなかにおける思想家と教育者のみごとな融合を証明している。

　オールコットの超越主義思想をさらに直接的にあらわす作品は，「オルフェウスの言葉」("Orphic Sayings," 1840) である。それは，『ダイアル』創刊号を飾った50篇からなる断想録であり，その思想はエマスンにきわめて近い。エマスンの『自然論』のように思想を体系化する試みはなく断片的表現であるが，内容は直観の重視，人間の魂の神聖さと無限性，自然との一体感，行動の重視となる。このうち，人間の神聖さは他に類をみぬほど大胆卒直に表現されており，「人は神になるであろう」("Men shall become Gods") とも述べられる。行動の必要性もくり返し強調され，もう一つの特徴となっている。「思想は魂の統一を壊す，行動のみがそれを回復させる」のである。超越論者のなかにはこのように思想の実行を重んじる傾向も強く，オールコットは

その後実際に，短命なものではあったが理想的共同社会フルートランズの創設に着手したのである。

▶フェミニズムの先駆者フラー　　マーガレット・フラーは，ドイツ文学に造詣深く，コンコード超越論者の間でドイツ文学や思想の紹介にあたった。のちニューヨークに出て，『トリビューン』紙の批評欄に健筆を振るった。主著『十九世紀の女性』（*Woman in the Nineteenth Century*, 1845）はアメリカにおける最初のフェミニズム宣言であり，セネカ・フォールズの女性会議をはじめとする多くの女性解放運動に思想的根拠を与えた。性差別の現状，女性の本来あるべき姿，その実現のための忠告が，ときには強い糾弾の口調を混じえながら読者への語りかけの調子で述べられる。そして全篇にはフラーの女性解放の熱意と高い理想主義があふれている。

　フラーによれば，現状では女性は不平等の結果，人間として当然の成長をとげる機会もない。いわば大きくなりすぎた子どものままである。これは男女双方にとって大きな不幸である。しかし女性は，対等の扱いさえ受けるならば，知，情，意いずれにおいても男性に劣らぬ力を示しうるのであり，いまこそ長年の偏見を打破し，女性の地位向上がはかられなければならないのだ，と著者は力説する。

　しかしながら，女性解放はいかなる現実的利益をめざすものでもなく，「本性が成長し，知性が識別力を獲得し，魂が自由に妨げなく生きる」ための必然的要求なのである。ここにフラーの理想主義，いいかえれば，人間の精神的向上の無限の可能性と義務を説く超越主義的人間観がある。そして著者は最後に，女性解放が進み，女性が一人の人間としてその可能性を十分発揮できる日がきたとき，男女は愛と尊敬の絆で結ばれるであろうと遠い将来に思いをはせる。「男と女は，兄弟姉妹，ポーチの二本の柱，同じ信仰の二人の牧師とお互いをみなすであろう」。

　フラーは強い口調で現状を告発しているが，本書の眼目はそれをこえてむしろ同時代の女性に向けた忠告にある。虚飾を捨て精神性に生きよ，と訴えているように，女性解放に先立つ女性の意識革命を主張する。作中にみられるおびただしい例証もこの目的にそっている。古今の実在あるいは架空の人物から次々に例示される優れた女性の記述は，構成を散漫にする嫌いはある

が，読み進むうちに確かな存在感をもった理想の女性像を確立していく。そして自信と発奮の気持ちを読者に与えたにちがいない。英米両国で非常な反響をよんだ書であり，第一波女性解放運動の理論書としての意義は大きい。

　同じ系列に，フラーの連続討論会にも出席していたリディア・マライア・チャイルド（1802—80）がいる。チャイルドは小説家として出発したが，後に社会改革派としてジャーナリズムに転向し，奴隷制問題，女性問題，人種問題を果敢に取り上げていった。とくに1841年からの二年間 *National Anti-Slavery Standard* 紙の編集者として奴隷制廃止運動の機運をもり上げるのに貢献した論客である。

第2章　小　説

❖ **アメリカ小説の誕生に向けて**　1820年，英国国教会の牧師シドニー・スミスは「この広い世界で，いったいアメリカ人の書いた本など読む者がいるだろうか」と語った。アメリカがイギリスを拒否して政治的独立を成しておきながら，それにみあう芸術，文学をもちえていないという事実を衝いたのである。

　このように読むに値する文学がアメリカにまだ育っていないと思われていた時期に，アメリカのみならず，イギリスやヨーロッパにおいても名声を確立したはじめてのアメリカ作家，それがワシントン・アーヴィング（1783—1859）であった。歴史の浅いアメリカには文学を生みだす土壌がないという，当時のアメリカ作家に共通した悩みを，アーヴィングは，イギリスやヨーロッパに出ていって，彼の地の風物をイギリス人の文体で描くことによって解決した。

　これに対し，ジェイムズ・フェニモア・クーパー（1789—1851）は，アメリカの風土そのものを自分の作品世界とすることによって，同じ悩みを解決した。その結果，緊密なつながりをもった社会とそのなかで葛藤にゆれる人間模様を描くヨーロッパ小説と違ったものが生まれることになった。とくに彼の代表作『革脚絆物語』（*The Leatherstocking Tales*, 1823—41）は，階級，家柄ではなく，自分の力をたのむしかない一個人と，未開の大自然との対峙，というきわめてアメリカ的テーマをもつことができたのである。

❖ **アメリカ小説の誕生——同時代へのアンチテーゼ**　南北戦争前の約30年は，アメリカが繁栄と進歩に酔いしれ，自信に満ちて未来へと向かっていた時代であった。ピューリタンの怒れる神への信仰に代って，慈愛に満ちたキリストに対する信仰が人々の心をとらえ，さらに原罪に対するおののきは，神に似せて作られたとされる人間の完全性への信頼へと移っていった。

　しかし，小説家たちはむしろそうした時代思潮へのアンチテーゼの形で自分たちの文学を形づくっていった。たしかにエドガー・アラン・ポー（1809—49）は天上に対するあこがれをうたい，ナサニエル・ホーソーン（1804—64）は，超越主義者たちの試みに参加したこともある。またハーマン・メルヴィル（1819—91）にも人間の完全性への強い希求があった。しかしそのように自らのなかにも時代の趨勢にひかれるものがあったからこそ，彼らは時代への不信を深め，時代を相対化するまなざしをもとうとした。その結果彼らがテーマとして選んだのは，魂の超越的飛翔ではなく，魂の孤独と疎外，人間の罪性の認識，同時代への不信と過去に対する反省，神との合一の不可能性，あるいは神への懐疑といった，時代の大勢とは対蹠的なものであった。

Ⅱ 1820—1865

❖ **象徴主義と小説における新たな試み** 彼らの文学のもう一つの特色は，小説を語る方法について意識的であったことである。当時のアメリカは，事物の描写を積み重ねていけば，豊かな小説世界が現出するといった社会ではなかった。したがって彼らは事物を，現実にかかわりながらも現実とは異なる新たな世界を開いてくれる象徴として扱った。その結果，彼らの小説はしばしば意味探求のプロセスとなる。ポーのアッシャーの家も，ホーソーンの緋文字や七破風の屋敷も，メルヴィルの白鯨も，「物」として現実世界にありながら，その向こうにある何かを探るように，読者を誘いこむ。

また彼らは小説のジャンルについても挑戦的であった。ポーの短篇論は一つのジャンルとしての短篇小説の正当性を主張したものであった。ホーソーンのロマンス論もまた象徴主義を特色とする小説のジャンル論である。メルヴィルは，『白鯨』（*Moby-Dick*, 1851）をはじめ，各作品でさまざまなジャンルの可能性を探った。こうして19世紀半ばにしてようやく，アメリカは誇るにたる自国の文学の誕生を迎えたのである。

❖ **女性作家と家庭小説** 上に触れた男性作家の作品はいまではアメリカの古典として揺るぎない位置にあるが，当時のベストセラーはいずれも女性作家の書いた小説であった。代表的なものとしては，スーザン・ウォーナー（1819—85）の『広い広い世界』（*The Wide, Wide World*, 1850），マリア・スザンナ・カミンズ（1827—66）の『点灯夫』（*The Lamplighter*, 1854），ハリエット・ビーチャー・ストー（1811—96）の『アンクル・トムの小屋』（*Uncle Tom's Cabin*, 1852）などがあげられる。

これらはまとめて「家庭小説」とよばれたり，あるいは「感傷小説」とよばれる。キリスト教の信仰に支えられて，「妻として，母として，祭司として」家庭のなかに平和を築く女性が主人公である。これまでアメリカ文学史において，まったく無視されるか，低い評価しか与えられなかったこれらの女性作家に対して，1980年代から90年代にかけて主としてフェミニスト批評家たちによる新しい読み直しが試みられた。

1 ロマン主義時代（Ⅰ）

(1) アーヴィング

▶**イギリスへの郷愁と現実からの逃避** ワシントン・アーヴィングは，代表作『ジェフリ・クレイヨン氏のスケッチブック』（*The Sketch Book of Geoffrey Crayon, Gent.*, 1819—20）で，9千ドルを得たといわれる。当時としては，アメリカはもちろんのこと，イギリスでもスコットを除けば，これほど人気のあった作家はいなかったのであり，文字通り文壇の大御所的存在であった。

なぜアーヴィングがこれほどに読まれたのだろうか。その原因の一つに，当時のアメリカ人のイギリスに対する意識の変化がある。『スケッチブック』の語り手クレイヨンにとって，イギリスは「子ども時代に聞かされて以来，長年ずっと思い描いてきたあらゆるものに満ちた約束の地」だったという。「約束の地」（創世紀12：7）とは，アメリカ大陸をはじめて目にしたピューリタンたちが，この新世界を呼んだ言葉であったはずだが，それがいま，彼らが拒否し捨ててきた国イギリスに向かって使われているのである。あれから200年，ようやくアメリカ人がイギリスに対して抱くようになった郷愁にも似た親密感を，この作品は表わしていた。

もう一つの理由として，『スケッチブック』が当時のアメリカ社会が与える不安や抑圧から読者を解放してくれたことをあげねばならない。いうまでもなく1820年代のアメリカは，イギリスとの戦争もすんで，工業化，商業化へと走りだし，大きな変化の途上にあった。現実世界に生きる人々にはクレイヨンのいう「朽ち果てた古城のまわりを散策し，倒れかかった尖塔をみつめる」余裕などなかった。ロマンチックなイギリスの点描のみならず，口やかましい妻からのがれ，ひとりキャッキル山に遊ぶ気楽なリップ（"Rip Van Winkle"），失敗こそすれ安逸な生活を目論んで金持ち娘を手に入れようとしたクレインの話（"The Legend of Sleepy Hollow"）は，禁欲的労働を説くピューリタン倫理からのしばしの解放を読者に味わわせてくれたに違いない。

▶人生の傍観者　しかし，こうした特徴は同時に，現代の読者にはもはや通用せず，かえって物足りなさを感じさせる。政治の大変革がおこったのもリップが山で寝ている間であったように，アーヴィングの世界では，結婚，死その他人間の生にかかわる重大事が正面切って扱われることはない。クレイヨンはそれらに巻き込まれることを避け，あくまでも「他人の幸不幸の傍観者にすぎない」気楽な独身者を通そうとする。アーヴィングが当時の大衆と深いところでつながっていた点を評価するにしても，同時代の他の作家たちと比べて見劣りがしてしまうのは，彼のこうした逃避的姿勢が作品に限界を与えるからである。

(2) クーパー

▶クーパーの現状認識　クーパーの問題意識を知るには『旅する独身男性によるアメリカ人論』(*Notions of the Americans: Picked up by a Travelling Bachelor*, 1828) が格好の手がかりとなる。このなかでクーパーは，アメリカの作家が直面する当時の状況を具体的に分析する。たとえば，当時，英米間の版権協定が確立していなかったために，アメリカの出版社はまったく何の著作権料も払わず，売れることが保証済みのイギリスの作品を出版できた。これでは金と暇をかけて国内の作家を育てる努力がなされるはずもない，とクーパーは嘆く。

　彼が嘆くのは出版事情だけではない。同胞アメリカ人にも向けられる。「私はアメリカ国民ほど誰もが互いによく似ている国民を知らない。しかも彼らはお互い似ているだけでなく，どの人も常識をはずれていない」。このような，健全だが面白みを欠いた均質性を特徴とするアメリカ社会，平等だがその分月並みな国民を素材とせざるをえない作家の不幸を彼は指摘する。

▶『革脚絆物語』　『革脚絆物語』は，長い歴史的背景とそこに住む人間の層の厚さを特徴とするヨーロッパ社会の小説と大いに異なっていた。それはいうまでもなく，クーパーが上に述べた状況を痛切に意識して「アメリカ」の文学を模索した結果である。『開拓者』(*The Pioneers*, 1823)，『最後のモヒカン族』(*The Last of the Mohicans*, 1826)，『大草原』(*The Prairie*, 1827)，『道を拓く者』(*The Pathfinder*, 1840)，『鹿猟師』(*The Deerslayer*, 1841) の五作からなるこの大作は，もともと一貫した構想に基づいて書かれたシリーズものではなかった。創作過程で一人の登場人物を核にクーパーの想像力がふくらみ，結果的に連作となっていったのである。

　クーパーは，時代をアメリカがまだ英国植民地であったときから独立後までに，舞台を辺境の町ないしはその彼方の壮大な自然に設定した。白人とインディアン，英国人とフランス人が追いつ追われつする冒険の場，そうした空間でならナイトが守る金髪碧眼のヒロインが登場するスコット流のメロドラマも可能となるからである。

　しかし，これが単なる西部劇に終わらなかったのは，クーパーが主人公ナッティ・バンポーを創造しえたからである。大自然を自分のすみかとするバ

ンボーには教育も社会的地位も金も家族もない。まさに，クーパーのいう「自らに本来備わっている力で立つことのできる人物」である。森に，湖に，大草原に，空に，大いなる神の刻印を見るバンボーは，その神に恥じることがないかとつねに自らに問いかける。ピューリタンから継承された宗教心と，雄大なアメリカの自然への信頼と愛情が，一介の狩人にすぎない彼のなかでみごとに結合しているのをみれば，彼こそがアメリカ人の本来あるべき理想の姿だと考えられたのも当然である。

▶**アメリカ神話の批判**　クーパーがこれまでアメリカ神話の創造者として高い評価を受けてきたのは，こうした人物像を創造しえたことによるが，この点をあまりに強調しすぎることはクーパー文学の半分しか理解しないことになる。クーパーはアメリカ神話の創造者であると同時に，アメリカ神話の厳しい批判者でもあった。蛮人を追いはらい，原始の大陸に文明と進歩をもたらしたと自負するアメリカ神話の実体は何か，彼の作品は読者にそれを厳しく問い直させるものでもある。白人たちの開拓は，血なまぐさい殺戮と，狡猾な策略によってインディアンから彼らの土地を奪うことではなかったか。またそれは，自然に対する無謀な取り返しのつかない破壊ではなかったか。目先のもうけに心を奪われた男たちのむきだしの欲望が原動力となっていたのではないかと。

　単なる猟師ではなく荒野の道先案内人としてのバンボーは，結果的には白人の開拓（＝破壊）を手助けすることになるという点に歴史的アイロニーがあるが，バンボー自身は自らの役割の両義性を意識するだけの複雑な人物像にはつくられていない。むしろ，高潔な森の男の存在はわれわれ読者にとって他の登場人物を判断する試金石であり，急速に進んでいったアメリカの「進歩」の意味の問い直しを迫るものである。この意味でクーパーの作品は単に神話として読まれるのではなく，アメリカの歴史を再解釈させる力をもつものとして見直されるべきであろう。

2　ロマン主義時代（II）

（1）ポー

▶閉ざされた空間　　ポーの作品の舞台は「黄金虫」（" The Gold-Bug," 1843）を除いて，特定されることがほとんどない。ライン河のほとりとか，ハンガリーとかいかにも異国の地のようでありながら，作者の関心はそうした背景そのものにはない。たとえば，「アッシャー家の崩壊」（" The Fall of the House of Usher," 1839）の冒頭，友人のアッシャーを訪れるために語り手は馬に乗って「奇妙に荒涼とした所」にやってきたとしか書かれていない。そしてアッシャーの屋敷に着くと，語り手は「耐えがたいほどの憂鬱な思い」に襲われ，「心は氷のように冷えて沈みこんでいく」。目に映った景色，建物の外観にはほとんど言及がなく，語り手がひきこまれた陰鬱な心の状態が述べられる。語り手は屋敷の前に立った瞬間，アッシャーの崩壊寸前の心の状態を感じとってしまう。

　つまり，ポーの場合，景色，建物はそこに住む人間の魂の状態と重なりあい，ほとんど心象風景，ときには深層風景といっていいものである。したがって，舞台はどこであってもよく，「アメリカ」である必要はなかった。クーパーが辺境や，その彼方に広がる空間に素材を求めたのに対し，ポーは人間の魂という閉ざされた暗い空間へ深く沈潜し，そこを彼の文学の場とした。彼の文学が当時においてすでに地域性をこえた普遍性を獲得していたのはそのためである。

▶葛藤を欠いた一人芝居　　そこで演じられる魂のドラマは，後のヘンリー・ジェイムズにみるような複数の人間の複雑な心理の交錯ではなく，ほとんどが一人芝居である。たとえば，「アマンティラドの樽」（" The Cask of Amontillado," 1846）は，語り手ともう一人の男が登場して形のうえでは一人芝居ではない。だが，実際はどうか。

　カーニバルの夜，酔った相手を屋敷の地下墓地へと誘いこんだ語り手は，彼をそのまま生き埋めにしてしまう。しかし，復讐のためという以外語り手がなぜそこまで男を憎むようになったのか，そのいきさつについてはほとん

ど何も語られないし，また地下墓地の奥へと進んで行く二人の間には心理的衝突もない。男は最後まで相手に憎まれているとは思いもしない。語られるのは用意周到に仕組まれた復讐の過程だけである。しかし，閉じこめられ死を前にした男が味わうはずの恐怖の苦しみは，まざまざと読者の想像力をかきたてる。

　ここには語り手が演じる一人芝居と，語られはしないが，不気味に続くであろうもう一つの一人芝居があるだけで，その二つが決して交差しあうことはない。このようにしばしば恐怖，憎しみといったきわめて人間的感情がテーマとなりながら，一人芝居に終始するのが，ポーの特徴である。

▶「穽と振子」　そうした特徴がいっそうきわだっているのが傑作「穽と振子」（"The Pit and the Pendulum," 1843）である。場所はやはり暗く狭い独房のなか。これまた死刑執行の前に恐ろしい精神的拷問に耐えねばならない男の一人芝居である。敵は姿をみせず，語り手は天井から刻一刻降りてくる振子の鎌を，縛られたまま凝視するしかない。それは人間の精神の耐えうる極限状況である。

　しかし，ポーの語り手はただ「早く鎌が降りてほしいと祈った」だけである。ここには神への信頼はもとより懐疑すらない。苦しみはもっぱら物理的な神経の苦しみといっていい。中世トレドの異端審問所という本来宗教と深いかかわりをもつはずの場が，魂の試練とはまったく関係のない，単に神経的苦痛を効果的に演出するための背景として選ばれているのである。依然としてキリスト教の力が強かった19世紀前半のアメリカにおいて，このような宗教と精神的苦しみとを完全な分離状態においたところに，ポーの独自性と現代性が示されている。

▶感性と知性の共存　もし，以上のような精神的拷問に耐える者がいるとすれば，それはぎりぎりに追いつめられ発狂寸前の瞬間にも，恐怖と苦しみの状況をいわば知的ゲームに変えるほどの冷静さを保ちうる者でしかないだろう。わが身に降りてくる鎌の速度を試算してみせた「穽と振子」の語り手はその一人である。また，恐ろしい体験をして生きる屍のようになった漁師の語る話「大渦巻きに呑まれて」（"A Descent into the Maelström," 1841）の場合も，語り手は渦の動きを計算するだけの冷静さを残

していた。語り手自身がこのように理性で太刀打ちできない場合でも、作家の側に魂の恐怖の細かい点まで考えつくす用意周到な計算がある。

　ポーの世界がテーマの点でも登場人物の点でもひじょうに幅の狭いものでありながら、アメリカ文学史上早い時期にきわめて完成度の高い作品をつくりあげたのは、以上のような鋭敏・繊細な感性と、鋭い知性とが並存していたからである。またこの特性は、アメリカ文学に新しいジャンル——探偵デュパンの活躍する「モルグ街の殺人」（"The Murders in the Rue Morgue," 1841）などの推理小説——を切り拓いた。

　以上とりあげた以外にも「黒猫」（"The Black Cat," 1843）、「告げ口心臓」（"The Tell-Tale Heart," 1843）、「ウィリアム・ウィルスン」（"William Wilson," 1839）、「赤死病の仮面劇」（"The Masque of the Red Death," 1842）などがよく知られている。

▶批評家ポー　　短篇作家ポーの評価は今や揺るぎないものであるが、ポーが批評家、ジャーナリストとしてアメリカ文学の育成に貢献したことも忘れてはならない。彼は1835年から37年『サザン・リテラリー・メッセンジャー』の編集者として発行部数を延ばしただけでなく、その他の雑誌にも数多くの書評や批評を書いた。彼の鋭い書評は、当時の馴れ合い的な文壇の姿勢を厳しく批判するもので、反発を招き敵を多く作ることになった。しかしポーの立場はいつも明確で、「最も純粋な芸術の規範」こそが、その批評の根拠であった。

　彼の批評論の中で最も有名なのは、「ワトキンズ・トトル」（"Watkins Tottle," 1836）や、「トワイス・トールド・テイルズ」（"Twice-Told Tales," 1842）において繰り広げられた短篇小説論である。短篇（Tale）こそ詩に次いで天才作家が技量を発揮しうる最高の分野であると短篇を持ち上げる一方、長篇小説（Novel）は不快とまで決めつけている。一気に読みきれない長篇では俗事が介入してきて意図された効果をぶち壊してしまうというのが、その理由であった。

▶ポーの再評価　　職業作家として生きることが非常に困難な時代にあって、あえて文筆のみに専念したポーは、当然の結果として極貧に苦しみ、野たれ死のような最期を遂げた。異常な登場人物と同一視するな

ど，アメリカにおける低いポー評価に対して，異議を唱え，再評価のきっかけを作ったのは，ボードレール，マラルメなどフランスの象徴派の詩人たちであった。また近年，ポーは解体批評，ラカンの精神分析批評など新しい批評理論の格好の対象となった。さらに批評の関心は，短篇小説だけではなく，唯一の長篇小説である『アーサー・ゴードン・ピムの物語』(The Narrative of Arthur Gordon Pym of Nantucket, 1838) にも向けられるようになり，メタ・フィクション性，人種的関心など，新しい観点から注目されている。

(2) ホーソーン

▶ピューリタンの過去　　古来「歴史」は政治と結びついて，国のアイデンティティを確立し国民の結束をはかる重要な役割を与えられてきた。ホーソーンは，その歴史を文学の世界にとりこんで，むしろ公の歴史という表層においては語られることのなかった暗部を語ることにより，成熟した文学を花開かせた。

これにはホーソーンの個人的事情がからんでいる。彼の祖先はアメリカの揺籃期に公人として重要な地位を占めていた。「聖書と剣」をもって荒野に降り立ち，そこに神の国を打ち建てようとしたピューリタンたちの強固な意志，激しい信仰心，不屈の実行力に，まずホーソーンは圧倒された。

しかし，そういう先祖たちこそ，クエーカー教徒に対する残虐な迫害の先頭に立ち，1692年の魔女裁判では，罪のない人々に仮借ない判決を下した当事者であった。彼らの偉大な足跡には消すことのできない血の汚点がしみついていたのである。ホーソーンは「彼らの恥辱をわが身に負い，彼らが招いた呪いをいま取り払おうとする」。つまり，ピューリタンの過去を描く作家ホーソーンのなかには，先祖たちの犯した罪へのみそぎの念と，文学を侮った彼らへの挑戦の気持ちが複雑に入りまじっていた。

▶ロマンスと心の真実　　そうであったからこそ，ホーソーンは歴史的事実の単なる記録に終始する歴史小説家にはならなかった。彼は，自分はロマンス作家だと主張する。彼のいうロマンスの世界とは，現実世界と虚構の世界の間のどこか，現実と想像が出会う場，一方がそれぞれに他方の性質を帯びてくる「中立的領域」のことである。ホーソーンがその

ような中立地帯を必要とするのは，蓋然性や日常性に縛られた「ノヴェル」と違って，「ロマンス」は作家にある種の自由を許容するからである。この自由のことを『七破風の屋敷』(*The House of the Seven Gables*, 1851) の序文のなかで「人間の心の真実を，作家自身が選んだ，あるいは創造した状況で提示する権利」であると述べている。

▶「僕の親戚，モリノー少佐」　短篇「僕の親戚，モリノー少佐」("My Kinsman, Major Molineux," 1831) は，アメリカが独立に向けて歩みだした1730年代を扱っている。海の向こうの王によって任命された総督が一般市民の反乱によって投獄された時期である。ホーソーンは，歴史的事実であるこの政治上の混乱を，一人の若者が体験した悪夢という次元から描いた。

若者が田舎から着いた夜は，親戚のモリノー少佐が市民たちの手でさらしものにされる夜だった。彼らはわざわざ何も知らない若者の前に行列を止めて，二人にお互いの存在を気づかせるという残酷なしうちを思いつく。それによって少佐はいっそう屈辱と苦悩を味わされ，一方，精神的動揺の極みに達した若者は，絶望のあまり思わず市民たちの哄笑に自らも加わってしまう。ここには独立革命にいたる道筋を飾る名誉もなければ栄光もない。人間の心に対する陰湿な冒瀆があるのみである。公の歴史に伴うこうした陰の部分に向けられた鋭い目こそ，ホーソーンの本領である。

▶『緋文字』　『緋文字』(*The Scarlet Letter*, 1850) も初期ピューリタン社会を，そこに住む人間の苦悩と悲しみの次元から問い直そうとするものである。作品は罪の子を胸に抱いた女が牢獄から出るところからはじまる。その女ヘスターは，これからは罰として'Adultery'をあらわす「A」という緋文字を胸に縫いつけ，つねにわが身の犯した罪を衆目にさらさねばならない。しかし，彼女は烙印であるはずの緋文字にきらびやかな刺繍を施している。「A」はいかに押し殺そうと彼女のなかに豊かに生き続ける「女性」の象徴でもある。そんな彼女にとっては，宗教は何ら救いとならず，ただ内と外との亀裂を深めるばかりだった。ヘスターの物語は，初期ピューリタン社会に生きたゆえに，自らの生と性を肯定することを許されず，侮蔑と疎外に苦しみ「心の荒野」をさまよう女の悲劇といえる。

一方，姦通の相手ディムズデイル牧師の場合，社会の指導者的立場にあるために犯した罪を告白できず，自己を責めさいなみ心身ともに破滅寸前におちいる。作品のクライマックスは，彼がみごとな説教を終えたあと処刑台の上に立ち，自らの罪を告白して息絶える場面である。ここで，ホーソーンがディムズデイルの告白をどう意義づけているかに注目する必要がある。彼はその告白を，社会の掟，信仰の教えに殉じた気高い行為としてたたえてはいない。告白は，これまで母娘との絆を公に認めることを拒み続けた結果，彼が彼女たちに犯してしまったもう一つの罪の償いでもあったのである。それは母娘にとっても，それまで疎外され反発しつづけてきた人生を，その喜びも悲しみもともに受け入れ，新たな出発をはじめることのできる瞬間でもあった。

以上のように一見，姦通，告白の忌避をめぐるピューリタン社会の掟を扱いながら，作者の目はつねに，それらの罪を処罰する者（これにはその社会の住人，牧師の秘密を探るヘスターの夫チリングワースのみならず，自らを責めるディムズデイル自身も入る）には通常意識されることのない異なった次元の罪，すなわち，人間の心の領域において犯される罪をみすえている。それは，批評家A. N. カウル流にいえば，ホーソーンがピューリタンの倫理を批判する基礎として，ピューリタンの形而上学，すなわち，原罪説を用いているということもできるし，あるいはピューリタンのモラルに基づく固定化したアレゴリーの意味を問い直し，「緋文字」にさまざまな新しい意味をみいだしていく，アレゴリーのシンボル化をめざしたのだということもできる。

▶『七破風の屋敷』　『七破風の屋敷』の主題は，現在を生きる人々と過去に犯された罪との深いかかわりである。ピューリタン社会の指導的立場にあったピンチョン大佐は，ある土地を手に入れたいがために，土地の持ち主モウルを魔女裁判で処刑してしまう。そして彼の子孫も同じような罪をくり返していく。

一つの目的をあくまで貫く強固な意志は，神の国の実現をめざすピューリタンの「美徳」であったはずだが，それをホーソーンはこれまたアメリカの歴史の推進力の一つであった「土地への欲望」と結びつける。つまり彼は，ピューリタンの実行力の背後に，熱烈な宗教心とは別に世俗的欲望をかぎつ

けたのである。

　ホーソーンの時代もまた，人々は貪欲に土地を求めて西へ西へと向かっていた。そうした土地に対する渇望によって流された血の痕跡を指摘する作家の意識には，進歩と発展に酔う同時代の人々の姿があることはいうまでもない。アメリカの過去への冷静な反省が，繁栄に酔いしれる楽観主義的な同時代を相対化する視点をホーソーンに与えたのである。

(3)　メルヴィル

▶水夫体験　　　一介の水夫として海にでたメルヴィルがそこで得た経験は，お上品なヴィクトリア文化を受け継ぎ，依然としてキリスト教が根強い力をもつアメリカ社会ではとうてい経験しえない類のものであった。一方に，南太平洋マルケサス群島で送った未開の部族タイピー族との生活，他方に，社会の最下層に属する水夫たちとの船上生活，および文明国イギリス，リバプールでの体験など，これらのまったく相反する経験は，メルヴィルが離れた位置から文明社会を徹底して思索することを可能にした。

▶「人間は天使か犬か」　　　タイピーの谷は，「幸福で無垢な未開人」が文明や労働や時間から隔絶されて送っている，まさしく地上の楽園ともいうべきものであった。文明人メルヴィルは結局は逃げだすことになるとはいえ，そこにみた至福に満ち汚れを知らぬ人間性は，処女作『タイピー』(Typee : A Peep at Polynesian Life, 1846) はもちろん，高貴な蛮人クィークエグが登場する『白鯨』(Moby-Dick ; or, The Whale, 1851)，無垢な若者ビリーを扱う遺稿『ビリー・バッド』(Billy Budd, Sailor, 1924) にいたるまで，何度もくり返される重要なモチーフとなった。

　一方，船上生活やリバプールは，堕ちるところまで堕ちた人間たちのまさしくソドムとゴモラを思わせる世界であり，また貧困と暴力と冷酷が横行する社会であった。そうした人間の罪深さや人間社会の醜悪さは，リバプール行きを扱った『レッドバーン』(Redburn : His First Voyage, 1849)，軍艦生活を描いた『ホワイト・ジャケット』(White-Jacket ; or, The World in a Man-of-War, 1850)，人間存在における悪と善の混在をテーマとする『ピエール』(Pierre ; or, The Ambiguities, 1852) と，これまたほとんどすべての作品に執

拗に描かれた。

このようなまったくあい矛盾する経験を，いいかえるなら『マーディ』（*Mardi, And a Voyage Thither*, 1849）に登場するババランジャのいう「われわれは天使か犬か」という問いを自己の内部でいかに解決していくか，これが生涯を通じてメルヴィルの大きな課題の一つとなったのである。

▶時代批判と孤立　　しかしそうした人間性にかかわる問題意識は，単にメルヴィルを形而上学的な追求に向けただけではない。メルヴィルは自分が目の当たりにした文明社会の矛盾，なかでも同時代のアメリカ社会に鋭い批判のまなざしを向けるようになった。たとえば『タイピー』においても，のびやかな生とおおらかなエロスの戯れに興じる地上の楽園を描いただけではない。布教と称して原住民を堕落させ破滅させるキリスト教宣教師たちに対して，また植民地支配を推し進めるヨーロッパ列強諸国に対してメルヴィルは激しい批判を浴びせる。そのような批判精神は，その後彼自身の祖国アメリカの理念を裏切った非人道的な制度である奴隷制や，インディアンからの土地収奪，あるいは資本主義経済のもたらす貧富の問題などにも向けられることになった。

これらアメリカ社会に向けられた懐疑と批判は，彼を創作へと駆り立てる重要な要因となったが，他方，職業作家を目指していたメルヴィルを，当時の読者から遊離させてしまう一因ともなった。したがって彼はしばしば本当に伝えたいことを表現する言葉を奪われている自らの状況を嘆くことになる。1851年六月のホーソーンに宛てた手紙でも「私はもっとも書きたいことを書くことを禁じられている——それでは金にならないからだ。しかし私には別の書き方などできない——だから，私の本はどれもこれもつぎはぎ細工でしかない」と，時代から孤立した作家の苦渋を訴えている。

▶実験小説　　しかしまた，以上のような状況におかれていたからこそ，メルヴィルは，彼のいう「真実を語る術」（「ホーソーンとその『苔』」"Hawthorne and His Mosses," 1850）を求めてさまざまな実験的作品を手がけることになった。

『マーディ』では，ノンフィクションふうの冒険物，失踪した美少女を探し求めるロマンス，架空の島々をヨーロッパの国々やアメリカにみたてるアレ

ゴリー形式と，ジャンルが三転する。メルヴィルは，筆を進めながらも絶えず「自分のもっとも書きたいこと」を模索し，そのための方法を次々と試みた。そのためには，ときとして全体の構成を顧みず，大胆な変容を生じさせてしまうこともあった。

　また，作家自身，金のためのやっつけ仕事と自嘲する『レッドバーン』や『ホワイト・ジャケット』においても，海洋小説や航海記の常套的な筋運びをなぞっているだけにみせかけながら，同時にその約束ごとを逆用し，最後にはまったく異質な世界を滑りこませてしまうのもやはり同じ欲求に発している。『ピエール』で近親姦という社会が認めるはずもないテーマを扱い，読者に見離されてしまったメルヴィルは，その後「書記バートルビー」("Bartleby," 1853)など短篇に挑戦する。しかし再び長篇に戻った時には，信用詐欺師を舞台の中心にすえて，自身はその仮面の背後に自己韜晦をきめこんでしまうのである（『信用詐欺師』 *The Confidence-Man : His Masquerade*, 1857)。

▶『白　鯨』　　『白鯨』は，いうまでもなくメルヴィルの，そしてアメリカ文学の最高傑作の一つである。この作品を，片足を食いちぎられて復讐心に燃える狂った船長が憎い仇の白鯨をこの世の悪の根源とみて追跡する話であると，要約してしまうだけでは，作品の多層的世界をあまりに希薄なものにしてしまう。いたずらに鯨が何の象徴であるかを論じる前に，まずはイシュメルの語りに導かれて鯨の遊泳する海の世界にのめりこんでいくことが必要である。

　というのも，海や鯨は単に寓意的な目的のためにこの物語に取り入れられたのではなく，それらがまずそれ自身としてイシュメルを深く魅了したからにほかならない。イシュメルにはエイハブに共感できる悪の認識があると同時に，自然の美しさに陶酔しうるみずみずしい感性がある。したがって，世界や人間への奥深い考察は，彼が海と鯨の魅惑と恐怖を語りつくそうとするひたむきな努力のなかからおのずと生まれてきたものである。

　ただし，イシュメルの語りは目にしたものを語るだけの単なる受動的な語りではない。彼の自由な精神は，絶えず触手を動かして語りの対象にひそむ意味を手ぐり寄せ，精神と物との微妙に交錯する世界へ読者を誘いこんでくれる。この意味で，『白鯨』は矛盾と神秘に満ちた巨大な対象を，言葉の網に

どこまでからめとることができるか，つまり世界の混沌を前にして言葉の限界に挑んだきわめて現代的なテーマの物語ということができる。また同時に，神によって創造された世界を人間はどこまで理解しうるか，神に対する人間の挑戦という昔からのテーマにかかわる物語ともいえるのである。

第3章 詩

❖ **「伝統派」と「実験派」** 1820年—1865年のロマン主義時代におけるアメリカ詩は二つに大別できよう。すなわち、ニューイングランドのブラーミンたち(Brahmins)による「伝統派」の詩と、新しいアメリカ詩の伝統を確立したウォルト・ホイットマン(1819—92)、エミリー・ディキンスン(1830—86)ら「実験派」の詩である。

ホイットマンとディキンスンによって確立された「実験派」の詩の伝統が、アメリカ現代詩にみられる二つの系統——ギンズバーグに代表される口語を媒体とする長篇詩／叙事詩の系統とモダニスト／アカデミック派の叙情詩——に受け継がれている。一方、ニューイングランドの保守的貴族主義を受け継ぐブラーミンたちは、イギリスのロマンティシズムの影響の濃い、伝統詩形を使用した詩を書く。「アメリカ詩の父」といわれるウィリアム・カレン・ブライアント(1794—1878)は、ピューリタニズムの死生観を歌い、自然と神への敬虔な感情を詩に託した。ほかに、ヘンリー・ワズワース・ロングフェロー(1807—82)、ジョン・グリーンリーフ・ホイッティア(1807—92)、ジェイムズ・ラッセル・ローウェル(1819—91)などこのグループに属する詩人たちがいる。

1837年に書かれたラルフ・ウォルド・エマスン(1803—82)の「アメリカの学者」("The American Scholar")は、新共和国の「知的独立宣言」となり、以前にもまして、アメリカ作家／詩人たちは、彼らの「国民文学」の確立を意識した。そうした機運のなかで、エマスンやエドガー・アラン・ポー(1809—49)によって「アメリカ詩論」が提唱される。エマスンは、「詩人」論("The Poet," 1844)のなかで、「私たちにはアメリカは一つの詩だ」と述べ、壮大なアメリカの国土、景観が詩的想像力を刺激し、新しい詩を創造するだろうと力説した。その期待に応えるかのように、ホイットマンの『草の葉』(*Leaves of Grass*, 1855)が書かれ、フリノーやバーロウが試みたアメリカの叙事詩が完成される。

❖ **南北戦争の詩** アメリカ共和国の形成期には、共和国の精神(「アメリカの夢」)を提唱する詩が書かれたことはすでに述べたが、ロマン主義時代には、アメリカを二分した南北戦争やその思想的背景をなした奴隷解放問題を扱った詩が書かれた。戦争終結後に出版されたホイットマンの『軍鼓の響き』(*Drum-Taps*, 1865)、メルヴィルの *Battle-Pieces and Aspects of the War* (1866)は、多くの犠牲を払った南北戦争体験を活写した詩集である。ほかにもブライアント、ホイッティアなどが奴隷解放をテーマに、そして南北戦争の英雄リンカーンを歌った詩を書いていることは注目に値する。

1 ロマン主義時代（Ⅰ）

（1） ポーとエマスン

▶ポーの「詩の原理」　詩人たちには「不毛の国」と後にパウンドが嘆いたアメリカにおける詩の揺籃期に，かりにも詩の様式を理論化しようとしたポーの功績は大きい。「詩の原理」(" The Poetic Principle," 1850)においてポーは，教訓主義の詩に対して，「詩とは，美の音楽的創造だ」と定義した。そして，長詩や教訓的な詩が重視された当時の傾向に対抗して，「詩は純粋に美を対象とする」とし，長詩はその原理に矛盾すると挑戦した。

　もちろん，ポーの詩論は叙情詩の理論で，叙事詩には適用されるべきではない。さらに，「詩の哲理」(" The Philosophy of Composition," 1846)のなかで，ポーは自作の「大鴉」(" The Raven," 1845)を分析して次のように述べる。「この詩は，数学の問題のような正確さと，厳密な因果関係で一歩一歩全体の完成へと書き進められた」と。しかし，詩の内容より音楽的効果を重視するあまり，機械的ともいえる 'Nevermore', 'Lenore' 〔ɔr〕のくり返しが詩を単調にしたきらいがある。また，"Annabel Lee" や "The Bells" にも同じ難点がみられ，エマスンはポーをわけのわからないことをいう 'a jingle man'（音的効果のためだけに押韻する詩人）と称したのである。

　芸術家にはけっして居心地がよいとはいえなかったアメリカにおいて，ポーが生存中には正当に評価されず，フランスにおいて発見されたというのは文学史上よく指摘される皮肉である。同時代のフランスの詩人，ボードレールはポーを「大西洋の向こうでロマン派の運動を代表する，自らの文体を道具となしえた最初のアメリカ詩人」とたたえた。

▶詩人としてのエマスン　「アメリカ・ルネサンス」の中心的人物であるエマスンはまた詩人でもあった。1836年に出版された『自然論』で，エマスンはその超越主義を高らかに提唱し，「いっさいの自然現象は何らかの精神の象徴である」という「対応（correspondence）」の概念を提示した。これは，自然のなかに神の業をみいだそうとしたピューリタン的思考ともあい通ずる姿勢であろう。

"Each and All" と題される詩において、エマスンは 'All are needed by each one;/Nothing is fair or good alone.' と自然の美、調和を歌うのに個々の事象でなく全体のなかの部分を強調する。そして、具体的な例証でもって「個と全体」の主題を展開する。たとえば、小鳥の歌声が心地よく感じられるのは、青い空、木立、そよ風など自然の演出があってのことだという。まさに、彼にとって詩は一種の「韻律をもって語るテーゼ（metre-making argument）」なのである。エマスンにとって、美は「真・善・美」を包括するもので、この点でもエマスンは「真・善・美」の領域を厳格に区別したポーの対極に位置づけられる。

（2）　ブライアント、ロングフェロー、ホイッティア

▶「アメリカ詩の父」　「アメリカ詩の父」といわれるブライアントは、また「アメリカのワーズワス」とも称される。前の時代には、フリノーが野生のスイカズラやインディアンの塚（埋葬地）など、新大陸の自然の事物を題材にした詩を書いたが、独立戦争の激動の時代が終わって、アメリカの詩人たちは改めて彼らの新共和国の自然、その壮大な風景に目を向けた。ブライアント、ホイッティア、ホイットマン、ディキンスンらみな自然をテーマにした詩を多数書いている。

当時として恵まれた古典教育を受けたブライアントは、ホーマーの『イリアッド』の翻訳をはじめ、訳業のほうが詩作より主だったといえよう。彼の代表的な詩は、ブライアントがわずか17歳のときに初稿を書いた「死生観」（"Thanatopsis," 1811）で、トマス・グレイなど 'graveyard school' の詩を想起させる、イギリス詩の伝統を継承するものである。

彼の詩には、ロマン主義詩の常套修辞が多く、詩情に乏しい。また、その詩にキリスト教教義、教訓主義の傾向が強いのは、若いときに父より厳格なカルヴィニズムの教義を教えこまれたのがその原因だとされている。

▶「水鳥に寄せて」　美しい夕映えのなかに消えていく水鳥を歌った "To a Waterfowl" を例にとると、水鳥の行方を見守る詩人の背後には、さらに別の「超絶的な力」があって詩人の安否を見守っているという「教訓」——'……He, who, from zone to zone,/Guides through the boundless sky thy certain flight,/In the long way that I must tread alone,/Will lead my steps aright.'——が語られている。このように，エドワード・テイラーの人間観に通じるピューリタン文化を受け継ぐブライアントの自然観の背後には，providence（神の摂理）というピューリタン的概念がある。

　また，ブライアントはリンカーンに傾倒し奴隷解放を唱えた知識人の一人でもあり，大統領暗殺のさいには，"Abraham Lincoln"と題する詩で正義のために殉死した歴代の偉人の一人として'……,/Among the noble host of those/Who perished in the cause of Right'とアメリカの英雄を追悼する。

▶「アメリカ国民詩人」　　生存中には「アメリカ国民詩人」として，国内のみならずイギリスをはじめヨーロッパでもひじょうに人気のあったロングフェローであるが，現在ではほとんど研究の対象としてとりあげられることのない詩人である。ブライアント同様，ロングフェローも十分な高等教育を受け，とくにドイツ語をはじめヨーロッパ諸国の言語に通じ，長年，ハーヴァード大学で近代言語の講義をおこなった。

　ロングフェローの詩もまた，その紋切り的修辞法や，その保守主義，教訓主義のため現代の読者に訴えるところが少ない。たとえば，詩の韻律法を教える例題として引用される「人生賛歌」（"A Psalm of Life," 1838）に提示される安易な楽観主義——'Let us then be up and doing,/With a heart for any fate ;/Still achieving, still pursuing,/Learn to labor and to wait'——が果たして，自然環境の破壊を前に，核汚染の危険に直面した現代人にどれほどの意味をもつだろうか。

　奴隷問題を扱った詩，"The Slave's Dream"でも，これまでみてきたアメリカ詩人たちに共通する「死生観」が歌われ，有限なる肉体と無限の世界に属する魂の不滅が対照される。ある奴隷の死を，'He did not feel the driver's whip,/Nor the burning heat of day ;/For Death had illumined the Land of Sleep……'とシェイクスピアの'Fear No more the heat o' the sun'を思わせる詩行に託して，死によって解放された魂の永遠性が謳歌される。しかし，あまりにも平易な語彙や表現法のため，感情の高揚に欠ける。

▶ロングフェローの功績　　とはいうものの，ロングフェローの業績は，ダンテの『神曲』の英訳に代表される翻訳の仕事を通

して，19世紀のアメリカにヨーロッパ文化を紹介し，土着化させたことである。エヴァンジェリン・ベルフォンティンの伝説をアメリカに舞台を設定して書いた「エヴァンジェリン」("Evangeline," 1847)，ネイティヴ・アメリカンの伝説，「ハイアウォサの歌」("The Song of Hiawatha," 1855)などの物語詩はあまりにも有名である。20世紀前半のパウンドの古典文学，中国文学の翻訳や現代アメリカ詩人たちの外国文学の英訳など，比較文化，国際交流といった文化的意義が大きいが，さしずめ，ロングフェローの訳詩はアメリカ・ルネサンス期における同様の功績と言ってよい。

▶ "Schoolroom Poet" 　上記の二人のロマン主義詩人に比べ，クエーカー教徒の家庭に生まれ育ったホイッティアは，ひじょうに限られた教育を受ける。彼のモデルになったのは，スコットランド出身のロバート・バーンズであった。バーンズ同様，方言を使用し，卑近な題材を詩のテーマとして，強い社会的良心に訴える詩を書いた。

　奴隷制廃止論者のウィリアム・ギャリスンの感化を受け，奴隷解放運動にかかわり，1833年ギャリスンの口添えでフィラデルフィアで開催された奴隷制度反対会議に代表として参加する。先に触れたロングフェローの "The Slave's Dream" は詩人仲間の間でさまざまな反響があったが，ホイッティアがそれを奴隷解放運動に寄与するものとして，率先して歓迎したのも不思議でない。

　ホイッティアの代表作 "Snow-Bound" (1866) は，彼が青年期に経験したマサチューセッツ州の「辺境」に住む開拓者の生活を活写したものである。心温まる素朴な表現でもって「辺境」の純朴な人々の生活が効果的に語られる。しかし，その副題――"A Winter Idyl"――が示すように，北部ニューイングランドの厳しい冬の現実が理想化されすぎたきらいがある。

　ブライアント，ロングフェロー同様，ホイッティアも存命中は尊敬され，人気を博したが，現在では，たんに小中学生向きの詩人 (Schoolroom Poet) として文学史で言及されるのみで，文学研究にとりあげられることはまれである。モダニストのひとり，e. e. カミングズは「ケンブリッジのご婦人がた」という皮肉のきいた詩で，ロングフェローをイエス同様「過去の人」と断言する。

2　ロマン主義時代（II）

（1）　ホイットマン

▶ホイットマンの現代性　　前節で概観した「伝統派」の詩人たちと鮮やかな対照をなすのが，「実験派」の詩人——近代アメリカ詩を先取りした「アメリカ・ルネサンス期」が輩出した偉大な詩人——ホイットマンとディキンスンである。ホイットマンと同時代のディキンスンは，彼の詩について意見を求められ，「名前は，聞いていますが，読んでいません。とても，野蛮で下品だと聞いています」と答えたという。たしかに，この二人ほど表現様式，言語において異質な詩人はいないかもしれないが，時代を問わず二人とも偉大なアメリカ詩人である。すでに述べたように，彼らの貢献は，イギリスの伝統詩形に革命をもたらし，近代アメリカ詩の伝統を確立したことであろう。というのも，ホイットマンの評価においては，ディキンスンと大差のないパウンドも，「あなたが新しい詩風をもたらした」("A Pact," 1913) と，ホイットマンと「仲直り」をしている。

　ニューヨークの寒村に生まれたホイットマンは，印刷工，小学校教員あるいは新聞，雑誌の記者など，さまざまな職についたが定職をもたず，放浪の生活を送った。1853年頃，エマスンの論文に触れ，深い感銘を受ける。その後，詩作に専心することを決意し，徹底した個人主義的平等主義を表明する詩を発表，1855年に『草の葉』(*Leaves of Grass*) 初版を自費出版する。その後，増補，改訂版を次々と出版した。

　Leaves of Grass という表題——個々の草の葉とその集合体である草が個人主義に根ざした民主主義を象徴——はこの詩集の根本思想を明示する。ホイットマンにとって，私的な個は公的人格をも意味し，民主主義という大義のため，社会的問題(奴隷解放，死刑廃止，禁酒禁煙運動など)に目を向け，「国民詩人」を自称した。

　'I celebrate myself, and sing myself' ではじまる「自我の歌」("Song of Myself") では，人の魂の無限性とその魂の宇宙全体との融合が謳歌される。口語を使用した自由詩形，従来の詩的語彙の常識を破る言葉や禁句の使用，

斬新なイメージ, 事物のカタログ的列挙を特徴とする革命的な独自の詩法をつくりだした。ホイットマンのいう魂の不滅とは, キリスト教でいう「永遠の生命」の概念を排除するのでなく, それをも包括した神秘主義に根ざし, 強いていえば, エマスン流の超越主義にもあい通ずる観念でもある。

『草の葉』第三版に収められた詩には, 男女そして男性どうしの性愛を扱った "Children of Adam" や "Calamus" があり, 先のディキンスンの弁(「野蛮で下品」)にみるように, 19世紀アメリカの文化的風土には少なからぬ衝撃を与えた。

▶リンカーン追悼詩　南北戦争に志願看護人として参加したホイットマンが, 戦場の悲劇, 悲惨を目撃した体験を詩にしたのが1865年に出版された『軍鼓の響き』という戦争詩集である。

多大の戦死傷者を出した南北戦争の悲劇は, 暗殺されたリンカーン大統領の死をいたむエレジー, 「先頃ライラックが前庭に咲いたとき」("When Lilacs Last in the Dooryard Bloom'd") でも言及されている。——'I saw battle-corpses, myriads of them,/And the white skeltons of young men, I saw them,/I saw the debris and debris of all the slain soldiers of the war……' といった, ロバート・ブライのヴェトナム反戦詩にもこだまする美しい詩行を記している。

また, 「来たれ, 愛しい慰めである死よ」(Come lovely and soothing death) ではじまる部分は「挽歌」として独立して引用されることが多く, ある批評家は, 英語で書かれたもっとも美しい叙情詩の一つとする。旧約聖書文学にみられる語法あるいは文法上の並列法を多用し, これらがつくりだすリズム感, そして詩を通してあらわれる三つのイメジャリー(ライラック, つぐみ, 星)の象徴性など, 高度の技巧が凝らされ, それらが有機的に作用して, "When Lilacs Last" を完成度の高い叙情詩としている。

▶アメリカの叙事詩　ホイットマンの文学史的価値は, すでに述べたようにフリノーやバーロウが試みたように, 伝統のなかったアメリカの叙事詩を創造し, その後, W. C. ウィリアムズ, ハート・クレイン, パウンドを経て現代のアレン・ギンズバーグなどの長詩の系譜を成立させたことにある。新世界を夢みてアメリカに移住した人々が, 新しい国家の

自覚にめざめ,それを詩に託すことがホイットマンをもってはじめて可能になったといえよう。こうした意味で,『草の葉』は新しいアメリカの「意識の叙事詩」である。

1962年にハーバート・リードが「われわれヨーロッパ人にとって,やはりアメリカの詩人は,ホイットマンだ」といったように,ホイットマン以前の詩人たちがイギリスの言葉で,アメリカの題材を描いたのなら,ホイットマンはアメリカ人の魂を歌う言葉をつくりだした。彼にとって,詩とは「……力強い抵抗の言葉,……常識という方言。理想を求め,誇り高く,メランコリーな民族たちの言葉。それは,成長,信仰,自尊心,自由,正義,平等,友愛,品格,分別,決断,そして勇気を歌うために選ばれた言葉」(『草の葉』序文)そのものだったといえる。

(2) ディキンスン

▶ディキンスンの現代性　ホイットマンが包括的で雄大なアメリカの叙事詩を書いたのなら,マサチューセッツ州アマストで生まれ,生涯のほとんどを父親の屋敷で過ごしたディキンスンは,ニューイングランドの静かな町で,自然の風物をめでながら,身辺の事象を歌って,逆説的に包括的な想像の世界を創造した。'The Robin's my Criterion for Tune——Without the Snow's Tableau/Winter, were lie——to me——/Because I see——New Englandly——/The Queen, discerns like me——Provincially——'(P.285)(コマドリの調べが私の基調——雪景色のない冬なんて,私には偽物/だって私の詩はニューイングランド風お国自慢/女王様だって同じ——お国びいき)と自分の守備範囲を限定して,厳しく選別された独自の想像の世界に生き,1700余に及ぶ凝縮した宝石のような詩を残した。最近になって,数篇の未発表の詩が発見されている。

彼女の生き方,創作態度は次の詩にもうかがえる。'The Soul selects her own Society——/Then——shuts the Door——'(P.303)(魂は彼女自身の世界を選ぶ/そして戸を閉じる——しっかりと)

上にあげた例にみるように,ホイットマンの息の長いカタログ的詩形とは対照的に,ディキンスンは短く簡略で,暗示性に富む短い四行詩を得意とし

たが、ホイットマン同様、詩の伝統的修辞や韻律を無視した。それがラディカルな試みであることは、詩人自身承知していたとみえ、ほんのわずかの詩（南北戦争に関するもの）を除いて、生存中、彼女は自作品を出版することはなかった。

しかし、ディキンスンの詩はその「視覚的象徴的イメージ」のゆえに、モダニストたち――エィミー・ローウェル（1874―1925）、マリアン・ムア（1887―1972）ら――の先駆者とされ、20世紀になってその評価が高い。また最近では、フェミニスト批評の影響で、ジェンダーやセクシュアリティ、また南北戦争との関連において、ディキンスン研究が隆盛を極めている。

▶ディキンスンの自然詩　ディキンスンも他のロマン主義詩人たち同様、たくさんの自然詩を書いた。そのなかには、'I taste a liquor never brewed――'（P. 214）や'Some keep the Sabbath going to Church――/I keep it, staying at Home――/With a Bobolink for a Chorister――/And an Orchard, for a Dome――'（P. 324）（日曜日、教会に行く人がいるけれど／私は家で礼拝する／果樹園の礼拝堂／そして聖歌隊はコメクイドリ）といったエマスン的自然観を提示するものもあれば、逆にまた、'A Bird came down the Walk――'（P. 328）や'A narrow Fellow in the Grass'（P. 986）のように、自然現象を冷静に観察する傍観者的立場を表明する詩があり、単純に「自然詩」と一括してレッテルを貼るのは危険である。ここに、ディキンスンの現代性がみられるし、ホイットマンの自然観との相違がある。

詩人のつねとして、ディキンスンも言葉にこだわり、詩論のようなものがうかがえる詩を書いている。'This was a Poet――It is That/Distills amazing sense/From ordinary Meanings――'（P. 448）は彼女の詩、言葉に対する姿勢を端的に表現している。すなわち、詩人は、卑近な事物から斬新な意味をひきだす芸術家だという。さらに、彼女はさまざまな既成概念を再考するかのような「定義詩」を手がけている。それらはみな、機知に富み、ユーモラスなものが多い。'Publication――is the Auction/Of the Mind of Man――'（P. 709）（出版――人の心（精神）の競売）、'"Faith" is a fine invention/When Gentlemen can *see*――/But *Microscopes* are prudent/In an Emergency'（P. 185）（肉眼で間に合うときは『信仰』は素晴らしい発明――／でも緊急

時には，顕微鏡が重宝）などはよく例にひかれる。

▶愛と死のテーマ　　だが何といっても，彼女の優れた詩は，愛や死を主題にした作品に多い。ニューイングランドの精神風土の根底にあるピューリタニズムの影響のもとにありながら，彼女の「健全なる懐疑精神」は，既成のキリスト教教義を無条件で受け入れることを拒否した。その精神の葛藤が数々の宝石のような詩を生んだといえる。「この世が終わりではない」と第一行で断定しながらも，読み進むうち，'……Faith slips——and laughs, and rallies——/Blushes, if any see——/Plucks at a twig of Evidence——/And asks a Vane, the way——/Much Gesture, from the Pulpit——/Strong Hallelujahs roll——/Narcotics cannot still the Tooth/That nibbles at the soul——' と懐疑心が頭をもたげ，魂の永遠性の証拠をと信仰心を脅かす。一度おこった懐疑心は麻薬でも鎮静できない魂をむしばむ歯痛のようだと第501篇は終わる。「宗教はアヘンだ」というが，ディキンスンの詩にはそれ以上のシニシズムがひそんでいるのではなかろうか。

　熱烈な恋歌，"I cannot live with You"（P.640）は屈折した恋愛感情を歌うと同時にキリスト教信仰の揺らぎをも露呈する。「死」と「復活」を論じ，詩の最後で「復活」を否定する。こうした感情，思考の揺れが，ディキンスン独特の語法——句読点の代わりにダッシュの使用，傾斜韻（slant-rhyme）の多用——に反映されている。この点においても，断片的な短い四行詩の多いディキンスンの詩形は，大上段に公言，肯定する息の長いホイットマンの詩形の対極にある。いずれにせよ，ブラーミンたちの伝統詩，その保守主義が主流であった時代に，ホイットマンとディキンスンは，大胆に体制に挑戦した芸術家といえよう。

▶ディキンスンと現代女性詩人　　生涯唯一の恋に破れ，隠遁者の生活を送った内気な「変わり者」ディキンスンのイメージは，最近フェミニスト批評家たちによって大幅に修正され，現在では，そのようなロマンチックな「アマストの奇女」のイメージを返上，詩という芸術を慎重に選択し，自己同一性を詩人としての自己にみいだした女性詩人というイメージが確立されている。

　まさに，ディキンスンは早くも1650年代に女の視点で詩作をしたアン・ブ

ラッドストリートの末裔であり，そのアメリカ詩の伝統を現代詩の世界で活躍する詩人たち，とくにエイドリアン・リッチを代表とする女性詩人たちへと伝承した，ホイットマンと肩をならべるアメリカ・ロマン主義時代の詩人といえる。

III
1865—1914

マーク・トウェインの『ハックルベリー・フィンの冒険』

III 1865—1914

時代思潮

● ── 南北戦争後の近代化

　南北戦争から第一次世界大戦までの半世紀は，近代資本主義が完成に向かう大転換期であった。南北戦争前のアメリカは，地方単位の農業社会であったが，第一次世界大戦の頃には世界の経済・政治に対して支配的力をもつ巨大な近代国家となっていた。その裏では資本家と労働者とをめぐる社会的混乱と無秩序が広がり，進歩に対する懐疑も生まれていた。

　南北戦争は，北部の工場主と南部の奴隷制を支持する大農場主との経済上の衝突であり，ミシシッピ川以西の土地支配を賭けた経済戦争でもあった。北軍の勝利によって，南部貴族という旧ヨーロッパの封建制や奴隷制は解消され，西漸運動という西部開拓に向けた近代化への道が開かれた。

　1890年の国勢調査の報告によって，辺境線がもはや存在しないことが証明される。90年代は農業国家と近代産業国家との間の分水嶺となる。歴史家フレデリック・ターナーの論文「アメリカ史における辺境の意義」(1893)によれば，「アメリカの民主主義は新しいフロンティアに接するたびに新しい力を得ていた」のであり，辺境における開拓精神こそがアメリカの力であった。したがって，辺境の消滅で「アメリカの歴史の第一期」が閉じたのだった。一方，この期に開催されたシカゴ博覧会(1893)は，人工的な近代都市のユートピアをつくりあげ，辺境が荒野から都市という市場へ移り，消費文化が形成されていった。またこの進歩の祭典は，厳しい経済不況の中でおこなわれたのだった。

● ── 産業化と都市化

　「再建時代」とよばれた戦後から19世紀後半は，大規模な産業化，工業化，都市化が進んでいった時代である。まず大陸横断鉄道の開通(1869)に続いて，次々と鉄道網が延長された。これによって西部への入植者が増え，また生産地と東部都市の消費地とが直結し，

初の大陸横断鉄道完成

時代思潮

　農業や牧畜業も企業化していった。さらに鉱山の発掘によって重工業が発達し，それによるテクノロジーの発展はアメリカの国家統一に貢献した。さらに電話（1876），電燈（1879），電力（1882），電車（1887），活動写真機（1893），ライト兄弟の飛行機（1903），タイプライター（1873）など次々と技術革新が進展していった。

　続いて大量生産の製造工業が発達し，それにともなって商業や金融業が拡大した。たとえば1869年のGNPは70億ドルであったが，1903年には377億ドルと五倍以上に増えた。また，1850年から1880年の間に資本の工場流入は四倍に，労働者は二倍になった。

　工場労働の主力は移民と農民であった。それまでの移民は主に英国や北欧から西部へ自営農地開拓者として入植した。しかし産業化の進展につれて，東欧・南欧諸国からの移民が工場の賃金労働者となって都市に集まっていった。さらに安価な労働力としてアジアからの労働者や未成年労働者も加わった。1880年代で530万人，1890年代で400万人が移住し，人口も1860年の3100万から1900年には7600万へと倍増した。1882年中国人移民が排斥され，日本人移民がその空白を埋めた。一方，農場には機械化や資本化の波が押し寄せ，土地所有者の多くは土地を抵当にとられて小作人となり，さらに都市労働者へと追いこまれていった。ちなみに1890年には900万の農場が抵当にとられた。

　工場を中心に都市化が進み，都市人口はニューヨークで1850年の50万人から，1900年には七倍に，シカゴで二万人から100倍にふくれあがった。20世紀に入ると人口の三分の二が都市に住むようになった。これら都市の労働者の状況は人口の膨張につれて悪化していき，彼らは低賃金や過重労働に苦しむこととなった。工場労働者となった移民は，スラム化したアパートに住み，それぞれ血縁や同民族でゲットーをつくった。

　一方，黒人は解放され，選挙権も与えられたが，人種差別は激化し，KKK団のリンチの

ヨーロッパからの移民船

III 1865—1914

時代思潮

恐怖にさらされるなど解放前よりもいっそう不安定な状況におかれ，黒人問題は未解決のままであった。戦後の近代化はむしろ市民の状況を悪化させるなかで，エドワード・ベラミー（1850—98）の『顧みれば』(*Looking Backward*, 1888)のような社会主義社会の建設を描いたユートピア小説が人々をひきつけた。

●──金メッキ時代

企業の急激な膨張がもたらす富と権力は，大物成金に集まった。彼らは原材料のすべてを所有し，思うままに価格を操作し，トラストという企業合同体をつくって，資本を増やしていった。鉄道は資本家の私腹を肥やすためにつくられた「鉄の屑」であり，「企業の企業による企業のための政治」がおこなわれた。「盗賊貴族」とよばれる資本家には鉄道王ヒル，鉄道資本家スタンフォード，石油・鉄鋼王カーネギー，鉄鋼企業 U. S. スティールのモルガン，スタンダード石油会社のジョン・ロックフェラーが名を連ねていた。

独占企業の発展の裏では，グラント大統領（1869—77）下の疑獄事件のような政治汚職，スキャンダル，売春と賭博が横行していた。この資本主義の否定的側面をとらえて，マーク・トウェイン（1835—1910）は，小説『金メッキ時代』(*The Gilded Age, A Tale of Today,* 1873)で富の蓄積に奔走する人々を皮肉をこめて描き，この小説の題名がこの時代の呼び名となった。

国内での経済搾取の手を海外にまで伸ばし，国をあげて帝国主義や植民地主義を押し進めたのが，米西（アメリカ・スペイン）戦争（1898）である。キューバへの武力介入からはじまった戦争は，スペインを打ち負かし，アメリカはフィリピンやプエルトリコやグアム島を領有した。

●──労働運動の激化

巨大化した資本家は，労働者の犠牲を強い，劣悪な労働条件で働かせた。労働災害で1888年に3万人，1908年には70万人が死亡した。1873年，93年そして1907年，19年と定期的に襲った恐慌の対策として独占資本家がとった首切りと賃下げに反対して，労働者は「労働騎士団」や「米国労働総同盟」(AFL)などの組合を結成して，労働条件の改善を求めるストライキをおこした。これに対して企業側は州の警察や連邦軍を動員し，スト破りやピンカートン探偵団を雇って封じこめようとしたために，流血をともなう戦闘がくり広げられた。ヘイマーケット事件（1886），ホームステッド製鉄所のストライキ（1892），プルマン鉄道のストライキ（1894），女性や子どもの労働者も参加したローレンス繊維工場のストライキ（1909）へと労働運動は激化し，そのストライキ件数は1890年の1千から1904年には4千へと増加した。しだいに自然発生的なストライキは組織化され，革新運動や社会党結成（1900）へと発展した。なかでも「世界産業労働者同盟」(IWW, 1905)は，性，人種，民族，熟練度の区別なしに団結して直接の抗議行動をとり，資本家の脅威となった。

時代思潮

初めて女性労働者が参加したストライキ

● ── 革新時代

　金メッキ時代の急激な近代化は，また階級差別や資本の不平等などを顕現させた。世紀末から20世紀前半の間は，これらの問題の克服のために支配者や被支配者の側から多様なレベルの改革がもちだされ，「革新時代」とよばれた。

　シオドア・ローズヴェルト大統領（1901―09）は「公正な政策」として，八時間労働制やストライキの仲裁などにみられるように，最低限の権利を労働者に与え，企業側に対して独占の規制と特権の削減を試みた。また，不潔なシカゴ食肉処理場を描いたアプトン・シンクレアの『ジャングル』（*The Jungle*, 1906）に刺激され，「純正食品・薬事法」（1906）をつくり，自然環境の保全にも努めた。また，民主党のウィルスン大統領（1913―21）は「新しい自由」を掲げて改革を推進し，「クレイトン反トラスト法」などで行政権限を拡大した。

　一方，悪行を摘発する「マックレィカー」とよばれる人たちや新しい市民組織が政治腐敗を告発して，ジャーナリズムや世論を動かした。ウィリアム・ジェニングズ・ブライアンが組合や人民党に押されて民主党大統領候補として登場するのも「進歩的」中産階級の改革運動のなかからだった。さらにジェイン・アダムズが設立したシカゴのハル・ハウス（1889開設）にみられるように，女性も革新運動や社会事業にかかわっていった。女性の選挙権獲得運動も広がり，1920年の普通選挙の達成まで運動は先鋭化していく。またマーガレット・サンガーやエマ・ゴールドマンによって産児調節運動も抑圧と戦いながら進められた。

　しかし，このような革新の動きにもかかわらず，定期的に襲う不況と近代化のしわ寄せは経済を悪化させていった。こうしてアメリカの経済侵略は国内から国外へと拡大してい

III 1865—1914

時代思潮

くこととなる。

● ―― 資本主義，市民文化，消費文化の形成

　資本主義の思想は個人主義とダーウィニズム（『種の起源』1859）とプラグマティズムに支えられていた。とくにハーバート・スペンサーによって体系化されたソーシャル・ダーウィニズムは，適者生存による自由放任主義の立場をとり，利益の追求と富の獲得が人類の進歩に貢献すると解釈し，保守的な資本主義には好都合な思想となった。

　体制順応的なプロテスタンティズムも，競争や金もうけは神の意にかなっているとして資本家の信仰を支えた。さらに大衆にとって，キリスト教は社会の急激な変化に対する精神的なよりどころとなった。一方では宗教の影響力は，経済が生活に直接に大きな影響を与える資本主義の体制のなかで弱まっていく。さらに文化一般が世俗化していくにつれて，宗教の形骸化に拍車がかけられた。

　高等教育の面では州立大学が各地につくられ，また財閥の寄付で私立大学が建てられ，大学を中心に新しいインテリ階級層が形成され，近代化をうながした。女子大学もその数が増えていった。公立学校においては，無料の初等教育が普及し，移民のアメリカ化に重要な役割を果たした。また図書館が設立され，読書の習慣が制度化されていく。

　こうして資本主義は，家庭，教会，学校，市民団体をコントロールすることによって，労働市場に適応できる勤勉，効率，自制，禁酒などの価値観をもつ市民をつくっていった。これを反映して，ホレーショ・アルジャーの描く，貧しい少年ディックの成功物語が多くの子どもたちに読みつがれ，「ボロから金持ち」へという庶民の成功，「アメリカの夢」の神話をつくった。この神話は，正直で勤勉で，立身出世のために奮闘し，中産階級の価値観を堅固にした。

大都市で盛んになった劇の案内広告

時代思潮

　労働者の住む都市は諸悪の根源となり，精神的腐敗を意味した。そこで交通機関の発達にともなって，中産階級層となった熟練労働者は郊外に脱出していき，郊外の住宅に住む核家族が近代家族の理想像となっていった。

　中産階級層の形成はアメリカの文化に反映され，都市に近代的なコミュニティが誕生し，消費文化が形成されていく。また19世紀末にはアメリカ文化の中心はボストンからニューヨークに移っていた。さらに文化の面での近代化は，ブルックリン橋（1883）を代表とする橋，ニューヨークやシカゴに林立する摩天楼，巨匠の作品を収集した美術館，自然を人工的に創った公園などにみられた。絵画彫刻，音楽，舞台，見るスポーツも盛んになった。映画も20世紀に入ると，大量につくられ，大衆の娯楽として大衆文化のにない手として影響をもつようになる。また，グリニッジビレッジなどに集まったボヘミアンの生き方が自由な左翼文化をつくり，「新しい精神」となった。

　第一次世界大戦に向かう頃のアメリカは，近代化のなかでゆれ動きながらも資本主義社会は成熟度を増し，政治，経済，文化の面で世界のアメリカとなっていた。

第1章　小　説

❖ **南北戦争後のアメリカ文学**　南北戦争後のアメリカ文学は，変容する現実に眼を向けるようになる。この期のアメリカは産業・都市化，労働者の急増，移民の急増，消費文化の普及などの急激な社会変化を受けて，文学の主題も，人の魂の深淵を探り個の意味を追求するよりも，社会と対峙する個の現実の営みに向けられる。しかも時代の要求は，近代科学の急速な発達によって，いっそう真実を求め，現実を直視しようとする。そこにいわゆるリアリズム文学が台頭してくる。一方では，地方の文化的自立を主張する動きも強くなり，地方色文学の色彩の濃いリアリズム文学もめだってくる。さらに世紀末になると，個をとりまく社会環境や性的衝動に焦点をおいて現実を認識する自然主義文学が書かれるようになる。

　このような傾向に沿って，アメリカの自然を賞賛し，自我の高揚を歌う詩や，哲学・倫理を論理化していく散文文学よりも，現実と人間の葛藤を描く小説や短篇小説のジャンルが主要な文学表現の手段となる。

❖ **リアリズム文学の形成**　近代科学の発達や資本主義制度にもとづく経済的価値観によって，個と社会が利害関係で対立を深めるなかで，自己信頼はもはや不可能となり，神への信頼や懐疑というよりもむしろ神はまったく忘れ去られてしまう。そこでロマン主義文学は後退し，代わって，リアリズム文学が個と個，個と社会との緊張関係のなかで，物質的・精神的に人間性の「真実」をとらえようとし，人間と社会との葛藤，個と機械文明との対立を映しだそうとする。そのために題材，手法，文学言語などに新しい実験が試みられるようになる。マーク・トウェイン（1835—1910）は西部フロンティアの言語と文化に，ヘンリー・ジェイムズ（1843—1916）は内面意識に，ウィリアム・ディーン・ハウエルズ（1837—1920）は中産階級の日常性にそれぞれ「真実」を求めて彼ら独自の文学の素材とテーマを広げていく。

　これら小説と並んで，自伝文学というジャンルを使って，ヘンリー・アダムズ（1838—1918）は社会の急速な変化から超絶した近代知識人の苦悩と懐疑を表現し，異なる視点からこの時代を浮き彫りにし，20世紀の思想と文化への橋渡しの役割を担った。

❖ **ジャーナリズム，大衆文学の形成**　この時代の文学が地域性や階級性に影響ある潮流を形成していくことができたのは，国内で広く読まれた文芸雑誌の普及に負うところが大きい。とくに『アトランティック・マンスリー』（*Atlantic Monthly*）誌の影響は大きく，文学や思潮の形成に貢献しただけでなく，新たな作家の養成と同時に新しい文学を受容する中産階級の読者を生みだした。ジェイムズは作品を最初この雑誌に掲載し，

第1章 小　　説

　トウェインは同誌への投稿と予約出版と各地の講演によって人気作家となり，ハウエルズはその編集者となることによって，19世紀後半のアメリカ文壇を支配した。
　同様の定期購読雑誌の普及はめざましく，たとえば『センチュリー』は1880年代に10万部発行されていた。他に『ハーパーズ・マンスリー』『スクリブナーズ・マンスリー』などが刊行された。
　新聞・雑誌のジャーナリズムは交通の発達によって隆盛を極め，その広告によって消費文化は形成され，中産階級層の生活に深く入り込んでいく。さらに，異なる民族・人種，ユダヤ系，アイルランド系，ドイツ系，さらに黒人などがそれぞれの文化・情報を伝播するために自分たちの新聞・雑誌を編集し，それらは人種・民族のアイデンティティと結びついていた。アメリカ先住民の新聞も250から320種発刊されていた。これら定期刊行物のジャーナリズムは，多民族の文学の形成を促した。
　さらに，純文学とは別に，大衆向け文学の普及に大きく貢献したのは，ダイム・ノヴェル（10セント小説）の発達である。そのテーマは時代とともに変化し，西部開拓，南北戦争，犯罪と探偵，西部の無法者，そしてセンセーショナルなストーリーが好まれた。なかでもアルジャーの『ぼろを着たディック』（*Ragged Dick*, 1867）のシリーズや，ギルバート・パテン（1866—1945）の『フランク・メリウェル，あるいは，ファーデイルでの最初の日々』（*Frank Merriwell or First Days at Fardale*, 1896）は，すでに確立された中産階級層に向けて，個人としての人間性を確立するように説いた。

❖　**地方色文学の形成**　　南北戦争以前の文学の担い手は主に経済力を握る東部都市の白人たちであったが，現実をみつめる文学は，黒人，女性，移民などをとりこみ，さらに地方に残る特色を文学の主題としていった。こうして1860年代半ば，地方色文学（あるいはローカルカラー文学，リージョナル文学）がさかんに書かれはじめ，それは自然主義文学に吸収されていくまで続いた。地方色文学は，鉄道網や印刷技術の進歩によって文化の中央集権化が進み，地方の風物，習慣，言葉，文化が消滅することを危惧して，地方の特質を記録しようとする動きから生まれた。さらに地方色文学は文化の標準化や中央集中化に対抗する手段ともなった。
　西部を描いたブレット・ハート（1836—1902）がその先駆者として注目され，地方色文学はさらに南部，西部へと広がっていき，多様な人種・民族の移民や黒人も書きはじめた。すでに文学の伝統の確立していたニューイングランドでは，女性作家サラ・オーン・ジュエット（1849—1909），メアリー・ウィルキンズ・フリーマン（1852—1930）が，都市文明から孤立した老いた男女の世界を書いている。

❖　**女性作家の活躍**　　南北戦争後，もっとも広く読まれたのは，E. D. E. N. サウスワスやオーガスタ・エヴァンズ・ウィルスンなどの女性作家たちであった。ウィルスンの『セント・エルモ』（*St. Elmo*, 1867）は出版の年，100万人に読まれた。そのように流行した「感傷的家庭小説」は，主人公が神や男性への愛によって信仰や父権制にいかに自己をあわせていくかを描き，中産階級の体制を擁護することになった。しかし，90年代以降になると，地方色作家の登場に加えて，女性作家たちケイト・ショパン（1851—

1904)、シャーロット・パーキンズ・ギルマン（1860—1935）、イーディス・ウォートン（1862—1937）が活躍をはじめる。彼女たちは体制を批判し、自我をもつ女性として精神面だけでなく、身体や性においても自立を求める女たちを描いた。また、それまでの男性作家が自己追求においてナルシズムの傾向をもつのと対照的に、彼女たちは個と父権制社会との葛藤や都市と地方との矛盾、女同士の世界をリアリズムの筆致で描き、それまでの女性文学や男性作家の作品とは異なる独自の文学を創造した。

❖ **自然主義文学の形成**　世紀末から20世紀にかけて顕著になってきた労使の対立などの資本主義社会の矛盾、さらには辺境の消滅は、社会と対置する人間の存在にいっそうの危機感を与えた。このような動きのなかでそれまでのリアリズムの文学、とくに個の総体的な統一を強調した文学はその限界を露呈してくる。地方色文学も1890年代以降は歴史小説への転向やマンネリ化などによって下降線をたどる。それらに代わって、個人をその意志とはまったく関係なく支配する自然の力や社会の状況を直視し、人間を不条理な運命や欲望に支配される存在としてとらえる自然主義文学が生まれる。

　アメリカ自然主義文学は、主にフロベール、ゾラ、バルザックなどのフランスの自然主義文学をとりこみ、さらにダーウィニズム、自然・社会科学の発達などの影響を受けて、ハムリン・ガーランド（1860—1940）、スティーヴン・クレイン（1871—1900）、フランク・ノリス（1870—1902）、ジャック・ロンドン（1876—1916）などによって1890年代にはじまり、セオドア・ドライサー（1871—1945）によって頂点に達する。それは、独占資本主義に抹殺され、都市のなかに押しつぶされた人々、そこからはみだした人々の客観的描写にとどまらず、社会悪を告発し、改革を訴える社会主義、マックレイカー文学誕生の契機ともなる。

　地方色文学や自然主義文学は、作家の背景、地域、階級、人種、民族、性などによって異なる主題、言説を用い、多様性を特徴とするアメリカ文学の形成に重要な役割を果たした。

1　リアリズム文学の時代（I）

（1）トウェイン

▶**新しい文学の誕生**　マーク・トウェインは『ハックルベリー・フィンの冒険』（*The Adventures of Huckleberry Finn*, 1884）で、それまでの東部を中心とした英文学色の濃いアメリカ文学に西部フロンティアの文化をもちこみ、アメリカ土着の文化を題材にした文学を創造した。後にフォークナーがトウェインを「アメリカ文学の父」と呼んだゆえんである。

トウェイン文学の誕生には主に三つの原点がある。第一にサミュエル・ラングホーン・クレメンズという本名の代わりに、マーク・トウェインという「二尋に気をつけろ」を意味した筆名を選択したことである。このことは、作家になる前の四年間ミシシッピ川の水先案内人であったことが、彼の文学の原体験になっていることを示す。さらに、南部に固執することでトウェインは、奴隷制の問題と対峙する。彼は白人作家として、個人の自由という建国の理想と矛盾する人種差別をつくる文化にいかに挑戦していくかと問い、南部に対する愛と憎悪、誇りと恥の葛藤のなかで創作を続ける。

第二に、トウェインの文学歴が西部の鉱山男の「ほらふき話」からヒントを得て書いた「キャラヴァラス郡の名高い跳び蛙」("The Celebrated Jumping Frog of Calaveras County," 1865) からはじまったことである。これによってトウェイン文学の原点が、人間のおかしみとペーソスに満ちた口承文学にあり、地方色文学の特色をもっていたこと、そして社会風刺の傾向があったことが示される。

第三に、トウェイン文学は、リアリズムを追求し、アメリカ文学の独立を訴え、「お上品な文化」を批判した。彼の名を一躍有名にした聖地観光の見聞記『赤毛布外遊記』（アカゲット）(*The Innocents Abroad*, 1869) で、トウェインは「自分自身の眼で」ヨーロッパの伝統を観察し、それを風刺的にとらえて、アメリカ文化の自立を鼓舞した。

▶『ハックルベリー・フィンの冒険』　これら三つの原点は、14歳の白人少年ハックの冒険物語であり、『トム・ソーヤーの冒険』の後日談である『ハックルベリー・フィンの冒険』で開花する。ハックは、セント・ピータースバーグの人々が与えようとした教育や父の暴力から逃げ出し、逃亡中の黒人奴隷ジムとともに、ミシシッピ川を筏で下っていく。二人は目的地の自由州へ脱出するのを間違って深南部へと下り、その岸辺の村でさまざまな事件に遭遇する。そして、後半、暴力と死のストーリーが展開し、捕われたジム救出のドタバタ劇によってハックの冒険の旅は終わる。テーマには二項対立的な葛藤、つまり奴隷制と解放、文明対自然、混沌と調和・秩序の葛藤が鮮明に浮き出ている。前者を象徴するのが陸であり、南部社会である。そこでは、奴隷制、人種差別、決闘、リンチ、殺人、詐欺が横行している。それに対し

て, 解放, 調和など, フロンティアにつながる創造的活力, 自由を表すのは, 雄大な川と, ジムとハックの生活が営まれる筏の上である。文明, 制度, 社会規範という価値観は, ハックの尺度である自然の法則, 無垢によって試され, 批判される。

　この作品は, ハックが黒人に対する偏見を克服し, 成長していく教養小説(ビルドゥングスロマン)でもある。ハックは, ジムの人間性にふれるにつれ, 彼の誠実さや勇気を認め, 二人は筏の上でつかの間の平和で平等な関係を築く。そこで, ハックは奴隷制を常識とする南部社会の「良心」に逆らって, 奴隷制に反対する決意をする。「よし, それじゃ, おらぁ, 地獄に堕ちよう」というハックのせりふは, 彼の覚醒の瞬間を表す。結末でハックは, 家庭から再度脱出し「インディアン・テリトリー」に逃げ込む宣言をする。しかし, 特別区(テリトリー)は, 先住民を追放するために白人が作った制度である。ハックがそのテリトリーの中でインディアンに同化できるのか。あるいは, 結局, 人は制度, 文明社会, 差別的状況から脱出できないことを示しているのか, 結末の読みは読者に委ねられる。

　この作品がもっともアメリカらしいアメリカ小説とされるのは, ハックをはじめとする登場人物が使う土着語にある。この言文一致の文体は生き生きとしたリズム感と言葉の響きを作り出す。さらに感性豊かな自然児ハックによる語りという一人称の物語形式と, このハックを通して作家トウェインが書くという二重の枠組みは, 作品の現実感と迫真性を高めている。

　ヘミングウェイは,「すべての近代アメリカ文学はこの作品に始まる」という高い評価を『ハック・フィンの冒険』に与えた。出版から100年を経ても, 階級, 人種, 性に焦点を当てたさまざまな文学批評理論を駆使した読み直しが行われている。たとえば, クイア批評やジェンダー批評などによってハックとジムの関係や二人の位相に新たな解釈がなされている。

▶金メッキ時代の文明批判　トウェインの批判的視点は奴隷制だけでなく, 同時代の政治にも向けられる。C.D. ウォーナー(1829―1900)との合作になる『金メッキ時代』(*The Gilded Age*, 1873)は, 再建時代のワシントン政界の汚職や退廃を風刺と哀感をもって描いている。資本拡大の時代に成功の夢を「投機」に賭け, 翻弄され, やがて破滅してい

く人々にとって,投機は生のエネルギーをかき立てるが,他方では社会の腐敗を生み出す。

　文化批判を反ユートピア的SF小説というジャンルで試みた作品が,『アーサー王宮廷のヤンキー』(*A Connecticut Yankee in King Arthur's Court*, 1889)である。作者の分身,典型的なヤンキーで兵器工場の機械工ハンク・モーガンが,タイムスリップで6世紀英国のアーサー王宮廷に現れる。そこは,教会,階級制,騎士道精神が民衆を制圧する封建社会である。ハンクは近代技術を駆使してアーサー王に次ぐ権力者となると,19世紀の機械文明の利器である火薬,電気,汽車から新聞,印刷技術,貨幣・保険制度,そして野球までも導入して,中世社会を民主政治にもとづく近代国家に改革しようとする。しかし,ハンクのもちこむこれらの技術は,封建制度の諸悪から民衆を解放したかにみえても,依然として彼らは無知であり,文明工場は自爆され,ハンクは眠りにつかされる。そこには誤った近代化は結局すべてを破壊するというトウェインの金メッキ時代への痛烈な批判がうかがえる。

▶晩年のトウェイン　　人種差別の残酷さを取り換えばや物語として,提起したのが『まぬけのウィルスン』(*Pudd'nhead Wilson*, 1894)である。黒人女性のロクシーは,奴隷として売られる運命から息子トムを救うために,トムを彼と酷似した主人の子と交換し,白人として育てるが,かえって破滅に追い込む。トムは救いようのない悪人となり,母を奴隷として川下に売り,養父を金欲しさのために殺してしまう。このような彼の堕落は,環境によって生き方が決定されるという決定論に基づく。トムは,32分の1の黒人の血が混じっている混血種であるがゆえに差別される。この作品は,人種が,いかに人間かモノかの判断の指標となり,また反対に,パッシング(passing)によっていかに容易に混血が白人として通用するかを訴える風刺の強い社会的悲喜劇である。

　産業化の時代に自然との調和という理想を求め,楽天的であったトウェインだが,時代の状況と彼の家族の不幸などが重なって,晩年には悲観的厭世的な姿勢が顕著になる。その傾向は,人間を機械にすぎない存在であるとみなす「人間とは何か」("What Is Man?" 1906/1917)や,1982年にオリジナル原稿が発見されて再出版された『不思議な少年　第44号』(*No. 44. The Myste-*

rious Stranger）にみられる。後者では，1490年のオーストリアで印刷所を経営している一家に忽然と現れた少年が，不思議な力を発揮するが，最後に人生はすべて幻想にすぎないことを語り手に教える。ここでは夢という無意識の領域に踏み込むトウェインの新しい局面が示される。さらに，聖書の再構築を試みた一連の作品の中でも晩年に書かれた『イヴの日記』（Eve's Diary, 1906）は，新たなジェンダー観を示唆している。

　トウェインは，周縁に生きる永遠の放浪者ハックにアメリカの辺境の活力を具現させ，アメリカ近代文学の創始者の一人として，最も重要な大衆の作家となった。そして波乱の人生を生きながらも終生，名声を維持し，多文化主義の時代においても読者を刺激し続けている。

（2）ジェイムズ

▶ジェイムズ文学の誕生　　トウェインが中西部の土着語を文学に盛りこみ，アメリカ国民文学の創造者となったのに対して，ヘンリー・ジェイムズは洗練されたヨーロッパ文化と対比させて，アメリカを描く「国際状況小説」と，心理描写の手法を駆使した心理的リアリズム小説を開拓し，西欧的近代小説の創始者となる。

　ジェイムズは21の小説，110の中短篇，評論，劇などのジャンルも試みた多作作家であるが，アメリカ女性の神話を創造した「デイジー・ミラー」（"Daisy Miller," 1878）を除いては大衆受けする作品は少なく，むしろ芸術作品としての文学を完成するための小説技法を追求した実験小説家であった。したがって，ジェイムズ文学の意義は内容・テーマと形式の調和を追求した小説技法の近代性にある。

　ジェイムズの創作期間は通常三期に分けられる。第一期（1864-81）は，主に「国際状況小説」の開発時期であり，『ロデリック・ハドスン』（Roderick Hudson, 1875），『アメリカ人』（The American, 1877），『ある婦人の肖像』（The Portrait of a Lady, 1881）などを手がけた。第二期（1882-1901）は，模索の時期で，『ボストンの人々』（The Bostonians, 1886），『カサマシマ公爵夫人』（The Princess Casamassima, 1886）などの政治または社会小説，「ねじの回転」（The Turn of the Screw, 1898）などの心理描写に優れた幽霊物語や短篇小説

を書いた。第三期(1902—16)の円熟期には，象徴性と審美性の高い作品，『鳩の翼』(*The Wings of the Dove*, 1902)，『使者たち』(*The Ambassadors*, 1903)，『黄金の盃』(*The Golden Bowl*, 1904) などがある。

また評論も多いが，小説理論集として後に編集されたものに，*The Art of Fiction* (1885, 1957年に *The House of Fiction* として再編)，*Notebooks* (1947)，ニューヨーク版の序文をブラックマーが編んだ *The Art of the Novel* (1934) などがある。すぐれた旅行記として，*A Little Tour in France* (1884)，*Italian Hours* (1909)，四半世紀ぶりに帰国した時のアメリカ印象記 *The American Scene* (1907) などがあげられる。

▶異文化体験　ジェイムズは超越主義，神秘主義に傾倒した父から受けた「感性の教育」を通して，新旧大陸の二つの異文化を相対的にみる視点を幼児から体験的に獲得していく。その過程で，アメリカの文化は陰影に欠け，小説の材料にはもっと成熟した文化が必要だと考え，それをヨーロッパに求めて，彼はアメリカを脱出する。こうして彼は，転換期のアメリカに対して傍観者となり，また国籍喪失者となった。このような彼の生き方は彼の小説の主人公たちに色濃く投影されている。

ジェイムズのテーマの多くは，自我の発見と成長であるが，それはヨーロッパ対アメリカという異文化状況のなかで展開される。このアメリカとヨーロッパの価値観の対立は，機械文明対伝統的精神文化，無垢対経験，堅苦しい義務感対豊かな生や感性，抑制と社会的順応対自由と解放という二項対立を超克しようと葛藤する人間の心理的ドラマとして描かれる。

『アメリカ人』の主人公クリストファー・ニューマンは，その名前（クリストファーはアメリカ発見者コロンブスを，ニューマンは新しい男性を意味する）が示すように，典型的アメリカ人とされる。彼がヨーロッパにやってきたのは，仕事以外の人生の意味の追求であった。それを彼は，「完璧な女性」とみなす貴族階級のフランス女性クレアとの結婚で達成しようとするが，彼の魅力はアメリカ人実業家である彼の財力でしかないことを思い知らされる。彼は「不当な取り扱いを受けた善人」のアメリカ人役を演じることになる。しかも彼があこがれたヨーロッパの美と伝統は，実は殺人も厭わず，美しい女性を僧院に生きながら葬るような残酷さに満ちていた。そのようなヨーロッパの伝

統を前にして、ジェイムズはアメリカの無垢、良心、ピューリタン的価値観を再認識する。

　逆に、ジェイムズがもっとも完璧な作品と自賛した『使者たち』では、ヨーロッパの文化は、アメリカ生活のなかで抑圧されていた主人公ストレザーの審美的感性をめざめさせる。彼は、自分が編集する雑誌の出資者、ニューサム夫人の息子チャドを連れ戻す「使者」の役割を担ってパリへやってくる。チャドは予測に反して魅力的な紳士として成長していたが、その変貌を助けたのは、ヨーロッパの洗練された美の具現者であるヴィオネ夫人であった。彼女を通して、ストレザーはヨーロッパの美に触発され、生への渇望を覚え、「生きよ！」と、自分に言い聞かせるように語りかける。そこで彼は、アメリカの「冷たい」文化を否定し、「使者」の役を放棄してしまう。

　ストレザーにとって感性にめざめ、自我を認識することは、自らの社会や文化、あるいは使命を拒否することである。結局、彼はどちらの社会にも属すことができず、根なし草的で孤独なコスモポリタン、「生きそびれてしまった」人生の傍観者となってしまう。彼と対照的に、チャドはヨーロッパの文化を吸収すると、資本主義の旗手である広告業にひかれ、新時代に生きるアメリカ人となって、ヨーロッパを去ることができる。ストレザーのような、ヨーロッパからもアメリカからもはみだした孤独な近代人という人間像は、両世界に対して傍観者でしかなかったジェイムズに近い存在といえよう。

▶心理的リアリズム小説　　『ある婦人の肖像』のニューヨーク版の「序文」で「女性の意識に中心をおく」と述べているように、ジェイムズはこの作品で登場人物の一人に視点を固定し、その意識を直接に読者に示すという手法を使うことによって心理的リアリズムを達成する。

　たとえば、同小説の女主人公イザベル・アーチャーが自ら選択した不幸な結婚にいかに対処していくかが、後半のストーリー展開の鍵となるが、その転換点となるのが夫と彼の女友達との特別な関係という過去をイザベルが読み直し、自らの経験の意味にめざめていく42章の認識の場面である。作者は、彼女の意識のなかへ読者を招き入れ、視点をそこに絞る手法を用いて読者に二面的な読みをさせる。それによって作者ジェイムズはその場面に劇的なリアリティを与えている。

こうして複数の人物の視点の交錯と心理描写によって，ジェイムズは意味のあいまい性や重層性をつくりだす。

▶金銭の世界　ジェイムズの世界では資産をもつものともたないもの，金銭への欲望をもつものともたない無垢なものとが対比させられる。資産は危険であるが，他方では人を解放してくれる。資産をもつ人物を中心にドラマが展開し，消費社会が生み出す欲望にかられる人間群像を多角的に浮き彫りにする。『ある婦人の肖像』のイザベルは多額の財産を相続することによって，自由な生き方を選択する力を手に入れるが，彼女の無垢と自尊心ゆえに，彼女の金目あての男性との悲劇的結婚という皮肉な運命を甘受することになる。『アメリカ人』のニューマンはヨーロッパの伝統をアメリカ資本で買いとろうとして裏切られるが，『黄金の盃』のアダム・ヴァーヴァーはヨーロッパ生まれの貴族の娘婿と美しい妻をその財力で手に入れ，ヨーロッパの美術品もアメリカに輸入することに成功する。そこにはアメリカ資本に身売りするヨーロッパ文化という構図が浮かびあがる。

さらにジェイムズは，財力を肯定的にとらえ，それに倫理的な力さえ与える。『鳩の翼』の女主人公ミリーの魅力，「すべての人を包むような至福に輝く穏やかさ」は，一つには莫大な遺産が彼女に与えたものである。ミリーは彼女の資産をねらう人間の醜さを知るが，またその財力ゆえに人間の心深く入りこみ，表題の「鳩の翼」が象徴する浄化の力を発揮する。

▶ジェンダーとアメリカ女性　アメリカ社会の周縁にいたジェイムズは，同様に男社会の周縁にいる女性の視点に立つことができ，感受性に長け自立した女性像を創造し，魅力的な女性像の少ないこの期のアメリカ小説をその点からも豊かにした。なかでも『ある婦人の肖像』のイザベルは，「自由探求」を人生の目標に掲げる好奇心に満ちたアメリカ女性である。しかし他の選択を退けて，暗い結婚地獄に戻っていくという結末の彼女の決断については，そのあいまい性が批評の焦点となっていた。確かに彼女が自由を求めて慎重に選択したはずの結婚は，はかられたものだったが，オズモンドとの結婚をとおして人間の醜さ愚かさに無知であったイザベルの眼を開かせる。現実を悟った彼女は，労苦のともなう結婚生活での闘いを自らの仕事として引き受けることによって，運命の消極的な受容者ではなく，積極的な人生の挑

戦者として，自らの人生を意義あるものにし，自由の概念を新たにつくりかえる。ジェイムズは序文で，「自分の運命に立ち向かおうとする若い女のイメージ」を描こうとしたとあるように，『ある婦人の肖像』は一人の女の成長を描く女性版教養小説(ヴィルドゥングスローマン)といえよう。

『ボストンの人々』では，美しく才知あるヴェリーナをめぐって，女性解放運動と女同士の連帯のために彼女を求めるオリーヴと，妻として彼女を所有しようとする南部の保守的な男権主義者のバジル・ランサムとの間で争奪戦がくり広げられる。ジェイムズは，ヴェリーナが最後に男性を選ぶことの不幸をほのめかして女性の状況の理解者の片鱗を見せる。

ジェイムズが旧世界ヨーロッパに新世界をもちこむ背後には，20世紀ヨーロッパにおけるアメリカの新たな役割が暗示されているが，ジェイムズはその役割をアメリカ女性に託す。彼女たちは，アメリカの財力の相続人であるだけでなく，ヨーロッパの文化や価値観の相続人となる使命を与えられている。

さらに，ジェイムズが小説に織り込んだ性やエロティシズムの描写は，ヴィクトリア朝社会で抑圧されていたセクシュアリティに対する新しい読みを触発する。

(3) ハウエルズ

▶批評家ハウエルズの小説　　ウィリアム・ディーン・ハウエルズは，トウェインとジェイムズとしばしば並べられる。しかし二人と異なって，『アトランティック・マンスリー』誌（1871—81），『ハーパーズ』誌（1886—92）という二大文芸雑誌の編集長として，他の作家の活動を支援し，彼らについての批評を書き，また他の多くのアメリカ作家を育てた功績で評価され，作品のほうは軽視されがちであった。しかし，急速な産業化がもたらすアメリカの都市と地方の変化，近代都市の生活，中産階級の男女のモラル意識という彼の小説の題材に与えられた「真実性」は，リアリズム文学の教科書となっている。彼は，『批評とフィクション』(*Criticism and Fiction*, 1891) で，人生に対する「真実性」を追求するために題材の日常性とその自然な展開を強調している。しかしながら，そのような日常性は，迫真

性や新鮮さを失わせる陳腐さと平凡さを合わせもつ，という魅力と限界がある。

▶『卑近な事例』　『卑近な事例』（*A Modern Instance*, 1882）は，当時，社会問題となりはじめていた離婚を扱う問題小説となるはずだったが，むしろ中産階級の台頭を背景に資本主義と商業主義，結婚と仕事のあり方という問題が扱われている。新聞記者バートリー・ハバードは，彼を愛するマーシャ・ゲイロードと駆け落ち結婚をして田舎町からボストンに出て，「愛を基盤とした家庭」を築くが，二人の都市生活には破局が待ちうけている。バートリーは，新聞界で旧友の材料を無断で剽窃するなど自分の目的のためならば手段を選ばない強引さで記者として成功するが，そのような彼の道徳的堕落は女性問題をひきおこす。「夫のために夫のなかにいる女」として，愛すべきかわいい妻であったマーシャも，彼の裏切りでむしろ彼への憎悪をつのらせていき，ついに夫に捨てられる。

クライマックスの離婚法廷の場面は，恋愛幻想を打ち砕き，成功と幸福の夢を空しくかきたてる都会生活の不毛性を浮き彫りにしている。19世紀の近代家族が抱える家庭崩壊の危機を生活感をもって描出したこの作品は，優れた社会リアリズム小説となっている。

▶『サイラス・ラパムの向上』　ハウエルズの傑作とされる『サイラス・ラパムの向上』（*The Rise of Silas Lapham*, 1885）は，『卑近な事例』の荒涼とした現実に対して，ハウエルズ流の「ほほえましい側面」のほうを強調している。また，『卑近な事例』が主人公たちの道徳的堕落を描いたとすれば，『ラパムの向上』は主人公サイラスの経済的失墜による逆説的な道徳的成長を主題とする。

サイラスはアメリカの夢を追ってボストンへ進出してペンキ会社を成功させた実業家である。やがて彼は破産に追いこまれるが，他の人々を裏切って経済的危機をのりこえるのではなく，むしろ敗北を受けいれ，田舎へと戻っていくという倫理的良心を示す。この田園への回帰は時代に逆行し，感傷的すぎると批判されてきた。しかし，活気のない田舎が彼を救うことができるとは思えない。むしろ実業界をしりぞいた彼の夢が次の世代に，しかも働く必要のない上流階級から中産階級に参入してきた娘婿のコリーに託されるこ

とにおいて，新しい世代と階級を積極的にとらえようとするハウエルズの姿勢を評価すべきであろう。こうしてこの作品では，新しい中産階級となったビジネスマンの責任と善意の人々からなるアメリカ社会の民主的な側面が称えられる。

この作品のもう一つの主題である恋愛は，機知に富むが容姿は平凡な長女と，美しいが知性に欠ける次女というステレオタイプな女性たちの恋愛相手の誤認によって危機におちいるが，長女とコリーの現実的な結婚で解決され，ハッピーエンドとなる。同時に，感傷的な恋愛幻想や自己犠牲の神話は壊され，ラパム家の人々はその没落を通してむしろ成長する。しかし，このような解決があまりに楽観的すぎるという批判は否めない。

▶社会風俗的リアリズム　　ハウエルズの手法の特徴は，登場人物の心理描写，都市の日常の言語と文化の紹介，日常の生からあまり離脱しない象徴的イメージを駆使して，リアリズムを達成することである。これは，ジェイムズの『アメリカ人』の実業家ニューマンや『鳩の翼』の新聞記者デンシャーの男の世界が実体のないのとは異なって，ハウエルズが描く男たちは働く現場をみせて現実感や臨場感を盛りあげる。

1880年代，経済と文化の中心がボストンからニューヨークへ移っていく頃，ハウエルズもまたニューヨークの『ハーパーズ』誌へと活動の舞台を移す。それにあわせた社会小説『新しい運命の浮沈』(*A Hazard of New Fortunes*, 1890)は，ニューヨークの市電のストライキをとりあげ，時代，場所のもつ意味を下層階級を含む多様な階級の人物を通して描出する。

産業化のゆがみがもたらす現実を直視する彼の姿勢とは裏腹に，善意・良識があまりに厳然としていて，ハウエルズは楽観主義から脱出することができず，次に続く自然主義文学や20世紀文学の台頭に対して，自らの文学を発展させることができなかった。しかし，家庭や職場のなかの日常性から男女のセクシュアリティまで，アメリカの現実を活写する彼の小説は，近代アメリカのリアリズム文学の典型となった。

（4） アダムズ

▶歴史家アダムズ　　ヘンリー・アダムズはハウエルズと同時代人であるが，はるかに近代的側面をもつ。アメリカ合衆国を建国してきたアダムズ家（曾祖父は第二代，祖父は第六代大統領）の四代目として生まれるが，彼は民主主義の危機と価値観の変動の時代に，アダムズ一族の生き方に反して政治家であるよりも，時代の観察者，「啓蒙の文学者」，歴史家の道を選ぶ。彼の永遠のテーマは，統一と多様，理性と情緒，近代性と保守性，個と社会という二項対立を理性と啓蒙の理念で統合することである。曾祖父の後任者ジェファスンの大統領就任からマディスン大統領の引退までのアメリカ・デモクラシー形成の歴史書『アメリカ合衆国史』全九巻（1889―91）はその実践であった。

▶『ヘンリー・アダムズの教育』　　しかし，アダムズがアメリカ文学史上に登場するのは，『ヘンリー・アダムズの教育』（The Education of Henry Adams, 1907, 1918）において，アメリカ知識階級の苦悩と懐疑を描いて新たなジャンルとして自伝文学を開拓したからである。エリオットがこの作品の「興味は，彼があらわすアメリカの心である」と述べているように，これはアメリカ近代知識人の葛藤を描く自伝文学の傑作となっている。アダムズは出生から老年までの自己形成を題材として，南北戦争から第一次世界大戦前までの西洋文化の急速な崩壊と近代科学の発達の時代を，冷徹な姿勢で克明に記録した。

彼にとって，いかにアダムズ家の遺産の圧力から解放されて，意義ある仕事をもつ近代人として自己を確立するかが，重要な課題であり，それはある意味では個人的なものであった。まず彼は，自己を時代に適応できなかった「失敗者」として位置づける。そして自分が育った18世紀的価値観との葛藤，20世紀を生きる知識人としての懐疑という自己の精神史を，知的好奇心と実存的態度でたどり，彼の課題を突き詰めていく。

さらに歴史を力としてみるアダムズは，1900年のパリ万国博覧会に展示された近代科学の粋を集めた電動機ダイナモの力にひかれる。彼は，ダイナモを強大な生産力の象徴とみなすとともに，同様に豊かな出産の力をもつ聖母と結びつける。出産を女性の神秘的な力とみなすことは，ホイットマンと同

様に性を積極的にとらえることになる。こうした象徴性と性の肯定が、近代人の苦悩の赤裸々な告白とともにこの作品を現代的にし、第一次世界大戦後のアメリカ読者をひきつけ、ベストセラーにしたのである。

▶金メッキ時代批判の小説　『教育』は、私家出版され、公に出版されたのは彼の死後であった。この作品でアダムズは金メッキ時代の批判を社会の周縁にいると思われた女性を通しておこなっている。小説『デモクラシー』(Democracy : An American Novel, 1880) のリー夫人は、「アメリカの生活をすべて手に入れたい」と、ワシントン D. C. へのりこむが、私利私欲で腐敗した政治の現実に幻滅する。そして広大な自然に救いを求め、北極星の瞬く巨大なピラミッドをみる旅に出かける。同様に、『エスター』(Esther : A Novel, 1884) の女主人公も、宗教とのジレンマの後、ナイアガラの滝に安らぎをみつける。二人の女性は、アダムズの分身であり、作家の懐疑や絶望や挫折感とともに、彼のロマンティックな一面をあらわしている。

20世紀へと向かう過渡期を生きて、「混沌のなかにいながら秩序の夢をあきらめなかった」アダムズは、文化の標準化の波のなかで自己喪失に苦しみながらも、新時代の展望を意欲的に模索したコスモポリタン的な新しいアメリカ人の姿をみせてくれる。

2　リアリズム文学の時代 (II)

(1)　地方色文学

▶地方色文学とハート　南北戦争後、地方の特色を文学の題材とした文学が登場してくる。この地方色文学は、辺境がもつ力をなし崩しに破壊する産業化、都市化、中央集権化に対抗して、地方の文化をリアリズムの姿勢でとらえ記録しようとした。そこには、理想化された牧歌的田園の賛美というよりも、中央の政治文化から取り残された地方の喪失感、無力感が強く打ち出された。

地方色文学の先駆となったのは、トウェインと同時代人であったブレット・ハートである。彼は、カリフォルニアの鉱山地帯を舞台として、下層階

級の労働者たちのエピソードを,哀感をもって綴った「ロアリング・キャンプの福の神」("The Luck of Roaring Camp," 1868)や「ポーカー・フラットのならず者」("The Outcasts of Poker Flat," 1869)で,一躍東部や英国にまで名を知られるようになった。後者は,町から追放された賭師オークハートと二人の娼婦が,婚約者どうしの若い男女とともに雪山に閉じこめられるという極限の状況のなかで彼らが示す人間の善意,勇気,弱さを簡潔な文体で描出し,人間性の普遍的な断面をとらえている。

1870年代の最盛期には,ハートは『アトランティック・マンスリー』誌に1万ドルで契約を提供されるほどであったが,同じ題材のくり返しや感傷性から脱皮することができなかった。

▶地方色作家たち　ハートに続いて,中西部,南部,東部ニューイングランド,そして都市のゲットーまでも題材にした多様な地方の特徴を描く作家が輩出した。中西部の辺境の生活を描いたエドワード・エグルストン(1837—1902), *Life in the Iron Mills* (1861)で炭鉱の鉱夫一家の貧困との闘いを描いたレベッカ・ハーディング・デイヴィス(1831—1910),さらにジョゼフ・カークランド(1830—94),エドガー・ワトスン・ハウ(1853—1937)などがいる。ハムリン・ガーランド(1860—1940)は農村を描き,リアリズムから自然主義文学へという転換に寄与している。

南部では民話を使って地方の特色を描いたジョエル・チャンドラー・ハリス(1884—1925)やコンスタンス・フェニモア・ウールスン(1840—84),ニューオーリンズのクレオールの異国情緒を描いたジョージ・ワシントン・ケーブル(1844—1925),ラフカディオ・ハーン(1850—1904),また黒人作家の先駆者として重要なチャールズ・チェスナット(1858—1932)らがいた。

さらに地方色文学として都市のゲットーをとりあげた作家もいた。エイブラハム・カーハン(1860—1951)はニューヨークのユダヤ人ゲットーを舞台とし,またロバート・ヘリック(1868—1938)はシカゴのビジネスマンを描いた。

このように地域ごとに,階級,人種,民族,文化において多様な作家が登場したが,なかでもニューイングランドの作家たちは地方色文学の伝統と影響を考えるうえで重要である。

III 1865―1914

（2） ニューイングランドの地方色作家たち

▶ストーと地方色文学　　ニューイングランドの地方色文学の先駆となったのは，ハリエット・ビーチャー・ストー（1811―96）であった。家庭を奪われた黒人奴隷たちの悲劇を描いたベストセラー小説『アンクル・トムの小屋』（*Uncle Tom's Cabin*, 1852）で奴隷解放運動に大きな影響を与えたストーは，メイン州に移ると，そこを舞台に，『牧師の求婚』（*The Minister's Wooing*, 1859），『オール島の真珠』（*The Pearl of Orr's Island*, 1862），『オールドタウンの人々』（*Oldtown Folks*, 1869）の三つの作品を書く。なかでも『オール島の真珠』は地方色文学の典型とみなされ，のちに代表的な地方色作家となるジュエットに自分の育ったメイン州を舞台に作品を書くことを示唆した。

　ジュエット，フリーマン，ローズ・テリー・クック（1827―92）など主に女性作家によって，ニューイングランドの地方色文学の伝統は築かれる。彼女たちの先達の女性作家たちが「感傷的家庭小説」で，中産階級の女性読者を得て，大衆文学をつくっていったが，彼女たちの作品の背景にすでに地方色がもりこまれていた。一方，ジュエットたちは，むしろ「感傷的家庭小説」のアンチテーゼとして，当時流行しはじめた地方色文学の流れにのってリアリズムの筆致で作品を書きはじめた。彼女たちの作品はハウエルズに認められて，『アトランティック・マンスリー』誌で発表され，主流文学へと参入していった。

　彼女たちの描くニューイングランドの人々は，かつての経済的，文化的な栄光の失墜のなかで喪失感，敗北感をつのらせた。ニューイングランドの男たちは西部や海へと脱出し，そこは老人と独身女性の社会になっていた。その結果，作品は弱者をしめだし抑圧する産業化への抗議の文学となり，また弱者，つまり老人，障害者，女たちの文化を描出する文学となった。したがって，地方色文学は，信仰を力に試練に耐えて理想的母や妻となる女性像を創造し，彼女たちの築く家庭を賛美した家庭小説とはまったく異なる世界を描いた。

▶ジュエット　　サラ・オーン・ジュエットは「衰退していくニューイングランドの伝統を後世に伝える」ために書いた。その文学の特徴

は，医師の父親が彼女に示唆したように，「あるがままに書くように」というリアリズム文学であった。彼女の文学の集大成である『もみの木の繁る国』(*The Country of the Pointed Firs*, 1896) は，メイン州の島と海岸の村を舞台に，この地に魅せられた避暑客の中年の女性作家がエピソードふうに綴る一人称の語りと，方言で語られる対話からなるエッセイ風の小説である。

語り手の作家は，薬草術で村の女たちにセラピーを施す下宿の女主人，村人の尊敬を集める高齢の彼女の母，繁栄した港の思い出に生きる船長，失恋の痛手から孤島に隠遁の生を送った女性などを訪れ，観察者の立場からしだいに村の人々の心のなかに入っていく。やがて彼女は，滅びゆく世界に根を降ろした人々の善意，友情，緊密な人間関係と，その裏側の，変化する時代に取り残された人々の悲哀，老い，不毛，グロテスクをみつめる。このような狭い世界に生のエネルギーを鬱積させた人々が，その活力を燃えたたせ自然の賛歌を歌いあげるのは，年１回の「再会」の場であり，そのとき彼らの世界は自然と人間とが美しく調和した理想郷となる。

ジュエットはさらに自然と人間との関係の両面性，つまり自然は人々を癒し養う生の場を提供するが，他方では人間の可能性を奪い閉じこめる檻となることを書く。少女と自然との交歓を描いた短篇「白鷺」("A White Heron," 1886) もその好例である。牧歌的な自然のなかで動物たちと暮らす少女に訪れた思いがけない選択の機会——都会から白鷺を追ってやってきた青年は白鷺と交換に金とほのかな愛情と都会の生活を差しだす。しかし，彼女はその機会を拒否して，白鷺を守り，自然のなかに青春を埋没させる。同様の選択を結婚か職業かの二者択一の問題として追求するのは，小説『田舎医師』(*A Country Doctor*, 1884) である。ジュエットは，結婚を拒否し，医師という職業を選び経済的に自立する最初の女主人公として若い魅力的女性ナンシーを創造する。

ジュエットにとって文学のよき助言者であった父の亡き後の空白を埋めたのは，『アトランティック・マンスリー』誌の編集者フィールズの妻アニーとの友情であり，その女同士の関係は「ボストンの結婚」と呼ばれた。また彼女を通じてジュエットは晩年までボストンの文学界とかかわることができた。そこで出会ったウィラ・キャザーはジュエットを高く評価し，没後に『もみ

の木の繁る国』を編集している。こうして女性作家たちの連帯の系譜がつくられていたのは，この時期の特色である。

▶フリーマン　メアリー・ウイルキンズ・フリーマンはジュエットと併置されるが，対照的な面も多い。上・中産階級出身のジュエットがメインの田舎を牧歌的理想郷にまで高めて描いているのに対して，生活のために書きつづけたフリーマンは，荒涼とした自然を心象風景として扱い，ニューイングランドの人々の特異な性格や心理を描出した。土地の方言と対話からなる短い文体で綴られた優れた短篇が多いが，代表的作品集には『慎ましいロマンス』(*A Humble Romance*, 1887) と『ニュー・イングランドの尼僧』(*A New England Nun*, 1891) がある。

　後者の表題の短篇「ニュー・イングランドの尼僧」の女主人公は，長い間結婚を待ち続けた婚約者を他の女性に譲ると，一人で生きていく決意をする。それとひきかえに彼女は自由と孤独を得るという精神的な強さをみせる。「女詩人」("A Poetess") は，誇りとしていた詩を批判され，自分の詩をすべて焼き捨てる。しかし，彼女は死を前にして彼女の詩の批判者であった牧師に自分の名を読みこんだ詩をつくらせることで，自虐的な勝利感を味わう。「母の反抗」('The Revolt of "Mother"') で描かれる母もまた夫に反抗する強い女性であり，『ペンブローク』(*Pembroke*, 1894) では，母親は傾倒するピューリタンの真理やモラルに反する行為をするわが子を追放し，子殺しの罪を犯す。これらの女性像は「家庭の天使」としての理想的母親とは対極にある。

　フリーマンの描く女性は，権威に挑戦し，自己犠牲よりも自己主張をし，自滅の道を選びながらもその裏に自己勝利を暗示する強い女性である。主人公たちは，意志や誇りが傷つけられるとき，外に向かって抵抗するか，あるいは内的に自虐的となって破局へ向かう精神のドラマを展開する。そこには人間のグロテスクさ，醜悪，狂気，頑固，狭量さが日常光景として描かれている。とくに小説『ペンブローク』はシャーウッド・アンダスンの先駆ともいうべきグロテスクな人々を登場させる。その一人は，婚約者の父と喧嘩したために婚約を破棄し，未完成の家に移り住み，自暴自棄に働き，病的なほど強固な意志ゆえに破滅に向かう。しかしフリーマンは最後に救いの場を残す。それは愛であり，勇気であり，許しの気持ちである。

フリーマンは地方色文学の主流のなかで書いたために文壇でも認められ，後述のウォートンとともに女性で最初の芸術院会員に選ばれる。

(3) ショパン，ギルマン，ウォートン

▶ショパンと『めざめ』　ケイト・ショパンは南部ルイジアナのクレオールを描いた短篇集『バイユーの人々』(*Bayou Folk*, 1894)で地方色文学の作家として出発した。しかし彼女の本領であり，彼女がもっとも書きたかったのは，南部社会の崩壊の時代にいかに女性が女性として生きるかということであった。この女性の自己探求，自己発見，自己解放のテーマは，ショパンが自信をもって書いた小説『めざめ』(*The Awakening*, 1899)に集約されている。だが，それは皮肉にも彼女の作家としての生命を終わらせた。当時の社会では，平等と自立を訴える「新しい女」は目新しくはなかったが，性的存在としての自己へのめざめや家父長制への挑戦という主題は受け入れられなかった。そこでこの作品は，男支配の社会と闘う女性像を求めるフェミニズムの動きにのって1960年代末に再発見，再評価されるまで葬られることとなった。

『めざめ』は，エドナが海へと入っていく結末をめぐって，彼女を人生の勝者あるいは敗者とするかで評価が分かれる。二人の子の母のエドナは，夫の所有物でしかなく，つねに他人のために自己犠牲を強いられてきたという中産階級の女性の状況にめざめ，社会的規範や制度によって抑圧される社会的存在としての自己を認識する。エドナは，「子どものためには人生は犠牲にできても自我はできない」と思うのである。また友人の出産に立ちあって，性的存在としての意味を知る。そしてすべての感性が解放され，性的存在としての自分にめざめると，彼女は母性，結婚，伝統の足枷からの脱出をはかろうとする。しかし，彼女は自立の手段も，「高く飛ぶ強い翼」ももたない。また，自己の充足に向かうことも，芸術や男との愛に陶酔することもできず，同時代の社会に彼女の場はない。けれども行き詰まったエドナが，海へと入っていき，身体を解放させるとき，何者にも所有されることのない自然の海と自ら一体となって，抑圧する社会制度に挑戦する積極的な勝者となっているともいえよう。

また，エドナの身体と性欲へのめざめには，身体と魂の解放を高らかに歌うホイットマンの「自我の歌」の響きがある。文章を練ることを否定した緩やかな文体も，ホイットマンの羅列していく息の長い詩形と似ており，彼女にとって創作の衝動に従った自然な表現形式だった。しかし『めざめ』は当時「俗悪」，「病的」，「不潔」という辛辣な批評を受け，感性の作家ショパンはそれ以後沈黙してしまう。早すぎた新しい女性像に対するこの様な社会的な制裁は，後述のドライサーの『シスター・キャリー』やクレインの『マギー』にもみられる。

▶**ギルマン**　シャーロット・パーキンズ・ギルマンは社会的，経済的，政治的に不利な女性の状況を指摘し，社会改革を訴えた社会派作家である。自伝的一人称の短篇小説『黄色い壁紙』(*Yellow Wallpaper*, 1892)は，『めざめ』と同様に，1970年代に19世紀の男支配の文化と父権制社会を告発する書として再評価されるまで，「血を凍らす物語」とみなされ，忘れられていた。

　ショパンのエドナのように女性としての自己にめざめた女主人公は，妻・母の役割に同化できず，神経症におちいり，医師である夫によって「休息療法」という口実で鉄格子のはまる病室に閉じこめられる。彼女は，その部屋の壁紙の模様に抑圧された女性の苦悩を読みとり，その女性と自己同一化するとともに，その状況からともに解放されようとして，壁紙をはがしていく。それは自己解放の行為であるが，狂気の状態でもある。

　このような閉塞的女性の状況からの脱出を求めて，ギルマンはSF小説のジャンルを使って『フェミニジア』(*Herland*, 1915)で女だけのユートピアの世界を創造し，女性の解放を実現してみせる。彼女にとって，文学とは女性解放イデオロギーの表現の場であった。

▶**ウォートン**　イーディス・ウォートンは，有閑階級の心理的葛藤のドラマを描くという文学的特質とニューヨークの上流社会出身という伝記的な側面からジェイムズと比べられるが，彼と異なってそのほとんどの作品がベストセラーとなる。彼女は社会と個との葛藤とセクシュアリティを主題とする彼女独自の文学世界を開拓した。

　ニューイングランドの地方色文学のジャンルである『イーサン・フロム』

第1章 小　説

(*Ethan Frome*, 1911) と『夏』(*Summer*, 1917) もまた社会と個との葛藤を描く。寒村に閉じこめられたイーサンは，妻の従姉妹のマティとの逃避行・自殺未遂によってその状況からの脱出と性的欲望の充足をはかるのに失敗する。彼は病弱な妻ジーナとマティともども，彼の心象風景となる荒涼とした墓場のような寒村に埋没される。この作品と対をなす『夏』は，孤児チャリティの性がよそ者の青年との関係によって解放されたかにみえる。しかしその帰結として妊娠することで，彼女は養父ロイヤルとの近親姦的な結婚をうけいれ，イーサンと同様に家父長制，資本制の中にチャリティの性は去勢されたまま葬られる。これらの小説に，ウォートンのモートン・フラトンとの恋愛，夫との別居という一連の私的生活を重ねて読むこともできる。

▶『歓楽の館』　　個にとって脅威となる閉鎖的社会とは，ウォートンの小説界では，彼女が生まれ育ち，熟知していたニューヨークの上流社会である。ベストセラー小説『歓楽の館』(*The House of Mirth*, 1905) のタイトルは，そのような閉鎖的な社会を意味し，そこではマナーと道徳律が重んじられ，女性の人間性とセクシュアリティは抑圧される。ウォートンは口に出すことさえタブーの金銭的な概念を使って，その社会のなかに生きる女主人公の自立の模索を描く。

　類まれな美とマナーという資本しかない29歳の孤児リリー・バートにとって，この社会で経済的安定と地位を確保するにはその条件を満たす男との結婚しかない。そこで彼女が結婚という市場で有利な交換条件を得るためには，自らの商品価値をあげるための投資をしなければならない。しかしかえって，彼女は「いつも支払わされ」，若さも美も搾取され傷つくことになる。しかも，この社会の制度や因襲によって彼女自身の価値を与えられてきたので，リリーにはその社会の外に経済的自立をはかる手段がない。彼女は行き場もなく，最後には睡眠薬による死を選ぶ。

　リリーは，愚かにも社会の規範の掟を破って社交界の階級を一つずつ落ちていき，経済的には敗北するが，彼女を陥れた女性への復讐を思いとどまる決心をすることで精神的に成長する。また，危機にさいして彼女が精神的に救われるのは，労働者階級の女性ナティとその赤ん坊に「生命の連続」を認識するときである。労働者階級に「存在の中心的真実」をみる，この場面の

リリーを通して、ウォートンは閉鎖的上流社会を批判する。一方、リリーの破綻と対照的に、職業作家となることを「社会」から阻まれていたウォートン自身は、この作品を契機に本格的な作家として出発する。

▶『ジ・エイジ・オヴ・イノセンス』　第一次世界大戦後の混乱期に書かれた『ジ・エイジ・オヴ・イノセンス』(The Age of Innocence, 1920) は、さらに社会と個との葛藤と男女の三角関係の主題を均衡のとれた構成と文体で集大成させる。1870年代の上流階級の「古いニューヨーク」は、倫理や洗練された礼儀や秩序を重んじ、それらを犯す自由な行動や性的奔放さは欺瞞や虚偽でおおい隠してきた。その行為が「無垢(イノセンス)」だとされた。その世界で育ったニューランド・アーチャーが妻に選んだメイは、まさにこの社会の「無垢(イノセンス)」の化身であり、無邪気さを装いながら、一方では妻の座を確保するために巧妙に画策する。妻の無垢(イノセンス)よりも、ニューランドは、ヨーロッパで結婚し、いままたその結婚生活からの自由を求めて帰国した公爵夫人エレンがあらわす自由、欲望、セクシュアリティに魅惑される。ニューランドは秩序と自由との間で自己分裂するが、「古いやり方にもよさがある。——そのよさに帰っていった」と、自由を犠牲にして「無垢の時代(エイジ・オヴ・イノセンス)」に生きることを選択する。

　とくに第一次世界大戦後の混乱期にあって、ウォートンは個を束縛する上流社会に対して批判的でありながらも、その安定した保守性と秩序を慈しむ。それゆえに彼女は周知の旧ニューヨークを作品の舞台に選んだのであろう。また彼女は、作品の世界を狭い特異な社会に限定することで、社会と個との葛藤に深まりと複雑さを与えることができた。『ジ・エイジ・オヴ・イノセンス』でウォートンは、女性でははじめてのピューリッツア賞を受賞する。

　第一次世界大戦中、ウォートンはパリで慈善活動に新たな才能を発揮し、フランス政府からその功績に対して勲章を受ける。戦後は『ジ・エイジ・オヴ・イノセンス』の好評を得て、戦争を主題とした作品『戦場の息子』(A Son at the Front, 1923)、『子どもたち』(The Children, 1928) を含め、最晩年の自伝『振り返りて』(Backward Glance, 1934) まで多作な作家活動をつづけた。

3 自然主義文学の時代

(1) クレインとノリス

▶自然主義文学の台頭　フロンティアの消滅，都市の拡張などにより，人々は新しい土地や機会を求めて都市へ，世界へと出ていかざるをえなくなる。当然ながら大衆の人生観も変わり，もはや「お上品な伝統」，「ほほえましい側面」，さらに個人の意識や力に信頼をおくこれまでの文学ではあきたらなくなる。そこに自然主義文学が生まれてくる。

　自然主義は，遺伝や性的衝動のような自然の力や環境が人間を支配するという決定論にもとづいて，人間は自分の意志で運命を切り開くことができず，人間の及ばない力で翻弄される卑小な動物的存在だとみなす。自然主義を標榜する文学はそのような人間を客観的で冷徹な眼でとらえようとする。リアリズム文学が自分の行動に責任をとる自立した自己やそのモラルを主題にするのに対して，自然主義文学では自己は幻想にすぎず，内的外的な抑圧が自己の選択の機会を奪うとみなす。そこで個人を描いていた文学に代わって，個人を支配する社会や自然が主体となる。したがって題材にはゆがんだ社会・経済状況，とくに貧困や極限の状況が選ばれ，人間の生来の醜悪さや性的衝動に焦点があてられる。

　とくに新歴史批評(New Historicism)，つまり文学の特権化を否定して，文学も歴史も同じテクストで語られるとみなし，歴史の読み直しを通して文学を読むという批評は，個人を支配する社会環境を強調する自然主義文学に新しい視点と評価をもちこむ。また，ポストモダニズム，ポストコロニアリズムも越境される世界文学界において，中心のない多様性，植民地化するものとされるものとの政治性に注目した新たな読みを切り開いている。

▶クレイン　スティーヴン・クレインは自然主義作家とされるが，むしろ「近代文学はクレインとともにはじまった」といわれるように，その近代性が彼の文学の特質でもある。その特徴として，たとえば『赤い武功章』(*The Red Badge of Courage*, 1895) のなかの「赤い太陽が封緘紙のように空に張りついているようだ」という太陽の表現に凝縮されているように，

言葉の極度の節約と極端な単純化,印象派絵画的な表現法があげられる。さらに彼は,心理的リアリズムを追求し,伝統的倫理観を否定し,アイデンティティを喪失し卑小化した人間像を主題とする。これらはモダニズム文学の特徴でもあり,詩人クレインの資質が小説にも反映されている。

自費出版による最初の作品『マギー：街の女』(*Maggie : A Girl of the Streets*, 1893) は,純真無垢な「泥沼に咲いた花」のマギーが,男と関係をもったために家庭から追われ,売春婦となって自殺するまでを描く。「環境は重要であり,人生を形成するということを示そうとした」とクレインが書いているように,マギーの転落は,怠惰でアル中の母から受け継いだ遺伝因子と,ニューヨークのスラムとその冷酷な住民が具現する外的環境による当然の帰結とみなされる。この点で『マギー』は典型的な自然主義小説とみなされるが,人間を救うことのできない宗教に対する作家の批判やモラルの問題も作品にもりこまれ,この小説には自然主義小説とは異なる側面もみられる。

新米志願兵の戦場での恐怖心を描く『赤い武功章』は,自然主義の作品として高い評価を受け,ベストセラーとなってクレインを一躍有名にしたが,実は南北戦争の体験のないクレインがジャーナリストとしておこなった取材にもとづいて,想像で戦闘の心理を書きあげたものである。

戦争を理想化して参戦した若者は,戦争という暴力のなかで死と対峙して恐怖を恐怖し,衝動的な動物となって脱走する。しかし後半は,彼は偶然に軍旗を死守する英雄的な働きをして勇敢な兵士へと変貌し,「静かな成長」をとげるという,若い兵士のイニシエーションが主題となる。この過程をクレインは距離をおいた冷徹な眼でみつめる。最後に到達した名誉の負傷も偶然のものであり,意志とは関係ないことを明かして,クレインは英雄崇拝や男性的闘争心を風刺し,自然主義的な側面をみせる。また戦場を何の統率もなくさまようこの兵士の姿には,1890年代の競争社会で翻弄される人間像が寓話的に書きこまれている。

フロリダ沖での遭難の体験を描いた「オープン・ボート」("Open Boat," 1898) は,人間に無関心な冷たい海という自然と戦う四人の男たちの個人的意志と連帯意識を描く。とくに給油係の死によって人間の運命に対する不条理が提示される。クレインは20世紀をみずに作家生活を終わったが,彼の手法

や主題には20世紀のモダニズムの先駆的片鱗がみられる。

▶ノリス　　クレインの同時代人フランク・ノリスは，同様に短命であったが，フランス自然主義小説家ゾラをアメリカに紹介したとされ，アメリカ自然主義文学の先駆者とされる。なかでも彼の代表的作品である『死の谷——マックティーグ』(*McTeague*, 1899) は，環境と遺伝に支配され，獣性に翻弄されて自己抑制できず，破滅へと突き進む主人公マックティーグを創造し，ハウエルズから高い評価を得る。

　当時の辺境の消滅と都市生活，金本位制，性的衝動は，登場人物たちの欲望をゆがめ，その生き方を狭め，人間性を喪失させる。無免許の歯科医マックティーグの妻トリーナは，5000ドルがあたって，かえって病的なほどの金銭欲をつのらせ，マックティーグの医師資格の剝奪による貧困はそれに拍車をかけ，ためた金を身につける快感と夫の暴力によるマゾ的欲情に支配される。そのようなトリーナに触発されたマックティーグの怒りがその獣性によって油を注がれ，彼は彼女を殺害し，死の谷へ逃亡する。そして砂漠のなかで金貨と手錠を手に必須の水も買えず，彼は破滅する。

　ノリスは，小麦と製粉業を中心とした三部作 *The Epic of the Wheat* の構想のもとに『オクトパス』(*The Octopus*, 1901)，ベストセラー『穀物取引所』(*The Pit*, 1903) まで書きながら『狼』(*The Wolf*) の完成を前に急死する。実際の事件と実地調査にもとづいて書かれた『オクトパス』は，たこのように足を伸ばして土地を搾取する鉄道会社と小麦をつくる農民の抗争を，機械と自然との闘いの象徴として描く。この作品が「個人は苦しむが人類は進み続ける」と語り，「すべてが善に向かって確実に，必然的に，何ものにも妨げられずに力をあわせていく」と結ばれているように，ノリスの自然主義はクレインの悲観的傾向とは対照的に，楽観的な進化論にもとづく。また小説論のなかで，「小説は不正，犯罪，不平等を証明する力をもつ」と述べているように，ノリスにはヒューマニストの面が濃い。

(2) ドライサーとロンドン

▶ロンドン　　ジャック・ロンドンは，突如文壇に躍りでて，『海の狼』(*The Sea Wolf*, 1904) や『荒野の叫び』(*The Call of the Wild*, 1903) で

当時もっとも稼ぎのよい作家となった。他の自然主義作家と同様に、幼児期から生活苦のために、人生との闘いをくり返し、とくにゴールドラッシュ時に鉱山に入るような生命を賭ける体験の後、精力的に執筆をはじめた。

『荒野の叫び』は、生存のための戦いを通して肉体的精神的に成長していく犬バックの冒険を感傷をまじえずに活写する。南部の豊かな生活の後に突然カナダの氷原という極限の生活環境におかれたバックには、いわゆる「お上品な伝統」もモラルも通用しない。彼は、競争社会のなかで強者を出し抜く狡猾さを身につけ、生存のために他を殺すことも厭わない。そのような犬の闘いは、労働者の生存のための階級闘争を表す。さらに極限の環境は迫りくる全体主義の狂気、世紀末的な世界を思わせる。最後に原始の力をよみがえらせ、狼との連帯を求めていくバックには、適者生存の進化論や社会主義思想が具現化される。

▶ドライサー　自然主義を確立させたとされるセオドア・ドライサーは、カトリック系ドイツ移民としてドイツ語を聞いて育った貧困層の出身である。したがって、彼にはアメリカの伝統の外にいるという強みがある。彼はその特異な家庭環境から得た体験を題材にして、欲望と社会環境とを結びつけて、「自己に忠実に」都市のスラムに追いやられる社会的犠牲者を書くことができたといえよう。彼は、同時代の文学が現実を写しだしていないこと、正直で勤勉者の成功物語が実際には幻想であり、虚偽であることを認識していた。

ドライサーは、クレインの凝縮され洗練された文体と対照的に、生活の断面を表わす言葉を幾重にも積み重ねていく表現方法をとる。したがって、その文体はときには冗長さにおちいるきらいもあり、悪文として酷評もされるが、自分の体験を生の言葉で語る人間性や力強さがそこにはある。

▶キャリーの「欲望」　最初の小説『シスター・キャリー』(Sister Carrie, 1900)は、生存競争の激しい都市消費生活の忠実な描写で自然主義文学の代表的作品とされる。中西部出身の貧しい女主人公キャリーは好運に乗じて女優として成功するが、ニューヨークへ一緒に脱出したハーストウッドはすべてを失いガス自殺するというストーリーの運びは、個人の意志とは関係なく環境に支配されるという決定論に則っている。

ドライサーは資本主義社会の物質主義を文学題材として開拓し，消費文化や都市文化のなかで欲望にかりたてられて「流されていく」人間の姿を浮き彫りにする。キャリーは，自己を満足させてくれるはずの名声と富の蓄積への欲望によって触発されて行動する。しかも彼女はその欲望を演じることに成功し，自らの身体の魅力を商品として巧みに売りこんでいく。小説の舞台も生産と消費の場であるデパート，工場，舞台裏，アパートであり，登場人物も巡回セールスマン，酒場の支配人そして女優など広義の商売人である。

　結末の揺り椅子の場面は，このような欲望に際限がないことを表わすと同時に，名声と富への欲望の達成が必ずしも心の幸せと充足を保証してくれないことを暗示する。成功も偶然であって，キャリーにとって欲望以外に自己のアイデンティティとなるものはなく，さらには喪失すべき自己もみいだせないままに彼女は欲望そのものを表わす。読者は彼女にまとわりつく虚無感や不毛感に20世紀の人間像をみることになる。この欲望のテーマは後に『欲望三部作』（*The Trilogy of Desire*; *The Financier*, 1912, *The Titan*, 1914, *The Stoic*, 1947）で発展させられる。

　しかしドライサーは，『シスター・キャリー』の不評を補うために，次作『ジェニー・ゲルハート』（*Jennie Gerhardt*, 1911）を書き，「お上品な伝統」のなかにとどまろうとする。貧しい洗濯女ジェニーは死んだ上院議員の子どもを身ごもり未婚の母となり，次に実業家の息子の愛を受け，一生日陰者で終わる。このような彼女の一見不道徳な行動には，貧しい一家を救うためという自己犠牲的な動機づけが与えられ，キャリーとは対照的に最後には充足した人生が約束される。

▶『アメリカの悲劇』　　『アメリカの悲劇』（*An American Tragedy*, 1925）は，性的欲望にかられて行動する人間に，偶然が悲劇的結末をもたらすことを描いた自然主義小説である。ドライサーの作品の集大成であるだけでなく，アメリカ自然主義文学の頂点をなすとされる。

　自己の欲望によって衝動的に動かされる貧しい青年クライド・グリフィスは，妊娠させた恋人の女工を自分の立身出世を約束してくれる金持ち娘との結婚のために偶然殺害することになる。クライドは，富と地位と性への欲望をあおるアメリカ消費社会と資本主義の犠牲者であり，アメリカの夢が彼を

殺人罪で電気椅子に送ったといえよう。

『シスター・キャリー』のハーストウッドが，金庫の扉が「偶然に」閉まるという運命のいたずらで人生を狂わせてしまうように，クライドは殺意をもって彼女を舟で湖へ連れだすが，舟の「偶然」の転覆が殺人を実行してくれる。欲望と環境が偶然に並び，当事者には責任はない。また，当事者の意志とは関係ない行為によって得をしたり，損をしたりする。こうして彼の罪があいまいのままであることは，いっそう現代社会における人間存在の不確実性，不毛性，そして悲劇性を強調する。このようなドライサー文学は不条理文学へと続き，すでに現代の文学潮流のなかにあることになる。

自然主義文学は短命であり，歴史的な文脈と思想的な決定論によって形成されたが，20世紀前半には衰退していく。

第2章　劇

❖ **植民地時代の演劇**　植民地時代，演劇はピューリタンたちの生活信条によって東部では禁止されていた。南部は農村主義社会であったために，集団的娯楽が発生しやすく，アメリカ演劇の起源は南部がニューイングランドに一歩先んじた。

この時代に上演され，記録に残っている最初の演劇は，1665年にヴァージニアのアコミック郡で上演された『熊と子熊』(*Ye Bare and Ye Cubb*) である。素人集団によって演じられたこの作品は，イギリスの植民地を風刺したものである。

植民地時代の作家，トマス・ゴッドフリー (1736—63) の作品にはブランク・ヴァース（無韻詩）で書かれた詩劇『パルティアの王子』(*The Prince of Parthia*, 1765) があるが，これは彼の死後，アメリカン・カンパニーによって上演された。これは，本格的なアメリカの職業劇団によって上演されたはじめての戯曲という点で演劇史上の意義は大きく，その作者ゴッドフリーは「アメリカ演劇の祖」といわれている。

❖ **革命時代とそれ以降の作家**　新大陸アメリカと旧大陸イギリスを比較した五幕からなる喜劇『対照』(*The Contrast*, 1787) は，ロイヤル・タイラー (1757—1826) の作品であり，イギリスの王政復古時代の劇作家，リチャード・シェリダンの『悪口学校』(*The School for Scandal*, 1777) の影響を受けて書かれたといわれる。この劇の主人公である召使のジョナサンは，いささか粗野で抜け目のない保守的な，典型的ヤンキーであるが，この劇のプロローグで述べる彼の言葉で作者の意図が明らかにされる。そのなかで若いアメリカには古いイギリスに負けない優れた面もあることを強調し，大衆の国民的自覚を促している。

ウィリアム・ダンラップ (1766—1839) はタイラーの『対照』をみて感動し，自らも演劇の世界に入った。彼はニューヨークで，アメリカン・カンパニーの支配人をしたり，自ら劇場を経営し，プロデューサーとしても優れた仕事をした。そのためにダンラップは「アメリカ演劇の父」といわれる。彼の作品『アンドレ』(*André*, 1798) は，イギリスのスパイを扱った五幕からなる悲劇である。この作品にはタイラー流の愛国心の影響がみられる。またダンラップの書いた『アメリカ演劇史』(*History of American Theatre*, 1832) は，現在でも貴重な文献である。

このようなアメリカ演劇の萌芽を背景にして，南北戦争後，ダイオン・ブーシコールト (1820—90)，オーガスティン・デイリー (1838—99)，ブロンスン・ハワード (1842—1908)，デイヴィッド・ベラスコ (1853—1931)，さらにパーシー・マッケイ (1875—1956)，ウィリアム・ムーディ (1869—1910) などがアメリカ演劇の先駆者として登場

III 1865—1914

し、ユージン・オニールによってはじまる近代演劇の素地をつくったとされる。

1 アメリカ演劇の先駆者たち

▶ヨーロッパ劇の模倣　金メッキ時代とよばれる南北戦争後、政治、経済面の混乱した社会では、良質の戯曲が生まれる背景はまだ整っていなかった。しかし、この時期に日常会話の劇がそれまでの無韻詩で書かれた劇にとって代わった。当時の劇の多くは同時代の英国劇と同じく、センチメンタルなメロドラマ調の作品であり、大半はヨーロッパ劇の模倣や翻案であった。

▶ブーシコールト　南北戦争以前の演劇界の風潮の一つとして地方都市風の演劇があった。このタイプの代表としてダイオン・ブーシコールトがいる。彼はダブリンからアメリカに移住し、翻案物をふくむおよそ150篇の戯曲を書いている。彼の代表的作品『ニューヨークの貧民』(*The Poor of New York*, 1857) は、都市特有の生活を風刺したものである。この作品も翻案で、ニューヨークに舞台を変え、ペテン師のような悪徳銀行家がある家族から家や土地をすべてとりあげる話である。他に消防夫、屑拾い、仕立屋、服屋のマネージャーなどが都会生活に必要なステレオタイプとして喜劇的に描かれている。

　また、当時の観客のレベルは高いものではなく、センセーショナルなものを好む傾向があった。『ニューヨークの貧民』では燃えるビルからの救出場面、『オクトルーン』(*The Octoroon*, 1859) の船火事の場面は観客にスリルを満喫させた。

　さらにブーシコールトは劇作のみにとどまらず著作権を保護し、1856年には彼の努力によって、著作権法が成立した。

▶デイリー　オーガスティン・デイリーは長年にわたって劇場を確保し、古典劇から現代劇にいたるまで、よい戯曲を観客に提供した。その作品には『ガス燈のもとで』(*Under the Gaslight*, 1867)、『地平線』(*Horizon*, 1871)、『離婚』(*Divorce*, 1871)、『ふきげん』(*Pique*, 1875) などがある。

なかでも『地平線』は，当時の西部地方の正確な風景描写や悪人にも情を示す話の展開などで評価も高い。主人公の若い兵士が養母の別れた酔っぱらいの夫とその美しい娘の行方を捜す話である。娘をねらうインディアンの酋長は，養母の夫であり，娘の父である男もともに殺され，娘をねらうもう一人の人物である西部の暴れ者は娘を素直に兵士に渡すというハッピーエンドで終わる安っぽいメロドラマである。

▶ハワード　　ブロンスン・ハワードは「アメリカ演劇の長」(Dean of American Drama)とよばれ，劇作で身を立てることのできた最初の戯曲家である。最初の作品『ファンティーン』(Fantine, 1864)はヴィクトル・ユーゴーの『レ・ミゼラブル』(Les Misérables, 1862)の翻案である。

代表作『シェナンドー』(Shenandoah, 1888)は，ウエスト・ポイント陸軍学校で親友同士の二人とそれぞれの妹との恋愛と愛国心を扱った四幕物である。ストーリーは南北戦争で二人の恋人が引き離され，南部出身の男は捕虜となり，その妹はスパイの嫌疑を受け，東部出身の友人も刺されるが，終戦で二人はいずれも恋人と再会するというセンチメンタルな作品である。しかし，ハワードはアメリカ生活を戯曲化した先駆者として位置づけられる。

▶ベラスコ　　デイヴィッド・ベラスコの代表作『蝶々夫人』(Madame Butterfly, 1900)は，日本を舞台にしているが，そのなかに織り込まれている情感はアメリカ的である。しかし，少なくとも彼は日本の社会をアメリカに紹介した最初の作家といえよう。この戯曲をプッチーニはオペラにし，世界的に有名にしたが，原作者ベラスコの名はあまり知られていない。

2　マッケイとムーディ

▶マッケイ　　パーシー・マッケイにとって，19世紀後半に活躍した父スチール・マッケイ（1842—94）とともに，劇作の目的は演劇の社会的地位の向上であり，娯楽を通じて一般大衆を啓蒙することであった。

マッケイのもっとも有名な作品『案山子』(The Scarecrow, or the Glass of Truth : A Tragedy of the Ludicrous, 1908)は，ホーソーンの『古い牧師館』(Mosses from an Old Manse, 1846)のなかにある物語の一つ(Feathertop)が

基調になっている。ニューイングランドの魔女が案山子に服を着せ，一見りっぱな紳士に仕立てて彼女の昔の恋人の家へと送りこみ，そこで出会った娘と婚約させる。娘の婚約者は「案山子」の正体を暴露するが，同時に「案山子」は「ああ僕が人間だったらな！」といいながら，生命装置を故意に壊してしまう。人情味あふれる悲劇のなかに，外見にこだわる当時の世相が反映されている。

▶ムーディ　　ウィリアム・ムーディは，西部の開拓精神を愛し，東部のピューリタニズムに反抗した新時代の詩人といわれる。シカゴ大学で教鞭をとっているとき，ひとりでアリゾナ地方を訪れ，そこで受けた深い印象をまとめた三幕物の散文劇が『大分水嶺』（*The Great Divide,* 1906）である。

　『大分水嶺』はニューイングランドの旧家の娘が兄の仕事を手伝うためにアリゾナに行き，そこで西部の荒くれ男に危ういところを助けられ，仕方なく彼と結婚するという話である。しかし，そうした結婚がうまくいくわけもなく，彼女は東部へ戻るが，彼女を追ってきた夫が兄の仕事をも助けてくれたことが判明する。女主人公のなかに東部のピューリタニズムの伝統が，そして主人公には自由な開拓精神がみられる。また彼女が西部へ戻り，新しい生き方を決心する姿には，新しい国アメリカのエネルギーがみられる。

IV
1914—1945

フォークナーの小説群

IV 1914—1945

時代思潮

● ── 両大戦のはざま

　第一次世界大戦（1914.8—18.11）と第二次世界大戦（1941.12—45.8）にはさまれたおよそ20年間は，1929年10月24日の「暗黒の木曜日」における株価の大暴落を境に大きく二つの時代に分けて考えることができる。1920年代はハーディング（1921.3—23.8），クーリッジ（1923.8—29.3），フーヴァー（1929.3—33.3）ら三人の共和党大統領のもと，保護関税政策に代表される実業界の利益重視型政策がとられ，物質的繁栄と大衆文化が隆盛をきわめた時代であった。

　一方，1930年代はカリスマ性の強い民主党大統領ローズヴェルト（1933.3—45.4）のもと，「ニューディール」による恐慌克服や資本主義の立て直しから再び参戦へといたる10年であった。両時代を通観したある社会文化史の本は，頭痛をひきおこさんまでに激しい変化の嵐に見舞われたこの時代にちなんで『アスピリン・エイジ』（1949）と題されている。

● ── 狂乱の20年代

　1914年に勃発した第一次大戦の初期，米国は極力中立を守ろうとしたが，ドイツ軍国主義の脅威に抗し自由主義的世界秩序を維持するため，ついに「戦争をなくすための戦争」に突入した。だが，幸運なことに，大戦後の米国はドル供給によりドイツの賠償支払いを可能にし，同時に旧連合国の対米戦債100億ドルの支払いの円滑化をはかるなど，ベルサイユ体制下の欧州を米国経済に依存させることに成功した。

　また，民間海外投資も1919年の70億ドルから1930年の172億ドルと大きく伸び，通商・金融両面で資本主義社会の中心的位置を占めるにいたった。一方，自動車・電気・建設など国内産業の発達もめざましく，GNPは1921年の696億ドルから1929年の1031億ドルに，一人当たり実質所得は522ドルから716ドルに，それぞれ伸びている。産業発展は1920年代を

1920年代の自動車工場

時代思潮

通じて共和党政権の政策によるところが大きい。「アメリカのビジネス（本分）はビジネスだ」(1925)というクーリッジの言葉を地でいくように，政府は減税政策を推進し，所得税の累進性を緩和，またいわゆる「産業の自治」を尊重した結果，モルガンやロックフェラーなどの財閥を中心に独占資本への経済の集中が急速に進んだ。

さらに，都市の時代＝大量消費社会の出現という時代背景もみのがすことができない。1920年の国勢調査ではじめて米国の都市人口は農村人口を上まわっているが，自動車・ラジオ・洗濯機などが普及し，「アメリカ的生活様式」が確立したのもこの時期である。人々は，流れ作業によって大量生産される製品を，月賦制度に支えられ，巧みなセールスマンや通信販売にうながされながら，またA&P，J.C.ペニーといった巨大化しつつあるチェーンストアーなど流通機構の整備ともあいまって，次々に大量消費していた。こうした物質的豊かさと生活水準の向上は生活様式を画一化し，清教徒的禁欲主義が大きく後退する結果をもたらした。

● —— 1920年代の影

以上を「黄金の20年代」の光の部分だとすれば，繁栄の時代にも影の部分は存在していた。まず，ハーディング時代のティーポットドーム油田疑獄（1922）に代表される政財界の癒着があげられるが，事件そのものよりも数々の疑獄に対して当時の米国国民の間に批判・改革運動の気運がみられなかった点こそ，時代の反映として注目すべきかもしれない。また，繁栄の陰で，農業，石炭，繊維産業は衰退の道をたどっていたのであり，ひいては，黒人の北部大都市への移住に拍車をかけ，彼らに非熟練労働者としての厳しい生活を送らせる要因となった。

さらに，1920年代は保守的で非寛容な時代でもあった。ウィルスン政権来の「赤狩り」はいっそう強化され，左翼のみならず，労働組合まで対象となったが，きわめつけは，証

禁酒法撤廃を祝って乾杯

IV 1914—1945

時代思潮

拠不十分ながら強盗殺人の容疑で強引に無政府主義者を死刑に処したサッコ・ヴァンゼッティ事件（判決, 1921）であろう。また、日系移民排斥を目的とした移民制限法（1924）の成立, 1915年に再興されたKKK団の勢力伸展, 南部での進化論教育禁止の是非をめぐる「猿裁判」（1925）もあげておかねばなるまい。なお、「無法の10年間」という呼称が物語るように、1920年代は酒の密造・密売を資金源にシカゴなど大都市でギャングが暗躍した時代でもあった（禁酒法すなわち憲法修正第18条は1919年に成立, 1933年に廃止された）。

● ── ジャズエイジ

別名「すばらしきナンセンスの時代」ともいわれるこの時代は、批評家メンケンらにその俗物性を攻撃されはしたが、文化の大衆化が著しく進んだ時代である。フィッツジェラルドの小説の世界そのままに、最先端をいく「フラッパー」は短いスカートに断髪・口紅という姿で、これまたヴァレンチノばりに髪をオールバックにした男友達とともに、もぐり酒場（スピークイージー）で酒を飲み、自動車に乗って「ペッティング・パーティ」へ向かう。事情は地方都市の青年男女にとってもさして変わらず、社会的な規模で性道徳が変化しつつあることを『ミドルタウン』（1929）の著者たちは伝えている。

背景として高校・大学への進学率の大幅な上昇があげられるが、マスメディアの発達も

大衆文化の代表としての映画

時代思潮

みのがせない。ピッツバーグ KDKA 局（1920）を皮切りに全国各地にラジオ局が開設された り，扇情的タブロイド新聞の隆盛から『タイム』誌創刊（1923）にいたるまでの新聞出版界の活況，チャップリンの『黄金狂時代』（1925）などの無声映画からトーキーへと発展期を迎えた映画界（トーキー第一作は1927年の『ジャズ・シンガー』）などはその例である。また人々は，"ブルースの女王"ベッシー・スミスの歌に酔い痴れ，"サッチモ"ルイ・アームストロングのトランペットに魅了された。ちなみに，ガーシュインの名曲「ラプソディ・イン・ブルー」のマンハッタン初演は1924年のことであった。さらに，1920年代は英雄崇拝の著しい時代であり，大西洋横断飛行に成功した（1927）リンドバーグ，野球の英雄ベーブ・ルース，ボクシングのデンプシー，フットボールのグレインジらがもてはやされ，また"イット"ガールのクララ・ボウやグレタ・ガルボなど銀幕の女王たちが一世を風靡した時代でもあった。

● ── 崩　壊

　1929年の株価大暴落の原因については，過熱した投機，生産力と消費力のギャップ，業種間の生産性の差，国際収支の不均衡など種々の説明がなされているが，米国は繁栄の時代から一転して全面的な経済恐慌へと突入した。労働時間の短縮や賃金カットから大量解雇にいたるなか，1932年までに失業率は25％近くに達し，GNP は1929年の約56％にまで落ちている。救済機関の前にはパンや衣服を求める人々の長蛇の列ができ，1932年には退役軍人がボーナスの即時支給を求めてワシントンへ大行進をかけた。

　フーヴァー大統領は復興金融公社（RFC）などを通じ積極的な対策を構じたが，国家権力の肥大を全体主義へいたる道だとみなしたため，そのとりくみは中途半端に終わり，抜本的な対策は「ニューディール」を待たねばならなかった。

　1933年大統領に就任したローズヴェルトは，最初の100日ほどの間に，銀行救済措置，金本位制停止，農産物価格安定，政府直轄の公共事業などに関する立法活動をやつぎばやに

食糧を求める失業者の列

IV　1914—1945

時代思潮

おこなった。彼は，全国向けラジオ放送を利用した「炉辺談話」を通じて国民に語りかける一方，全国復興庁（NRA），失業対策事業庁（WPA），テネシー川域開発公社（TVA）などの機関を軸に恐慌に対するプラグマチックな対応策をとったが，資本主義の立て直しをはかった彼の政策は，修正資本主義とも混合経済体制ともよばれている。1930年代中期，米国経済は最悪状態から脱しはするものの，依然として国民生活は不安なままであり，1935年労働者の権利擁護を目的としたワグナー法の制定を機に，累進税制の強化，公共事業の拡大など社会改革的姿勢がいっそう強められた。外交面では「善隣外交」の名のもと，対ラテンアメリカ政策を中心に西半球の結束の強化がはかられたが，世界的な恐慌を背景にファシズムの台頭などしだいに情勢は悪化していった。1937年夏からの再度の景気後退を救ったのが軍事支出の増大であったことは皮肉である。

　こうして，1935年の交戦国への武器輸出を禁じた中立法の制定から，侵略国を伝染病の比喩で非難した「隔離演説」（1937）を経て，国防力強化を盛りこんだ1938年の年頭教書へと，米国は着実に戦争への道をたどっていった。そして1939年9月第二次大戦勃発の時点では，「民主主義の兵器廠」としてあくまでも軍事援助の枠内にとどまっていた米国も，1941年1月日米通商条約の破棄を経て，12月7日日本軍による真珠湾攻撃により，ついに参戦へといたったのである。

● ── 苦難の時代

　「赤色の10年間」ともいわれるこの時代は，社会福祉政策を求めるタウンゼンド運動など大衆運動の盛りあがりとともに労働運動が活発な動きをみせた。1933年に300万弱であった組合員が1940年には870万人に達し，従来の米国労働総同盟（AFL）に加えて産業別組織会議（CIO）も誕生，「座り込みスト」など新戦術が導入され，自動車・鉄鋼等基幹産業内の組織化に成功するなど，労働者は大きな力を獲得するにいたった。

　また，ローズヴェルトは少数民族からの登用にも努めたため，リンカーン以来共和党支持の黒人が民主党支持にまわるなど，左派・リベラルを含む，いわゆる「ニューディール連合」が彼のまわりに形成されたのである。暗い困難な時代ではあったが，人気コメディー『エイモスとアンディ』や，ニュース報道と誤解されパニックをひきおこしたオーソン・ウェルズの『火星人の襲来』（1938）など，ラジオ番組は花盛りであった（TV中継は1939年のニューヨーク世界博で初登場した）。また，映画産業も繁栄し，最盛時には毎週約8500万の人々が平均入場料25セントの映画館へ足を運んでいた。ターザン映画や，アステア＆ロジャーズのミュージカルなどに人気が集まったが，ことに，ディズニーの『白雪姫』（1937）と『風と共に去りぬ』（1939）は大きな話題をよんだ。さらに，孤児アニー，フラッシュ・ゴードン，探偵ディック・トレーシーなどコミック誌の主人公が人気者となり，ベニー・グッドマンらのスイングジャズが隆盛をきわめたのもこの時代であった。

第1章　小　説

❖ **アメリカ文学の国際化・普遍化**　　両大戦間のアメリカ文学の最大の特徴は，その国際化・普遍化といっていいだろう。まず，『ポエトリー』(1912)，『リトルレヴュー』(1914)，『セヴンアーツ』(1916)など，続々創刊されるリトルマガジンを舞台におこったモダニズム文芸運動がヨーロッパ芸術の紹介と自国の芸術上の革新をめざしたのが1910年代である。1920年代は第一次世界大戦後の経済力を背景に，いわゆる「失われた世代」の若き作家たちの多くが，故国を離れ渡欧そして帰還のパターンをたどりながら，自己の帰属先と文学世界の確立を模索する一方，詩人のW. H. オーデン（1907―73）や小説家ナボコフ（1899―1977）の帰化にみられる国際化が進んだ。また国内的には，黒人人口の北部進出にともなう都市部を中心とした黒人文学や，アンジア・イージェアスカ（1885―1970），エイブラハム・カーハン（1860―1951）らのユダヤ系文学など，少数民族の文学の芽生えがみられた。

❖ **アメリカ文学の深化**　　飢餓と貧困の時代である1930年代には，個人と組織をめぐる政治意識が先鋭化し，『パーティザン・レヴュー』(1934)などの雑誌を軸にプロレタリア文学が主流となる。逆に，文人によるWPAアメリカ・ガイドブックの作成など，ニューディール政策の副産物としてアメリカ各地の民俗研究が進み，文学の世界にいっそう深まりが増した事実もみのがせない。

　また，この時期のアメリカ文学を考えるうえで，ウィリアム・フォークナー（1897―1962）と南部の関係が端的に示すように，ヨーロッパ伝来の文芸思潮に影響されながら，それぞれの作家が，自己の根ざす地域を凝視し，アメリカ的な土着文化の伝統をふまえたところに，アメリカ文学の深化があったことを忘れてはならない。

❖ **文学をめぐる状況**　　文学をめぐる外的状況としては，アルフレッド・クノップフ(1915)，ハーコート・ブレイス(1919)，ヴァイキング(1925)など有力出版社の設立，1930年代を中心にハリウッドと作家たちがいっそう結びつきを深めたこと，あるいはパール・バック（1892―1973）の『大地』(*The Good Earth*, 1931)に典型的にみられるように，ブッククラブの隆盛とポケットブック化に支えられたベストセラーの時代が到来したことが特筆に値する。なお，1930年にシンクレア・ルイス（1885―1951）がアメリカ人としてはじめてノーベル文学賞を得たことも，この時期のアメリカ文学の国際化を物語る一つの指標であろう。

❖ **20年代と30年代の文学**　　以下の節では「モダニズム」の表題のもとでガートルード・スタイン（1874―1946），ウィラ・キャザー（1873―1947），およびシンクレア・ル

IV 1914—1945

イス,シャーウッド・アンダスン(1876—1941)をそれぞれ対比的に考察した後,1920年代文学を代表するスコット・フィッツジェラルド(1896—1940),アーネスト・ヘミングウェイ(1899—1961),ウィリアム・フォークナー(1897—1962)らの世界を代表的作品の具体的読みも交えながら考察する。

　1930年代文学については地域的多様性を考慮し,トマス・ウルフ(1900—38),アースキン・コールドウェル(1903—87)の南部,ジェイムズ・T.ファレル(1904—79),ネルスン・オルグレン(1909—81)の中西部,ジョン・スタインベック(1902—68),ウィリアム・サロイアン(1908—81)の西部に区分けし,それぞれ地域と文学のかかわりを考え,加えて,ヘンリー・ミラー(1891—1980),ナサニエル・ウェスト(1903—40)ら特異な作家たちについても述べる。

1　モダニズムの時代

(1)　キャザーとスタイン

▶キャザー　　ウィラ・キャザーは「過去」に生きた作家である。初期の作品『おお開拓者よ』(*O Pioneers !*, 1913)や『私のアントニア』(*My Ántonia*, 1918)では,一家の中心として困難な荒野の開拓に挑む移民の娘の姿を感動的に描いたが,フロンティア消滅(1890年)という現実を前にして,ネブラスカの大地と開拓者魂に寄せる作者の賛美はいきおい理想化されざるをえず,とりわけ後者では懐古調が作品を支配している。

　中・後期に入ると,例えば,新しい「家」になじめず,老朽化する古い「家」に固執し,ついには古代インディアンの遺跡に強く心ひかれる老教授の物語『教授の家』(*The Professor's House*, 1925)など,キャザーの過去(歴史)への逃避姿勢がめだち,その傾向は,19世紀半ばニューメキシコに舞台をとった『死を迎える大司教』(*Death Comes for the Archbishop*, 1927)や17世紀ケベックを背景にした『岩の上の影』(*Shadows on the Rock*, 1931)にいっそう色濃くあらわれている。

　小説家キャザーの受容は時代により賛否両論さまざまだが,その多くは当然ながら,「過去」へのこだわりという作家の姿勢をめぐってのものである。ただし,キャザーの「過去」がまったく後ろ向きで,現代に何らの意味をも

もたないというわけではない。キャザーは「家具を取り払った小説」("The Novel Démeublé," 1922) という評論のなかで反リアリズム創作論を展開しているが、いっさいの家具を投げだした部屋という比喩を借りて、無限な題材のなかから永続的な芸術的題材のみを選びだす、ひたすら単純化の作業に創造の価値を認めている。これは、ひいては人物像の平板化という弊害をもたらしもするが、同時に地域と時代の制約をこえた普遍性をキャザーの文学に与えている。

▶**スタイン**　アメリカにおけるモダニズムの先駆者ガートルード・スタインがキャザーとまったくの同時代人であることは意外な感がするかもしれない。透明な文体の背後に西部の平原の存在が感じられるキャザーに対し、スタイン文学の特質は、あくまで、その言語実験上の斬新さにある。それに、スタインは徹底して「現在」にこだわった作家であった。

秘書の名を借りて書いた自伝『アリス・B. トクラスの自伝』(*The Autobiography of Alice B. Toklas*, 1933) は当時ベストセラーになったものの、スタインの場合、もっぱら読まれるよりは語られることが多く、芸術家のパトロン的存在としての評価が従来目立っていた。だが彼女も、ウォーホール、リキテンシュタインらのポップアートとの関連や、昨今のフェミニスト批評の流れのなかで、読み直されている作家の一人である。

最初に出版された『三人の女』(*Three Lives*, 1909) は、家政婦・混血娘・メイドという三人の女の話だが、スタイン自身、前述の『自伝』で、セザンヌの「夫人像」をながめながらこの作品を書いたといっているように、現代抽象絵画の影響が著しい。すなわち抽象化された幾可学的形態のなかに対象の特質を浮かびあがらせる現代絵画さながらに、平易な単語・文を執拗に「反復」することで三人の女性の内面を暗示するという、因果関係 (プロット) を柱とした伝統的小説技法から大きくはずれた作品となっている。

この姿勢は、二家族の長い歴史を綴った『アメリカ人の生成』(*The Making of Americans*, 1925) でさらに顕著になる。すべての人生は永遠のくり返しだととらえるスタインは、動名詞を呪文のごとく異常に反復しながら、「現在」のなかに、人間一般の歴史をみようとする。もっとも、スタインにいわせると、「反復 (repetition)」ではなく、蛙の跳躍や鳥の鳴き声のように、似て非

なるものの際限なき「持続（insistence）」こそ表現の本質ということになる。この考え方をはじめ，スタイン一流のユニークな発想がうかがえる意味で評論集『アメリカ講演録』(*Lectures in America*, 1935)も興味深い。

そのなかで，スタインは独自の英文法（品詞）論を展開しているが，散文においては，物を名づけることによって固定化してしまう名詞が嫌われ，動きのある動詞や副詞が称賛の対象となる。動名詞や現在分詞への彼女のこだわりと通じあう部分だが，逆に，詩の本質は名詞中心の語彙にあるとスタインはいう。しかも，詩集『やさしい釦』(*Tender Buttons*, 1914)で実践したように，名詞の羅列（スタインはそれを名詞の乱用・拒絶・賞賛・愛撫とよぶ）と非論理的な組み合わせにより，現実のコンテキストから根こそぎにされた事物の実在を言葉という抽象的レヴェルで定着させようとした点こそ，モダニストとしてのスタインの面目曜如たるものがある。有名な言葉 " A rose is a rose is a rose is a rose." をスタインは円環状に印刷したそうだが，「バラ」のリアリティを永遠の現在にとどめようとする姿勢のあらわれであろう。この章句について，スタインは，「私は名詞に求愛し愛撫することに完璧に成功した」（「詩と文法」）と語っている。

（2） ルイスとアンダスン

▶ルイス　　シンクレア・ルイスとシャーウッド・アンダスンは，ともに世紀末の中西部で思春期を過ごし，そこを舞台とする作品を書きつづけた点で，まさしく中西部の作家である。しかし，二人の資質の差は大きい。ルイスは，伝統的リアリズムの枠内で人物を外側から細かく観察し，いわば社会学的アプローチをとる，「頭」で書く作家といえよう。また，カタログ的ディテール重視の背景描写や生き生きとした会話によって，風刺家というより風俗小説家とみなされることも多い作家である。

例えば，中西部の田舎町に医師の妻としてやってきたキャロルが理想主義に燃え，町の因襲改革を試みるが失敗，夫とも一時別居するものの，結局，現状を受け入れ和解する話を描いた代表作『本町通り』(*Main Street*, 1920)や，中年の不動産屋を風刺した次作『バビット』(*Babbitt*, 1922)には，ともに前述の特徴が顕著にあらわれている。その主人公たちは，平凡な俗物である

が，日常性に徹っしきった愛すべき人物である。

ルイスはその後，医学界における理想主義と商業主義の対立を描いた『アロウスミス』(*Arrowsmith*, 1925)，宗教界の腐敗を暴いた『エルマー・ガントリー』(*Elmer Gantry*, 1927) など，社会性の強い作品を発表している。しかし，今日では，1920年代にみられたという爆発的人気やノーベル賞作家としての当時の評価は期待すべくもない。

▶アンダスン　　しばしば「心理的リアリズム」で知られるアンダスンは，「心」で書く作家であり，ルイス的観察にみられる緻密さはない代わりに，「瞬間」のなかに捕捉された人生の真実・美しさをみごとに描きだし，今日的価値をもつ作家の一人である。

アンダスンは，「見知らぬ町にて」("In a Strange Town," *Death in the Woods and Other Stories*, 1933) という短篇のなかで，日常化した生活を送っていると頭がにぶってしまうが，そんなとき，旅に出て見ず知らずの人々の暮らしのなかに自らを浸すことで，自分を活性化できるという主旨の持論を展開している。見たこともない町，会ったこともない人々の生活の断片を好奇心をもって一瞥するという考えは，人生とはそもそも小さな断片の集積であり，かいま見られた人生の一コマ一コマを通してこそ人生全体が理解できる，というアンダスン一流の哲学にもとづいている。したがってアンダスンは本質的に短篇作家であり，とりわけ思春期の微妙な心理を描いた短篇に優れた作品が多い。例えば「なぜだか知りたい」("I Want to Know Why," *The Triumph of the Egg*, 1921) の語り手，ぼくは，15歳で馬好き，仲間三人とケンタッキーの家を抜けだし，東部のサラトガへ競馬を見に出かける。下見場で見たサンストリークという馬は「胸がうずいて息苦しくなる」ぐらい美しく，調教師のジェリーと視線があったときぼくは思わず感動してしまう。彼が馬を見る目には輝きがあり，「この世界にはその男と馬とぼく以外の何も存在していないように思えた」からである。語り手はレース終了後ジェリーに会いたくなり，彼が入っていった百姓家まで出かけ窓からのぞくと，ジェリーが，いかにも不潔そうな女を例の馬を見るのと同じ目つきで見ているではないか。おまけに女にキスまでしようとする。彼はジェリーに憎悪と殺意を感じる。以来，一つの疑問が頭にこびりついて離れない。ジェリーにどうしてあんな

ことができるのか，なぜだか知りたい，と。思春期の少年の性的イニシエーションを鮮やかに描いた名作である。

アンダスンはその他「卵」("The Egg")，「森のなかの死」("Death in the Woods")など子どもの視点によった傑作を残しているが，代表作は短篇連作の『オハイオ州ワインズバーグ』(*Winesburg, Ohio*, 1919)である。この作品は同性愛を疑われ自閉的な生活を孤独に送る中年教師や，かいま見た女の裸に神のあらわれをみて狂喜する牧師の話など，もっぱら性的抑圧に苦しむ「グロテスク」な人物像が，町の若い新聞記者の目から語られる。冒頭の「グロテスク」論があまりにも有名であるが，むしろ，現実の人物の心の奥底にアンダスン自身が読みとったさまざまな情念を具現する人物像を創造し，知悉した中西部スモールタウンを舞台に夢想の世界を展開したというのが，この作品のおもしろさではないだろうか。

その他，『貧乏白人』(*Poor White*, 1920)，『暗い笑い』(*Dark Laughter*, 1925)など長篇も多く書いているが，根っからの「スモールタウン人間」らしく，総じて田舎町の生活を背景にした部分は生彩に富み，社会的な関心から頭で書いた作品に失敗作が多い。

2 1920年代

(1) フィッツジェラルド

▶ジャズ時代の物語　F. スコット・フィッツジェラルドは1920年代のスポークスマンとして評価が高いが，1930，40年代に忘れられ，1950年代以降復活し，今日にいたるまで根強い人気をもつ作家である。主人公エイモリーの生い立ちから，プリンストン大学時代を経て第一次世界大戦後の自立過程を描いた自伝的処女作『楽園のこちら側』(*This Side of Paradise*, 1920)は，風俗小説の形をとりながら，新しい性道徳，若者たちの生き方を表出することに成功し，驚異的な売れ行きを示した。フィッツジェラルド自身，それ以降，ジャズ時代の華やかさとその凋落を身をもって体験し，作品化することになる。

しかし，流行作家となったことは，この作家にとって悲劇だったかもしれ

ない。彼は，享楽的な妻ゼルダを満足させるため短篇を乱作し，金のために創作する通俗作家の面をもちながら，同時に芸術的衝動も強かった。その葛藤から，彼は才能をすり減らし，酒に溺れ，崩壊への道をたどっていった。

　こういう「二面性」はフィッツジェラルドに抜きがたく，享楽的生活へのあこがれと批判をあわせもつ，ストイックな快楽主義者という矛盾した性格がこの作家の特質といえよう。フィッツジェラルド自身，「一級の知性であるか否かは，同時に二つの相反する考えを心に抱きつつ，事態を切り抜けていけるかどうかにある」と，「崩壊」("The Crack-Up," 1936)のなかでいっている。彼の作品にみられる，富の世界に対するあこがれと幻滅，東部・中西部双方への愛憎という要素は，この「二面性」と密接にかかわっている。

　フィッツジェラルドにとって，実際，「金持ちは違う人種」であった。ヘミングウェイは後に「そうとも，なにせ，連中は俺たちより金をもっているからな」〔「キリマンジャロの雪」("The Snows of Kilimanjaro," 1936)〕と揶揄したが，フィッツジェラルドにとって富の魅力は，金そのものより，金が可能にするいまだ見知らぬ世界への，ロマンチックなあこがれを喚起する点にある。すでに述べたように，それが見果てぬ夢でしかないことは作家自身十分承知しており，それは例えば，名作「罪の赦し」("Absolution," 1924)のなかで，ある神父が遠くの夜空に浮かぶきらびやかな遊園地の電灯の輪について，主人公の少年に語り聞かせる次のような印象的な言葉にあらわれている。「シュウォーツ神父は，ふとあることを思いついて眉をしかめた。『だが，側に寄ってはいけない』と彼はルドルフを戒めた。『というのは，近寄れば，ただ，熱気と汗と現実の生活を感じるだけだから』」。

　フィッツジェラルドは，ゼルダの精神分裂症による彼らの生活の破綻後，自らの人生を重ねあわせて，妻を亡くし，娘と離れ離れになった男が恐慌後のパリを再び訪れる「バビロン再訪」("Babylon Revisited," 1930)を書く。さらに精神病患者の娘を愛し結婚した精神科医が，医師と夫としての役割が求める重圧のもと，心身ともに疲れはて破局にいたる過程を描いた『夜はやさし』(*Tender Is the Night*, 1934)などを発表している。ともに強い倫理意識と滅びゆくものに寄せる作家の美意識に支えられた哀愁を帯びた名作である。

▶『偉大なるギャツビー』　フィッツジェラルドの『偉大なるギャツビー』(*The Great Gatsby*, 1925) が傑作であることに異論の余地はないだろう。この小説は，酒の密売などで得た富の力でかつての恋人を取り戻せると信じた男が非業の死をとげるまでを，同じ中西部出身の青年が回想形式で語るという構成をもっている。主人公に共感しつつ冷静な観察を忘れない「二重の視点」をもった語り手の創出に，この作品の成功の要因をみる批評家が多い。また，ひきしまった文体に共感覚的な語法，華麗なカラー・シンボリズム，東部対西部の対比，いわゆるアメリカン・ドリームのモチーフなど，この作家にしては比較的よく練られた傑作である。

　ギャツビーのデイジー観を少し詳しくみてみると，まず，初対面の頃の二人の関係は，冒険心旺盛な青年将校と駐屯地近隣の良家の娘の気まぐれな恋という枠をこえるものではなかった。ところが，ある夜の神秘体験を経て，デイジーは彼にとっての「聖杯」，「理想の女性」へと変身する。もとより，ギャツビー自身無限の向上を信じて疑わない理想家であり，その「プラトン的観念」のなかの想像のはしご上をデイジーは上昇し，ひたすら純化されたイメージとして定着される。それが，五年後，すでに人妻となった彼女を呼び寄せるべく，常軌を逸した散財を彼に強いる動機であった。

　このように，抜きがたい抽象性がこの作品を支配しているが，それが，語り手ニックのデイジー観によってさらに強化されている点は意外に忘れられている。ニックは煩わしい人間関係を嫌って，中西部の町からニューヨークへやってくるが，それはまさに，彼がいうように，「索莫たる宇宙の果て」から「潑剌とした世界の中心」への旅でもあったのだ。クイーンズボロ橋からの白く光り輝く都市の眺望に心動かされたニックがもらした「この橋をこえたからには，どんなことだっておこりうるのだ」という言葉には，肯定的な価値を都市空間に付与することで，自らをその機能のなかへ組みこもうとする若者の決意が感じられる。ニックがデイジーと再会する場面は，彼女が白いドレスに身を包んで軽やかに浮遊する，通常の写実的描写をこえた，なかば幻想的といってよいイメージで描かれている。すでに東部上流社会の一員であるこのデイジーの印象は，中西部出身の青年の前に立ちはだかる東部大都市の印象と無関係ではありえないだろう。これは，「洗練され」「いかにも

クールな」デイジー邸の食卓を前に，田舎者としての自分を意識せずにはいられないニックの発想と軌を一にする。

このように，二人の男性によって美化されたデイジーのイメージと，夫とギャツビーの間に引き裂かれ右往左往する優柔不断な現実のデイジーとの落差が，物質主義と純愛の共存，具体的ストーリー展開と抽象的テーマの交錯といった，この作品の「二重性」の根底に隠されている。ニューヨーク最後の夜，ニックは例の有名な物思いにふける。ギャツビーの夢をオランダの船乗りたちのみた夢，人類最後で最大の夢へと一挙に連結するあのくだりはたしかに唐突である。だが，その唐突さが一種快い啓示となってそれほど無理なく読者の心に入りこむのは，あるいは，ギャツビー，ニックによって昇華されたデイジーの姿を通して読者が，この作品の抽象性を無意識のうちに受け入れていたためではないだろうか。

（2） ヘミングウェイ

▶個と全体　アーネスト・ヘミングウェイは，二つの大戦をはじめ，数々の世界史を動かす現場に居合わし，またスペインの闘牛見物やアフリカ狩猟旅行を精力的におこなうなど，まさに「タフガイ」のイメージ通りの行動の人であった。文学的には，不必要な修飾を取り除き，感情を抑え価値判断を差し控えた「ハードボイルド」な文体の確立者として有名だが，それには，スタインの影響，アンダスン経由によるトウェイン的口語文体の伝統も無視できない。

ヘミングウェイを有名にした『日はまた昇る』（*The Sun Also Rises*, 1926）は，第一次世界大戦後，新たによるべき価値をみいだしえない「国籍離脱者」の生態を描いた作品である。それは，戦後の虚無的な空気に文学的表現を与えるとともに，個人の感覚だけを頼りに新たな倫理を模索する人物群像を描きだしている。

『武器よさらば』（*A Farewell to Arms*, 1929）では，イタリア軍野戦衛生隊に参加した一アメリカ人青年が，戦争の無意味さに気づき，「単独講和」の名のもと戦場を離脱，恋人との愛に一時の心の安らぎを得るが，「生物学的罠」により恋人が妊娠，死産のすえ，恋人をも死なせるという悲劇を扱っている。

作品の随所にあらわれる「雨」の情景が象徴するように，重苦しい戦争の影と運命の不条理を主題とした作品といってよい。

このように，「闘牛」にしろ「戦場」にしろ，「死」と裏腹な「生」の充実を，あくまで個人的倫理を追求するなかで追い求めていくのがヘミングウェイの特質だが，そのような姿勢は左翼的社会参加を標榜する1930年代の文壇にその非政治性を非難されることになる。それに対し，ヘミングウェイは「人間一人では何もできない」という言葉が有名な『持つと持たぬと』(*To Have and Have Not*, 1937) を発表，また，スペイン内乱に材を取った『誰がために鐘は鳴る』(*For Whom the Bell Tolls*, 1940) では全体に奉仕する個というテーマを展開している。だが，後者では，その政治性よりも，スペイン語をふんだんに盛りこんだ生気あふれる会話による印象的人物像の創造を評価したり，主人公ジョーダンにみいだせるアメリカ的美徳のほうを重視する批評家もいる。

ヘミングウェイ文学の転機としては，むしろ，第二次世界大戦後に出された『老人と海』(*The Old Man and the Sea*, 1952) に注目すべきだろう。この小説は，長い不漁の後，とらえた巨大なカジキマグロをふかに食べられてしまう老漁師の話である。そこには老人の不屈の精神，自然と対峙して怯むことのない人間の尊厳に加えて，無垢な少年の登場により，未来への可能性をうかがわせる肯定的人生観がにじみでている。リアルな描写，無駄のない文体，深みのある象徴性ともあいまって，この作品は，後期ヘミングウェイの代表作といってよいだろう。

なお最近，未公刊作品の出版や伝記的研究の進展により，マチズモの鎧の下にかくされたヘミングウェイの女性性，両性具有性に関心が集まっている。

▶『ニック・アダムズ物語』

ヘミングウェイは，ニック・アダムズという人物を主人公にした短篇を『われらの時代に』(*In Our Time*, 1925) をはじめいくつかの短篇集に発表している。それら点在していた短篇に未発表の作品が加えられ，フィリップ・ヤングの手により『ニック・アダムズ物語』(*The Nick Adams Stories*) と題して出版されたのは1972年のことである。これら，ニックを主人公にした一連の作品は，すでに D. H. ロレンスにより「断片的小説 (fragmentary novel)」とよばれていたが，少年期

から大人への主人公の成長の軌跡をたどるこの作品は，アンダスンの『オハイオ州ワインズバーグ』と並び，優れたイニシエーション（開眼）物語となっている。また，自伝的要素が色濃いため，自伝嫌いのこの作家に近づく手がかりとして重視すべき作品である。

冒頭の「三発の銃声」は，テントに一人残された幼いニックが，不安に耐えかねて，父親らを呼び戻すべく合図のライフルを思わず発射するという物語である。ニックのいわば実存的不安が，夜の森を歩く行為によって触発される点に，自然に対する畏敬の念を抱きながら，つねに「辺境」を追い求めたこの作家のその後を予感させる作品となっている。

「インディアン・キャンプ」では，妻の難産に耐えきれない夫が自殺する場面をニックが目撃する話が語られるが，「生」と「死」のアイロニー，「性」をめぐる人生の不可解さは，そのまま『武器よさらば』など長篇につながるテーマだといってよい。暴力的状況を前になすすべを知らない人間と運命の手ごわさを描いた「殺し屋」は，ヘミングウェイ流「ハードボイルド」文体の極地というべき作品で，ファウラーなど言語学者による文体分析の好個の対象となっている。

もっとも有名な「二つの心をもった大河」は，一見，ニックの鱒釣りを淡々と綴った短篇のようにみえるが，焼野原の情景や，「身を横たえて」におけるニックが不眠症に悩まされながら鱒釣りのみを頭に思い浮かべていた場面を考えると，戦争の傷跡にさいなまれる主人公の自己回復の物語とも読める。作品冒頭でニックは汽車（文明）から降り，火事で焦土と化した草原を歩み，草の茂った低地の川原でテントを張る。翌日，彼は鱒釣りに出かけるが，衣・食・住にわたるリアルで詳細な描写は，ソローの『ウォールデン』を思わせる。彼は，テントが「自分の手でつくった自分の家」のような気がして安心を覚えるが，ここには，自己を取り戻した男の自信すら感じられる。だがその自信が，自然と文明の危うい緊張感のうえになりたつものでしかないことを，ヘミングウェイはみのがさない。ニックが結局，沼の深み（自然）に入ることを自らに禁じる場面でこの作品は終わっているが，〈自然〉対〈文明〉というアメリカ的テーマの変奏がここにもみいだされる。

ただし，ニックのトラウマの原因を戦争体験ではなく，ニック／ヘミング

ウェイと母との不仲にみる立場や，作家の創作活動と鱒釣りをメタフォリカルに読みとる立場など，一見何事も起こらない作品ゆえか，さまざまな解釈が可能である点は興味深い。

（3） フォークナー

▶ヨクナパトーファの内と外　　ウィリアム・フォークナーは，技法と文体の両面で大胆な実験をくり返したモダニストである。彼は，ミシシッピ州北部に設定した「ヨクナパトーファ」という架空の郡を舞台に，『サートリス』(*Sartoris*, 1929)以降一連の作品で，きわめて南部的な主題を徹底して追求し，逆に現代的・普遍的ともいえる主題の提示に成功した，20世紀を代表する文学者の一人である。フォークナー評価が大きな転換をみせたのは，カウリー編『ポータブル・フォークナー』(1946)の出版によるところが大きいが，1930年代の不評，1940年代後半以降の再評価はともに，彼の「南部性」をどう評価するかにかかわっている。

ところで，南部的とは何か。それは，奴隷制度に対する罪の意識と南北戦争後の挫折・敗北感，および故郷（共同体）喪失感に裏打ちされた強烈な帰属意識といっていいのではないか。フォークナーは，それらの主題を，旧世代に属する名門プランター一族の没落，物質文明に毒された新興成金が新たな共同体の核となりえぬ状況，そして文明による自然の侵食のモチーフを通じて展開する。同時に，'patience'，'humility'，'endurance'，'compassion' など彼好みの言葉が示すように，悲劇的状況にあって耐え抜かねばならない人間の姿を描きだしている。

例えば，『響きと怒り』(*The Sound and The Fury*, 1929)では，コンプスン家の崩壊が，一人娘キャディーをめぐる三人の兄弟の内的独白と一つの客観描写で語られるが，過去と現在が交錯する，混沌とし，断片化した時間意識しかもちえない白痴の三男，近親相姦的愛情から失われた妹の純潔に病的に固執する長男，一家の没落に対する被害者意識から自己中心的に現在を生きる次男というように，彼らは皆，「過去」にとらわれ「未来」への展望を欠いた人間たちである。のみならず，そのような展望を許さない冷酷な運命の前で，表題が示すように，わめき，がなりたてる (sound and fury) しかない

人間の実存的状況が，南部崩壊のモチーフに重ねあわされている。

　独白の積み重ねの技法や家族の崩壊というテーマは，貧乏白人の葬式旅行を描いた次作『死の床に横たわりて』（*As I Lay Dying*, 1930）で再び追求される。『八月の光』（*Light in August*, 1932）では，自分の正体がわからず，黒人の血がまじっていると思いこんだ主人公ジョー・クリスマスが，自らの屈折した差別意識ゆえに，奴隷制廃止論者の末裔の女性を殺害し，そのためリンチにかかって死ぬ悲劇を描き，人種差別という南部的テーマに果敢にとりくんでいる。また，帰属意識をもてず不安におびえる主人公の生き方に，「産む性」としての圧倒的自信に支えられて大らかに生きる，もう一人の主人公リーナ・グローヴの生き方を対比させるなど，南部的かつ普遍的であるというこの作家の特色がよくあらわれている。

　一家の没落，黒白混血，過去の呪縛など，すぐれてフォークナー的主題がみごとに統合されるのは，何重にも錯綜した巧妙な「語り」の文体をもつ『アブサロム，アブサロム！』（*Absalom, Absalom!*, 1936）においてである。この小説は，貧農から一代で財をきずいたサトペンが，黒人の血が流れているために実の息子を拒否することをはじめ，野望の達成の過程で多くの犠牲者を出すことに無自覚であったがゆえ，殺害される話である。「南部とは何だ」という友人の問いかけにうながされて，サトペン家崩壊の物語を再構成するのが，次の年に自殺する宿命にあるコンプソン家の長男であること（『響きと怒り』），および表題の寓意を考慮すると，この作品は，フォークナーの南部に寄せる挽歌であったといってよいだろう。

▶「熊」　　　フォークナーは，「エミリーへの薔薇」（"A Rose for Emily"）など優れた短篇も多く書いているが，1942年に七つの短篇を集めて出された短篇集『行け，モーゼよ』（*Go Down, Moses*）のなかの「熊」は，長篇に匹敵する重みをもつ，完成度の高い傑作である。とりわけ，この作品においては，〈文明〉対〈自然〉というアメリカ的モチーフが鮮明に描かれている。また，主人公アイク・マッキャスリンのイニシエーション物語としても読めることから，アンダスン，ヘミングウェイらの同種の作品と比較することで，フォークナーの特質をさらに理解することができる。

　マッキャスリン家の相続人として生まれたアイクは，人々が毎年，儀式の

ごとくくり返す狩猟に参加すべく10歳の年,サム・ファーザーズという老猟師に師事し修業を開始する。大森林にはオールド・ベンとよばれる半ば伝説化した大熊が住んでいるが,はじめて大熊の足跡をみたアイクは底知れぬ恐怖を感じる。狩人としてのみならず,いわば荒野の美徳を体得した人間として彼は,大熊との宿命的対決の日が近づいたことを予感する。やがて,アイクが13歳の年,ベンは猛犬ライオンと野人ブーンの手で殺されるが,時を同じくしてサムも死亡する。18歳になったアイクは,伐採権が製材会社に売られた森林を訪れ,驚くほど進んだ製材所による自然の侵食を目のあたりにする。以上が物語のあらすじだが,主として,21歳の頃のアイクが土地私有と奴隷制度のうえに成立した農園の相続を放棄するエピソードが組み込まれ,作品に歴史的コンテクストを与えている。

　作品の冒頭でフォークナーは「ただサムとオールド・ベンと雑種犬のライオンだけが,汚れなく,朽ち果てることのない力をもっているのだ」と書いている。サムが,チカソー族の酋長と黒人奴隷の間に生まれた,白人文明世界の外に立つ人間であることを考えると,三者はいずれも〈自然〉あるいは〈荒野〉を代表する存在だといえよう。だが皮肉なことに,サムが育てたライオン（自然）によってベン（自然）が殺され,同時にサムも死ぬ。このように,いわば自殺行為によって「汚れなき」荒野が死滅を運命づけられているわけだが,それゆえに,汚れた〈文明〉の手にかかるのを潔しとしない〈自然〉の高貴さが,象徴的に浮き彫りされている。それなら,「朽ち果てることのない力」とは何か。実は,それこそアイクが修得した荒野の美徳である。彼が大熊の足跡を発見できたのは,時計,鉄砲,磁石という〈文明〉の利器を捨て,サムの教えに習い,〈自然〉の懐に身をゆだねたからであったし,サムが彼に狩人としての「資格授与式」をおこなったのも,大鹿殺しのさいに彼がみせた謙虚さゆえである。そしてまた,勇気をもって生き長らえる精神こそ,黒人を支えてきた力でもあったわけで,それゆえに,彼が示す行為（農園の相続放棄）が意味をもち,一見関連性の定かでないこの部分が作品中で果たす役割が改めて理解されることになる。いずれにせよ,これまで述べてきた,フォークナー的テーマが,神話的あるいは寓話的レベルにまで高められた名作である。

（4） ドス・パソスと「ハーレム・ルネサンス」

▶ドス・パソス　　ドス・パソスの関心は，個人ではなく人間群像，および背後の巨大機構を描くことにあり，言葉を用いての歴史の記録，ひいてはその構築が生涯のテーマであった。彼の作家的地位を確立した『三人の兵士』(Three Soldiers, 1921) ではその対象は軍隊組織であり，『マンハッタン乗換駅』(Manhattan Transfer, 1925) では，ニューヨークという大都市，さらに『U. S. A.』(U. S. A., 1938) では，アメリカ社会全体がとりあげられ，圧倒的な力につき動かされる「集団の精神」が描かれる。

　こうした大胆な企てにあたり，彼は多数の視点設定，断片的かつパノラミックな場面描写を採用した。とりわけ『マンハッタン乗換駅』では，無機的な都市の描写と個別の生がみごとに対比され，優れた都市小説となっている。また，当時の新聞記事や流行歌をおりこむなど，現実の生活において社会と個のかかわりを追求する工夫や，随所に差しはさまれた詩的散文を通して彼の審美的特質がみいだせる点で興味深い作品である。

▶『USA』三部作　　『U. S. A.』は，そうした実験性がいっそう徹底された作品で，The 42nd Parallel (1930), 1919 (1932), The Big Money (1936) の三篇が改訂統合された三部作構成となっている。これは時代の流れをとらえる「ニューズリール」，当時の有名人を素描する「伝記」，およびペルソナ的人物の特定の瞬間における意識の流れを切りとった「カメラ・アイ」などの技法を軸にして，第一次世界大戦後の，1930年代のアメリカを多面的に描こうとした意欲的な作品である。

　ドス・パソスにとって，「政治の季節」である1930年代に，時代のスポークスマンとして大方に受けとめられたことは，不幸なことであったかもしれない。『三人の兵士』で，音楽家志望の青年の視点が不均衡に重視されている事実にすでにあらわれているように，審美性と社会性という両面に対する考察が，この作家を考えるうえで必要である。

▶「ハーレム・ルネサンス」　　1920年代のその他の文学動向をみると，リング・ラードナー (1885—1933)，クラレンス・デイ (1874—1935)，ジェイムズ・サーバー (1894—1961) など，口語文体の伝統を受け継いで，ユーモラスな庶民生活の一面を軽妙なエッセイや短篇で切りと

った一連の作家たちがいる。さらに『砂糖きび』(*Cane*, 1923) 一作で知られるジーン・トゥーマー (1894―1967)、『流砂』(*Quicksand*, 1928)『偽装』(*Passing*, 1929) の二冊の小説で女性のセクシュアリティと人種の呪縛を描いたネラ・ラーセン (1893―1963) や息の長い活動を続けた詩人ラングストン・ヒューズ (1902―67) を代表とする「ハーレム・ルネサンス」とよばれる黒人文学の動きも言及に価する。この運動は、後の黒人文学隆盛の基礎をきずいた意味で重要であり、同時に、都市生活を強いられた黒人の視点、すなわち都市文学的観点からも興味深いものがある。

3　1930年代

(1)　ウルフとコールドウェル──南部の作家たち

▶ウルフ　四つの長篇小説を残し夭折した、ノースカロライナ州出身のトマス・ウルフは、本質的に自伝作家である。彼は、第一作『天使よ、故郷を見よ』(*Look Homeward, Angel*, 1929) の序文で「すべての真面目な小説は自伝的である」と宣言しているが、彼の作品はその言葉通り情熱の赴くまま、自身の体験を記憶の許すかぎり書きなぐった趣がある。第一作では、作家の分身である主人公の生誕から、州立大学を卒業し、故郷を出て、自己探求の旅にのりだすまでを描く。第二作『時と河について』(*Of Time and the River*, 1935) では、ハーヴァード大学院入学からヨーロッパ旅行を経て帰国するまでの体験を扱っている。死後、編集・出版された『蜘蛛の巣の岩』(*The Web and the Rock*, 1939)、『汝ふたたび故郷に帰れず』(*You Can't Go Home Again*, 1940) は、同一の内容を再びとらえ直そうとする試みである。

こうしてウルフは、故郷への反発と郷愁、帰属すべき場所の希求というテーマを、周囲の世界の詳細な記録を通じ、大河小説という形式のもとで追求した。また、主人公の自己探求を描いている点で、彼の小説は青春文学として評されることも多い。だが、まさにこの点こそ、ウルフの魅力と限界がともに集約される点であろう。自伝作家のレッテルは終生この作家についてまわり、それを嫌ったウルフは、第三作以降、主人公の名を変えてみはするものの、作品は本質的に変化がない。また、自己の体験のすべてをありのまま

作品に投入しようとするあまり，小説としての形式・筋立の欠如を非難されることになる。さらに厖大な原稿を整理・編集するうえで，マックスウェル・パーキンズら編集者の存在が大きく，作家の主体性が問題視される原因となった。だが，ウルフのこの特質，すなわち自己の全体験・全心情をいいあらわすことに最善を尽くした作家としての真摯さこそ，フォークナーが後に絶賛するにいたる特質であったことを，忘れてはならないだろう。

▶コールドウェル　ジョージア州出身のアースキン・コールドウェルは，地方色を豊かに伝える短篇の名手として知られている。長篇の代表作は，機械文明に追い立てられながら不毛の地を離れられない貧農一家の生態を描いた『タバコ・ロード』(*Tabacco Road*, 1932)，および，その日暮らしの生活をしながら，黄金熱にとりつかれ自分の地所を掘りつづける老人を中心とした物語『神の小さな土地』(*God's Little Acre*, 1933) であろう。両者に共通していえることは，経済的には，どん底ともいえる悲惨な状況にありながら，生きる力を失わない南部貧農たちのたくましい生命力がよく描かれている点である。実際，彼らの生命力の源は，「性」と「食」を柱とする動物的にみえる根源的欲望充足の生活にある。それを描く作家の目は一種突き放した趣があり，徹底したリアリズムゆえに，逆にグロテスクなまでのユーモアすら感じられる。

　しかしコールドウェルを評価するさいには社会主義リアリズムの観点のみにこだわったり，赤裸々な性描写のみに目を奪われることは，一面的のそしりを免れない。彼は，一見野卑なる世界を描きながら，人間の内に潜む獣性と精神性の葛藤を問題にしていたのである。そのことは，『神の小さな土地』のタイ・タイ老人が，一人の女をめぐって起きた，次男による長男殺しの悲劇の後，ふともらす，素朴ながら洞察に満ちた次の言葉にも明らかであろう。「神様は，わしらを動物の体に入れて，人間らしい生き方をさせようとなさった。それが間違いのはじまりだったのじゃ」。

(2)　ファレルとオルグレン——中西部の作家たち

▶『スタッズ・ロニガン』三部作　1930年代は「ニュー・マッセズ」を中心にプロレタリア文学隆盛の時代だが，ジェイ

ムズ・T. ファレルも左翼的立場に立つ作家の一人である。ただし彼の場合，イデオロギーとしての左翼思想のプロパガンダではなく，自身のプロレタリア的体験を書き綴ることでアメリカの現実を描くことが眼目であり，政治に対する文学固有の価値を認める姿勢は崩さなかった。

　代表作『スタッズ・ロニガン』三部作は，『若きロニガン』（*Young Lonigan : A Boyhood in Chicago Streets*, 1932)，『スタッズ・ロニガンの青年時代』（*The Young Manhood of Studs Lonigan*, 1934) および『審判の日』（*Judgement Day*, 1935)からなる。シカゴのスラム街で育った主人公が，カトリック的信仰を押しつけようとする父親に反発，街の不良たちと交わりながら，酒・賭博・女に溺れ，失職，妊娠した女友達とのもつれなどの後，27歳で病死するまでを描いた作品である。無力な個人を圧倒する大きな力の存在，都市の退廃が個人の内面を崩壊に導くなど，ドライサー的自然主義の流れを受け継ぎ，しかも，ときに「意識の流れ」の手法をまじえ，孤独な人間の悲劇を浮き彫りにしている。

　『僕のつくらなかった世界』（*A World I Never Made*, 1936) ではじまる『ダニー・オニール』五部作（1936—53) は，いっそう自伝的色彩が濃く，自己の精神形成の過程をたどる一種の教養小説として面白い。また，『文芸批評ノート』（*A Note on Literary Criticism*, 1936) は優れた文学論として有名である。

▶オルグレン　　ファレルと同様に，ネルスン・オルグレンも不況下のシカゴで生まれ育った体験が，数年間の放浪体験とともに，その作品に影を落としている。彼を有名にした『朝はもう来ない』（*Never Come Morning*, 1942) は，ポーランド系移民の青年が，ボクシングのチャンピオンになることを夢みながら，結局，環境に押しつぶされ，殺人罪で逮捕されるまでを描いた作品である。犯罪者・娼婦・警官らの間でかわされるスラングやなまりをふんだんに盛りこんだ生きのいい会話が印象的である。オルグレンの作品に登場する人物は，社会のはぐれ者ばかりである。しかし，この小説の序文で彼は「ぼくはみんなのなかの一人だ／ぼくは，囚人や娼婦と同じ世界に生きている／だから，ぼくはかれらを否定しない／どうして，ぼく自身を否定できようか」というホイットマンの言葉を引用し，一種の「隣人小説」を書いたといっている。彼はまた，セツルメントや教会の形式的援助よ

り，一体感（identification）が何よりも必要だと述べているが，ここにはオルグレンの基本的立場がはっきり表現されている。

代表作『黄金の腕をもつ男』（*The Man with the Golden Arm*, 1949）は，賭場者で麻薬常用者の主人公がドラマーとして再起をはかろうとするが，結局自殺する話で，一種，自己破壊的ともいえる衝動が強い印象を与える作品である。なお，短篇集『ネオンの荒野』（*Neon Wilderness*, 1947）は，スラム街の詩情を巧みに描きだして忘れがたい。

(3) スタインベックとサロイアン——西部の作家たち

▶ スタインベックの主要作品　ジョン・スタインベックの主要な作品は次のようなものである。海賊の生涯を冒険ロマンスふうに描いた処女作『金の杯』（*Cup of Gold*, 1929），カリフォルニアののどかな盆地に住む農民の生活を短篇連作ふうに描いた『天の牧場』（*The Pastures of Heaven*, 1932），メキシコ系住人たちの牧歌的生活をペイソス豊かに描く『トーティーヤ・フラット』（*Tortilla Flat*, 1935），あるリンゴ園でのストライキをめぐる人々の心理を扱った『疑わしい戦い』（*In Dubious Battle*, 1936），名作「赤い子馬」など四つの自伝的短篇を収める『長い谷間』（*The Long Valley*, 1938），二人の季節労働者の不思議な友情を悲劇的に描いた『はつかねずみと人間』（*Of Mice and Men*, 1937），オクラホマの土地を奪われカリフォルニアに希望をつないでやってきた一家族の悲惨な生活を描く『怒りの葡萄』（*The Grapes of Wrath*, 1939），ノルウェイ市民の反ナチス抵抗活動を描いた『月は沈みぬ』（*The Moon Is Down*, 1942），事故でくぎづけされたバスの乗客の心理と行動を風刺的に観察する『気まぐれバス』（*The Wayward Bus*, 1947），突然の富の到来が純朴な漁師夫婦にもたらした事件をめぐる寓意小説『真珠』（*The Pearl*, 1947），二家族の三世代にわたる愛憎の闘いをたどった『エデンの東』（*East of Eden*, 1952）。

スタインベックは，よく「多才な」作家だといわれるが，上記の作品をながめてみれば，それは一目瞭然である。逆に形式の多彩さゆえに焦点が定まらぬ難があり，代表作がほぼ出尽くした1930年代の評価をピークとして，その後の評価は下降線をたどっている。ただし，共通するいくつかの特徴がみ

いだせることも事実である。たとえば，作品の背後にスタインベックが生まれ育ったカリフォルニアの土地と自然がある。外界から切り離された土地に舞台を限定したことが，『天の牧場』ののびやかさを生みだせた要因であり，それに対して『はつかねずみと人間』では定住の地を得る夢があえなくついえる場面に象徴されるように，農本主義的生き方が危機に瀕しているという意識が，作品に深みを与えている。また『真珠』では，文明拒否の姿勢が原始性への志向という形すらとっている。

スタインベックにおけるロマンティックな要素はすでに第一作においてみられるが，『怒りの葡萄』のような社会性の強い作品においてすら，たとえば，「みんなが一つの大きな魂の一部」というような一種超絶的な考え方にしろ，あるいは最後の場面で死産する「シャロンのバラ」のイメージにしろ，この作家特有の神秘性が色濃くみられる。また，個人としての人間が，共同体のなかにあっては「集団人」の意志と力に従わねばならないという考えは，『疑わしい戦い』にも顕著である。それには，スタインベックが関心を寄せる海洋生物学とのかかわりが深く，同時に，因果律を問わず，現象をあるがままにながめようとする，いわゆる非目的論的思考の影響も大きい。

スタインベックは，聖書や神話を下敷きにしたり，『怒りの葡萄』にみられる「中間章」の設定，『天の牧場』の短篇連作など，技法の面でも工夫に富む作家の一人といえよう。また，後期の『エデンの東』にみられる，善悪の問題をめぐる倫理的姿勢には，それまでにない新しい展開がみうけられる。なお，晩年の旅行記『チャーリーとの旅』(Travels with Charley, 1962) や文明論『アメリカとアメリカ人』(America and Americans, 1966) も，アメリカのよき部分を描出している。

▶サロイアン　アルメニア系移民の子として生まれたウィリアム・サロイアンは，カリフォルニアを舞台とする長篇・短篇で知られる地方主義の作家である。その主な作品は，ある作家志望の青年の意識の流れを追った出世作『空中ブランコに乗る勇敢な若者』(The Daring Young Man on the Flying Trapeze and Other Stories, 1934)，サンフランシスコの港近くの酒場に集う人々を活写した戯曲『君が人生の時』(The Time of Your Life, 1939)，アルメニア系移民の誇り高い生き方を，子どもの視点を通して詩的に

描いた『我が名はアラム』(*My Name Is Aram*, 1940), 第二次世界大戦下の悲惨な状況で善意をつらぬいて生きる一家族の生活を描いた『人間喜劇』(*The Human Comedy*, 1943) がある。

　サロイアンの作品に登場する人間は純真かつ善意あふれる人たちで, ときに感傷に流れすぎるきらいもある。作家自身, 醜悪なるものを避ける気配もあるが, 人間味あふれ, すべてを暖かく包みこむ語りの味わいは捨てがたい。とりわけ, 子どもの視点を巧みに生かした詩的ファンタジーの世界は, 叙情性豊かな独特の世界をきずいている。

(4) ミラーとウェスト

▶ミラー　　ヘンリー・ミラーは, 作品そのものより, その強烈な個性とユニークな生き方が注目される作家である。ミラーの文学は, 一連の自伝的作品を通して現代大都市文明への憎悪, 性愛を媒介とする人間解放を唱えつづけたといえる。パリでの生活体験をもとに書きあげた長篇第一作『北回帰線』(*Tropic of Cancer*, パリ版1934;米国版1961) は, 日常的身辺雑記と性行為の記述が詩的幻想とあいまったシュールリアリスティックな作品である。その後, ブルックリン時代の回想やパリのスケッチからなる『黒い春』(*Black Spring*, パリ版1936;米国版1963), 二度目の妻との関係をモデルにした『南回帰線』(*Tropic of Capricorn*, パリ版1939;米国版1962) を経て, 自己確認の色彩がいっそう色濃い『バラ色の十字架』三部作である『セクサス』(*Sexus*, パリ版1949),『プレクサス』(*Plexus*, パリ版1953),『ネクサス』(*Nexus*, パリ版1960)などを発表している。ミラーの文学は, 大胆な性描写ゆえに長らくアメリカでの出版が禁じられていた。しかし, モダニズム的装いの裏にある, ホイットマン的伝統, すなわちアメリカ土着の文化のもつ力強さ, 生命力賛歌の声を聞き忘れてはならないだろう。

▶ウェスト　　ナサニエル・ウェストは, わずか四作を残して夭折したユダヤ系作家であり, 終始, グロテスクで不条理な人間存在の状況をブラック・ユーモアをもって描いている。シュールリアリスティックな自己風刺の夢物語『バルソー・スネルの夢の生活』(*The Dream Life of Balso Snell*, 1931) でデビューしたウェストは, 次作『孤独な娘』(*Miss Lonelyhearts*, 1933)

で，新聞の身の上相談担当記者が，自身をキリストになぞらえて，その狂信的使命感ゆえに命を落とす物語を書いた。「秩序」に対する異常な執念を抱く主人公が，「肉体のジャングルに住む，一羽の，魂という生きた鳥」より，むしろ「図書館のテーブルにのせられた二羽の剝製の鳥」を選ぶ極端な理想主義におちいったあまりの悲劇に出会うというのが，この作品のテーマである。第三作『クール・ミリオン』(*A Cool Million : The Dismantling of Lemuel Pitkin*, 1934) は，白痴的主人公が，成功物語のパタンに乗って旅立つものの，徐々に転落の人生をたどり，最後には肉体的に文字通り解体するという，「アメリカの夢」の痛烈なパロディーとなっている。最後の作品『いなごの日』(*The Day of the Locust*, 1939) は，ウェスト自身の体験をもとにハリウッドを舞台とした小説だが，人工的でロボットを思わせる登場人物の描写にしろ，最後の試写会に押し寄せた群衆のイメージにせよ，悪夢的都市のイメージと，ボードレールのいう「グロテクスな笑い」に満ちた作品である。

▶その他　　そのほかに1930年代の作家としては，プロレタリア文学作品の代表作『金のないユダヤ人』(*Jews Without Money*, 1930) を書いたマイケル・ゴールド (1893―1967)，『敗北者』(*Bottom Dogs*, 1929) の作者エドワード・ダールバーグ(1900―77)，『眠りと呼べ』(*Call It Sleep*, 1934) で知られ，最近もアイラ・スティグマンを主人公にした大河小説を次々発表しているヘンリー・ロス (1906―　) などのユダヤ系作家がいる。

　また，ペンシルヴェニアを舞台にした『サマーラで会おう』(*Appointment in Samarra*, 1934) のジョン・オハラ (1905―70)，『風と共に去りぬ』(*Gone with the Wind*, 1936) のマーガレット・ミッチェル (1900―49) や中国農民を描いた『大地』(*The Good Earth*, 1931) の作者パール・バック (1892―1973)，および写真家ウォーカー・エヴァンズと組みアラバマ貧農の生活をルポルタージュした『わが民』(*Let Us Now Praise Famous Men*, 1941) を書いたジェイムズ・エイジー (1905―55)，さらには，黒人民間伝承の研究者としても知られ，女性の個のめざめを描いた『彼らの目は神を見つめていた』(*Their Eyes Were Watching God*, 1937) を書いたゾラ・ニール・ハーストン (1901―60) らがいる。

第2章　詩

❖　**アメリカ詩のルネサンス**　　両世界大戦をふくむこの30年間はアメリカ詩のルネサンスとよぶにふさわしい，アメリカ文学史上屈指の詩人を生みだし，作品の質量ともに圧倒的な時代である。イギリス文学の伝統を受け継ぎながら，アメリカの現実を表現した詩人たち，形骸化した伝統に反発した「モダニズム」の提唱者たちによる数々の実験的な企て，また真のアメリカを土着のアメリカの言葉で歌おうとした試みなど，その活動は多岐にわたる。アメリカの詩人たちがアメリカの夢と現実の差異を追求しはじめたときでもあり，国際的に活躍をはじめたときでもあった。

❖　**「シカゴ・ルネサンス」**　　この時代の詩人たちの活動を概観すると，「シカゴ・ルネサンス」とよばれるシカゴを中心とした中西部のエドガー・リー・マスターズ（1868—1950），カール・サンドバーグ（1878—1967），ヴェイチェル・リンジー（1879—1931）など民衆詩人たちがいた。東部のニューイングランド地方では，英詩の伝統を継ぎながらもアメリカの口語を生かして，詩作に励んだエドウィン・アーリントン・ロビンスン（1869—1935）やロバート・フロスト（1874—1963）たちが新しいアメリカ詩の伝統をつくろうとしていた。

❖　**モダニスト**　　またモダニストとしては，アメリカを遠く離れてヨーロッパに刺激と歴史を求めたエズラ・パウンド（1885—1972），T. S. エリオット（1888—1965），ガートルード・スタイン（1874—1946）たちと，アメリカにいてニューヨークの詩誌に作品を発表したウォーレス・スティーヴンズ（1879—1955），ウィリアム・カーロス・ウィリアムズ（1883—1963），マリアン・ムア，（1887—1972），e. e. カミングズ（1894—1962），ハート・クレイン（1899—1932）たちがいた。

❖　**「ハーレム・ルネサンス」と「サザン・ルネサンス」**　　同じくニューヨークでは，「ハーレム・ルネサンス」がおこり，黒人作家のラングストン・ヒューズ（1902—67）たちが創作を続けていた。また南部では，「サザン・ルネサンス」とよばれる文学運動が盛んになり，大学人のジョン・クロウ・ランサム（1888—1974），アレン・テイト（1899—1979），ロバート・ペン・ウォレン（1905—89）たちが創作と批評によって「新批評」の理論を実践していた。

IV 1914—1945

1 アメリカ詩確立の時代

(1) シカゴ・ルネサンスの詩人たち

▶シカゴ・ルネサンス　　1910年代には，国際的なモダニズムの運動が活発になり，同時に国内ではアメリカの現実をアメリカの口語で語る，いわば土着の詩が多く書かれはじめた。その運動の両方にかかわっていたのは，ハリエット・モンロー（1860—1936）が1912年に創刊した詩誌 *Poetry* であった。シカゴを中心とした中西部の作家たちによる文学運動を「シカゴ・ルネッサンス」とよぶが，詩人にはマスターズ，サンドバーグ，リンジーなどがいた。

▶マスターズ　　1915年にまとめられた *Spoon River Anthology* によって一躍名声を獲得したマスターズは，生涯に50冊あまりの本を出版したが，文学史上に名を残すのは，小さい町の人々を描いた，この詩集のためである。当時広く読まれていた『ギリシア詞華集』の様式にならって，中西部の架空の町スプーン・リヴァーで生を終えた人々が，墓碑銘のように自分の生涯を語る形式をとっている。

　　ヴィヨンの「こぞの雪はいまいずこ」をもじったプロローグ，'Where are Elmer, Herman, Bert, Tom and Charley,/The weak of will, the strong of arm, the clown, the boozer, the fighter?/All, all, are sleeping on the hill.'（エルマー，ハーマン，バート，トムそれにチャーリーはどこにいるのか？／あの意志の弱い奴，腕っ節の強い奴，おどけ者，大酒食らい，喧嘩屋は？／皆，丘の上で眠っている）ではじまるこの詩集の新しさは，いわゆる「詩語」を極力排した，あらけずりの文体でもって，人々の私生活をありのままに描いたことにある。それまでアメリカの愛すべき象徴と考えられてきた地方の小さい町が，虚偽と偽善に満ちた閉鎖的，因習的な共同体であって，そのなかの弱者の犠牲でなりたっていることを暴いたのである。閉ざされた社会の圧力にひしがれていく人々の，みじめな生涯，無意味な毎日の連続，運命のいたずらによってもたらされる皮肉な結末などが，240人あまりの死者の口から語られる。そしてこれらの独白はお互いに関連して深い意味を生みだす。

例えば"Elsa Wertman"という詩で，エルザはグリーン氏の店で働いていたが，ふとしたことからグリーンと不倫の関係をもち，妊娠してしまう。子どものなかったグリーン夫妻は子どもを自分たちの子としてひきとり，エルザは別の男と結婚する。年月が過ぎ，ある日エルザは成人したわが子ハミルトン・グリーンの政治演説を聞く。泣いているエルザをみて，人々は演説に感動したと思うが，エルザは，'That was not it./No! I wanted to say :/That's my son! That's my son!'（そうではなかった／私が言いたかったのは／「あそこにいるのが私の息子だ」）と嘆くのである。

このドラマは"Hamilton Greene"が国会議員となって，自分の成功を両親から受け継いだ資質によるものと感謝することで，皮肉な意味をもつことになる。'From my mother I inherited/Vivacity, fancy, language ;/From my father will, judgment, logic.'（母から受け継いだのは／活気，想像力，言語能力／父からは意志力，判断力，論理性）またエルザの嘆きも，何も知らない楽天家ハミルトンの言葉によってうつろな，意味のないものに変質してしまう。ある町の住人を連作的に描く方法はアンダスンの『オハイオ州ワインズバーグ』に影響を与えたといわれる。

▶『シカゴ詩集』　サンドバーグを一躍高名にした *Chicago Poems*（1916）はジャーナリストらしい視点から，都会の喧噪と活力を歌う"Chicago"ではじまる。'Hog Butcher for the World,/Tool Maker, Stacker of Wheat,/Player with Railroads and the Nation's Freight Handler ;/Stormy, husky, brawling,/City of the Big Shoulders……'（世界のための豚屠殺者／機具製作者，小麦の積み上げ手／鉄道の動かし手，全国の貨物取り扱い人／がみがみ怒鳴る，ガラガラ声の，喧嘩早い／でっかい肩をもった都市）

「詩的」でない題材を，口語を駆使した自由詩で描いたサンドバーグは，先輩詩人のホイットマンのように，アメリカの伝統にもとづき，アメリカの現実を現代の民衆詩人として歌いあげたのである。'I am the people——the mob——the crowd——the mass/Do you know that all the great work of the world is done through me ?'（おれは民衆だ，群衆だ，大衆だ／きみは世界のあらゆる偉大な仕事がおれによって果たされていることを知っているか）と自らを民衆の一人として，労働者の生活や日常的な光景を好んでとりあげたサン

ドバーグであるが，同時に繊細な，明瞭なイメージを詩の中心とするイマジスト的な小品もみのがせない。有名な短詩"Fog"はわずか六行のうちに静かに来て，とどまり，去っていく霧の様子を，猫にたとえてみごとに表現している。' The fog comes/on little cat feet./It sits looking/over harbor and city/on silent haunches/and then moves on.'

　サンドバーグはアメリカの民謡に深い関心をもち，その採集と記録を精力的におこなったが，その成果はアメリカ民謡集 *The American Songbag* (1927)だけでなく，サンドバーグの詩のリズムやメロディとなってあらわれている。' Look at six eggs/In a mockingbird's nest./Listen to six mockingbirds/Flinging follies of O-be-joyful/Over the marshes and uplands./Look at songs/Hidden in eggs.'（六つの卵を見てごらん／マネシツグミの巣のなかの／六羽のツグミを聞いてごらん／なんて楽しいんだろうと馬鹿騒ぎしているのを／沼地や高地の上で／歌を見てごらん／卵のなかに隠された）の詩行からはアメリカ民謡が，「卵に隠された歌」のように楽しく聞こえてきそうである。

▶リンジー　アメリカ民謡に加えてジャズのリズムを積極的にとりこんだリンジーは，アメリカの大衆に直接訴える詩を書いた。詩は読むものではなく，歌い，聞くものであることをリンジーは各地をまわって，熱狂的に唱和する聴衆を前に自作を歌うことで示した。' Fat black bucks in a wine-barrel room,/Barrel-house kings, with feet unstable,/Sagged and reeled and pounded on the table,/Pounded on the table,/Beat an empty barrel with the handle of a broom/Hard as they were able,/Boom, boom, BOOM,'（ワイン樽部屋の太った黒人の男たち／バレルハウスの王様だ，足はふらふら／ふらふら，よろよろ，テーブルを叩く／空っぽの樽をほうきの柄でぶっ叩き／おもいっきりにぶっ叩き／どんが，どんが，どおん）ではじまる"The Congo"は極端にいえば言葉の「意味」よりは「音」を重視した詩で，くり返される' Boomlay, boomlay, boomlay, BOOM'には呪術的な響きがある。リンジーがこの詩をオックスフォード大学で朗々と歌ったときには，謹厳な教授たちも手をたたき膝をたたいて唱和したといわれている。

　リンジーは初期の"General William Booth Enters into Heaven"や上記

の"The Congo"のような勇壮な,騒々しい詩で有名になったが,同時に現代のアメリカが抱えているさまざまな問題を静かな声で語っている。

"Abraham Lincoln Walks at Midnight"のなかで,リンカーンの求めた平和や民主主義の理想がアメリカではまだ達成されていないことを嘆き,"The Flower-fed Buffaloes"ではアメリカが失ってしまったものを「花を食むバッファロー」にたとえて,哀感をこめて訴えている。

(2) モダニズムの先駆者たち

▶伝統と新しい声　E. A. ロビンスンは,東部のニューイングランド地方を舞台として,アメリカの口語を伝統的な詩形にあてはめて,現代人の悩みを歌った。シカゴ派の詩人たちが自由詩でアメリカの現実を描いた詩を次々と発表しているときである。19世紀末から詩集を公刊していたロビンスンを,「新しい」詩人として世人に知らせたのは,1916年の *Man Against the Sky* である。1920年代には現存のもっとも偉大なアメリカ詩人の一人として認められていた。

少年時代を過ごしたガーディナーをモデルとした架空の町ティルベリー・タウンの住人の口を借りて,ロビンスンは理想と現実のギャップを暴き,暗い運命に翻弄される人間の悲哀を語る。町一番の名士であり,町中の人々の希望の光である"Richard Cory"はある静かな夏の夜,'Went home and put a bullet through his head' と人々の期待を裏切って自殺してしまう。中世の騎士物語にあこがれる"Miniver Cheevy"にとっての悲劇は夢のない現代に生まれたことである。'Miniver Cheevy, born too late,/Scratched his head and kept on thinking ;/Miniver coughed, and called it fate,/And kept on drinking.'(ミニヴァー・チーヴィは生まれるのが遅すぎた／頭を搔いて,考え続けた／ミニヴァーは咳をしてそれが運命だと言った／そして酒を飲み続けた)と一見コミカルに描かれるミニヴァーは作者を含めた現代人の苦い戯画である。

ロビンスンは,アーサー王伝説に材をとった三部作, *Merlin* (1917) *Lancelot* (1920), *Tristram* (1927) の長詩を無韻弱強五歩格のブランク・ヴァースで発表したが,そこに描かれている中世はティルベリー・タウン同様,

悲観的な運命論者のみた現代のアメリカである。

▶フロスト　20世紀の代表的なアメリカ詩人の一人であるロバート・フロストは，ニューイングランドを舞台として，農村や自然を伝統的な詩形で描いた。その言葉は平明な口語体であり，それまでほとんど詩には使われなかったこの地方の方言を反映している。

　フロストの偉大さは，その詩が一見素朴な田園風景を描きながらも，その光景を普遍的な意味をもつものに深め，自然の風物や農夫を象徴にまで高めているところにある。国民詩人とよばれ，ケネディ大統領をはじめとして，一般市民に多大の人気があったフロストであるが，その詩が意味することは見かけほど単純ではなく，即物的な描写の裏に，きわめて近代的な意味の多重性による複雑なあいまいさが秘められている。

▶『ボストンの北』　イギリスで出版した『少年の心』（*A Boy's Will*, 1913）とその翌年の『ボストンの北』（*North of Boston*, 1914）で詩人としての地位を獲得したフロストは，ギリシャ・ラテンの田園詩やワーズワスなどのロマン派の自然詩の伝統を引き継いで，自然のなかでの営みを歌っている。しかし，それは単純な自然礼賛ではない。もっとも初期に属する"Mowing"をみてみよう。複雑な押韻をする弱強六歩格の14行詩である。' There was never a sound beside the wood but one/And that was my long scythe whispering to the ground./What was it it whispered? I knew not well myself ' と否定による沈黙によって「草刈鎌のささやき」がきわだって聞こえるのであり，「ささやき」が何をいっているのか「よくは知らない」と答えることで，その意味の追及を保留する。「私」はそれに確答を与えようとはしないし，完全にわからないともいわない。' Perhaps it was something about the heat of the sun,/something, perhaps, about the lack of sound ──/And that was why it whispered and did not speak.' 「たぶん太陽の熱」に関してとか「たぶん音がしないこと」についてと推察するだけであり，その推察がいつのまにか理由づけにすり変えられている。この辺で読者は，この詩が果たして「草刈」や「鎌」のことをいっているのかという疑問を抱かずにはおれなくなる。' It was no dream of the gift of idle hours,' と続くのであるが，最後から二行目では，' The fact is the sweetest dream that labor knows'と'dream'について文字通り解釈すれば，矛盾ともとれる発言がある。

最後は，'My long scythe whispered and left the hay to make.'と，まるで草刈の作業が，干し草をつくることと関係のない，それ自体で意味のある，完結した行動であるかのように結ばれている。いったい「草刈」は何かの象徴なのだろうか。純粋な'labor,'抽象化された「仕事」と考えるには細部が具体的にすぎるようにも思える。'Not without feeble-pointed spikes of flowers/(Pale orchises), and scared a bright green snake.'それとも「花」も「蛇」も象徴なのか。答はいっさい与えられていない。それでいて何か大事なことを一瞬かいま見た気にさせられるのはなぜであろうか。

フロストの韜晦癖といってはいいすぎかもしれないが，端正な抑制のきいた詩形と日常的で平易な語彙による田園風景に惑わされてはいけない。英語の教科書によく掲載される"Stopping by Woods on a Snowy Evening"にしても，雪の夕べに森の前にたたずむ人と馬の感動的な光景であるが，それはけっして明らかにされない「約束」を果たすために去りがたい森を出て雪のなかを何マイルも行かねばならない人間の義務と運命を暗示している。

▶ジェファーズ　　自然と人間の対立を，カリフォルニアの辺境で思索したジェファーズは，大宇宙における人間の矮小さをつきつめて考え，人間のいない自然をより好ましいと思うほど「非人間主義」を徹底させた。その作品はユダヤ人大虐殺や核による人類滅亡を描いた現代のホロコースト文学の先駆けにもなる。"To the Stone-Cutters"において, 'For man will be blotted out, the blithe earth die, the brave sun/Die blind and blacken to the heart'と世界の終末を迎えたときには，たとえ石に刻まれた詩行も空しいと説きながら，逆説的に, 'Yet stones have stood for a thousand years, and pained thoughts found/The honey of peace in old poems.'（石碑は千年も残り，苦しんだ精神は古い詩に甘い平和を見いだした）と結んでいる。好んで無人の荒涼とした自然の光景や孤高に生きる鷹や鷲を描いたジェファーズの代表作の一つ"Hurt Hawks"には'I'd sooner……kill a man than a hawk'（鷹よりも人間を殺す方がましだ）という過激な発言までみられる。人間嫌いの否定的な人生観ではあるが，その詩には荒々しい自然への賛

IV 1914—1945

美と愚かしい人間の営みに対する怒りが満ち満ちており,迫力がある。

2 モダニズムの時代

(1) パウンド

▶パウンドのモダニズム　　保守的な文壇と伝統の欠如からアメリカを去り,ヨーロッパを活躍の舞台とした詩人は数多いが,その大御所的な存在であったガートルード・スタイン,イマジズム(具体的なイメージを詩の中心とする運動)を提唱し,この運動の指導者であったパウンド,詩と評論で活躍し,時代の声となったエリオットなど,国籍離脱者たちがパリやロンドンで新しい主義,主張による創作活動に勤しんでいた。

　パウンドはモダニズムの先駆者としていくつかの優れた詩を残したが,とくにエリオットやジョイスなど一級の詩人,小説家を世に出したことでも記憶されている。初期のイマジズムの典型的な例が"In a Station of the Metro"にみられる。'The apparition of these faces in the crowd/Petals on a wet, black bough.' 日本の俳句からヒントを得て,地下鉄の駅の群衆のなかの青白い顔を,濡れた黒い枝のうえの花びらのイメージと併置することで詩的効果をあげている。

　また,パウンドの功績は詩に客観性を与え,作者と詩の語り手に距離をおかせる「仮面」(ペルソナ)の手法の有効性を現代詩に示したことにある。文字通り *Personæ* と題された初期の詩集には冒頭の「木」にはじまって "Threnos" や "Cino" など,さまざまな人物の「仮面」をつけた語り手による詩が多数おさめられている。

　ヨーロッパのいくつかの言語や古典語を学んだパウンドは中国の詩や日本の能にも興味をもち,フェノローサの遺稿によって唐詩を英訳したり,表意文字である漢字からイメージの併置を学んだ。パウンドの詩的活動の一つの頂点は "Hugh Selwyn Mauberley" (1920) に代表される,過去と現在の断片的なイメージを重層的に併置することで新たな歴史文明観を表現したことにある。'O bright Apollo,/τιν' ανδρα, τιν ηρωα, τινα θεον,/What god, man, or hero/Shall I place a tin wreath upon!' と主人公モーバリーは神や

英雄が不在の現代を嘆いているが，モーバリーが与えるのは「錫の冠」でしかなく，「錫」(tin)をギリシャ詩人から引喩の（τιν [tin]）とごろあわせすることで，高貴な過去と卑俗な現代を対比し，皮肉な効果をあげている。

▶『キャントーズ』　また，もう一つの代表作 The Cantos（1919—70）は作者の死によって117篇で未完のまま終わっているが，パウンドの一生をかけた大作である。広大な規模で広範な時代にわたる思想，歴史，文学などあらゆるものを，パウンドの私的な思いをもまじえて，さまざまな言語を使って引用，併置している。その無辺の包括性のため，無数の断片がその断片のままで，統一された全体の有機的な一部をなしていないと批判されるが，美しい，また鋭い章句も多くみられる。

"The Pisan Cantos"に含まれる第 LXXVI 歌では，'no over stroke/no dolphin faster in moving/nor the flying azure of the wing'd fish under Zoagli/when he comes out into the air, living arrow.'のようにジェノア湾の飛び魚を生き生きと描きだし，ピサの平原のうえに浮かぶ雲の美しさを語った後に 'οι βαρβαροι have not destroyed them/as they have Sigismundo's Temple' と過去の出来事である「野蛮人」による「神殿」の破壊に思いをはせるのである。

(2) エリオット

▶『荒　地』　アメリカを後にしたばかりか英国国教会に帰依し，1927年にはイギリス国籍まで取得したエリオットは，時代を代表する詩人および批評家として1930年代—40年代の文学界に絶大な影響力をもっていた。エリオットは，ダンなどの17世紀のイギリス詩人に学び，またラフォルグなどのフランスの象徴詩に親しんでいた。パウンドのすすめで Poetry 誌に，都会の日常生活の倦怠と憂鬱を，抑制のきいた乾いた筆致で描いた "The Love Song of J. Alfred Prufrock"（1915）を掲載して注目された。'Let us go then, you and I,/When the evening is spread out against the sky/Like a patient etherised upon a table' という冒頭で夕暮れを手術台上に麻酔をかけられて横たわる患者にたとえるなど，鋭敏な感性で現代生活の幻滅を歌っている。

IV 1914—1945

エリオットが1922年に発表した The Waste Land は，同年のジョイスの Ulysses と並んで歴史的な出来事とされ，20世紀におけるもっとも優れた文学作品の一つに数えられている。引用とパロディと引喩を併置した五部よりなるこの詩はパウンドに捧げられ，'April is the cruellest month, breeding/Lilacs out of the dead land, mixing/Memory and desire, stirring/Dull roots with spring rain.'（四月は残酷な月だ／ライラックを死んだ土地から生み出し／追憶と欲望を混ぜ合わせ／春雨で鈍重な根をかきたてる）とチョーサーのもじりを思わせる逆説的な出だしではじまる。第一次世界大戦後の現代社会の不毛と絶望を悪夢のイメージで描いたこの作品は，エリオットの私的な感情を反映しているともいわれるが，荒涼として乾ききった世界に，救いの水をもたらす雨の予兆としての雷の音になぞらえた，ウパニシャッドの引用で結ばれている。'These fragments I have shored against my ruins/Why then Ile fit you. Hieronymo's mad againe./Datta. Dayadhvam. Damyata./Shantih shantih shantih'（これらの断片を私は廃墟に立て掛けてきた／さらば仰せのままに。ヒエロニモはまた気が狂った）最後の 'Shantih' はエリオットの自註にあるように「理解をこえた平和」への祈りであり，雨の音を暗示しているのかもしれない。

▶『四つの四重奏』　エリオットは，その詩に宗教性を深めていき，当時でさえも時代遅れに聞こえた発言，「文学では古典主義，政治は王党派，宗教は英国国教会」のあと，『聖灰水曜日』(Ash-Wednesday, 1930) から『四つの四重奏』(Four Quartets, 1943) にいたる過程で，神による救いと信仰をめぐる思索をその主題に選んでいる。Four Quartets は時間，物質的世界のはかなさ，永遠，記憶などを主題に，音楽の形式を借りて四つの場所をそれぞれの四重奏の題名としている。第1部 "Burnt Norton" は 'Time present and time past/Are both perhaps present in time future,/And time future contained in time past.' と時間に関する考察からはじまり，最後の "Little Gidding" は 'Quick now, here, now, always——／A condition of complete simplicity/……/All manner of things shall be well/When the tongues of flame are in-folded/Into the crowned knot of fire/And the fire and the rose are one.' と時間の超越と愛による浄化で終わる。

▶スタイン　モダニストの中心的な存在であったスタインは，パリに住み，さまざまな言語実験をおこなった。その極度に即物的な描写や執拗な反復は言語を破壊して，強烈な印象を与える。あまりにも有名な'Rose is a rose is a rose is a rose.'の一行を紹介するにとどめる。

（3）　瞑想と凝視の詩人たち

▶スティーヴンズ　保険会社に勤務し，副社長になって実業界での重責を果たしたスティーヴンズは，その実生活とは切り離された瞑想的な詩を書いた。スティーヴンズは，自然と人間の対立において，人間の精神の働き，すなわち想像力を優位におき，詩を現実の世界のイコンとみなす「最高のフィクション」と考える。その詩は，抽象的，哲学的であって難解であるだけではなく，フランスの象徴詩のように言葉のもつ意味と音の二重性を巧みに操って，詩の音楽性を楽しませてくれる一面をももっている。

'Just as my fingers on these keys/Make music, so the selfsame sounds/On my spirit make a music, too.'（鍵盤の上の私の指が／音楽を奏でるように，同じ音が／私の精神に音楽を奏でる）とはじまる"Peter Quince at the Clavier"（1923）は'Soon, with a noise like tambourines,/Came her attendant Byzantines.'（すぐにタンバリンのような音を立てて／お付きのビザンチン人たちがやって来た）のように音と音楽と意味が一体化しており，'And as they whispered, the refrain/Was like a willow swept by rain.'では，読者は雨にそよぐ柳のイメージと同時に風の音とささやきを聞くことができる。

　混沌とした自然に，想像力によって秩序と形を与え，「最高のフィクション」をつくりあげるのが詩人の役目であるという考えは，テネシーの荒野に壺を置く，"Anecdote of the Jar"（1923）に端的にあらわされている。'The wilderness rose up to it,/And sprawled around, no longer wild.'（荒野はそこ［壺］まで立ち上がり／まわりに這い，もはや荒れてはいなかった）

　同じ主題をさらに深めたのが"The Idea of Order at Key West"（1936）である。海辺で歌う女の声を聞きながら，'Then we/……Knew that there never was a world for her/Except the one she sang and, singing, made.'と人間が認識できる唯一の現実は，想像力によって知覚され，形を与えられ

た現実であることを語るのである。

▶ウィリアムズ　　スティーヴンズと同じく，開業医という忙しい実務のかたわら詩を書いたウィリアムズは，イマジズムの影響を受けて「客観主義」を主張した。現実を凝視し，即物的，具体的な事物をそのままの形で提示することで，その本質を語り，また普遍性を生みだそうとするものである。'so much depends/upon/a red wheel/barrow/glazed with rain/water/beside the white/chickens.' この "The Red Wheelbarrow"（1923）と題された短詩では，日常生活のどこにでもみられる二つの「具体物」，「雨に濡れた赤い手押し車」と「白いにわとり」をさりげなく併置することで，それこそ「実に多くのこと」を示唆している。それは，象徴というよりは視覚的なイメージによって読者の心に一瞬の「ある気分や感情」を喚起するものである。

　短い詩行はリズムを示すと同時に視覚的な効果をあげている。後期の "The Dance"（1944）はブリューゲルの絵の踊り手たちがぐるぐるまわりながら踊っている様を，それ自体円環構造になっている詩で描いている。

▶『パタスン』　　さらにウィリアムズは *Paterson*（1946—58）と題する長篇詩を書きつづけ，生前に五巻を発表し，第六巻への覚え書を残した。実在の町パタスンを舞台に，あらゆる出来事を包括的に描いている。その序章は，'To make a start,/out of particulars/and make them general, rolling/up the sum, by defective means'（はじめるには／具体物から／それらを普遍的にするには，集めて／合計とする，不完全な方法で）と自らの方法論を述べることからはじまる。この長篇詩は，町の歴史，新聞記事，手紙，登場人物たちの独白など種々雑多な散文と韻文がまじりあった，ドス・パソスの *U. S. A.* を連想させる叙事詩であり，生の現実を写しとろうとする実験である。

　イエール大学の草稿に 'The birth and life of a city is likened in many respects with the birth, infancy, growth and development of a human being.' とあるように，ウィリアムズはパタスンの町の生い立ちを描くと同時に一人の人間の生涯を描こうとしたのである。パタスンの町は夢をみながら横たわっている巨人にたとえられる。'……lies in the valley under the

Passaic Falls/its spent waters forming the outline of his back. He/lies on his right side, head near the thunder/of the waters filling his dreams! Eternally asleep/his dreams walk about the city where he persists incognito.'（……頭を滝のそばにおいて……永遠に眠りながら，夢が町を歩き回る……）と歌われ，そのまわりの風景が「女性」として描かれている。

3 モダニズム展開の時代

(1) ムア, カミングズ, クレイン

▶アメリカ現代詩　1920年代には前出の詩人たちによって確立されたアメリカの詩が新しい展開をみせはじめた。ちょうどシカゴ・ルネッサンスを生みだしたのが詩誌 *Poetry* であったように，ニューヨークでは *The Dial*（1880年創刊）や *Others*（1915年創刊）が中心となって，アメリカの現代詩をリードしていた。スティーヴンズやウィリアムズは *Others* 出身であるし，*The Dial* はエリオット，ムア，カミングズたちに詩賞を与えて彼らの詩作を励ました。

▶ム　ア　*The Dial* の編集者であったムアは，好んで特異な題材をその詩に用いるが，どんな奇妙な動物も，およそ詩的でない物（" The Plumet Basilisk " や " Four Quartz Crystal Clocks," それに " Rescue with Yul Brynner " などの題から想像できよう）もムアの手にかかるとウィットのきいた詩の一部に変身する。" A Jellyfish " も ' Visible, invisible,/a fluctuating charm/an amber-tinctured amethyst/inhabits it.' と何かこの世の物ではないようなはかない存在でありながら，硬質の宝石を内にもつ魅力ある生き物に変身する。ムアは，syllabic form とよばれる詩形を好んで使い，明確で硬質なイメージでエレガントな詩を書いたが，引喩がその詩に豊かさを与え，ときとして皮肉な効果や痛烈な風刺を生みだす。

" Poetry "（1935）という詩の冒頭，' I, too, dislike it ; there are things that are important beyond all this fiddle./Reading it, however, with a perfect contempt for it, one discovers in/it after all, a place for the genuine./Hands that can grasp, eyes/that can dilate, hair that can rise ' に

みられる 'Hands that can grasp'（「物をつかめる手」）はキーツの絶唱およびテニスンへの言及であるし，'hair that can rise'（「逆立った髪」）はコルリッジの描く狂人としての詩人のイメージを連想させる。これらの引喩によって読者はロマン派の詩の伝統を思い浮かべるであろう。また，キーツが病床にあって最後まで愛を歌う姿やテニスンの死者を悼む痛切な表現に「本当のもの」を見るかも知れない。もっともムアは，後に四行目以下を全部削除してしまったので，詩についての有名な言葉，'imaginary gardens with real toads in them'（本物のヒキガエルがいる想像上の庭園）も *Collected Poems*（1951）から消えてしまった。

▶ワイリー，ミレー，パーカー　ニューヨークを活躍の場とした女性詩人たちのなかで，エレノア・ワイリー（1885―1928）は繊細で技巧的な小品を伝統的な詩形で書いた。エドナ・セント・ヴィンセント・ミレー（1892―1950）は女優として意識的にフラッパーを装っていたふしがあるが，技巧の確かさと直截な発言は伝統的なソネットなどに新鮮な風を吹きこんだ。ドロシー・パーカー（1893―1967）はより個性的な声で若い世代を代弁している。

▶カミングズ　活字の配列や文法上の大胆な実験を積極的におこなったので，モダニストたちの代表のようにみられるカミングズであるが，その詩のいわんとすることは意外に古風な人生賛歌と文明批判である。筆名からして小文字を多用するカミングズは詩の視覚的効果に固執した。跳びはねるバッタを，

 aThe): l
     eA
       !p:
S
         a
       (r
rIvInG
      . gRrEaPsPhOs)

と表現して，後の concrete poetry の先駆けともなった。

同時に，その詩は音を重視したものであり，唐突に思える行分けや単語の切り離し，大文字化は音の切れ目，調子の変化をあらわしている。'in Just-/ spring　　　　when the world is mud-/luscious the little/lame balloon-man/whistles　　　far　　　and　　　wee/and eddieandbill-come/running from marbles and……'雪解けでどろんこの春がやってきた子どもたちの喜びと，風船売りを牧神にみたてた詩であるが，子どもたちがひとかたまりになって走ってくる様子が目にみえるようだし，風船売りの笛が遠く，小さく聞こえてくる。コミカルなまたシニカルな面をもっているとはいえ，カミングズは本質的にはロマンチックな叙情詩人であり，その詩は奇抜な見かけにもかかわらず，一般読者に愛読された。

▶ **クレイン**　日常生活の論理をこえたメタファーを駆使した技法と独特の言葉遣いのためにしばしば難解とみなされるクレインであるが，アメリカを代表する詩人の一人として認められたのは，ニューヨークのブルックリン橋を象徴とした *The Bridge* (1930) のためである。クレインは，世界の一流国となったアメリカの輝かしい歴史とその活力に満ちた文明を歌った。いわばエリオットの否定的な *The Waste Land* の向こうをはって，肯定的なアメリカの長篇詩を描こうとしたのであり，機械時代のホイットマンとなってアメリカを歌おうとしたといえるだろう。

ブルックリン橋への叙情的なよびかけから *The Bridge* ははじまる。'How many dawns, chill from his rippling rest/The seagull's wings shall dip and pivot him,/Shedding white rings of tumult, building high/Over the chained bay waters Liberty——'（いく度の夜明けを，さざ波立つ休み場に冷えている／鷗をその翼は浸し，旋回させるのか／白い輪の喧噪を撒き散らしながら，高く昇る／鎖につながれた湾の海の上に自由の女神像が）そしてコロンブスの航海，ポカホンタス，リップ・ヴァン・ウィンクル，インディアンの酋長，開拓者，パナマ運河，ホイットマン，ライト兄弟，ポーと文字通りアメリカの歴史と文化を包括的に，また象徴的に描いた野心作である。

最後の"Atlantis"と題された第8部では再びブルックリン橋を歌う。'O River-throated——iridescently upborne/Through the bright drench and fabric of our veins/With white escarpments swinging into light,/……/

——One Song, one Bridge of Fire !'(川を咽喉として,虹色にきらめきながら高く支えられ／われわれの血管の輝く濡れぐあいと構造を通して／白い急斜面が光にゆれ／一つの歌,一つの炎の橋！）と現代文明の象徴としての鉄橋を歌ったクレインであるが,メキシコからの帰途,船上から投身自殺する。33歳であった。

▶ハーレム・ルネサンス　1920年代,アメリカ最大の黒人街となったニューヨーク市のハーレム地区を中心に,いわゆる「ハーレム・ルネサンス」とよばれる黒人の芸術家による活動が盛んにおこなわれた。詩人にはジーン・トゥーマー（1894—1967）,カウンティ・カレン,クロード・マッケイ,ラングストン・ヒューズたちがあげられる。自分たちの文化が太古の文明から綿々と続いていることを川に託して歌う,ヒューズの"The Negro Speaks of Rivers"は黒人文化のルーツと誇りを力強く歌っている。

(2) 新批評の詩人たち

▶サザン・ルネサンス　後に「サザン・ルネサンス」とよばれる南部出身の作家たちの活動のうち,テネシー州のヴァンダービルト大学の関係者たちが,同人誌 *Fugitive* を発刊し,詩人,批評家として活躍したランサム,テイト,ウォレンたちを世に出した。アメリカ全土のみならず世界の詩学に多大な影響を与えた「新批評」の理論と実践のはじまりである。

▶ランサム　年長でリーダー格であり,ヴァンダービルト大学教授であったジョン・クロウ・ランサムは,南部の伝統と価値観を重視し,北部の工業主義が人間性を破壊するものとして排斥し,南部の農業本位主義をそれに代わるものとして提唱した。その詩は,伝統的な定型詩で愛と死,美のうつろいなど,古典的な主題を客観的に歌った。"Blue Girls"（1924）は 'Practice your beauty, blue girls, before it fail' と女子学生に美がはかないものであると説く,現代の carpe diem （できるうちに今を楽しめ）であるが,'Blear eyes fallen from blue,/All her perfections tarnished——yet it is not long/Since she was lovelier than any of you.' と結び,'blue' の

「憂鬱な」という意味を 'blue girls' につけ加えてアイロニーを生みだしている。

▶テイト　　物質的に豊かな生活がもたらす精神の停滞と堕落を暴くアレン・テイトは，その代償に失われたものの大きさを嘆いている。"Last Days of Alice"(1932)で，アリスは 'Alice grown lazy, mammoth but not fat,/Declines upon her lost and twilight age' と物憂げな抽象的な存在になってしまう。機械文明の象徴である "The Subway" は 'Harshly articulate, musical steel shell/Of angry worship, hurled religiously/Upon your business of humility/Into the iron forestries of hell' と都会という地獄をかけまわり，その騒音が礼拝の声となっているのである。

▶ウォレン　　信仰を失い，自然と協調的に生きる術も失った現代人の孤独をウォレンは自由な詩形で歌う。"Picnic Remembered"(1942) は 'The *then*, the *now* : each cenotaph/Of the other, and proclaims it dead./Or is the soul a hawk that, fled/On glimmering wings past vision's path,/Reflects the last gleam to us here/Though sun is sunk and darkness near/——Uncharted Truth's high heliograph?' と遠い過去のおぼろげな記憶の意味を探り，時間をこえた光が投げかけられるのか，と疑問で結んでいる。

第3章　劇

❖ **ヨーロッパの新劇運動の影響**　第一次世界大戦以前のアメリカの演劇界は，商業主義的な傾向が主流になっていたため，安易で卑俗な作品が多く，新しい演劇理念で創作される劇は期待できなかった。しかしヨーロッパの演劇界では，自然主義文学の影響で，従来の古典劇に対して近代劇が誕生した。これらは，個人主義にめざめた近代市民社会を背景に，個人の尊重と自由をうたったルソーの近代精神に由来する。ヨーロッパの近代劇の先駆者はイブセン（1828―1906）やストリンドベリー（1849―1912）である。

　1887年，パリで「自由劇場」，ベルリンでは「自由舞台」，モスクワでは「芸術座」，ダブリンでは「アビー座」などが生まれた。近代劇運動ともいえるこのヨーロッパの新劇運動は20世紀初頭のアメリカの若い演劇人たちには限りない魅力であり，またよい刺激となった。

❖ **アメリカにおける小劇場**　ヨーロッパでの新劇運動の影響を受け，アメリカ演劇界でも自由な表現と劇の本質の追求の機運が高まり，1909年にニューヨークに「新劇場」が創設されたが，この劇場は短命ですぐに閉鎖される。1912年には，ニューヨークのウィンスロップ・エイムズ（1870―1937），シカゴのブラウン夫妻の「小劇場」やボストンのゲイル夫人の「おもちゃ劇場」が設立された。これら実験的な小劇場は，目的と経営が合わず，理論と実践でアメリカの新劇運動は困難に陥る。

　1915年にニューヨークに「隣人劇場」，「ワシントン・スクエア劇団―シアター・ギルド」，1916年に「プロヴィンスタウン劇団」などが結成され，はじめて職業的に公演がおこなわれるようになり，新劇活動も本格的となる。「隣人劇場」は，イブセン，ゴールズワージー，ショー（1856―1950），チェホフ（1860―1904）などの近代劇を上演し，市民の娯楽と劇場周辺の人々の連帯感を強めたが，1927年には経済的理由で閉鎖された。「ワシントン・スクエア劇団」は小劇場運動から生まれたが，アメリカ演劇の実験と創意を求めて，国外の作家に加えて自国の劇作家の作品を用いた。この劇場は1919年には「シアター・ギルド」となり，1920年代から30年代には幅広い活動を続け，職業俳優，演出家，舞台装置家を育てた。「プロヴィンスタウン劇団」はジョージ・クラム・クック（1873―1923）とその妻スーザン・グラスペル（1882―1948）によって設立される。「アイルランド劇団」の上演に感動したクックは，アメリカ独自の演劇運動の実践を考え，1915年の夏，魚倉庫を借りて出発し，「波止場劇場」と名づける。劇団は，1922年にクック夫妻が去って分裂するまで，主にアメリカの実験的作品を上演した。第二回公演では，ユージン・オニール（1888―1953）の作品『カーディフさして東へ』（*Bound East for Cardiff*,

1916）が上演された。

❖ **大学付属劇場**　小劇場運動のひとつとして大学付属の小劇場が各地に建設され，アメリカ演劇の発展に貢献した。1911年には「ウィスコンシン劇団」が同大学に，1912年にはハーヴァード大学の「ハーヴァード47番作業劇場」がつくられ，ベイカー教授（1866—1934）のもとで，ユージン・オニール，エルマー・ライス（1892—1967），その他多くの劇作家が育っていった。

　コック教授（1877—1944）はノースカロライナ大学で「カロライナ劇団」を主宰し，彼のもとからはポール・グリーン（1894—1981）が世に出た。こうして1918年までに小劇場は50をこえ，アメリカ演劇を発展させることになる。

❖ **1920年代—30年代の劇作家**　以上のような劇場運動を背景に，ユージン・オニール，エルマー・ライス，マックスウェル・アンダスン（1888—1959），シドニー・キングスレー（1906—1995），ポール・グリーン，ロバート・エミット・シャーウッド（1896—1955），ソーントン・ワイルダー（1897—1975），クリフォード・オデッツ（1906—63），リリアン・ヘルマン（1905—84），などの劇作家が生まれ，この期にアメリカ演劇の基礎がつくられていった。

1　1920年代

（1）オニール

▶初期の作風　1920年代はアメリカ演劇史のなかでももっとも活発な時期で，その指導的立場にあったのがノーベル賞受賞（1936）作家のユージン・オニールである。初期の彼の作風はさらに三期に分類される。第一期は一幕物が大半を占め，「波止場劇場」で上演された『カーディフさして東へ』，『長い帰りの航路』（*Long Voyage Home*, 1917），『鯨油』（*Ile*, 1917），『カリブ島の月』（*The Moon of Caribees*, 1918）など，とくに海を舞台にした，ロマンチックな作品が多い。

　第二期の1920年代になると，オニールは技巧的にもまた思想的にも円熟した多幕劇を書くようになる。彼は人間の愛欲，社会的関心などをリアリズムを根底として劇作する。『地平線の彼方』（*Beyond the Horizon*, 1920），『アンナ・クリスティ』（*Anna Christie*, 1921）はともにピューリッツア賞を受けている。またこの時期には，『皇帝ジョーンズ』（*Emperor Jones*, 1920）と，内

IV 1914—1945

容，形式が斬新な『毛猿』(*The Hairy Ape*, 1922) が発表された。

▶『楡の木陰の欲望』　この期でもっとも注目されるのは『楡の木陰の欲望』(*Desire Under the Elms*, 1924) で，19世紀後半のニューイングランドの農夫キャボット老人とその家族をめぐる物欲と愛欲のドラマである。キャボットは，50年にわたる荒地開墾のため猫背になり，顔つきは石像のように無表情になっている。屈強な肉体と偏執的な信仰心が彼を今日まで支えてきた。

彼の二人の妻は，それぞれシメオンとピーターとエベンを残して亡くなっている。上の二人の息子は，ゴールド・ラッシュの時代，一攫千金を夢みてカリフォルニアへと家出をする。エベンは兄たちを買収して農場の所有権を自分のものにしようとする。キャボットの三人目の妻アビイもまた，財産を自分のものにするため老人をだまして，エベンを誘惑し，子どもをもうけようとする。

オニールの作品にはフロイトやユングの精神分析の影響が顕著であるが，死んだ母親を忘れることができず彼女の持ち家に執着している。あまり年齢差のない継母アビイにひかれるエベンは，エディプス・コンプレックスを持っている。この三幕12場の劇には，近親相姦，親子の争い，嬰児殺しなど，人間の理性をこえた苦悩が描き出されるが，作品の結末では真の愛情によってすべてが浄化される。オニールは三人の主要人物に三つの夢を抱かせながら，ピューリタニズムの道徳観と異教的自然主義との対照を象徴的な舞台装置で巧みに演出している。

▶斬新な舞台装置　オニールの劇では，舞台装置が重要な意味をもつ。『楡の木陰』では全幕を通して舞台装置は変化しない。舞台両わきの楡の木，前面の上手から下手に舞台を横切っている石垣，その縦と横の線でがっしりとり囲まれている中央にキャボットの家が建っている。建物の内部の壁をとりはずし，演劇空間を自由に利用するという斬新な舞台装置で，彼は当時のアメリカ演劇界に新風を送る。

▶第三期の作品の特徴　第三期には，オニールの関心は内面的，神秘的なものに向けられ，手法も写実的傾向から，実験的な手法へと変化する。『偉大な神ブラウン』(*The Great God Brown*, 1926) は，仮

面劇として成功した作品である。『奇妙な幕間狂言』(*Strange Interlude*, 1928)では，独白，傍白が使用される。

三部13場の大作『喪服の似合うエレクトラ』(*Mourning Becomes Electra*, 1931)は時代を南北戦争の直後とし，舞台をニューイングランドにおき，ギリシャ悲劇アイスキュロスの『オレスティア』を下敷きに，フロイトの精神分析をもちいて新しい解釈を試みたものである。

『楡の木陰』で扱われたエディプス・コンプレックスは『偉大な神ブラウン』のダイオン・アントニー，『奇妙な幕間狂言』のマーズデン，『ラザラス笑えり』(*Lazarus Laughed*, 1928)のタイベリアスやカリグラなどの人物設定に引き続き使用されているが，このテーマは『喪服の似合うエレクトラ』の主要テーマでもある。

▶『地平線の彼方』　ブロードウェイで上演されたオニールの最初の作品である『地平線の彼方』は，農夫で土をこよなく愛する兄，その婚約者である隣家の娘，そして海に出ることを夢みる文学青年の弟，の三人が理想に反した生き方を選択させられる悲劇を描く。皮肉にも，海に憧れたロバートがルースと結婚して農場にとどまることになり，失恋した兄のアンドルーは新しい人生を求め，地平線の彼方へ去る。弟は農業に失敗し，その一人娘も病気で失い，貧困と失意のうちに地平線の彼方に憧れつつ死ぬという話である。

この作品で，オニールは，夢と現実とのギャップ，予測できない人生との対峙という，誰にでもおこりうる問題を観客に投げかけ，メロドラマやコメディーが中心となっていた当時のブロードウェイに，はじめて本格的な演劇を提供したのである。

▶『皇帝ジョーンズ』と『毛猿』　この二篇はともに一幕物で，実験演劇として注目に値する。『皇帝ジョーンズ』は，全八場のうち第一場の宮殿の場と第八場を除いて，他はすべて森のなかで進行し，森のなかで追いつめられていくジョーンズの心理状態は，独白と，彼の脳裏に浮かぶ幻想や絶えず聞こえる太鼓の音とをからみあわせて描かれ，観客を森のなかに引きずりこむ効果をあげている。

かすかに聞こえる太鼓の音は，人間の正常な脈博数と同数で，ジョーンズ

の内的生命が動揺するとしだいにその音を高め，打数が増していく。森の入口から出発した物語も結局はめぐりめぐってもとの場所において終結するという設定は，人間の運命の輪廻の暗示にほかならない。主演に黒人俳優を起用していることも，当時としては画期的なことである。

　『毛猿』は，大西洋を航行する客船の火夫である主人公ヤンクがその帰属場所を求めてさまよう話である。ヤンクは，自分の体力，仕事に自信をもっていたが，船客の上流婦人の「毛猿のようだ」という言葉に誇りを傷つけられ，船を降りる。彼はニューヨークの五番街を歩き，安住できる場所を捜すが，誰にも相手にされない。劇の第五場，五番街の場面以降に，ドイツの表現主義の技法が使用され，資本主義文明に圧迫された下積みの人間の精神的な苦悩が効果的に表現されている。

▶晩年のオニール　オニールは1953年11月27日ボストンのホテルで，65年にわたる生涯を閉じた。その当時はテネシー・ウィリアムズやアーサー・ミラーの全盛期であり，オニールの存在は忘れられていた。『限りなき命』(*Days Without End*, 1934) のあと12年の沈黙後発表した『氷人来る』(*The Iceman Cometh*, 1946) も興業的には失敗であった。しかし，彼の死後三年たって，オフ・ブロードウェイの舞台で『氷人来る』が大成功を収め，近代アメリカ演劇の創始者オニールは再び脚光を浴びることになる。

(2) ラ イ ス

▶新しい作劇の試み　エルマー・ライスは最初の作品，『裁判で』(*On Trial*, 1914) というメロドラマで，従来の作劇法に反して，映画の技法，カット・バックやフラッシュ・バックを戯曲のなかに採用するという実験を試みている。しかし，彼の劇作家としての名声を高めたのは『計算機』(*The Adding Machine*, 1923) であろう。

　1929年度のピューリッツア賞を受賞した『街の風景』(*Street Scene*) は，ニューヨークの貧民街に住む市民たちの生活をある情痴事件を中心に描いている。一軒のアパートに暮らす異なった人種，国籍の人々の生活観の違いからくる争い，不倫，犯罪，殺人など，諸悪の縮図が描き出される。この作品の真の主人公はそのような人間たちを包括する居住空間であり，人間を操作す

る世論である。

▶『計算機』　ライスの名声を高めたという『計算機』の主人公は，ゼロという「無価値なもの」の象徴のような名前を与えられた個性のない人間である。第一場で，ゼロ夫人は無能な夫と無駄に過ごした25年間のことを綿々と語る。登場人物の内面を直接に観客に伝えるこの独白は表現主義の技法を用いたものである。

　第2場で，ゼロは25年間も計算係として働いていた会社から，計算機を導入したという理由で解雇を言い渡される。この理不尽な処置に怒ったゼロは社長を殺害してしまう。耳を裂くような効果音のなかで二人が言い争うセリフは，観客には聞こえず，音の出ない口の動きが二人の口論の緊迫感を伝える。これも，表現主義の技法である。

　ゼロは天国に行き，そこでも計算係を命じられる。やがて，天国にも計算機が導入されゼロはまた地上へ追い返される。第七場では，ゼロの存在は完全に無視され，計算機によって書きだされた数字がテレックス用紙のように，とめどもなく舞台の上に流れだして，ゼロは紙の洪水のなかに埋まってしまう。こうして，ゼロは機械文明に毒されていく社会の象徴となっている。

　このきわめて今日的な戯曲は，20世紀初頭のアメリカ社会を風靡していた機械万能主義に対する作者の批判精神を反映したものである。

2　1930年代

(1)　アンダスン，キングスレー，シャーウッド

▶経済大恐慌の影響　1929年10月の経済恐慌から第二次世界大戦までは，不景気やローズヴェルトのニューディール政策の難行など社会不安がつのり，後半はヨーロッパやアジアに台頭しはじめたファシズムの脅威に人々は緊張した日々をおくる。

　経済不況はブロードウェイに深刻な影響を与え，1920年代の終わりには，年間270本もの戯曲が上演されていたが，1930年代半ばには半減してしまう。緊迫した国内，国外の状況を反映してこの時代の劇作家たちの多くは，強い社会問題意識をもった作品を書いている。

IV 1914—1945

▶『ウィンターセット』　マックスウェル・アンダスンは，当時大きな社会問題となったサッコ・ヴァンゼッティ事件を扱った戯曲『ウィンターセット』(*Winterset*, 1935)で，貧困に悩む大都会の市民生活を描く。思想的に無実の罪に問われた父の潔白を世間に証明するため，父を陥れた犯人を捜す。しかし，彼は目撃者の妹ミリアムを愛するようになり，犯人追求をあきらめてしまう。しかも彼は犯人の一味に射殺され，そのうえ恋人のミリアムも脅かされたあげく，殺されてしまう。アンダスンはこの作品で，証拠不十分で有罪となり，1927年に処刑された二人のイタリア人労働者にまつわる事件，「サッコ・ヴァンゼッティ事件」を厳しく批判している。

この作品のほかにアンダスンにはピューリッツア賞を受賞した『上院下院』(*Both Your Houses*, 1933)，また『エリザベス女王』(*Elizabeth the Queen*, 1936)や『スコットランドのメアリー』(*Mary of Scotland*, 1933)などの史劇がある。

▶キングスレー　アンダスン同様，キングスレーも社会問題を追求した作家である。『白衣の人々』(*Men in White*, 1933)は，若い学究肌の医師と婚約者との悲恋物語である。しかし，医者の個人生活と職業生活との間の葛藤を描きながら，作者の本来の意図は営利を追求する大病院の運営方針を鋭く批判することにある。

▶『デッド・エンド』　『デッド・エンド』(*Dead End*, 1935)は，大恐慌がもたらした貧しい生活を写実的に描いた作品である。貧富の差が著しい人物たちを登場させることによって展開される劇は，当時の社会情勢に対する痛烈な批判である。この作品の舞台は，マンハッタンの下町，金持ちの豪奢な邸宅と貧民たちの住居が隣接するイースト川の袋小路で，トミー少年を中心とする少年たちのグループが主役である。貧しさゆえに非行に走ったり，正当な教育も受けられない青少年たちが受ける社会的不平等をこの作品は訴える。

▶シャーウッド　ロバート・エミット・シャーウッドもまた，つねにアメリカを厳しい目でみつめ，社会問題を戯曲のテーマにとりあげる。『化石の森』(*The Petrified Forest*, 1935)はアリゾナの「化石の森」近くのガソリンスタンド兼レストランが舞台である。ある日，そこに脱獄した

第3章 劇

ギャング一味が逃げ込み，そこにいた数人の客と店の人たちを人質にたてこもる。

そこに放浪の旅の後，フランス人作家アランがたどり着く。良い作品が書けず，失恋し，都会から逃げてきたアランには生きる希望もなく，自らを「うつろな人間」だと考えている。彼はエリオットの「うつろな人間」("The Hollow Men") の 'Shape without form, Shade without colour, Paralysed force, gesture without motion' という詩行を引用するモラトリアム人間である。アランにとって「生存」することは，"The Hollow Men" や "The Love Song of J. Alfred Prufrock" における「生存」と同じことであり，生きる屍の「生存」なのである。そうした「生存」は無意味であると考えるアランは，自分の行き先は「化石の森」であると断言する。

結局，アランはギャングに射殺されるのであるが，彼の言葉は，経済大恐慌の痛手を受けた1930年代の無気力なアメリカ社会に対する作者の共感でもあり，彼自身の自己批判でもある。シャーウッドの他の作品には，『白痴のよろこび』(Idiot's Delight, 1936)，『イリノイのリンカーン』(Abe Lincoln in Illinois, 1938) と『もう夜はない』(There Shall be No Night, 1940) などがあるが，どれもピューリッツア賞を受賞している。

(2) グリーンとワイルダー

▶南部出身の作家グリーン　ポール・グリーンは，ノースカロライナ大学のコッホ教授の門下生であり，農家出身の彼には黒人やプアー・ホワイト（貧乏白人）を扱った戯曲が多い。『エイブラハムの胸に』(In Abraham's Bosom, 1926) は黒人を主人公とし，『畑の神様』(The Field God, 1926)は，貧乏白人を扱う。『コネリーの家』(The House of Connelly, 1931) では，衰えていく南部の一家族と土に生きる小作人のたくましさを対比させている。

グリーンの『エイブラハムの胸に』は，白人の偏見と，自己の内にある劣等感と闘いながら，社会的に白人と対等な地位にまではいあがろうと努力する黒人の姿を描いている。アブラハムは，白人地主と黒人女性との間に生まれた自分のアイデンティティに悩む。黒人と白人の血の戦いで敗れた彼の一

生は，敗北と挫折の生涯であるが，彼の同胞たちに自分たちの進むべき道を示唆し，勇気を与えたのである。この劇は，新聞評も上々であったにもかかわらず，公演成績ははかばかしくなかった。

▶ワイルダー　　ソーントン・ワイルダーは第二作目の小説，『サン・ルイ・レイの橋』(The Bridge of San Luis Rey, 1927) でピューリッツァ賞を受け，それが動機となって文筆生活に入るが，劇作家として彼が認められたのは『わが町』(Our Town, 1938) によってである。

　ニューイングランドのありふれた町を舞台に，平凡な話を新しい実験的な手法を用いて表現し，観客を驚かせた。最初から幕が上がっていて，舞台には装置もおかれていない。そこへ舞台監督が出てきて，劇の展開を説明し，俳優を紹介する。二，三脚の椅子と段梯子と何枚かの板が小道具となる。そこで，町医者の息子ジョージと隣家に住む地方新聞の編集長の娘エミリーを中心に，恋愛，結婚，家庭，生活，そしてエミリーの死が演じられる。ジョージとエミリー二人の平凡な生活を通して，作者は，生の営みという点では人間すべて等価値であることを表明する。

　ワイルダーの新演出は，役者を客席に配置し，そこから発言させ，舞台と観客の融合をはかり，観客を劇に参加させることに成功した斬新な実験であった。

(3)　オデッツ

▶オデッツ　　1930年代には，政治，社会問題や経済問題を強く意識して劇作した作家が多いが，オデッツとヘルマンも例外ではない。

　クリフォード・オデッツは『醒めて歌え』(Awake and Sing, 1935)，『レフティを待ちつつ』(Waiting for Lefty, 1935) などを書いている。『レフティを待ちつつ』は懸賞募集に当選した作品で，左翼劇団によって上演される。この作品はやがて，グループ・シアターの努力でブロードウェイへと進出する。そのほか，彼は『失われた楽園』(Pradise Lost, 1935)，『ゴールデン・ボーイ』(Golden Boy, 1937) や『月へのロケット』(Rocket to the Moon, 1938) などを発表している。

　晩年には，彼の社会問題に対する意識はしだいに衰えるが，恋愛の三角関

係の心理を扱った『田舎の娘』(*Country Girl*, 1950) などの作品も手がけている。

▶『レフティを待ちつつ』　この劇は，あるタクシー会社の労働組合を題材にしている。観客席に組合員役の俳優が散在している設定で，それが観客に緊張した臨場感を与える。熱心な組合代表のレフティが会議に姿をあらわさないので，組合員たちはいらだってくる。

　やがて，会場に会社側のスパイがいたことが発覚したり，レフティが暗殺されたとのニュースが入ったりして興奮した組合員たちは，「ストライキ決行」を叫んで立ちあがる。各登場人物の物語が短いエピソードとして語られ，それが集まって一つの作品となり，社会批判へと展開していく仕組みになっている。

(4) ヘルマン

▶『子どもの時間』　オデッツと同時代のリリアン・ヘルマンは，彼女の人生および文学の師であったダシール・ハメット (1894—1961) の指導によって書きあげた『子どもの時間』(*The Children's Hour*, 1934) で劇作家として世に出る。ほかに，南部の産業主義を批判した『子狐たち』(*The Little Foxes*, 1939) や，反ナチ劇『ラインの監視』(*The Watch on the Rhine*, 1941) などを発表している。

　ヘルマンは初期の戯曲集のまえがきで，自分は「邪悪」の描写に重点をおいて創作してきたことをくり返し強調し，また道徳的な作家であること——あまりにも道徳的でありすぎるとも述べている。

　地方の小さな女学校が舞台である『子どもの時間』のなかで，ヘルマンは流言に惑わされる社会，人間の偏狭さを徹底的に摘発する。生徒のひとり，メアリーは町の有力者の孫で嘘つきの天才である。授業を怠けたことを叱られるのを恐れたメアリーは，寄宿舎から逃げだし，二人の女教師，マーサとカレンが同性愛者だと祖母に告げ口する。

　学校は閉鎖され，二人の潔白を証言できる老女教師は旅に出て連絡がとれず，マーサは自殺，カレンは婚約を破棄するはめに追いやられる。メアリーの悪意の動機は他愛のないものであったが，それをヘルマンは『オセロ』の

イヤゴーの悪意と比較している。

　また，この戯曲は1952年に再演されたが，マッカーシズムの台頭と時期を同じくしており，アーサー・ミラーの『るつぼ』（*The Crucible*, 1953）のテーマとも関連して，ヘルマンの政治的見解を明白にしたものとされている。

▶『子狐たち』　この作品は1900年頃のアメリカ南部の小都市を舞台にしているが，題名は聖書の「雅歌」のなかからとられている。主な登場人物は，ベン，オスカー，レジナの三兄妹であるが，彼らは新しい製綿工場設立の投資の資金源や，利益配当をめぐって醜い争いをくり広げる。

　『子どもの時間』のメアリー，『子狐たち』のベン，レジナ，『森の他の部分』（*Another Part of the Forest*, 1946）のマーカスらは作者の考える積極的な「邪悪」であり，目的のためには手段を選ばない人たちである。彼らは自己中心的で，他人を破滅に導く力を有する点で共通している。

　ヘルマンの作品の多くは社会悪，ひいては権力のもたらす弊害などについて問題提起をし，また悪なるものを是正の方向に導こうとする。それは，登場人物たちの反省という形ではなく，幕切れで彼らを自らがもたらした悲劇的な事態に直面させ，かけがえのない愛情とか信頼を失うということで「劇的制裁」を与える。

　ヘルマンは日常的な問題からさらにアメリカや世界を舞台とするスケールの大きいリアリズム作家として評価が高く，彼女の作品のほとんどが映画化されている。

V
1945—現代

現代アメリカの小説群

V 1945—現代

時代思潮

● ── 戦後世界の二極構造化

　第二次世界大戦後アメリカは，伝統的な孤立主義に立つことはもはや不可能となり，世界の超大国として戦後世界の平和の維持と，その経済の復興という大任を担うことになる。かつての「イギリスの平和」（パックス・ブリタニカ）に代わるパックス・アメリカーナ時代の到来である。しかし，その行く手はイデオロギーを異にする戦後のもう一つの超大国ソ連によって阻まれる。ソ連による東欧諸国のブロック化，共産主義化に直面してアメリカは，トルーマン・ドクトリン（ソ連封じ込め戦略）（1947.3）をとることになり，いわゆる「冷たい戦争」がはじまる。

　「冷たい戦争」という言葉は元国連原子力委アメリカ代表バーナード・バルークが最初に使ったといわれるが，国際共産主義の浸透を恐れ，政府職員の忠誠テスト（1947）やハリウッドの赤狩り（1947）がおこなわれ，さらに，ソ連の原爆保有（1949），中国の共産主義化（1949），朝鮮戦争の勃発（1950.6）などが続くと国内に反共ヒステリーがおこる。マッカーシーによる「魔女狩り」の嵐（1950—54.12）が吹き荒れ，ローゼンバーグ事件（1951）がおこり，また，共産党の非合法化（1954.8）がおこなわれる。国内には保守化のムードが漂い，国民は「物いわぬ世代（Silent Generation）」となって物質的繁栄にのみ満足し，順応主義的風潮がはびこる。

マッカーシー(左)による「魔女狩り」

　共和党のアイゼンハワー大統領の時代（1953—61）になるとアメリカの保守化の傾向はますます深まる。ドミノ理論が唱えられ，トルーマンの「封じ込め」よりもっと積極的な「巻き返し」政策（1953）がとられる。しかし，こういったアメリカの力の政策はスプートニク・ショック（1957）で冷水を浴びせられる。水爆に続いてロケット技術でも，ソ連がアメリカ並みの技術をもっていることが示されたからである。こうして世界は米ソの核

時代思潮

ミサイルの影におびえる時代を迎えることになる。

● 50年代 —— アメリカの世紀

　50年代は，豊かさの象徴として車はもちろん，家電製品にはじまってジャズ，映画にいたるまで，すべてアメリカ的なものが世界中の羨望の的となった時代であった（ちなみに1955年度の全世界のＧＮＰ比はアメリカ36.3％，ヨーロッパ諸国17.5％，日本2.2％だった）。ブロードウェイではミュージカルが全盛期で『南太平洋』(1949)，『王様と私』(1951)，『マイ・フェア・レイディ』(1956)，『サウンド・オブ・ミュージック』(1959)などが上演され，映画ではマリリン・モンローやジェイムズ・ディーンが活躍する。ロックではスーパースターのプレスリーがティーンエージャーたちを熱狂させ，ジャズはバップからクール・ジャズへと移り，第一回ニューポート・ジャズ・フェスティバルが開かれる(1954)。芸術関係ではジャクスン・ポラック，ヴィレム・デクーニングなどが活躍し，また，一過性，偶発性，自然発生性をもった芸術が流行した。ＬＰレコードの発売(1948)，トランキライザーの発明とその大流行(1950)，初のシネマスコープ製作(1953)，営業用カラーテレビ放送開始(1951)，『プレイボーイ』誌創刊(1953)，フラフープの大流行(1958)などもこの時期のことである。しかし，こういった現象の背後で戦後のアメリカ社会はその構造を大きく変化させていた。

● 50年代 —— 大衆社会の出現

　大戦中の科学技術の急速な進歩で大量生産システムや工場のオートメ化が進み，車や家電製品などのいわゆる大衆の耐久消費財が量産され，それにともない生活の機械化が進み，余暇および余暇関連産業が生まれてくる。また，復員兵援護法（G. I. ビル）の恩典などで大学の大衆化が進む。

　こうして，テクノロジー優先で，テクノクラート先導型，情報産業とサービス産業の急成長をともなった大衆社会が出現し，高度大衆消費時代がやってくる。人々の生活は平均化して中産階級化し，彼らは『孤独な群衆』(*The Lonely Crowd,* 1950) のなかで D. リースマンが説くような，他人指向型で大量消費型の郊外志向型人間と化していく。しかし，戦後生まれのこの大衆社会は表面上の繁栄の陰でさまざまな弊害を生みだし，また社会変化にともない対処しなければならない新しい課題に直面する。J. K. ガルブレイスは，『豊かな社会』(*The Affluent Society,* 1958) でこの繁栄が自然や環境を犠牲にして追及されていることを指摘し，C. W. ミルズは『ホワイト・カラー』(*White Collar,* 1951)，『パワー・エリート』(*The Power Elite,* 1956) で新中間階級化したホワイト・カラーが組織の論理に支配されて自己のパーソナリティまでを組織に売り渡してしまっている実情や，産軍協同体によって運用される軍隊社会と化してきているアメリカ社会でパワー・エリートがきわめて危険な存在になってきていることを指摘している。W. H. ホワイトや V. パッカー

V 1945—現代

時代思潮

ドも，それぞれ『組織人間』(*The Organization Man,* 1956)，『地位を求める人々』(*The Status Seekers,* 1959) で，自分や他人の目にかなう地位をひたすらめざそうとする他人指向型の大衆社会型人間の姿を描いている。パッカードにはコマーシャリズムに踊らされる消費社会の実態を指摘した『眼に見えない説得者たち』(*The Hidden Persuaders,* 1957) もある。またマイケル・ハリントンは，繁栄の恩恵に浴さない黒人や少数民族の問題，老人問題，都心部の青少年非行問題などを『もう一つのアメリカ』(*The Other America,* 1962) で論じている。

　科学技術万能型のこの大衆社会のよさを主張する立場もあった。サイバネティックスの創始者で『人間機械論』(*The Human Use of Human Beings,* 1950) を書いた N. ウイーナー，ジオデシック・ドームの発明で有名な R. B. フラー，『メディアの理解』(*Understanding Media,* 1964) の M. マクルーハンなどである。

　しかし，順応主義時代の大部分の人々にとって戦後生まれのこの大衆社会はどこか息の詰まるところがあった。実存主義的な『非理性的人間』(W. バレット，*Irrational Man,* 1958) が書かれ，抑圧からの解放を謳って『エロスと文明』(H. マルクーゼ，*Eros and Civilization,* 1955)，『死に優る生』(N. O. ブラウン，*Life Against Death,* 1959) が書かれる。こうして1950年代半ば頃から性の解放の実践や麻薬愛用などで知られるヒップスターや，順応主義のアメリカ社会に幻滅し，世間的な物の考え方や生活態度を拒否し，仏教的な解脱の境地をめざすビートニックたちがあらわれてくる。

● ── 開かれた60年代

　冷戦の1950年代が「閉ざされた」時代とよばれるのに対し，1960年代は「開かれた」時代とよばれる。ニュー・フロンティア精神を掲げ，「ベスト・アンド・ブライテスト」とよばれた一流の学者たちを登用して積極的な内政，外交政策の展開を約束し，国家目的の再発見と繁栄による道徳的麻痺の刷新をめざした若いケネディ大統領 (1961. 1 ─63. 11) の時代は，まさしく「アメリカの若返り (the greening of America)」の時代となるはずであった。しかし，その夢は彼の暗殺によって砕かれる。

　ケネディの後を受けたジョンソン大統領 (1963. 11─68) は「偉大な社会」の建設を標榜し，「貧困との戦い」を宣言する。しかし，老人福祉，教育問題，住宅問題，都心および郊外再開発，犯罪防止対策，黒人問題などといった彼の社会改革プログラムは順応の1950年代に積もり，くすぶっていた諸々のひずみを一気に表面化させることにもなる。公民権運動が激化し，全米各地に黒人暴動が発生し (1966年には全米で43回，1967年 9 月までには164回)，選挙権登録差別撤廃要求デモ (1965) などがおこなわれる。

　また，公害反対運動，女性解放運動，ラルフ・ネイダーなどの消費者運動，学生運動 (カリフォルニア大バークレー分校のフリー・スピーチ運動，1964)，大学紛争 (コロンビア

時代思潮

大, 1968.4) などさまざまな抗議運動がおこる。ジョンソンが北爆 (1965) にふみきり, ヴェトナム戦争介入が拡大すると, 大規模な反戦運動がこれに加わり, 1960年代は騒然たる様相を呈することになる。そしてケネディに続いてマルコムＸ (1965), キング牧師 (1968.4), R. ケネディ (1968.6) が暗殺される。

ペンタゴン前でのヴェトナム戦争反対デモ

● 60年代 —— 若者革命

若者, とくに大学生はリベラルな大学のなかでしばしば体制批判の力となる。1960年代には戦後のベビーブーム世代が成人してこの大学生の数が600万人, 18〜20歳までの人口の46％を占めていた。その彼らはもはや一昔前のように社会のエリート集団になることを約束されているわけでもなく, その行く手には戦死者四万数千, 負傷者30万といわれたヴェトナム戦争が待ち受けていた。彼らが反体制に走って反戦運動や公民権運動に参加してシット・イン, ティーチ・インしたり, あるいはドロップ・アウトしてヒッピー, イッピーとなり, マリワナやＬＳＤによる意識拡大, 自由恋愛, コミューン生活, そしてロック・ミュージックを特徴とするヒッピー文化, 対抗文化を生みだしたりしたとしても何ら不思議ではない。

こうして1960年代は若者革命の時代となり, 彼らはジョーン・バエズやボブ・ディランなどの反戦フォーク・ソングを生みだし, ビートルズ旋風を生み, また映画ではニュー・シネマを, 芸術の方面ではロバート・スミスンの大地彫刻やジョン・ケージの音楽にみられるような即興性の芸術, あるいは計算された偶然性の芸術を生みだす雰囲気をつくりだす。彼らはまた, A.C. キンジー博士の『男性における性反応』(*Sexual Behavior in the Human Male*, 1948) からはじまった性意識の革命をさらに押し進め, 性文学の出版の自由化, ポルノ解禁などをうながす原因ともなった。彼らを支え, また上述したような抗議運動を支

V 1945―現代

時代思潮

えた本としては，文明に対する不満を解消するかもしれない代替物として，自由放任的で，非産業主義社会的な「多形態性変則行為（polyphorous perversity）」を説いたN.O.ブラウンの『死に優る生』，公害による自然破壊を告発したR.カーソンの『沈黙の春』（The Silent Spring, 1962），男性社会がつくりあげたゆがめられた女性像に抗議した女性解放運動の指導者B.フリダンの『新しい女性の創造』（The Feminine Mystique, 1963），正気を失った環境のなかでは精神分裂こそ唯一の「正常」な反応だと説く新心理学のR.D.レインの『分裂した自我』（The Divided Self, 1965）などが考えられる。

この時代はまた，スプートニク・ショックを契機としてC.P.スノーが書いた論文『二つの文化と科学革命』(1959)の影響で科学への関心が高まり，ハイゼンベルグの量子物理学やアインシュタインの相対性原理などに対する知識が増大し，哲学ではホワイトヘッドやウィトゲンシュタインが読まれた。

● 不確かさの70年代

ニクスン（1969.1―74.8），フォード（1974.8―77）からカーター大統領（1977.1―80）にいたる時代は，ヴェトナム戦争により，アメリカが国家威信を失墜させ，国家目的を見失い，自らのアイデンティティを改めて模索しようとした時代で，「不確かさの時代（The Age of Ambivalence）」，「再考の十年（The Decade of Second Thought）」とよばれる。

1968年の選挙で「法と秩序」をスローガンに掲げたニクスンはアメリカの伝統的な価値の復活を求めるニクスン言うところの「物いわぬ大衆（Silent Majority）」の支持を受けて圧勝する。彼は戦争のヴェトナム化を押し進め，またパリでの平和交渉を再開する。そして，この平和交渉が進展をみせるようになると，さしも激しかった反戦運動も急速に終息へと向かう。こうして若者革命の対抗文化の時代は終わる。

ロック・コンサートに集うヒッピーたち

時代思潮

　国内論議の最大の不一致点であったヴェトナム戦争の終結が対抗文化の沈静化をもたらしたわけだが，他にもいくつかの理由があった。1970年代に入って若年人口が減少したこと，また黒人の選挙権登録数の増大，医療制度の改善，貧困対策の充実などの改革が実施されて抗議の対象が減少したことなどである。しかし最大の理由はドルの切り下げと変動相場制への移行（1969）などにみられるように，アメリカ経済が資本の海外流出，企業の多国籍企業化，生産性低下などで国際的競争力を弱体化させ，財政収支や貿易収支が悪化したことだろう。

　1973年のオイル・ショックは財政収支をさらに悪化させ，1974年半ばには失業率5.2％，消費者物価は対前年比11％近くの上昇を示す。そして，米国経済の退潮はニクソン辞任の後を受けたフォード大統領，その次の人権外交を売り物にしたカーター大統領，さらには1980年代のレーガン大統領へと続いていく。こうした環境のなかで，かつては過激派であった人々も大学卒業証書，すぐれた縁故・友人関係，社会的信用といったものを求めざるをえなくなる。

● 70年代 —— ミーイズムの時代

　1970年代は，「ミーイズムの時代（the Me-Decade）」ともよばれた時代である。アメリカ経済の失速，ヴェトナム敗戦による国家目的の喪失，ウォーターゲート事件や『ペンタゴン白書』がもたらした国家や大義名分への不信，などに由来する時代の先行き不透明感から人々は，自己の内面をみつめ，自己の体験の真実を通して考え，行動し，また大義名分ではなく「身近な」ものに満足を求めようとする傾向，いわゆる「ミーイズム」の姿勢を示すようになる。

　この時代の人々の関心は物価対策，雇用問題，資源・環境問題，女性解放運動，ゲイ解放運動へと向けられるが，彼らはこれらの問題をすべて「ミー」の視点からとらえようとする。したがって，彼らの運動にはもはや1960年代の体制対決的な激しさや派手さはなく，もっと地道で大地に根を下ろした運動となっている。そして，数字ではなく質が問題とされる。これは，すべてを統計や数字で処理しようとするアメリカ社会に伝統的なやり方への反発ともいえよう。時代の不透明さを反映してか，この時代はディスコやパンク・ロックが愛好され，ストリーキングが流行し（1974），『ジョーズ』（1975）などのパニック映画が大人気を博し，また，いかにも「ミーイズム」の時代らしくジョギング（1976）や健康食品ブームが一世を風靡した時代だった。また，ネイティヴ・アメリカンたちが彼らの失われていた権利の回復を求めて立ちあがった時代でもある。

● 70～80年代 —— 保守主義の台頭

　1960年代の過激なリベラリズムは一部のリベラルな知識人たちの反発を買い，彼らの間に中産階級的価値を守ろうとする「ネオ・コンサーヴァティズム」を，また保守派の間に

V 1945—現代

時代思潮

は「ニュー・ライト」とよばれる人々を生みだす。

　民主党のカーター大統領はこういった保守化の傾向のなかで1960年代の進歩的リベラリズムを踏襲する。彼は女性を閣僚に登用し，黒人の国連大使を任命する。また，いわゆる人権外交を実施する。しかし，国内，外交，経済問題に対する彼の弱腰の対応は，プロテスタンティズムの倫理に支えられた中産階級的価値と強いアメリカの復活を願う多くのアメリカ人の期待を裏切る。

　こうして，アメリカの再生を訴えかけるレーガン（1981—84，1984—89）が人工妊娠中絶，強制バス通学，公立学校での礼拝禁止，同性愛などに反対する「道徳的多数派（the Moral Majority）」や「全国保守主義政治行動委員会」などの保守勢力の支持を受けて圧倒的大差で第40代大統領に選ばれる。レーガン政権は軍事費を増やし，対ソ対決の姿勢をとり，反共産主義ゲリラ支援の「レーガン・ドクトリン」を掲げ，またＳＤＩ構想などで強いアメリカのイメージを取り戻そうとする。しかし，このための軍事費増により，大幅減税とこれにみあう財政支出削減をめざす「レーガノミックス」は破綻する。財政赤字が増大し，貿易収支も1978年度400億ドルの赤字が1987年度には対前年度比213億ドル増の1698億ドルという大幅なものとなり，よりいっそうのドルの下落，アメリカの威信の失墜を招くことになる。

　レーガンの時代に入ってアメリカの保守化はさらに進み，男女差別撤廃のための連邦憲法修正（ＥＲＡ）への反対運動がおこり，女性や黒人や少数民族に対する優遇措置（affirmative action）への不満が申し立てられ，女性運動家に対する露骨な攻撃（バックラッシュ）や，ポルノ解禁撤廃の請願がおこなわれたりする。日常生活レベルでは，ハイテク・ハイファッションの最新ブランド品に囲まれた優雅な生活を手に入れようと，ひたすら働くヤッピーが出現する一方で，「レーガノミックス」により貧富の格差が拡大し，中

スリーマイル島の原子力発電所

時代思潮

産階級の没落，貧困層の拡大とホームレスの出現，麻薬のひろがりと犯罪の多発，離婚の増大などさまざまな社会問題がおこってくる。この時代の抗議運動は，スリーマイル島での原発事故（1979.3）のせいか，反核・平和運動が中心で，国連軍縮総会にあわせてニューヨーク市でおこなわれた100万人参加の反核・平和デモ（1982），ロサンゼルス～ワシントン間3300マイルを歩きぬいた「世界核非武装を求める大平和行進」（1986.3―11）などがある。スペース・シャトル時代の幕開けでもあったこの時代は，同時に，AIDSに怯えた時代でもあった。

● 80～90年代 ── 東西冷戦の終結とアメリカの再生

1985年にゴルバチョフが書記長になってから始まったソ連の「ペレストロイカ（perestoroika＝再編成・改革）」と「グラスノスチ（glasnost＝情報公開）」路線によって，米ソ提携時代が幕をあけた。ソ連の「ペレストロイカ」路線によって東欧諸国の間で民主化への動きが雪崩をうったように拡がり，社会主義体制が崩壊し，冷戦の象徴であったベルリンの壁がとりこわされ（1989），ブッシュ大統領（1989―93）とゴルバチョフによる米ソ首脳会談で，東西冷戦の終結と新世界秩序形成が宣言される。

冷戦解消後のアメリカは，ロシアの改革路線の支援，核軍縮の推進，人権外交，冷戦後の新世界秩序の構築などを課題にし，対ロ経済援助や北米自由貿易協定（1993.11）などに見られるように，アメリカ主導のもとに世界の規模で市場経済と民主化を押し進めた。一方，軍事戦略は対ソから対地域紛争型へと転換し，紛争処理に際してはアメリカ単独では

ベルリンの壁崩壊

V　1945—現代

時代思潮

なく，多国間協議や国連中心型に切り替えた。しかし，国内的にはレーガンの遺産である双子の赤字の解消にはほど遠く，財政赤字は毎年2000億ドルを越え，1992年には2900億ドルに達する。湾岸戦争（1991）で華々しく勝利宣言を行ったブッシュ大統領ではあったが，その任期の4年間で所得格差の拡大，インフレ，中間層の失業，日米間の貿易の不均衡が一段と進行する。

　こういった状況を背景にして，「アメリカの再生」を掲げた民主党のビル・クリントンが第42代大統領（1993.1—97, 1997—2001）に当選する。彼は冷戦終結の現実を踏まえて軍事費を抑制し，同盟国への責任分担拡大やNATOの東欧拡大をすすめ，また，アメリカ経済の再生を目指した外交を展開する。内政面では1980年代から引きついだ貧困層の増大，人種差別主義と不平等，麻薬とアルコール中毒，単親世帯の増加，若年層の犯罪多発，児童虐待などの問題に加えて，女性の多方面にわたる職域進出にともない生じてきたセクシュアル・ハラスメントの問題，医療費の高騰と社会の高齢化にともない問題化してきた健康保険制度の不備の改善などに積極的に取り組んでいる。クリントン政権の下で，アメリカ経済は著しい回復を見せ，多くの雇用が創出されて失業率が下がり，インフレも収まり，生産性は向上し，輸出も増大し，1998年度には長年の懸案だった財政赤字が黒字に転じている。

　90年代には，地球規模で環境問題が取り上げられ，地球環境サミットや地球温暖化防止会議などが開かれ，グリーン・コンシューマリズムや核軍縮運動がおこり，ボランティア休暇によるNGO, NPO活動が奨励され，世界女性会議が開かれた。また，人種・民族・性・性指向における差異を主張する「政治的公正（politically correct）」とか「多文化主義」(multiculturalism)という考え方があらゆるところで話題になった。「情報ハイウエイ」による情報化時代が幕をあけ，遺伝子組み換え食品が出現し，イギリスで成功したクローン羊の誕生が話題になった。

第1章　小　説

❖　**1945年から1960年頃まで**　この時期のアメリカは東西対立の冷たい戦争が生みだした順応主義に支配されていた。体制に対する良識的な批判勢力であるべき知識階級も『パーティザン・レヴュー』誌の「アメリカとアメリカ文化についてのシンポジアム」（1952）にみられるように，大半は体制順応的な姿勢をとる。戦後の経済的繁栄で豊かな生活を享受するようにはなったものの，戦後の国際政治や高度に管理された産業主義社会がもつ，個人を圧し潰すような巨大な力や機構を前にして，人々は自我の喪失感を覚えるようになる。

　こういった時代環境のなかで，まず，戦争の直接的な産物として第二次世界大戦を題材とした多くの戦争小説が書かれ，この時期におこった朝鮮戦争（1950.6—53.7）も題材にされた。作家としてはノーマン・メイラー（1923—2007），ジェイムズ・ジョーンズ（1921—77），ジョン・ホークス（1925—98），ジェイムズ・ミッチェナー（1907—97）などがいる。

　次に，ユードラ・ウェルティ（1909—2001），カースン・マッカラーズ（1917—67），フラナリー・オコーナー（1925—64），トルーマン・カポーティ（1924—84）などの南部作家たち，とくに女性作家たちの盛んな活躍がある。アメリカのなかの外国といわれたこともある南部の歴史や伝統，その特異な地域性や精神風土をユーモアをまじえた鋭い筆致で描きだす。南部の経済的，文化的被抑圧を人間の自己実現からの疎外や孤独という形でとらええているところに，地域性をこえた彼らの作品の価値がある。

　この時期に興隆してきた黒人文学にとっても，人間の自己実現の問題はその最大のテーマであった。自由のための戦いであった第二次世界大戦への彼らの貢献，大戦中のナチスによるユダヤ人の大量虐殺などが，戦後のアメリカで人種差別や不平等への反省を生み，これが黒人文学の興隆にあずかっている。作家としてはリチャード・ライト（1908—60），ラルフ・エリスン（1914—94），ジェイムズ・ボールドウィン（1924—87）などがいる。

　戦前からの大家たち——モダニズムの流れを汲むフォークナー，ヘミングウェイ，自然主義の立場に立つスタインベック——の活躍も続き，それぞれ1950年，1954年，1962年にノーベル文学賞を受賞する。しかし，これら大家たちの，形式を重視するモダニズム，そして19世紀的環境決定論に固執する自然主義は，いずれも戦後の大きな政治的，社会的変化や道徳的変化の多様性に十分に対応しきれなくなってくる。こうして，東西対立の冷戦のなかで，イデオロギーにとらわれないリベラルな想像力の必要性が主張さ

V 1945—現代

れ，サルトル，カミュの実存主義的リアリズムの影響を受けてリアリズムが復活してくる。戦後の疑念と混乱に満ちた「不安の時代」に，この時代しか知らない若い世代の作家たちが小説を書こうとするときの至難さは批評家のジョン・オルドリッジがその著 *After the Lost Generation* (1951, 1958) のなかで指摘しているところだが，その困難を乗り越えてリアリスティックに戦後世界の世相や価値観の変化を描こうとする新しい世代の作家たちがあらわれてくる。メイラーやジェローム・D. サリンジャー (1919—2010) などである。

また，人間存在の不条理性をテーマとするアブサードの文学が生まれてくる。ソール・ベロー (1915—2005)，ジョン・バース (1930—   )，ウィリアム・スタイロン (1925—2006)，ウォーカー・パーシー (1916—90) などである。

こうして，スターリンの死 (1953) やマッカーシー上院議員の失脚 (1954) を経た50年代半ばになると，順応の時代に反発し，実存的生き方や禅における悟りのなかに存在への不安感を解消しようとする傾向があらわれてくる。メイラーの「白い黒人」，すなわち，ヒップスター出現へのよびかけがおこなわれ，ジャック・ケルアック (1922—69) やウィリアム・バロウズ (1914—97) などのビート小説が書かれるようになった。

❖ **1960年頃から1970年代半ば頃まで**　1960年からの15年間は順応の時代に山積したさまざまな国内問題が一気に表面化し，改革を求める抗議運動が各地で頻発した。その一方で，キューバ危機により核の恐怖を実感させられ，あげくの果てにはケネディ大統領をはじめとする一連の暗殺事件，ヴェトナム敗戦，ニクソン辞任にいたるウォーターゲート事件がおきた。このように60年代から70年代は，急激な社会変化の時期であり，また政府や大企業などによる公式発表の世界と実際との間に大きな食い違いがあることを人々が思い知らされた。歴史の前での個人の無力さが痛感され，またアメリカ的価値なるものへの信頼が崩れ，価値観の多様化がおこる。

こういった時代背景のなかで，何といってもめだつのはユダヤ系作家たちのはなばなしい活躍である。大戦後，アメリカ社会が中産階級化し，ユダヤ人の受容が大幅に進むなかで，彼らはアメリカ社会のなかにあってユダヤ人としてのアイデンティティをいかに保持するかの問題にかかわるにせよ，あるいはユダヤ人であるというアウトサイダーの宿命を負いつつもいかにしてアメリカ人としてのアイデンティティを獲得するかの問題にかかわるにせよ，彼ら自身のきわめてパーソナルな問題を，リアリズムの手法を駆使して，現代の不条理のなかでいかに生きるかという普遍的な問題へと高めえた。ベロー，バーナード・マラマッド (1914—86)，フィリップ・ロス (1933—2018) などが代表的だが，他にメイラー，サリンジャー，ジョゼフ・ヘラー (1923—99)，スタンリー・エルキン (1930—95)，ジャージー・コジンスキー (1933—91)，エドガー・L. ドクトロウ (1931—2015)，実験的な小説を書くロナルド・スーケニック (1932—2004)，レイモンド・フェダマン (1928—2009) などがいる。

ユダヤ系の多くの作家たちと同じようにリアリズムの手法を駆使して書いた作家にジョン・アップダイク (1932—2009)，ジョイス・キャロル・オーツ (1938—   )，ジョン・

ガードナー（1933―82）がいる。

　フィリップ・ロスは"Writing American Fiction"（1960）でこの時代の急激な社会変化と価値観の混乱が生みだす現実の姿は作家の想像力をこえていると嘆いたが，60年代の小説はこのような時代を反映していくつかの新しい傾向を生みだした。ブラックユーモア，ニューフィクション，そしてニュージャーナリズムもしくはノンフィクション・ノヴェルの出現である。いずれも，変幻きわまりなく，意味づけをおこなうことが不可能とも思える現実をなんとかとらえ，いかに恣意的であれそれに何らかの意味づけを試みようとする努力から生まれてきたものである。

　ブラックユーモアは個人をこえたところで働いている巨大な歴史の力への恐怖から生まれてきており，SF，寓話，ファンタジー，探偵小説，歴史小説などの大衆小説の形式を借り，その方法上の特徴がファビュレーション，ファビュリズムとよばれていることからもわかるように，法外でばかばかしく，まるで信じられないような物語世界を面白おかしく構築する。主な作家はヘラー，バース，カート・ヴォネガット（1922―2007），トマス・ピンチョン（1937―　）などである。

　ニューフィクションは，小説の死ということが盛んにいわれた1960年代末頃にあらわれたもので，「小説とは何か」とか，「書くという行為」そのものを主題とするメタフィクションをふくむ。現実というものが意味をなさないばらばらの断片であるという意識をもち，認識の手段としての言葉自体にさえ疑問を投げかけ，作者の主観性を前面に押しだし，小説のもつ虚構性を強調し，現実との間の関連性をできるだけ排除しようとする。コラージュの多用と言語や論理展開の不連続性がその特徴である。ドナルド・バーセルム（1933―89），リチャード・ブローティガン（1935―84），バース，ロバート・クーヴァー（1932―　），ウィリアム・H．ギャス（1924―　）などがその代表だろう。彼らはブラックユーモアの作家たちとひっくるめて，ニューライターズとよばれたこともあったが，最近では「ポストモダン」小説とよばれるのが普通である。

　ニュージャーナリズム，もしくはノンフィクション・ノベルは目まぐるしく変化する多様な現実のただなかに入りこみ，できうるかぎり作者の主観を排して，事件や出来事の現場に読者を臨ませ，より直接的に現実の姿やその背後にある時代意識を伝えようとする。したがって，小説では入りこみえないような政治，文化，風俗の領域にまで入りこめるのが特徴である。ただし，このような性格をもつニュージャーナリズムはある意味では現実への意味づけの拒否でもあるといえる。メイラー，カポーティ，ジョーン・ディディオン（1934―2021），トム・ウルフ（1931―　），ハンター・トンプスン（1937―2005）などがいる。

❖ **1970年代半ば頃から現代まで**　　ヴェトナム敗戦，ウォーターゲート事件，そして世界経済におけるアメリカの地位の相対的低下は国家への不信感を生み，「ミーイズム」を生みだす。大義名分ではなく自己自身という原点に立ち返って自己と社会との関係を見直そうとする姿勢は，小説にも反映され，主観的かつ告白的に，自己治療的かつ自己愛的に，社会と自己との関係を問い直そうとする人物を主人公とする小説が書かれるよ

V　1945—現代

うになる。この時期のベローやロスの作品がそうである。
　この時期の小説でまず目立つのは，少数民族の文学と女性の文学の興隆である。公民権運動の成果をふまえて1970年代に入ってからネイティヴ・アメリカンたちの抗議運動がおこり，それにつれてネイティヴ・アメリカンの作家たちが注目を集めるようになる。スコット・モマディ（1934—　），ジェラルド・ヴィズノーア（1934—　），ジェイムズ・ウェルチ（1940—2003），レズリー・マモン・シルコー（1948—　），ルイーズ・アードリッチ（1954—　）などである。またこれに関連して，他の少数民族——ヒスパニック系，アジア系など——の文学も注目を集めるようになる。メキシコ系のトマス・リヴェラ（1935—84）とルドルフォ・アナーヤ（1937—　），中国系のマクシーン・H. キングストン（1940—　），日系のジョン・オカダ（1923—71）などがその代表例だろう。
　女性の文学の興隆は，1970年代半ば頃から盛んになったフェミニズム運動，とくに人種と性差という二重の束縛下にあった黒人女性たちの活発な発言と軌を一にする。マージ・ピアシー（1936—　），グレイス・ペイリー（1922—2007），ゲイル・ゴドウィン（1937—　），マリリン・フレンチ（1929—2008）などがおり，黒人作家ではトニー・モリスン（1931—　），アリス・ウォーカー（1944—　），トニー・ケイド・バンバラ（1939—95）などがいる。
　批評家のフレデリック・カールは1960年代にはあまりにも多くの現実がありすぎたが，1970年代にはそれがさらに進んで，現実とはいかなるものなのか，どこにそれはあり，もしあるならそれはどこへ向かっているのかを決めることが困難になった時期だと書いている。このような現実の消滅に対応して，事実性を主張する伝記，自伝，そして歴史小説の形態をとった小説が書かれるようになった。また，よりラディカルに自己回帰的になり，新しい言語観などを取り入れ，形式上の実験を一段と押し進めた小説が書かれるようになった。前者としては，キングストン，ドクトロウ，クーヴァー，後者としてはスーケニック，フェダマン，ギルバート・ソレンティノ（1929—2006），ウォルター・アビッシュ（1931—　）などがいる。
　保守主義が台頭してくる1970年代後半から，ヤッピーの出現を見た1980年代になると，リアリズム復活の動きが出てくる。ニューリアリズムとかミニマリズムとよばれる動きで，若い世代の作家たちの間に実験性そのものをめざしてテクスト内に閉じこもるよりも，テクストの外にあるアメリカ社会の変化を捉えようとする動き，あるいは，身の回りの日常性の世界に目を向けようとする動きである。もっとも，アメリカ社会の現実やその日常性の世界は言葉や映像や情報があふれかえり，死と暴力に満ちた，つねに変転きわまりない世界である。ジョン・アーヴィング（1942—　）やウィリアム・ケネディ（1928—　），それにフレデリック・バーセルム（1943—　），アン・ビーティ（1947—　），ボビー・アン・メイソン（1940—　），ジェイン・アン・フリップス（1952—　）たち，短篇を得意とする者としてはレイモンド・カーヴァー（1939—88）がいる。その一方で,「ポストモダン」小説が，その第2世代と呼ばれる作家たち，ドン・デリーロ（1936—　），トム・ロビンズ（1932—　）によって書きつがれる。

第1章 小　説

　1980年代半ば頃になると「MTV世代」とか「ニュー・ロストジェネレーション」とかよばれる，1950年代，1960年代生まれの作家たち，ジェイ・マキナニー（1955―　），ブレット・イーストン・エリス（1964―　）などが登場する。また，「ポストモダン」小説第3世代の作家たち，南米作家たちのマジック・リアリズムの影響を色濃く受けたスティーヴ・エリクスン（1950―　），ウイリアム・T. ヴォルマン（1959―　），デイヴィッド・フォスター・ウォレス（1962―2008），リチャード・パワーズ（1957―　）などが現われてくる。さらにその一方で，ウイリアム・ギブスン（1948―　）の「サイバー・パンク」SF，キャシー・アッカー（1947―1997）の「パンク」小説，マーク・レイナー（1957―　）などの「アヴァン・ポップ」小説が注目される。
　1990年代に入って，アメリカ小説はいっそう隆盛をきわめているが，全体的な傾向としては，リアリズムへの傾斜を強めている。

1　1945年から1960年頃まで

(1)　メイラーとジョーンズ――戦争小説

▶メイラー　　戦争小説には，いわゆる戦闘ものと，戦争全般を社会・政治的にとらえるもの，との二つのタイプがあるが，アメリカの戦争小説の場合，後者のタイプが圧倒的に多い。軍隊，戦争を一つの社会・政治機構とみなし，その機構と人間との間の相克を描くというのがこの時期のアメリカの戦争小説の特徴である。代表的な作品はノーマン・メイラーの『裸者と死者』（*The Naked and the Dead*, 1948）とジェイムズ・ジョーンズの『地上より永遠に』（*From Here to Eternity*, 1951）である。
　『裸者と死者』は戦闘ものに属するが，戦場という極限状況下にある人間心理と狂気，軍隊機構やその背後の一般社会にひそむ権力と自由の衝突を，自然主義的な手法でみごとに描きだした作品で，戦後の戦争小説のなかでも一，二を争う傑作である。南太平洋の架空の孤島アノポペイ島の攻略戦に参加した一偵察小隊の言語を絶した，しかし徒労に終わる作戦行動を描く。「裸者」とは戦場で人間の本性をむきだしにする兵士たち，軍隊機構に隷従し，そのなかでささやかな権力欲を冷酷非情に満たそうとするクロフト軍曹，権力欲の権化のカミングズ将軍であり，「死者」とはそれぞれの個性をもちながらも，無名のうちに死んでいく兵士たちや自由主義的な考え方を貫こうとして

V　1945―現代

死に追いやられるハーン少尉である。

　自由を貫こうとしたハーン少尉は，カミングズやクロフトによって敗北に追いやられるが，カミングズたちの権力欲も同様に挫折の憂きめをみる。カミングズが，自分の型破りの作戦のために海軍の支援を求めて島を留守にしている間に，そして，クロフトに率いられた偵察小隊が山中で悪戦苦闘している最中に，無能なダルソン少佐によって島は偶然のうちに攻略されてしまう。メイラーのアイロニーは明らかである。戦場の悲惨さ，戦場における人間の狂気，自由と権力の衝突などをみごとに描いたこの作品でメイラーは一躍戦後を代表する作家となった。

▶ジョーンズ　　『地上より永遠に』は日本軍の真珠湾攻撃直前のハワイを舞台に，中隊長の意に逆らってボクシングの試合に出ることを拒否したために，軍刑務所へと追いやられ，軍隊機構の悪意のなかで殺人を犯し，悲劇的な死をとげる一人の兵士の姿を描く。

　個人的には何の怨みもない人間どうしが殺しあわなければならない戦争の非情さ，空しさを批判したものとしては，戦場で相会する米独，三人の兵士のそれぞれの人生を対比させて描いたアーウィン・ショー（1913―84）の『若い獅子たち』（*The Young Lions*, 1948）がある。

　ホークスの『人喰い』（*The Cannibal*, 1949）は，シュール・リアリスティックな手法で書かれた，大戦直後のドイツを舞台にする作品で，ドイツの3分の1をただ一人でオートバイに乗って管理するアメリカ兵，その暗殺を企むナチス主義者，そして少年を狐狩りのように追いかけまわし，解体し食べる餓えた公爵が登場する。これは戦後の荒廃した心象風景を感覚的にみごとにとらえた作品となっている。

　これら以外の作品としては，ハーマン・ウォーク（1915―　）の『ケイン号の反乱』（*The Caine Mutiny*, 1951），ルポルタージュとしてはジョン・ハーシー（1914―93）の『ヒロシマ』（*Hiroshima*, 1946），ポーランドでのナチによるユダヤ人大量虐殺をとりあげた *The Wall*（1950），朝鮮戦争を描いたものとしてはミッチェナーの『トコリの橋』（*The Bridges at Toko-ri*, 1953）がある。

（2） 南部の作家たち

▶ウェルティ　　　南北戦争の敗戦による挫折感，奴隷制に対する罪意識，農業中心のため急速な産業主義のなかで取り残され，そのため生じた経済の地盤沈下と文化的後進性，こういった要件から南部の文学は古きよき時代の南部の文化と伝統への執着を示す。また，南部がおかれている後進性が生みだす頽廃や暴力へも鋭い目が向けられる。注目すべき作家はウェルティ，マッカラーズ，オコーナー，カポーティの四人である。

　ウェルティは四人のなかではもっとも古い世代に属する。そのせいか，彼女の小説には南部の歴史や風俗への愛着がいちばん色濃くみられる。したがって，彼女が描くのは歴史の変化に逆らう個人や家族，さらには地域社会そのものである。彼らの世界は時間が停止してしまったような世界で，そこに住む多様な人々――その多くは風変りでグロテスクな人物たち――をウェルティは現実と幻想，象徴と神話がおりまじった手法，屈曲した重層的な文体で描く。

　優れた作品を生みだすにはよく知悉した「場所」が必須と考えるウェルティの作品の舞台はほとんどがミシシッピ州で，描かれる人間も中・下流の庶民が多く，描写の対象も，さまざまな状況のもとにおかれた人間たちの心理的反応であって，そこには政治的，社会的関心はあまりない。概して，初期の作品には厳しい愛と孤独のテーマがみられるが，後期の作品では生の肯定的な側面をとらえようとする姿勢がめだつ。短篇に優れているが，長篇もよくし，デルタ地帯の旧家の結婚式に集まった人々を描いた『デルタの結婚式』（*Delta Wedding*, 1946），一門の人々のエピソードが対位法的にとりとめもなく六世代にわたって語られる *Losing Battles*（1970），父が再婚した若い女に父の死後思い出の残る家を遺すことになって，改めて夫と妻，親と子の間のつながりの深さを痛感することになる女主人公を描いた『マッケルヴァ家の娘』（*The Optimist's Daughter*, 1972）などがある。

▶マッカラーズ　　孤独，とくに愛の孤独を描かせたら，カースン・マッカラーズの右に出る者はいない。彼女もそのテーマを展開するにあたって，いかにも南部らしいグロテスクな人物を配する。しかし，彼女の孤独な人物たちの描き方はウェルティよりもより象徴的，寓意的である。

孤独という彼女の主題がもっとも大きなスケールで表出されている出世作『心は孤独な狩人』(*The Heart Is a Lonely Hunter*, 1940) では、聾啞者、下宿屋の娘、社会主義者、狂信的な黒人医師など、いずれも社会の典型的な孤独者たちが世界の縮図を構成するように工夫されていて、孤独こそが人間の宿命であると訴えているかのようである。この作品のほかでは、『結婚式のメンバー』(*The Member of the Wedding*, 1946) が優れている。

▶オコーナー　オコーナーの世界は暴力と悪と瀆神に満ち、心や魂のゆがんだグロテスクで狂信的な人間が登場する。これは、オコーナーがカトリック作家で、「人生の意味はキリストによる私たちの救済」という点にあると考え、キリストとの出会いを描くためには人間のグロテスクさを示す必要があると感じていたためである。したがって、彼女の作品はグロテスクな人間像の設定とその人物のキリストによる救済というパターンをとる。

代表作は『賢い血』(*Wise Blood*, 1952) で、この作品の主人公は原罪による堕落もキリストによる贖いも信じない。そのため彼は「十字架に架けられたイエス・キリストのいない真理の教会」を設立しようとし、「罪を信じていないことを証明する」ために売春宿に泊まりこみ、狂信的に「贖いの血も流さず、神ももたない人間キリスト」の福音をボロ車で説いてまわり、また誘惑の罪を重ねる。そしてあげくの果てに説教壇代わりにしていたボロ車で人を轢き殺してしまう。やっと自分の不敬の罪の深さに気づいた主人公は自ら目をつぶし、胸に有刺鉄線を巻きつけ、懺悔と苦行のなかで死を迎える。「賢い血」とは、自分の賢明さを信じて神を必要としない、思いあがった人間の血のことであり、この小説は人間の原罪物語でもある。オコーナーのもう一つの小説 *The Violent Bear It Away* (1960) の主人公の少年も同様で、彼に洗礼を施した大伯父が死ぬと、彼は「賢い声」にそそのかされて、神からの解放を宣言し、大伯父の家に放火して町に出ていく。しかし最後には、見ず知らずの同性愛者に犯されるという体験を通して神の啓示をみる。オコーナーは短篇の名手でもあり、すぐれた短篇集が二冊ある。

▶カポーティ　カポーティの作品には、短篇「ミリアム」("Miriam," 1945) や長篇第一作『遠い声、遠い部屋』(*Other Voices, Other Rooms*, 1948) によって代表されるポーを思わせるゴシック風の物語の系列と、『草の

堅琴』(*The Grass Harp*, 1951) や『ティファニーで朝食を』(*Breakfast at Tiffany's*, 1958) に代表される明るい,本質的にコミックな物語の系列とがあり,これにノンフィクション・ノベルと自ら称する『冷血』(*In Cold Blood*, 1966),およびその他のノンフィクションの系列が加わる。

『遠い声,遠い部屋』は,13歳の孤児同然の少年の父親探しの旅の物語で,死と衰亡の影を宿す深南部の異常な世界のなかで,この少年がアブノーマルな性の世界へとひきこまれていくありさまが描かれる。『草の堅琴』は牧歌的な物語で,主人公で語り手の16歳の少年を含む一団が,自分の薬の商業化を嫌う少年の父の従姉妹で人のいい内気な老嬢ドリーに味方して家出し,かねて見つけていた,はるか昔,子どもたちがつくったのであろう樹上の家に立てこもるというストーリーである。『ティファニー』は映画にもなって有名だが,名刺の住所が「旅行中」となっている天衣無縫で,社会通念にとらわれない生き方をする女性の物語である。『冷血』は1959年11月15日におこったカンザス州の小麦農場主 H. W. クラター夫妻と二人の子どもの殺人事件をドキュメンタリーふうに扱ったものである。カポーティの作中人物たちは,孤立し,躁鬱病的で,愛に渇き,自己憐憫的で,しばしば無意味に暴力的かつ反社会的である。したがって,読後,強い道徳的高揚感は得られないかもしれない。しかし,こういった人物たちの心の奥底でゆれ動く心のひだを,幻想的な手法を駆使して情感豊かに描くところにカポーティの本領がある。

▶その他　上に述べた四人以外にも,スタイロンという注目すべき作家がいる。また,1960年代以降に入るとカトリック作家のパーシーが,若い世代ではバリー・ハナ (1942―2010) が出てくる。ただし,三人とも南部という地域性のなかに閉じこもってはいない。地方主義作家に徹しているのは,テネシーを描きつづけるピーター・テイラー (1917―94),ミシシッピの作家エレン・ダグラス (1921―2012) などである。

（3） 黒人作家たち

▶ライト　第二次世界大戦後における黒人小説興隆の萌芽は,遠くはアメリカの黒人たちの黒人意識を高揚させた1920年代のハーレム・ルネッサンスに,近くは1930年代に人種差別に抗議の声をあげ,短篇集

Uncle Tom's Children（1938）や『アメリカの息子』（*Native Son*, 1940）を書いたライトの活躍のなかにみられる。人種差別という犯罪的行為を黒人に押しつけているアメリカ社会での黒人の自由は，反社会的な形でしか許されないということを描いた『アメリカの息子』は，発表されるやたちまちベストセラーとなり，後の抗議小説の原型となった。しかし，戦後の黒人小説は，直接的な抗議の姿勢をとるよりは，抑圧された社会階級として生きている黒人たちのあるがままの生活や彼らの人間としての自己実現の夢を描こうとする傾向をみせる。

大戦後のライトの作品のなかでは『アウトサイダー』（*The Outsider*, 1953）が重要で，地下鉄事故で誤認により死者と発表された男が，それを利用していっさいの煩わしい係累を捨てて自由に生きようとし，彼の過去を知る人間などを虫けらのように殺していくという筋である。だが結局，彼は人生の苦悩や疎外からの脱却は得られず，最後に撃たれて死ぬ。

▶**エリスン** 　エリスンは『見えない人間』（*Invisible Man*, 1952）一作で代表的な黒人作家となった。ドストエフスキーの影響を受けたと思われるこの作品で語られるのは，一人の黒人青年のアメリカの資本主義，社会主義，そして黒人の地位向上についてのさまざまな決まりきった謳い文句に対する幻滅の物語である。「見えない人間」というのは，アメリカ社会のなかでは白人の目に映らない，つまり人間としての正体をもちえない黒人のことを意味する。人生での悪戦苦闘のすえ，その原因は自分が「見えない人間」であるためだと思い知らされた主人公は，地下の穴ぐらにこもり，意図的に自分を「見えない人間」にする。この作品には自然主義，表現主義，シュールリアリズムの手法が用いられ，黒人作家によって書かれたもっとも芸術的な作品となっている。しかし，小説の最後で穴ぐらを出るという主人公が黒人としてその前途にどのような社会的展望を抱いているかは示されていない。

▶**ボールドウィンと60年代以降** 　ボールドウィンは，抗議小説は人生や人間を類型化しがちだと批判する。したがって，彼は一個の人間としての黒人を深く掘り下げようとする。また，黒人問題を離れて，人間の孤独と連帯という問題を，自伝的な『山に登りて告げよ』（*Go Tell It on the Mountain*, 1953）と『ジョヴァンニの部屋』（*Giovanni's Room*, 1956）で考える。前者は，

義理の父親との間の親子関係の対立のなかで宗教的回心を得る黒人少年の物語である。後者は，黒人問題とは何の関係もなく，白人青年の同性愛をテーマとしている。黒人の人間性を認めてはじめて白人は人間性を回復できると考えるボールドウィンには，白，黒，両人種の間の異性愛や同性愛を描いた異色作『もう一つの国』(*Another Country*, 1962) もある。

1960年代に入って公民権運動が燃えさかると再び人種差別への抗議の声があがり，『マルコム X の自伝』(*The Autobiography of Malcolm X*, 1965) やジョン・A. ウィリアムズ（1925—2015）の *The Man Who Cried I Am* (1967) が書かれた。また，妻が多胎妊娠で白人と黒人の双生児を生むという皮肉たっぷりな趣向で白人世界の退廃的な性を描いたウィリアム・M. ケリー（1937—2017）の『あいつら』(*dem*, 1967) なども発表された。

1960年代末になると，法的には黒人への差別がほぼ撤廃され，「ブラック・イズ・ビューティフル」というスローガンが掲げられ，またアフロ・アメリカン宣言(1968)がおこなわれた。黒人小説もこれを反映して，黒人と白人の連帯をテーマとするもの，アメリカ化に反対しアフロ・アメリカン的価値を主張しようとするものなど，いくつかの傾向をみせるようになる。主な作品としては，ジョン・A. ウィリアムズの *Captain Blackman* (1972)，アーネスト・ゲインズ（1933—　）の『ミス・ジェイン・ピットマン』(*The Autobiography of Miss Jane Pittman*, 1971)，イシュメイル・リード（1938—　）の『マンボ・ジャンボ』(*Mumbo Jumbo*, 1972)，*Flight to Canada* (1976) などがある。

また，1970年代半ば頃からは，人種差別と性差別という二重の差別下にあった黒人女性たちの宿命や歴史を描く黒人女性作家たちの活躍がめだってくる。『青い目がほしい』(*The Bluest Eye*, 1970)，や『ビラヴド』(*Beloved*, 1987) のトニー・モリスン，『メリディアン』(*Meridian*, 1976) や『カラー・パープル』(*The Color Purple*, 1982)などのアリス・ウォーカーなどである。

上記以外の60年代以降の重要な黒人作家としては，ジョン・エドガー・ワイドマン（1941—　），『中間航路』(*Middle Passage*, 1990) で全米図書賞を得たチャールズ・ジョンスン（1948—　），女性作家としてはポール・マーシャル（1929—　），トニ・ケイド・バンバラ，ジャマイカ・キンケイド（1949—　），グロリア・ネイラー（1950—2016）などがいる。

（4） 戦後世代の作家たち

▶メイラー　　戦後世代の作家のなかでもっとも早くから注目を集めたのがメイラーとサリンジャーである。二人ともユダヤ系であるが、ともにユダヤ教的なもの、ゲットー的な世界とはもっとも無縁である。

すでに戦争小説で有名になったメイラーは、戦後のアメリカの社会的、政治的変化にもっとも敏感に反応した作家である。科学技術、権威主義、大衆社会的価値などによる人間性侵害に彼は強く反発する。また、自己顕示欲が強く、それが社交界への派手な話題の提供、積極的な政治活動への参加という形をとってあらわれている。1967年の『なぜぼくらはヴェトナムへ行くのか』（*Why Are We in Vietnam ?*, 1967）以後小説を離れ、エッセイや自らを作中にメイラーとして登場させ、その感性を通して見聞する事件や出来事を語るというニュージャーナリズムに偏っているが、これも一つにはこの自己顕示欲のせいかもしれない。

『バーバリーの岸辺』（*Barbary Shore*, 1951）は、スターリンの恐怖と粛清の鉄の支配と、赤狩りに象徴される資本主義的全体主義の悪夢の時代を背景に、両者は双生児であって、そのいずれにもあるのは政治的不毛であり、このままでは人類がいきつくのは「野蛮状態の岸辺」であるという認識を示したものである。また、『鹿の園』（*The Deer Park*, 1955）は、朝鮮戦争と赤狩りを背景に、ハリウッド人たちが集まる保養地での彼らの順応主義的な生き方と性の退廃ぶりを描き、そのような時代には芸術家にとって創造力こそが唯一の救いだが、それすら保持するのが困難だった当時の時代相が示される。

『アメリカの夢』（*An American Dream*, 1965）は、マルキスト的実存主義者と自称し、「白い黒人」待望論を書いたメイラーのもっとも実存主義的な小説で、古いアイデンティティを捨て、危険を犯して自己の精神的再生をはかろうとする男の物語である。実存的な生の充実感へと彼をかりたてる「月の言葉」にうながされて主人公は、長年の間疎遠になり別居していた妻を殺し、警察の尋問を切りぬけ、政界、財界を自在に動かす怪物である義父を殴り倒し、凶暴な黒人のヒップスターの恋人を奪う。しかし、結局は、「月の言葉」に従いそこねて、恋人を殺され、彼はグァテマラとユカタンへの長い旅に出る。

『なぜぼくらはヴェトナムへ行くのか』は少年期から大人の世界へのイニシエーション（通過儀礼）の物語で，アラスカでの熊狩りがその舞台である。熊狩りの狩猟隊一行がベトナムの米軍の姿と重なりあう。この時期以後の彼の主な小説としては，*Ancient Evenings*(1983)，『タフガイは踊らない』（*Tough Guys Don't Dance*, 1984），*Harlot's Ghost*（1991）などがある。

▶サリンジャー　　J. D. サリンジャーは『ライ麦畑でつかまえて』（*The Catcher in the Rye,* 1951）によって一躍大学生世代の人気者となった。この作品はペンシルヴェニアにある進学校の16歳の少年が，成績不良で退学処分通告を受けてから，寮を出，両親と幼い妹の住むニューヨークに戻り，そこで3日間彷徨した間の出来事を，何カ月か後に，入院先の西海岸のクリニックでふり返るという形をとる。主人公が出くわすのは，大人の世界の偽善や「いんちき」さ加減で，そのような世界に主人公は不信と反発を覚え西部へ行く決心をする。しかし出かける前にひそかに会いにいった幼い妹の学校で，純真であるべきはずの子どもたちの世界すら大人の世界の「うす汚さ」に汚されている証しをみて，子どもたちの守り手になる決心をして家に戻る。

　一般的には通過儀礼をテーマとする小説は，主人公の無垢の喪失，大人の世界への適応という形をとるものだが，この小説の主人公は大人になることを徹底的に拒否しようとする。この点が，順応の時代や大衆社会のなかでの人間性回復の願いと通じあい，この小説の人気の秘密となった。生き生きした口語体英語のみごとさでも知られる。

　サリンジャーには，ほかに『フラニーとゾーイー』（*Franny and Zooey,* 1961）などグラス一家の兄妹たちを主人公に，彼らの生きていくうえでの悩みを禅的雰囲気のなかで描いた中・短篇などがあるが，1965年に中篇『1924——ハップワース16』（*Hapworth 16, 1924*）を発表以来沈黙を守っている。

(5)　不条理小説の作家たち

▶不条理小説の類型　　戦争体験や戦後の大衆社会の出現がもたらした人間存在の不条理性への感覚が，多くの優れた作品を生みだした。不条理小説は，不条理の発見，それとの葛藤，そして解決不可能な不

V 1945―現代

条理にどう対処するかにかかわる。したがって、主人公の不条理への対処の仕方によって、(1)不条理の発見とその受諾(その理由なき犠牲者)、(2)不条理への反抗から、それへの妥協、(3)実存的に生きぬくことを通して不条理に反抗、という三つのタイプに分けられる。

(1)のタイプに属するものとしては、ベローの『宙ぶらりんの男』(Dangling Man, 1944)、『犠牲者』(The Victim, 1947)、スタイロンの『闇のなかに横たわりて』(Lie Down in Darkness, 1951)、エリスンの『見えない人間』、バースの『フローティング・オペラ号』(The Floating Opera, 1956)、ジェイムズ・パーディ(1923―2009)の『マルコムの遍歴』(Malcolm, 1959)、(2)としては、ベローの『オーギー・マーチの冒険』(The Adventure of Augie March, 1953)、『雨の王ヘンダースン』(Henderson the Rain King, 1959)、『ハーツォグ』(Herzog, 1964)、アップダイクの『走れ、ウサギ』(Rabbit, Run, 1960)、パーシーの『映画狂』(The Moviegoer, 1961)などがあげられる。

(3)としては、ライトの『アメリカの息子』、『アウトサイダー』、サリンジャーの『ライ麦畑でつかまえて』、メイラーの『鹿の園』、『アメリカの夢』、ヘラーの『キャッチ＝22』(Catch=22, 1961)、マラマッドの『もうひとつの生活』(A New Life, 1961)、J. P. ドンレヴィー(1926―2017)の『赤毛の男』(The Ginger Man, 1958)などがある。

▶スタイロン　『闇の中に横たわりて』は、憎みあう両親の間で愛の葛藤に引き裂かれ、また激しく移り変わる世の中についていけなくなり、全裸でニューヨークのビルから飛び降り自殺する22歳の南部女性の物語である。スタイロンは、現代人が直面する精神的苦悩を実存的に描くのに優れている。ナチスの収容所で、二人の子どもたちのうち一人を死者の列に送りこむという選択をせざるをえず、そのためその罪の意識をひきずって生き、結局は悲劇的な死にいたる女性を描き、存在とは何かを問いかけたものに『ソフィーの選択』(Sophie's Choice, 1979)がある。また『ナット・ターナーの告白』(The Confessions of Nat Turner, 1967)は、黒人有識者層からの反発を買うことになったが、19世紀に実際におこった黒人暴動の指導者を、愛する者でも白人女性であるがゆえに殺さざるをえなかった苦悩の人として描いている。

第1章 小 説

▶パーシー 　『映画狂』は，日常性からの脱却を映画による代償行為に求めていた主人公が，生命の充実感を求めて生の「探求」をはじめ，それを精神的に不安定な娘との結婚のなかにみいだそうとするという筋で，カトリック作家のパーシーの場合，生の「探求」とは神の探求につながる。パーシーの魅力は，現代人の自己疎外の問題をとりあげ，自己疎外からの脱出，現実世界への再入の可能性を探っている点にある。このテーマを自殺衝動から妥協による生へ，自殺衝動から生の肯定へという形で描いたのがウィル・バレットを主人公にした『最後の紳士』(*The Last Gentleman*, 1966)と，20数年後のその後日譚である *The Second Coming* (1980)である。

▶ビート世代の小説 　戦後世界の二極構造化がもたらした東西両陣営間の冷戦による順応主義や物質主義的な風潮に対して，戦後，成年に達した若者たちが世界各地で反抗の声をあげ，イギリスではアングリー・ヤングメン，日本では太陽族などを生みだしたが，アメリカではビート・ジェネレーションとよばれる世代が出現した。この名前の由来については「打ちのめされた＝beaten」の意だ，ジャズの「ビート」の意だ，いや，「至福の＝beatific」の意だ，とさまざまにいわれている。彼らは，中流階級的な価値観や物質主義を否定し，そういったものからの精神的「解脱」を主張する世代で，メイラーのいうヒップスター的に生きることをめざす。1960年代にあらわれたヒッピーの先達だが，中流階級出の若者が多く，ヒッピーに比べてそれほど戦闘的なところはなく「離脱的」である。社会的タブーから離れ，放浪し，麻薬による意識拡大をはかる。彼らを代表するのは，小説ではバロウズとケルアックで，バロウズには，「カットアップ」とよばれる実験的な手法で麻薬中毒者の世界を描いた『裸のランチ』(*The Naked Lunch*, 1959)，ケルアックには，車を駆って大陸を横断しメキシコにまでいたる二人の若者の交遊を描き，この世代の聖典とまでいわれた『路上』(*On the Road*, 1957)がある。

2 1960年頃から1970年代半ば頃まで

(1) ユダヤ系作家たち

▶ユダヤ系作家とは　　今日，われわれがユダヤ系作家とよぶのは主として，19世紀末から今世紀初頭にかけてロシアを中心におきたポグロムとよばれる計画的なユダヤ人の大量虐殺をのがれ，アメリカに大量に流入した東欧系の移民の二，三世世代にあたる子孫たちである。彼らは，ユダヤ人ゲットーのなかで国をもたない彼らにとって唯一の連帯の絆であるユダヤ教の戒律を守り，また，それぞれの父祖の地の風習を保ちながら，徐々にアメリカ社会に同化していった。したがって，彼らの文学は移民体験文学という面をもち，移民体験が風化し，言語や生活の二重性が失われたとき，ユダヤ系作家という区分は消滅するかもしれない。

第二次世界大戦前に活躍した作家とその作品としては次のようなものがある。エイブラハム・カーハン（1860—1951）の *The Rise of David Levinsky*（1917）は成功して大金持ちにはなったものの，そうなるためにユダヤ性を失ったとして敗北感を覚える男を描く。マイケル・ゴールド（1892—1967）の *Jews Without Money*（1930）は移民最盛期の世紀末ニューヨークのロワー・イーストサイドのゲットーを舞台に，貧困，宗教的，道徳的堕落のただなかでマルクスを発見し，共産主義者になっていく利発な少年の話である。ヘンリー・ロス（1907—95）の *Call It Sleep*（1934）は生活の不安定，言葉の不自由さ，貧困といった心配事に取り憑かれて暴君的になった父親とその息子との間の精神的葛藤を，少年の意識を通して語る。ユダヤ的テーマでは書かなかったが，ナサニエル・ウェスト（1904—41）の作品も注目に値する。

▶ベロー　　ソール・ベローは，戦時中に，手違いから七カ月も入隊が遅れ，その間に自由であることの苦しさを痛感させられる男を描いた実存主義色の濃い日記体小説『宙ぶらりんの男』を発表した。そして戦後になって，ユダヤ人の被害者意識を逆転させたような小説『犠牲者』（*The Victim*, 1947）を書いたが，いまだ時期尚早で，彼が認められるのは，はみだし者のユダヤ少年がさまざまな人生教師との出会いを重ね，人生には「軸線」

があり，それとの調和が必要であることを悟るようになるという筋だてのピカレスク小説ふう教養小説『オーギー・マーチの冒険』でであった。この作品は全米図書賞を受けたが，以後ベローは，ヒューマニスティックな立場から人間の存在の意味を問いかける作家として戦後のアメリカ小説を代表する作家となった。『ハーツォグ』，『サムラー氏の惑星』(*Mr. Sammler's Planet,* 1970)でも全米図書賞を受け，さらに『フンボルトの贈物』(*Humboldt's Gift,* 1975)でピューリッツア賞，そして1976年にはノーベル文学賞を得ている。

　『ハーツォグ』は現実感覚に欠ける中年の元大学教授が，投函するあてもない手紙を書きつらね，回想に耽るという形式で，現代の機械文明のなかで社会，他者，自己から疎外された知識人の苦悩を描く。『サムラー氏の惑星』では70歳をこえたナチ収容所生き残りの主人公が，現代のニューヨークの狂気のような世界に当惑させられながらも，何とか正気を保とうとする。『フンボルトの贈物』は成功を収めた作家が彼を文学の道へ進ませる原因となったかつての師で詩人のフンボルトの栄枯盛衰を点検することを通して，実利主義的なアメリカでの文学的成功の意味を考える姿を描いている。

　ノーベル賞受賞後に書かれた『学生部長の十二月』(*The Dean's December,* 1982)は，亡命者の妻の母親が危篤状態におちいったためシカゴからブカレストを訪れた主人公が，政治的統制のもとで，人間の死という厳粛な事実に対してすら敬意に欠ける寒々とした東側世界と，物質的には豊かだが精神的に堕落したシカゴとに対して何とか人間的和解を得ようと試みる話である。結局，彼は友人の裏切りで学生部長の職を辞することになる。最近の作品としては，*More Die of Heartbreak* (1987), *The Actual* (1997)などがある。

▶マラマッド　バーナード・マラマッドはユダヤ人の受難や移民体験，ユダヤ教の道徳観をもっともよく描いた作家である。全米図書賞とピューリッツア賞を同時に受けた『修理屋』(*The Fixer,* 1966)は，帝政末期のロシアを背景に，ユダヤ人であるがゆえに，少年殺しの無実の罪を着せられた男を描く。彼は，立件困難を知る検察当局が，わきおこる反ユダヤ主義の嵐のなかで強要する自白を拒否し，あらゆる屈辱や彼を不慮の死に追いやろうとする策謀に3年間も耐え，その過程でユダヤ人であることの責任を負うことを学び，ついに裁判を勝ちとる。

出世作『アシスタント』(*The Assistant,* 1957) は，困窮にあえぎながらも，戒律を守り，正直一途に細々と食料品店を営む男によって，かつて彼の店に強盗に入った異教徒のイタリア青年が感化され，ユダヤ教に改宗するという物語でマラマッドのゲットーものの典型である。彼は短篇にも優れ，いくつかの短篇集があるが，そのうちの『魔法の樽』(*The Magic Barrel,* 1958) は全米図書賞を受賞した。

晩年のマラマッドはユダヤ的テーマを離れ，『ドゥービン氏の冬』(*Dubin's Lives,* 1979) では，子どもたちが成人して家を出た後，神経症の妻と二人で暮らす初老の伝記作家が，若く，奔放で性的魅力たっぷりな娘に刺激されて愛人関係になり，若さと人生を取り戻そうとする様を，また最後の作品となった *God's Grace* (1982) は，深海探査船に乗ったおかげで，水爆戦争で絶滅した地球上にただ一人生き残ることになった古代学者の姿を描く。

▶ロ　ス　　ベロー，マラマッドが移民の二世世代であるのに対しフィリップ・ロスは三世世代で，年齢もはるかに若く，アメリカ社会への同化がかなり進んだ世代である。したがって，ユダヤ的な伝統や価値の保持を主張するというよりは，むしろアメリカ社会への同化にさいしてそれらが及ぼす影響について書くことをその文学的出発点としている。

そのあらわれの一つが " The Conversion of the Jews " (初出，1958) などの初期の短篇にみられるユダヤ教の選民意識がもたらすユダヤ人の排他性，閉鎖性，独善性への批判である。宗教的偏狭さへの批判は形を変えて，独善的で非寛容なカルヴィニスト的女主人公を描いた『ルーシィの哀しみ』(*When She Was Good,* 1967) へ，またユダヤ的価値観への反発は，反発はしたものの，結局は母親やユダヤ人社会から教えこまれた罪の意識のため不能におちいる男を描いた『ポートノイの不満』(*Portnoy's Complaint,* 1969) に結実している。

ロスは，時代の変化に敏感で，これらの作品の後，ブラックユーモア的パロディ小説『われらのギャング』(*Our Gang,* 1971), 『素晴らしいアメリカ野球』(*The Great American Novel,* 1973), あるいはカフカ流の変身物語『乳房になった男』(*The Breast,* 1972) を書いた。次いで批評理論が盛んとなり，主観主義的内省のミーイズムの時期以後になると，作家主人公による自己告白

的な作品『男としてのわが人生』(*My Life as a Man*, 1974),『ザッカーマン』三部作——『ゴースト・ライター』(*The Ghost Writer*, 1979),『解き放たれたザッカーマン』(*Zuckerman Unbound*, 1981),『解剖学講義』(*The Anatomy Lesson*, 1983) ——を書く。

ロスは,自己告白的な作家でその作品は私小説的であるとよく評されるが,彼の時代への敏感な反応ぶりとその才気ばしった自己顕示性などは,メイラーに通じるところがある。最近の作品としては,ポストモダン的な傑作『背信の日々』(*The Counterlife*, 1986), *Sabbath's Theater* (1995), *American Pastoral* (1997) がある。

その他のユダヤ系作家としては,『悪い男』(*A Bad Man*, 1967) を書いたエルキン,『異端の鳥』(*The Painted Bird*, 1965) や『異境』(*Steps*, 1968) のコジンスキー,歴史小説のドクトロウ,実験的な小説を書くスーケニックとフェダマン,イディッシュ語で東欧のユダヤ体験を書きつづけ,1978年度のノーベル文学賞を得たアイザック・B. シンガー (1904—91),女性作家ではシンシア・オージック (1928—),スーザン・ソンタグ (1933—2004),グレイス・ペイリーなどがいる。

(2) リアリストたち

▶アップダイク　　ジョン・アップダイクの作品は,彼の出身地ペンシルヴェニア州シリングトンを模した町オリンガーを舞台にしたオリンガーもの,「ウサギ」もの,結婚もの,短篇集その他からなる。そのいずれにおいてもそれぞれの時代の政治的,歴史的変化を敏感にとらえていることで定評がある。彼の一見,家庭小説にみえる作品は,実は社会的不安定と俗世を生きる不安の記録なのである。オリンガーものの長篇しとては『ケンタウロス』(*The Centaur*, 1963) と『農場にて』(*Of the Farm*, 1965) がある。前者はギリシャ神話を下敷きにした息子に対する父性愛の物語で,明らかに作者自身の少年期が素材になっている。この作品は全米図書賞を受けた。

アップダイクが認められるきっかけとなったのは「ウサギ」シリーズの第一作『走れ,ウサギ』(*Rabbit, Run*, 1960) で,この作品はアイゼンハワー時代の閉塞感を背景に,元バスケットの名手の主人公がスポーツのもつ生命の

躍動感も形式美もない不毛な日常生活からのがれようと家庭を捨てて家出し，いったんは戻るものの再び何かを求めて家出するという物語である。このシリーズは，『帰ってきたウサギ』（*Rabbit Redux*, 1971, ウサギ36歳，1969年夏―秋が背景），『裕福なウサギ』（*Rabbit Is Rich*, 1981, ウサギ46歳，1979年が背景），『さようならウサギ』（*Rabbit at Rest*, 1990）とほぼ10年間隔で続く意欲的なシリーズとなっている。それぞれの時代の出来事や人々の関心事への言及も豊富で，時代思潮や風俗の変遷を知るうえでも参考になる。風俗作家アップダイクの面目躍如たるシリーズである。

　結婚ものに属する『カップルズ』（*Couples*, 1968）は郊外族たちによる1960年代のスワッピング革命を描いてセンセーションをまきおこした。この系列に属するものとしては，妻と人妻への愛の間で逡巡する男を描き，三通りの結末の可能性が暗示されている一風変わった作品『結婚しよう』（*Marry Me*, 1976）がある。アップダイクには，ほかにホーソーンの『緋文字』をパロディ的枠組みに使った『日曜日だけのひと月』（*A Month of Sundays*, 1975）やバースふうを模した短篇集『博物館と女たち』（*Museums and Women*, 1972）など，方法上の実験を試みた意欲作もある。

▶オーツ　　ジョイス・キャロル・オーツの名を耳にしてまず思うのは，彼女の作品の数の厖大さだろう。1963年以来小説20冊以上，劇作5，詩集8，これに無数の短篇が加わる。しかも，小説のなかにはかなり大部のものが数冊含まれる。批評家の間でもこの多作ぶりに対して，ゆっくり評価できるだけのしかるべき間があるべきだという声があがったほどだが，オーツは意に介する様子はない。これは，彼女が「あらゆる芸術は道徳的，教育的，例示的である。芸術は教化する」という信念をもち，同時に「世界のすべてを本に書きたい」という旺盛な創作欲をもっているからであろう。

　事実，オーツにはアメリカのすべてを書こうという意欲があり，それは経済的状況が人間生活に及ぼす影響を，それぞれ社会階級を違えて三部作的に描いた *A Garden of Earthly Delight* (1967)，『贅沢な人びと』（*Expensive People*, 1968），『かれら』（*them*, 1969）があること，また医者の世界，法曹界，政治の世界をそれぞれ描いた *Wonderland* (1971), *Do With Me What You Will* (1973), *Assassins* (1975) の存在，さらには一つの小説でも年代記的に

書いたり，また歴史小説の領域にまで足をふみこんでいる彼女の創作傾向からも明らかだろう。

彼女の小説世界には暴力が満ちているのが特徴で，作品のうちのかなりの数は彼女が育ったニューヨーク州北部のエデン郡周辺を舞台にしている。出世作は全米図書賞に輝いた『かれら』で，主たる舞台をデトロイトにして，1930年代から1967年のデトロイトの暴動にいたるまでの間の，貧しい中流下層階級の生活を三代にわたって綴ったものである。

▶ガードナー　　ジョン・ガードナーは1978年に *On Moral Fiction* と題する本を発表し，そのなかで彼の同時代作家のほとんどが形式的実験やブラックユーモア的「絶望」の文学ばかりを書くことに終始し，「哲学」していないと批判して物議をかもした。ガードナーにとって小説とは，十二分に把握された登場人物を通して，人生について肯定的に「哲学」する場でなければならなかった。彼の人生肯定の哲学は，少年時代に弟を誤ってトラクターで轢き殺し，その後その罪の意識を負って生きなければならなかった彼自身の体験に根ざしているのかもしれない。時代の文学動向にとって逆行的だったためか，認められるようになったのは年齢のわりには比較的遅く，第三作 *Grendel*（1971）以降である。

Grendel は8世紀に書かれた古代英詩の英雄叙事詩『ベオウルフ』を，英雄ベオウルフに退治される怪物グレンデルの視点から語り直したものである。物語の最後で混沌と闇の象徴であるグレンデルととっくみあうベオウルフは，いくど彼が世界を廃墟と化そうが人は再生してくるといい，不死身のはずの自分の死は単なる事故，偶然の産物でしかないとグレンデルは考える。人生は続くという主張と，人生は混沌と闇であるという主張とがみごとな芸術的バランスを与えられている。

『太陽との対話』（*The Sunlight Dialogues,* 1972）は彼の代表作である。法と秩序一点ばりの警察署長が，逮捕するが逃亡される，哲学者めいた言動の浮浪者で秩序への反抗者，サンライト・マン（実はその地方の名門の義理の息子）とかわす互いに一方通行的な対話で感化され，人生への姿勢を改めるが，結局，サンライト・マンのほうは撃たれて死ぬという物語である。

『オクトーバー・ライト』（*October Light,* 1976）と *Freddy's Book*（1980）

はともに物語内物語の形式を用いた人生肯定の話である。牧歌的価値の世界を背景に，病をこえて生きる意味をみいだす男を描いたものに『ニッケル・マウンテン』(*Nickel Mountain*, 1973) がある。遺作となった *Mickelsson's Ghosts* (1982) は600ページに及ぶ意欲作で50歳代半ばの人生に行き詰まった哲学教授が，引っ越した先の家で幽霊に出会い，若い娘にふりまわされ，宗教の狂信者に悩まされたあげく，人生への肯定を同僚で未亡人の美人教授に求めようとするという話である。

(3) ブラックユーモアの作家たち

▶ブラックユーモア　死刑台のユーモアともよばれることがあるブラックユーモアは，現実の多様性がもたらす混沌，人間存在の不条理性を前にして主体的に生きることも許されなくなった人間が，自らがおかれている窮境をユーモアというオブラートにくるんで面白おかしく提示し，そこから生じてくる笑いを支えとして，狂気のような現実のなかでわずかに正気を保とうとするところから生まれてくる。したがって，ブラックユーモアの文学は，「宇宙的冗談」である人生をどう受け入れるかに主としてかかわりあう。このため終末論的な世界観と極端な戯画化などを特徴とする。

▶ヘ　ラ　ー　ジョゼフ・ヘラーの『キャッチ＝22』は，バースの『酔いどれ草の仲買人』(*The Sod-Weed Factor*, 1960) とともにブラックユーモア小説の元祖とされている作品である。第二次世界大戦中，地中海のある島に駐屯するアメリカ陸軍爆撃隊が舞台で，軍規22号に象徴される軍隊機構のご都合主義に逆らって，何とか出撃義務を免れようとする主人公を軸に，てんやわんやの大騒動が描かれる。機構に対する個人の反抗というテーマはこの時期の小説の多くにみられる特徴で，ケン・キージーの傑作『郭公の巣』(*One Flew Over the Cuckoo's Nest*, 1962) にもこのテーマがみられるが，キージーの小説のなかのインディアンの酋長のように，この小説の主人公もスウェーデンめざしてゴムボートで脱出をはかる。

　長年の沈黙を経た後，ヘラーは笑劇調を離れて，いずれもベストセラーになった『何かが起った』(*Something Happened*, 1974) と『輝けゴールド』(*Good As Gold*, 1979)，さらに *God Knows* (1984) を発表している。

第1章　小　説

▶バ ー ス　アップダイクの「ウサギ」シリーズが，1950年代以降のアメリカの社会変化を知るのに最適だとすれば，ジョン・バースの作品群は，戦後のアメリカ小説の動向を知るのに最適である。1950年代にはリアリズムの手法で実存的な不条理小説『フローティング・オペラ号』と『旅路の果て』(*The End of the Road,* 1958) を出版。1960年代のブラックユーモアの時期には非リアリズムを用いて彼のいう「尽しの文学」を実践したブラックユーモア小説『酔いどれ草の仲買人』と『山羊少年ジャイルズ』(*Giles Goat-Boy,* 1966) を発表。1960年代末からのニューフィクションの時期には多くのメタフィクションを含む実験的な短篇集 *Lost in the Funhouse* (1968) と『キマイラ』(*Chimera,* 1972) を発表した。読者反応批評など小説理論が隆盛をみた1970年代半ば以降にはそれを受けて，彼がそれまでに書いた作品の主人公間の，あるいは，彼らと作者バースとの間の手紙のやりとりという書簡体小説の形式を借りた実験的な異色作 *Letters* (1979) を書いている。1982年に発表された *Sabbatical* も「語り」に趣向を凝らした作品である。

『酔いどれ草の仲買人』と『山羊少年ジャイルズ』は，ともにいかにもバースらしい好色性に満ちた笑劇仕立てのピカレスク小説ふう教養小説である。前者は，17世紀のメリーランドを主舞台に，無垢を信じ，植民地メリーランドの桂冠詩人たらんことをめざす若い主人公が，ショッキングな現実体験を積み重ねながら人生に対して開眼していく様子が語られる。後者は，パロディづくしの作品で，宇宙が大学で，両次の大戦が第一，第二次学園紛争，大学の東西両キャンパスが東西両陣営，各カレッジが国という設定のなかで，キリストのような人類の救世主になろうと志した主人公が，さまざまな試練を通りぬけて悟りを開くが，その悟りを伝達することの難しさをいやというほど味わわされ，昔のキリストと同じように磔刑に処される自分の姿を予見せざるをえないという物語である。

▶ピンチョン　トマス・ピンチョンはこれまでに『V.』(*V.,* 1963)，『競売ナンバー49の叫び』(*The Crying of Lot 49,* 1966)，『重力の虹』(*Gravity's Rainbow,* 1973)，『スロー・ラーナー』(*Slow Learner,* 1984，短篇集)『ヴァインランド』(*Vineland,* 1991)，*Mason & Dixon* (1997) の六作し

V 1945—現代

か発表していない。そして，世間にその姿をあらわさず，伝記的事実もほとんど知られていない。それにもかかわらず，彼は1960年代以降のアメリカ小説家のなかでもっとも重要な作家と目され，とくに第三作の『重力の虹』はジョイスの『ユリシーズ』に優るとも劣らないと高く評価されている。

ピンチョンのほとんどの作品が探偵小説的な探求の形態をとっている。『V.』では，その行くところつねに死や戦争がある謎の女の足跡の探求，『競売ナンバー』では実在するか否かが判然としない謎の地下郵便組織トリステロの探求，そして『重力の虹』では「黒装置」とよばれるロケットの極秘部品の探索という筋だてをとる。この探求の形態を通して，ピンチョンは20世紀の人類の歴史は退廃と衰亡の歴史であり，人類は熱力学の第二法則でいうエントロピーを増大させながら熱死の状態へと向かっていると警告する。とくに『重力の虹』は，その百科全書的なほのめかしや連想の密度の濃い作品である。

比較的読みやすく，バースのどたばた調ブラックユーモアに近いのは『V.』であろう。この小説は現代の機械文明に疎外され，ヨーヨーのようにあてどもなく現代文明の裏通りを放浪するアンチ・ヒーローのダメ男を主人公とする筋と，偏執狂的に自らの出生の秘密を求めてVの女の足跡をたどる男を主人公とする筋からなり，悪夢的な20世紀を生きるには両者の生き方のいずれしかないという暗いヴィジョンが示される。

▶ヴォネガット　カート・ヴォネガットはSF形式を大胆に取り入れた作品を書き，最初SF作家と誤解された。それも当然のことで，彼がこれまでに書いた14の小説中八篇がSF形式をとっているからである。彼がSF形式を多用するのにはさまざまな理由が考えられるが，狭い地球のうえでいがみあい，殺しあう人類に宇宙的規模の視野を与え，その空しさを知らせたいというのが最大の理由だろう。

代表的傑作は『屠殺場5号』（*Slaughterhouse-Five,* 1969）である。これはヴォネガット自身が捕虜として体験した，アウシュヴィッツと広島・長崎とともに第二次世界大戦中の三大悲劇といわれる，連合軍によるドレスデンの無差別大量爆撃を描いたものである。自由と人道主義のためにファシズムと戦っているはずの味方から受けたこの非人道的な爆撃のショックは大きく，こ

の体験を昇華するのにヴォネガットは20年余の歳月を要し，時間旅行者の主人公の設定という工夫を凝らさなければならなかった。

『猫のゆりかご』(*Cat's Cradle,* 1963)はブラックユーモアの傑作で，『タイタンの妖女』(*The Sirens of Titan,* 1959)とともに『屠殺場5号』に次ぐSF形式の秀作である。人間的視野に欠ける博士が偶然発見したアイス・ナインという物質を，博士同様に人間的視野に欠ける三人の子どもたちに遺したために世界が氷結して滅びるという話である。

SF形式以外では，戦時中スパイとしてナチの高官にまでなった男の悲劇を描いた『母なる夜』(*Mother Night,* 1961)，博愛的な他者愛に生きようとして精神的に破綻を来す百万長者を描いた『ローズウォーター氏に神の祝福を』(*God Bless You, Mr. Rosewater,* 1965)，ウォーターゲート事件に連座し，他人を刑務所に追いやるぐらいなら自分が入るほうがまだましだと刑務所に入る男を描いた『ジェイル・バード』(*Jailbird,* 1979)が優れている。『屠殺場5号』の双生児の片割れとヴォネガット自身がいう，実験的な手法で書かれた『チャンピオンたちの朝食』(*Breakfast of Champions,* 1973)もヴォネガットの人生哲学を知るうえで重要である。最近の作品としては，久しぶりのヴォネガット流の時間哲学の変奏曲といえる『タイム・クェイク』(*Timequake,* 1997)がある。

▶その他　上記四人以外では，『博士の奇妙な冒険』(*Flash and Filigree,* 1958)や『怪船マジック・クリスチャン号』(*The Magic Christian,* 1959)を書いたテリー・サザーン(1924―95)，『スターン氏のはかない抵抗』(*Stern,* 1962)，『刑事』(*The Dick,* 1970)を書いたブルース・J. フリードマン(1930―)などがいる。

(4) ニューフィクションの書き手たち

▶バーセルムとブローティガン　ニューフィクションは，従来の小説やその形式を拒否し，経験を秩序づけたり，意味づけたり，道徳的ヴィジョンを表出したりすることにこだわらない。プロットやキャラクターの展開を最小限にとどめ，行間に最大限語らせる。多くは中，短篇で，長篇でも200ページをこえることはまれである。

V 1945—現代

　ドナルド・バーセルムは，精神性を失ったアメリカの物質文明を「ごみ現象」とよび，この現象によって現代人がそれと気づかぬうちにいかに汚染されているかを，日常生活の些事のなかにひそむ恐怖という形で描きだすのを得意とする。長篇では，童話の「白雪姫」を下敷きにした『雪白姫』(Snow White, 1967)と，死んでなお語り，欲望する巨大な死父をその埋葬地へと運ぶ旅を描いた寓意的な『死父』(The Dead Father, 1975) がある。前者は現代のアメリカにおける真正性の喪失および意味を失った言葉の氾濫を風刺したもの，後者は父性ということを語りながらアメリカ文明を批判したものである。

　長篇のほかにバーセルムには数多くの短篇があり，むしろ短篇に彼の本領がある。「インディアンの反乱」，「都市生活」，「バルーン」，「月が見えるかい」，「ガラスの山」，「タイヤの国」などは，時事性，寓意性，風刺性，実験性，メタフィクション性に富んだ，難解だがすばらしい作品である。

　東海岸のバーセルムに対するのが西海岸のリチャード・ブローティガンで，前者が知的で機知に富むニューヨークふうであるのに対し，後者は西海岸のヒッピー小説の流れをくみ，感覚的である。代表作は『アメリカの鱒釣り』(Trout Fishing in America, 1967)で，これは47のエッセイ体の断片からなり，アメリカ人の荒野への夢が現代ではもはや失われた夢でしかなくなっていることを幻想小説ふうに描いている。他に SF 風の寓意小説『西瓜糖の日々』(In Watermelon Sugar, 1968) などがある。

▶ **バース，クーヴァー，ギャス**　メタフィクションでは，「語り」の枠組みの重層化や破壊がよくおこなわれ，認識や伝達の手段としての言語のもつ限界や可能性が吟味され，また読者とテキストと作者の関係などがその主題となる。

　バースには七重の枠組みをもつ短篇 "Menelaiad"，四重の枠組みをもつ『山羊少年ジャイルズ』がある。いずれも，伝達の実態を示し，伝達された内容の信頼性を問題にするか，あるいは，それを意図的にあいまいにする工夫が凝らされている。また，読者とテキストと作者との関係を作品化した"Autobiography: A Self-Recorded Fiction" や書くという営為自体をテーマとした "A Life-Story" がある。

　メタフィクションの手法の一つに，古典などの再生利用というやり方があ

る。パロディの一種だが，その目的が一般のそれとは異なる。ロバート・クーヴァーの場合には童話や聖書の再生利用がみられる。また，寓意的に芸術とは何かを，帽子を使うマジック・ショウを通して示す作品もある。しかし，彼のメタフィクションのなかの傑作は，メタフィクションのなかのメタフィクションともいうべき作品，つまり読者を創作の現場に連れこみ，作者とともに作品を創らせる作品となっている"The Magic Poker"と"The Baby-sitter"の2篇である。

"The Magic Poker"は未婚，既婚の二人の姉妹が廃墟と化した無人島を訪れ，錆びた火かき棒をみつけ，それをもち帰るというだけの話である。その間に姉妹の空想のなかに登場する人物たちが，空想であるという作者の断りもなしにあらわれ，また姉妹の空想のおもむくままに，彼女らとからんで話の筋がいく通りかに分岐していく。島には結局，二人の姉妹しかいないということがわかるのは作品の最後においてである。そのため，その間ずっと，読者は分岐した筋を整理する，つまり，一つの作品の筋の展開を推敲するという作家的営為を強いられ，あげくは最後になって，それらが二人の姉妹の空想の産物，つまりフィクションであったというどんでん返しを食らう。作品の冒頭で作者があらわれ，以下で創作をおこなうことを明示し，以後もたびたび姿をみせ創作談議をしたりするという外枠があるので，これはフィクションのなかのフィクションということになり，その観点からもみごとなメタフィクションとなっている。

"The Babysitter"は，さらにラディカルで，読み進むうちに話が分岐し，前後し，いくつかの筋だての可能性が提示され，しかも，そのいずれもが要領をえない。最後には，そうして語られてきたことが，実際におこったことなのかフィクションなのかがあいまいにされる。2篇とも他の作者の追随を許さないみごとな作品である。

長篇でメタフィクション的といえる作品に『ユニヴァーサル野球協会』(*The Universal Baseball Association, Inc., J. Henry Waugh, Prop.*, 1968) がある。いずれにしてもクーヴァーは，人間とは「フィクション・メーキング」しながら生きていくことを宿命づけられた動物だと考え，この観点に立って異色の作品を書く。他に *The Origin of the Brunists* (1968), *The Public*

Burning (1977)『ジェラルドのパーティ』, (Gerald's Party, 1985), それに短篇集 Pricksongs and Descants (1969), A Night at the Movies (1987) などがある。

　メタフィクションという言葉の生みの親はウィリアム・H. ギャスであり, ギャス自身もメタフィクショニストとされる。ギャスは, 小説には叙述 (descriptions) などなく, あるのは構築 (constructions) だけだと考える。つまり彼は, 現実の模写としてではなく, 言葉が一つの虚構を生みだしていくプロセスとして小説をみる。したがって, 言葉自体についても記号論的なとらえ方をする。

　代表的な作品は Willie Master's Lonesome Wife (1971) である。この作品は, 主人公であるウィリーの孤独な妻バブスがひどく反応のない情夫と愛をかわしている間に, 彼女の意識を横切る彼女の過去の記憶, 言語意識などを, 三通りに活字体を変えて同時併行的に, 加えて四通りの色分け, 紙質の変化, タイポグラフィーの活用, さらに女性のヌード写真をまじえて描いたものである。ウィリーの妻＝言語の図式がなりたつように工夫されていて, 彼女と情夫との関係が芸術作品と芸術家, 作品と読者の関係におきかわるようになっており, 言語を記号論的に読まない作家たち, あるいは読者たちによって彼女が満足を得られないという形で, 旧来のリアリズム的言語観, 芸術観が批判されている。いろいろな点でひじょうに実験性に富んでおり, また, その言語観などから, メタフィクションというよりは実験小説といったほうがより適切かもしれない。事実, 1970年代後半以降の実験小説の先駆となっている。他に Omensetter's Luck (1966), 短篇集『アメリカの果ての果て』(In the Heart of the Heart of the Country, 1968), The Tunnel (1995) などがある。

(5) ニュージャーナリズムの旗手たち

▶メイラーとウルフ　目まぐるしく変化する世相や人々の関心事の現場に入りこみ, その瞬間, 瞬間の変化や鼓動を零度のエクリチュールでもって描くのが, ニュージャーナリズムの旗手たちの特徴だが, その最右翼はメイラーとウルフだろう。

前述のメイラーには熱気あふれる大統領候補指名の党大会,大規模な反戦集会とデモ,月面着陸のアポロ計画などをとりあげた『僕自身のための広告』(*Advertisements for Myself,* 1959),『夜の軍隊』(*The Armies of the Night,* 1968),『月にともる火』(*Of a Fire on the Moon,* 1970) などがある。

トム・ウルフには『郭公の巣』を書いたキージーをカリスマ的リーダーとするヒッピー集団「メリー・プランクスターズ」の狂気じみた生態を描いた『クール・クール LSD 交感テスト』(*The Electric Kool-Aid Acid Test,* 1968),宇宙飛行士たちを描いた『ザ・ライト・スタッフ』(*The Right Stuff,* 1979),その他多数の作品がある。

▶トンプスンその他　ハンター・トンプスンは,オートバイの暴走族集団の生態をレポートした有名な *Hell's Angels* (1967) と,車とサンド・バギーのオフ・ロード・レースを取材するためラスベガスに派遣された麻薬狂のジャーナリストの滅茶苦茶きわまりないベガス体験を描いた『ラスヴェガスをやっつけろ!』(*Fear and Loathing in Las Vegas,* 1972) などを書いている。ジョーン・ディディオンには *Slouching Towards Bethlehem* (1968), *The White Album* (1979), またヴェトナム戦争の実態を報じたものにマイケル・ハー (1940—2016) の『戦場至急報』(*Dispatches,* 1977) がある。カポーティの『冷血』も重要である。

3　1970年代半ば頃から1990年代まで

(1)　ネイティヴ・アメリカンの作家たち

▶モマディ　ユダヤ系文学や黒人文学の場合と同じく,アメリカのなかで独自の文化や伝統を保持している少数民族の場合も,つねに自らのアイデンティティが問題になり,その探求を通して普遍的な人間性のドラマが生まれてくる。

スコット・モマディは,カイオワ族出身で,現在大学で教えているが,その代表作はピューリッツア賞に輝いた『あかつきの家』(*House Made of Dawn,* 1968)である。四部構成の短い小説で,第二次世界大戦から帰還した主人公がもとの生活に戻れず,殺人を犯し,刑務所出所後ロサンゼルスに出てインデ

ィアン仲間にまじって暮らそうとするが，ここでも西欧文明の世界になじめない。しかし，祖父の死を看とるため国に帰り，昔から伝わるいろいろなインディアンの伝承を祖父から聞かされているうちに，心が癒されるものを感じる。祖父の葬式後，昔ながらの伝統を守って生活している種族の仲間に加わるという物語である。他にユニークな構成で，カイオワ・インディアンの民話を綴った『レイニィ・マウンテンへの道』(The Way to Rainy Mountain, 1969), The Ancient Child (1989) などがある。

▶シルコー　レズリー・マモン・シルコーはラグアナ・プエブロ，メキシコ，白人の混血である。彼女の出世作の『悲しきインディアン』(Ceremony, 1977)の主人公も復員兵で，しかも白人との混血インディアンである。彼は，母が遊び半分で白人とつきあって生まれた子で，叔父にひきとられて育ったのだが，一緒に戦争に行った従兄弟を助けてやれず，死なせたショックで戦争神経症にかかっている。この主人公の神経症は，同時にインディアンの世界と白人の世界とによって引き裂かれた自我の産物でもある。そして，主人公の自我回復への道は，モマディの『あかつきの家』の場合同様にインディアン的世界への回帰，すなわち，伝統的な祈禱師メディスン・マンによる「儀式」と「地母神」的な娘への回帰として示される。他に Storyteller (1981), Almanac of the Dead (1991) などがある。

▶アードリッチとウェルチ　ルイーズ・アードリッチも，チパワと白人の混血である。彼女はインディアンの二家族の三世代にわたる一族物語 Love Medicine (1984) を書いている。そしてこの物語でも白人世界の価値観とインディアン世界のそれとの間の相克が描かれ，最終的にはインディアン世界の価値観が選びとられている。

　ジェイムズ・ウエルチはこれまでに Winter in the Blood(1974), The Death of Jim Loney (1979), Fools Crow (1986) などを書いている。Winter in the Blood の主人公は，アメリカ社会における疎外のため，血液のなかのどこかに冬が宿っている感じで生活に充実感がない。彼の冷たい空虚感は，子どもの頃，兄が事故死したときの罪の意識と，合衆国に敗れた祖先たちが父祖の地を追われ，不毛の居留地へと騎兵隊に追いたてられた屈辱の冬の苛酷な寒さから来ている。小説の最後で，祖母の死にさいし，主人公はこの屈辱の冬

に騎兵隊の目をのがれて立ち退かず，いまは盲目ながらただ一人荒野に毅然として住む老インディアンを訪ねる。そこでその冬の出来事や雄々しい戦士の種族であるインディアンの歴史を聞き，この老インディアンがどうやら彼の祖父らしいことを知った主人公は，彼のような充実した生き方があることを悟る。

　1980年の時点で約100万といわれるインディアン人口のほぼ半分が居留地を離れ都市部に住んでいるという。しかし，ユダヤ系や黒人の場合と違って，部族共同体をいまなお保持する彼らのアイデンティティの問題はこれからどうなっていくのだろうか。ジェラルド・ヴィズノーアにはポスト・モダン的な *Darkness in Saint Louis Bearheart* (1978) がある。若手の作家としては『リザヴェーション・ブルース』(*Reservation Blues*, 1995)，『インディアン・キラー』(*Indian Killer*, 1996) を書いたシャーマン・アレクシー（1966—　）などがいる。

▶他の少数民族の作家たち　ヒスパニック系の文学では，まず，メキシコ系アメリカ人のルドルフォ・アナーヤとサンドラ・シスネロス（1954—　）がいる。アナーヤには，大草原地帯の貧しい家庭で育つ少年と民間療法の女治療師との魂の交流を描いた『ウルティマ，僕に大地の教えを』(*Bless Me, Ultima*, 1972)，ギャング抗争で背骨を折り，身体麻痺に陥った少年が重度身体障害児病院で奇跡的な回復を遂げるまでを物語った『トルトゥーガ』(*Tortuga*, 1979)，シスネロスには，若い女の子の目を通してチカーノたちの暮らしぶりや文化を綴った，短い詩的な掌編からなる *The House on Mango Street* (1983) と *Woman Hollering Creek and Other Stories* (1991) がある。キューバ系アメリカ人としてはオスカー・イフェロス（1951—2013）が知られており，彼の『マンボ・キングズ愛の歌を奏でる』(*The Mambo Kings Play Songs of Love*, 1989) は，回想の形で，キューバからの移民兄弟のミュージシャンが1950年代のマンボ大流行の時流に乗って大成功というアメリカン・ドリームを達成するが，やがて情け容赦もなく忘れ去られていく物語である。その他にプエルトリコ系アメリカ人の作品などがある。

　アジア系のアメリカ人では，『チャイナ・タウンの女武者』(*The Woman Warrior*, 1976) で全米批評家賞を得た中国系のマクシーン・H. キングストン

が目立つ。この作品は，自伝的作品で，中国語，中国文化の伝統のなかで育った移民二世の女の子が，学齢期になって英語世界という異文化に接触し，アメリカ人になっていかなければならない過程で味わう苦しみを描いたものである。彼女の第二作『アメリカの中国人』(*China Men*, 1980) は，食うや食わずの貧しい中国を密出国し，夢の国アメリカに渡った男たちと彼らの国に残した家族，呼び寄せた家族，との生活を描いたものである。他の中国系の作家としては，『ドナルド・ダックの夢』(*Donald Duck*, 1991), *Gunga Din Highway* (1994) を書き，劇作家としても有名なフランク・チン (1940—)，『ジョイ・ラック・クラブ』(*The Joy Luck Club*, 1989),『キッチン・ゴッズ・ワイフ』(*The Kitchen God's Wife*, 1991) を書いたエイミー・タン (1952—) がいる。

　日系人の文学の場合，第二次世界大戦という不幸があったため，アイデンティティの問題はしばしば国家への忠誠の問題となった。ジョン・オカダの『ノー・ノー・ボーイ』(*No-No Boy*, 1957, 1976) はこの問題を描いた作品である。戦前のいわゆる写真花嫁世代の移民女性の姿を描いたものにトシオ・モリ (1910—80) の *Woman From Hiroshima* (1978), ヨシコ・ウチダ (1921—92) の『写真花嫁』(*Picture Bride*, 1987) があり，また，短篇で日系人たちの生活を描いた女性作家としてはヒサエ・ヤマモト (1921—2011) の *Seventeen Syllables and Other Stories* (1988) が高く評価されている。新しい世代としては，ブラジルを舞台としたマジック・リアリズムの傑作『熱帯雨林の彼方へ』(*Through the Arc of the Rain Forest*, 1990) を書いたカレン・ティ・ヤマシタ (1951—)『七つの月』(*The Floating World*, 1989) と *In the Heart of the Valley of Love* (1992) のシンシア・カドハタ (1956—) がいる。

　フィリピン系の作家では，古くはカルロス・ブロサン (1914—56)，新しいところでは，*Dogeaters* (1990) で話題になったジェシカ・ハガドーン (1949—) がいる。

(2) 女性作家たち

▶ピアシーとフレンチ　　女性固有の問題や体験を描く文学を生みだすきっかけとなったのは，たぶん，エリカ・ジョング (1942

―）の『飛ぶのが怖い』(*Fear of Flying,* 1973)、ジュディス・ロスナー（1935―2005）の『ミスター・グッドバーを探して』(*Looking for Mr. Goodbar,* 1975)、マリリン・フレンチの『背く女』(*The Women's Room,* 1978)などであろう。女性原理についての考え方に相違があるものの、女性の視点からいままで無視されてきた女性固有の問題や体験に目を向け、女性の体験に対する新しい展望を開こうとする。形式よりも内容を重んじる傾向があり、自伝的であることが多い。

マージ・ピアシーの *Small Changes* (1973) は、女性にとって結婚とは制度のなかへ組みこまれることしか意味しないということを二人の女性――高卒と、大卒で数学ができ、コンピューターが扱える女性――を通して描いたものである。一人は主婦という立場をのがれて「女の家」に逃げ、レズビアニズムの世界に入る。他の一人は理想的と思って結婚した男が女性への理解に欠ける男とわかり、不毛と知りつつ過去の世界とのつながりのなかに生きようとする。

フレンチの『背く女』はペーパーバック版で700ページ近い大作で、メインの田舎カレッジで英文学を教えている女性が語る回想形式の物語である。1968年という時点を背景に、ハーヴァード大学の大学院を舞台にして、女性たちが男性優位社会のなかでいかに自己を確立しようと闘ったかが語られる。キング牧師の暗殺などこの時代の時事的な出来事がふんだんに盛りこまれ、またドラッグと伝統への抵抗と反戦のこの時代の学生生活の雰囲気がリアリスティックに描かれている作品である。原題の *The Women's Room* は男たちの目の届かない唯一の場所、女たちの唯一の隠れ場、女性用トイレを意味するが、それは同時に、女たちが集まって男性社会のなかで自立的に生きようとする葛藤を語り、分かちあう、彼女たちのアパートの部屋をも意味している。

▶その他　ピアシーやフレンチ以外にも、*The Perfectionists* (1970) で伝統的な妻像、母親像とは違い、自立した自我意識をもつ妻、母を描いたゲイル・ゴドウィン、『マライア』(*Play It As It Lays,* 1970) で社会的要求と自己の欲求との板ばさみになって狂気におちいった女優を描いた前出のディディオンなどがいる。また、黒人作家としては、トニー・モリス

ンや，アリス・ウォーカーの他に黒人女性の作品としては，マヤ・アンジェロウ (1928—2014) の自伝的作品『歌え，翔べない鳥たちよ』(*I know Why the Caged Bird Sings*, 1969)，実験的な筆致で三人の女性の生き方を対比的に描き，新しい女性像を提示したウントザケ・シャンジ (1948—) の *Sassafrass, Cypress & Indigo* (1982)，自伝と虚構と神話が結合したオードレ・ロード (1934—92) の *Zami: A New Spelling of My Name* (1982) などがある。

(3) その他の動向

▶自伝(伝記)体小説と歴史小説　確固たる事実や現実が失われたとき，事実の世界を語ることを前提とする自伝体小説，歴史小説は作家にとっても，読者にとっても魅力的なジャンルとなる。

自伝体小説としては，リチャード・ライトの『ブラック・ボーイ』(*Black Boy*, 1945)を皮切りに，『マルコムXの自伝』，100歳をこえた元奴隷の黒人女性の生涯にアメリカ百年の歴史をみごとに重ねあわせたゲインズの『ミス・ジェイン・ピットマン』，キングストンの『チャイナ・タウンの女武者』などがある。

歴史小説として異色なのはアレックス・ヘイリー (1921—92) の『ルーツ』(*Roots*, 1976)で，これは作者の祖先をアフリカにまでさかのぼって探ったものである。もう一つの異色作は，リトル・ビグホーンの戦いでカスターの第七騎兵隊が全滅にいたる次第を，戦闘の直前に隊を離れさせられたインディアン育ちの，いまは100歳をこえる白人が語るという趣向を凝らした，トマス・ベルガー (1924—) の『小さな巨人』(*Little Big Man*, 1964) である。両作品とも大衆小説的だが，いずれも人物描写にすぐれている。

本格的な歴史小説の書き手としてはエドガー・L. ドクトロウがいる。『ダニエル書』(*The Book of Daniel*, 1971) は，ローゼンバーグ夫妻とその二人の遺児をモデルに，原爆スパイとして処刑された夫妻の子ダニエルが，1930年代後半の左翼の時代から1960年代末の新左翼の時代にいたるまでのアメリカの生活と歴史を背景に，両親の死のもつ社会的，政治的意味を考える物語である。また『ラグタイム』(*Ragtime*, 1975) は，移民の大量流入，ライト兄弟，T型フォードの量産などの出来事があった20世紀初頭からアメリカの第一

第1章　小　説

次世界大戦参加（1917年）頃までの世相を，黒人の男女，ユダヤ移民の親娘，アングロ・サクソン系の一家を配して浮き彫りにしたものである。*The World's Fair* (1985) は，自伝的な作品で，1939—40年にかけてニューヨークで開催された世界博の奨励作文コンテストに，8歳になる主人公の少年エドガーが入賞するという話をクライマックスに，赤ん坊の頃からの彼の生い立ちが語られる。さらに，これに母親，兄，などが語る章が加わって一つの時代相を描きだしている。

　その他の作家としては，*The Public Burning* (1977) を書いたクーヴァー，*Bellefleur* (1980) のオーツなどだろう。

▶実験小説　　実験小説とメタフィクションには類似した面があるが，本質的には異なる。実験小説は手法上の，あるいは認識上の実験をもっぱら試みる。古くは，ジョイス，フォークナーなどの意識の流れの手法，ドス・パソスのニューズ・リールやカメラ・アイの手法などがある。最近ではタイポグラフィーの活用がめだつ。例えばロナルド・スーケニックの *The Death of the Novel and Other Stories* (1969) 中の "Momentum" という短篇は，ページを左右の二つのコラムに割り，左側を見出し的に，右側を句読点なしの本文叙述にあてる。短篇 "Roast Beef" では「彼」と「彼女」の対話を左右二つのコラムに分け，文字通り対話している形をとる。この手の視覚的実験の最たるものは，レイモンド・フェダマンの *Double or Nothing* (1971)，*Take It or Leave It* (1976) だろう。これら両作には，ありとあらゆる活字の利用の仕方が詰めこまれている。活字ばかりか，写真，図形の利用もみられる。ドナルド・バーセルムの短篇集 *City Life* (1970) 中の "At the Tolstoy Museum"，"Brain Damage"，『罪深き愉しみ』（*Guilty Pleasures*, 1974) のなかの「探検」，「タイヤの国」などがその例である。

　語りの手法では，コラージュの多用や，スーケニックの *Out* (1973) や *98.6* (1975) のように空間に語らせる工夫，またバーセルムの "Sentence" のように一つの文が延々数ページ続く，文字通りの「文」を意識させる工夫や，箇条書きで一つの物語を綴る「ガラスの山」，あるいはAからZ，次いでZからAへと，それまでに出てきたアルファベットを頭文字とする語だけを使ってアフリカを舞台とする物語が語られるウォルター・アビッシュの　*Alpha-*

betical Africa（1974）のような斬新な試みもある。また，ボルヘスの作品やナボコフの『青白い炎』（*Pale Fire,* 1962）などの影響があってか，ギャスの *Willie Master's Lonesome Wife* の一部にみられるように，注釈からなるようなテキストや，チャイニーズ・ボックス的工夫への試みもみうけられる。

　認識論的実験としては，スーケニックの *Up*（1968）のように，作家主人公が創作した作中人物が，作家主人公の実際の生活のなかに登場するという，人生虚構論的作品も書かれている。

　他の主な作家としては，*Mulligan Stew*（1979）を書いたギルバート・ソレンティノ，*Reflex and Bone Structure*（1975）を書いた黒人作家クラレンス・メイジャー（1936―　）などがいる。

▶リアリズム復活の動き

1970年代後半あたりから従来のリアリズムとは異なり，社会を写しとるというよりは，客観的に呈示するというリアリズムの方法を用いて，ひじょうに主観的な世界像を語る「新しいリアリズム」の傾向が出てきている。アメリカの保守化，ミーイズムの流行などが生みだしたものといえるが，メタフィクション，ファビュリズムの時代を経ているため，世界や小説そのものについて自意識的な傾向が強い。ジョン・アーヴィングの『ガープの世界』（*The World According to Garp,* 1978），『ホテル・ニューハンプシャー』（*The Hotel New Hampshire,* 1981）などである。また，実験的な作品を書いていた作家たちもよりリアリスティックな作品を書くようになってきている。旧来のリアリズムで書いている作家としては，『黄昏に燃えて』（*Ironweed,* 1983）など，ニューヨーク州オルバニーを舞台とした小説を書いているウィリアム・ケネディなどがいる。

▶ミニマリズム

リアリズムの復活につれて，1980年代に入ってから，リアリズムに立脚するが，極端に人物，場所，時間などを狭く限り，ごく身近な日常性の世界を題材にしようとするミニマリズムの傾向がおこってきた。バースの言葉を借りれば，短い単語，短い文章とパラグラフ，超ミニ短篇，8分の3インチしか厚みのないミニ長篇，修辞語を省いた語彙，簡潔な文構造，感情をそぎ落とした文体，極少の人物，道具立て，筋の運びを特徴とする。また現在時制や二人称を活用する。同じ日常性の世界を描いて，そのなかに外の世界の脅威を鋭く，知性的かつ硬質の文体で描きだした

ドナルド・バーセルムの世代のミニマリズムとは違って，受動的で，歴史からの意図的撤退を感じさせる傾向である。

　この姿勢が体制是認なのか拒否なのかはさておき，読者層がテレビ世代へと移ってきたことや現代のコマーシャリズムの影響，そして生活のペースの変化などがこの現象を生みだした要因だと考えられる。短篇集 *Cathedral*（1983）のレイモンド・カーヴァー，『イン・カントリー』（*In Country,* 1985）や短篇集 *Shiloh and Other Stories*（1982）で知られるボビー・アン・メイスン，さらに *Love Always*（1985）などの小説やいくつかの短篇集で活躍しているウッドストック世代のアン・ビーティーとドナルド・バーセルムの弟で短篇の名手であるフレデリック・バーセルム，小説 *Machine Dreams*（1984），短篇集『ブラック・ティケッツ』（*Black Tickets,* 1979），『ファスト・レーンズ』（*Fast Lanes,* 1987）のジェイン・アン・フィリップスなどがいる。

▶新しい世代の作家たち　1990年代に入って，アメリカ小説は，ますます隆盛をきわめている。しかし，一方で「ポストモダン」小説や先鋭的な「パンク」小説，「アヴァン・ポップ」小説が書かれてはいるものの，趨勢としては，リアリズムへの傾斜を強めているようである。その一例は，1997年の全米図書賞が，ピンチョンの大作 *Mason & Dixon* やデリーロの大作 *Underworld* にではなく，無名の新人チャールズ・フレイジァー（1950—　）の第一作で，南北戦争当時を舞台に，軍隊を脱走して故郷へ帰り着こうとする一兵士の波瀾万丈の冒険をリアリスティックに描いた歴史小説 *Cold Mountain* に授与されたという事実に見ることができよう。この時期の注目に値するその他の作品としては，コーマック・マッカーシー（1933—　）の『すべての美しい馬』（*All the Pretty Horses,* 1992），E. アニー・プルー（1935—　）の『湾岸ニュース』（*The Shipping News,* 1993），ウィリアム・ギャディスの *A Frolic of His Own*（1994），リチャード・フォードの *Independence Day*（1995），スティーヴン・ミルハウザー（1943—　）の *Martin Dressler : The Tale of an American Dreamer*（1996），フィリップ・ロスの *Sabbath's Theater*（1995）と *American Pastoral*（1998）などがある。

第2章　詩

❖ **戦後アメリカ詩の展開**　第二次世界大戦後のアメリカ詩界には，実に多種多彩の詩人たちが活躍している。その特色は20世紀初頭のモダニストたちの詩風とはまた趣を異にする。ロイ・ハーヴェイ・ピアースはその著書『アメリカ詩の継続性』(*The Continuity of American Poetry*, 1961) のなかで，植民地時代から20世紀までのアメリカ詩の展開を論じているが，詩の歴史も，政治・思想史と同様，単純に前進的な流れでなく，前の時代の思考を新しい時代が否定しながら，弁証法的に展開する。

　20世紀はじめに，イマジストたちは「抽象的観念でなく具象的事物を」と提唱して，彫琢された「絵画的」詩をめざした。しかし，大戦後のアメリカ社会が抱える諸問題を取り扱うには，別の新しい言語やイメージが必要になる。イマジストたちの「革命」も時代とともに色あせ，それ自体が一つの「体制」となる。その反動として，また別の動きがあらわれる。

　大戦後に作品を発表した多くの詩人たちがモデルとしたのは，パウンドやエリオットではなく，ウィリアムズであったことは注目に値する。というのは，前者がアメリカを捨て，創作活動の場をヨーロッパに求めたのに対して，ウィリアムズはアメリカを離れることなく，モダニスト運動を継承し，その土着化に貢献したからである。

❖ **「われらすべての母」スタイン**　とはいえ，パウンドとエリオットの影響力は現代アメリカ詩のなかに脈々と受け継がれている。また，同じモダニストである，『エジプトのヘレン』(*Helen in Egypt*, 1961) の H. D. や詩的言語の実験を試みたガートルード・スタインらは，大戦後になってようやく正当な評価を受ける。とくに，作曲家のヴァージル・トムスンが「われらすべての母」と呼んだスタインの言語的実験は80年代のアヴァンギャルド「ランゲージ・ポエッツ」に絶大な影響を及ぼしたといえる。

❖ **戦後アメリカ詩の多様性**　現代アメリカ詩を特徴づける要因は，まず「詩の朗読会」(Poetry Reading) の普及，第二は，ロバート・ローウェル (1917―77) に代表される「告白詩」(Confessional Poetry) の出現，第三に女性詩人の活躍であろう。現代アメリカ詩界は，エリザベス・ビショップ (1911―79)，デニーズ・レヴァトフ (1923―97)，シルヴィア・プラス (1932―63)，アン・セクストン (1928―74)，エイドリアン・リッチ (1929―2012) など多くの傑出した女性詩人を輩出した。

　そして第四には，これらの詩人たちの社会的関心・問題意識と詩作活動との密接な関係である。1950年代のカリフォルニア（サンフランシスコ）を拠点としたビートの詩人たち――ロレンス・ファーリンゲッティ (1919―2021)，アレン・ギンズバーグ (1926―

97），ゲリー・スナイダー（1930— ）など——とカウンター・カルチャー，1960年代のヴェトナム反戦運動や公民権運動とアメリカ詩人たち，1970年代のフェミニズム運動，自然保護（エコロジー）の問題と詩作活動など，現代アメリカ詩人たちがさまざまな形で社会への関心を示し，直接また間接的にかかわっている。

❖ "Poetry Reading" 　戦後アメリカにおける大学教育は，アメリカ詩に多大の影響を与えた。キャンパス内で開かれる「詩の朗読会」を通して，それまで一般大衆から「隔離」されていた詩人たちは，一般読者に直接語りかける機会に恵まれ，詩を大衆にとって身近なものとした。「詩の朗読会」は大学の講堂や，公の場で開かれるだけでなく，喫茶店や私的な集まりでももたれ，とくに若い詩人たちに発表の場を提供し，「疎外された芸術家」というより，リチャード・ウィルバー（1921—2017）の言葉を借りると「市民詩人」として詩作することができた。大学の「創作科」で教えたり，「朗読会」や種々の「助成金」で生計を支えることも可能である。

❖ 『吠える』と『人生研究』　1950年代に画期的な二つの詩集が出版された。ギンズバーグの『吠える』（*Howl and Other Poems,* 1956）とローウェルの『人生研究』（*Life Studies,* 1959）である。「ホイットマンの生まれ変わり」といわれたギンズバーグは，詩が社会批判の手段として強烈かつ有効な武器となることを示した。ローウェルはきわめて個人的な問題をアメリカ詩のなかにもちこんだ。現代アメリカ詩人の多くは詩人としてのアイデンティティを個人的な次元での生活体験のなかにみいだし，彼らの作品は「自伝的様相」を色濃く呈す。狂気，精神病，ノイローゼ，離婚，家庭の崩壊，アルコール中毒，麻薬，性生活などを詩のテーマにとりあげる。ローゼンサルはそうした一連の詩を，とくにローウェルの『人生研究』を評して，「告白詩」と称した。セクストン，プラスあるいは W. D. スノッドグラス（1926—2009），ギンズバーグ，セオドア・レトキ（1908—63），ジョン・ベリマン（1914—72）などの詩もこの範疇に入る。

❖ 現代アメリカ詩人と社会　第二次世界大戦中のローウェルの徴兵拒否，そのローウェルが「鎮静された50年代」と称したアイゼンハワー政権時代を批判するビート詩人たちの運動，ギンズバーグ，ローウェル，ロバート・ブライ（1926— ），レヴァトフ，リッチらのヴェトナム反戦運動，さまざまな公民権運動，人種差別問題，女性解放運動などへの詩人たちのコミットメントは注目に価しよう。彼らのこうした社会的関心から旺盛なエネルギーが生まれ，現代アメリカ詩の世界を広げ，興味深いものにしている。

　言語の画一化，テレビ文化の氾濫による活字離れが進む状況のもとで，自己表現そして自己探求の手段として詩にかけられる期待は大きい。最近，ウィルバーもこうした文化的脈絡において，「公の詩（Public Poetry）」を復活させることを提唱し，面白いことにロングフェローの詩がもつ意義をひきあいに出している。

　以上にあげた詩人たちのほかに，1960年代—70年代のアメリカ詩界はチャールズ・オルスン（1910—70）を師とする「ブラック・マウンテン・ポエッツ（Black Mountain Poets）」——ロバート・ダンカン（1919—89），ウィルバー，ロバート・クリーリー（1926—2005）——，そしてニューヨークの抽象的表現主義の絵画の影響を受けた，ジョン・

V　1945―現代

アシュベリー（1927―2017），フランク・オハラ（1926―66）らの一派など，地理的にも広範囲にわたる多種多様な詩人たちを輩出した。これらのグループはそれぞれに独自の「哲学」および「信条」を標榜するが，新しい詩の表現形式の模索，アメリカ社会の現実批判という点では共通している。

❖　「ランゲージ・ポエッツ」　20世紀初頭におけるモダニズム運動は文学も含めた芸術表現の新しい試みだった。彫琢された「絵画的」詩を提唱したイマジズム運動は，その創始者であったパウンドが長篇詩へ転向するに及んで長続きしなかったが，詩の言語に関する探求は別の形で追求される。そうした「実験」のひとつが80年代になって注目されだした「ランゲージ・ポエトリー」である。（その旗手である）批評家のマージョリー・パーロフは，ウィトゲンシュタインの『哲学探求』の言語論に依拠して，詩的言語と日常言語を峻別せず，日常言語に神秘的・詩的要素が潜在すると主張する。

　したがって，「ランゲージ・ポエッツは」，日常言語と詩的言語を峻別して，詩的言語のみを問題にしたニュー・クリティシズムの詩人たちとは対照的な立場をとる（*Wittgenstein's Ladder*, 1996）とパーロフはいう。つまり，「ランゲージ・ポエトリー」は，ホイットマンに遡るアメリカ詩の伝統――高遠な思弁より日常卑近な事象の観察，抽象性よりは即物性を詩作の根本原理とする――に通じる現代詩のひとつの動きである。パーロフのいうおもな「ランゲージ・ポエッツ」は，ロン・シリマン，スーザン・ハウ，チャールズ・バーンスティン，マイケル・パーマーなどである。

❖　口承詩の復権　大戦後の「詩の朗読会」の普及は，詩本来がもっているエネルギー，「声」＝「ヴォイス」の重要性を詩作する者また読み手／聴衆にも再認識させることになる。詩人たちの想いや思考を直接に聴衆に語りかけるという表現様式，英米文化圏外の詩の伝統，アフリカ系アメリカ詩の言語や音楽（ブルース），さらにアメリカ先住民の口承詩のもつ豊かな伝統が，現代アメリカ詩を活性化している。80年代以降のアメリカ詩の多様性，その力強さの源はマイノリティの人々――女性，先住民，アジア系やヒスパニック系，ホモセクシュアル――の「声」が奏でる音楽的効果である。不協和音も含めたポリフォニック効果であろう。

1　1945年から1960年頃まで

（1）　ローウェル

▶『懈怠卿の城』　　大戦後のアメリカ詩を代表する詩人といえば，まずロバート・ローウェルがあげられよう。彼の最初の詩集『懈怠卿の城』（*Lord Weary's Castle*, 1946）に収められた詩と彼の「カリフォルニア体験」（1957）後に出版された『人生研究』に収められた作品との間には，アメ

リカ詩の戦後の発展を跡づける変化がみられる。

　ジェイムズ・ラッセル・ローウェルやエィミー・ローウェルを家系にもつボストン名門の家に生まれたローウェルは，ニューイングランドの精神風土に反逆し，その文化的伝統や宗教を捨て，(南部の)ケニオン・カレッジに学び，一時カトリックに改宗したこともある。アレン・テイトの指導を受けたローウェルは，同時代の詩人たち同様，イギリスの形而上詩やエリオットをモデルとして伝統的詩形，韻律，奇抜な比喩（メタフィジカル・コンシート）を使用した「難解な」詩を書いた。

　Lord Weary's Castle という題名の由来は，ラムキンという石工が領主のために城を建てたが，雇主のウェアリー卿は代金を支払わなかったという古いバラッドによる。ラムキン（Lambkin）という愚意的名前が示すように，ローウェルは，キリストの十字架の意味を理解せず，キリストを裏切る現代人の性(さが)をその詩集の題名にこめたのである。このような問題意識はやはり詩人のなかに焼きつけられたニューイングランドのピューリタニズムの残像のあらわれであろう。

　"Holy Innocents" では第二次世界大戦中のニューイングランドの「牧歌的」風景を背景に，戦争にかりだされ犠牲になった純真な若者たち（Holy Innocents）をヘロデ王の血祭りにあげられた「無垢」な子どもたちと重ねて戦争の罪を糾弾する。また "Christmas Eve under Hooker's Statue" も，戦争の悲劇を語り，そして戦争を容認する社会を攻撃する。ここでは，「すべての戦争は子どもじみている」というメルヴィルの言葉が引用されているが，これはやはり第二次世界大戦を扱ったヴォネガットの小説『屠殺場5号』の副題「子どもたちの十字軍」と奇妙に符合する。

▶『人生研究』　『人生研究』に収められた詩では，同じ戦争批判，現代の商業主義や，高度工業社会（主として自動車が象徴的に使用される）への風刺にしろ，きわめて個人的な体験を媒介にして激白されるようになる。すなわち，「告白的」な詩になる。技巧にも格段の変化がみられ，不規則な詩行，凝縮したメタファーが *Lord Weary's Castle* の伝統形式の枠にはまった表現にとって代わる。

　よく引用される "Memories of West Street and Lepke" は大戦中，語り

V 1945—現代

手＝ローウェルが徴兵拒否でニューヨークのウェスト・ストリートの刑務所に入れられたときの体験を披露する。マリファナを吸う黒人の少年、「エホバの証人」という狂信者、ハリウッドのポン引き、菜食主義者、「殺人会社の皇帝」レプケのエピソードが語られるが、読み進むうち、刑務所内の狂気、暴力、倒錯の世界が「鎮静された50年代」のアメリカ社会と重なってみえてくる。戦後の「豊かな社会」アメリカではゴミ収集人でさえ「中流階級」に属し、「若い共和党員（＝保守主義者）」だという風刺が効果的である。さらに、「でぶでぶして、頭は禿げ、前頭葉の手術を受けて羊のようにおとなしくなった」レプケは詩人自身の「自画像」となる。

"For the Union Dead" は、全滅したショウ大尉の率いたマサチューセッツの第54部隊（黒人の少年だけで編成された）を追悼する詩である。題名はテイトの南軍の兵士に捧げられた詩 "Ode to the Confederate Dead" をもじったものだが、たんなる追悼詩で終わってはいない。原爆で破壊されたヒロシマ、ボストンの中心を占拠する駐車場、取り壊された水族館、そして最後はボストン市内を悠然と滑るように走る巨大な魚を思わせる自動車のイメージで詩は完結（……Everywhere,/giant finned cars nose forward like fish ;/a savage servility/slides by on grease.）。荒廃した現代のニューイングランド、現代文明社会の辛辣な批判となっている秀作である。

▶「病んだ季節」

『人生研究』に収められた最後の詩 "Skunk Hour" も、語り手＝詩人の内面告白の詩で、ローウェルは世俗版「魂の暗い夜」だと説明する。ある暗い夜、語り手は町をみおろす丘の上に古いフォードで出かける。ライトを消した車のなかの恋人たちを「のぞきみ」するために。現代における愛の不毛、情熱の欠如を歌うこの作品は、エリオットの「プルーフロックの恋歌」を連想させるが、詩の結末にはかなりの違いがある。

家の裏口に一人たたずむ語り手の目の前に、突然スカンクの一家があらわれ、母親のスカンクがゴミ箱をあさり、容器に残ったサワー・クリームにそのとがった頭を突っこんでいる。ここには「魂の暗い夜」の後に予期される「光＝救い」の約束はないが、「暗い夜」が永遠に続くというわけでもなく、あいまいなトーンで終わっている。この詩においても、そこに披瀝される個

人のエピソードは語り手の生きる同時代のストーリーに転換される。「季節は病んでいる」(The season's ill……)は「私の精神は病む」(My mind's not right)となり，その逆もまた真となる。

(2) ベリマン

▶『ブラッドストリート夫人への賛辞』　ローウェルと並んで，「病んだ季節」の詩を歌ったジョン・ベリマンは，植民地時代の詩人ブラッドストリートをテーマにした連作『ブラッドストリート夫人への賛辞』(*Homage to Mistress Bradstreet*, 1956)で，批評家たちの注目を浴びる。「僕は詩人を演じているが，実は学者だ」というように，ベリマンは生涯大学教師として生活し，その講義から創作のインスピレーションを受けた。その研究に五年の歳月を費やして書かれたという『ブラッドストリート夫人への賛辞』には，ベリマンの鋭い歴史的意識がみられ，多難な植民地時代の生活が想像力たくましく再現されている。さらに，ブラッドストリートが直面した詩作上の困難や苦しみはベリマン自身が味わった苦悩や挫折感と同一視される。

▶連作『夢の歌』　ハート・クレイン，セクストン，プラス，ヘミングウェイなど自ら命を絶ったアメリカ作家たちは多い。ベリマンもまた，彼が12歳のときに父親が自殺して以来，その悪夢的体験に悩まされ，苦渋に満ちた人生を送る。離婚，アルコール中毒症，精神分裂症など，彼と同世代の多くの芸術家が抱えた問題を彼も経験し，最後はミシシッピ川で入水自殺した。そうした自伝的要素をおりこんで書かれた400篇の「告白的詩」からなる連作が，『夢の歌』(*The Dream Songs*, 1964—68)である。

「むっつりヘンリーは隠れたんだ　その日／宥められないヘンリーはすねてしまったまま」(Huffy Henry hid the day,/unappeasable Henry sulked.)と「第一の歌」ははじまり，この「むっつりヘンリー」とよばれる架空の語り手が，一人称あるいは三人称で，さながら夢のなかで話すように，その喪失感や挫折感を吐露する。またときには，ヘンリーが二人称で語りかけられることもあり，ボーン氏(Mr. Bones)なる対話の相手もあらわれる。「全世界にみえるように，あんなに自分をさらけだして，ヘンリーはよくも生き長らえられたもんだ」(I don't see how Henry, pried/open for all the world to see, survived.)というのはベリマン自身の感慨であろう。

　このヘンリーなる人物は「黒人のミンストラル」を演じる中年の白人男性という設定で，詩の調子は文法を無視した口語的表現で終始する。また，黒人の話す俗語的表現——'Henry sats in de bar & was odd,/off in the glass from the glass,/at odds wif de world & its god,……'——も頻繁に使用される。黒人のブルースとしゃべりを巧みに取り入れたこの連作は，大胆な言語実験の一つといえよう。ヘンリーというペルソナを想定し，その語り口を通して，ベリマンは「病んだ精神」そして「病んだ季節」の分裂症を劇的に表現するのである。

(3) セクストン

▶「告白詩」　現代アメリカ詩界は多くの優れた女性詩人を輩出した。その一人アン・セクストンが詩作をはじめたのはかなり遅く，人生半ばをすぎた頃。ボストン大学でローウェルの詩のセミナーを一緒に聴講して以来，セクストンとプラスは親交を深める。プラスの自殺の報に接して，セクストンは，彼女と自殺についてよく議論したことを「追悼詩」に記し，彼女自身も友人の後を追うように，自殺している。

　彼女の最初の詩集『精神病院への行き戻り』(*To Bedlam and Part Way Back*, 1960)には，女性の私生活を大胆かつ赤裸々に扱った詩が多い。「告白詩」というのは，セクストンの詩にこそふさわしい言葉であろう。なぜならセクストンにとって，詩を書くことがまさにカトリック教（彼女はカトリック教から離信）でいう「告白」の役割を果たしているからである。これは，とくに彼女の遺稿詩集，*The Awful Rowing Toward God* (1975) に顕著である。

▶狂気と詩作　*To Bedlam and Part Way Back* に入っている "You, Dr. Martin" は，情緒不安が絶えず，精神病院への入／退院をくり返したセクストンの病院での様子をユーモラスに歌った詩である。自分自身を「この夏のホテルの女王，死の茎の上の／笑っている蜜蜂」と自嘲すると同時に，その「夏のホテル」ではいかに人間の尊厳が損なわれているかが描写される。食事の時間，「合い言葉がはなされ／私たちは笑みのうわっぱりをつけて　肉汁のところへと／行く。列を作って食べる」(……The shibboleth is spoken/and we move to gravy in our smock of smiles……）と，ブロイラー・ハウスで飼育される鶏のように与えられる食事につく患者たちが活写される。

しかし，現在の管理社会に住む人間が彼らといったいどれほど違うのだろうか。詩は次のように結ばれる。「私はまだ失われたまま？／昔私は美しかった。今は，自分に戻っている。／沈黙の棚で待っている／あの列この列のモカシン靴を数えながら」。

同じ詩集のなかには，"Unknown Girl in the Maternity Ward"という私生児の誕生を扱った散文詩のような作品がある。平易な表現で，男と女の「性」の違いを，そして「知られざる娘」（私生児が女の子であるのが付帯的意味をもつ）の行く末を冷徹に見守る「母親」を扱う，今日的な作品である（……I choose/your only way, my small inheritor/and hand you off, trembling the selves we lose,/Go child, who is my sin and nothing more.）。プラスにも同じ主題を扱った"Winter Trees"という美しい叙情詩があるが，最近女性詩人たちが，女のテーマ――懐胎，出産，生の再生産――を「女のことば」で表現しているのが興味深い。

同じ「告白派」の詩人といっても，ローウェルと違って，セクストンは私生活の事象を，社会とか時代背景に関連させることなく，あくまでも切実な個人の問題として歌う。しかし，彼女の遺稿詩集に収められた詩のなかに，"After Auschwitz"という通切な魂の叫びのような宗教色の濃い詩がある。そこで，セクストンは第二次世界大戦中のユダヤ人の大虐殺を人類の罪として，神に「告白」しているともいえよう。'……Man with his small pink toes,/with his miraculous fingers/is not a temple/but an outhouse,/I say aloud……' 神聖な神の宮としての人間を返上，いまや人類はたんなる「かわや」になりさがったという。

（4）プ ラ ス

▶フェミニズムとプラス　　プラスは1963年に自らの命を絶ったが，彼女の死後出版された詩集，『エアリアル』（*Ariel*, 1966）や『冬の木立』（*Winter Trees*, 1972）は，その頃から盛んになったフェミニズム

運動も影響して，一躍プラスをアメリカの文学者たち，また批評家たちの寵児とした。友人のセクストン同様，プラスも，女性性を歌い，詩人としてまた女としての充足（妻，そして母親の役割）の間で絶えずゆれつづけた詩人である。

プラスの自殺願望や，彼女が10歳のときに死亡した父親に対する屈折した感情は，プラスを論ずるときによく問題にされるテーマであり，また彼女を「告白派」の詩人とする由縁でもある。プラスが「エレクトラ・コンプレックスをもった娘の書いた詩」と解説するように，"Daddy"は，幼時期における父の死がいかに複雑な心理的傷みを「私」に与えたかを切実に訴える。「神」のような絶対的存在であった父への愛と，その愛を「私」から奪ったものへの憎しみ，父への愛の裏側に潜在していた「黒い心理的な塊り」の正体が，セクストンがいう「人類の大罪」ホロコーストのイメージを通して明らかにされる。

「あなたはおしまい，もうおしまいよ，／哀れな足のように，そのなかであたしが／30年間，貧しく白く，／呼吸することも，くしゃみもできずに，／我慢を重ねた黒い靴は，もうおしまいよ」(You do not do, you do not do/Any more, black shoe/In which I have lived like a foot/For thirty years, poor and white,/Barely daring to breathe or Achoo.)。「村人たちは，踊りまわって，あなたを踏みつける。／それがあなただとみんなずっと知ってたの。／お父さん，やくざなあなた，あたしはとうとうやりとげたのよ」(……They are dancing and stamping on you./They always *knew* it was you./Daddy, daddy, you bastard, I'm through.)。

歯切れのよい短い16連からなる童歌の魔術的な詩形が，"Daddy"を「エレクトラ・コンプレックスをもった娘」の感傷的な「父との和解」という常套パターンになることから救っている。ここには，ディキンスンがなしえなかった父親（絶対的存在）からの解放があからさまに歌われ，またプラスの女性詩人としての存在が克明に顕示されている。

女性詩人としてのアイデンティティの確立がプラスにとって重大な課題であったことは，自殺未遂の経験を自嘲的に暴露する（自殺という行為を「一世一代のストリップ・ショウ」にたとえている）"Lady Lazarus"にも共通する。

その題名が示すように，"Lady Lazarus" は聖書に語られる「ラザロのよみがえり」をもじったもので，詩の結末の落ちは，不死鳥のように「灰のなかから」よみがえるラザロ夫人は詩人としての語り手＝「私」である。セクストン同様プラスも，ナチスのユダヤ人虐殺，ヒットラーのドイツを20世紀の暗い影の象徴として用いているが，プラスの詩には宗教的色彩が欠けている。

▶詩人としての
アイデンティティ
　プラスの死後出版された詩集『エアリアル』に収録された詩には，斬新なイメージにあふれる詩情豊かな作品が多い。表題詩 "Ariel"（「エアリアル」というのは，プラスが飼っていた馬の名）は，喚起力のあるイメージと色彩のシンフォニー，あるいは一幅の抽象画を思わせる秀作である。暗闇をついて疾走する馬と騎手，その運動のエネルギーが，中世の伝説的なヒロイン，ゴディヴァ夫人の情熱と重なって増幅される。加速されたエネルギーは暗闇から夜明けの光のなかに吸収される。あたかも，強烈な創造的エネルギーを燃焼させて，短い生をかけぬけたプラス自身の姿をほうふつとさせる叙情詩である。

　先に触れた「冬の木立」は，植物界の繁殖と人間界の再生産とを比較して，女性性の哀しみを，一幅の墨絵をみるような美しい詩にしたものである。「流産も女の恥辱も知らず，女たちよりも誠実に，木立はやすやすと受胎する。……だから木立は，ゼウスの恋人，レダと同じ，ああ，この嘆き悲しむ者たちは誰？　木陰で歌うじゅずかけ鳩は，誰の心も慰めやしない」（……Knowing neither abortions nor bitchery,/Truer than women,/They seed so effortlessly !/……In this, they are Ledas./……Who are these pietas ?/The shadows of ringdoves chanting, but easing nothing.）。

2　1960年から80年代まで

(1) ブ ラ イ

▶反 戦 詩
　ローウェルの反戦運動，社会批判については，前節で述べたが，1960－70年代には，さらに多数の詩人たち——ブライ，レヴァトフ，ギンズバーグ，リッチら——がヴェトナム反戦，核兵器保有反対を表明する。また，人種差別，性差別撤廃を主張する黒人や女性詩人たち，

さらに脱工業社会と自然環境保全，エコロジー問題に関心を示す，ウィリアム・スタフォード（1914—93），スナイダーなどがいて，そのかかわり方もさまざまである。

ミネソタ州西部の平原地方で生まれたロバート・ブライは，ミネソタの自然を愛し，静かで平明な「瞑想的」な詩を書く。1958年には，『50年代』という機関誌を発行し，その編集をする。この機関誌は年代が代わると，それぞれ『60年代』，『70年代』と名称も変わる。

1966年にデイヴィッド・レイとともに「ヴェトナム反戦アメリカ作家の会」（American Writers against the Vietnam War）を結成し，反政府，ヴェトナム反戦の詩を書く。しかし，ブライの反戦詩にはプロパガンダの調子は感じられない。1967年に出版された詩集，*The Light Around the Body* は翌年，1968年度の全米図書賞を受けるが，この詩集に所収の "Counting Small-Boned Bodies" はそうしたヴェトナム反戦詩の一つである。

「もう一度死体を数えようじゃないか／もしこれらの死体を小さくできさえしたら，／頭蓋骨の大きさに，／この頭蓋骨の平原を月の光りで真っ白にできるのに！」（Let's count the bodies over again./If we could only make the bodies smaller,/The size of skulls,/We could make a whole plain white with skulls in the moonlight!……）この詩には詩人の反戦感情，怒りが直接にぶつけられることなく，「月の光に白く輝く頭蓋骨」にイメージ化されていて，戦争に対する批判がより切実に感じられる。

▶「内面的イマジズム」　すでに述べたように，ブライはミネソタの自然を愛し，きわめて平明な表現でその風景を歌う。よく引用される詩に，「話す湖川へのドライブ」（"Driving toward the Lac Qui Parle River"）や「とうもろこし畑で雉を撃つ」（"Hunting Pheasants in a Cornfield"）がある。アメリカ北西部の小さな田舎町の静かな黄昏どき，車に乗ってドライブする「私」。「私」の運転する自動車の小さな世界は「鉄で囲まれた孤独」（This solitude covered with iron）とイメージ化され，それが「私」の内的風景と重なる。また，'The lamplight falls on all fours in the grass.' という詩行は「イマジスト」のいう「絵画的」詩を思わせる表現である。

"Hunting Pheasants in a Cornfield" でも，一本の柳の木という自然の外

的事物 'What is so strange about a tree alone in an open field?' は，詩を読み進むうち，詩人自身の内的存在と重なってくる。'The mind has shed leaves alone for years./It stands apart with small creatures near its roots.'（精神は枝葉を落としつづけた。根元に小さな生き物がついた柳の木はほかの木から離れて立っている）。これは，「都会派」のジョン・アシュベリーに対して「カントリー派」，土着派の「内面的イマジスト」ブライの特色をよくあらわす作品例である。

80年代になって，『黒コートの男がふり返る』（*The Man in the Black Coat Turns*, 1981）や『二重世界の女を愛す』（*Loving a Woman in Two Worlds*, 1985）の詩集を出版。1997年5月，日本現代英米詩学会の招聘で来日したブライは，各地で開催された詩の朗読会では，愛用の「ブズキ」で詩の弾き語りを披露し，その健在振りを披露した。

（2）レヴァトフ

▶レヴァトフとアメリカ　レヴァトフはイギリス出身の詩人で，1948年アメリカ人作家と結婚し，それ以来アメリカに住む。1950年代に台頭したビート派の詩人たち，とくにファーリンゲッティや「ブラック・マウンテン・ポエッツ」と交わり，彼らの影響で，彼女の詩風は著しく変化した。しかし，レヴァトフにいわせると，「ヴィクトリア調のロマン主義詩人だった私をアメリカ詩人に変身させたのは，ウィリアムズだ」という。確かに，"Overland to the Islands", "Sunday Afternoon", "The Springtime", "The Grace-note", "The World Outside" などウィリアムズのイマジスト的作品かと思わせるものがある。

ウェールズ出身の神秘主義者エンジェル・ジョーンズや，父方にはハシディズム運動（18世紀後半，ポーランドのユダヤ教徒の間でおこった神秘主義的な信仰復興運動）にかかわったというラビなどの祖先をもつレヴァトフは彼らの精神的文化遺産を受け継ぐ。彼女は，詩あるいは詩作を平凡な日常性のなかに「輝き」，「啓示」をみいだす手だてと考える。

ヴェトナム戦争に対しては，ヒューマニズムの立場から反戦運動に参加し，自らヴェトナムにも出かけている。そのときの印象を記した「ヴェトナムの

V 1945—現代

生活を見る」("Glimpses of Vietnamese Life")や"Writers Take Sides on Vietnam"などが散文集『世界のなかの詩人』(*The Poet in the World,* 1970)に収録されている。また，人種差別問題にも関心を示し，黒人女性詩人，アリス・ウォーカー（1944—　）らに捧げる，差別反対を訴える詩，「まわり道」("Detour", 1977)などを書き，その批判精神はいまも健在である。

▶"Cancion" 　前節でみたセクストンやプラス同様，レヴァトフも女性詩人としてのアイデンティティを探求，模索する。"Cancion"は女性詩人としてのアイデンティティを提示する新しい「神話」といってよい。「『私』が天や地，そして海であるとき，『私』は受け身のまま，でも女であるとき，涙の泉はあふれて，のどの堰を切って詩となって流れでる」(……When I am a woman——O, when I am/a woman,/my wells of salt brim and brim/poems force the lock of my throat.)と女性詩人としての自己を歌う。

（3）　ギンズバーグ

▶『吠える』 　東部ニュージャージー州出身のギンズバーグは，コロンビア大学在学中にイギリスの偉大なヴィジョナリー詩人，ウィリアム・ブレイク流の詩を書いていたが，1954年サンフランシスコに移って，「サンフランシスコ」の詩人たち，ダンカン，「ビート」詩人の父ケネス・レックスロス（1905—82），スナイダーらと交わる。

Howl and Other Poems は出版と同時に「ビート」世代のバイブルとなる。ギンズバーグが新作"Howl"を朗読した夜は「ビート世代誕生の衝撃」といわれ，それ以来，ギンズバーグは *On the Road* のケルアックとともに「カウンター・カルチャー」の旗手として，アメリカの若者たちのグルー（教祖）的存在となる。

Howl and Other Poems は，ホイットマン流の「カタログ的列挙」を使用して，現代アメリカ社会の場末，"beaten down"(「踏みつけられた者たち」を意味し，東洋の宗教でいう「至福(Beatitude)」とともに「ビート世代」命名の由来)の詳細を，そして戦後世代の断絶を鮮明に写しだしている。ギンズバーグは，「ある日突然にホイットマンとメルヴィルの叙事詩的インスピレーションにかられて，ホイットマンのような息の長い詩行の詩を書いた」と説明す

る。その一例「カール・ソロモンのために」は、まさにホイットマンを上まわる息の長い詩行「僕の世代のもっとも優れた頭脳が狂気でやられてしまったのを知っている／腹をすかしヒステリックで裸のまま／明け方強烈な薬(ヤク)をもとめて黒人街をフラフラさまよう……」(I saw the best minds of my generation destroyed by madness, starving hysterical naked,/dragging themselves through the negro streets at dawn looking for an angry fix,……) ではじまり、延々80行が一気に「叫ばれる」。

▶「アメリカの夢」と現代アメリカ詩人　また、"A Supermarket in California" という詩は、ものが氾濫した現代社会の縮図ともいえるスーパーマーケットで、ある夜、語り手＝ギンズバーグがホイットマンをみかけ、「あなたの約束したアメリカの夢は、いったいどうなってしまったのか」と問いかける。ちょうど一世紀前、『草の葉』でアメリカの輝かしい未来を歌ったホイットマンは、この詩では、冷凍棚の肉をつついたり、バナナの値段を聞いたり、果ては売り場の若者を物色する「子どものない寂しい年老いた不平家」として描かれている。このホイットマン像は、ギンズバーグの自画像でもあり、"A Supermarket in California" は物神崇拝に毒された「失われた愛のアメリカ」を嘆く歌である。

「ああ、懐かしい父、あごひげの白い孤独な勇気の師よ、カロンが渡し舟の竿をさす手を休め、貴方が煙る岸辺に降りて、黒いレテ河(忘却の河)に消える舟を見送ったとき、いったいどんなアメリカを見ていたのですか」(……Ah, dear father, graybeard, lonely old courage-teacher, what America did you have when Charon quit poling his ferry and you got out on a smoking bank and stood watching the boat disappear on the black waters of Lethe?)

ジャマイカ出身のルイス・シンプスン（1923—2012）にも、ホイットマンの描いたアメリカの未来像と現実のアメリカ社会を対比する "Walt Whitman at Bear Mountain" という皮肉な調子の詩がある。"…… Where is the Mississippi panorama/…… Where are you, Walt ?/The Open Road goes to the used car lot ……"（ミシシッピ川のパノラマはどこへいった……ウォルトよ、君はどこにいるんだ？　君の歌った"大道"の行き着く所はポンコツ車の置き場……）と「アメリカの夢」の崩壊を嘆きながらも、シンプスンの詩は赤い

Ⅴ　1945―現代

「スモモの花」に象徴される想像力に希望を託して終わる。

▶ギンズバーグの
　遺したもの　　　1955年10月，サンフランシスコのシックス・ギャラリーでギンズバーグが"Howl"を朗読した夜は，戦後のアメリカ詩と文化を一新することになるビート世代の幕開けをもたらした。ビート世代の登場は，物質至上主義の「鎮静された50年代」のアメリカ社会に衝撃をあたえ，それが60年代，70年代にかけてのカウンターカルチャーや反戦運動，公民権運動，70年代になって加速された環境運動などの胎動をうながすのである。さらに，これらのうねりは80年代，90年代には，さまざまな社会正義，諸権利を主張する運動――マイノリティやゲイ，レズビアンの文化運動――へとつながっていく。

　80年代以降，ギンズバーグはニューヨークのブルックリン・カレッジの大学院の"Distinguished Professor"として，詩の創作コースを教えていたが，1997年4月に他界。自己のホモセクシュアリティを大胆に謳ったギンズバーグの「反逆」は20世紀後半のアメリカ社会における大きな文化変革のコンテクストのなかで位置づけられなければならない。

（4）リッチ

▶自己探求と詩作　　前節でとりあげたセクストンやプラスという破滅型の女性詩人たちとよい対照をなすのが，この節で前出のレヴァトフとリッチの二人である。リッチの詩人としての活動は，若い詩人たちの「登龍門」ともいうべき賞「イェール大学新進詩人シリーズ」に彼女の詩が掲載されるという記念すべき出来事ではじまる。

　当時をふりかえって，リッチは次のようにいう。「男性詩人と同等になるということは，彼らのように書くことを意味しました。つまり，フロスト，ディラン・トマス，オーデン，スティーヴンズ，イェーツのように書くことでした。先輩の女性詩人についても，私は同じことを要求した」と。リッチは早くから，女性詩人としての自我の確立と男性との関係において定義される社会的自我との落差に矛盾――ジェンダー問題――を感じていた。リッチの詩人としての仕事は，女性の言葉，女性の声調を探求することだった。したがって，彼女がフェミニズムと自分の詩との間に密接な関係をみいだしたの

も当然のことである。彼女にとって詩を書く（創作する）ことは自己の内面世界を探検する手段，道具になる。

キャロライン・ハーシェル（1750―1848）という女性天文学者を歌った詩「プラネタリューム」("Planetarium," 1971) に，次のような詩行がある。'……I am an instrument in the shape/of a woman trying to translate pulsations/into images for the relief of the body/and the reconstruction of the mind.' 望遠鏡が天体を探求する道具であるように，女性の肉体，精神の鼓動を言葉に，イメージに変換する手だてが詩だというのである。そして，詩人である「私」は「女の形をした道具」だという。

▶リッチとフェミニズム　詩作は「政治的行為」であるというリッチとフェミニズムとのかかわりは，他の女性詩人と比較してはるかに深くかつ決定的である。もちろん，リッチもヴェトナム反戦運動に積極的に参加したが，フェミニズムへの関心のほうがより高い。というのは，上に述べたように，彼女にとってフェミニズムを表明することが創作活動そのものだからである。

リッチが，ヴェトナム反戦運動やフェミニズム運動にかかわるにつれ，彼女の作品も，伝統を踏襲した形式的な初期の詩形から，不規則な詩行がめだつスタイルへと変化していく。ときには，散文が入りまじる詩形（たとえば，"The Burning of Paper Instead of Children," 1971）をとる。『難破船への探険』(*Diving into the Wreck,* 1973) の表題詩，"Diving into the Wreck" は旧来の女性像，価値観，知のパラダイムという「難破船」への探訪である。そして，そこから何か「恒久的な宝物」(……I came to see the damage that/was done/and the treasures that prevail.) を「引き上げ」，新しい女性像，神話，知のパラダイムをつくりだそうという試みである。

さらに，リッチのフェミニズムへの関心は，アメリカ女性詩人の読み直し，再評価を要請する。アメリカが生んだ偉大な詩人の一人，ディキンスンを賛辞する詩がある。リッチが詩作をはじめたときには，みえなかったアメリカ詩のもう一つの伝統――男性詩人のモデルでなく――をディキンスンに発見したのである。

▶黒人女性詩人　リッチが詩人としての「フェミニン・アイデンティティ」を創作を通して模索するように，現代アメリカ文学界には黒人女性として詩や小説を書く作家たちがいる。グエンドレン・ブルックス（1917―2000），ニッキ・ジョヴァンニ（1943―　），アリス・ウォーカーらの詩人である。ローウェルと同年生まれのブルックスは，*Annie Allen*（1949）で黒人で最初にピューリッツア賞を受賞した黒人詩人である。彼女は，ラングストン・ヒューズ，カウンティ・カレンなど，1920年代の「ハーレム・ルネサンス」の作家たちの一人とされるくらいで，その政治的立場も穏当なものであったが，第二回黒人作家会議（1967）を契機に，しだいに「過激派」の黒人作家たちと連帯するようになり，それ以来，人種差別に積極的かつ強い関心をもって，黒人読者のために創作を続けている。

しかし，ブルックスより若い世代の詩人たちのメッセージはさらに政治的，闘争的で，ロック音楽と一緒に，解放運動の「戦略」として使われることが多い。したがって，彼らの作品がどれほど文学として優れ，恒久的なものであるかは別問題である。

(5) スナイダー

▶スナイダーのライフスタイル　サンフランシスコ生まれのスナイダーは，若い頃から，東洋文化・思想に興味を示し，カリフォルニア大学で日本語や中国語を修得，1956年に日本を訪れ，それ以来いくどか来日，京都の禅寺で，禅の本格的修行もしている。現在アメリカには，日本あるいは東洋に興味をもつ作家がかなりいて，スナイダーはその筆頭にあげられる。彼のほかにも，すでに亡くなったレックスロスやW. S. マーウィン（1927―2019）らがいる。

スナイダーの哲学，そのライフスタイルはH. D. ソローに先例をみるように自然主義というか原始主義を標榜する。彼は「いまは文明後期の時代で，人はみな文明に毒され，生と死について本当の認識をもっていない」という。現在，スナイダーはカリフォルニアのシエラネヴァダの山のなかで物質文明から離れて生活している。このような彼の生活態度はその作品に鮮やかに写しだされる。例えば，「割りぐり」（"Riprap," 1959）。「割りぐり」というの

は，山中で馬が通るために敷く玉石の作業のことである。実際の労働を通して，現象の世界を通して無限の精神の世界を把握しようというのである。詩人は，「割りぐり」の作業が詩を書くこと，言葉を扱うことに通じることを発見する。

「これらの言葉を岩のように／君の心の前に据えよ／両手でしっかりと／選んだ場所に／心のからだの前に置け／空間と時間のなかに／樹の皮や葉や壁の堅さ／事物の割りぐり」(Lay down these words/Before your mind like rocks/placed solid, by hands/In choice of place, set/Before the body of the mind/in space and time :/Solidity of bark, leaf, or wall/riprap of things : ……)

▶「パイウート・クリーク」　*Riprap*（1959）に所収の"Piute Creek"という短い詩もよく引用される作品だが，この詩も上に述べたスナイダーの生きざまを簡潔にあらわしている。壮大な自然の懐に抱かれると，人の世のしがらみはその静寂のなかに消えてしまう。アメリカ・ルネサンス期にやはり自然合一を唱えたエマスンやソローの「自然観」ともあい通ずる思想である。'…… The mind wanders …… Sky over endless mountains./All the junk that goes with being human/Drops away,……/Even the heavy present seems to fail/……/A clear attentive mind/Has no meaning but that/Which sees is truly seen……'

「澄んだ注意深い精神，それは真に見るものこそ真の認識に至るということ」(A clear attentive mind/Has no meaning but that/Which sees is truly seen.)はエマスンの「私は透明な眼球となる。私は無になり，すべてが見える。」(I become a transparent eye-ball. I am nothing. I see all……) にみられる「自然合一」の観念とあい通じ，またスナイダー自身の「正確な観察こそ現実を把握する唯一の手段だ」とも呼応する。こうしたスナイダーの詩，とくに『亀の島』にみられる散文作品は，最近になってアメリカ文学に「発見されたジャンル」，ネイチャーライティングの系譜につながるものである。

▶エコロジーとスナイダー　1970年代になって，核兵器，原子発電所など技術革新が併発した環境汚染や環境破壊が深刻な社会問題になるにつれ，スナイダーの原始主義，その生活信条はアメリカの若者たちに広く受け入れられるようになる。それを裏づけるように，1974年に出版された作品集『亀

の島』(*Turtle Island*)——この題名はアメリカに対するネイティヴ・アメリカンの呼称——でスナイダーはピューリッツア賞を受ける。彼は，最近，環境問題にも強い関心を示し，鯨の保護，その他の環境保全に精力的にとりくんでいるという。

　自然破壊に対する関心といえば，やはり平和主義者のスタフォードも，"Travelling through the Dark"や"At Cove on the Crooked River"などの作品で雄大で美しい自然と，それを汚染し破壊する文明を対比させている。「ああ，文明よ，私はおまえを壮大に彫りたい。夕暮れがあの雄大な河の曲線のように緩やかに迫るように。キャンプに来た人々が窮屈なステーションワゴンに乗って窓を閉め，町に帰っていった後で」(……Oh civilization, I want to carve you like this,/decisively outward the way evening comes/over that kind of twist in the scenery/When people cramp into their station wagons/and roll/up the windows and drive away.)

▶ **レックスロスとマーウィン**　スナイダーが日本や東洋文化に寄せる関心については先に触れたが，現代アメリカ作家のなかには詩人，小説家の区別なく，日本文化に興味をもつものが多い。

　レックスロスは，そのエッセイ「現代アメリカ詩にみる日本古典詩の影響」("The Influence of Classical Japanese Poetry on Modern American Poetry," 1973)のなかで戦後のアメリカ詩にみられる日本文学——能，和歌，俳句——の影響には目を見はるものがあるという。レックスロス自身も禅仏教思想を標榜する作品を書いたり，『百人一首』(*One Hundred Poems from the Japanese,* 1964)の英訳を手がけている。たとえば，'Guardian of the gate/Of Suma, how many nights/Have you awakened/At the crying of the shore birds/Of the Isle of Awaji?'(淡路島通う千鳥の鳴く声にいく夜寝覚めぬ須磨の関守)はその一つである。

　長老派教会の牧師の子としてニューヨークに生まれたマーウィンは，子どもの頃父親のためによく賛美歌を書いたことがある。彼が本格的に詩作をはじめたのはプリンストン大学で，ベリマンらの励ましがあったからである。しかし，古くはロングフェロー，最近ではパウンドの例にあるように，マーウィンは優れた語学力や外国文学の知識を生かして，もっぱらフランス，ス

ペイン文学の翻訳をおこなってきた。1973年には，アジアの格言を翻案した *Asian Figures* を出したが，彼は東洋の宗教儀式や祈りにみられる凝縮された瞑想的な表現様式に魅せられ，1970年代に出版された詩集には禅仏教の詩の影響が顕著にあらわれた作品が多い。

3 80年代以降，90年代

(1) 詩的表現の実験

▶「ランゲージ・ポエッツ」 80年代，90年代においても，前節でふれたアメリカ詩人たちの多くは健在で詩作活動を続けている。ブライやアシュベリー，ギンズバーグやスナイダーなどは，再三来日の機会をみて日本の聴衆にも親しまれている現代アメリカ詩人たちである。また，マージョリー・パーロフやヘレン・ヴェンドラーなど第一線で活躍の批評家たちも日本のアメリカ文学研究者のあいだでなじみ深いが，そのひとりパーロフが問題にする「ランゲージ・ポエッツ」とは，20世紀初頭のモダニストたちの言語実験をさらに追求するアヴァンギャルドの詩人たちをいう。彼らは叙情詩という短い詩形に拘束されず，言語と世界とのかかわりを追求する実験的試み，チャールズ・バーンスティンやスーザン・ハウらの試みる詩と散文の混合や，アシュベリーたちニューヨーク派が試みた絵画と詩の境界を越境する詩的表現の模索をする。

▶スーザン・ハウ アメリカ詩人／作家たちの歴史への関心はホーソーンはじめメルヴィル，トウェインなどにも顕著にみられる。現代詩人のなかでは，前節でふれたローウェルの南北戦争，ベリマンのアン・ブラッドストリートなどとのかかわりなどがある。「ランゲージ・ポエッツ」のひとりとされるハウは，かつてカミングズがしたように，視覚に訴えるタイポグラフィ上の実験で知られ，単語の断片や，古風な綴りで書かれた単語が並べられた，脈絡のない難解な詩を書く。そのハウもまた歴史への関心を詩作品や " The Captivity and Restoration of Mrs. Mary Rowlandson " といった散文に託している。

こうしたハウの言語実験は，一方では，「スタイン的な自律的言語構築物」

としての詩の創造であり，同時にその断片性は失われた過去のオリジナル・テクストの断片を拾い集める作業でもある。ハウの「特異な言語テクストは，パウンド，エリオットたちがおこなった，断片的歴史テクストの総合化という詩的戦略を継承している」と，長畑明利氏は解説する。

(2) あたらしい声

　60年代，70年代の大きなうねりであったさまざまな文化運動は，アメリカがいかに多様な人種，民族が共生しようとしている社会であるかを物語る。現代アメリカ社会の多元文化性が多彩で多様なあたらしい声を生みだし，あたらしい詩を創り出す。前出のグエンドレン・ブルックスや戯曲家としても評価されているアミリ・バラカ（＝ルロイ・ジョーンズ，1934―2014）などの黒人詩人たち――オードレ・ロード（1934―92），リタ・ダヴ（1952―　）――にくわえて，80年代以降には，あらたに，アメリカ先住民，アジア系，メキシコ系の詩人たちが注目されはじめている。サイモン・オーティズ（1941―　），キャシー・ソング（1955―　），ジャニス・ミリキタニ（1941―2021），ローソン・F. イナダ（1938―　），アルベルト・リオス（1952―　）などである。

▶**オードレ・ロードとリタ・ダヴ**　　オードレ・ロードにとって詩を書くことは「沈黙という独裁制」へ戦いを挑むこと。というのも自分たちが行動できないのは差別のせいでなく沈黙しているからだという。「石炭」（"Coal"）という詩でロードは，「真っ黒な石炭／地下深くから語られる」（I/is the total black/being spoken/ from the earth's inside.）と自己肯定を謳う。ロードにとって，たとえ，誤解され傷つくことになっても，言語化すること表現すること自体が存在を証しすることであった。"Coal"，"The Woman Thing"，"Chain" などの作品は黒人として，母，娘として，レズビアン，フェミニストとして，ヴィジョナリーとしてのロードのアイデンティティを鮮明に表明するものである。

　オハイオ州出身のダヴは地元のマイアミ大学卒業後，フルブライト留学生としてドイツのチューリンゲン大学で近代ヨーロッパ文学を学ぶ。ヨーロッパ体験で，彼女は自国とのあいだに距離を置くこと，二重の視点をもつことを身につけ，それがダヴの創作エネルギーとなっている。詩の選集には必ず

入れられる「パセリ」("Parsley")は、1937年ドミニカ共和国の専制君主ラファエル・トルーエロ（1891—1961）が、スペイン語の「パセリ」="perejil"の"r"を発音できないということで二万人の黒人を虐殺した事件を扱っている。支配者の言語を強いられることの暴力——美しい言葉ひとつが生死にかかわる——を告発する詩である。(He will/order many, this time, to be killed/for a single, beautiful word.) 無駄のない抑制のきいた詩で知られるダヴだが、最近さらに円熟度をまし作品にも余裕がみられるという。1993年にアメリカの「桂冠詩人」の栄誉を与えられる。

▶サイモン・オーティズ　70年代以降、スコット・モマディをはじめとして、レズリー・マモン・シルコー、ルイーズ・アードリッチやジェイムズ・ウェルチなど散文、小説の分野で活躍するアメリカ先住民の作家たちが現れ、研究者の関心が高まっている。しかし、口承文学の宝庫である先住民たちの口承詩は、さらに長い間注目されることがなかったが、彼らの口承詩のアンソロジーを編纂したジェローム・ローゼンバーグや、折にふれ、その重要性を説いてきたスナイダーの功績によって、現在ではアメリカ先住民の口承詩が広く認知されるようになる。彼らの口承詩は儀式で歌われるチャントなど、各部族の日常生活に欠くことのできない生活文化の一部である。モマディもシルコーも詩を書いている。

　ニューメキシコのアコマ出身のオーティズは、「詩人になろうと考えたことなどなかった」という。幼年の頃、家にやってきた年老いた親族のひとりが彼を背に負いながら話をしてくれた。そこから言葉の魔力を伝授されたと、回顧する。フランク・オハラやロバート・クリーリーの詩をおもわせる口語体で書かれるオーティズの詩は、怒りや絶望を吐露するものでなく、その口調は歌か祈りに近い静かなものである。『雨を求めて行く』（*Going for Rain*, 1976）に収められた詩には口語体の特徴をいかした、俗語的表現のウィットとユーモアにあふれた作品が多い。

▶キャシー・ソングとジャニス・ミリキタニ　ハワイ州ホノルル生まれのソングはハワイ大学を卒業後、ボストン大学で創作科の修士号を得ている。ソングの最初の詩集『写真花嫁』（*Picture Bride*, 1983）は、かつてリッチもその栄誉に浴した「イエール大学新進詩人シリーズ」に選ばれている。詩

集『写真花嫁』に収められた詩には，絵画的な作品が多い。ソング自身も認めているように，浮世絵師，喜多川歌麿やジョージア・オキーフの作品にインスピレーションを得て書かれたものが多数あり，そのなかの一篇，"Beauty and Sadness" は一幅の浮世絵を見るような作品である。そのほか，"The White Porch"，"Lost Sister"，"Heaven" など，美しい平易な言葉で静かに語られる詩人の祖母のストーリーは幻想的な想像世界をかいまみせ，多文化を背景にもつアメリカ詩人の独特の心象風景が描かれている。

　カリフォルニア州ストックトン生まれの日系三世であるミリキタニは，第二次世界大戦中に家族と共にアーカンソー州ローワーの強制収容所ですごした過去を持つ。当時，まだ幼かったミリキタニだが，その体験の衝撃は二冊の詩集，*Awake in the River* (1978) と『沈黙を破る』(*Shedding Silence*, 1987) で語られる。『沈黙を破る』に収められた作品では，詩集のタイトルが示しているように，収容所での屈辱的な経験を語ることの意義がテーマになっている。調査委員会で戦争体験を証言すること，つまり沈黙が破られることによって，娘（詩人）は，長いあいだ沈黙を守ってきた母親の世代の屈辱と苦悩を理解する。だが，ミリキタニがアジア系アメリカ文学に関心を持ったのは1968年，サンフランシスコ州立大学での学生運動が契機だという。彼女はアジア系アメリカ文学運動の先駆者として，最初のアジア系アメリカ文学のジャーナル *Aion*——四世代にわたるアジア系アメリカ人芸術家や作家たちのバイリンガルでの作品選集——の編集に従事する。彼女の最新作には1995年に出版された『われわれ，危険人物』(*We, the Dangerous*) がある。

▶**アルベルト・リオス**　スペインとイギリス文化という二つの文化をもつリオスの詩は，異なる文化の共存の場になっている。彼は「豊かな言語と多くの物語に囲まれて成長した」と，自分の幼年期を振り返る。現在，アリゾナ州立大学で教鞭をとるリオスは，最初の詩集 *Whispering to Fool the Wind* (1982) で，ウォルト・ホイットマン賞を受賞。また，熟練した語り手でもあるリオスの詩は，スペインのバラードを想わせる口承文学の色彩が強い。デニーズ・チャヴェズ，リカルド・サンチェスなどほかのメキシコ系詩人たちの場合のように，現実の世界をマジカルにとらえるリオスの作品は読者をシュールリアリズムの世界に誘う。「こうして世界はまわ

る」(The way the world works is like this) ではじまる,"Advice to a First Cousin"がそのよい例であろう。読書では得ることのできない知恵,サソリの習性に関する知識が(祖母から)伝達される。

　80年代後半から90年代のアメリカ現代詩人たちは,英米文化圏外の文学伝統や異なる「声」を積極的に取り入れて詩作活動を続けている。

4　アメリカ詩界,いま——2000年—2022年

　2001年9月11日の同時多発テロ事件,その報復として米英軍のイラク攻撃で始まった今世紀,多種多様なアメリカ詩界は,以前にもまして活況を呈している。戦争をはじめとする暴力(人種差別,性差別など)が横行する現況のもと,#metoo,BLM,LGBT運動に連動して,詩人たちは激しい抗議の声をあげる。サム・ハメル(Sam Hamill, 1943—2018)が立ち上げたウェッブ・サイト「戦争に反対する詩人たち」は,国際的規模の反戦詩運動に発展。ハメルほか編纂の *Poets Against the War* (2003) は,ブライ,ダヴ,クリーリー,ファーリンゲッテイ,マーウィン,ピンスキー,リッチらによる260余篇の詩を所収。

　いま,明記しておくべき事項に,この10年間に,二人のアメリカ詩人のノーベル文学賞受賞がある。2016年,ボブ・ディラン(Bob Dylan, 1941—)の受賞と,4年後の2020年,ルイーズ・グリュック(Louise Glück, 1943—)の受賞。ディランの受賞は,詩の起源以来,伝統とされてきた,詩と音楽(声),詩と歌詞,という表現形態の相乗効果をあらためて認知する出来事であるから。そして,ハンガリー系&ロシア系ユダヤ人を両親に持つグリュックは *The Wild Iris*『野生のアイリス』でピューリッツア賞受賞(1992)の,注目される詩人。受賞理由は,個人の存在に普遍性を炙り出す手法,厳格な「声」と美の創出にあるとされる。従来,小説家に偏重の同賞が,相つぐアメリカ詩人に与えられた事実は特記すべきことだろう。

　詩の普及,詩人たちの支援を目的に創設(1934)された「アメリカ詩人協会」(The Academy of American Poets) のウェッブ・サイト "a poem a day"「1日1篇の詩を」では,じつに多彩な詩人たちの作品を紹介している。

第3章　劇

❖ **大戦後のアメリカ演劇の動向**　大戦後のアメリカ演劇界では，すでに戦前に地位の確立した作家たちの活躍が続くが，同時に多くの新しい動きもみられる。戦後の演劇界を10年ごとに概観すると，その変化がいっそう明らかになろう。

　まず1950年代には，劇中に提起される問題がハッピー・エンドにおさまる，心理的リアリズムの作品が広くもてはやされた。1960年代に入ると，ヴェトナム反戦運動とあいまって上演される作品にも政治色が濃くなる。依然としてアーサー・ミラー（1915—2005）の活躍がみられるが，戦前，戦後を通じてのアメリカ演劇界の巨匠，オニール，テネシー・ウィリアムズ（1911—83）の影は薄くなる。それに代わって，エドワード・オルビー（1928—2016），アーサー・コピット（1937—　）らの実験的演劇が批評家や観衆の注目を受けるようになる。

❖ **オフ・ブロードウェイ，オフ・オフ・ブロードウェイ**　オフ・ブロードウェイ演劇は1950年代にはじまったが，1960年代になってオフ・オフ・ブロードウェイでの上演の可能性が増すにつれ，新しい前衛的戯曲が書かれるチャンスが増える。コピットやオルビーの作品の上演も，オフ・オフ・ブロードウェイの出現に負うところが大きい。

　1970年代，オフ・オフ・ブロードウェイの劇場は新しい作家，サム・シェパード（1943—2017）の登場で活気づき，またその頃，ニューヨーク偏重のアメリカ演劇が様変わりをはじめる。1963年までは商業演劇のほとんどがニューヨークで上演されたが，それ以降は，ロサンジェルス，ミネアポリス，ダラス，シカゴなどに17の主要な劇場が設立され，演劇の市場を広げた。デイヴィッド・マメット（1947—　）がデヴューしたのはシカゴの劇場であった。もちろん，ブロードウェイは依然として支配的な地位を占めているが，ミネアポリスのガスリー劇場のような融資のある劇場と違って，興業成績上の圧力が強い。1970年代，80年代は，ニール・サイモン（1927—2018）がブロードウェイを独占したとはいえ，マーシャ・ノーマン（1947—　）のような地方出身の新進作家の作品も上演される。

❖ **黒人演劇**　戦後のアメリカ演劇は，1950年代のロレイン・ハンズベリー（1930—65），続いて，ジェイムズ・ボールドウィン（1924—87）そしてアミリ・バラカ（ルロイ・ジョーンズ，1934—2014），エイドリアン・ケネディ（1931—　），エド・ブリンズ（1935—　），ウントザケ・シャンゲなど，黒人作家の活躍が顕著で，過激で急進的思想が舞台にもちこまれる。また，これら作家のなかでもとくに期待されるオーガスト・ウィルスン（1945—2005）の作品も最初はイエール大学のレパートリー・シアターで上演され，

批評家たちの注目を受ける。
❖　**ミュージカル**　　娯楽主義，商業主義が支配する演劇界では，ドタバタ喜劇やミュージカルが舞台やテレビを独占している。19世紀後半頃にはじまった単純な物語，楽しい歌と踊りから構成される「ミュージカル・コメディ」が，第二次世界大戦後「ミュージカル」とよばれるようになる。物語と歌とダンスの三要素からなるミュージカルは，ミュージカルといえばブロードウェイというようにアメリカ演劇に多大な影響を与えている。

ブロードウェイでヒットした主なミュージカルには，リチャード・ロジャーズとオスカー・ハマースタインの『南太平洋』(*South Pacific*, 1949)，および『マイ・フェアー・レディ』(*My Fair Lady*, 1956)，『ウェスト・サイド物語』(*West Side Story*, 1957)，70年代，80年代にヒットになったミュージカルには，エリオットの *Old Possum Book of Practical Cats* を下敷にした『キャッツ』(*Cats*, 1982)や，『レ・ミゼラブル』(1985)，ヴェトナム戦争を舞台にした現代版『蝶々夫人』，『ミス・サイゴン』(*Miss Saigon*, 1989)などがある。

こうした商業主義が支配する演劇界で，あい変わらず本格的演劇が上演され，全国的に観客の支持を得ているのは驚異である。マーシャ・ノーマンのような女性戯曲家や，ハンズベリー，バラカにつづく，『クララの親父』(*Clara's Ole Man*, 1964)のエド・ブリンズ，『黒人のあいまい宿』(*Funnyhouse of a Negro*, 1962)のエイドリアン・ケネディに代表される有望な黒人作家の台頭は，今後の演劇界の新しい動向を示すものであろう。

❖　**個人的な演劇体験の必要性**　　テレビが社会各層の主要な娯楽手段である現代，劇場に来る観客は，演技者と観客の直接的交流を「生きた劇場」の醍醐味として求め，自分の家の居間でみるメロドラマやテレビ・ニュースとは違った劇的コミュニケーションを期待する。

劇場の観客は，マス・メディアが提供する画一的なものとは異なるもっと個人的な演劇体験を求める。今後のアメリカ演劇は，こうした観客の夢と期待を満足させることができるか否かにかかっている。また，そうした演劇空間の創造に挑戦するのがアメリカ作家たちに課せられた仕事である。以下，1950年代，60年代，70年代，80年代以降のアメリカ演劇をそれぞれの時代を代表する作家を中心に考察する。

V　1945—現代

1　1950年代

(1)　オニール

▶1950年代のオニール　　多くの批評家が，1916年プロヴィンスタウン劇場で上演されたオニールの作品でアメリカ演劇がはじまり，彼の功績でアメリカ演劇が世界に知られ，1920年代におけるオニールのめざましい創作活動によってアメリカ演劇が確立したとする。彼の名声は大戦中も続き，事実，彼の優れた戯曲は戦中，戦後に発表されている。『氷人来る』(*The Iceman Cometh*) の初演は1946年で，彼の死後，1950年代にかなりの作品が上演されている。『夜への長い旅路』(*Long Day's Journey into Night*, 1956)，*A Touch of the Poet* (1957)，『ヒューイ』(*Hughie*, 1957)，『さらに素適な邸宅』(*More Stately Mansions*, 1967) などである。

▶『夜への長い旅路』　　オニールの代表作とされるこの戯曲は1957年，ピューリッツア賞とニューヨーク演劇批評家賞の二つの賞を受ける。したがって，アメリカ演劇の創始者とされるオニールであるが，その評価が広く認められたのは戦後の1950年代になってからといえる。それは1939年に書かれた『氷人来る』についても同様で，この作品を戦時中に上演するのを恐れたオニールは，1946年までその上演を延期した。さらに，この戯曲のもっとも特筆すべき公演は，1956年上演のもので，オニールの死後三年してオニール・リヴァイヴァルをもたらしたのである。

このオニール再評価現象で，とくに注目に値するのは『夜への長い旅路』であろう。オニールがその生涯をかけて完成したともいえるこの戯曲は，メロドラマへの決別を示す作品で，彼のドラマトゥルギーの結晶した傑作である。しかし，きわめて自伝的な内容のため，オニールは，死後25年間上演を禁じたのであるが，彼の妻が二年半で上演を許可，皮肉にもオニール・リヴァイヴァルに一役買ったことになる。

オニール以前のアメリカ演劇は，ヨーロッパ演劇の模倣によるものが多かった。オニールは思想の表現の場としての劇場を創造するため，種々の実験を試みた。しかし，優れた戯曲を書く前に，アメリカ演劇を舞台芸術として

第3章　劇

確立させようとことを急いだため，それらの実験の多くは失敗に終わった。とはいえ20世紀初頭，アメリカ演劇の伝統の確立に寄与し，後に続くウィリアムズ，ミラー，オルビーの先駆者としてのオニールの功績は高く評価されて当然であろう。

(2)　ウィリアムズとミラー

▶オニールの後継者　　オニール亡き後のアメリカ演劇の担い手は南部出身のテネシー・ウィリアムズとニューヨーク出身のユダヤ系のアーサー・ミラーである。彼らは，イプセン，チェホフ流リアリズムの伝統を継ぐアメリカ演劇界の両輪的存在といえる。この二人は，その気質において，また作品の表現様式においても異なるとはいえ，社会とのかかわり，その問題意識には多くの共通点がある。それらは，「アメリカの夢」批判であり，家庭内外での疎外感，混沌とした世界における孤独な人間の自己探求のテーマなどである。

▶『ガラスの動物園』　　ウィリアムズの戯曲の舞台設定，登場人物には作者の出身地であるアメリカ南部の風土，習俗の色彩が濃い。ウィリアムズ最初の成功作である『ガラスの動物園』(*The Glass Menagerie*, 1945)は，はじめ映画の脚本として提案され，拒否された後に舞台用に書き換えられた作品である。この戯曲は，後期の彼の作品にみられる「セックス，退廃，暴力」のモチーフとは無縁で，彼の「もっとも静かな」戯曲であると同時に，雰囲気，テーマの点では彼の円熟期の優れた作品の特質を備えている。登場人物トムの靴工場での仕事，ミズリー州セントルイスへの転居などは作者の自伝的事実で，またアマンダとローラは，彼の生涯における二人の「虚弱で不具な女性」── 母と妹 ──がモデルであろう。物語の筋は単純ではあるが，激しいながらも抑えられたローラのまたトムの悲しみが，ウィリアムズ特有の象徴的，詩的表現でみごとに描出されている。

▶ウィリアムズの心理描写　　彼の次の成功作は，ニューオーリンズのフレンチクォーターを舞台とする『欲望という名の電車』(*A Streetcar Named Desire*, 1947) である。

園遊会にでも行くかのように白いドレスを着たブランチ・デュボワが，妹

V 1945―現代

ステラの家に到着するところから劇の幕があがる。この姉妹は南部上流家庭の生まれであるが，生家が没落し経済上の必要から，ステラは粗野な，荒々しいポーランド人労働者との結婚をよぎなくされる。それでも，ステラは現在の生活に満足しているが，姉の到着は彼女の生活を破壊してしまう。南北戦争後の現実を直視できず人生に幻想を抱いているブランチは，ステラの夫スタンレイに強姦されるという残酷な現実の前に精神のバランスを失い，彼女に残された最後の安らぎの場を失ってしまうのである。

その後，ウィリアムズは『バラの刺青』(*The Rose Tatoo*, 1951)，『熱いトタン屋根の猫』(*Cat on a Hot Tin Roof*, 1955)，*Sweet Bird of Youth* (1959) と次々に作品を発表する。『バラの刺青』は，地中海地方や，イタリア人の陽気さ，情熱へのウィリアムズのあこがれを示し，彼の反ピューリタン的一面をあらわす作品である。

伝説的南部，ミシシッピ州生まれのウィリアムズは人間心理の裏側にひそむ情念の世界に目を向け，虚弱で，無気力な，あるいは狂暴な人物を詩情豊かに描きだした。彼の戯曲は深層心理を鋭く表出することで，現代人の無意識の世界を描く。

▶社会派のミラー　　ウィリアムズと違って大都市ニューヨーク出身で，ジャーナリズムを専攻したミラーの戯曲は，社会的リアリズムで知られる。ミラーは，個人と社会の関係を――過去の現在への影響，個人の理想主義，個人の責任――という三つのテーマで追求する。それは彼の最初の成功作，『みんなわが子』(*All My Sons*, 1947) から一貫して，社会意識に根ざすミラー演劇に展開される課題である。

ミラーの代表作『セールスマンの死』(*Death of a Salesman*, 1949) は平凡な一市民の悲劇を取り扱う。ウィリー・ローマンは，その理想主義と責任感のため経済界の過酷な現実と妥協することができない。ローマンの人生は二つの過去によって左右される。一つは，アンクル・ベンの西部開拓精神と自己信頼にもとづく生き方であり，もう一つは，劇中の回想場面にあらわれるウィリー自身の過去である。ウィリーの死は，よき夫，よき父，よきセールスマンであろうとする彼の理想を実現する最後の選択なのである。

『セールスマンの死』は，一人の平凡なセールスマンを「絞った後のレモン」

のように捨ててしまうアメリカの社会経済機構を鋭く批判した作品であるが，『るつぼ』(*The Crucible*, 1953) では，大戦後の政治体制に焦点が当てられる。話は17世紀末のマサチューセッツ州セイレムでおこった魔女狩りを扱っているが，実はマッカーシー時代の反アメリカ活動弾圧（赤狩り）を風刺した劇である。また，『橋からのながめ』(*A View from the Bridge*, 1955) は，移民法の不合理さと，とくにブルックリンに居住するイタリア系移民たちの悲惨な生活を描き，「機会平等」を約束する「アメリカの夢」の厳しい現実を暴露する。

▶大衆演劇　1950年代，ひじょうに人気のあった娯楽作品はロバート・アンダスン（1917—2009）の『お茶と同情』(*Tea and Sympathy*, 1953) である。ニューイングランドにある男子校を舞台にしたこの劇は，人間の相互理解と交流に占める性の問題を扱う。しかし，テーマの掘り下げが足らず，安易な問題解決に終わっている。そのほか，大衆向け演劇としては，ウィリアム・インジ（1913—73）の，中西部を舞台にしたセンチメンタルな作品をあげることができる。『帰れ，いとしのシーバ』(*Come Back, Little Sheba*, 1950)，『ピクニック』(*Picnic*, 1953)『バスストップ』(*Bus Stop*, 1955)，象徴的な『階段の上の暗闇』(*The Dark at the Top of the Stairs*, 1957) など舞台で人気を博し，同時に映画化されヒットした作品が多い。

▶黒人演劇　黒人演劇がアメリカ演劇界で，はじめてその地位を得たのは1950年代のことで，ロレイン・ハンズベリーは，アメリカおよび世界で認められた最初の黒人劇作家である。『ひなたの干しぶどう』(*A Raisin in the Sun*, 1959) は，女性と黒人作家にはとくに排他的であるブロードウェイで530回ものロングランを続けるという記録を樹立した。

　この劇は，シカゴに住む黒人一家が彼らなりの「アメリカの夢」をみようとする話である。死亡した父親の保険金で，それぞれが別の「夢」を描く。一家の女主人は白人の住宅街に家を買う。なぜなら，そのほうがゲットーで家を買うより安いからである。母親と祖母の夢はかなうが，娘と息子はそれぞれ別の将来を夢みる。表題は，黒人詩人ラングストン・ヒューズの詩——「延期された夢は一体どうなる？／太陽の下のレーズンのようにひからびてしまうだろうか？／それとも……爆発するだろうか？」——からの引用。黒

人にとって「アメリカの夢」とは何であるかという問題とは別に、ハンズベリーの戯曲には、アフロ・アメリカ人としてでなく、アフリカ人としてのアイデンティティを問題にして、60年代の公民権運動の先駆けを暗示するセリフ、場面が織り込まれている。

2　1960年代

(1)　オルビーとコピット

▶前衛演劇とオフ・ブロードウェイ　アメリカ演劇界の新しい動きは、すでに1950年代終わりにはじまっていた。ニューヨークの劇場は商業主義の影響で娯楽中心の作品を好む傾向が強くなり、新しい試みをしようとする劇作家はブロードウェイ以外にその発表の場を求めざるをえなくなる。そこで、オフ・ブロードウェイ、オフ・オフ・ブロードウェイ劇場の出現をみる。

　新しいアメリカ演劇は、アルトーの暴力演劇やベケット（1906―1989)、イヨネスコ（1912―1994)の不条理演劇などヨーロッパにおける新しい演劇運動の影響を受ける。というのも、従来の伝統的演劇では暴力と不条理が支配するアメリカの現実を表現することが不可能だったからである。新しい演劇は、恐怖とユーモア、怒りと賞賛、虚無主義と神秘主義とが交錯するところでその真価を発揮する。そして、オルビー、コピットなど新しい劇作家の登場となる。

▶『動物園物語』　はじめ詩人を志して挫折したオルビーは、ワイルダーのすすめで戯曲に転向し、アメリカ演劇界に新風をもたらした。彼の作品は、「教訓的」なミラーの枠組みとウィリアムズの詩情豊かな言語表現を兼ね備える。オルビーは、影響を受けたミラーやウィリアムズの作品を、そしてヨーロッパの不条理演劇をもこえる演劇空間を創造した。しかし、彼は不条理劇の虚無主義を拒絶し、「アメリカの夢」を痛烈に批判するときでさえ、彼の根源的な楽観主義を忘れることはない。

　オルビーの第一作、『動物園物語』（*The Zoo Story*）は1960年オフ・ブロードウェイで上演される前に1959年ベルリンで初演された。この劇は、人間疎外と意志疎通の困難さをみごとに描き出す。ある中年の既婚男性と浮浪者が、

セントラル・パークで出会う。浮浪者は, 執ようにその中年男性に話かけ, 中年男の自己満足をあとかたもなく打ち砕いてしまう。

1960年に上演された『砂箱』(*Sandbox*)は, 家族の間における愛の不在をテーマにしている。このテーマを極限にまで発展させたのが, 1960年の『アメリカの夢』(*The American Dream*)で, 残忍無比なマミーとダディーが祖母を抹殺しようとする話である。

上にあげた戯曲は, すべて一幕物であるが, オルビー最初の長篇三幕劇が『ヴァージニア・ウルフなんかこわくない』(*Who's Afraid of Virginia Woolf ?*, 1962)である。この劇は, 人間の愛憎関係における残酷性をテーマにしたひじょうに凝った心理劇である。愛, 恐怖, 狂気の錯綜を描く『デリケート・バランス』(*A Delicate Balance,* 1966)でオルビーはピューリッツア賞を受賞する。アメリカ的価値の象徴としての家族をとりあげ, それがみせかけと偽善によってなりたっていることを暴露した作品である。

▶コピット　オルビー同様, コピットも「残酷なママ」と「去勢されたパパ」のモチーフを使って, 家庭の崩壊を舞台にのせる。『おゝかわいそうなパパ！　ママがパパを押入で首つりにしちゃった。僕はとっても悲しい』(*Oh Dad, Poor Dad, Mamma's Hung You in the Closet, I'm Feeling So Sad,* 1960)などは, その表題からして不気味な内容のセックスと不条理性を暗示する作品である。1968年の『インディアンズ』(*Indians*)は, 神話の西部, アメリカ先住民たち, 開拓者, そして資本主義の矛盾を取り扱う。主人公のバッファロー・ビルがこれらすべての矛盾を悲しくもまた滑稽に体現している。コピットは, マルクス兄弟を思わせる喜劇の才能の持ち主で, 軽薄なパロディーを得意とし, またその作品は辛辣なブラックユーモアで満ちている。

(2) ウィリアムズ, ミラー, サイモン

▶『イグアナの夜』　前節で紹介したウィリアムズとミラーは, 1960年代にも活躍を続け, 注目すべき作品を発表している。ウィリアムズ最後の成功作である『イグアナの夜』(*The Night of Iguana*, 1961)はメキシコを舞台に, ウィリアムズ演劇ではなじみの「不具者」や無気力な人間が登場する。彼らの状況はちょうど「縛られたイグアナ」のようだという。

ウィリアムズの全盛期における作品の水準からは落ちるが, *The Milk Train Doesn't Stop Here Any More* (1962), *In the Bar of a Tokyo Hotel* (1969) などの作品もある。後者は, 彼が日本を訪れた体験を戯曲化したものである。

▶ミラー　　1964年に上演されたミラーの『転落の後に』(*After the Fall*) は, エピソードをつないだ表現主義の技巧を使った戯曲である。ミラー演劇に再三あらわれるテーマである人間に内在する罪意識, 他人の人生と個人の責任の限界, そして償いの方法などがとりあげられる。同じく1964年の『ヴィシーでの出来事』(*Incident at Vichy*) は, 第二次世界大戦中, フランスを占領していたナチ・ドイツを扱った作品で, 七人の人間——ユダヤ人, ジプシー, 共産主義者, カトリック信者など——に切迫する危機感を描いている。1968年の *The Price* は, ミラーの最初の成功作『みんなわが子』を再現するかのような伝統的な劇場演劇である。

▶ブロードウェイの寵児——サイモン　　1960年代初頭に『来たりて角笛を吹け』(*Come Blow Your Horn*, 1961) でブロードウェイに登場したニール・サイモンは, 一躍超人気作家となった。次作, 『裸足で公園を』(*Barefoot in the Park*, 1963) は前作をさらに上回る人気を博す。彼の人気の秘密は, 風刺のきいた人物描写, しゃれたセリフ, 都会的センスなどであろう。『プラザ・ホテルの一室』(*Plaza Suite*, 1968) は, さまざまな方法でのコミュニケーションをテーマとする。この作品でもって, サイモンは上品な喜劇からブラックユーモア劇に転向する。サイモンは一年に一作の割でヒット作品を出し, ブロードウェイの人気作家の地位を保持している。

(3) 黒人劇作家

▶ハンズベリー　　『ひなたの干しぶどう』で認められたハンズベリーは, 1960年半ばで死亡するが, 『シドニー・ブルースタインの窓の印』 (*The Sign in Sidney Brustein's Window*, 1964) は, おそらく晩年の彼女の傑作であろう。『ひなたの干しぶどう』は映画化され, カンヌ映画祭賞を獲得し, そのミュージカルはニューヨークで三年のロングランを記録した。現在でもなお彼女は黒人劇作家を代表する作家であることに変りない。その死後, 『若く, 才能があり, 黒人であること』(*To be Young, Gifted, and Black*, 1969)

が出版される。

▶ボールドウィン　小説家また随筆家として有名なボールドウィンには重要な二つの戯曲があり，劇作家としても評価される。『アーメン・コーナー』（*Amen Corner*）は，1950年にワシントンD.C.にあるハワード大学（黒人の大学）で上演され，一般には1964年に公開される。彼自身の宗教体験にもとづいて書かれたもので，若い説教師としての経験，教区民の生活に占める黒人教会の役割などが織り込まれている。

『チャーリー氏のためのブルース』（*Blues for Mister Charlie*, 1964）は，ボールドウィンと公民権運動のかかわりをとりあげ，黒人対白人関係にまつわる偏見，誤解を暴き，中産階級の黒人のジレンマを考察する。

▶バラカ　ルロイ・ジョーンズともいわれるバラカは黒人演劇運動の中心的人物である。彼は，他の黒人の芸術家たちと，ハーレムに黒人の芸術レパートリー演劇学校を設立，その活動を広げるのに尽力した。彼らは，観客に直接訴えることのできる演劇芸術が人種差別と戦うのに有効な戦術だと確信していた。国民としてのアイデンティティおよび黒人の自己決断を問題にした『ダッチマン』（*Dutchman*, 1964）はよく知られた戯曲で，オフ・ブロードウェイで上演され，オービー賞を受けている。

3　1970年代

（1）シェパード

▶オフ・オフ・ブロードウェイ　オフ・オフ・ブロードウェイ劇場の隆盛は，1970年代の現象とされるが，実はアメリカ演劇界，とくにニューヨークの演劇活動はすでに1960年代半ばから変化があらわれていた。若い劇作家たちが，小さなレストラン，教会，コーヒーショップに集まって練習をおこなったり，即興に演じたりしたのが，オフ・オフ・ブロードウェイ劇場のはじまりである。そこでは，現実の事件，街頭の光景などが劇のなかに取り入れられる。オフ・オフ・ブロードウェイでは，短い，パンチのきいた観客に不安感や不快感を感じさせるような作品が好まれる。暴力と誇張という点で，これらの作品はまさにアメリカ的といえよう。

▶演劇界のニューウェイブ　1942年生まれのサム・シェパードは，オフ・オフ・
▶──シェパード　ブロードウェイで精力的な創作活動を続け，最初
の10年間で，24の実験的作品を発表する。すべて彼もちまえの活力にあふれ，
強烈に視覚に訴えるものである。初期の作品で注目に値する『赤十字』(Red
Cross, 1967)は，まっ白なセットの舞台で，カニに襲われ悩まされる男が登場
し，女は自分の頭を裂き開く妄想に耽ける。また，『旅行者』(La Turista, 1967)
は，メキシコのホテルで，日に焼けたアメリカ人夫婦が，怪しげな医者に内
臓の疾患をみてもらうという奇妙な話である。

　シェパードの劇は特殊手法でつくられる。舞台装置を使用せず，小道具も
皆無，舞台を役者の演技空間として解放する。セリフは因果関係を無視して
語られ，人物描写にも秩序がなく，断片的である。長い独白で，人物の記憶
のなかの出来事が分析される。生き生きとした詩的な会話には，ショックあ
るいは喜劇による息抜きのために，過激なセックス用語が頻用される。また
会話の流れが突然変化し，予期せぬことが次々と舞台の上でおこる。

　たとえば，『イカロスの母』(Icarus's Mother, 1965)では，死んだはずの少
女が起きあがって退場する。作者によれば，これは死と再生への彼の関心を
表明するものだという。さらに，『犯罪の牙』(The Tooth of Crime, 1972)に
おいては，ナイフや拳銃が緊迫した雰囲気をつくりだすが，事件はおこらず，
犯罪とは外的圧力に自己をゆだねることだと観客は理解する。ピューリッツ
ァ賞を受賞した『埋められた子』(Buried Child, 1978)は，近親相姦の結果生
まれたということで子どもを生き埋めにする夫婦の話を扱ったブラックユー
モア劇である。その夫婦は後になって，荒廃した彼らの農場にあらわれるそ
の子に気づかない。

(2)　マメット

▶シカゴの演劇　　1970年代にはシカゴで，デイヴィッド・マメットという新
しい劇作家があらわれ，彼の作品はグッドマン劇場あるい
はオフ・ループの劇場で上演される。彼はデヴュー以来，精力的に優れた作
品を続けて発表している。『あひる変奏曲』(Duck Variations, 1974)は，公園
のベンチに座った老人の断片的な場面からなる。『シカゴにおける性の倒錯』

(*Sexual Perversity in Chicago*, 1974) も，ある男女の関係の進展を示す短い場面をつなぎあわせたものである。

▶『アメリカン・バッファロー』　『アメリカン・バッファロー』(*American Buffalo*, 1975) によって，マメットはアメリカのみならず世界にもその名を知られるようになる。ドラマは，低俗な骨董店が舞台で，町のならず者たちが，店にある貴重なアメリカン・バッファロー硬貨のコレクションを盗む計画を立てるというものである。使用される言葉，セリフのリズムによって，人間の疎外感と挫折感が観客に伝わってくる。

(3) 1960―70年代の劇作家たちのその後

▶オルビー，サイモン　1960年代に活躍したオルビーもなお健在で，ますます哲学的な作品を発表している。生死，生存の意味を問う『ご臨終』(*All Over*, 1971) は失敗作だったが，中年の危機を斬新に描いた『海辺の風景』(*Seascape*, 1975) でピューリッツア賞を受賞。海辺でピクニックをする中年の夫婦が人間に似た海の生き物に出会うという話である。また，*Listening* (1977) や *Counting Ways* (1977) などの前衛劇もある。

　サイモンはあい変わらず，一年一戯曲の割で創作を続け，ブロードウェイの人気作家である。『カリフォルニア・スウィート』(*California Suite*, 1972) は二つの狂言と二つのシリアスな作品からなる。『第二章』(*Chapter Two*, 1977) は，自伝的な作品で，妻の死を克服した後，再婚する男の話であるが，サイモンの作品にはペーソスとユーモアが巧みに入りまじっている。

▶ウィリアムズ，ミラー　この二人も，新しい作品を1970年代になって書いている。ウィリアムズの *Small Craft Warning* (1972), *Vieux Carrée* (1977) は，初期の傑作の夢をいま一度といったものであるが，往年の作品の水準に遠く及ばない。しかし，90年代に入って，いわゆるゲイ／レズビアン批評が市民権を得るようになると，被差別者に対する偏見と戦った同性愛者としてウィリアムズが注目され，評価の低かったウィリアムズ晩年の作品がまた再読されている。ミラーの『世界の創造とその他のこと』(*The Creation of the World and Other Business*, 後に *Up From Paradise* と改題，1972) は無垢の喪失と兄弟間の確執を取り扱う。もちろん，

聖書のアダムとイヴ，カインとアベルの物語の書き換えである。「その他のこと」とは喜劇のショウ・ビジネスを意味する。ミラーの後期の作品に対する批評家たちの評価も，それほど高くない。しかし，彼の『るつぼ』は1997年に再映画化され社会派ミラーの現代性が再認識される。

4　80年代，90年代

(1)　ノーマン

▶新進劇作家　　1980年代の，アメリカ演劇界ではますます地方の劇場が大きな役割をもつようになり，ブロードウェイ同等の見識をもつようになる。フォード財団の資金援助を得て，全米各地のレパートリー劇団が，無名の劇作家の作品を上演しているが，そのうちの誰が名声を得るかは現在のところ予測できない。それら新進劇作家のなかで傑出しているのがマーシャ・ノーマン（1947—　）である。

▶『脱　出』　　ケンタッキー出身のノーマンの第一作は，1977年に最初ケンタッキー州ルイヴィルのアクターズ劇場で公演され，同年，地方劇場で上演されるもっとも優れた劇に与えられるアメリカ演劇批評家協会賞を受賞した。『脱出』（*Getting Off*）は翌年1978年，オフ・ブロードウェイで上演され，『ニューヨーク・タイムズ』紙は，ノーマンの戯曲をそのシーズンの傑作と絶賛した。劇は八年の刑を受けて出所した女性が経験した心理的変容——憎悪で凝り固まった少女から社会復帰する女——を描出する。

　ノーマンのブロードウェイでの成功は，登場人物二人，休憩なしの『おやすみ，母さん』（*'Night Mother*, 1983）でもって達成される。彼女は，何ごとがおころうとも，生きていける強靭な精神の持ち主に興味があるという。ノーマンの戯曲は，つねに直情的で，白熱した劇的エネルギーであふれている。

(2)　シェパード，マメット，サイモン

▶『真実の西部』　　1980年代でもっとも注目される戯曲家はサム・シェパードだろう。その奇抜な舞台セットと，スラング，科学の専門用語，ロックン・ロールの歌詞，そして二流映画の会話などの混じった斬新

な台詞など，彼独特の演劇技法である。その登場人物は，百姓，悪魔，いかさま医師，ロック・スター，宇宙人，カウボーイ，ギャングたち，アメリカ南西部にみられるステレオタイプである。シェパードは南西部の大衆文化や民話をうまく取り入れる。『真実の西部』(*True West*, 1980) は，こうした彼の特徴が生かされた作品で，舞台と映画両方のメディアで大成功をおさめた。

▶シカゴ演劇　　1970年代シカゴでデヴューしたマメットは，現在もシカゴの演劇界を支配する存在である。その多くの作品中，一つをあげると，フロリダを舞台に不動産をめぐる話の『グレンギャリー・グレン・ロス』(*Glenngarry Glenn Ross*, 1983) がある。

　80年代，90年代になるとフェミニズム運動の浸透で職場や，キャンパスにおけるセクシュアル・ハラスメントが大きく取り上げられるようになる。性差別をテーマにしたマメットの『オレアナ』(*Oleanna*, 1992) は，登場人物が女子大生と教授二人だけで，終始緊張感の漂う演劇空間を創り出す。「授業がわからない」というキャロルの相談に乗ったつもりの男性教授が，突然性差別主義者だと訴えられる，というストーリーの展開で，観客の反応は賛否相半ばといったところである。ニューヨーク (1992)，ロンドン (1993) で上演された。

　サイモンは，ブロードウェイでまだ人気が衰えず，最新作は，自伝的な青春時代を扱った『ブライトン海岸のメモリー』(*Brighton Beach Memories*, 1984) である。サイモンの演劇世界では，荒廃した陰鬱な作品でさえ，ユーモアが重要な役割をしている。

(3) アメリカ演劇のいま

▶オルビーほか　　以上概観した劇作家のほかにも，多数の戯曲家たちが新しい実験を試みており，大戦後のアメリカ演劇は絶え間ない発展をとげている。1960年代アメリカ演劇に新風を吹き込んだオルビーもいまなお創作活動——『ダビュークから来た婦人』(*The Lady from Dubuque*, 1980)，『マリッジ・プレイ』(*Marrige Play*, 1987) ——を続けており，*Three Tall Women* (1991) で，1993年度のピューリッツア賞を受賞している。

V 1945—現代

▶あたらしい演劇　小説,詩の分野におけるアメリカ文学の多元文化性は演劇界にも顕著にみられる。黒人演劇だけでなく,アジア系アメリカ作家の活躍もめざましい。1988年度のトニー賞が,アジア系アメリカ作家のデイヴィッド・ヘンリー・ホアンの『M.バタフライ』(*M. Butterfly*)に与えられたことからも明らかである。そのほか,女性演劇,ゲイ演劇,ヒスパニック系演劇なども登場して,アメリカの演劇界は実に多様な様相を示している。その多種多彩な演劇活動においてアメリカは,世界でも一,二を誇る演劇文化の国といえよう。

そのなかでも,トニー・クッシュナーの『エンジェルズ・イン・アメリカ——第一部　至福千年紀が近づく』(*Angels in America, Part I : Millennium Approaches & Part 2 : Perestroika*, 1993, 94)という商業ベースにのらない演劇が,ブロードウェイで大成功を収めたこと,二つの作品がともにピューリッツア賞を受賞したことは,アメリカ演劇界における大事件として歴史に残るだろう。エイズ危機が意識されはじめた1986年が作品の背景になっていて,「男性のゲイのためのゲイ演劇であることを」強調する作品である。

20世紀はじめ,オニールの登場で始まったとされるアメリカ演劇も,エリオット,スタインベック,ローウェルなど詩人や小説家が戯曲を手がけ,最近ではジョイス・キャロル・オーツのエコロジー演劇『トーン・クラスター』(*Tone Cluster*, 1991)が出版,上演されている。オーツ以外にも,前出のシェパードやマメットもエコロジー思想を取り入れた戯曲——『飢えた階級の呪い』(*Curse of the Starving Class*, 1978),『森』(The Woods, 1977)——を書いている。いまや劇文学はアメリカ文学の「主流」になっているといえよう。

第4章 批評

❖ **構造主義以前**　アメリカにおける文学批評は，何もニュー・クリティシズムからはじまったわけではない。しかし，それ以降の影響力の大きさを考えるなら，アメリカ批評史の起点を，ニュー・クリティシズムにおくことはあながち間違ってはいないだろう。その証拠に後に紹介するいずれの批評も，ニュー・クリティシズムを強く意識し，まずそれに反論することからそれぞれの立場を固めていったのである。

　J. C. ランサム（1888―1974），クレアンス・ブルックス（1906―94）らを中心として，1930年代から1940年代にかけて台頭してきたニュー・クリティシズムは，文学批評を歴史的研究から独立させ，文学作品を「作者」，「読者」から切り離すことを主張したひじょうにラディカルな運動であった。それは，またテクストそのものに帰り，個々の作品が内包する緊張，そこに保たれる調和を，精密な読みを通して明らかにしていく方法論を提供し，これが大学などでの文学教育に適したものであったことから，ますますその勢力を伸ばしていったのである。

　一方，このニュー・クリティシズムにまず反対の姿勢をとったのが，R. S. クレイン（1886―1967）らのシカゴ学派とよばれるグループである。彼らはニュー・クリティシズムを，批評行為を画一化してしまう一元論ときめつけ，多元論，すなわち批評方法の多様性を主張した。

　ニュー・クリティシズムが弱点を露呈しはじめた1950年代後半，新たな領域を開いたのは，カナダの批評家，ノースロップ・フライ（1912―91）であった。彼の関心は，個々の作品解釈ではなく，作品を分類して文学体系を確立することであった。この体系の中心に文学を生みだす母胎として神話をすえたフライの批評は，神話批評とよばれた。フライ自身，フレイザー民俗学やユング心理学など，外国の影響を強く受けていたが，彼の批評が作品解釈やその価値判断からの自立を主張した点で，その後アメリカが大陸の新しい批評の洗礼を受ける下地づくりになったといえる。

❖ **構造主義とその後**　1970年代から80年代にかけてアメリカの批評家たちは，次々と新しい外国の文学理論にさらされて，文字通り「理論の時代」を迎えた。それらの理論はお互いを批評しあい，あるいは他の理論を貪欲にとりこんで，いわば百家争鳴の観を呈した。

　ローマン・ヤコブスン（1896―1982），フェルディナン・ド・ソシュール（1857―1913），レヴィ＝ストロース（1908―2009），ロラン・バルト（1915―80）などフランスの批評家によってあい次いでもたらされた構造主義の影響は，言語そのものに限らず，

あらゆる文化現象に対する180度の思考の転換を迫るという意味で,前例をみないものであった。以前,ニュー・クリティシズムによってなされた文学批評からの「歴史」や「作者」の締め出しは,今度は構造主義の立場からさらに徹底され,もはや「作者は死んだ」といわれるまでになった。

代って文学批評の主役として浮上してきたのが「読者」であった。読者の反応に対する関心は,意味生産の仕組みを明らかにしようとした構造主義,あるいは記号論の一つの結果かもしれない。スタンリー・フィシュ(1938―)ら読者反応批評家によって提起された問題——意味はテクストに内在するのか,読者が読む過程でつくりだすのか——は,いまだに決着のつかない問題である。

解体批評は,1970年代後半フランスの哲学者ジャック・デリダ(1930―2004)がもたらしたものであった。しかし,西洋哲学史を根本から問い直す彼の過激な主張を文学批評の分野にとりこんだのは,ハロルド・ブルーム(1930―),ジェフリー・ハートマン(1929―2016),ヒリス・ミラー(1928―2021),ポール・ド・マン(1919―83)のイェール学派とよばれるグループである。解体批評が従来の批評にとってとりわけ脅威的存在となったのは,一つの意味が一つの言葉に現前することを認めず,「差延」という概念をもちこんだことであった。だが,この解体批評が猛威をふるった1980年代も後半になって,中心的存在であったド・マンの死後,人々はすでに他の理論へと関心を移し始めた。

その一つとしてフェミニスト批評がある。「抵抗する読者」としての女性による男性文学批判という形ではじまったフェミニスト批評は,やがて女性自身による文学の再評価をめざすようになり,他の文学理論をとりこんで,自らの理論化をめざした。

一方,これまで理論に偏りがちであった文学批評も,1980年代から90年代にかけては,具体性を取り戻し新たな展開を見せている。その一つが,スティーブン・グリーンブラット(1943―)を中心にしたルネサンス研究者たちによる新歴史主義である。彼らはかつてニュー・クリティシズムが退けた「歴史」を再び文学批評の場に取り戻したのである。ただしその関心は文学テクストの背景としての「歴史」ではなく,歴史と文化,あるいは文学的言説とその他の社会的実践とが複雑に交錯するさまに向けられている。

同じく80年代から90年代にかけて,エドワード・サイード(1935―2003),ガヤトリ・C. スピヴァク(1942―),ホミ・K. バーバ(1949―)らを中心にしたポストコロニアル批評家が,活発な活動を展開している。彼らの関心は政治的支配と文化表象の関係,支配と被支配の政治的,文化的,心理的関係などである。彼らの主張は当然,異なる人種,ジェンダー間の支配,被支配に関わるものであり,その点がフェミニスト批評や,アフリカン・アメリカン批評にも重要な影響を与えている。

第4章 批　評

1　構造主義以前

（1）　ニュー・クリティシズム

▶アカデミズム批判と批評の独立　　1919年から25年にかけて南部の小さな大学ヴァンダービルトで学生の間にささやかな文学研究の会がもたれていた。参加した学生のなかには，ランサム，ブルックス，アレン・テイト（1899―1979），ロバート・ペン・ウォレン（1905―89）らの名があった。これがやがて1930年代，40年代には驚くほどの影響力をもち，批評家のみならず学生や教師のなかに着実に浸透していったニュー・クリティシズム（New Criticism）の時代のはじまりである。

　ランサムは一つの面白いエピソードを書き残している。ある英文学科の主任教授が大学院生に次のようにいったという。「ここは厳密な学問をする場だよ。ところが君は批評をやりたがっている。ここでは批評をすることは許さない。そんなものは誰にでもできることだからね」。ここでいう「厳密な学問」とは，主として「歴史的研究」とよばれているものである。それは，作品と作者の伝記的事実や歴史的事実との関係を調べたり，文学史を編纂したり，テクストの校訂をおこなったりすることで，ランサムにいわせると文学作品の研究ではなく，文学作品についての研究であった。英文学科がそれ自体で独立せず，史学科の一部でしかなかった感があったのである。

　一方で，教授が思いいれたっぷりに詩を朗唱するといった，批評というより鑑賞としかいいようのないやり方もおこなわれていた。ランサムは，これでは個人的印象を学生に押しつけるものでしかないという。ニュー・クリティシズムは，以上のようなアカデミズムの文学研究――文学を対象としながら，文学そのものはみていないような文学研究――への不満，反発として出てきたのである。したがって，彼らは文学研究の方法から，まず歴史，心理学，倫理学，哲学，文献学などを極力排除しようとした。

▶「意図を読む誤謬」と「感情移入の誤謬」　　以上のような態度が明確に出されたのがW. K. ウィムサット（1907―75）とM. C. ビアズリー（1915―85）共同執筆の二つの論文――「意図を読む誤謬」（"The Intentional Fallacy,"

1946) と「感情移入の誤謬」("The Affective Fallacy," 1949) である。従来の考えでは，文学作品のできばえを判断するには作者が意図していたことを調べ，それがいかに表現され得ているかが重要とされた。したがって，批評家は作品の外，つまり，詩人の伝記，日記，ノートなどを調べることになる。それに対してウィムサットらは，そういう考え方は間違いで，作者の意図は作品のできばえを判断する基準として利用できないし，また望ましくないと論じた。作品が成功しているのならその意図は作品それ自体のなかにあらわれているのだから，作品そのものを分析するだけで十分と考えたからである。これが「意図を読む誤謬」である。

一方，「感情移入の誤謬」というのは，詩そのものと詩の結果とを混同することである。つまり，詩の評価の基準を，読んだ人が悲しくなったとか，涙を流したとか，そういう心理的，あるいは生理学的結果におくことである。新批評家たちはこれでは詩そのものを見失ってしまうという。詩はたしかにある感情について述べる。しかし，その感情は「病気のように読者に移され」，「毒のように盛られる」のではなく，詩のなかで相関物を与えられ，客観的に認識されるものなのである。ここでもテクストの外ではなく，テクストのなかに帰ることが要求されている。

▶ 有機的統一をなすテクスト

それでは，新批評家のいうテクストとはどういうものか。彼らは詩を一つの「構造」とみる。ブルックスにいわせると，構造とは内容を包みこむための形式ではない。相矛盾するいくつかの意味，姿勢，態度，それらが辛うじて均衡状態に保たれている有機的統一体，それが構造であるというのである。優れた詩なら必ずもっているはずの，この相矛盾する要素の調和した状態，あるいは緊張状態を，新批評は「アンビギュイティ」「パラドックス」「アイロニー」とよび，さまざまな詩の精密な読みを通して分析してみせたのであった。

アカデミズムへの批判としてはじまったニュー・クリティシズムは，そのアカデミズムを通じて広まっていった。とくに，ブルックスとウォレンの共編になる『詩の理解』(*Understanding Poetry*, 1938) は，実践を通して批評のあり方を教える教科書として大きな影響力をもった。しかし，文学研究に画期的変化をもたらしたこのニュー・クリティシズムも，1950年代には弱点を

露呈しはじめた。画一化されて，模倣しやすくなり，二流三流の作品分析が数多く出てきた。いいかえると，方法論的硬直化のためにどの作品分析も同じような結果を生みだす傾向がみられたのである。また，作品の一貫性，統一，均衡を重視する文学観は，小説よりは短編や詩，詩でもとくに形而上学詩人の詩に偏った高い評価を与え，そのため批評理論としての文学一般への有効性が疑問視されるようになった。現在，彼らが何よりも重視したこと，つまり文学作品を自律した構造体ととらえ，他の外的要因を排除したこと自体にさまざまな批判がある。

(2) シカゴ学派

▶多元論の提唱　シカゴ学派 (the Chicago School) は1952年 R. S. クレイン編『批評家と批評——古代と現代』(*Critics and Criticism : Ancient and Modern*) をマニフェストとして名のりをあげた。しかし，ここに収められた各論文は新批評の活躍と大体同じ時期の1940年代に書かれたもので，執筆者はいずれもシカゴ大学で教鞭をとっていた R. S. クレイン，エルダー・オルスン (1909—92)，リチャード・マキーオン (1900—85) などである。彼らの特徴は，アリストテレス以降の批評史への関心と，批評方法の多元論 (pluralism) の提唱である。各時代の批評家が，文学上の同じ問題に立ち向かってきた努力の跡を検証したうえで，自由に方法論を選べる権利を批評家に認めようとするものであった。

▶アリストテレス的方法論　しかし，多元論を唱える彼らにも各批評を評価する基準がないわけではない。それは，批評がいかに「包括的」であるか否かである。その一番よい例を彼らはアリストテレスの『詩学』にみて，「アリストテレス的方法」を提唱する。シカゴ学派が新アリストテレス学派ともよばれるゆえんである。この方法では，作者，読者，時代性，その他外的要素が一時的に排除される（ここまではニュー・クリティシズムと共通する。しかし詩それ自体を分析した後は，一時捨象した他の外的要素を再び復活させ，詩の最終的考察に組みこまねばならないとする点で異なってくる）。そして一つひとつの詩（作品）を，「固有の形成原則」をもった構造物とみて，その全体を構成する「あらゆる」要素と全体との緊密な関係を分析する。そうして

おいて「帰納的」に個々の詩を「分別」するのである。
　これに対して彼らが悪い批評の典型としたニュー・クリティシズムは，詩を一つひとつがまとまった「全体」だとはみずに，どの詩もそれぞれの作者が同じ原則に則ってつくったかのように読む。それはさまざまな詩に共通する詩的特質だけをみる「演繹的」方法だという。つまり，「パラドックス」とよぼうと「アイロニー」とよぼうと，新批評の基礎になる概念がいつも一つしかないことが問題だというのである。
　シカゴ学派は，『小説の修辞学』(*The Rhetoric of Fiction,* 1961)のウェイン・C.ブース(1921—2005)を除いてはほとんど後継者をもたなかった。クレインの優れた『トム・ジョーンズ』論を例外として，個々の作品の重要性を主張したのとは裏腹に，具体的な作品分析がほとんどなかったことが一因であるが，それよりも，彼らの目がアリストテレスを中心に過去に向けられていたために，次々と新しい領域を開拓していく理論の急速な動きについていくことができなかったのである。

(3)　神話批評

▶文学体系の確立　　1940年代後半から60年代半ばにかけて大きな力をもつようになった批評に，神話批評(Myth Criticism)とか原型批評とかよばれるものがある。それは，ニュー・クリティシズムやシカゴ学派のように主張を同じくするグループの活動というよりは，当時注目を集めていたフレイザー民俗学やユング心理学などの影響を受けた個々の批評活動を一括した言い方である。彼らはそれぞれに優れた業績をあげているが，なかでもフライの『批評の解剖』(*Anatomy of Criticism,* 1957)はその金字塔であった。
　フライは，批評家を作者や作品の「寄生虫」的存在ではなく，独自の概念と用語を使って自律した活動をおこなう存在と考えた。文学研究を科学のような学問にすること，つまり古今東西のすべての文学作品を単一の体系のもとに分類し系統づけるという壮大な試みをめざしたのである。つまり，歴史や趣味によって浮動しない客観性を備えた批評，さらに将来書かれる文学をもとりこみうるような網羅的，一貫した文学体系の確立であった。したがっ

て，フライは，新批評家たちとは違って，個々の作品を対象に，その解釈や価値判断をおこなおうとはしない。価値判断は，「ろばの目の前にちらつかせるだけの人参」であって，一見魅力的にみえても実体のないもの，歴史とともに変わる「趣味のファッション」にしかすぎないという。

　フライも文学批評の根拠を作者の意図におくことを拒否したが，その理由はニュー・クリティシズムとはまったく異なる。フライによると，詩人に鉛筆と紙の用意さえあれば，まったくの無からでも新しい詩をつくりだせると考えるのは間違いであって，詩は他の詩からしか，小説は他の小説からしか生まれないという。いわば詩は，それ自身の法則に従って自己増殖をしているのである。詩人はせいぜい産婆か，「代理母」でしかなく，詩の親は詩それ自体なのである。こうして作者の意図はもとより，権威や独創性といったものまでが完全に否定されてしまう。

▶神話と原型　　新しい詩は既存の言語秩序のなかに生まれ，生まれたときにはその秩序体にすでに存在している特質をあらわす。こうした創作論は，フライにおけるもっとも重要な文学観にもとづいている。フライは文学全体を単に個々の作品の寄せ集めとは考えない。ある一つの概念の枠組みによって説明される一貫した言語秩序であり，個々の作品はその全体を構成する部分，あるいは現象であると考える。これは，文学を共時的見方に立って，一つの中心から外延的に広がっている空間的存在とみなすことを意味する。この中心にフライは神話をすえた。神話はあらゆる文学を生みだす母胎なのである。またフライは，一つひとつの詩ではなく，詩と詩との関係，とくに類似性に着目し，コンベンション，ジャンルに注意を注ぐ。そして詩と詩を結ぶもの，詩から詩へと伝達されるもの，さまざまな詩に反復的に出てくるシンボルなどに着目し，それを原型（archetype）とよんだ。

　最後に，このようなフライの方法論が1950年代のアメリカ文学研究に与えた特別の意義に触れておこう。この時期アメリカは，ナショナリズムの機運の高まりをみせ，それとともに「アメリカ文学」の読み直しが盛んになった。これにフライの原型や神話の概念が有効な道具を与えたのである。リチャード・チェイス（1914—62），レズリー・フィードラー（1917—2003），ヘンリー・ナッシュ・スミス（1906—86），ダニエル・ホフマン（1923—2013），R. W. B. ル

イス（1917—2002）などによるアメリカ文学研究の古典は，フライの存在なくしては書かれなかったのである。

2　構造主義とその後

(1)　構造主義と記号論

▶アメリカにおける構造主義の流れ　アメリカにおける構造主義（Structuralism）と記号論（Semiotics）の流れには四つの段階があった。第一段階は1960年代で，厳密な言語学の方法を用いた詩の分析がおこなわれた。ヤコブスンとレヴィ＝ストロース共同執筆の「ボードレールの猫論」（"Les Chats de Charles Baudelaire," 1962）は詩の構造主義的分析としてとくに有名である。モスクワからプラハへと移ったヤコブソンは，この時期アメリカの主要大学で教え，アメリカに構造言語学を導入するうえで大きな役割を果たした。

第二段階は1970年代前半で，ソシュール，レヴィ＝ストロース，バルトなどを中心とするフランス構造主義が批評界を席巻した時期である。1970年に，その名もずばり，『構造主義』（*Structuralism*），『構造主義論争』（*The Structuralist Controversy*）というフランスの批評家の論文を載せたアンソロジーがあい次いで出版され，アメリカの批評家たちはフランスに熱い視線を向けることになる。その結果，1974年にはロバート・スコールズ（1929—2016）『文学における構造主義』（*Structuralism in Literature,* 1974），ジョナサン・カラー（1944—　）の『構造主義者の詩学』（*Structuralist Poetics : Structuralism, Linguistics and the Study of Literature,* 1975），ジェラルド・プリンス（1942—　）の『物語の文法』（*A Grammar of Stories,* 1973）など，アメリカの構造主義を代表する著作があい次いだ。

第三段階である1970年代後半には，「構造主義」という名称がむしろ「記号論」にとって代わられるようになる。もともと構造主義はきわめて学際的な理論だが，それがますます枠を広げ，言語，文学以外の，例えば，料理，衣服，建築といったさまざまな文化現象を記号にみたてて，その分析に重点がおかれたのである。記号論と構造主義の区別については，カラーもいうよう

にほとんど違いはないが，あえていえば，記号（sign）に力点をおくときは記号論，関係のシステムに力点をおくときは構造主義，というように区分できないこともない。ただし理論的にはどちらもその両方を研究の対象としているのである。

　第四段階の1980年代前半になると，後にみるように，ポスト構造主義者からの痛烈な批判を受けるようになり，構造主義者たちは，スコールズのようにその立場を堅持するか，カラーのようにポスト構造主義を自らの理論のなかに積極的に取り入れていくか，それぞれに選択を迫られることになる。

▶ソシュール言語学　　構造主義がすでにみてきた他の理論と異なる点は，言語はもちろんあらゆる文化現象に対して180度の思考の転換を迫ったことである。それには，とくにソシュールの言語学が大きな役割を果たしている。彼はまずパロール（parole）とラング（langue）を区別した。すなわち，具体的な状況にあらわれる個々の発声と，人は普通意識していないが，その発声の基礎にあって発声を可能にしている言語システムとを区別し，後者を言語学の研究対象としたのである。次いでソシュールは，このラングを「関係と対立の体系」と定義づけた。「ラングには差異のみ存在する」——これは，ラングを構成する要素である記号は実体的同一性ではなく，関係の同一性のみもっているということ，いいかえるなら記号は閉ざされたシステムのなかで他の記号との関係，すなわち差異によってのみ意味をもつということである。

　このことをソシュールの用いた汽車の例を借りて説明すると，24時間ごとに出発する8時25分発の便があるとする。毎日，運転手と車両が違っていても，われわれは同じものだと考える。この同一性は何によるのか，それは9時25分，7時25分の便があるからである。つまり8時25分の便は，それ自身で実体的同一性をもっているのではなくて，時刻表のシステムのなかで他の便との差異によってのみ生じる同一性をもっているにすぎないのである。以上のような記号の考え方は，言葉とはその外にある実体を指すと考えていた従来の言語観とは大いに異なる。外なる実体とは恣意的な関係しかもたない自己完結的な言語体系がソシュールの革命的言語理論であった。

▶構造主義と文学批評

最後に,以上のようにソシュールの言語学をモデルとした構造主義に関し,文学批評との関連で重要と思われる二,三の点について述べておこう。ソシュールは言語システム全体を,静止した一時点においてとらえようとしたのであるから,言語の歴史的変化を跡づける通時的(diachronic)な研究よりも,共時的(synchronic)な研究が重視された。その結果,構造主義においても歴史性は排除されるようになった。したがって文学批評の場合も,作品の歴史的コンテクストや受容状況には関心が払われない。第二に,構造主義では従来世界に意味を付与すると考えられていた主体を認めない。意味は,人間が意識しないシステムの結果として生じるのであって,「私」自身ですら他者との関係で,すなわち社会のシステムの結果として存在する。

以上のことは文学の場合,意味の源としての作者の存在を消滅させることになる。「作者は死んだ」のである。「意図を読む誤謬」を唱えはしたが,文学の創造者としての作者の存在までも否定することのなかったニュー・クリティシズムとの大きな違いである。テクストは,作者が創りだすものではない。それは,個人の思想の表現でもなければ,外なる現実の模倣でもない。テクストは他のテクストとの関係からのみ生みだされるものであり,それゆえに「すでに書かれたもの」からなりたっているのである。したがって,一つひとつの作品が何を意味するのかという解釈が主とはならず,作品の意味を成立させているルール,すなわち文学のコンベンションを考察することが第一となったのである。

以上のように,構造主義はアメリカの文学批評においてきわめて大きな影響力をもったが,それがアメリカに渡った頃には当のヨーロッパではすでに力を失いかけていた。例の1970年の『構造主義者論争』のもとになった会議(1966)の出席者のなかにはデリダがいて,このときすでに痛烈な構造主義批判をおこなっていたことからも,それはうかがえる。また,カラーの『構造主義者の詩学』の翌年1976年には,デリダの『グラマトロジーについて』(*Of Grammatology*)の翻訳が出され,時代はポスト構造主義に向けて歩みだす。こうして実質的にわずか10年ほどのうちにアメリカの批評家たちは,応接の暇なく次々とフランスからの新たな波に襲われることになった。

（2） 読者反応批評

▶文学批評と読者　　1970年代から80年代にかけて，文学批評の主役として浮上してきたのが，それまで無視されつづけてきた「読者」である。1980年には『テクストのなかの読者』(*The Reader in the Text : Essays on Audience and Interpretation*)，『読者反応批評』(*Reader-Response Criticism : From Formalism to Post-Structuralism*) という2冊のアンソロジーがあい次いで出版されるにいたった。それらに収められた批評家たちは構造主義者（カラー）あり，精神分析批評家（ノーマン・ホランド，1927—2017）あり，現象学者（ジョルジュ・プーレ，1902—91）あり，記号学者（マイケル・リファテール，1924—2006）あり，といったぐあいで，同じ読者反応批評 (Reader-Response Criticism) といってもそれぞれの立場によって千差万別であることがわかる。しかし，いずれもテクストそのものではなく，読者の読む行為に焦点をあてたことでは共通している。

▶フィシュの理論　　フィシュは，アメリカの読者反応批評の中心的存在として，つねに批判の矢面に立たされてきた。彼の主張は，論文が発表されるたびに修正が加えられていったが，それらすべてをまとめあげたのが『このクラスにテクストがありますか』(*Is There a Text in This Class?*, 1980) である。これより先，彼が1970年に書いた「読者のなかの文学——感情文体論」("Literature in the Reader : Affective Stylistics") は，読者反応批評家としてのフィシュのマニフェストとでも言うべきものであった。このなかでフィシュは，新批評家やフライが唱えた「感情移入の誤謬」に真っ向うから反論する。すでにみたように，ウィムサットらは詩そのものと詩の結果との混同を戒め，批評の対象は詩そのものだと主張した。しかし，フィシュは詩の結果こそが大事だという。すなわち，「詩は何を意味しているか」とか，「何についてなのか」ではなく，「詩は読者に何をするか」という問いかけこそが彼の主張の中心となった。

　フィシュによれば，読む行為とは，容器としてのテクストから一つのメッセージをとりだすことではなく，参加した読者のなかでおこる「出来事」なのだという。読んでいるうちに読者の意識のなかでおこるすべてのこと，すなわち読むという読者の経験そのものが作品の意味だというのである。文学

はページのうえに固定されたものではなく，時のなかを動く「プロセス」である。フィシュにいわせると，新批評家は，意味がテクストのなかに埋めこまれているという前提に立って，「一歩引き下がって一目で全体をみてとる」という空間的抽象化をおこなっている。つまり彼らは，読者の意識のなかで刻一刻おこっている流動的動きを無視するか，忘れてしまっているという。

▶経験分析と学識ある読者　フィシュの提唱する「経験分析」とは，「言葉が時のなかを動いていくときに，その言葉に対して読者が次々にもつ反応を，まるでスローモーションのように記録し分析する」ことである。最初の言葉での早まった思いこみ，次の言葉でのその修正，といったぐあいにすべてが経過のままに記述される。これに対して読者の反応は各人各様なのだから，主観的印象批評が読者の数だけ並ぶだけではないかという反論がすぐ予想される。そこでフィシュは「学識ある読者（informed reader）」という概念を考えだす。それは，テクストが書かれている言語について十分な運用能力と知識をもっている読者のことである。主観や時代性を極力抑えて，この「学識ある読者」に意識的になろうとすることにより，経験分析が無際限な反応の羅列になることを防ぐことができるという。

▶解釈の戦略と解釈共同体　以上のようなフィシュの大胆な考え方に対し，当然さまざまな厳しい批判が寄せられた。なかでもフィシュをてこずらせたものは，読者の経験がテクストの指示を受けて生じるのであれば，テクストがすべてを生みだしているのではないか，テクストのなかにこそ結局すべてが存在していることになるのではないかというものであった。これに対してフィシュも次々と反論していくが，とくに1976年に出された「『合注版』を解釈して」（"Interpreting the *Variorum*"）は，彼の重要な到達点を示している。読者は読む前に「解釈の戦略（interpretive strategies）」を決定する。この解釈の戦略が読者にテクストをつくらせる。いや，読者は「テクストを書く」とまでフィシュはいいきる。読者は客観的に存在し，意味が埋めこまれているテクストを読むのではなく，一つの解釈の戦略に則ってテクストを書くのである。

　解釈の戦略が異なれば，読者によってまったく違うテクストが書かれることになる。こうなると作者は，読者があらかじめもっている解釈の戦略を誘

導するだけで，テクストを書くのは読者ということになる。いいかえれば，作者はいくつかの痕跡を紙に残しているだけで，それを意味のある痕跡，すなわちテクストとするのは読者の解釈の戦略なのだ。フォームも作者の意図もすべてその戦略の産物にすぎない。かくしてフィシュは，「私はテクストを消滅させた」と宣言する。さらに同一の解釈や異なる解釈の存在を説明するためには，「解釈共同体（interpretive communities）」という概念が使われる。これは，一つの解釈の戦略を共有するグループのことであり，同じ共同体に属していれば同じ解釈が生まれ，異なる共同体のメンバーであれば，違った解釈が生じてくる。もうこうなれば，どの解釈が正しいか間違っているか思いわずらう必要はない。

　以上のように，一見フィシュはきわめてあっさりとさまざまな問題に決着をつけてしまったようにみえる。しかし，フィシュの出発点であったはずの，テクストの奴隷ではない自由な行為者としての読者は，逆に大きく後退してしまった。なぜなら読者はすべていずれかの解釈共同体に属し，その共同体の解釈の戦略に従うことになるからである。さらにフィシュ自身が認めるように，依然として読者が何を解釈しているのかの問題は解決されてはいない以上，フィシュが数年のうちにみせた変化は，読者反応批評が抱えるさまざまな問題をもますます浮き彫りにしたといえる。

（3）　解体批評

▶デリダの解体批評　　前に触れたように，デリダの活躍は実際は1960年代にはじまっていたのだが，アメリカで強い関心がもたれるようになったのは1970年代後半になってからで，その契機となったのは1976年，ガヤトリ・スピヴァクによる『グラマトロジーについて』の翻訳と解説的序文であった。以後次々とデリダの著作は英語に翻訳され，1980年代初期には，彼の解体批評（Deconstruction）はアメリカを代表する文学批評として大きい影響をもつようになった。その牙城となったのが，デリダ自身も毎年講義をおこなったイエール大学である。いわゆるイエール学派とよばれるのはブルーム，ハートマン，ミラー，ド・マンにデリダを加えた五人である。

従来の批評にとって前提を根底から覆すような脅威的存在となったこの解体批評を理解するには，何よりもデリダの言語観を知る必要がある。デリダは，ソシュール理論から派生した構造主義を批判しつつ継承し，さらにそれを極端にまで押し詰めていった。ソシュールは，記号は実体的同一性をもたず，システムのなかで他の記号との関係，すなわち差異によってのみ意味をもつとした。デリダは，そうした差異のシステムを認めながら，差異が無限に拡散するのに歯止めをかけていた構造の「中心」という概念を，幻影あるいは虚焦点として取り払ってしまった。それ自体は関係のシステムの中心でありながら関係のシステムからははずれていると考えられている中心，いわば意味の収束点である中心によって安定を維持している構造という概念に疑問を投げかけたのである。

　デリダにおいては，言葉 A が A でないものとの関係において意味をもつということは，いつになっても一つの意味（signified）が一つの言葉（signifier）に現前（present）することはありえないということである。一つの言葉はすでにあった他の言葉との関係すべてを痕跡（trace）として残存させ，また一方でこれから出会うはずの他の言葉との関係において，意味をつねに延期させていく。デリダはフランス語 différer の二つの意味（「異なる」と「延期する」）をあわせて différance（差延）という新語をつくった。デリダのいう「テクスト」とは，以上のように空間的にも時間的にも無限に差異が戯れて織りなす織物のことだといえよう。

　以上のようなデリダの「中心」批判には，プラトンからレヴィ＝ストロースにいたるまで連綿と続いてきた西洋形而上学への批判がある。彼は，それを「ロゴス中心主義（logocentrism）」とよんだ。真実の源泉である中心は，ロゴス，すなわち神が語った言葉にあるとする考え方である。ここには話す主体のいない所でくり返される「文字（writing）」よりも，意識に「現前」するものとして生きている「声（speech）」に価値をおくという「音声中心主義（phonocentricism）」の考え方が基盤にある。イデア，神，存在，意識など，「中心」はさまざまに名称を変えることがあっても，この現前信仰こそが西洋哲学を貫いてきたのだという。ただし，デリダは speech もまた彼のいう差異の戯れから免れえず，writing の一種であるとして，それらの二項対立を

も解体した。デリダのいう「テクスト」が現前信仰にとって代わったのである。

▶**イエール学派の四人**　アメリカの主要な四人の解体批評家たちはデリダの「哲学」に強い影響を受けながら，文学批評の分野でそれぞれ独自な批評活動を展開した。その中心的な存在はド・マンであったが，彼の場合はデリダよりもニーチェの言語論から直接，解体批評をひきだしていったといえるかもしれない。したがって，彼の主たる関心は形而上学や存在論にはなく，言語と修辞性（rhetoricity）にあった。ニーチェの「比喩（tropes）が言語の本質である」という定義を受けて，ド・マンはそこに伝統的言語観の逆転をみる。すなわち，言語は言語の外にある指示物（referent）を指すという従来の考え方に対し，ニーチェは言語はもとからつねに修辞的あるいは比喩的なのだと考えたのである。これを受けてド・マンは，読む行為とは言語が指示する意味と，それを破壊する言語の修辞性の間のゆれ動きを表に出すことであるとした。こうした言語の特性は，作者であれ批評家であれ，書き手にはコントロールできず，彼が書こうとした「真実」はつねに言語の修辞性，比喩性に脅かされている。つまり，テクストは自らを解体するのである。

　ミラーの解体批評はデリダとド・マンに強く影響を受けている。彼にとっても言語ははじめから「比喩的」である。言語と指示物との間にはこえがたい溝があって，いくら言葉に言葉を重ねてもけっして指示物に行き着くことはない。これをミラーやド・マン流にいえば，「テクストは解読不能だ」，あるいは「すべての解釈は誤読だ」ということになる。いくら解釈を重ねても一つのオリジンとしての意味に到達することは不可能であるからだ。こうした前提に立ってミラーは，文学を模倣（mimesis）とみること，すなわち現実や人間心理を写しだすという考え方を否定する。それと同時に，テクストを一つの均質で論理的読みに還元することに強く反対し，テクストの諸要素の自由な戯れを解放しようと，小説を中心とした実践批評を積極的におこなった。

　ブルームとハートマンは一応イエール学派とみなされてはいるが，彼ら自身は自らのことを「辛うじて解体批評家に入る」といい，グループのなかで

は異質性を保っている。ブルームも，いかなる詩もそれ独自で存在することはなく，つねに他の詩との関係において存在すると考える。ただし，彼の詩学においては他の解体派と違って，詩人自身の心理と歴史性(ここでは文学史)が重要な位置を占める。ブルームによると，ミルトン以来詩人は自らが「遅れてきた」という意識，すなわち彼らより以前の詩人たちがすべての詩的霊感を使い果たしてしまって，自分たちには何も残されていないという意識に悩んできたという。したがって，詩人はさまざまな心理的防衛を用いて，つまり「父」の詩を「誤読」することによって父の「影響の不安」からのがれ，彼自身の詩をつくりだしていくことができるという。

　残る一人であるハートマンは，デリダらの考え方に対して少なからぬ共感を寄せながらも，その言語観や，それにもとづく主体の死は受け入れることができないでいる。彼の関心は，文学と批評の二項対立，実践批評と哲学的批評の二項対立である。それはデリダのいうヒエラルキーを内包した二項対立であって，後者はおとしめられ前者に従属した状態にある。したがって，ハートマンは「創造的批評家（creative critic）」として，それの解体，すなわち文学に仕える批評家でなく，それ自体文学であるような批評をめざした。

　アメリカの批評界を激しくゆさぶったこの解体批評も，ド・マンが亡くなり，ミラーがイェールを去った1980年代後半になると，その活動にもかげりがみられるようになり，人々の関心は急速に他へ向けられるようになった。

（4） フェミニスト批評

▶女，あるいは「抵抗する読者」　フェミニスト批評（Feminist Criticism）は，1960年代初期にはじまった女性解放運動の一環として着実に独自の領域を開いてきた。妻として母としてのアメリカ女性の典型像を批判して女性解放運動の先駆けとなったのが，ベティ・フリダン（1921—2006）の『新しい女性の創造』（*The Feminine Mystique,* 1963）であるが，文学批評としてはまずケイト・ミレット（1934—2017）の『性の政治学』（*Sexual Politics,* 1970）がある。彼女は男性作家，とくに性の解放者としてのイメージが強いD. H. ロレンス，H. ミラー，N. メイラー，J. ジュネの文学を，次々と俎上にのせ批判した。彼らの文学を特徴づけている具体的なセックス描写のなかに，性の

政治学の図式——女を攻撃・支配するものとしての「強い」男性と，それに従属する「弱い愚かな」女性——を暴いてみせた。それは一見民主的にみえる現代社会に，旧弊な家父長的支配がいまなお根強い力をもちつづけている証しだというのである。

▶ガイノクリティクス　　以上のように，支配されるもの（女性）が「抵抗する読者」（ジュディス・フェタリー，1938— ）としての立場から男性作家にみられる性差別を告発したのが，1960年代から70年代にかけての傾向であったとすれば，1970年代後半からは，イレイン・ショーウォルター（1941— ）のタイトル『彼女自身の文学』（*A Literature of Their Own*, 1977）が示すように，単に文学に描かれた女性だけではなく，女性自身の文学，「作者」としての女性が研究の中心となる。

　ブロンテ姉妹以降のイギリス女性作家を，経験という観点から検証した結果，男性が書いたものと女性の書いたものには明らかな違いがあるとし，ショーウォルターは女性作家の伝統を確立しようとした。これまで男性批評家によって無視，あるいは過小評価されてきた女性作家の復権を唱えると同時に，文学評価の基準の再考を促したのである。ショーウォルターは，こうした立場に立つ文学研究を一括して，ガイノクリティクス（gynocritics）と呼んだ。

　また19世紀イギリスの女性作家を扱ったサンドラ・ギルバート（1936— ）とスーザン・グーバー（1944— ）の共著『屋根裏の狂女』（*The Mad Woman in the Attic*, 1979）も，「家父長的文学理論」に代わる「フェミニスト詩学」の確立をねらうものであった。家父長的社会が押しつける女性像と戦わねばならなかった女性作家たちの心理的葛藤を，文学上の強い父の支配に対する不安と抵抗という，ハロルド・ブルームのモデルに依拠して分析した。また，女性作家の作品に頻出する「狂女」は，作家の不安や怒りを表現する作家自身の「ダブル」だと指摘した。

▶文学史の修正　　こうして女性作家の伝統に目が向けられた結果，従来の文学史は大きく修正を迫られることになった。アネット・コロドニー（1941—2019）は，そうした活動の理論的核について，「地雷原を踊り抜けて」（"Dancing through the Minefield," 1979）で，次の三点をあげた。す

なわち，(1)すべての文学史はフィクションである，(2)テクストの読み方を学ぶということは，テクストそのものを学ぶのではなく，批評の戦略を学ぶことである，(3)テクストの美的価値を判断する基準は，決して無謬，不変，普遍ではない。したがってわれわれは審美批評の基礎になっている偏見や前提に再検討を加えなければならない。これら３点を踏まえて従来のアメリカ文学史に挑戦したのが，ジェイン・トムキンズ（1940— ）の『センセーショナル・デザイン』(Sensational Designs, 1985) である。このなかでトムキンズは，19世紀に多くの読者を獲得した女性作家たちを無視し，もっぱら男性作家を中心に書かれてきたアメリカ・ルネサンス史に異議申し立てをし，彼女たちの文学の復権を迫ったのであった。

▶ポスト構造主義フェミニズム　ショーウォルターやグーバーらの出版からまもなく，アメリカはフランスからのさまざまな理論の影響を受けることになった。フェミニズム理論も例外ではなく，ラカンの精神分析批評，デリダの解体批評，フレンチ・フェミニズム（リュス・イリガライ，1930— ，ジュリア・クリステヴァ，1941— ，エレーヌ・シクスー，1937— ）などが理論的根拠として取り込まれた。そうした理論的フェミニズムの批評家として代表的なのは，トリル・モイ（1953— ），ガヤトリ・スピヴァク，バーバラ・ジョンスン（1947—2009）らである。

　解体批評の立場に立つトリル・モイは，ショーウォルターらが理論的根拠が弱く，女性の経験を重視しすぎて「本質主義」に陥っていると批判した (Sexual/Texual Politics, 1985)。モイによると，ショーウォルターはテクストを作家の経験を伝えるだけの透明な媒体としかみず，またその経験が読者によって本物と強く感じられるほど，そのテクストに価値があるとしている。モイはこれでは伝統的な言語観，経験主義，ブルジョワ的「ヒューマニズム」の立場にとどまっており，実際は彼女たちが批判しているはずの西洋の家父長的イデオロギーから解放されていないという。

　このような指摘は，ポスト構造主義的フェミニストたちの大前提——ジェンダーの相違は言語が指し示す肉体にあるのではなく，言語そのものにある——に基づいている。したがって問題とすべきは家父長制が刻印されている言説そのもの，言い換えれば「ロゴス中心主義と男根中心主義 (Phallogocentrism）の結託」である。リュス・イリガライは家父長制的言説，たとえば哲学的言説が支える権力構造を解体しようとし，シクスーはそれに代わるファロゴセントリックでない言説，「エクリチュール・フェミニン」を創造しようとした。

▶セクシュアリティ
人　種　・　階　級

フレンチ・フェミニズムは家父長制に対する批判として大きな影響力をもったが，一方でエクリチュール・フェミニンを主張する立場は，女性の普遍的なモデルを打ち立てて「本質主義」的であるとか，ユートピア的で，現実の社会構造，経済構造や性的関係を考えていないとかの批判を受けることもあった。

1980年代後半から90年代になるとフェミニスト批評は，むしろアルチュセール（1918—90）の主体理論やイデオロギー批評，フーコー（1926—84）のセクシュアリティ理論，新歴史主義などを取り込んで変化，多様性を見せ始める。特にアメリカでは，レズビアン・フェミニスト批評からクイア批評，黒人フェミニスト批評，ポストコロニアル・フェミニスト批評など，画一的な普遍的女性像ではなくて，セクシュアリティ，人種，階層などの多様性を正面に打ち出すようになってきた。

（5）　新歴史主義，または文化の詩学

▶歴史と文化

1980年代，新歴史主義が文化と文学についての新しい批評活動として注目を集めるようになった。その契機となったのは，スティーヴン・グリーンブラットによる『ルネサンスの自己成型』（*Renaissance Self-Fashioning*, 1980）の出版や，1983年2月カリフォルニア大学バークレー校を起点にした雑誌『表象』（*Representations*）の創刊である。『表象』には，グリーンブラット，キャサリン・ギャラガー（1945—　），ルイス・モントローズ（1950—　），ウォルター・ベン・マイケルズ（1948—　）などが参加した。彼らは一つの明確な理論や教義をもった批評グループというよりは，以下に述べるような歴史，文化，表象行為などに対する基本的考えを共有しているにすぎない。グリーンブラットは「新歴史主義」よりも「文化の詩学」という名称を好んで用いている。

彼らの批評活動は初めルネサンス研究を中心に繰り広げられたが，その関

心は文学のみならず，歴史，民俗誌学，文化人類学，美術，科学，政治，経済，医学，法律など，実に多様な分野に及んでいる。それは彼らが，ニュー・クリティシズム的立場，すなわち文学作品を自律したテクストと考える立場に反対し，すべての表現行為は種々の社会的実践行為のネットワークに組み込まれていると考えているからである。したがって，文学テクストを前景化し，歴史をコンテクストとして背景に追いやるといったことはしない。彼らが提示するのは，かつての歴史家が提示したようなグランド・ストーリーであったり，実証主義的歴史研究の成果ではなく，歴史と文化が，あるいは文学的言説とその他の社会的実践とが影響しあって複雑に絡み合っているさまなのである。

▶「主体」への疑念　また彼らはルイ・アルチュセール（1918—1990）やミシェル・フーコーの影響を受けて，「個人」「主体」「真実」といったヒューマニズム的概念に対して疑問を抱いている。いかなる言説であれ，普遍，不変の真実や人間性を表現することはなく，「主体」は社会のネットワークの中で歴史的に形成されるものだと考える。シェイクスピアの芝居はシェイクスピアという一人の「個人」が書いた普遍的「真実」を告げるものではなく，多くの文化的コードが収斂し，相互に作用しあう場なのである。グリーンブラットの言葉を借りるなら，「人間主体」は「ある特定の社会におけるパワーの関係のイデオロギー的産物」ということになる。

　上に述べたようにシェイクスピアの芝居を中心に始まった新歴史主義批評は，その関心をアメリカン・ルネサンス，ヴィクトリア朝，自然主義アメリカ文学などにも広げ，またフェミニスト批評や新たに起こってきたポストコロニアル批評や，クイア批評をも積極的に取り込んでいる。文学と文化の関係の多様なありかたに批評の関心を向けさせた彼らの役割は，ことさらに強調する必要もないほどに主流になったというべきか，終わったというべきか，まだ即断はできない。

(6)　ポストコロニアル批評

　デリダの掲げた西洋形而上学批判，脱中心の考え方は，1980年代になってポストコロニアル批評に受け継がれることになった。それまで世界の中心で

あったのは西洋の伝統，価値観であり，非西洋の文化，文学，思想などは周縁に排除され，抑圧されてきた。しかしこれに対してポストコロニアル批評は，非西洋の文化を中心に置こうとする「本質主義」の立場をとるのではなく，むしろ支配，被支配の関係，複数の文化の関係を分析対象とする。一般にポストコロニアル批評の「聖なる三人組」(Holy Trinity) と呼ばれているのが，エドワード・サイード，ガヤトリ・C. スピヴァク，ホミ・K. バーバである。

▶エドワード・サイード　ポストコロニアル批評は，サイードの『オリエンタリズム』(Orientalism, 1978)から始まったと言ってもおおげさではない。サイードは「純粋な」知の追求を目的とするといった伝統的な人文科学の立場を捨て，批評家も社会の支配的イデオロギーや政治的要請に支配される歴史，文化，組織から免れ得ないと考えた。ここには西洋に住むアラブ系パレスチナ人であるという個人的出自も関係するであろうが，何よりもフーコーやグラムシ (1891—1937) の影響が大きい。とりわけフーコーのディスコース理論の影響を受けて，サイードも知と文化表象を「パワー」に結び付ける。

　彼のねらいは，西洋が打ち立ててきた知の体系と文化表象が，東洋に対する物理的，政治的支配にいかに関わってきたかを明らかにすることであった。もちろん彼の関心は，主として中東のイスラム世界と西洋との関係にあるが，彼の分析対象であるテクストは，文学作品のみならず，政治パンフレット，旅行記，宗教研究，文献学など実に広範囲にわたる。サイードによると，それら西洋の言説，すなわちオリエンタリズムは，東洋を「他者」として「産出する」ことによって，東洋に対する西洋の覇権に大きな役割を果たしたのである。

▶ガヤトリ・C. スピヴァク　デリダの『グラマトロジーについて』(Of Grammatology, 1976) の翻訳者であり，その序文を書いてアメリカにおける解体批評の普及に大きな役割を果たしたスピヴァクは，いまやポストコロニアル批評の代表的存在である。彼女のポストコロニアル批評は，ベンガル地方の中産階級出身の亡命者，第三世界の女性，アメリカのアカデミズムにおける成功者といった多重性，彼女自身のいう「変則的」

立場に基づいている。サイード同様、「ポストコロニアルの知識人の苦境」に立ったスピヴァクは、西洋リベラリズムが押し付けた「暴力の構造と交渉する」、すなわち内部からその構造に疑問を投じ、変革しようとした。

スピヴァクの重要な論文は「サバルタンは話すことができるか?」("Can the Subaltern Speak?," 1988)である。「サバルタン」はグラムシらによってインドの非エリート層、とりわけ農民を指し示すのに用いられた用語であるが、スピヴァクはさらに低い階層にまでその概念を拡大する。なかでも彼女は経済差別、性差別という二重の差別を受けた女性のサバルタンに関心を抱く。政治的、文化的、文学的ナラティヴ(支配者イギリス人の言説であれインドの男性のそれであれ)が一貫性と権威を誇示しうるのは、サバルタンを周辺に排除し沈黙を強いた結果であることを指摘した。

また「三人の女性たちのテクストと帝国主義批判」("Three Women's Texts and a Critique of Imperialism," 1985)においては、イギリス文学の古典『ジェイン・エア』に注目し、イギリス女性ジェイン・エアが自立したフェミニストとしてのアイデンティティを確立できるのは、バーサ・メイソンという植民地主体が抹殺されたからであると指摘した。

▶ホミ・K. バーバ　インド、ボンベイ出身で、現在アメリカを拠点に活躍中の批評家バーバの主たる関心は、植民地支配者と被支配者のアンビヴァレントな心理関係にある。「他者性という問題」("The Other Question," 1983)では、植民地住民が固定したステレオタイプで繰り返し表現され続けなければならなかった点に注目する。バーバによると、それは植民地支配者の不安定な心理、「欠如」を指し示すものである。ステレオタイプ(例えば"野蛮人")を用いて他者である植民地住民を見ることによって初めて、支配者は自分を(例えば"文明人"として)確立することができるのであり、一方そのように他者に頼らざるをえないのは、支配者自身が完全でないことを示しているという。

「模倣と人間について」("Of Mimicry and Man," 1984)においては、この両者の関係を「模倣」という観点から分析する。支配者は被支配者が自分たちの文化を模倣し、その価値観などを内面化することを要求する。このような被支配者の内面に関わる「模倣」はきわめて効果的な支配である。しかし

ここには矛盾があって，支配者は決して被支配者が全く同じになることを望んでいるわけではなく，「ほとんど同じだが，必ずしも同じではない」他者であることを要求しているのである。言い換えるなら「英国人であること」と「英国化される」ことの間には重要な区別があるという。

▶アフリカン・アメリカン批評　ポストコロニアルの代表的批評家ホミ・K.バーバが，トニー・モリスンの『ビラヴド』に鋭い関心を向けたことからも分かるように，ポストコロニアル批評とアフリカン・アメリカン批評には多くの共通した基本的批評概念がある。どちらも政治的支配と文化表象の関係，被支配者の二重の意識構造，被支配者から声を奪い，周辺に追いやる支配構造など，政治的，文化的，心理的支配と従属の関係がその中心にある。

　ヘンリー・ルイス・ゲイツ Jr.（1950―　）は黒人文学を「パリンプセスト」（もとの字句を消した上に字句を記した羊皮紙）のようだとし，黒人のテクストに黒人の声を戻し自ら語らせようとした。バーバラ・スミス（1946―　）は『黒人フェミニスト批評に向けて』（*Towards a Black Feminist Criticism*, 1977）において，黒人男性と白人フェミニストの批評によって黒人レズビアンの声が奪われたと批判した。ベル・フックス（グロリア・ワトキンズ，1952―　）も『わたしは女ではないのか？』（*Ain't I A Woman ?*, 1981）において，黒人女性が苦しんだ「二重の不可視性」を指摘した。つまり，黒人のことが言われるときは，それは黒人男性であり，女性のことが言われるときは，それは白人女性である，という意味で，黒人女性は常に二重の意味で見えない存在であった。トニー・モリスンは『白さと想像力：アメリカ文学の黒人像』（*Playing in the Dark : Whiteness and the Literary Imagination*, 1992）において，白人作家の書いたものを取り上げ，そこに白人作家自身の欲望，不安などの投影としての「アフリカニスト」の存在を指摘した。

アメリカ作家年表

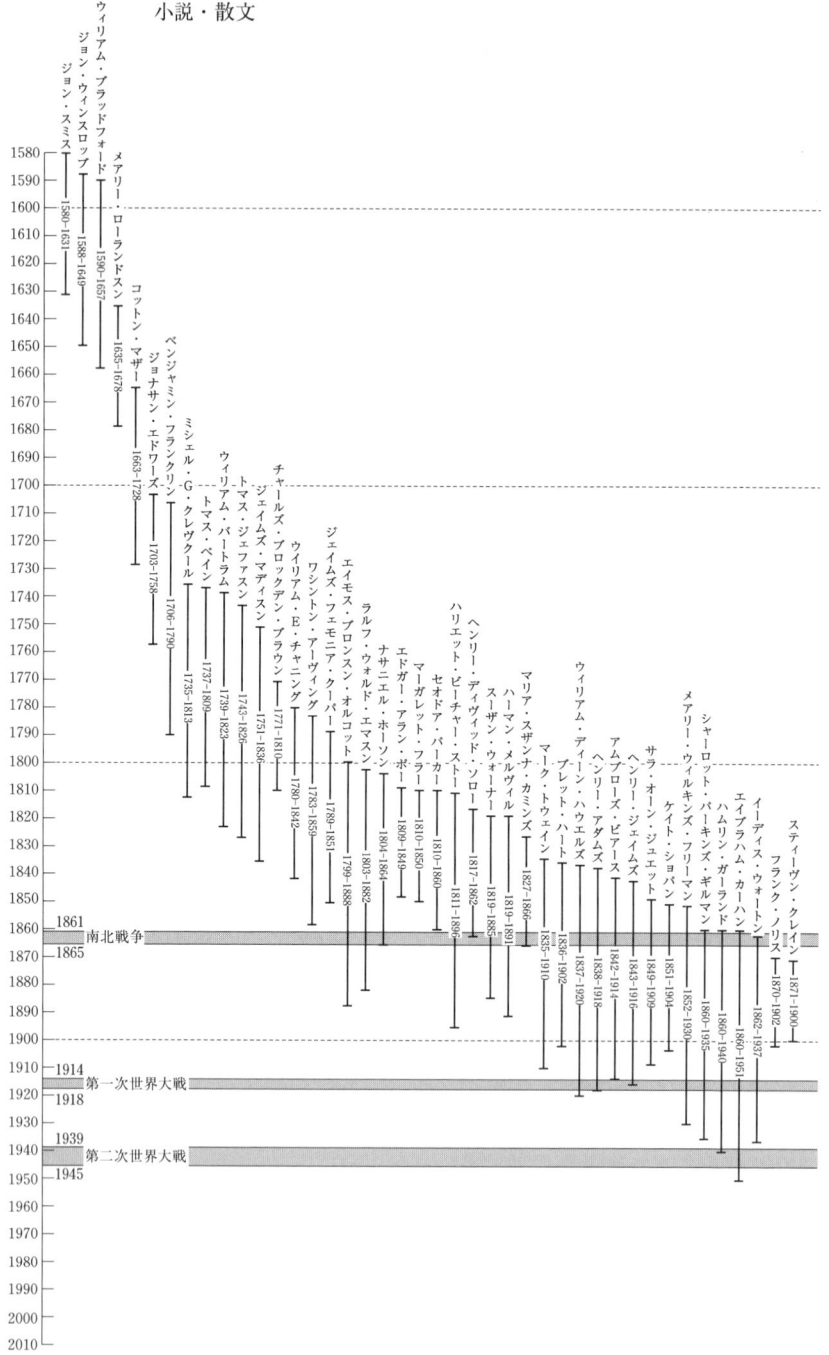

小説・散文

ジョン・スミス	1580–1631
ウィリアム・ブラッドフォード	1588–1649
ジョン・ウィンスロップ	1587–1631
メアリー・ローランドスン	1635–1678
コットン・マザー	1663–1728
ジョナサン・エドワーズ	1703–1758
ベンジャミン・フランクリン	1706–1790
ミシェル・G・クレヴクール	1735–1813
トマス・ペイン	1737–1809
ウィリアム・バートラム	1739–1823
ジェイムズ・マディスン	1751–1836
チャールズ・ブロックデン・ブラウン	1771–1810
ジェイムズ・E・アーヴィング	1780–1842
ワシントン・アーヴィング	1783–1859
エイモス・ブロンスン・オルコット	1799–1888
ラルフ・ウォルド・エマスン	1803–1882
マーガレット・フラー	1804–1864
エドガー・アラン・ポー	1809–1849
ナサニエル・ホーソン	1810–1850
ハリエット・ビーチャー・ストー	1811–1896
ヘンリー・ディヴィッド・ソロー	1817–1862
スーザン・ウォーナー	1819–1885
ハーマン・メルヴィル	1819–1891
マリア・スザンナ・カミンズ	1827–1866
ブレット・ハート	1836–1902
マーク・トウェイン	1835–1910
ウィリアム・ディーン・ハウエルズ	1837–1920
アムブローズ・ビアース	1842–1914
ヘンリー・ジェイムズ	1843–1916
サラ・オーン・ジュエット	1849–1909
メアリー・ウィルキンズ・フリーマン	1852–1930
ケイト・ショパン	1851–1904
シャーロット・パーキンズ・ギルマン	1860–1935
ハムリン・ガーランド	1860–1940
エイブラハム・カーハン	1860–1951
イーディス・ウォートン	1862–1937
フランク・ノリス	1870–1902
スティーヴン・クレイン	1871–1900

1861–1865 南北戦争
1914–1918 第一次世界大戦
1939–1945 第二次世界大戦

劇作家

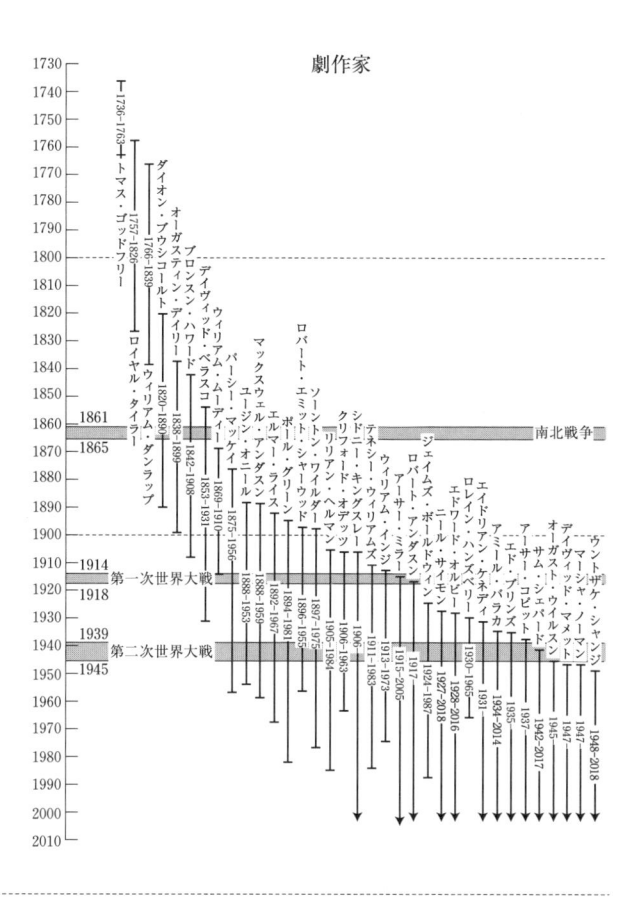

- 1736-1763 トマス・ゴッドフリー
- 1757-1826 ロイヤル・タイラー
- 1766-1839 ウィリアム・ダンラップ
- 1820-1890 ダイオン・オーブシコールト
- 1816-1894 オーガスティン・デイリー
- 1834-1899 ブロンソン・ハワード
- 1853-1931 デイヴィッド・ベラスコ
- 1842-1908 パーシー・マッケイ
- 1869-1910 ウィリアム・ムーディ
- 1875-1956 エドワード・シェルドン
- 1888-1953 マックスウェル・アンダスン
- 1892-1967 エルマー・ライス
- 1896-1955 ポール・グリーン
- 1897-1975 ソートン・ワイルダー
- 1888-1953 ユージン・オニール
- 1905-1984 リリアン・ヘルマン
- 1906- ロバート・アンダスン
- 1911-1983 テネシー・ウィリアムズ
- 1913-1973 ウィリアム・インジ
- 1915-2005 アーサー・ミラー
- 1917- シドニー・キングスレー
- 1927-2018 ニール・サイモン
- 1928-2016 エドワード・オルビー
- 1930-1965 ロレイン・ハンズベリー
- 1931- アミリ・バラカ
- 1934-2014 エド・ブリンズ
- 1935- アーサー・コビット
- 1937- オーガスト・ウィルスン
- 1942-2017 サム・シェパード
- 1945- デイヴィッド・マメット
- 1948-2018 ウント・ザケ・シャンジ
- 1947- マーシャ・ノーマン

- 1861-1865 南北戦争
- 1914-1918 第一次世界大戦
- 1939-1945 第二次世界大戦

- 1871-1945 セオドア・ドライサー
- 1873- ウィラ・キャザー
- 1874-1946 ガートルード・スタイン
- 1876-1916 ジャック・ロンドン
- 1876- シャーウッド・アンダスン
- 1885-1951 シンクレア・ルイス
- 1896-1940 スコット・フィッツジェラルド
- 1897-1962 ウィリアム・フォークナー
- 1899-1961 アーネスト・ヘミングウェイ
- 1900-1938 トマス・ウルフ
- 1902-1968 ジョン・スタインベック
- 1899-1977 ウラジミル・ナボコフ
- 1903-1940 ナサニエル・ウェスト
- 1903-1987 アースキン・コールドウェル
- 1904-1979 ジェイムズ・T・ファレル
- 1904- アイザック・B・シンガー
- 1907- ジェイムズ・ミッチェナー
- 1908-1960 リチャード・ライト
- 1908-2001 ユードラ・ウェルティ
- 1909-1981 ネルスン・オルグレン
- 1914- ウィリアム・バロウズ
- 1914-1986 バーナード・マラマッド
- 1915-2005 ソール・ベロウ
- 1916- ウォーカー・パーシー
- 1914- ラルフ・エリスン
- 1919- ジェローム・D・サリンジャー
- 1917-1967 カースン・マッカラーズ
- 1921-1969 ジャック・ケルアック
- 1922- カート・ヴォネガト
- 1922- グレイス・ペイリー
- 1923-1971 ジェイムズ・ジョーンズ
- 1923-1999 ジョゼフ・ヘラー
- 1924-1984 トルーマン・カポーティ
- 1924- ウィリアム・H・ギャス
- 1925-1964 フラナリー・オコナー
- 1925- ジョン・ホークス
- 1925- ノーマン・メイラー
- 1923- ジョン・オカダ
- 1928- レイモンド・フェダマン
- 1928- ウィリアム・スタイロン
- 1928- シンシア・オージック
- 1925- ウィリアム・ケネディ

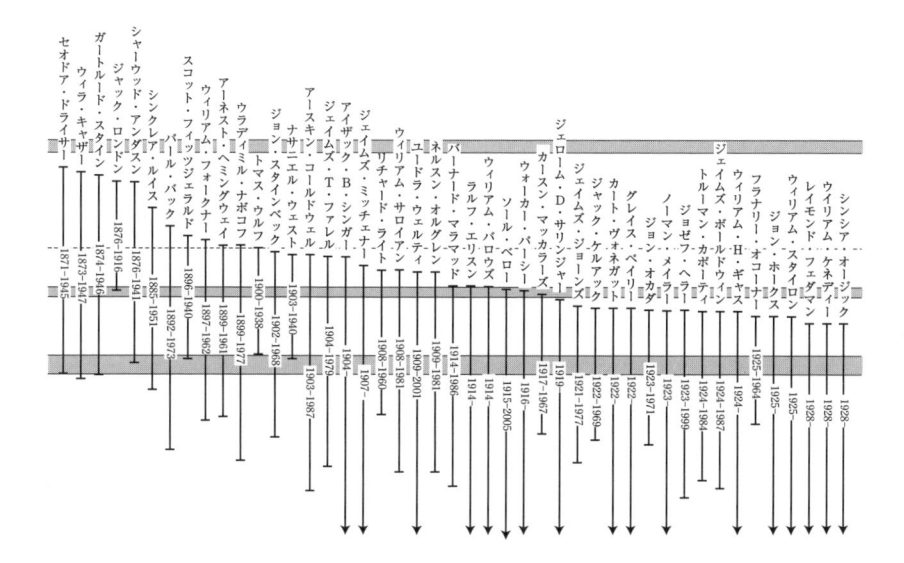

詩人

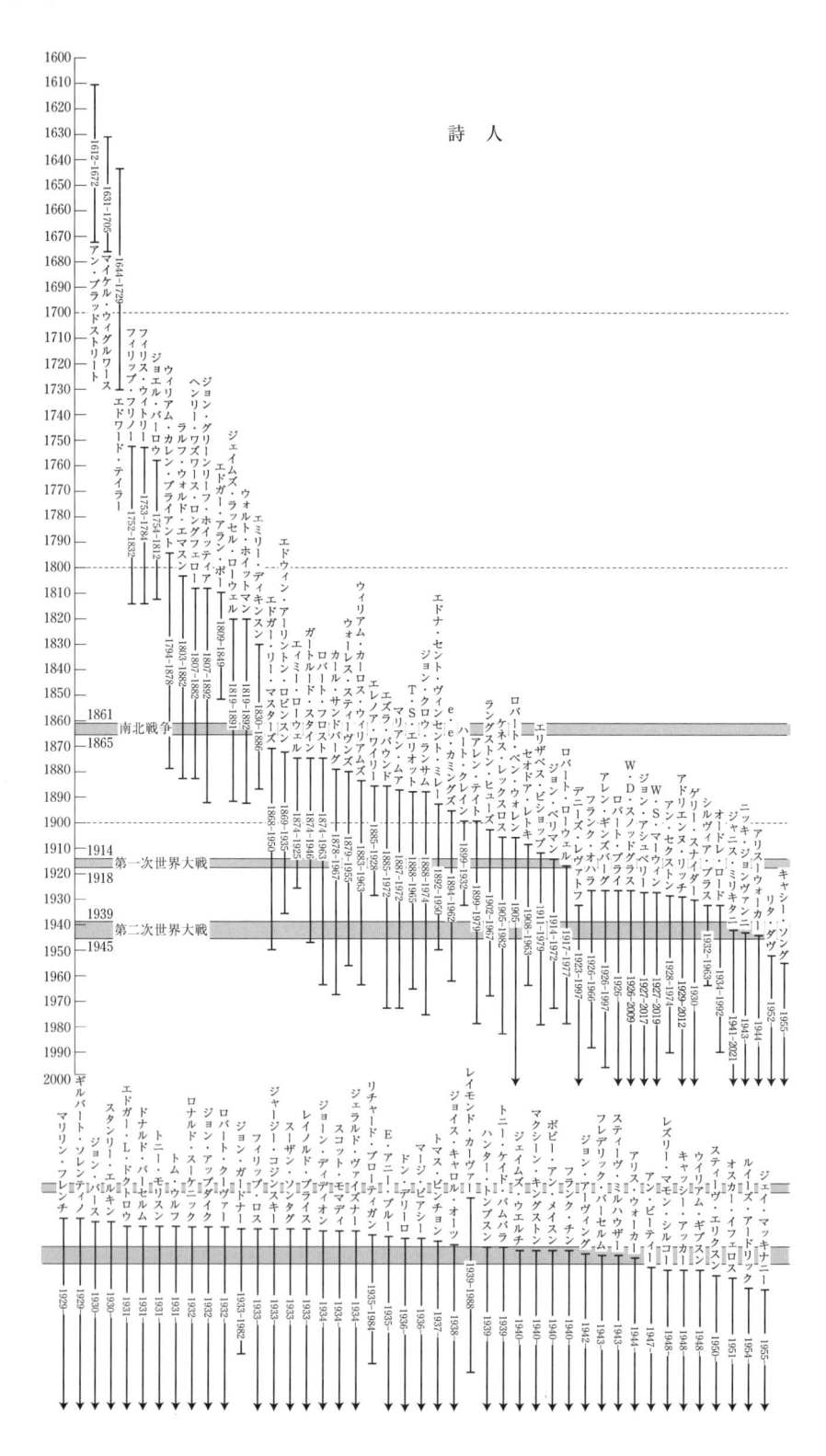

年	詩人
1612–1672	アン・ブラッドストリート
1631–1705	マイケル・ウィグルワース
1644–1729	エドワード・テイラー
1752–1832	フィリップ・フリノー
1753–1784	フィリス・ホイットリー
1754–1812	ジョエル・バーロウ
1794–1878	ウィリアム・カレン・ブライアント
1803–1882	ラルフ・ウォルド・エマソン
1807–1882	ヘンリー・ワズワース・ロングフェロー
1807–1892	ジョン・グリーンリーフ・ホイッティア
1809–1849	エドガー・アラン・ポー
1819–1891	ジェイムズ・ラッセル・ローウェル
1819–1892	ウォルト・ホイットマン
1830–1886	エミリー・ディキンスン

1861–1865 南北戦争

年	詩人
1868–1950	エドウィン・アーリントン・ロビンスン
1869–1935	エドガー・リー・マスターズ
1874–1925	エイミー・ローウェル
1874–1946	ガートルード・スタイン
1874–1963	ロバート・フロスト
1878–1967	カール・サンドバーグ
1879–1955	ウォレス・スティーヴンズ
1883–1963	ウィリアム・カーロス・ウィリアムズ
1885–1928	エレノア・ワイリー
1885–1972	エズラ・パウンド
1887–1972	マリアン・ムーア
1888–1965	T・S・エリオット
1888–1974	ジョン・クロウ・ランサム
1892–1950	エドナ・セント・ヴィンセント・ミレイ
1894–1962	e. e. カミングス
1899–1932	ハート・クレイン
1899–1979	アレン・テイト

1914–1918 第一次世界大戦

年	詩人
1902–1967	ラングストン・ヒューズ
1905–1982	ケネス・レックスロス
1905–1989	ロバート・ペン・ウォレン
1906–1963	セオドア・レトケ
1911–1979	エリザベス・ビショップ
1914–1972	ジョン・ベリマン
1917–1977	ロバート・ローウェル

1939–1945 第二次世界大戦

年	詩人
1923–1997	デニーズ・レヴァトフ
1926–1966	フランク・オハラ
1926–1997	アレン・ギンズバーグ
1926–2009	W・D・スノッドグラス
1927–2017	ジョン・アシュベリー
1927–2019	W・S・マーウィン
1928–2012	アン・セクストン
1929–2012	アドリエンヌ・リッチ
1930	ゲリー・スナイダー
1932–1963	シルヴィア・プラス
1934–	オードレ・ロード
1941–2021	ニッキ・ジョヴァンニ
1943–	ジャニス・ミリキタニ
1944	キャシー・ソング
1952	リタ・ダヴ
1955	アリス・ウォーカー

年	詩人
1929–	マリリン・フレンチ
1929–	ハーバート・ゴールド
1930–	ジョン・バース
1930–	スタンリー・エルキン
1931–	エドガー・ドクトロウ
1931–	ドナルド・バーセルミ
1931–	トニ・モリスン
1932–	トム・ウルフ
1932–	ジョン・アップダイク
1932–	ロナルド・スーケニック
1933–	ロバート・クーヴァー
1933–	ジョン・ガードナー
1933–	フィリップ・ロス
1933–	スーザン・ソンタグ
1933–	ジャージー・コジンスキー
1934–	レイノルド・スコット・モマデイ
1934–	ジョーン・ディディオン
1934–	ジェラルド・ヴィズナー
1935–	リチャード・ブローティガン
1935–1984	E・L・ドクトロウ
1936–	マージ・ピアシー
1937–	トマス・ピンチョン
1938–	ジョイス・キャロル・オーツ
1939–1988	レイモンド・カーヴァー
1939	ジェイムズ・ウェルチ
1940	マクシーン・キングストン
1940	ボビー・アン・メイスン
1940	ハンター・トンプソン
1942	フレデリック・バーセルミ
1943	スティーヴ・アーヴィング
1947	アリス・ウォーカー
1948	レズリー・マーモン・シルコ
1948	キャシー・アッカー
1950	ウィリアム・T・ヴォルマン
1951	スティーヴ・エリクスン
1955	オスカー・イフエロス
1955	ルイス・アードリック
—	ジェイ・マッキニー

アメリカ文学作品年表

○(詩)は詩，(戯)は戯曲，＊はピューリッツア賞受賞作品（ただし受賞年は出版年の翌年），☆は全米図書賞受賞作品をそれぞれ示す。
○作品名は翻訳のある場合は原則として邦題を付記した。
○政治，社会などの主な動きは丸ゴチックで記した。

西暦	事　項
紀元前 30,000-11,000	陸続きだったベーリング海峡を通ってアジアからアメリカに移住した種族が，アメリカの先住民の祖
1471	（ポルトガル）ゴールド・コースト（現ガーナ）に到達
1487	（ポルトガル）バルトロメオ・ディアス（c. 1450-1500），喜望峰を回る
1492	（西）クリストファー・コロンブス（1451-1506），スペイン国王の命により3隻の船で大西洋を横断し，バハマ諸島に上陸
1493	（西）コロンブス，第2回航海に出発（-1496）／エスパニョラ島（現ドミニカとハイチの島）入植始まる
1494	トリデシリャス条約／教皇アレクサンドル6世がスペインとポルトガルの新獲得地の境界を決定。ケープ・ヴェルデ諸島から西方100リーグ（1770キロメートル）を境にスペインは西側，ポルトガルは東側とする
1495	（西）エスパニョラ島原住民の人口が急減／1500年には植民地経営の責任を問われてコロンブスは強制送還される
1497	フィレンツェ人アメリゴ・ヴェスプッチが中南米を探険し，アマゾン川を発見
1498	（ポルトガル）ヴァスコ・ダ・ガマ，インドのカリカットに到着
1502	コロンブス，最後の第4回航海に出発（-1504），中米北岸を探険
1507	ヴァルトゼーミュラー，新大陸をアメリカと命名
1509	（西）インディアス総督ディエゴ・コロン着任（-1523）
1513	（西）バルボア，パナマ地峡を横断，太平洋を発見
1516	（西）ラス・カサス（1474-1566），インディオ保護官に任命され，エスパニョラ島に出発
1519	（西）エルナン・コルテス（1485-1547），現ベラクルス海岸に上陸し，アステカ帝国征服に着手，支配者モンテズマに会う。（ポルトガル）フェルディナンド・マゼラン（c. 1470-1521）世界一周周航（-1522）
1521	（西）アステカ帝国の首都テノチティトラン（メキシコ・シティ）陥落
1524	ジョヴァンニ・デ・ヴェラザノ／フランス国王の派遣でハドソン川を発見
1528	（西）カベサ・デ・ヴァカ（c. 1490-1558），テキサス海岸に漂着。内陸放浪を開始（-36）
1531	（西）フランシスコ・ピサロ（c. 1475-1541），インカ帝国（現ペルー）征服に出発
1532	（西）ピサロ，カハマルカでインカ皇帝アタワルパを捕える。アステカ帝国

西暦	事 項
	とインカ帝国の征服で，スペインは世界の強国となり，列強の羨望の的となる
1534	（加）ブルターニュ人ジャック・カルティエ，カナダへ航海し，ガスペに上陸
1535	（加）カルティエ，第2回航海。セント・ローレンス川発見
1539	（西）エルナンド・デ・ソト（c. 1496-1542），フロリダに上陸。現アメリカ深南部を探検（-42）
1550	（西）カルロス1世，ラス・カサス，セプルベダ論争の間，新たな征服を中止するよう命令
1583	英国人ハンフリー・ギルバート，ニューファウンドランドを英国領と宣言
1584	英国人アーサー・バーロウ，フィリップ・アマダスと共にヴァージニアのロアノーク島を探検。この時に博物学者トマス・ハリオット（1560-1621）と美術家ジョン・ホワイト（c. 1545-1593）を同行し，新大陸の動植物の観察を行なう
1585	英国人ウォルター・ローリー，リチャード・グレンヴィルの協力でヴァージニアのロアノーク島に植民団を送る。しかしグレンヴィルはラルフ・レーンに植民地をまかせ，カリブ海へゆく。英国の最初の植民地はこの後スペインのアルマダとの戦いで補給路を断たれ消滅
1588	スペインの無敵艦隊アルマダと戦い，英国が勝利。以後1世紀にわたったスペインの覇権は弱まる
1603	（加）サミュエル・ド・シャンプラン（c. 1570-1635）がケベックに上陸。以後11回の探検でニューフランス植民地を設立
1605	（加）ド・モンとシャンプラン，ポール・ロワイヤル（現ノヴァ・スコシア州アナポリス）を建設
1607	英国植民地ジェイムズタウンの建設
1607	ロンドン植民会社，ジェームズタウンに植民地を建設／ジョン・スミス，ポウハタン族長の娘ポカホンタスに助けられる
1608	（加）シャンプラン，ケベックシティを建設
1610	（加）ヘンリー・ハドソンがハドソン湾を発見。翌年乗組員の反乱で行方不明
1620	"Mayflower Compact"「メイフラワー契約」 ピルグリム・ファーザーズ，プリマスに上陸。プリマス植民地建設 （加）エティエンヌ・ブリュレ，五大湖のスペリオル湖に到達
1624	ジョン・スミス, *The Generall Historie of Virginia, New-England, and the Summer Isles* オランダの植民地ニューアムステルダムとフォート・オレンジの建設
1630	ウィリアム・ブラッドフォード, *Of Plymouth Plantation*『プリマス植民地』（-1651執筆, 1856出版）／ジョン・ウィンスロップ, "A Modell of Christian Charity"「キリスト教徒の愛の原型」／*Journal*『日記』（-49執筆, 1790出版） マサチューセッツ湾植民地の建設
1631	トマス・フッカー, "The Danger of Desertion"（1641出版）

西暦	事　項
1636	ロジャー・ウイリアムズ，ロードアイランド植民地の建設／ハーヴァード大学創設
1638	スウェーデンの貿易基地がデラウェア側のフォート・クリスティナに作られる
1640	リチャード・マザー，*The Bay Psalm Book*（詩）
1642	（仏）モントリオールの毛皮基地を確立
1644	ロジャー・ウィリアムズ，*The Bloody Tenent of Persecution*『迫害の血なまぐさい教理』
1648	ケンブリッジ綱領
1650	アン・ブラッドストリート，*The Tenth Muse*（詩）
1652	第一次英蘭戦争（-54）
1654	エドワード・ジョンスン，*The Wonder-Working Providence of Sions Saviour in New England*『ニューイングランドにおけるシオンの救世主の驚くべき摂理』
1660	航海条例の発布
1662	マイケル・ウィグルズワース，*The Day of Doom*『審判の日』マサチューセッツ教会会議，半途契約採用
1664	第二次英蘭戦争，ニューアムステルダム，英国領となり，ニューヨークと改名
1671	ジョナサン・ミッチェル，"Nehemiah on the Wall"『城壁に立つネヘミア』／サミュエル・ダンフォース，"New-England's Errand into the Wilderness"「ニューイングランドに託されし荒野への使命」
1674	インクリース・マザー，"The Day of Trouble is Near"「災いの日は近い」／サミュエル・シューアル，*Diary*『サミュエル・シューアル日記』（1674-77, 1685-1729執筆，1878-82出版）
1675	フィリップ王戦争（-76）
1682	メアリー・ローランドスン，*A Narrative of the Captivity and Restoration of Mrs. Mary Rowlandson*
1683	ベンジャミン・ハリス，*The New England Primer*
1691	プリマス植民地はマサチューセッツ湾植民地に吸収され，王領化される
1692	セイレムの魔女裁判
1693	コットン・マザー，*The Wonders of the Invisible World*
1696	最後の航海条例
1700	ロバート・ケイレフ，*More Wonders of the Invisible World*
1701	イエール大学の創設
1702	C.マザー，*Magnalia Christi Americana*『アメリカにおけるキリストの大いなる御業』
1708	セイブルック綱領
1710	C.マザー，*Bonifacius*『善行論』
1729	ウィリアム・バード，*History of the Dividing Line*（1841出版）両カロライナ，王領植民地となる
1731	ジョージア植民地建設

西暦	事　項
1733	ベンジャミン・フランクリン, *Poor Richard's Almanac* 『貧しきリチャードの暦』(-1758)
1734	ジョナサン・エドワーズ, *A Divine and Supernatural Light* 大覚醒(-35と1740-43)
1740	エドワーズ, "Personal Narrative"「信仰告白録」(1765出版)
1741	エドワーズ, "Sinners in the Hands of an Angry God"「怒れる神の手のなかの罪人たち」
1746	エドワーズ, *A Treatise Concerning Religious Affections*
1754	エドワーズ, *Freedom of Will* フレンチ・インディアン戦争(-63)／コロンビア大学の創設
1758	フランクリン, *The Way to Wealth* 『富に至る道』
1763	パリ講和条約
1764	砂糖法
1765	トマス・ゴッドフェリー, *The Prince of Parthia* (戯) 印紙税法
1771	フランクリン, *Autobiography* 『自叙伝』(-90執筆, 1818出版)
1773	フィリス・ウィートリ, ロンドンで詩集出版／茶税法／ボストン茶会事件
1774	ジョン・ウールマン, *Journal of John Woolman* 『ジョン・ウールマンの日記』 第一回大陸会議, フィラデルフィアで開催
1775	独立戦争(-83)／第二回大陸会議
1776	トマス・ペイン, *Common Sense*『コモン・センス』,″*The Crisis* (-83) "The Declaration of Independence"「独立宣言」
1777	連合規約(1781批准)
1778	フランスと通商条約締結
1782	ミシェル・G. クレヴクール, *Letters from an American Farmer* 『アメリカ人の農夫からの手紙』
1783	パリ平和条約。英国, アメリカ合衆国の独立を承認
1784	フランクリン, "Information to Those Who Would Remove to America"「アメリカへ移住しようとする人々への情報」／トマス・ジェファスン, *Notes on the State of Virginia* 『ヴァージニア覚え書』
1785	公有地条例
1786	フィリップ・フリノー, *The Poems of Philip Freneau* (詩)
1787	ジョン・アダムズ, *A Defense of the Constitution of Government of the Unitied States of America* 『アメリカ合衆国憲法の擁護』／アレグザンダー・ハミルトン, ジェイムズ・マディスン, ジョン・ジェイ, *The Federalist*『連邦主義者』／ジェファスン, "A Letter to Peter Carr"／ローヤル・タイラー, *The Contrast* (戯) 北西部領地条例／憲法制定会議
1789	第一回連邦議会／憲法発効 **ワシントンとJ. アダムズ初代の正副大統領(-97)**
1790	フランクリン, "A Letter to Ezra Stiles"

アメリカ文学作品年表

西暦	事　　項
1791	最初の国勢調査，人口約400万人（うち黒人約70万人）ウィリアム・バートラム, *The Travels of William Bartram*／ペイン, *The Rights of Man*『人間の権利』／スザンナ・ハズウェル・ロースン, *Charlotte Temple*憲法修正第1－10条確定
1793	逃亡奴隷法
1794	ペイン, *The Age of Reason*
1797	J. アダムズ第2代大統領（-1801）
1798	チャールズ・ブロックデン・ブラウン, *Wieland ; or, The Transformation*『ウィーランド，あるいは変貌』／ウィリアム・ダンロップ, *Andre*（戯）
1799	ブラウン, *Arthur Mervyn ; or, Memoirs of the Year 1793*／*Edgar Huntly ; or, Memoirs of a Sleep-Walker*
1800	合衆国人口約530万人／ワシントン．D. C. 首都となる
1801	ジェファスン第3代大統領（-09）
1803	ルイジアナ購入
1807	ジョエル・バーロウ, *The Columbiad*（詩）出港禁止法，対外貿易の禁止
1808	奴隷輸入禁止
1808	ウィリアム・カレン・ブライアント, *The Embargo*（詩）
1809	ワシントン・アーヴィング, *A History of New York from the Beginning of the World to the End of the Dutch Dynasty*マディスン第4代大統領（-17）
1812	第二次対英戦争（-14）
1814	フランシス・スコット・キー, "The Star-Spangled Banner"『星条旗』（詩）
1817	モンロー第5代大統領（-25）
1819	アーヴィング, *The Sketch Book of Geoffrey Crayon, Gent.*『スケッチ・ブック』／ウィリアム・エラリー・チャニング, "Unitarian Christianity"
1820	チャニング, "The Moral Argument against Calvinism"
1821	ジェイムズ・フェニモア・クーパー, *The Spy*
1822	アーヴィング, *Bracebridge Hall ; or, The Humorists*
1823	クーパー, *The Pilot*／*The Pioneers*モンロー主義の宣言
1825	イリー運河開通／インディアンのミシシッピ川以西への強制移住政策をモンロー発表ジョン・クインシー・アダムズ第6代大統領（-29）
1826	クーパー, *The Last of the Mohicans*『最後のモヒカン族』
1827	クーパー, *The Red Rover*／*The Prairie*／エドガー・アラン・ポー, *Tamerlane and Other Poems*（詩）
1828	チャニング, "The Great Purpose of Christianity"／クーパー, *Notions of the Americans*／アーヴィング, *A History of the Life and Voyages of Christopher Columbus*／ポー, *Poems* (Second Edition)（詩）
1829	労働者党結成／アメリカ最初の蒸気機関車

291

西暦	事　項
1831	ジャクスン，第7代大統領 (-37) ナサニエル・ホーソーン，"My Kinsman, Major Molineux" ナット・ターナーの暴動
1833	アメリカ奴隷制反対協会の設立
1835	チャニング，"Slavery"／ホーソーン，"Young Goodman Brown"「若いグッドマン・ブラウン」
1836	エイモス・ブロンスン・オールコット，*Conversations with Children on the Gospels* (-37)／ラルフ・ウォルド・エマスン，*Nature*『自然論』 最初の女子大学マウント・ホリヨーク創立／超越クラブ始まる
1837	エマスン，"The American Scholar"「アメリカの学者」／ナサニエル・ホーソーン，*Twice-Told Tales*『トワイス・トールド・テールズ』 ビューレン第8代大統領 (-41)
1838	チャニング，"Self-Culture"／エマスン，"The Divinity School Address"「神学部講演」／ポー，*The Narrative of Arthur Gordon Pym*『ゴルドン・ピム物語』
1839	ポー，"The Fall of the House of Usher"「アッシャー家の崩壊」
1840	オルコット，"Orphic Sayings"／クーパー，*The Pathfinder*／ポー，*Tales of the Grotesque and Arabesque*
1841	クーパー，*The Deerslayer*／エマスン，*Essays : First Series*『エッセイ集第一編』 ブルック・ファーム設立 (-47) ハリスン第9代大統領病死，タイラー第10代大統領 (-45)
1842	ヘンリー・ワズワース・ロングフェロー，*Ballads and Other Poems*（詩）
1843	ポー，"The Black Cat"「黒猫」／"The Gold Bug"「黄金虫」／"The Pit and the Pendulum"「穽と振子」
1844	エマスン，*Essays : Second Series*『エッセイ集第二編』
1845	マーガレット・フラー，*Woman in the Nineteenth Century*／ポー，*Tales*／"The Raven"「大鴉」（詩） ポーク第11代大統領 (-49) フロリダとテキサス，合衆国へ併合，自由州13，奴隷州15
1846	ホーソーン，*Mosses from an Old Manse*／ハーマン・メルヴィル，*Typee*『タイピー』／ジョン・グリーンリーフ・ホイッティア，*Voices of Freedom*（詩） メキシコ戦争 (-48)
1847	ロングフェロー，*Evangeline*『エヴァンジェリン』（詩）／メルヴィル，*Omoo*『オムー』
1848	カリフォルニア金鉱発見／セネカ・フォールズで「婦人の権利大会」
1849	メルヴィル，*Mardi*『マーディ』／*Redburn*『レッドバーン』／ヘンリー・デイヴィッド・ソロー，*A Week on the Concord and Merrimack Rivers*『コンコード川とメリマック川の一週間』／"Civil Disobedience"「市民の抵抗」 タイラー第12代大統領 (-50)
1850	エマスン，*Representative Men*『代表的偉人論』／ホーソーン，*The Scarlet*

西暦	事 項
	Letter『緋文字』／メルヴィル, White-Jacket『白いジャケツ』／スーザン・ウォーナー, The Wide, Wide World
	フィルモア第13代大統領 (-53)
	逃亡奴隷取締法／南部州権協会結成／Harper's Magazine 誌創刊
1851	ホーソーン, The House of the Seven Gables『七破風の屋敷』／The Snow-Image and Other Twice-Told Tales／メルヴィル, Moby-Dick『白鯨』
1852	ホーソーン, The Blithedale Romance『ブライズディル・ロマンス――幸福の谷の物語』／メルヴィル, Pierre『ピエール』／ハリエット・ビーチャー・ストー, Uncle Tom's Cabin『アンクル・トムの小屋』
1853	ピアス第14代大統領 (-57)
1854	マリア・スザンナ・カミンズ, The Lamplighter／ソロー, Walden『ウォールデン』
1854	カンザス＝ネブラスカ法成立／共和党結成
1855	メルヴィル, Israel Potter『イスラエル・ポッター』／ウォルト・ホイットマン, Leaves of Grass『草の葉』
1856	エマスン, English Traits『英国国民性』／メルヴィル, The Piazza Tales『地の涯の海――ベニト・セリーノ, バートルビー』
1857	ダイオン・ブーシコールト, The Poor of New York(戯)／メルヴィル, The Confidence-Man『信用詐欺師』／Atlantic Monthly 誌創刊
	ブキャナン第15代大統領 (-61)
1859	ブーシコールト, The Octoroon(戯)／ストー, The Minister's Wooing
	ジョン・ブラウン, ハーパーズ・フェリー襲撃
1860	エマスン, The Conduct of Life『処世論』／ホーソーン, The Marble Faun『大理石の牧神』
	人口約3100万人（うち自由黒人45万人，奴隷400万人）／公立学校制度
1861	レベッカ・ハーディング・デイヴィス, Life in the Iron Mills
	リンカーン第16代大統領 (-65)
	南部11州，連邦を脱退，南部連合結成／北部23州2,200万人，南部900万人／南北戦争 (-65)
1862	太平洋鉄道法制定／自営農地法
1863	奴隷解放宣言／ゲティスバーグの戦い
1864	ソロー, The Maine Woods
	グラント将軍北軍最高司令官／逃亡奴隷取締法廃止
1865	ソロー, Cape Cod『コッド岬』／ホイットマン, Drum-Taps『軍鼓の響き』(詩)／マーク・トウェイン, "The Celebrated Jumping Frog of Calaveras County"「キャラヴァラス郡の名高い跳び蛙」
	リー将軍降服／南北戦争終結／憲法修正第13条（奴隷制廃止）発効／K.K.K.団組織
	リンカーン暗殺／A. ジョンスン第17代大統領 (-69)
1866	ウィリアム・ディーン・ハウエルズ, Venetian Life／ソロー, A Yankee in Canada／ホイッティア, Snow-Bound(詩)
	憲法修正第14条，公民権法成立

西暦	事　項
1867	南部再建法制定／黒人のためのハワード大学創立
1868	ルイザ・メイ・オールコット, Little Women『若草物語』
1869	ブレット・ハート, "The Outcasts of Poker Flat"「ポーカー・フラットの追放者」／ストー, Oldtown Folks ／トウェイン, The Innocents Abroad『赤毛布外遊記』 **グラント第18代大統領 (-77)** 大陸横断鉄道完成／憲法修正第15条（黒人参政権）承認／全米婦人政権協会設立／スエズ運河開通
1870	エマスン, Society and Solitude『個人と社会』／ハート, The Luck of Roaring Camp and Other Sketches「ローアリング・キャンプの福の神」／ブロンスン・ハワード, Saratoga (戯)
1871	オーガスティン・デイリー, Divorce (戯) ／Horizon (戯)／エドワード・エグルストン, The Hoosier Schoolmaster
1872	トウェイン, Roughing It『西部旅行綺談』
1873	トウェイン（C.D. ウォーナーと共著）The Gilded Age『金メッキ時代』 経済恐慌
1876	エマスン, Selected Poems (詩)／トウェイン, The Adventures of Tom Sawyer『トム・ソーヤーの冒険』 ベル電話発明
1877	ヘンリー・ジェイムズ, The American『アメリカ人』 再建時代終る **ヘイズ第19代大統領 (-81)**
1878	ジェイムズ, "Daisy Miller"「デイジー・ミラー」／The Europeans『ヨーロッパ人』
1879	ジョージ・ワシントン・ケーブル, Old Creole Days エディスン白熱球発明
1880	ヘンリー・アダムズ, Democracy ／ケーブル, The Grandissimes ／トウェイン, A Tramp Abroad ／コンスタンス・フェニモア・ウールスン, Rodman the Keeper ／The Dial 誌創刊（—1929） 鉄道全長8万7千マイル
1881	ジョエル・チャンドラー・ハリス, Uncle Remus ／ジェイムズ, The Portrait of a Lady『ある婦人の肖像』／Washington Square『女相続人』 **ガーフィールド第20代大統領, その後暗殺／アーサー第21代大統領 (-85)** 職人労働者組合総連合結成
1882	ハウエルズ, A Modern Instance ／トウェイン, The Prince and the Pauper『王子と乞食』
1883	エドガー・ワトソン・ハウ, The Story of a Country Town ／トウェイン, Life on the Mississippi『ミシシッピー河上の生活』 ノーザン・パシフィツク鉄道開通／ブルックリン橋完成
1884	アダムズ, Esther ／サラ・オーン・ジュエット, A Country Doctor ／トウェイン, The Adventures of Huckleberry Finn『ハックルベリー・フィンの冒険』

アメリカ文学作品年表

西暦	事　　項
1885	ハウエルズ, *The Rise of Silas Lapham* クリーヴランド第22代大統領 (-89)
1886	ジェイムズ, *The Bostonians*『ボストンの人々』／ *The Princess Casamassima*『カザマシマ公爵夫人』／ジュエット, *A White Heron and Other Stories*「白鷺」 ヘイマーケット事件／アメリカ労働総同盟（AFC）結成
1887	メアリー・ウイルキンズ・フリーマン, *A Humble Romance*／ジョゼフ・カークランド, *Zury*
1888	エドワード・ベラミー, *Looking Backward*『顧みれば』／ブロンスン・ハワード, *Shenandoah*(戯)
1889	トウェイン, *A Connecticut Yankee in King Arthur's Court*『アーサー王宮廷のヤンキー』 ハリスン第23代大統領 (-93) ハル・ハウス開設
1890	エミリー・ディキンスン, *Poems*(詩)／ハウエルズ, *A Hazard of New Fortunes*／ジェイムズ, *The Tragic Muse*『悲劇の美神』 人口約6300万人／シャーマン反トラスト法成立／全米婦人参政権協会結成
1891	アンブローズ・ビアス, *In the Midst of Life*『いのち半ばに』／フリーマン, *New England Nun and Other Stories*「慎みと女」／ハムリン・ガーランド, *Main-Travelled Roads*／ハウエルズ, *Criticism and Fiction* 国際版権法成立
1892	シャーロット・P. ギルマン, *Yellow Wallpaper* 人民党組織される／ホームステッド製鉄所のストライキ
1893	スティーヴン・クレイン, *Maggie ; A Girl of the Street*『マギー・街の女』／フレデリック・ジャクスン・ターナー, "The Significance of the Frontier in American History"「アメリカ史における辺境の意義」 クリーヴランド第24代大統領 (-97)
1894	ケイト・ショパン, *Bayou Folk*／フリーマン, *Pembroke*／トウェイン, *The Tragedy of Pudd'nhead Wilson*『まぬけのウィルスン』 プルマン鉄道ストライキ
1895	クレイン, *The Red Badge of Courage*『赤い武功章』 カナダ金鉱発見, ゴールドラッシュ始まる
1896	エイブラハム・カーハン, *Yekl ; a Tale of the New York Ghetto*／ジュエット, *The Country of the Pointed Firs*『もみの木の繁る国』 フォード自動車製作
1897	ジェイムズ, *What Maisie Knew*『メイジーの知ったこと』 マッキンレー第25代大統領 (-1901)
1898	クレイン, "The Open Boat"「オープン・ボート」／ジェイムズ, *The Turn of the Screw*「ねじの回転」／トマス・ネルスン・ページ, *Red Rock* 米西戦争／フィリピンとプエルトリコを併合
1899	ショパン, *The Awakening*『めざめ』／ジェイムズ, *The Awkward Age*／フランク・ノリス, *McTeague*『死の谷』

西暦	事　項
1900	デイヴィッド・ベラスコ, Madame Butterfly（戯）／セオドア・ドライサー, Sister Carrie『シスター・キャリー』／エレン・グラスゴー, The Voice of the People／ジャック・ロンドン, The Son of the Wolf 人口約7600万人／社会党結成
1901	ノリス, The Octopus『オクトパス』 **マッキンレー暗殺／セオドア・ローズヴェルト第26代大統領（-09）** マックレイカー運動始まる
1902	グラスゴー, The Battle-Ground／ジェイムズ, The Wings of the Dove『鳩の翼』 無煙炭鉱ストライキ
1903	ウィラ・キャザー, April Twilights（詩）／ジェイムズ, The Ambassadors『使者たち』／ロンドン, The Call of the Wild『荒野の呼び声』／ノリス, The Pit ライト兄弟，飛行機完成／最初の映画上映
1904	ラフカディオ・ハーン, Kwaidan『怪談』／ジェイムズ, The Golden Bowl『黄金の盃』／ロンドン, The Sea-Wolf『海の狼』 アメリカ芸術院設立
1905	キャザー, The Troll Garden／チャールズ・チェスナット, The Colonel's Dream／イーディス・ウォートン, The House of Mirth 世界産業労働者同盟（IWW）結成
1906	ビアス, The Devil's Dictionary『悪魔の辞典』／ウィリアム・ムーディ, The Great Divide（戯）／アプトン・シンクレア, The Jungle『ジャングル』 サンフランシスコ大地震
1907	アダムズ, The Education of Henry Adams『ヘンリー・アダムズの教育』／ジェイムズ, The American Scene／ウィリアム・ジェイムズ, Pragmatism『プラグマティズム』 年間移民数，史上最高
1908	パーシー・マッケイ, The Scarecrow（戯）
1909	エズラ・パウンド, Personae『仮面』（詩）／ガートルード・スタイン, Three Lives『三人の女』 **タフト第27代大統領（-13）** 全国黒人向上協会（NAACP）創設／自動車大量生産開始
1911	ドライサー, Jennie Gerhardt『ジェニー・ゲルハート』／ウォートン, Ethan Frome『イーサン・フロム』
1912	キャザー, Alexander's Bridge／ドライサー, The Financier／Poetry : A Magazine of Verse誌創刊
1913	キャザー, O Pioneers!『おお開拓者よ』／グラスゴー, Virginia／ウォートン, The Custom of the Country **ウィルソン第28代大統領（-21）** ニューヨークに高層建築
1914	ロバート・フロスト, North of Boston『ボストンの北』／ヴェイチェル・リンジー, The Congo（詩）／エィミー・ローウェル, Sword Blades and Poppy

アメリカ文学作品年表

西暦	事　項
1915	Seed『剣の刃とケシの種』(詩)／スタイン, Tender Buttons(詩) 第一次世界大戦(-18)中立宣言／パナマ運河開通／クレイトン反トラスト法 キャザー, The Song of the Lark／ドライサー, The Genius／エドガー・マスターズ, Spoon River Anthology(詩)
1916	シャーウッド・アンダスン, Windy McPherson's Son／H. D., Sea Garden (詩)／フロスト, Mountain Interval(詩)／マスターズ, Songs and Satires (詩)∴The Great Valley(詩)／エドウィン・アーリントン・ロビンスン, The Man Against the Sky(詩)／ローウェル, Men, Women and Ghosts(詩)／ユージン・オニール, Bound East for Cardiff『カーディフさして東へ』(戯)／カール・サンドバーグ, Chicago Poems『シカゴ詩集』(詩)
1917	アンダスン, Marching Men／カーハン, The Rise of David Levinsky／T. S. エリオット, Prufrock and Other Observations『ブルーフロックとその他の観察』(詩)／リンジー, Chinese Nightingale(詩)／＊アーネスト・プール, His Family／ロビンスン, Merlin(詩)／ウィリアム・カーロス・ウィリアムズ, Al Que Quiere!(詩) 対独宣戦／ピューリッツア賞設立
1918	アンダスン, Mid-American Chants(詩)／キャザー, My Ántonia『私のアントニア』／オニール, The Moon of Caribees(戯)『カリブ島の月』／＊サンドバーグ, Cornhuskers『とうもろこしを剝く人々』(詩)／＊ブース・ターキントン, The Magnificent Ambersons ウィルスン, 14ケ条の平和構想／第一次世界大戦終結
1919	アンダスン, Winesburg, Ohio『オハイオ州ワインズバーグ』／ジョン・クロウ・ランサム Poems About God(詩) 労働者党成立／禁酒法(-33)
1920	アンダスン, Poor White『貧乏白人』／ジョン・ドス・パソス, One Man's Initiation／スコット・フィッツジェラルド, This Side of Paradise『楽園のこちら側』∴Flappers and Philosophers／シンクレア・ルイス, Main Street『本町通り』／マスターズ, Domesday Book(詩)／＊オニール, Beyond the Horizon『地平線の彼方に』(戯)∴The Emperor Jones『皇帝ジョーンズ』(戯)／ロビンスン, Lancelot(詩)／パウンド, Hugh Selwyn Mauberley『ヒュウ・セーヴィン・モーバリー』(詩)／サンドバーグ, Smoke and Steel『けむりと鋼鉄』(詩)／＊ウォートン, The Age of Innocence『ジ・エイジ・オヴ・イノセンス』 婦人参政権承認／国際連盟成立／ラジオ放送始まる
1921	アンダスン, The Triumph of the Egg『卵の勝利』(詩)／ドス・パソス, Three Soldiers／＊ロビンスン, Collected Poems(詩)／マリアン・ムア, Poems(詩)／＊ターキングトン, Alice Adams ハーディング第29代大統領(-23) ワシントン海軍軍縮会議／サッコ・ヴァンゼッティ事件
1922	＊キャザー, One of Ours／エリオット, The Waste Land『荒地』／フィッツジェラルド, Tales of the Jazz Age『ジャズ・エイジの物語』∴The Beautiful and the Damned／ルイス, Babbit／オニール, The Hairy Ape

297

西暦	事　項
1923	『毛猿』（戯）／スタイン, Geography and Plays（戯） ティーポットドーム油田疑獄 アンダスン, Many Marriages／Horses and Men／キャザー, A Lost Lady『迷える夫人』／e. e. カミングズ, Tulips and Chimneys『チューリップと煙突』（詩）／＊フロスト, New Hampshire『ニューハンプシャー』（詩）／エルマー・ライス, The Adding Machine（戯）／＊エドナ・セント・ヴィンセント・ミレー, The Harp-Weaver（詩）／ウォーレス・スティーヴンズ, Harmonium（詩）／ジーン・トゥーマー, Cane
1924	クーリッジ第30代大統領 (-29) Time 誌創刊 ＊エドナ・ファーバー, So Big／ロビンスン・ジェファーズ, Tamar and Other Poems（詩）／マスターズ, The New Spoon River（詩）／メルヴィル, Billy Budd『ビリー・バッド』／ムア, Observations（詩）／オニール, Desire Under the Elms『楡の木陰の欲望』（戯）／ランサム, Chills and Fever（詩）／トウェイン, Autobiography『自伝』
1925	移民制限法 アンダスン, Dark Laughter『暗い笑い』／キャザー, Professor's House『教授の家』／カウンティ・カレン, Color（詩）／ドライサー, An American Tragedy『アメリカの悲劇』／H. D., Collected Poems（詩）／ドス・パソス, Manhattan Transfer『マンハッタン乗換駅』／フィッツジェラルド, The Great Gatsby『偉大なるギャツビー』／アーネスト・ヘミングウェイ, In Our Time『われらの時代に』／ジェファーズ, Roan Stallion（詩）／＊ルイス, Arrowsmith『アロウスミスの生涯』／＊A. ローウェル, What's O'clock？（詩）／パウンド, The Cantos (1919-70)『キャントーズ』（詩）
1926	スコープス判決／チャプリンの映画『黄金狂時代』 ＊ルイス・ブラムフィールド, Early Autumn／カミングズ, is 5（詩）／ハート・クレイン, White Buildings『白いビルディング』（詩）／ウィリアム・フォークナー, Soldier's Pay『兵士の報酬』／フィッツジェラルド, All the Sad Young Men『冬の夢・罪の許し』／＊ポール・グリーン, In Abraham's Bosom（戯）／ヘミングウェイ, The Torrents of Spring『春の奔流』／The Sun Also Rises『日はまた昇る』／ラングストン・ヒューズ, The Weary Blues『詩集＝グロと河』（詩）／オニール, The Great God Brown（戯）／ドロシー・パーカー, Enough Rope（詩）
1927	トーキー始まる／大西洋横断無線電話開設／「ブック・オブ・ザ・マンス」クラブ設立 キャザー, Death Comes for the Archbishop『死を迎える大司教』／カレン, Copper Sun（詩）／The Ballad of the Brown Girl（詩）／フォークナー, Mosquitoes『蚊』／ヘミングウェイ, Men Without Women『女のいない男』／ヒューズ, Fine Clothes to the Jew（詩）／ルイス, Elmer Gantry『エルマー・ガントリー』／ランサム, Two Gentlemen in Bonds（詩）／＊ロビンスン, Tristram（詩）／サンドバーグ, The American Songbag（詩）／＊ソーントン・ワイルダー, The Bridge of San Luis Rey『サン・ルイス・レイの

アメリカ文学作品年表

西暦	事　項
1928	橋』 リンドバーグ大西洋横断飛行 ジェファーズ, *Cawdor, and Other Poems*（詩）／オニール, *Strange Interlude*（戯）／パーカー, *Sunset Gun*（詩）／＊ジュリア・ピーターキン, *Scarlet Sister Mary*／サンドバーグ, *Good Morning, America*（詩）／アレン・テイト, *Mr. Pope and Other Poems*（詩）
1929	アースキン・コールドウェル, *The Bastard*『私生児』／カレン, *The Black Christ*（詩）／フォークナー, *Sartoris*『サートリス』／ *The Sound and the Fury*『響きと怒り』／ヘミングウェイ, *A Farewell to Arms*『武器よさらば』／ジェファーズ, *Dear Judas, and Other Poems*（詩）／＊オリヴァー・ラ・ファージ, *Laughing Boy*／ルイス, *Dodsworth*／マスターズ, *The Fate of the Jury*（詩）／＊エルマー・ライス, *Street Scene*（戯）／ジョン・スタインベック, *Cup of Gold*／トマス・ウルフ, *Look Homeward, Angel*『天使よ，故郷を見よ』 **フーヴァー第31代大統領（-33)** ニューヨーク株式市場大暴落，大恐慌始まる／シカゴ，セントバレンタイン日虐殺
1930	＊マーガレット・A. ベイムズ, *Years of Grace*／ハート・クレイン, *The Bridge*（詩）／ドス・パソス, *The 42nd Parallel*『北緯42度』／エリオット, *Ash-Wednesday*『聖灰水曜日』（詩）／フォークナー, *As I Lay Dying*『死の床に横たわりて』／＊フロスト, *Collected Poems*（詩）／マイケル・ゴールド, *Jews Without Money*／ポーター, *Flowering Judas*『花咲くユダの樹』 シンクレア・ルイス，アメリカ最初のノーベル文学賞受賞
1931	＊パール・バック, *The Good Earth*『大地』／キャザー, *Shadows on the Rock*『岩の上の影』／カミングズ, *Viva*（詩）／フォークナー, *Sanctuary*『サンクチュアリ』／ヒューズ, *The Negro Mother*（詩）／ジェファーズ, *Descent to the Dead*（詩）／オニール, *Mourning Becomes Electra*『喪服の似合うエレクトラ』（戯）／パーカー, *Death and Taxes*（詩）／トゥーマー, *Essentials*／ナサニエル・ウェスト, *The Dream Life of Balso Snell* 失業者増加約500万人／エンパイヤー・ステイト・ビル建設
1932	アンダスン, *Beyond Desire*／コールドウェル, *Tabacco Road*『タバコ・ロード』／ジェイムズ・T. ファレル, *Young Lonigan*『若きロニガン』／フォークナー, *Light in August*『八月の光』／ヘミングウェイ, *Death in the Afternoon*『午後の死』／ヒューズ, *The Dream Keeper*（詩）／＊アーチボールド・マクリーシュ, *Conquistador*（詩）／スタインベック, *The Pastures of Heaven*『天の牧場』／＊T. S. ストリブリング, *The Store*／テイト, *Poems, 1928-1931*（詩）／トゥーマー, *Portage Potential* 失業者1400万人以上／救済建設法
1933	＊マックスウェル・アンダスン, *Both Your Houses*（戯）／コールドウェル, *God's Little Acre*『神に捧げた土地』／ヘミングウェイ, *Winner Take Nothing*『勝者には何もやるな』／ジェファーズ, *Give Your Heart to the Hawks, and Other Poems*（詩）／＊シドニー・キングスレー, *Men in White*

西暦	事　項
	（戯）／ルイス, Ann Vickers ／＊キャロライン・ミラー, Lamb in His Bosom ／ロビンスン, Talifer(詩)／スタイン, The Autobiography of Alice B. Toklas『アリス・B. トクラスの自伝』／ウェスト, Miss Lonelyhearts『孤独な娘』
	フランクリン・ローズヴェルト第32代大統領 (-45)
	ニューディール政策／禁酒法時代の終了／全国復興庁（NRA）, 失業対策事業庁（WPA）／テネシー川域開発公社（TVA）
1934	ファレル, The Young Manhood of Studs Lonigan ／フィッツジェラルド, Tender Is the Night『夜はやさし』／リリアン・ヘルマン, The Children's Hour『子どもの時間』(戯)／＊ジョセフィン・ジョンスン, Now in November ／ヘンリー・ミラー, Tropic of Cancer『北回帰線』／ジョン・オハラ, Appointment in Samarra『サマーラの町で会おう』／ヘンリー・ロス, Call It Sleep ／ウィリアム・サロイアン, The Daring Young Man on the Flying Trapeze ／ウェスト, A Cool Million『クール・ミリオン』／W.C. ウィリアムズ, Collected Poems, 1921-31(詩)／The Partisan Review 誌創刊
	証券取引法（SEA）／住宅所有者資金貸付法（HOLC）
1935	M. アンダスン, Winterset (戯)／キャザー, Lucy Gayheart『別れの歌』／カレン, The Medea and Some Poems(詩)／カミングズ, No Thanks(詩)／＊ハロルド・L. デイヴィス, Honey in the Horn ／ファレル, Judgement Day ／フォークナー, Pylon『パイロン』／フィッツジェラルド, Taps at Reveille ／ヘミングウェイ, Green Hills of Africa『アフリカの緑の丘』／シドニー・キングスレー, Dead End (戯)／ルイス, It Can't Happen Here ／クリフォード・オデッツ, Waiting for Lefty (戯)／ロバート・エミット・シャーウッド, The Petrified Forest (戯)／スタインベック, Tortilla Flat『トーティーヤ台地』／ロバート・ペン・ウォレン, Thirty-Six Poems(詩)／ウルフ, Of Time and the River
	公共事業促進局（WPA）米国少年局設立／産業別労働組合委員会（CLO）結成／ワグナー法の制定
	第一回アメリカ作家会議開催
1936	アンダスン, Kit Brandon ／キャザー, Not Under Forty ／フォークナー, Absalom, Absalom!『アブサロム, アブサロム!』／ジェファーズ, Solstice, and Other Poems(詩)／ヘンリー・ミラー, Black Spring『黒い春』／＊マーガレット・ミッチェル, Gone with the Wind『風と共に去りぬ』／ムア, The Pangolin, and Other Verse(詩)／パーカー, Not So Deep As a Well (詩)／サンドバーグ, The People, Yes(詩)／スタインベック, In Dubious Battle『疑わしい戦い』／スティーヴンズ, Ideas of Order(詩)／テイト, The Mediterranean and Other Poems(詩)
	オニール, ノーベル文学賞受賞
1937	ヘミングウェイ, To Have and Have Not ／ジェファーズ, Such Counsels You Gave to Me(詩)／オデッツ, Golden Boy(戯)／スタインベック, Of Mice and Men『二十日鼠と人間』／スティーヴンズ, The Man with the Blue Guitar(詩)

アメリカ文学作品年表

西暦	事　　項
1938	ローズヴェルト，日独「隔離」演説 ドス・パソス, *U. S. A*『U. S. A』／フォークナー, *The Unvanquished*『征服されざる人々』／ヒューズ, *A New Song*(詩)／＊マージョリー・キナン・ローリングズ, *The Yearling*／スタインベック, *The Long Valley*『長い谷間』／＊ワイルダー, *Our Town*『わが町』(戯)／J. C. ランサム, *The World's Body*／W. C. ウィリアムズ, *The Complete Collected Poems, 1906-38*(詩)／クレアンズ・ブルックス, ロバート・ペン・ウォレン, *Understanding Poetry* パール・バック, ノーベル文学賞受賞 下院, 非米活動調査委員会設立
1939	フォークナー, *The Wild Palms*『野生の棕櫚』／ヘルマン, *The Little Foxes*(戯)／ヘンリー・ミラー, *Tropic of Capricorn*『南回帰線』／ポーター, *Pale Horse, Pale Rider*『蒼ざめた馬，蒼ざめた騎手』／＊スタインベック, *The Grapes of Wrath*『怒りの葡萄』／エドワード・テイラー, *The Poetical Works*(詩)／ウェスト, *The Day of the Locust*『いなごの日』／ウルフ, *The Web and the Rock* 第二次世界大戦勃発 (-45)／ローズヴェルト国家非常事態宣言
1940	フォークナー, *The Hamlet*『村』／ヘミングウェイ, *For Whom the Bell Tolls*『誰がために鐘は鳴る』／カーソン・マッカラーズ, *The Heart Is a Lonely Hunter*『心は孤独な狩人』／サロイアン, *My Name is Aram*『我が名はアラム』／＊シャーウッド, *There Shall Be No Night*(戯)／ウルフ, *You Can't Go Home Again*／リチャード・ライト, *Native Son*『アメリカの息子』
1941	ジェイムズ・エイジー, *Let Us Now Praise Famous Man*／フィッツジェラルド, *The Last Tycoon*『ラスト・タイクーン』／＊グラスゴー, *In This Our Life*／ムア, *What Are Years?*(詩)／ウルフ, *The Hills Beyond* 大西洋憲章／営業テレビ放送開始／真珠湾攻撃／対日宣戦布告／太平洋戦争開始
1942	ネルソン・オルグレン, *Never Come Morning*『朝はもう来ない』／フォークナー, *Go Down, Moses*『行け，モーゼよ』／＊フロスト, *A Witness Tree*『証しの樹』(詩)／ヒューズ, *Shakespeare in Harlem*『黒人街のシェイクスピア』(詩)／＊シンクレア, *Dragon's Teeth*『ラニー・バット，エレミアの哀歌』／スタインベック, *The Moon Is Down*『月は沈みぬ』／スティーヴンズ, *Parts of a World*(詩)／ウォレン, *Eleven Poems on the Same Theme*(詩) 連合国宣言
1943	コールドウェル, *Georgia Boy*『ジョージア・ボーイ』／エリオット, *Four Quartets*『四つの四重奏』(詩)／＊マーティン・フラヴィン, *Journey in the Dark*／サロイアン, *The Human Comedy*『人間喜劇』
1944	ソール・ベロー, *Dangling Man*『宙ぶらりんの男』／カミングズ, |*x*|(詩)／＊ジョン・ハーシー, *A Bell for Adano*／ムア, *Nevertheless*(詩)／テイト, *Winter Sea*(詩)

西暦	事　項
1945	連合軍ノルマンディー上陸 フロスト, *A Masque of Reason*(戯)／ルイス, *Cass Timberlane*／スタインベック, *Cannery Row*『罐詰横丁』／テネシー・ウィリアムズ, *The Glass Menagerie*『ガラスの動物園』(戯)／リチャード・ライト, *Black Boy*『ブラック・ボーイ』 ローズヴェルト死去／トルーマン第33代大統領（-53）
1946	広島，長崎に原爆投下 ジョン・ハーシー, *Hiroshima*『ヒロシマ』／デニーズ・レヴァトフ, *The Double Image*(詩)／＊ロバート・ローウェル, *Lord Weary's Castle*『懈怠郷の城』(詩)／マッカラーズ, *The Member of the Wedding*『結婚式のメンバー』／オニール, *The Iceman Cometh*『氷人来る』(戯)／＊ウォレン, *All the King's Men*『すべて王の臣』／ユードラ・ウエルティ, *Delta Wedding*『デルタの結婚式』／W. C. ウィリアムズ, *Paterson*（-51）(詩)
1947	第一回国連総会 オルグレン, *Neon Wilderness*／ベロー, *The Victim*『犠牲者』／＊ジェイムズ・ミッチェナー, *Tales of the South Pacific*『南太平洋物語』／アーサー・ミラー, *All My Sons*『みんなわが子』(戯)／スタインベック, *The Pearl*『真珠』／＊T. ウィリアムズ, *A Streetcar Named Desire*『欲望という名の電車』(戯)
1948	トルーマン・ドクトリン，ソ連封じ込め戦略 トルーマン・カポーティ, *Other Voices, Other Rooms*『遠い声，遠い部屋』／＊ジェイムズ・ゴールド・カズンズ, *Guard of Honor*／ノーマン・メイラー, *The Naked and the Dead*『裸者と死者』／アーウィン・ショウ, *The Young Lions*『若い獅子たち』／T. ウィリアムズ, *Summer and Smoke*『夏と煙』
1949	T. S. エリオット，ノーベル文学賞受賞 ☆オルグレン, *The Man with the Golden Arm*『黄金の腕をもつ男』／＊グウェンドレン・ブルックス, *Annie Allen*(詩)／＊A. B. グスリー, *The Way West*『西部の道』／ジョン・ホークス, *The Cannibal*／ルイス, *The God-Seeker*／アーサー・ミラー, *Death of a Salesman*『セールスマンの死』(戯)／H. ミラー, *Sexus*『セクサス』
1950	ＮＡＴＯ成立／上院司法委員会，共産主義者取締法を承認 ヘミングウェイ, *Across the River and Into the Trees*『河を渡って木立の中へ』／ハーシー, *The Wall*／ウィリアム・インジ, *Come Back, Little Shiba*『帰れ，いとしのシーバ』(戯)／＊コンラッド・リヒター, *The Town*／ヘンリー・ナッシュ・スミス, *Virgin Land*『ヴァージンランド』
1951	人口１億５千万人／マッカシー旋風の始まり／朝鮮戦争勃発（-53） フォークナー，ノーベル文学賞受賞／全米図書賞設定（-79） コールドウェル, *Call It Experience*『作家になる法』／カポーティ, *The Grass Harp*『草の竪琴』／☆ジェイムズ・ジョーンズ, *From Here to Eternity*『地上より永遠に』／メイラー, *Barbary Shore*『バーバリの岸辺』／＊ムア, *Collected Poems*／エイドリアン・リッチ, *A Change of World*(詩)／ジェロ

西暦	事　　項
	ーム・D. サリンジャー, *The Catcher in the Rye*『ライ麦畑でつかまえて』／ウィリアム・スタイロン, *Lie Down in Darkness*『闇の中に横たわりて』／T. ウィリアムズ, *The Rose Tattoo*『バラの刺青』（戯）／＊ハーマン・ウォーク, *The Caine Mutiny*『ケイン号の叛乱』
1952	対日講和条約，日米安全保障条約調印／営業用カラーテレビ放送開始 ☆ラルフ・エリスン, *Invisible Man*『見えない人間』／＊ヘミングウェイ, *The Old Man and the Sea*『老人と海』／ドス・パソス, *District of Columbia*／フラナリー・オコーナー, *Wise Blood*『賢い血』／サロイアン, *The Bicycle Rider in Beverly Hills*／スタインベック, *East of Eden*『エデンの東』／R. S. クレイン編, *Critics and Criticitm*
1953	水爆実験／G. I. ビル（復員兵援護法）成立 ロバート・アンダスン, *Tea and Sympathy*（戯）／ジェイムズ・ボールドウィン, *Go Tell It on the Mountain*『山にのぼりて告げよ』／☆ベロー, *The Adventure of Augie March*『オーギー・マーチの冒険』／インジ, *Picnic*『ピクニック』（戯）／ジェイムズ・ミッチェナー, *The Bridges at Toko-ri*『トコリの橋』／A. ミラー, *The Crucible*『るつぼ』／H. ミラー, *Plexus*『プレクサス』／＊セオドア・レトキ, *The Waking*（詩）／サロイアン, *The Laughing Matter*『どこかで笑っている』／ライト, *The Outsider*『アウトサイダー』
	アイゼンハワー第34代大統領（-61） 朝鮮休戦協定調印／*Playboy* 誌創刊
1954	＊☆フォークナー, *A Fable*『寓話』／ミッチェナー, *Sayonara*／＊☆スティーヴンス, *Colleced Poems*（詩）
	最高裁，公立学校での人種差別に違憲判決／ヘミングウェイ，ノーベル文学賞受賞／第一回ニューポート・ジャズ・フェスティバル
1955	＊エリザベス・ビショップ, *Poems, North and South*（詩）／ディキンスン, *The Poems of Emily Dickinson*（トマス・H. ジョンスン編）（詩）／インジ, *Bus Stop*（戯）／＊マッキンレー・カンター, *Andersonville*／メイラー, *The Deer Park*『鹿の園』／A. ミラー, *A View from the Bridge*『橋からのながめ』（戯）／ウラディミール・ナボコフ, *Lolita*『ロリータ』／オコーナー, *A Good Man Is Hard to Find*／☆オハラ, *Ten North Frederick*／＊T. ウィリアムズ, *Cat on a Hot Tin Roof*『熱いトタン屋根の猫』（戯）／R. W. B. ルイス, *The American Adam*『アメリカのアダム』
1956	キング牧師，人種差別徹廃闘争を指導／黒人のバス・ボイコット運動 ボールドウィン, *Giovanni's Room*『ジョヴァンニの部屋』／ジョン・バース, *The Floating Opera*『フローティング・オペラ号』／ベロー, *Seize the Day*『その日をつかめ』／ジョン・ベリマン, *Homage to Mistress Bradstreet*（詩）／アレン・ギンズバーグ, *Howl and Other Poems*『吠える』（詩）／W. S. マーウィン, *Green with Beasts*／H. ミラー, *Quiet Days in Clichy*／＊オニール, *Long Day's Journey into Night*『夜への長い旅路』（戯）
1957	ビート世代の文学勃興／アラバマ大学にはじめて黒人学生入学 ＊エイジー, *A Death in the Family*／☆ジョン・チーヴァー, *The Wapshot*

西暦	事　項
	Chronicle『ワップショット家の人々』／フォークナー, *The Town*『町』／インジ, *The Dark at the Top of the Stairs*（戯）／ジャック・ケルアック, *On the Road*『路上』／レヴァトフ, *Here and Now*／バーナード・マラマッド, *The Assistant*『アシスタント』／ジョン・オカダ, *No-No Boy*『ノー・ノー・ボーイ』／オニール, *A Touch of the Poet*（戯）／＊☆ウォレン, *Promises*（詩）／ノースロップ・フライ, *Anatomy of Criticism*『批判の解剖』スプートニック・ショック／リトルロック高校事件／1875年以来はじめての公民権法成立
1958	バース, *The End of the Road*『旅路の果て』／カポーティ, *Breakfast at Tiffany's*『ティファニーで朝食を』／J. P. ドンレヴィー, *The Ginger Man*『赤毛の男』／ケルアック, *The Subterraneans*『地下街の人々』／*The Dhama Bums*『ジェフィ・ライダー物語』／＊マクリーシュ, *J. B.*（戯）／☆マラマッド, *The Magic Barrel*『魔法の樽』／オニール, *Hughie*（戯）／テリー・サザーン, *Flash and Filigree*『博士の奇妙な冒険』／＊ロバート・ルイス・テイラー, *The Travels of Jamie McPheeters*人工衛星エクスプローラー1号打上げ, 宇宙競争時代はじまる／米ソ文化交流協定成立
1959	エドワード・オルビー, *The Zoo Story*『動物園物語』（戯）／ベロー, *Henderson the Rain King*『雨の王ヘンダソン』／ウィリアム・バロウズ, *The Naked Lunch*『裸のランチ』／＊アレン・ドゥルリー, *Advise and Consent*／フォークナー, *The Mansion*『館』／ロレイン・ハンズベリー, *A Raisin in the Sun*（戯）／☆R. ローウェル, *Life Studies*『人生研究』（詩）／メイラー, *Advertisements for Myself*『僕自身のための広告』／ジェイムズ・パーディ, *Malcolm*『マルコムの遍歴』／☆フィリップ・ロス, *Goodbye, Columbus*『さよなら　コロンバス』／スナイダー, *Riprap*（詩）／サザーン, *The Magic Christian*『怪船マジック・クリスチャン号』／カート・ヴォネガット, *The Sirens of Titan*『タイタンの妖女』／T. ウィリアムズ, *Sweet Bird of Youth*アラスカ州, ハワイ州成立／フルシチョフ訪米
1960	オルビー, *Sandbox*『砂箱』（戯）／*The American Dream*『アメリカの夢』（戯）／バース, *The Sot-Weed Factor*『酔いどれ草の仲買人』／ブルックス, *The Lovers of the Poor*／コピット, *Oh Dad, Poor Dad, Mama's Hung You in the Closet and I'm Feeling So Sad*（戯）／＊ハーパー・リー, *To Kill a Mockingbird*／H. ミラー, *Nexus*『ネクサス』／オコーナー, *The Violent Bear It Away*／シルヴィア・プラス, *The Colossus*／パーディ, *The Nephew*『アルマの甥』／アン・セクストン, *To Bedlam and Part Way Back*（詩）／ジョン・アップダイク, *Rabbit, Run*『走れ, ウサギ』／レスリー・フィードラー, *Love and Death in the American Novel*米ソ冷戦激化／日米安全保障条約調印
1961	ギンズバーグ, *Kaddish*『カディッシュ』／ジョゼフ・ヘラー, *Catch=22*『キャッチ=22』／マッカラーズ, *Clock Without Hands*『針のない時計』／マラマッド, *A New Life*『もうひとつの生活』／＊エドウィン・オコーナー, *The Edge of Sadness*／☆ウォーカー・パーシー, *The Moviegoer*『映画狂』／サ

西暦	事　項
	リンジャー, *Franny and Zooey*『フラニーとゾーイー』／ニール・サイモン, *Come Blow Your Horn*（戯）／スタインベック, *The Winter of Our Discontent*『われらが不満の冬』／ヴォネガット, *Mother Night*『母なる夜』／T.ウィリアムズ, *The Night of Iguana*（戯）／ダニエル・ホフマン, *Form and Fable in American Fiction*『アメリカ文学の形式とロマンス』／ウェイン・C.ブース, *The Rhetoric of Fiction* **ケネディ第35代大統領（-63）** 対キューバ国交断絶／アメリカ最初の有人ロケット／南ヴェトナムに軍事援助
1962	オルビー, *Who's Afraid of Virginia Woolf?*『ヴァージニア・ウルフなんかこわくない』（戯）／ボールドウィン, *Another Country*『もう一つの国』／ロバート・ブライ, *Silence in the Snowy Fields*／＊フォークナー, *The Reivers*『自動車泥棒』／ブルース・ジェイ・フリードマン, *Stern*『スターン氏のはかない抵抗』／ケン・キージー, *One Flew Over the Cuckoo's Nest*『郭公の巣』／ナボコフ, *Pale Fire*『青白い炎』／オニール, *More Stately Mansions*／ポーター, *Ship of Fools*／スタインベック, *Travels with Charley*『チャーリーとの旅』／＊W.C.ウィリアムズ, *Pictures from Brueghel*（詩） 有人人工衛星船／ヴェトナム戦争への直接介入始まる／キューバ危機 スタインベック, ノーベル文学賞受賞
1963	ギンズバーグ, *Change*（詩）／＊キャリー・アン・グロー, *The Keepers of the House*／メアリー・マッカーシー, *The Group*『グループ』／トマス・ピンチョン, *V.*『V.』／リッチ, *Snapshots of a Daughter-in-Law*（詩）／サイモン, *Barefoot in the Park*（戯）／スーザン・ソンタグ, *The Benefactor*／☆アップダイク, *The Centaur*『ケンタウロス』／ヴォネガット, *Cat's Cradle*『猫のゆりかご』／ベティ・フリーダン, *The Feminine Mystique*『新しい女性の創造』 賃金平等法／バーミングハムで人種差別反対デモ／ワシントン, D.C.大行進 **ケネディ大統領暗殺／ジョンソン第36代大統領（-69）**
1964	ボールドウィン, *Blues for Mister Charlie*（戯）／*The Amen Corner*（戯）／☆ベロー, *Herzog*『ハーツォグ』／トマス・バジャー, *Little Big Man*『小さな巨人』／＊ベリマン, *77 Dream Songs*（詩）／ハンズベリー, *The Sign in Sidney Brustein's Window*（戯）／ホークス, *Second Skin*『もうひとつの肌』／ヘミングウェイ, *A Moveable Feast*『移動祝祭日』／ルロイ・ジョーンズ, *Dutchman*（戯）／ウィリアム・メルヴィン・ケリー, *Dancers on the Shore*『ぼくのために泣け』／ケージー, *Sometimes a Great Notion*／A.ミラー, *After the Fall*（戯）／*Incident at Vichy*（戯）／パーディー, *Cabot Wright Begins*『キャボット・ライトびぎんず』／ケネス・レックスロス, *One Hundred Poems from the Japanese*（詩）／☆レトキ, *The Far Field*（詩） ヴェトナム戦争激化／公民権法成立, 人種・性差別の禁止／学生運動激化, カリフォルニア大学バークレー校のフリースピーチ運動
1965	ジャージー・コジンスキー, *The Painted Bird*『異端の鳥』／メイラー, *An*

305

西暦	事　項
	American Dream『アメリカの夢』／オコーナー, *Everything That Rises Must Converge*『高く昇って一点へ』／*☆ポーター, *Collected Stories of Katherine Anne Porter*／ヴォネガット, *God Bless You, Mr. Rosewater*『ローズウォーター氏に神の祝福を』／マルコムX, *The Autobiography of Malcolm X* 米軍の北爆開始／マルコムX暗殺される／ワシントンでヴェトナム平和大行進
1966	*オルビー, *A Delicate Balance*『デリケート・バランス』（戯）／バース, *Giles Goat-Boy*『山羊少年ジャイルズ』／カポーティ, *In Cold Blood*『冷血』／ロバート・クーヴァー, *The Origin of the Brunists*／ウィリアム・H.ギャス, *Omensetter's Luck*／*☆マラマッド, *The Fixer*『修理屋』／パーシー, *The Last Gentleman*『最後の紳士』／プラス, *Ariel*（詩）／ピンチョン, *The Crying of Lot 49*『競売ナンバー49の叫び』／*セクストン, *Live or Die*（詩） 学生非暴力調整委員会のカーマイケル,「ブラック・パワー」を提唱／最高裁, ファニーヒル出版に無罪判決。性文学出版の自由化／全米女性機構（NOW）結成
1967	ドナルド・バーセルム, *Snow White*『白雪姫』／☆ロバート・ブライ, *The Light Around the Body*／リチャード・ブローティガン, *Trout Fishing in America*『アメリカの鱒釣り』／スタンリー・エルキン, *A Bad Man*『悪い男』／ケリー, *dem*『あいつら』／レヴァトフ, *The Sorrow Dance*（詩）／メイラー, *Why Are We in Vietnam?*『なぜぼくらはヴェトナムへ行くのか』／ジョイス・キャロル・オーツ, *A Garden of Earthly Delights*／チェイム・ポトック, *The Chosen*『選ばれし者』／ロス, *When She Was Good*『ルーシィの哀しみ』／サム・シェパード, *The Red Cross*（戯）/ *La Turista*（戯）／*スタイロン, *The Confessions of Nat Turner*『ナット・ターナーの告白』／ハンター・トンプスン, *Hell's Angels*／☆ワイルダー, *The Eighth Day*／ジョン・A.ウィリアムズ, *The Man Who Cried I Am* 各都市で黒人暴動拡大／各地でヴェトナム反戦集会／アファーマティヴ・アクション（積極的差別解消政策）
1968	バース, *Lost in the Funhouse*／ブローティガン, *In Watermelon Sugar*『西瓜糖の日々』／ブルックス, *In the Mecca*（詩）／☆ベリマン, *His Toy, His Dream, His Rest*（詩）／クーヴァー, *The Universal Baseball Association, Inc., J. Henry Waugh, Prop.*『ユニヴァーサル野球協会』／ジョーン・ディディオン, *Slouching Towards Bethlehem*／ギャス, *In the Heart of the Heart of the Country*『アメリカの果ての果て』／コピット, *Indians*（戯）／☆コジンスキー, *Steps*『異境』／☆メイラー, *The Armies of the Night*『夜の軍隊』／*スコット・モマディ, *House Made of Dawn*『あかつきの家』／オーツ, *Expensive People*『贅沢な人々』／サイモン, *Plaza Suite*（戯）／ロナルド・スーケニック, *Up*／アップダイク, *Couples*『カップルズ』／トム・ウルフ, *The Electric Kool-Aid Acid Test*『クール・クールLSD交感テスト』

アメリカ文学作品年表

西暦	事　項
1969	コロンビア大学紛争／「民主的社会のための学生」,「ステューデント・パワー」提唱／ジョンスン北爆停止声明／キング牧師と R. ケネディ，暗殺される クーヴァー, Pricksongs and Descants ／ハンズベリー, To Be Yong, Gifted and Black ／ジョン・アーヴィング, Setting Free the Bears『熊を放つ』／モマディ, The Way to Rainy Mountain『レイニィ・マウンテンへの道』／☆オーツ, them『かれら』／ポトック, The Promise『約束』／ロス, Portnoy's Complaint『ポートノイの不満』／スナイダー, Earth House Hold (詩)／＊ジーン・スタフォード, Collected Stories ／スーケニック, The Death of the Novel and Other Stories ／ヴォネガット, Slaughterhouse-Five『屠殺場5号』／アーヴィング・ハウ, The Decline of the New **ニクスン第37代大統領 (-74)**
1970	南ヴェトナムからのアメリカ軍一部引揚げ／アポロ11号，人類初の月面到達／ワシントンでヴェトナム反戦大集会／ドル切下げ バーセルム, City Life ／☆ベロー, Mr. Sammler's Planet『サムラー氏の惑星』／ディディオン, Play It As It Lays『マライア』／フリードマン, The Dick『刑事』／ゲイル・ゴドウィン, The Perfectionists ／メイラー, Of a Fire on the Moon『月にともる火』／トニー・モリスン, The Bluest Eye『青い目がほしい』／オーツ, The Wheel of Love ／ショウ, Rich Man, Poor Man『富めるもの貧しいもの』／アイザック・B．シンガー, A Friend of Kafka and Other Stories／ジャッキー・エールマン編, Structuralism ／R. マッキシー, E. ドネイト編, Structuralist Controversy ／ケイト・ミレット, Sexual Politics「性の政治学」
1971	米軍ヴェトナムより撤収を発表／女性解放運動，各地で起こる オルビー, All Over (戯)／エドガー・L. ドクトロウ, The Book of Daniel『ダニエル書』／エルキン, The Dick Gibson Show ／レイモンド・フェダマン, Double or Nothing ／アーネスト・J. ゲインズ, The Autobiography of Miss Jane Pittman『ミス・ジェイン・ピットマン』／ジョン・ガードナー, Grendel ／ギャス, Willie Master's Lonesome Wife ／オーツ, Wonderland ／ロス, Our Gang『われらのギャング』／＊ウォレス・ステグナー, Angle of Repose ／アップダイク, Rabbit Redux『帰ってきたウサギ』 ドル防衛発表
1972	ルドルフォ・アナーヤ, Bless Me Ultima『ウルティマ，僕に大地の教えを』／☆バース, Chimera『キマイラ』／ガードナー, The Sunlight Dialogues『太陽との対話』／ギンズバーグ, The Fall of America (詩)／A. ミラー, The Creation of the World and other Business (戯)／プラス, Winter Trees『冬の木立』(詩)／イシュメル・リード, Mumbo Jumbo ／ロス, The Breast『乳房になった男』／シェパード, The Tooth of Crime (戯)／トンプスン, Fear and Loathing in Las Vegas ／アップダイク, Museums and Women『美術館と女たち』／＊ウエルティ, The Optimist's Daughter『マッケルヴァ家の娘』／J. A. ウィリアムズ, Captain Blackman ニクソン，中国訪問

西暦	事　項
1973	エレン・ダグラス, Apostles of Light／ガードナー, Nickel Mountain『ニッケル・マウンテン』／エリカ・ジョング, Fear of Flying「飛ぶのが怖い」／レヴァトフ, The Poet in the World／マーウィン, Asian Figures（詩）／モリスン, Sula『鳥を運れてきた女』／オーツ, Do With Me What You Will／マージ・ピアシー, Small Changes／☆ピンチョン, Gravity's Rainbow『重力の虹』／☆リッチ, Diving into the Wreck（詩）／ロス, The Great American Novel『素晴らしいアメリカ野球』／ショウ, Evening in Byzantium『ビザンチウムの夜』／☆シンガー, A Crown of Feathers and Other Stories／スーケニック, Out／ヴォネガット, Breakfast of Champions『チャンピオンたちの朝食』／ジェラルド・プリンス, A Grammar of Stories
	ヴェトナム和平会議／アメリカ・インディアン運動のメンバー, ウウンディド・ニーを占拠／オイル・ショック
1974	ウォルター・アビッシュ, Alphabetical Africa／ボールドウィン, If Beale Street Could Talk『もしビール・ストリートに口があれば』／バーセルム, Guilty Pleasures『罪深き愉しみ』／ブローティガン, The Hawkline Monster『ホークライン家の怪物』／ガードナー, The King's Indian『キングズ・インディアン』／ヘラー, Something Happened『なにかが起こった』／＊マイケル・シャーラ, The Killer Angels／アーヴィング, The 158-Pound Marriage『158ポンドの結婚』／デイヴィッド・マメット, Sexual Perversity in Chicago（戯）, Duck Variations（戯）／ロス, My Life as a Man『男としてのわが人生』／＊スナイダー, Turtle Island『亀の島』（詩）／ジェイムズ・ウェルチ, Winter in the Blood／ロバート・スコールズ, Structuralism in Literature
	フォード副大統領第38代大統領（-77） ウオーター・ゲート事件／失業率5.2%
1975	＊オルビー, Seascape（戯）／＊☆アシュベリー, Self-Portrait in a Convex Mirror（詩）／バーセルム, The Dead Father『死父』／＊ベロー, Humboldt's Gift『フンボルトの贈物』／ドクトロウ, Ragtime『ラグタイム』／フェダマン, Take It or Leave It／コジンスキー, Cockpit／クラレンス・メイジャー, Reflex and Bone Structure／マメット, American Buffalo（戯）／オーツ, Assassins／ジュディス・ロスナー, Looking for Mr. Goodbar『ミスター・グッドバーを探して』／セクストン, The Awful Rowing Toward God（詩）／スーケニック, 98.6／アップダイク, A Month of Sundays『日曜日だけのひと月』／ハロルド・ブルーム, A Map of Misreading, Kabbalah and Criticism『カバラと批評』／ジョナサン・カラー, Structuralist Poetics
	建国二百年祭各地で行われる
1976	アン・ビーティー, Chilly Scenes of Winter／ガードナー, October Light『オクトーバー・ライト』／☆アレックス・ヘイリー, Roots『ルーツ』／マクシーン・ホン・キングストン, The Woman Warrior『チャイナ・タウンの女武者』／オーティーズ, Going for Rain（詩）／ピアシー, Woman on the Edge of Time／ポトック, In the Beginning「始まりへの旅」／リード,

アメリカ文学作品年表

西暦	事　項
	Flight to Canada／リッチ, *Of Woman Born*／アップダイク, *Marry Me*『結婚しよう』／アリス・ウォーカー, *Meridian*『メリディアン』／エレン・モアズ, *Literary Women*『女性と文学』／デリダ, *Of Grammatology*『グラマトロジーについて』／ジュディス・フェタリー, *Resisting Reader*『抵抗する読者』
	ベロー, ノーベル文学賞受賞
1977	クーヴァー, *The Public Burning*／マイケル・ハー, *Dispatches*『戦場至急報』／＊ジェイムズ・アラン・マクファースン, *Elbow Room*／マーウィン, *The Compass Flower*／モリスン, *Song of Solomon*『ソロモンの歌』／ロス, *The Professor of Desire*『欲望学教授』／レズリー・マモン・シルコー, *Ceremony*『悲しきインディアン』／サイモン, *Chapter Two*（戯）
	カーター第39代大統領（-81）
	対日貿易赤字53億ドル／大統領, 韓国の米軍の全面撤退を発表／同性愛者の人権運動
1978	チーヴァー, *The Stories of John Cheever*／ディディオン, *A Book of Common Prayer*『日々の祈りの書』／マリリン・フレンチ, *The Women's Room*『背く女』／アーヴィング, *The World According to Garp*『ガープの世界』／ジャニス・ミリキタニ, *Awake in the River*（詩）／トシオ・モリ, *Women From Hiroshima*／マーシャ・ノーマン, *Getting Off*（戯）／ショウ, *Five Decades*／＊シェパード, *Buried Child*（戯）／ソンタグ, *I, etcetra*『わたし, エトセトラ』／*Illness as Metaphor*『隠喩としての病』／ジェラルド・ヴィズノーア, *Darkness in Saint Louis Bearheart*／エドワード・サイード *Orientalism*『オリエンタリズム』／マイケル・リファテール, *Semiotics of Poetry*／セイモア・チャプマン, *Story and Discourse*
	シンガー, ノーベル文学賞受賞
	中東和平会議／試験管ベイビー／インフレ, 国内景気停滞／ドルの急落
1979	バース, *Letters*／サンドラ・シスネロス, *Tortuga*『トルトゥーガ』／ディディオン, *The White Album*／ヘラー, *Good as Gold*『輝けゴールド』／コジンスキー, *Passion Play*／メイジャー, *Emergency Exit*／＊メイラー, *The Executioner's Song*／マラマッド, *Dubin's Lives*『ドゥービン氏の冬』／ジェイン・アン・フィリップス, *Black Tickets*『ブラック・ティケッツ』／ロス, *The Ghost Writer*『ゴースト・ライター』／ギルバート・ソレンティノ, *Mulligan Stew*／スタイロン, *Sophie's Choice*『ソフィーの選択』／ヴォネガット, *Jailbird*『ジェイル・バード』／ウエルチ, *The Death of Jim Loney*／トム・ウルフ, *The Right Stuff*『ザ・ライト・スタッフ』／ブース, *Critical Understanding*
	米ソ首脳会談開催／ＳＯＬＴⅡ調印／テヘランで米大使館占拠／スリー・マイル島の原発事故
1980	アビッシュ, *How German Is It ?*／キングストン, *China Man*／オーツ, *Bellefleur*／パーシー, *The Second Coming*／シェパード, *True West*（戯）／＊ジョン・ケネディ・トゥール, *A Confederacy of Dunces*／スタンリー・フィシュ, *Is There a Text in This Class ?*／ジェフェリー・ハート

309

西暦	事　項
1981	マン, Criticism in the Wilderness／S. シュレーマン, I. クロスマン, The Reader in the Text／バーバラ・ジョンスン, The Critical Difference／スティーヴン・グリーンブラット, Renaissance Self-Fashioning『ルネサンスの自己成型』 レイモンド・カーヴァー, What We Talk About When We Talk About Love／アーヴィング, The Hotel New Hampshire『ホテル・ニューハンプシャー』／モリスン, Tar Baby『誘惑者たちの島』／オーツ, Angel of Light／＊プラス, The Collected Poems (詩)／ロス, Zuckerman Unbound『解き放たれたザッカーマン』／ショウ, Storytellers／＊アップダイク, Rabbit Is Rich『裕福なウサギ』／ベル・フックス, Ain't I A Woman? **レーガン第40代大統領 (-89)** **レーガン・ドクトリン／「新保守主義」**
1982	バース, Sabbatical／バーセルム, Sixty Stories／ベロー, The Dean's December『学生部長の十二月』／ガードナー, Mickelsson's Ghosts／オードレ・ロード, Zami／マラマッド, God's Grace／ボビー・アン・メイスン, Shiloh and Other Stories「シャイロー」／アルベルト・リオス, Whispering to Fool wind (詩)／ntozake・シャンジ, Sassafras, Cypress & Indigo／＊ウォーカー, The Color Purple『カラー・パープル』／カラー, On Deconstruction／スコールズ, Semiotics and Interpretation **失業率10.8％の高率へ／ニューヨークの反核・平和デモ**
1983	フレドリック・バーセルム, Moon Deluxe／カーヴァー, Cathedral／リタ・ダヴ, Museum／シスネロス, The House on Mango street／＊ウィリアム・ケネディ, Ironweed『黄昏に燃えて』／マメット, Glengarry Gleen Ross (戯)／＊ノーマン, 'Night Mother (戯)／シンシア・オージック, The Cannibal Galaxy／ロス, The Anatomy Lesson『解剖学講義』／キャシー・ソング, Picture Brides (詩)／カジャ・シルヴァーマン, The Subject of Semiotics
1984	ルイーズ・アードリッチ, Love Medicine／F. バーセルム, Second Marriage／ディディオン, Democracy／ヘラー, God Knows／デイヴィッド・レーヴィット, Family Dancing『ファミリー・ダンシング』／＊アリスン・ルーリィー, Foreign Affairs／ジェイ・マッキナニー, Bright Lights, Big City『ブライト・ライト, ビッグ・シティ』／オーティーズ, These Hearts, These Poems (詩)／ジェイン・アン・フィリップス, The Machine Stops／サイモン, Brighton Beach Memories (戯)／アップダイク, The Witches of Eastwick『イーストウィックの魔女達』／ポール・ド・マン, The Rhetoric of Romanticism **ロサンジェルスでオリンピック開催**
1985	ビーティー, Love Always／クーヴァー, Gerald's Party／ドクトロウ, World's Fair／＊ラリー・マクマトリー, Lonesome Dove／メイスン, In Country『イン・カントリー』／ロリー・ムア, Self Help／ピーター・テイラー, The Old Forest and Other Stories／ヴォネガット, Galapagos『ガラパゴス』／ヒリス・ミラー, The Linguistic Moment／イレイン・ショーウォルター編, The New Feminist Criticism／ジェイン・トンプキンズ,

西暦	事　項
1986	*Sensational Designs* エイズ問題注目される バーセルム, *Paradise* ／ビーティー, *Where You Will Find Me* ／レーヴィット, *The Last Language of Cranes* ／ロード, *Our Dead Behind Us* (詩)／オーツ, *Marya : A Life* ／ロス, *The Counterlife* ／＊テイラー, *A Summons to Memphis* ／ウエルチ, *Fools Crow* ／＊オーガスト・ウィルソン, *Fences*(戯)／メアリー・ジャコバス, *Reading Women* 「世界核非武装を求める大平和行進」
1987	ベロー, *More Die of Heartbreak* ／クーヴァー, *A Night at the Movies* ／フレンチ, *Her Mother's Daughter* ／ウィリアム・メルディス, *Partial Accounts*(詩)／ミリキタニ, *Shedding Silence* (詩)／＊モリスン, *Beloved*『ビラヴド』／パーシー, *The Thanatos Syndrome* ／フィリップス, *Fast Lanes* ／＊アルフレッド・ウーリー, *Driving Miss Daisy*(戯)／アップダイク, *S* ／ヨシコ・ウチダ, *Picture Bride*『写真花嫁』／ヴォネガット, *Bluebeard* 財政赤字の増大／ドルの下落
1988	マイケル・チャーボン, *The Mysteries of Pittsburgh*『ピッツバーグの秘密の夏』／ドン・デリーロ, *Libra*『リブラ　時の秤』／☆ペーター・デクスター, *Paris Trout*／マイケル・ドリス, *A Yellow Raft in Blue Water*『青い湖水に黄色い筏』／ディヴィッド・ヘンリー・ホアン, *M. Butterfly*『M. バタフライ』(戯)／スチュウアート M. カミンスキー, *A Cold Red Sunrise*『ツンドラの殺意』／マッキナニー, *Story of My Life*『ストーリー・オブ・マイ・ライフ』／バラティ・ムカジー, *The Middleman and Other Stories* ／ソング, *Frameless Windows, Squares of Light* ／＊アン・タイラー *Breathing Lessons*『ブリージング・レッスン』／＊ウェンディ・ウォサースタイン, *The Heidi Chronicles* (戯)／リチャード・ウィルバー, *New and Collected Poems* (詩)／＊エドマンド・ホワイト, *The Beautiful Room Is Empty*『美しい部屋は空っぽ』／ヒサエ・ヤマモト, *Seventeen Syllables and Other Stories* ／ジョナサン・カラー, *Framing the Sign : Criticism and its Institutions* ブッシュ第41代大統領（- 92）
1989	ガブリエル・ガルシア・マルケス, Love in the Time of Choleraでロサンジェルス・タイムズ文学賞／U. S. ミサイル誤ってイラン航空会社を破壊／「スーパー301条」を含む包括通商法成立 ポール・オースター, *Moon Palace*『ムーン・パレス』／ビーティー, *Picturing Will*『ウィルの肖像』／☆ジョン・ケイシー, *Spartina* ／ドウ, *Grace Notes* (詩)／E. L. ドクトロウ, *Billy Bathgate*『ビリー・バスゲイト』／メアリー・ゴードン, *The Other Side*『海の向こう側』／＊オスカー・イフェロス, *The Mambo Kings Play Songs of Love*『マンボ・キングズ愛の歌を奏でる』／シンシア・カドハタ, *The Floating World*『七つの月』／デヴィッド・リーヴィト, *Equal Affections*『愛されるよりなお深く』／メイスン, *Love Life*『ラヴ・ライフ』／シンシア・オージック, *The Shawl*『ショールの女』／リオス, *The Lime Orchard Women* (詩)／＊チャールズ・シミック, *The World*

西暦	事　項
1990	Doesn't End（詩）／エイミー・タン, The Joy Luck Club『ジョイ・ラック・クラブ』／ウォーカー, The Temple of My Familiar『わが愛しきものの神殿』／＊オーガスト・ウィルスン, The Piano Lesson（戯）／トビアス・ウルフ, This Boy's Life : A Memoir『ボーイズ・ライフ』／スティーヴン・グリーンブラット, Shakespearean Negotiations『シェイクスピアにおける交渉』中国天安門事件／貯蓄貸付組合銀行の救済法成立／L. ダグラス・ウィルダー初の黒人女性知事／米ソ首脳, マルタで「冷戦終結」を宣言／U.S軍パナマ侵攻 スコット・ブラッドフィールド, Dream of the Wolf／パトリシア・ダニエル・コーンウエル, Post Mortem『検死官』／＊モナ・ヴァン・デュイン, Near Changes（詩）／スチュアート・ダイベック, The Coast of Chicago『シカゴ育ち』／ジェシカ・ハガドーン, Dogeaters／☆チャールズ・ジョンスン, The Middle Passage『中間航路』／ラルフ・ロンブレグリア, Men Under Water／ティム・オブライエン, The Things They Carried『本当の戦争の話をしよう』／＊ニール・サイモン, Lost in Yonkers（戯）／ジュリー・スミス, New Orleans Mourning『ニューオリンズの葬送』／スタイロン, Darkness Visible : A Memoir of Madness『見える暗闇』／ハンターS. トンプスン, Fear and Loathing in Las Vegas : A Savage Journey to the Heart of the American Dream『アメリカン・ドリームの終焉』／＊アップダイク, Rabbit at Rest『さようならウサギ』／スティーヴン・ヴォーン, Sweet Talk／ヴォネガット, Hocus Pocus『ホーカス・ポーカス』／ジョン・エドガー・ワイドマン, Philadelphia／カレン・ティ・ヤマシタ, Throught the Arc of the Rain Forest『熱帯雨林の彼方へ』
1991	景気後退／「障害をもつアメリカ人法」制定／ブッシュ, イラクのクウェート占領に対してサウジアラビアに派兵, 湾岸戦争 ジョン・バース, The Last Voyage of Somebody the Sailor『船乗りサムボディ最後の船旅』／バーセルム, The King『王』／チャーボン, A Model World『モデル・ワールド』／フランク・チン, Donald Duck『ドナルド・ダックの夢』／ブレット・イートン・エリス, American Psycho『アメリカン・サイコ』／デリーロ, Mao II／アラン・ガーガナス, White People／ジョン・ハーシー, Antonietta『アントニエッタ愛の響き』／ロス, 『父の遺産』／☆ノーマン・ラッシュ, Mating／＊バート・シェンカン, The Kentucky Cycle（戯）／シルコー, Almanac of the Dead／＊ジェイン・スマイリー, A Thousand Acres／タン, The Kitchen God's Wife『キッチン・ゴッズ・ワイフ』／＊ジェイムズ・ライト, Selected Poems／タイラー, Saint Maybe『もしかして聖人』／グリーンブラット, Marvelous Possessions『驚異と占有』／フレデリック・ジェイムスン, Postmodernism, or, the Cultural Logic of Late Capitalism／イレイン・ショウォルター, Sister's Choice : Tradition and Change in American Women's Writing『姉妹の選択——アメリカ女性文学の伝統と変化』 湾岸戦争激化／株式市場最低／アニタ・ヒルのセクシュアル・ハラスメント訴え, クレアランス・トーマス最高裁判事／第1次戦略兵器削減条約

アメリカ文学作品年表

西暦	事　項
1992	（START1）調印／人種や性別による職場差別を禁止した公民法の成立／PC 多文化主義をめぐる論争の拡大 ビーティー, What Was Mine『貯水池に風が吹く日』／＊Robert Olen Butler, A Good Scent From a Strange Mountain／ドリス, Morning Girl『朝の少女』／デニス・ジョンスン, Jesus' Son／＊ルイズ・グラック, The Wild Iris（詩）／カドハタ, In the Heart of the Valley of Love／＊トニー・クシュナー, Angels in America : Millennium Approaches（戯）／☆コーマック・マッカーシー, All the Pretty Horses／ジェイ・マッキナニー, Brightness Falls／マメット, Oleanna『オレアナ』（戯）／マーガレット・メイスン, Bootlegger's Daughter／モリスン, Jazz『ジャッズ』／オーツ, Black Water『ブラック・ウォーター』／オーティーズ, Woven Stone（詩）／E. アニー・プルー, Postcards／J. ヒリス・ミラー, Ariadne's Thread : Story Lines／モリスン, Playing in the Dark : Whiteness and the Literary Imagination『白さと想像力』／リオス, Teodora Luna's Two Kisses（詩） **ビル・クリントン第42代大統領（-2001）**
1993	ロサンジェルス暴動／憲法修正27条発効／フィリピンの米軍基地閉鎖／国連平和維持軍ソマリア派兵／北米自由貿易協定（NAFTA）調印 キャシー・マッカー, My Mother : Demonology『わが母　悪魔学』／アリス・アダムズ, Almost Perfect『その後の大人の恋』／＊エドワード・オルビー, Three Tall Women（戯）／アーネスト J. ゲインズ, A Lesson Before Dying／トム・ジョーンズ, The Pugilist at Rest／トニー・クシュナー, Angels in America（戯）／＊ユセルフ・コミュニャッカ, Neon Vernacular（詩）／＊☆プルー, The Shipping News『湾岸ニュース』／ロス, Operation Shylock
1994	第1次戦略兵器削減条約（START2）調印／世界貿易センター地下駐車場の爆発／ジャネット・リノー女性初の司法長官／軍隊同性愛の指針／トニー・モリスン, ノーベル文学賞受賞 マックス・アップル, Roommates : My Grandfather's Story『ルームメイツ』／ジョン・カルヴィン・バチェラー, Father's Day『二人の大統領』／チン, ＊ホートン・フート, The Young Man From Atlanta（戯）／☆ウィリアムズ・ギャディス, A Frolic of His Own／デイヴィッド・グターソン, Snow Falling on Cedars／＊フィリップ・レヴィン, The Simple Truth（詩）／＊キャロル・シールズ, The Stone Diaries／メアリー・ウィス・ウォーカー, The Red Scream『処刑前夜』／ハロルド・ブルーム, The Western Canon
1995	ロサンジェルス地震／NATO, 旧ユーゴのボスニア・ヘルツェゴヴィナのセルビア人勢力への空爆／ポーラ・ジョンズ, クリントンのセクシュアル・ハラスメント疑惑／共和党議会多数派 シャーマン・アレクシー, Reservation Blues／スタンリー・アーキン, Mrs. Ted Bliss／＊リチャード・フォード, Independence Day／ディック・フランシス, Come to Grief／＊ジョリー・グラハム, The Dream of the United Field（詩）／☆ロス, Sabbath's Theater／＊ジョナサン・ラースン, Rent（戯） 旧ユーゴ3か国の和平仮協定の調印／第4回国連世界女性会議／予算不成立

西暦	事　項
1996	により連邦政府機能の停止 アレクシー, *Indian Killer*『インディアン・キラー』／☆アンドレア・バレット, *Ship Fever and Other Stories*／トーマス H. クック, *The Chatham School Affair*／ギナ・ベリオート, *Women in Their Beds*／マッキナニー, *The Last of the Savages*／＊スティーヴン・ミルハウザー, *Martin Dressler : The Tale of an American Dreamer*／リセル・ミューラー, *Alive Together : New and Selected Poems*／マージョリー・パーロフ, *Wittgenstein's Ladder*
1997	福祉制度改革法の成立／イラク空爆／国連総会で包括核実験禁止条約（CTBT）採択 ジェイムズ・リー・バーク, *Cimarron Rose*／ペネロープ・フィッツジェラルド, *The Blue Flower*／☆チャールズ・フレイジアー, *Cold Mountain*／＊ロス, *American Pastoral*／＊ポーラ・ヴォーゲル, *How I Learned to Drive*（詩）／＊チャールズ・ライト, *Black Zodiac*（詩）／ラフィ・ゼイボー, *The Bear Comes Home*
1998	カリフォルニア州, 住民投票の結果, アファーマティヴアクションを撤廃する州法の施行／米中首脳会談／アレン・ギンズバーグ没 クック, *Instruments of Night*／＊マイケル・カニンガム, *The Hours*／マッキナニー, *Model Behavior*／＊マーガレット・エディスン, *Wit*（戯）／モリスン, *Paradise*／マリー・ポンソット, *The Bird Catcher*（詩）／＊アーク・ストランド, *Blizzard of One*（詩）
2001	財政黒字, 米国の景気拡大, 経済高度成長 **ジョージ・ブッシュ第43代大統領** 2000年11月大統領選挙開票・集計問題で混乱／ニューヨークとワシントン D. C. で同時多発テロ事件（9.11）／アフガン空爆／ユードラ・ウェルティ, A. R. アモンズ没
2003	国連安保理の決議なしで英米イラク先制攻撃／エドワード・サイード没
2004	**大統領選, ジョージ・ブッシュ Jr. 再選**／ジャック・デリダ没
2005	イラク戦争終結宣言後（2003.5）も, イラクで, またスペイン, ロンドン, インドネシアなど世界各地で自爆テロあい次ぐ。／9, 10月　カテゴリー4のハリケーン（カトリナ, リタ, ウィルマ）が襲来, メキシコ湾岸諸州, フロリダ, ルイジアナ州を直撃, 多数の死傷者, 家屋破壊など甚大な被害をもたらす。／レズリー・フィードラー, ロバート・クリーリー, アーサー・ミラー, ソール・ベロー, ウェイン・C・ブース没。
2009	**バラク・オバマ第44代大統領**。核兵器のない世界の構築をかかげる。エドガー・アラン・ポー生誕200周年記念行事が挙行される。
2010	ジョン・アップダイク, エモリー・エリオット, リチャード・パワリエ没。マーク・トウェイン没後百年。自伝ほか種々の出版が進む。J. D. サリンジャー没。
2016	ヘンリー・ジェイムズ没後百周年。20世紀初頭, アメリカ再訪の印象を綴った *The American Scene*（1907）の邦訳出版が進行中。「書簡集」の邦訳書が刊行（2014）。

人名・作品索引

(アルファベット順, 作品名は作家で分類されています。)

【A】

アビー, エドワード(Abbey, Edward) 47
アビッシュ, ウォルター(Abish, Walter) 188, 219-20
 Alphabetical Africa 219-20
アダムズ, ヘンリー(Adams, Henry) 86, 99-100
 『アメリカ合衆国史』 99
 『ヘンリー・アダムズの教育』 99-100
 『デモクラシー』 100
 『エスター』 100
アダムズ, ジェイン(Addams, Jane) 83
アディソン, ジョゼフ(Addison, Joseph)
 『スペクテイター』 21
アイスキュロス(Aeschylus) 167
 『オレスティア』 167
エイジー, ジェイムズ(Agee, James) 146
 『わが民』 146
オルビー, エドワード(Albee, Edward) 246, 252-53, 257
 『動物園物語』 252-53
 『砂箱』 253
 『アメリカの夢』 253
 『ヴァージニア・ウルフなんかこわくない』 253
 『デリケート・バランス』 253
 『ご臨終』 257
 『海辺の風景』 257
 Listening 257
 Counting Ways 257
 『ダビュークから来た婦人』 259
 『マリッジ・プレイ』 259
オールコット, エイモス・ブロンスン(Alcott, Amos Bronson) 39, 50-51
 『福音書をめぐる児童との対話』 50
 「オルフェウスの言葉」 50
アレクシー, シャーマン(Alexie, Sherman) 215
 『リザヴェーション・ブルース』 215
 『インディアン・キラー』 215
アルジャー, ホレーショ(Alger, Horatio) 84, 87
 『ぼろを着たディック』 87

オルグレン, ネルスン(Algren, Nelson) 126, 142-43
 『朝はもう来ない』 142
 『黄金の腕をもつ男』 143
アルチュセール, ルイ(Althusser, Louis) 280
アマダス, フィリップ(Amadas, Philip) 12
アナーヤ, ルドルフォ(Anaya, Rudolfo) 188, 215
 『ウルティマ, 僕に大地の教えを』 215
 『トルトゥーガ』 215
アンダスン, マックスウェル(Anderson, Maxwell) 165, 170
 『ウィンターセット』 170
 『上院下院』 170
 『エリザベス女王』 170
 『スコットランドのメアリー』 170
アンダスン, ロバート(Anderson, Robert) 251
 『お茶と同情』 251
アンダスン, シャーウッド(Anderson, Sherwood) 104, 126, 129-30, 135
 「見知らぬ町にて」 129
 「なぜだか知りたい」 129
 「卵」 130
 「森のなかの死」 130
 『オハイオ州ワインズバーグ』 130, 135, 149
 『貧乏白人』 130
 『暗い笑い』 130
アンジェロウ, マヤ(Angelou, Maya) 218
 『歌え, 翔べない鳥たちよ』 218
アリストテレス(Aristotle) 265
アームストロング, ルイ(Armstrong, Louis) 123
アルトー, アントナン(Artaud, Antonin) 252
アッシュベリー, ジョン(Ashberry, John) 223-24, 233, 241
オーデン, W. H.(Auden, W. H.) 125, 236

【B】

バエズ, ジョーン(Baez, Joan) 179

315

ベイカー, ジョージ・ピアス (Baker, George Pierce) 165
ボールドウィン, ジェイムズ (Baldwin, James) 185, 194-95, 246, 255
『山に登りて告げよ』 194-95
『ジョヴァンニの部屋』 194-95
『もう一つの国』 195
『アーメン・コーナー』 255
『チャーリー氏のためのブルース』 255
バルザック, オノレ・ド (Balzac, Honoré de) 88
バンバラ, トニー・ケイド (Bambara, Toni Cade) 188, 195
バラカ, イマム・アミリ (Baraka, Imamu Amiri) 242, 246, 247, 255
『ダッチマン』 255
バーロウ, ジョエル (Barlow, Joel) 28, 31, 68, 74
「コロンブスの夢」 31
『コロンブス物語』 31
バーロウ, アーサー (Barlowe, Arthur) 12
バレット, ウィリアム (Barrett, William) 178
『非理性的人間』 178
バース, ジョン (Barth, John) 186, 187, 206, 207, 208, 220
『フローティング・オペラ号』 198, 207
『酔いどれ草の仲買人』 206, 207
『旅路の果て』 207
『山羊少年ジャイルズ』 207, 210
Lost in the Funhouse 207
『キマイラ』 207
"Menelaiad" 210
"Autobiography : A Self-Recorded Fiction" 210
"A Life-Story" 210
バーセルム, ドナルド (Barthelme, Donald) 187, 209-10, 219, 221
『雪白姫』 210
『死父』 210
「インディアンの反乱」 210
「都市生活」 210, 219
「バルーン」 210
「月がみえるかい」 210
「ガラスの山」 210, 219
「タイヤの国」 210, 219
"At the Tolstoy Museum" 219

"Brain Damage" 219
『罪深き愉しみ』 219
"Sentence" 219
バーセルム, フレデリック (Barthelme, Frederick) 188, 221
バルト, ロラン (Barthes, Roland) 261, 268
バルーク, バーナード (Baruch, Bernard M.) 176
ボードレール, シャルル (Baudelaire, Charles) 61, 69
ビアズリー, M. C. (Beardsley, M. C.) 263
ビーティ, アン (Beattie, Ann) 188, 221
ベケット, サミュエル (Beckett, Samuel) 252
ベラスコ, デイヴィッド (Belasco, David) 115, 117
『蝶々夫人』 117
ベラミー, エドワード (Bellamy, Edward) 82
『顧みれば』 82
ベロー, ソール (Bellow, Saul) 186, 198, 200-01, 202
『宙ぶらりんの男』 198, 200
『犠牲者』 198
『オーギー・マーチの冒険』 198, 201
『雨の王ヘンダーソン』 198
『ハーツォグ』 198, 201
『サムラー氏の惑星』 201
『フンボルトの贈物』 201
『学生部長の十二月』 201
More Die of Heartbreak 201
The Actual 201
ベン・マイケルズ, ウォルター (Benn Michaels, Walter) 279
ベルガー, トマス (Berger, Thomas) 218
『小さな巨人』 218
バーンスティン, チャールズ (Bernstein, Charles) 224
ベリマン, ジョン (Berryman, John) 223, 227-28, 240
『ブラッドストリート夫人への賛歌』 227
『夢の歌』 227-28
バートラム, ジョン (Bertram, John) 23
バートラム, ウィリアム (Bertram, William) 23
『ウィリアム・バートラムの旅行』 23
バーバ, ホミ・K. (Bhabha, Homi K.) 262,

人名・作品索引

281,282-83
「もう一つの疑問」 282
「模倣と人間について」 282-83
ビショップ，エリザベス(Bishop, Elizabeth) 222
ブレイク，ウィリアム(Blake, William) 234
ブルーム，ハロルド(Bloom, Harold) 262, 273,275-76,277
ブライ，ロバート(Bly, Robert) 74,223,231-33,241
 The Light Around the Body 232
 "Counting Small-Boned Bodies" 232
 「話す湖川へのドライヴ」 232
 「とうもろこし畑で雉を撃つ」 232-33
 『黒コートの男がふり返る』 233
 『二重世界の女を愛す』 233
ブース，ウェイン・C.(Booth, Wayne C.) 266
 『小説の修辞学』 266
ボルヘス，ホルヘ・ルイス(Borges, Jorge Luis) 220
ブーシコールト，ダイオン(Boucicault, Dion) 115,116
 『ニューヨークの貧民』 116
 『オクトルーン』 116
ボウ，クララ(Bow, Clara) 123
ブラッドフォード，ウィリアム(Bradford, William) 4
 『プリマス植民地』 4,10,13,14,19
ブラッドストリート，アン(Bradstreet, Anne) 28,29,31,77,227,241
 The Tenth Muse 28
 "The Flesh and the Spirit" 28
 "To My Dear and Loving Husband" 29
ブローティガン，リチャード(Brautigan, Richard) 187,210
 『アメリカの鱒釣り』 210
 『西瓜糖の日々』 210
ブルックス，クレアンス(Brooks, Cleanth) 261,263-64
 『詩の理解』 264
ブルックス，グエンドリン(Brooks, Gwendolyn) 238,242
 Annie Allen 238
ブラウン，チャールズ・ブロックデン(Brown, Charles Brockden) 10,26

『ウィーランド』 26
『エドガー・ハントリー』 26
ブラウン夫妻(Brown, M. & E.) 164
ブラウン，N. O.(Brown, N. O.) 178,180
 『死に優る生』 178,180
ブラウンスン，オレスティーズ・A. (Brownson, Orestes A.) 39
ブリューゲル，ピーター(Brueghel, Pieter) 158
ブライアン，ウィリアム・ジェニングズ (Bryan, William Jennings) 83
ブライアント，ウィリアム・カレン(Bryant, William Cullen) 68,70-71,72
 「死生観」 70
 「水鳥に寄せて」 70-71
 "Abraham Lincoln" 71
バック，パール(Buck, Pearl) 125
 『大地』 146
ブリンズ，エド(Bullins, Ed) 246
 『クララの親父』 247
バーンズ，ロバート(Burns, Robert) 72
ブロサン，カルロス(Burosan, Carlos) 216
バローズ，ジョン(Burroughs, John) 44
バロウズ，ウィリアム(Burroughs, William) 186,199
 『裸のランチ』 198
ブッシュ，ジョージ(Bush, George) 183
バード，ウィリアム(Byrd, William) 13,23
 『境界線の歴史』 13

【C】

ケーブル，ジョージ・ワシントン(Cable, George Washington) 101
ケージ，ジョン(Cage, John) 179
カーハン，エイブラハム(Cahan, Abraham) 101,125
コールドウェル，アースキン(Caldwell, Erskine) 126,141
 『タバコ・ロード』 141
 『神の小さな土地』 141
ケイレフ，ロバート(Calef, Robert) 19
 『不可視の世界のさらなる驚異』 19
カミュ，アルベール(Camus, Albert) 186
カポーティ，トルーマン(Capote, Truman) 185,187,191,192-93
 「ミリアム」 192
 『遠い声，遠い部屋』 192,193

『草の竪琴』 *192-93*
『ティファニーで朝食を』 *193*
『冷血』 *193, 213*
カーライル, トマス(Carlyle, Thomas) *21, 23.*
カーネギー, アンドリュー(Carnegie, Andrew) *82*
カー, ピーター(Carr, Peter) *25*
カースン, レイチェル(Carson, Rachel) *180*
『沈黙の春』 *180*
カーター, ジミー(Carter, Jimmy) *180, 181, 182*
カルティエ, ジャック(Cartier, Jacques) *2*
カーヴァー, レイモンド(Carver, Raymond) *188, 221*
Cathedral *221*
カスティリョ, ベルナル・ディアス・デル(Castillo, Bernal Diaz del) *11*
『ニュー・スペインの征服に関する本当の歴史』 *11*
キャザー, ウィラ(Cather, Willa) *125, 126-27*
『おお開拓者よ』 *126*
『私のアントニア』 *126*
『教授の家』 *126*
『死を迎える大司教』 *126*
『岩の上の影』 *126*
「家具を取り払った小説」 *127*
シャンプラン, サミュエル・ド(Champlain, Samuel de) *2*
チャニング, ウィリアム(Channing, William E.) *35, 36, 38, 39, 48-50*
「ユニテリアンのキリスト教」 *48*
「反カルヴィニズム道徳論」 *49*
「ユニテリアンのキリスト教こそ敬虔を重んず」 *49*
「キリスト教の偉大な目的」 *49*
「神に似ている」 *49*
「人はすべて尊厳をもち」 *49*
「奴隷制」 *49*
「奴隷解放」 *49*
「国民文学論」 *49*
「自己修養論」 *50*
チャップリン, チャーリー(Chaplin, Charlie) *123*
チェイス, リチャード(Chase, Richard) *267*
チョーサー, ジェフリー(Chaucer, Geoffrey) *156*
チェホフ, アントン(Chekhov, Anton) *164*
チェスナット, チャールズ(Chesnutt, Charles) *101*
チャイルド, リディア・マライア(Child, Lydia Maria) *52*
チン, フランク(Chin, Frank) *216*
『ドナルド・ダックの夢』 *216*
Gunga Din Highway *216*
ショパン, ケイト(Chopin, Kate) *87, 105-06*
『バイユーの人々』 *105*
『めざめ』 *105-06*
チャヴェズ, デニーズ(Ch vez, Denise) *244*
シクスー, エレーヌ(Cixous, Helene) *278, 279*
クレメンズ, サミュエル・ラングホーン(Clemens, Samuel Langhorne) *89*
クリントン, ビル(Clinton, Bill) *184*
コルリッジ, S. T.(Coleridge, S. T.) *160*
コロンブス, クリストファー(Columbus, Christopher) *(3), 2, 9, 11, 161*
クック, ジョージ・クラム(Cook, George Cram) *164*
クック, ローズ・テリー(Cooke, Rose Terry) *102*
クーリッジ, キャルヴィン(Coolidge, Calvin) *120, 121*
クーパー, ジェイムズ・フェニモア(Cooper, James Fenimore) *17, 53, 56-57, 58.*
『最後のモヒカン族』 *17, 56*
『革脚絆物語』 *53, 56-57*
『旅する独身男性によるアメリカ人論』 *56*
『開拓者』 *56*
『大草原』 *56*
『道を拓く者』 *56*
『鹿猟師』 *56*
クーヴァー, ロバート(Coover, Robert) *187, 188, 211-12, 219*
"The Magic Poker" *211*
"The Babysitter" *211*
『ユニヴァーサル野球協会』 *211*
The Origin of the Brunists *211*
The Public Burning *211-12, 219*
『ジェラルドのパーティ』 *212*
Pricksongs and Descants *212*
A Night at the Movies *212*
コルテス, ヘルナン(Cortés, Hernán) *2, 11*

人名・作品索引

コットン, ジョン(Cotton, John) *15*
 『天上の王国への鍵』 *15*
 『植民地への神の約束』 *16*
カウリー, マルカム(Cowley, Malcolm) *136*
 『ポータブル・フォークナー』 *136*
クレイン, ハート(Crane, Hart) *74, 147, 161-62, 227*
 The Bridge *161-62*
クレイン, R. S.(Crane, R. S.) *261, 265-66*
 『批評家と批評——古代と現代』 *265*
クレイン, スティーヴン(Crane, Stephen) *88, 105, 109-11, 112*
 『マギー・街の女』 *105, 110*
 『赤い武功章』 *109, 110*
 「オープン・ボート」 *110*
クリーリー, ロバート(Creeley, Robert) *223, 243*
クレヴクール, ミシェル・G(Crèvecoeur, Michel G.) *9, 25*
 『アメリカ人の農夫からの手紙』 *25*
カレン, カウンティ(Cullen, Countie) *162, 238*
カラー, ジョナサン(Culler, Jonathan) *268, 269, 270, 271*
 『構造主義者の詩学』 *270*
カミングズ, e. e.(cummings, e. e.) *72, 147, 160-61, 241*
 「ケンブリッジのご婦人がた」 *72*
 "Grasshopper" *160*
 "in Just-spring" *161*
カミンズ, マリア・スザンナ(Cummins, Maria Susanna) *54*
 『点灯夫』 *54*

【D】

ダールバーグ, エドワード(Dahlberg, Edward) *146*
 『敗北者』 *146*
デイリー, オーガスティン(Daly, Augustin) *115, 116-17*
 『ガス燈のもとで』 *116*
 『地平線』 *116, 117*
 『離婚』 *116*
 『ふきげん』 *116*
ダンフォース, サミュエル(Danforth, Samuel) *17*
 「ニュー・イングランドに託されし荒野への使命」 *17*
ダンテ(Dante, Alighieri) *71*
ディヴィス, レベッカ・ハーディング(Davis, Rebecca Harding) *101*
 Life in the Iron Mills *101*
デイ, クラレンス(Day, Clarence) *139*
デクーニング, ヴィレム(De Kooning, Willem G.) *177*
デリーロ, ドン(DeLillo, Don) *188, 221*
 Underworld *221*
ド・マン, ポール(De Man, Paul) *262, 273, 275-76*
ド・モン(De Monts) *2*
ディーン, ジェイムズ(Dean, James) *177*
デンプシー, ジャック(Dempsey, Jack) *123*
デリダ, ジャック(Derrida, Jacques) *262, 273-75, 281*
 『グラマトロジーについて』 *270, 273, 281*
ディアス, バルトロメオ(Dias, Bartolomeu) *2*
ディッキンスン, エミリー(Dickinson, Emily) *29, 68, 70, 73, 75-78, 230, 237*
 「コマドリの調べが私の基調」 *75*
 「魂は彼女自身の世界を選ぶ」 *75*
 "I taste a liquor never brewed" *76*
 「日曜日, 教会に行く人がいるけれど」 *76*
 "A Bird came down the Walk" *76*
 "A narrow Fellow in the Grass" *76*
 "This was a Poet——It is That" *76*
 「出版——人の心の競売」 *76*
 「『信仰』は素晴らしい発明」 *76*
 「この世が終わりではない」 *77*
 "I cannot live with You" *77*
ディディオン, ジョーン(Didion, Joan) *187, 213*
 Slouching Towards Bethlehem *213*
 The White Album *213*
 『マライア』 *217*
ディラード, アニー(Dillard, Annie) *47*
ディズニー, ウォルト(Disney, Walt) *124*
ドクトロウ, エドガー・L.(Doctorow, Edgar L.) *186, 188, 203, 218-19*
 『ダニエル書』 *218*
 『ラグタイム』 *218-19*
 The World's Fair *219*
ドンレヴィー, J. P.(Donleavy, J. P.) *198*
ダン, ジョン(Donne, John) *155*

ドス・パソス, ジョン(Dos Passos, John) *139*
  『三人の兵士』 *139*
  『マンハッタン乗換駅』 *139*
  『U. S. A.』 *139*
ドストエフスキー, F. M.(Dostoevski, Feodor M.) *194*
ダグラス, エレン(Douglas, Ellen) *193*
ダヴ, リタ(Dove, Rita) *242-43*
  「パセリ」 *243*
ドライサー, セオドア(Dreiser, Theodore) *22, 88, 105, 112-14*
  『シスター・キャリー』 *105, 112-13, 114*
  『欲望三部作』 *113*
  『ジェニー・ゲルハート』 *113*
  『アメリカの悲劇』 *113-14*
ダッドレー, トマス(Dudley, Thomas) *28*
ダンカン, ロバート(Duncan, Robert) *223, 234*
ダンラップ, ウィリアム(Dunlap, William) *115*
  『アンドレ』 *115*
  『アメリカ演劇史』 *115*
ディラン, ボブ(Dylan, Bob) *179*

【E】
エドワーズ, ジョナサン(Edwards, Jonathan) *6, 20, 21*
  「怒れる神の手のなかの罪人たち」 *6, 20, 27*
  「信仰告白録」 *10, 20*
  『意志の自由論』 *20*
エグルストン, エドワード(Eggleston, Edward) *101*
アインシュタイン, アルバート(Einstein, Albert) *180*
アイゼンハワー, ドワイト(Eisenhower, Dwight) *176, 203*
エリオット, ジョン(Eliot, John) *16*
エリオット, T. S.(Eliot, T. S.) *147, 154, 155-56, 159, 161, 171, 222, 225, 226, 242, 247, 260*
  "The Love Song of J. Alfred Prufrock" *155, 171, 226*
  The Waste Land *156, 161*
  『聖灰水曜日』 *156*
  『四つの四重奏』 *156*
  "Burnt Norton" *156*
  "Little Gidding" *156*
  「うつろな人間」 *171*
  Old Possum Book of Practical Cats *247*
エルキン, スタンリー(Elkin, Stanley) *186, 203*
  『悪い男』 *203*
エリス, ブレット・イーストン(Ellis, Bret) *188*
エリスン, ラルフ(Ellison, Ralph) *185, 194*
  『見えない人間』 *194, 198*
エマスン, ラルフ・ウォルド(Emerson, Ralph Waldo) *21, 36, 39, 40-43, 44, 48, 68, 69-70, 73, 74, 76*
  「アメリカの学者」 *35, 40, 68*
  『自然論』 *40, 43, 44, 50, 69*
  「神学部講演」 *41*
  「自己信頼」 *41*
  「日記」 *42*
  「詩人」 *43, 68*
  「詩と想像力」 *43*
  「現代文学論」 *43*
  "Each and All" *70*
アードリッチ, ルイーズ(Erdrich, Louise) *188, 214, 243*
  Love Medicine *214*
エリクスン, スティーヴ(Erickson, Steve) *188*
エヴァンズ, ウォーカー(Evans, Walker) *146*

【F】
ファーレル, ジェイムズ・T.(Farrell, James T.) *126, 141-42*
  『スタッズ・ロニガン』 *142*
  『若きロニガン』 *142*
  『スタッズ・ロニガンの青年時代』 *142*
  『審判の日』 *142*
  『僕のつくらなかった世界』 *142*
  『ダニー・オニール』 *142*
  『文芸批評ノート』 *142*
フォークナー, ウィリアム(Faulkner, William) *88, 125, 126, 136-38, 141, 185, 219*
  『サートリス』 *136*
  『響きと怒り』 *136-37*
  『死の床に横たわりて』 *137*
  『八月の光』 *137*

『アブサロム，アブサロム！』 137
「エミリーへの薔薇」 137
『行け，モーゼよ』 137
「熊」 137-38
フェダマン，レイモンド (Federman, Raymondo) 186, 188, 203, 219
Double or Nothing 219
Take It or Leave It 219
ファーリンゲッティ，ロレンス (Ferlinghetti, Lawrence) 222, 233
フェタリー，ジュディス (Fetterley, Judith) 277
フィードラー，レズリー (Fiedler, Leslie) 267
フィンチ，ロバート (Finch, Robert) 48
フィシュ，スタンリー (Fish, Stanley) 262, 271-73
　『このクラスにテクストがありますか』 271
　「読者のなかの文学-感情文体論」 271
　「『合注版』を解釈して」 272
フィッツジェラルド，F・スコット (Fitzgerald, Francis Scott) 22, 122, 126, 130-33
　『偉大なるギャッツビー』 22, 132-33
　『楽園のこちら側』 130
　「崩壊」 131
　「罪の赦し」 131
　「バビロン再訪」 131
　『夜はやさし』 131
フィッツジェラルド，ゼルダ (Fitzgerald, Zelda) 131
フローベル，ギュスタヴ (Flaubert, Gustave) 88
フォード，ジェラルド・R. (Ford, Gerald R.) 180, 181
フォード，リチャード (Ford, Richard) 221
　Independence Day 221
フーコー，ミシェル (Foucault, Michel) 279, 280, 281
ファウラー，H. W. (Fowler, H. W.) 135
フランクリン，ベンジャミン (Franklin, Benjamin) 6, 7, 9, 18, 21, 22, 23, 25
　『自叙伝』 10, 22
　『貧しきリチャードの暦』 21, 22
　『富に至る道』 21
　「アメリカへ移住しようとする人々への情報」 22

フレイザー卿，ジェイムズ・ジョージ (Frazer, Sir James George) 261, 266
フレイジアー，チャールズ (Frazier, Charles) 221
　Cold Mountain 221
フリーマン，メアリー・ウィルキンズ (Freeman, Mary Wilkins) 87, 102, 104-05
　『慎ましいロマンス』 104
　『ニュー・イングランドの尼僧』 104
　「ニュー・イングランドの尼僧」 104
　「女詩人」 104
　「母の反抗」 104
　『ペンブローク』 104
フレンチ，マリリン (French, Marilyn) 188, 217
　『背く女』 217
フリノー，フィリップ (Freneau, Philip) 28, 30, 32, 68, 74
　「ペイン氏の人権論を読んで」 30
　「発展するアメリカの栄光」 30
　「野生のスイカズラ」 30
　「インディアンの塚」 30
フロイト，ジークムント (Freud, Sigmund) 166, 167
フリダン，ベティ (Friedan, Betty) 180, 276
　『新しい女性の創造』 180, 276
フリードマン，ブルース (Friedman, Bruce J.) 209
　『スターン氏のはかない抵抗』 209
　『刑事』 209
フロスト，ロバート (Frost, Robert) 147, 152-53, 236
　『少年の心』 152
　『ボストンの北』 152
　"Mowing" 152
　"Stopping by Woods on a Snowy Evening" 153
フライ，ノースロップ (Frye, Northrop) 261, 266-67
　『批評の解剖』 266
フラー，マーガレット (Fuller, Margaret) 39, 51-52
　『十九世紀の女性』 51
フラー，リチャード (Fuller, Richard B.) 178

【G】
ゲインズ, アーネスト(Gaines, Ernest J.) *195*
『ミス・ジェイン・ピットマン』 *195, 218*
ガルブレイス, J.K.(Galbraith, J.K.) *177*
『豊かな社会』 *177*
ゲイル夫人(Gale, Mrs.) *164*
ギャラガー, キャサリン(Gallagher, Catherine) *279*
ゴールズワージー, ジョン(Galsworthy, John) *164*
ガマ, ヴァスコ・ダ(Gama, Vasco da) *2*
ガンジー, マハトマ(Gandhi, Mahatoma) *47*
ガルボ, グレタ(Garbo, Greta) *123*
ガードナー, ジョン(Gardner, John) *186-87, 205-06*
On Moral Fiction *205*
Grendel *205*
『太陽との対話』 *205*
『オクトーバー・ライト』 *205-06*
『ニッケル・マウンテン』 *206*
ガーランド, ハムリン(Garland, Hamlin) *88, 101*
ギャリスン, ウィリアム・ロイド(Garrison, William Lloyd) *72*
ギャス, ウィリアム・H.(Gass, William H.) *187, 212, 219*
Willie Master's Lonesome Wife *212, 220*
Omensetter's Luck *212*
『アメリカの果ての果て』 *212*
The Tunnel *212*
ゲイツ Jr., ヘンリー・ルイス(Gates, Jr., Henry Louis) *283*
ジュネ, ジャン(Genêt, Jean) *276*
ガーシュイン, ジョージ(Gershwin, George) *123*
ギルバート, サンドラ(Gilbert, Sandra) *277*
『屋根裏の狂女』 *277*
ギルマン, シャーロット・パーキンズ(Gilman, Charlotte Perkins) *88, 106*
『黄色い壁紙』 *106*
『フェミニジア』 *106*
ギンズバーグ, アレン(Ginsberg, Allen) *68, 74, 222, 223, 231, 234-36*
『吠える』 *223, 234-36*
「カール・ソロモンのために」 *235*

"A Supermarket in California" *235*
ジョヴァンニ, ニッキ(Giovanni, Nikki) *238*
グラスペル, スーザン(Glaspell, Susan) *164*
ゴッドフリー, トマス(Godfrey, Thomas) *115*
『パルティアの王子』 *115*
ゴドウィン, ゲイル(Godwin, Gail) *188, 217*
The Perfectionists *217*
ゴールド, マイケル(Gold, Micheal) *146*
『金のないユダヤ人』 *146*
ゴールドマン, エマ(Goldman, Emma) *83*
グッドマン, ベニー(Goodman, Benny) *124*
ゴルバチョフ, M.S.(Gorbachev, Mikhail S.) *183*
ゴージス卿, フェルディナンド(Gorges, Sir Ferdinado) *3*
グラムシ, アントニオ(Gramsci, Antonio) *281, 282*
グレインジ, ハロルド(Grange, Harold) *123*
グラント, ユリシーズ S(Grant, Ulysses S) *82*
グレイ, トマス(Gray, Thomas) *70*
グリーン, ポール(Green, Paul) *165, 171-72*
『エイブラハムの胸に』 *171-72*
『畑の神様』 *171*
『コネリーの家』 *171*
グリーンブラット, スティーヴン(Greenblatt, Stephen) *262, 279*
『ルネサンスの自己成型』 *279, 280*
グーバー, スーザン(Guber, Susan) *277, 278*
『屋根裏の狂女』 *277*

【H】
H.D.(H.D.) *222*
ハガドーン, ジェシカ(Hagedorn, Jessica) *216*
Dogeaters *216*
ハクルイト, リチャード(Hakluyt, Richard) *9*
『主たる航海』 *9*
ヘイリー, アレックス(Haley, Alex) *218*
『ルーツ』 *218*
ハミルトン, アレグザンダー(Hamilton, Alexander) *25*
『連邦主義者』 *25*
ハマースタイン, オスカー(Hammerstein III, Oscar) *247*

322

人名・作品索引

『南太平洋』 *247*
『マイ・フェアー・レディ』 *247*
ハメット，ダシール(Hammett, Dashiell) *173*
ハナ，バリー(Hannah, Barry) *193*
ハンズベリー，ロレイン(Hansberry, Lorraine) *246, 247, 251-52, 254*
  『ひなたの干しぶどう』 *251-52, 254*
  『若く，才能があり，黒人であること』 *254*
ハーディング，ウォーレン(Harding, Warren G.) *120, 121*
ハリントン，マイケル(Harrington, Michael) *178*
  『もう一つのアメリカ』 *178*
ハリオット，トマス(Harriot, Thomas) *12*
ハリス，ジョエル・チャンドラー(Harris, Joel Chandler) *101*
ハート，ブレット(Harte, Bret) *87, 100-01*
  「ロアリング・キャンプの福の神」 *101*
  「ポーカー・フラットのならず者」 *101*
ハートマン，ジェフリ(Hartman, Geoffrey) *262, 273, 275-76*
ホークス，ジョン(Hawkes, John) *185, 190*
  『人喰い』 *190*
ホーソーン，ジョン(Hawthorne, John) *18*
ホーソーン，ナサニエル(Hawthorne, Nathaniel) *18, 26, 53, 54, 61-64, 117, 203, 241*
  「優しい少年」 *23*
  『緋文字』 *29, 62-65, 203*
  『七破風の屋敷』 *62, 63*
  「僕の親戚，モリノー少佐」 *62*
  『古い牧師館』 *117*
ハーン，ラフカディオ(Hearn, Lafcadio) *101*
ハイゼンベルグ，W. K.(Heisenberg, W. K.) *180*
ヘラー，ジョゼフ(Heller, Joseph) *186, 187, 198, 206*
  『キャッチ＝22』 *198, 206*
  『何かが起こった』 *206*
  『輝けゴールド』 *206*
  God Knows *206*
ヘルマン，リリアン(Hellman, Lillian) *165, 172, 173-74*
  『子どもの時間』 *173-74*

『子狐たち』 *173*
『ラインの監視』 *173*
『森の他の部分』 *174*
ヘルパー，ヒントン・R.(Helper, Hinton R.) *37*
  『迫りくる南部の危機』 *37*
ヘミングウェイ，アーネスト(Hemingway, Ernest) *90, 126, 131, 133-36, 185, 227*
  「キリマンジャロの雪」 *131*
  『日はまた昇る』 *133*
  『武器よさらば』 *133, 135*
  『持つと持たぬと』 *134*
  『誰がために鐘は鳴る』 *134*
  『老人と海』 *134*
  『われらの時代に』 *134*
  『ニック・アダムズ物語』 *134-36*
  「三発の銃声」 *135*
  「インディアン・キャンプ」 *135*
  「殺し屋」 *135*
  「二つの心をもった大河」 *135*
ハー，マイケル(Herr, Michael) *213*
  『戦場至急報』 *213*
ヘリック，ロバート(Herrick, Robert) *101*
ハーシェル，キャロライン(Herschel, Caroline) *237*
ハーシー，ジョン(Hersey, John) *190*
  『ヒロシマ』 *190*
ヒギンスン，フランシス(Higginson, Francis) *13*
  『ニュー・イングランド植民地』 *13*
  『ニュー・イングランドへの最近の旅の本当の物語』 *13*
イフェロス，オスカー(Hijuelos, Oscar) *215*
  『マンボ・キングズ愛の歌を奏でる』 *215*
ヒル，ジェイムズ(Hill, James Jerome) *82*
ヒットラー，アドルフ(Hitler, Adolf) *231*
ホフマン，ダニエル(Hoffman, Daniel) *267*
ホランド，ノーマン(Holland, Norman) *271*
ホリヨーク，エドワード(Holyoake, Edward) *20*
ホーマー(Homer) *70*
  『イリアッド』 *70*
フッカー，トマス(Hooker, Thomas) *14*
  「遺棄の危機」 *14*
フックス，ベル(Hooks, Bell) *283*
  『わたしは女ではないのか？』 *283*
フーヴァー，ハーバート(Hoover, Herbert)

323

120, 123
ハワード, ブロンソン(Howard, Bronson) 115, 117
　『ファンティーン』 117
　『シェナンドー』 117
ハウ, エドガー・ワトスン(Howe, Edgar Watson) 101
ハウ, スーザン(Howe, Susan) 224, 241-42
　"The Captivity and Restoration of Mrs. Mary Rowlandson" 241
ハウエルズ, ウィリアム・ディーン(Howells, William Dean) 86, 96-98
　『批評とフィクション』 96
　『卑近な事例』 97
　『サイラス・ラパムの向上』 97-98
　『新しい運命の浮沈』 98
ハドスン, ヘンリー(Hudson, Henry) 2
ヒューズ, ラングストン(Hughes, Langston) 140, 147, 162, 238, 251
　"The Negro Speaks of Rivers" 162
　"What happens to a dream deferred?" 251
ユーゴー, ヴィクトル(Hugo, Victor) 117
　『レ・ミゼラブル』 117
ハーストン, ゾラ・ニール(Hurston, Zola Neale) 146
　『彼らの目は神を見つめていた』 146
ハッチンスン, アン(Hutchinson, Anne) 5, 15
ホアン, デイヴィッド・ヘンリー(Hwang, David Henry) 260
　『M.バタフライ』 260

【Ｉ】
イプセン, ヘンリック(Ibsen, Henrik) 164
イナダ, ロースン・F.(Inada, Lawson F.) 242
インジ, ウィリアム(Inge, William) 251
　『帰れ, いとしのシーバ』 251
　『ピクニック』 251
　『バス・ストップ』 251
　『階段の上の暗闇』 251
イヨネスコ, ユジーン(Ionesco, Eugène) 252
イリガライ, リュス(Irigaray, Luce) 278, 279
アーヴィング, ジョン(Irving, John) 188, 220
　『ガープの世界』 220
　『ホテル・ニュー・ハンプシャー』 220

アーヴィング, ワシントン(Irving, Washington) 53, 54-55
　『ジェフリ・クレイヨン氏のスケッチブック』 54-55

【Ｊ】
ジャクスン, アンドルー(Jackson, Andrew) 35, 37
ヤコブスン, ローマン(Jakobson, Roman) 261, 268
　「ボードレールの猫論」 268
ジェイムズ, ヘンリー(James, Henry) 58, 86, 92-96, 106
　『ディジー・ミラー』 92
　『ロデリック・ハドスン』 92
　『アメリカ人』 92, 93-94, 95, 98
　『ある婦人の肖像』 92, 94, 95-96
　『ボストンの人々』 92, 96
　『カサマシマ公爵夫人』 92
　『ねじの回転』 92
　『鳩の翼』 93, 95, 98
　『使者たち』 93, 94
　『黄金の盃』 93, 95
　The Art of Fiction 93
　Notebooks 93
　The Art of the Novel 93
　A Little Tour in France 93
　Italian Hours 93
　The American Scene 93
ジェイムズ一世(James I) 4
ジェイ, ジョン(Jay, John) 25
ジェファーズ, ロビンソン(Jeffers, Robinson) 153-54
　"To the Stone-Cutters" 153
　"Hurt Hawks" 153
ジェファスン, トマス(Jefferson, Thomas) 8, 10, 24, 25, 99
　『ヴァージニア覚え書』 9, 24
ジュエット, サラ・オーン(Jewett, Sara Orne) 87, 102-04
　『もみの木の繁る国』 103
　「白鷺」 103
　『田舎医師』 103
ジョンスン, バーバラ(Johnson, Barbara) 278
ジョンスン, チャールズ(Johnson, Charles) 195

人名・作品索引

ジョンスン，エドワード(Johnson, Edward) 19
『ニュー・イングランドにおけるシオンの救世主の驚くべき摂理』 19
ジョンスン，リンドン・B.(Johnson, Lyndon B.) 178
ジョーンズ，エンジェル(Jones, Angel) 233
ジョーンズ，ジェイムズ(Jones, James) 185, 189, 190
『地上より永遠に』 189
ジョング，エリカ(Jong, Erica) 216-17
『飛ぶのが怖い』 217
ジョイス，ジェイムズ(Joyce, James) 154, 156, 208, 219
『ユリシーズ』 156, 208
ユング，カール・グスタフ(Jung, Carl Gustav) 166, 261, 266

【K】

カドハタ，シンシア(Kadohata, Cynthia) 216
　In the Heart of the Valley of Love 216
カール，フレデリック(Karl, Frederick) 188
カウル，A. N.(Kaul, A. N.) 63
キーツ，ジョン(Keats, John) 160
ケリー，ウィリアム・M.(Kelley, William Melvin) 195
　dem 195
ケネディ，エイドリアン(Kennedy, Adrienne) 246
『黒人のあいまい宿』 247
ケネディ，ジョン・F.(Kennedy, John Fitzgerald) 178
ケネディ，ロバート(Kennedy, Robert) 179
ケネディ，ウィリアム(Kennedy, William) 188, 220
『黄昏に燃えて』 220
ケルアック，ジャック(Kerouac, Jack) 186, 199, 234
『路上』 199
キージー，ケン(Kesey, Ken) 206
『郭公の巣』 206
キー，フランシス・スコット(Key, Francis Scott) 28
「星条旗」 28
キンケイド，ジャマイカ(Kincaid, Jamaica) 195
キング牧師，マーティン・ルーサー(King, Jr., Martin Luther) 47, 179
キングスレー，シドニー(Kingsley, Sidney) 165, 170
『白衣の人々』 170
『デッド・エンド』 170
キングストン，マクシーン・H.(Kingston, Maxine Hong) 188, 215-16
『チャイナ・タウンの女武者』 215-16, 218
『アメリカの中国人』 216
キンジー，A. C.(Kinsey, Alfred C.) 179
『男性における性反応』 179
カークランド，ジョゼフ(Kirkland, Joseph) 101
コック，フレデリック・ヘンリー(Koch, Frederick Henry) 165
コロドニー，アネット(Kolodny, Annette) 277-78
「地雷原を踊り抜けて」 277-78
コピット，アーサー(Kopit, Arthur) 246, 253
『おゝかわいそうなパパ！ ママがパパを押入で首つりにしちゃった。僕はとっても悲しい』 253
『インディアンズ』 253
コジンスキー，ジャージー(Kosinski, Jerzy) 186, 203
『異端の鳥』 203
『異境』 203
クリステヴァ，ジュリア(Kristeva, Julia) 278
クッシュナー，トニー(Kushner, Tony) 260
『エンジェルズ・イン・アメリカ第Ⅰ部 至福千年紀が近づく』 260

【L】

ラカン，ジャック(Lacan, Jacques) 61
ラフォルグ，ジュール(Laforgue, Jules) 155
レイン，R. D.(Laing, R. D.) 180
『分裂した自我』 180
ラム，チャールズ(Lamb, Charles) 23
ラードナー，リング(Lardner, Ring) 139
ラーセン，ネラ(Larsen, Nella) 140
『流砂』 140
『偽装』 140
ラス・カサス，バルトロメ・デ(Las Casas, Bartoloméde) 11

325

『インディーズ破壊の簡単な説明』 11
ロレンス, D. H.(Lawrence, D. H.) 134, 276
レヴェレット, ジョン(Leverett, John) 20
レヴァトフ, デニーズ(Levertov, Denise) 222, 223, 231, 233-34, 236
 "Overland to the Islands" 233
 "Sunday Afternoon" 233
 "The Springtime" 233
 "The Grace-note" 233
 "The World Outside" 233
 「ヴェトナムの生活を見る」 234
 "Writers Take Sides on Vietnam" 234
 『世界の中の詩人』 234
 "Cancion" 234
ルイス, R. W. B.(Lewis, R. W. B.) 267-68
ルイス, シンクレア(Lewis, Sinclair) 125, 126, 128-89
 『本町通り』 128
 『バビット』 128
 『アロウスミス』 129
 『エルマー・ガントリー』 129
レイナー, マーク(Leyner, Mark) 188
リンカーン, エイブラハム(Lincoln, Abraham) 38, 68, 71, 124
リンドバーグ, チャールズ(Lindberg, Charles A.) 123
リンジー, ヴェイチェル(Linsay, Vachel) 147, 148, 150-51
 "The Congo" 150, 151
 "General William Booth Enters into Heaven" 150
 "Abraham Lincoln Walks at Midnight" 151
 「花を食うバッファロー」 151
ロック, ジョン(Locke, John) 6, 20
ロンドン, ジャック(London, Jack) 88, 111-12
 『海の狼』 111
 『荒野の叫び』 111, 112
ロングフェロー, ヘンリー・ワズワース(Longfellow, Henry Wadsworth) 68, 71-72, 223, 240
 「人生賛歌」 71
 "The Slave's Dream" 71, 72
 「エヴァンジェリン」 72
 「ハイアワサの歌」 72

ロード, オードレ(Lorde, Audre) 218, 242
 Zami : A New Spelling of My Name 218
 「石炭」 242
 "The Woman Thing" 242
 "Chain" 242
ローウェル, エィミー(Lowell, Amy) 76, 225
ローウェル, ジェイムズ・ラッセル(Lowell, James Russell) 68, 225
ローウェル, ロバート(Lowell, Robert) 222, 223, 224-27, 228, 229, 238, 241, 260
 『人生研究』 223, 224, 225-27
 『懈怠卿の城』 224
 "Holy Innocents" 225
 "Christmas Eve under Hooker's Statue" 225
 "Memories of West Street and Lepke" 225-26
 "For the Union Dead" 226
 "Skunk Hour" 226-27
レヴィ=ストロース, クロード(Lévi-Strauss, Claude) 261, 268, 274
 「ボードレールの猫論」 268

【M】
マッケイ, パーシー(MacKaye, Percy) 115, 117-18
 『案山子』 117-18
マキーオン, リチャード(Mackeon, Richard) 265
マディソン, ジェイムズ(Madison, James) 10, 25, 99
マゼラン, フェルディナンド(Magellan, Ferdinand) 2
メイラー, ノーマン(Mailer, Norman) 185, 186, 187, 189-90, 196-97, 203, 212-13, 276
 『裸者と死者』 189-90
 『なぜぼくらはヴェトナムへ行くのか』 196, 197
 『バーバリーの岸辺』 196
 『鹿の園』 196, 198
 『アメリカの夢』 196, 198
 Ancient Evenings 197
 『タフガイは踊らない』 197
 Harlot's Ghost 197
 『僕自身のための広告』 213
 『夜の軍隊』 213

『月にともる火』 213
メイジャー, クラレンス(Major, Clarence) 220
  Reflex and Bone Structure 220
マラマッド, バーナード(Malamud, Bernard) 186, 201-02
  『もうひとつの生活』 198
  『修理屋』 201
  『アシスタント』 201
  『魔法の樽』 202
  『ドゥービン氏の冬』 202
  God's Grace 202
マルコム X(Malcolm X) 179, 218
  『マルコム X の自伝』 218
マラルメ, ステファン(Mallarmé, Stéphane) 61
マモン, レズリー(Mamon, Leslie) 243
マメット, デイヴィッド(Mamet, David) 246, 256-57, 259
  『あひる変奏曲』 256
  『シカゴにおける性の倒錯』 256-57
  『アメリカン・バッファロー』 257
  『グレンギャリー・グレン・ロス』 259
  『オレアナ』 259
  『森』 260
マルクーゼ, ハーバート(Marcuse, Herbert) 178
  『エロスと文明』 178
マーシャル, ポール(Marshall, Paule) 195
メイスン, ボビー・アン(Mason, Bobbie Ann) 188, 221
  『イン・カントリー』 221
  Shiloh and Other Stories 221
マスターズ, エドガー・リー(Masters, Edgar Lee) 147, 148-49
  Spoon River Anthology 148
  "Elsa Wertman" 149
  "Hamilton Green" 149
マザー, コットン(Mather, Cotton) 6, 18
  『アメリカにおけるキリストの大いなる御業』 10, 16
  『善行論』 18, 21
  『不可視の世界の驚異』 19
マザー, インクリース(Mather, Increase) 5, 16
  「災いの日は近い」 5, 16
  Cases of Conscience 19

マザー, リチャード(Mather, Richard) 16, 27
  「賛美歌集」 27
メイヒュー, トマス(Mayhew, Thomas) 6
マッカーシー, コーマック(McCarthy, Cormac) 221
  『すべての美しい馬』 221
マッカーシー, ジョゼフ(McCarthy, Joseph R.) 176
マッカラーズ, カースン(McCullers, Carson) 185, 191-92
  『心は孤独な狩人』 192
  『結婚式のメンバー』 192
マキナニー, ジェイ(McInerny, Jay) 189
マッケイ, クロード(McKay, Claude) 162
マクルーハン, マーシャル(McLuhan, Marshall) 178
  『メディアの理解』 178
メルヴィル, ハーマン(Melville, Herman) 53, 54, 64-67, 225, 234, 241
  『白鯨』 54, 64, 66-67
  『タイピー』 64, 65
  『ビリー・バッド』 64
  『ピエール』 64, 65
  『マーディ』 65
  「ホーソーンとその『苔』」 65
  「書記バートルビー」 65
  『信用詐欺師』 66
  Battle Pieces and Aspects of the War 68
  『レッドバーン』 64, 66
  『ホワイト・ジャケット』 64, 66
メンケン, H. L.(Mencken, H. L.) 122
マーウィン, W. S.(Merwin, W. S.) 238, 240-41
  Asian Figures 241
ミレー, エドナ・セント・ヴィンセント(Millay, Edna St. Vincent) 160
ミラー, アーサー(Miller, Arthur) 19, 168, 246, 249, 250-51, 252, 253, 254, 257-58
  『るつぼ』 19, 174, 251, 258
  『みんなわが子』 250, 254
  『セールスマンの死』 250-51
  『橋からのながめ』 251
  『転落の後に』 254
  『ヴィシーでの出来事』 254
  The Price 254

『世界の創造とその他のこと』(Up From Paradise) 257
ミラー, ヘンリー(Miller, Henry) 126, 145, 276
　『北回帰線』 145
　『黒い春』 145
　『南回帰線』 145
　『バラ色の十字架』 145
　『セクサス』 145
　『プレクサス』 145
　『ネクサス』 145
ミラー, J. ヒリス(Miller, J. Hillis) 262, 273, 275, 276
ミラー, ペリー(Miller, Perry) 21
ミレット, ケイト(Millett, Kate) 276
　『性の政治学』 276-77
ミルハウザー, スティーヴン(Millhouser, Steven) 221
　Martin Dressler : The Tale of an American Dreamer 221
ミルズ, C. W.(Mills, C. W.) 177
　『ホワイト・カラー』 177
　『パワー・エリート』 177
　『組織人間』 178
ミルトン, ジョン(Milton, John) 30, 276
　『失楽園』 30
ミリキタニ, ジャニス(Mirikitani, Janice) 242, 244
　Awake in the River 244
　『沈黙を破る』 244
　『われわれ, 危険人物』 244
ミッチェル, ジョナサン(Mitchel, Jonathan) 17
　「城壁に立つネヘミア」 17
ミッチェル, マーガレット(Mitchell, Margaret) 146
　『風と共に去りぬ』 146
ミッチナー, ジェイムズ(Mitchener, James) 185, 190
　『トコリの橋』 190
モイ, トリル(Moi, Tril) 278
　Sexual/Textual Politics 278
モマディ, スコット(Momady, N. Scott) 188, 213-14, 243
　『あかつきの家』 213-24
　『レイニィ・マウンテンへの道』 214
モンロー, ハリエット(Monroe, Harriet) 148
モンロー, マリリン(Monroe, Marilyn) 177
モンテズマ皇帝(Montezuma, Emperor) 11
モントローズ, ルイス(Montrose, Louis) 279
ムーディ, ウィリアム(Moody, William) 115, 118
　『大分水嶺』 118
ムア, マリアン(Moore, Marianne) 76, 147, 159-60
　"The Plumet Basilisk" 159
　"Four Quartz Crystal Clocks" 159
　"Rescue with Yul Brynner" 159
　"A Jellyfish" 159
　"Poetrry" 159-60
　Collected Poems 160
モーガン, ジョン(Morgan, John Pierpont) 82, 121
モリ, トシオ(Mori, Toshio) 216
　Woman From Hiroshima 216
モリスン, トニー(Morrison, Toni) 188, 195, 217-18, 283
　『青い目がほしい』 195
　『ビラヴド』 195, 283
　『アメリカ文学と白い想像力』 283
モート, G.(Mourt, G.) 13
　Mourt's Relation 13

【N】
ナボコフ, ウラディミル(Nabokov, Vladimir) 125, 220
　『青白い炎』 220
ネイダー, ラルフ(Nader, Ralph) 178
ナポレオン(Napoleon) 34
ネイラー, グロリア(Nayler, Gloria) 195
ニュートン卿, アイザック(Newton, Sir Isaac) 6, 20
ニーチェ, フリードリッヒ・W.(Nietzsche, Friedrich Wilhelm) 275
ニクスン, リチャード・M.(Nixon, Richard M.) 180, 181
ノーマン, マーシャ(Norman, Marsha) 246, 247, 258
　『脱出』 258
　『おやすみ, 母さん』 258
ノリス, フランク(Norris, Frank) 88, 111
　『死の谷—マックティーグ』 111

『オクトパス』 111
『穀物取引所』 111
『狼』 111

【O】
オーツ, ジョイス・キャロル(Oates, Joyce Carol) 186, 204-05, 219, 260
　A Garden of Earthly Delight 204
　『贅沢な人々』 204
　『かれら』 204, 205
　Wonderland 204
　Do With Me What You Will 204
　Assassins 204
　Bellefleur 219
　『トーン・クラスター』 260
オコーナー, フラナリー(O'Connor, Flannery) 185, 192
　『賢い血』 192
　The Violent Bear It Away 192
オデッツ, クリフォード(Odets, Clifford) 165, 172-73
　『醒めて歌え』 172
　『レフティを待ちつつ』 172, 173
　『失われた楽園』 172
　『ゴールデン・ボーイ』 172
　『月へのロケット』 172
　『田舎の娘』 173
オハラ, フランク(O'Hara, Frank) 224, 243
オハラ, ジョン(O'Hara, John) 146
　『サマーラで会おう』 146
オカダ, ジョン(Okada, John) 188, 216
　『ノー・ノー・ボーイ』 216
オキーフ, ジョージア(O'Keeff, Georgia) 244
オルスン, エルダー(Olsen, Elder) 265
オルスン, チャールズ(Olson, Charles) 223
オニール, ユージン(O'Neill, Eugene) 116, 164, 165-68, 246, 248-49
　『カーディフさして東へ』 164, 165
　『長い帰りの航路』 165
　『鯨油』 165
　『カリブ島の月』 165
　『地平線の彼方』 165, 167
　『アンナ・クリスティ』 165
　『皇帝ジョーンズ』 165, 167-68
　『毛猿』 166, 168
　『楡の木陰の欲望』 166

『偉大な神ブラウン』 166-67
『奇妙な幕間狂言』 167
『喪服の似合うエレクトラ』 167
『ラザラス笑えり』 167
『限りなき命』 168
『氷人来る』 168, 248
『夜への長い旅路』 248
A Touch of the Poet 248
『ヒューイ』 248
『さらに素敵な邸宅』 248
オーティーズ, サイモン(Ortiz, Simon) 242, 243
オーエン, ロバート(Owen, Robert) 36
オージック, シンシア(Ozick, Cynthia) 203

【P】
パッカード, ヴァンス(Packard, Vance) 177-78
　『地位を求める人々』 178
　『眼に見えない説得者たち』 178
ペイン, トマス(Paine, Thomas) 7, 23, 24
　『コモン・センス』 7, 23, 24
　『危機』 23
　『人間の権利』 24
　『理性の時代』 24
ペイリー, グレイス(Paley, Grace) 188, 203
パーマー, マイケル(Palmer, Michael) 224
パーカー, ドロシー(Parker, Dorothy) 160
パーカー, セオドア(Parker, Theodore) 39
パテン, ギルバート(Patten, Gilbert) 87
　『フランク・メリウェル, あるいは, ファーデイルでの最初の日々』 87
ピアース, ロイ・ハーヴェイ(Pearce, Roy Harvey) 222
　『アメリカ詩の継続性』 222
パーシー, ウォーカー(Percy, Walker) 186, 193, 198, 199
　『映画狂』 198, 199
　『最後の紳士』 199
　The Second Coming 199
パーロフ, マージョリー(Perloff, Marjorie) 224
ペスタロッチ, ヨハン・H.(Pestalozzi, Johann Heinrich) 50
ピーターズ, ジョン(Peters, John) 32
フィリップス, ジェイン・アン(Phillips, Jayne Anne) 188, 221

329

『ブラック・ティケッツ』 221
『ファスト・レーン』 221
ピアシー, マージ(Piercy, Marge) 188, 217
   Small Changes 217
ピルグリム・ファーザーズ(Pilgrim Fathers) 3, 4, 10
ピサロ, フランシスコ(Pizarro, Francisco) 2
プラス, シルヴィア(Plath, Sylvia) 222, 223, 227, 228, 229-31
   『エアリアル』 229, 231
   『冬の木立』 229
   "Daddy" 230
   "Lady Lazarus" 230-31
   "Ariel" 231
   『冬の木立』 231
プラトン(Plato) 274
ポカホンタス(Pocahontas) 12, 161
ポー, エドガー・アラン(Poe, Edgar Allan) 26, 53, 58-61, 69, 161
   「穽と振子」 26, 59
   「黄金虫」 58
   「アッシャー家の崩壊」 58
   「アマンティラドの樽」 58-59
   「大渦巻きに呑まれて」 59-60
   「モルグ街の殺人」 60
   「黒猫」 60
   「ウィリアム・ウィルソン」 60
   「赤死病の仮面劇」 60
   「ワトキンズ・トトル」 60
   「トワイス・トールド・テイルズ」 60
   『アーサー・ゴードン・ピムの物語』 61
   「詩の原理」 69
   「詩の哲理」 69
   「大鴉」 69
   "Annabel Lee" 69
   "The Bells" 69
ポラック, ジャクスン(Pollock, Jackson) 177
ポパム, ジョージ(Popham, George) 3
プーレ, ジョルジュ(Poulet, Georges) 271
パウンド, エズラ(Pound, Ezra) 72, 73, 74, 147, 154-55, 222, 240
   "In a Station of the Metro" 154
   Personae 154
   「木」 154
   "Threnos" 154
   "Cino" 154
   "Hugh Selwyn Mauberley" 154-55
   The Cantos 155
   "The Pisan Cantos" 155
パワーズ, リチャード(Powers, Richard) 189
ポーハタン(Powhatan) 12
プレスリー, エルヴィス(Presley, Elvis) 177
プリンス, ジェラルド(Prince, Gerald) 268
   『物語の文法』 268
プルー, E. アニー(Proulx, E. Annie) 221
   『湾岸ニュース』 221
プッチーニ, ジャコモ(Puccini, Giacomo) 117
パーディ, ジェイムズ(Purdy, James) 198
   『マルコムの遍歴』 198
ピンチョン, トマス(Pynchon, Thomas) 187, 207-08, 221
   『V.』 207, 208
   『競売ナンバー49の叫び』 207, 208
   『重力の虹』 207, 208
   『スロー・ラーナー』 204
   『ヴァインランド』 207
   Mason & Dixon 207, 221

【R】

ローリー卿, ウォルター(Raleigh, Sir Walter) 3, 12
ランサム, ジョン・クロウ(Ransom, John Crowe) 147, 162-63, 261, 263
   "Blue Girls" 162-63
レイ, デイヴィッド(Ray, David) 232
リード, ハーバート(Read, Herbert) 75
リード, イシュメル(Read, Ishmael) 195
   『マンボ・ジャンボ』 195
   Flight to Canada 195
レーガン, ドナルド・W.(Reagan, Donald W.) 181, 182
レックスロス, ケネス(Rexroth, Kenneth) 234, 238, 240
   「現代アメリカ詩にみる日本古典詩の影響」 240
   『百人一首』 240
ライス, エルマー(Rice, Elmer) 165, 168-69
   『裁判で』 168
   『計算機』 168, 169
   『街の風景』 168-69

リッチ, エイドリアン (Rich, Adrienne) 29, 222, 223, 231, 236-37
　"Diving into the Wreck" 237
　"Planetarium" 237
リースマン, ディヴィッド (Riesman, David) 177
　『孤独な群衆』 177
リファテール, マイケル (Riffaterre, Michael) 271
リオス, アルベルト (Rios, Alberto) 242, 244-45
　Whispering to Fool the Wind 244
　"Advice to a First Cousin" 245
リプリー, ジョージ (Ripley, George) 39
リヴェラ, トマス (Rivera, Tom s) 188
ロビンズ, トム (Robbins, Tom) 188
ロビンソン, エドウィン・アーリントン (Robinson, Edwin Arlington) 147, 151-52
　Man Against the Sky 151
　"Richard Cory" 151
　"Miniver Cheevy" 151
　Merlin 151
　Lancelot 151
　Tristram 151
ロックフェラー, ジョン (Rockefeller, John) 82, 121
レトキ, セオドア (Roethke, Theodore) 223
ロジャーズ, リチャード (Rogers, Richard) 247
ローズヴェルト, シオドア (Roosevelt, Theodore) 83, 120, 123-24, 169
ローゼンバーグ, ジェローム (Rosenberg, Jerome) 243
ローゼンサル, M. L. (Rosenthal, M. L.) 223
ロスナー, ジュディ (Rossner, Judith) 217
　『ミスター・グッドバーを探して』 217
ロス, ヘンリー (Roth, Henry) 146
　『眠りと呼べ』 146
ロス, フィリップ (Roth, Philip) 186, 202-03, 221
　"The Conversion of the Jews" 202
　『ルーシィの悲しみ』 202
　『ポートノイの不満』 202
　『われらのギャング』 202
　『素晴らしいアメリカ野球』 202
　『乳房になった男』 202

『男としてのわが人生』 203
『ザッカーマン』 203
『ゴースト・ライター』 203
『解き放たれたザッカーマン』 203
『解剖学講義』 203
『背信の日々』 203
Sabbath's Theater 203, 221
American Pastoral 203, 221
ルソー, ジャン・ジャック (Rousseau, Jean Jacques) 164
ローランドスン, メアリー (Rowlandson, Mary) 9
　『メアリー・ローランドスン夫人の捕囚と奪回』 9, 17
ルース, ベーブ (Ruth, Babe) 123

【S】
サイード, エドワード (Said, Edward) 281
　『オリエンタリズム』 281
サリンジャー, ジェローム・D. (Salinger, Jerome D.) 186, 197
　『ライ麦畑でつかまえて』 197
　『フラニーとゾーイー』 197
　『1924―ハップワース16』 197
サンチェス, リカルド (Sanchez, Ricardo) 244
サンドバーグ, カール (Sandberg, Carl) 147, 148, 149-50
　Chicago Poems 149
　"Chicago" 149
　"Fog" 150
　The American Songbag 150
　「卵に隠された歌」 150
サンガー, マーガレット (Sanger, Margaret) 83
サロイアン, ウィリアム (Saroyan, William) 126, 144-45
　『空中ブランコに乗る勇敢な若者』 144
　『君が人生の時』 144
　『我が名はアラム』 145
　『人間喜劇』 145
サルトル, ジャン・ポール (Sartre, Jean-Paul) 186
ソシュール, フェルディナンド・ド (Saussure, Ferdinand de) 261, 268, 269-70, 274
スコルズ, ロバート (Scholes, Robert) 268, 269

『文学における構造主義』 268
スコット，ウォルター(Scott, Walter) 54
シューアル，サミュエル(Sewall, Samuel) 18
　『日記』 18
セクストン，アン(Sexton, Anne) 222, 223, 227, 228-29, 230
　『精神病院への行き戻り』 228
　The Awful Rowing Toward God 228
　"You, Dr. Martin" 228
　"Unknown Girl in the Maternity Ward" 229
シェイクスピア，ウィリアム(Shakespeare, William) 9, 71, 280
　『オセロ』 173
シャンゲ，ニトゼーク(Shange, Ntozake) 218, 246
　Sassafrass, Cypress & Indigo 218
ショー，ジョージ・バーナード(Shaw, George Bernard) 164
ショー，アーウィン(Shaw, Irwin) 190
　『若い獅子たち』 190
シェパード，サム(Shepard, Sam) 246, 256, 258-59, 260
　『赤十字』 256
　『旅行者』 256
　『イカルスの母』 256
　『犯罪の牙』 256
　『埋められた子』 256
　『真実の西部』 259
　『飢えた階級の呪い』 260
シェリダン，リチャード(Sheridan, Richard) 115
　『悪口学校』 115
シャーウッド，ロバート・エミット(Sherwood, Robert E.) 165, 170-71
　『化石の森』 170-71
　『白痴のよろこび』 171
　『イリノイのリンカーン』 171
　『もう夜はない』 171
ショーウォルター，イレイン(Showalter, Elaine) 277, 278
　『彼女自身の文学』 277
シドニー卿，フィリップ(Sidney, Sir Philip) 28
シルコー，レズリー・M.(Silko, Leslie M.) 188, 214, 243

『悲しきインディアン』 214
Storyteller 214
Almanac of the Dead 214
シリマン，ロン(Silliman, Ron) 224
サイモン，ニール(Simon, Neil) 246, 254, 257, 259
　『来たりて笛を吹け』 254
　『裸足で公園を』 254
　『プラザ・ホテルの一室』 254
　『カリフォルニア・スウィート』 257
　『第二章』 257
　『ブライトン海岸のメモリー』 259
シンプスン，ルイス(Simpson, Louis) 225
　"Walt Whitman at Bear Mountain" 235
シンクレア，アプトン(Sinclair, Upton) 83
　『ジャングル』 83
シンガー，アイザック・B.(Singer, Isaac Bashevis) 203
スミス，バーバラ(Smith, Barbara) 283
　『黒人フェミニスト批評に向けて』 283
スミス，ベッシー(Smith, Bessie) 123
スミス，ヘンリー・ナッシュ(Smith, Henry Nash) 267
スミス，ジョン(Smith, John) 9, 12
　『ヴァージニアとニュー・イングランドとサマー諸島の一般史』 12
スミス，シドニー(Smith, Sydney) 53
スミスン，ロバート(Smithson, Robert) 179
スノッドグラス，W. D.(Snodgrass, W.D.) 223
スノー，C. P.(Snow, C. P.) 180
　『二つの文化と科学革命』 180
スナイダー，ゲリー(Snyder, Gary) 223, 232, 234, 238-40, 241, 243
　「割りぐり」 238-39
　「パイウート・クリーク」 239
　「亀の島」 239-40
ソング，キャシー(Song, Cathy) 242, 243-44
　『写真花嫁』 243-44
ソンタグ，スーザン(Sontag, Susan) 203
ソレンティノ，ギルバート(Sorrentino, Gilbert) 188, 220
　Mulligan Stew 220
ソト，ヘルナンド・デ(Soto, Hernando de) 3
サザーン，テリー(Southern, Terry) 209

人名・作品索引

『博士の奇妙な実験』 209
『怪船マジック・クリスチャン号』 209
サウスワース, E. D. E. N.(Southworth, E. D. E. N.) 87
スペンサー, ハーバート(Spencer, Herbert) 84
スペンサー, エドマンド(Spenser, Edmund) 28
スピヴァク, ガヤトリ・C.(Spivak, Gayatri C.) 262, 273, 281-82
　『グラマトロジーについて』 273
　「サバルタンは話すことができるか？」 282
　「三人の女性たちのテクストと帝国主義批判」 282
スタフォード, ウィリアム(Stafford, William) 232, 240
　"Travelling through the Dark" 240
　"At Cove on the Crooked River" 240
スタンフォード, リーランド(Stanford, Leland) 82
スティール卿, リチャード(Steele, Sir Richard)
　『スペクテイター』 21
スタイン, ガートルード(Stein, Gertrude) 125, 127-28, 154, 157, 222
　『アリス・B. トクラスの自伝』 127
　『三人の女』 127
　『アメリカ人の生成』 127-28
　『アメリカ講演録』 128
　『やさしい釦』 128
　「詩と文法」 128, 147
スタインベック, ジョン(Steinbeck, John) 126, 143-44, 185, 260
　『金の杯』 143
　『天の牧場』 143, 144
　『トーティーヤ・フラット』 143
　『疑わしい戦い』 143, 144
　「赤い子馬」 143
　『長い谷間』 143
　『はつかねずみと人間』 143
　『怒りの葡萄』 143, 144
　『月は沈みぬ』 143
　『気まぐれバス』 143
　『真珠』 143, 144
　『エデンの東』 143, 144
　『チャーリーとの旅』 144

『アメリカとアメリカ人』 144
スティーヴンズ, ウォーレス(Stevens, Wallace) 147, 157-58, 159
　"Peter Quince at the Clavier" 157
　"Anecdote of the Jar" 157
　"The Idea of Order at Key West" 157-58, 236
スタイルズ, エズラ(Stiles, Ezra) 22
ストダード, ソロモン(Stoddard, Solomon) 16
ストー, ハリエット・ビーチャー(Stowe, Harriet Beecher) 38, 102
　『アンクル・トムの小屋』 54, 102
　『牧師の求婚』 102
　『オール島の真珠』 102
　『オールドタウンの人々』 102
ストリンドベリ, オーギュスト(Strindberg, August) 164
スタイロン, ウィリアム(Styron, William) 186, 193, 198
　『闇の中に横たわりて』 198
　『ソフィーの選択』 198
　『ナット・ターナーの告白』 198
スーケニック, ロナルド(Sukenic, Ronald) 186, 188, 203, 219
　The Death of the Novel and Other Stories 219
　"Momentum" 219
　"Roast Beef" 219
　Out 219, 98.6 219
　Up 220
スウェーデンボルグ, エマニュエル(Swedenborg, Emanuel) 43

【T】

タン, エイミー(Tan, Amy) 216
　『ジョイ・ラック・クラブ』 216
　『キッチン・ゴッズ・ワイフ』 216
テイト, アレン(Tate, Allen) 147, 162, 163, 225, 263
　"Last Days of Alice" 163
テイラー, エドワード(Taylor, Edward) 22, 28, 29, 71
　「瞑想詩」 29
　「主婦仕事」 30
　「洪水に寄せて」 30
テイラー, ピーター(Taylor, Peter) 193

333

テナント，ギルバート（Tennent, Gilbert） 6
テニスン卿，アルフレッド（Tennyson, Lord Alfred） 160
トマス，ディラン（Thomas, Dylan） 236
トンプスン，ハンター（Thompson, Hunter） 187, 213
    Hell's Angels 213
    『ラスヴェガスをやっつけろ!』 213
トムスン，ヴァージル（Thomson, Virgil） 222
ソロー，ヘンリー・デイヴィッド（Thoreau, Henry David） 23, 38, 39, 44-48, 135, 238, 239
    『日記』 44
    『ウォールデン』 44, 45-47, 135
    「クタードン」 44
    『コッド岬』 45
    「市民としての抵抗」 47
サーバー，ジェイムズ（Thurber, James） 139
トムキンズ，ジェイン（Tompkins, Jane） 278
    『センセーショナル・デザイン』 278
トゥーマー，ジーン（Toomer, Jean） 140, 162
    『砂糖きび』 140
トルーエロ，ラファエル（Trujillo, Rafael） 243
トルーマン，ハリー（Truman, Harry S.） 176
ターナー，フレデリック（Turner, Frederick R.） 80
トウェイン，マーク（Twain, Mark） 82, 86, 87, 88-92, 96, 100, 241
    『金メッキ時代』 82, 90
    『ハックルベリー・フィンの冒険』 88, 89-90
    「キャラヴァラス郡の名高い跳び蛙」 89
    『赤毛布外遊記』 89
    『トム・ソーヤの冒険』 89
    『アーサー王宮廷のヤンキー』 91
    『まぬけのウィルスン』 91
    「人間とは何か」 91
    『不思議な少年 第44号』 91-92
    『イヴの日記』 92
タイラー，ロイヤル（Tyler, Royall） 115
    『対照』 115

【U】
ウチダ，ヨシコ（Uchida, Yoshilo） 216
『写真花嫁』 216
アンダーヒル，ジョン（Underhill, John） 16
『アメリカからのニュース』 16
アップダイク，ジョン（Updike, John） 186, 198, 203-04, 207
    『走れ，ウサギ』 198, 203-04
    『ケンタウロス』 203
    『帰ってきたウサギ』 204
    『裕福なウサギ』 204
    『さようならウサギ』 204
    『カップルズ』 204
    『結婚しよう』 204
    『日曜日だけのひと月』 204
    『博物館と女たち』 204
    『農場にて』 203

【V】
ヴァカ，アルヴァ・ヌネス・カベサ・デ（Vaca, Alvar Nez Cabeza de） 2, 11
    『アルヴァ・ヌネス・カベサ・デ・ヴァカの物語』 12
ヴァレンチノ，ルドルフ（Valentino, Rudolph） 122
ヴェンドラー，ヘレン（Vendler, Helen） 241
ヴェラザノ，ジョヴァンニ・ダ（Verrazano, Giovanni da） 2
ヴェスプッチ，アメリゴ（Vespucci, Amerigo） 2
ヴィズノーア，ジェラルド（Vizenor, Gerald） 188, 215
    Darkness in Saint Louis Bearheart 215
ヴォルマン，ウィリアム（Vollmann, William T.） 189
ヴォネガット Jr.，カート（Vonnegut, Jr., Kurt） 187, 208-09, 225
    『屠殺場5号』 208-09
    『猫のゆりかご』 209
    『母なる夜』 209
    『ローズウォーター氏に神の祝福を』 209
    『ジェイル・バード』 209
    『チャンピオンたちの朝食』 209
    『タイム・クェイク』 209

【W】
ウォーカー，アリス（Walker, Alice） 195, 188, 218, 234, 238
    『メリディアン』 195

人名・作品索引

『カラー・パープル』 195
ウォレス, デイヴィッド・フォスター (Wallace, David Foster) 189
ウォーナー, C. D.(Warner, Charles Dudley) 90
ウォーナー, スーザン(Warner, Susan) 54
『広い広い世界』 54
ウォーレン, ロバート・ペン(Warren, Robert Penn) 147, 162, 163, 263
"Picnic Remembered" 163
ワシントン, ジョージ(Washington, George) 32
ウェイマス, ジョージ(Waymouth, George) 3
ウェルチ, ジェイムズ(Welch, James) 188, 214-15, 243
Winter in the Blood 214-15
The Death of Jim Loney 214
ウェルズ, オースン(Welles, Orson) 124
ウェルティ, ユードラ(Welty, Eudora) 185, 191
『デルタの結婚式』 191
Losing Battles 191
『マッケルヴァ家の娘』 191
ウェスト, ナサニエル(West, Nathanael) 126, 145-46
『バルソー・スネルの夢の生活』 145
『孤独な娘』 145-46
『クール・ミリオン』 146
『いなごの日』 146
ウォートン, イーディス(Wharton, Edidth) 88, 106-08
『イーサン・フロム』 106-07
『夏』 107
『歓楽の館』 107-08
『ジ・エイジ・オヴ・イノセンス』 108
『戦場の息子』 108
『子どもたち』 108
『振り返りて』 108
ウィートリ, ジョン(Wheatley, John) 31
ウィートリ夫人(Wheatley, Mrs.) 31, 32
ウィートリ, フィリス(Wheatley, Phillis) 28, 31, 32
"On Being Brought from Africa to America" 32
"To His Excellency General Washington" 32

ホワイト, ジョン(White, John) 12
ホイットフィールド, ジョージ(Whitefield, George) 6
ホワイトヘッド, A. N.(Whitehead, A. N.) 180
ホイットマン, ウォルト(Whitman, Walt) 68, 70, 73-75, 76, 77, 78, 105, 142, 145, 149, 161, 223, 234, 235
『草の葉』 68, 73-74, 235
『軍靴の響き』 68, 74
「自我の歌」 73-74
"Children of Adam" 74
"Calamus" 74
「先頃ライラックが前庭に咲いたとき」 74
ホイッティア, ジョン・グリーンリーフ (Whittier, John Greenleaf) 38, 68, 70, 72
"Snow-Bound" 72
ワイドマン, ジョン・エドガー(Wideman, John Edgar) 195
ウィーナー, ノーバート(Wiener, Norbert) 178
『人間機械論』 178
ウィグルズワース, マイケル(Wigglesworth, Michael) 27
『審判の日』 27
ウィルバー, リチャード(Wilbur, Richard) 223
ワイルダー, ソーントン(Wilder, Thornton) 165, 172, 232
『サン・ルイ・レイの橋』 172
『わが町』 172
ウィリアムズ, ジョン・A.(Williams, Johm A.) 195
The Man Who Cried I Am 195
Captain Blackman 195
ウィリアムズ, ロジャー(Williams, Roger) 5, 15
『迫害の血なまぐさい教理』 15
ウィリアムズ, テネシー(Williams, Tennessee) 168, 246, 249, 252, 253-54, 257
『ガラスの動物園』 249
『欲望という名の電車』 249-50
『バラの刺青』 250
『熱いトタン屋根の上の猫』 250
Sweet Birds of Youth 250
『イグアナの夜』 253
The Milk Train Doesn't Stop Here Any

335

More 254
　　　In the Bar of a Tokyo Hotel 254
　　　Small Craft Warning 257
　　　Vieux Carrée 257
ウィリアムズ, ウィリアム・カーロス
　　　(Williams, William Carlos) 74, 222,
　　　233, 147, 158-59
　　　" The Red Wheelbarrow " 158
　　　" The Dance " 158
　　　Paterson 158-59
ウィルスン, オーガスタ・エヴァンズ
　　　(Wilson, Augusta Evans) 87
　　　『セント・エルモ』 87
ウィルスン, オーガスト (Wilson, August)
　　　246
ウィルスン, ウッドロー (Wilson, Woodrow)
　　　83, 121
ウィムサット, W. K. (Wimsatt, W. K.) 263-
　　　64, 271
　　　「意図を読む誤謬」 263-64
　　　「感情移入の誤謬」 264
ウィンスロップ, エイムズ (Winthrop, Ames)
　　　164
ウィンスロップ, ジョン (Winthrop, John) 4
　　　『日記』 9, 14, 15, 16, 19
　　　「キリスト教徒の愛の原型」 14
　　　『ニュー・イングランドの植民に関するウ
　　　　ィンスロップの結論』 15
ウィンスロップ夫人, キャサリン
　　　(Winthrop,) 18
ウィトゲンシュタイン, L. (Wittgenstein,
　　　Ludwig) 180
ウルフ, トマス (Wolfe, Thomas) 126, 140-41
　　　『天使よ, 故郷を見よ』 140
　　　『時と河について』 140
　　　『蜘蛛の巣の岩』 140
　　　『汝ふたたび故郷に帰れず』 140
ウルフ, トム (Wolfe, Tom) 187, 212, 213

『クール・クール LSD 交感テスト』 213
『ザ・ライト・スタッフ』 213
ウッド, ウィリアム (Wood, William) 16
『ニュー・イングランドの展望』 16
ウルフ, ヴァージニア (Woolf, Virginia) 28
ウールマン, ジョン (Woolman, John) 23
『ジョン・ウールマンの日記』 23
ウールソン, コンスタンス・フェニモア
　　　(Woolson, Constance Fenimore) 101
ワーズワス, ウィリアム (Wordsworth,
　　　William) 23, 152
ウォーク, ハーマン (Wouk, Herman) 190
『ケイン号の反乱』 190
ライト兄弟 (Wright, Orville & Wilbur)
　　　161, 218
ライト, リチャード (Wright, Richard) 185,
　　　193-94, 218
　　　Uncle Tom's Children 194
　　　『アメリカの息子』 194, 198
　　　『アウトサイダー』 194, 198
ライト, リチャード (Wright, Richard)
　　　『ブラック・ボーイ』 218
ワイリー, エレノア (Wylie, Elinor) 160

【Y】
ヤマモト, ヒサエ (Yamamoto, Hisaye) 216
　　　Seventeen Syllables and Other Stories
　　　216
ヤマシタ, カレン・テイ (Yamashita, Karen
　　　Tei) 216
　　　『熱帯雨林のかなたへ』 216
イェーツ, W. B. (Yeats, W. B.) 236
イージェアスカ, アンジア (Yezierska,
　　　Anzia) 125
ヤング, フィリップ (Young, Philip) 134

【Z】
ゾラ, エミール (Zola, mile) 88

事項索引
（あいうえお順）

【あ】

Aion 244
赤狩り 19, 121, 176, 250
Others 159
『アスピリン・エイジ』 120
『アトランティック・マンスリー』 86, 96, 101, 102, 103
「アビー座」 164
アフリカン・アメリカン批評 283
アメリカ演劇の祖 115
アメリカ演劇の父 115
アメリカ演劇批評家協会賞 258
アメリカ式生活様式 121
アメリカ詩の父 70
アメリカ小説の誕生 53
アメリカ神話 57
アメリカ文学の父 88
「暗黒の木曜日」 120
アヴァン・ポップ小説 189, 221
イェール学派 273, 275-76
"イット"ガール 123
イッピー 179
イマジスト（イマジズム） 150, 154, 158, 224, 232-33
移民制限法 122
移民 81
「ウィスコンシン劇団」 165
ウォーターゲート事件 186, 187, 209
AIDS 183
『エイモスとアンディ』 124
エコロジー 48, 260
SF小説 91, 106, 208, 210
エディプス・コンプレックス 166, 167
LSD 179
エレクトラ・コンプレックス 230
「エレミアの嘆き」 5, 16-17
「丘の上の町」 14-15
オフ・オフ・ブロードウェイ 246, 252, 255-56
オフ・ブロードウェイ 168, 246, 252, 255
オリエンタリズム 238, 240-41, 281

【か】

開眼（イニシエーション）物語 135, 137, 197
解体批評 262, 273-76, 278
開拓者精神 37, 118, 126
『火星人の襲来』 124
『風と共に去りぬ』 124
株価大暴落 123
カラーテレビ 177
カルヴィン主義 6, 18, 35-36, 49, 70
「カロライナ劇団」 165
「感傷的家庭小説」 54, 87, 102
漢詩 154
ガイノクリティクス 277
ガズデン購入 37
合衆国憲法 7-8, 25
記号論 268-69
キューバ危機 186
教養小説 90, 96, 201
巨大化した資本 83
禁酒法 122
金メッキ時代 82, 90, 100, 116
ギャング 122
『クリスチャン・エグザミナー』 39
グラスノスチ 183
経済恐慌 123, 169, 170
形而上詩 29, 225
ゲイ／レズビアン批評 257, 260
ゲイ解放運動 181
「芸術座」 164
公害反対運動 178, 180
口承文学 9, 244-45
構造主義 261-62, 268-70
黒人作家 185, 188, 193-95, 213, 246, 247, 251-52, 254-55, 260
黒人女性作家 188, 195, 217-18, 234, 238, 242-43
黒人文学の母 31-32
国籍喪失者（離脱者） 93, 133, 154-57
告白詩 222, 223, 225-31
concrete poetry 160
ゴシック小説 26

【さ】

再建時代 80
サイバー・パンクSF 189
『サザン・リテラリー・メッセ』 60

337

「サザン・ルネサンス」 147, 162-63
サッコ・ヴァンゼッティ事件 122, 170
「猿裁判」 122
産業革命 34-35, 37
産児調節運動 83
The Dial 159
「シカゴ・ルネサンス」 147, 148-51
シカゴ学派 261, 265-66
資源・環境問題 180, 181, 184, 232, 240
自然主義文学 88, 101, 109-14, 142, 164, 194
詩の朗読会 222, 223
社会主義体制の崩壊 183
シュールリアリズム 194
「小劇場」 164
少数民族系作家 188, 215-16, 242-45, 260
象徴主義 54, 75-76, 134
植民地 3-7, 28-30, 115
『白雪姫』 124
「新劇場」 164
真珠湾攻撃 124
新批評 162
新歴史主義 109, 262, 279-80
神話批評 261, 266-68
ジェイムズタウン 3
ジェンダー 76, 92, 95-96, 236, 278-79
自殺 227, 228, 229, 230
実験小説（劇、詩） 65-66, 68, 73, 75-76, 92, 127, 136-38, 157, 168, 170, 188, 204, 209, 219-20, 241, 246, 256
実存主義 186, 196
自伝体小説 218
ジャーナリズム 86-87
ジャズエイジ 123, 130
「自由劇場」 164
『ジョーズ』 181
叙事詩 31, 68, 74-75, 158-59, 205
女性解放（運動） 178, 180, 181, 223, 276
女性作家 188, 216-18, 222, 236-37
女性参選運動 83
『スクリブナーズ・マンスリー』 87
ストリーキング 181
スプートニク・ショック 176, 180
スリーマイル島の原発事故 183
性意識革命 179-80
政治的公正 184
セイブルック綱領 5
世界産業労働者同盟 83

セクシュアリティ 76, 96, 98, 106-08, 145, 279
セクシュアル・ハラスメント 183, 259
先住民の文化 10-12
戦争小説 189-90
『センチュリー』 87
『セヴンアーツ』 125
全米図書賞 201, 202, 203, 205, 221
ソーシャル・ダーウィニズム 84

【た】
「対応」 43, 69
大衆娯楽 85
大衆社会 177-78
大衆文学 86-87
『タイム』 123
大量消費社会 121
多文化主義 1-2, 92, 184
「タフガイ」 133
探偵小説 208
ダーウィニズム（進化論） 84, 111, 112
『ダイアル』 39, 40, 50
第一次世界大戦 120, 125, 156, 218-19
第二次世界大戦 120, 124, 169, 185, 208, 216, 222, 225
第二次対英戦争 34
大平和行進 183
ダイム・ノヴェル 87
地方色文学 86, 87, 89, 100-05, 141, 193
超越主義 36, 37, 39-52, 53, 69
朝鮮戦争 185, 190
著作権法 116
「冷たい戦争」 176, 199
「抵抗」 47
テキサス併合 37
ディスコ 181
トーキー 123
都市化 80-81
『トリビューン』 51
ドイツ軍国主義 120
読者反応批評 262, 271-73
独立宣言 7, 22, 24
ドラッグ体験 199, 217
奴隷制廃止 23, 38, 49, 52, 71, 72, 73, 80, 89, 102, 136, 191

事項索引

【な】

National Anti-Slavery 52
「南部性」 136-37, 140, 141
南部文学 185, 191-93, 249-50
南北戦争 38, 53, 68, 74, 76, 80, 110, 136, 167, 191
ニュー・クリティシズム 261, 262, 263-65
ニュー・フロンティア 178
ニュー・ライト 182
ニュー・ロストジェネレーション 189
ニュージャーナリズム 187
「ニューディール」 120, 123-24, 169
ニューフィクション 187, 209-12
ニューポート・ジャズ・フェスティヴァル 177
ネイチャーライティング 47-48, 239
ネイティヴ・アメリカン作家 181, 188, 213-15, 242-43
ネオ・コンサーヴァティズム 181
ノーベル文学賞 125, 165, 185, 201
能 154
ノンフィクション・ノヴェル 187, 193, 212-13

【は】

「ハードボイルド」 133, 135
『ハーパーズ・マンスリー』 87, 96, 98
「ハーレム・ルネサンス」 140, 147, 162, 193, 238
「ハーヴァード47番作業場劇団」 165
俳句 154
「波止場劇場」 164
ハル・ハウス 83
反核・平和運動 183
反戦運動 179, 180, 181, 223, 231-32, 233, 236, 237
反戦フォーク・ソング 179
『パーティザン・レヴュー』 125, 185
パリ万国博覧会 99
パンク・ロック 181
パンク小説 189, 221
ヒッピー 179, 199
ヒップスター 178, 186, 196, 199
一人芝居 58-59
表現主義 194, 254
『表象』 279
ビート詩人 222
ビート世代 178, 186, 199, 234-36
ピカレスク小説 201, 207
ピューリタニズム 4-5, 37, 55, 57, 69, 71, 77, 166

ピューリッツア賞 108, 165, 168, 170, 171, 172, 201, 238, 240, 248, 253, 257, 260
ピルグリム・ファーザーズ 3, 13-14
ファシズム 124, 169
ファビュレーション 187
不安の時代 186
フィリップ王戦争 17
フェミニスト批評 262, 276-79
フェミニズム 29, 51, 54, 76, 77, 105, 223, 229-30, 236-37, 239
復員兵援護法 177
不条理 134, 186, 197-99, 207, 252-53
「婦人の所信宣言」 35, 51
Fugitive 162
「フラッパー」 122, 160
フレンチ・インディアン戦争 7
フロリダ購入 37
ブラック・マウンテン・ポエッツ 223
ブラックユーモア 187, 202, 205, 206-09, 253
ブルックリン橋 85, 161-62
ブロードウェイ 167, 169, 172, 177, 246, 247, 252, 257, 258, 259
プラグマティズム 84
「プロヴィンスタウン劇団」 164
辺境（フロンティア）の消滅 80, 109, 126
ベーコンの反乱 7
米西戦争 82
ベビーブーム世代 179
ベルサイユ体制 120
ペレストロイカ 183
ホームレス 183
ホロコースト 185, 190, 198, 231
ボストン茶会事件 7
ボロから金持ち 84
『ポエトリー』 125, 159
ポストコロニアリズム 109, 262, 280-83
ポストモダニズム 109
ポストモダン小説 187, 188, 203, 215, 221
ポップアート 127

【ま】

マジック・リアリズム 189, 216
魔女裁判 18-19, 61, 63, 251
「マックレイカー」 83, 88
摩天楼 85
マニフェスト・デスティニィ 37
マリワナ 179

339

ミーイズム　*181, 202*
ミニマリズム　*188, 220-21*
ミュージカル　*177, 247*
「メイフラワー契約」　*4, 7*
名誉革命　*6*
メキシコ戦争　*37*
メタフィクション　*187, 207, 210-12, 219*
モダニスト　*76, 136*
モダニズム（モダニスト）　*125-26, 126-30, 145, 147, 154-62, 185, 224, 241*
モンロー宣言　*35*

【や】
ヤッピー　*182, 188*
ユダヤ系作家　*145-46, 186, 200-03, 213*

【ら】
ラジオ局開設　*123*

ランゲージ・ポエッツ　*224, 241-42*
リアリズム文学　*86, 88-108, 109, 128, 174*
リアリズム　*186, 203-06, 220-21, 250*
『リトルレヴュー』　*125*
両性具有性　*134*
「隣人劇場」　*164*
「ルイジアナ購入」　*8, 37*
冷戦の終結　*183*
歴史小説　*218-19*
ローゼンバーグ事件　*176*
労働運動　*83*
ロマン主義　*30, 38, 39, 41, 47, 54-67, 68-78*

【わ】
「ワシントン・スクエア劇団」　*164*
湾岸戦争　*183*
ヴェトナム戦争　*179, 180, 186, 187, 197, 213, 232, 233-34, 237*

写 真 出 典

- 1, 4, 36, 38ページ　*Visiting Our Past : America's Historylands*, National Geographic Society, 1977.
- 7ページ　齋藤勇監修，西川正身・平井正穂編『英米文学辞典〈第三版〉』研究社，1985.
- 8ページ　*Life World Library : The United States*, Time Inc., 1965.
- 34ページ　*Album of American History*, Volumes I & II Colonial Period to 1853, Charles Scribner's Sons, 1981.
- 80ページ　*The Reader's Encyclopedia of the American West*, Harper & Row Publishers Inc., 1977.
- 81, 83, 121ページ　*New York Photographs 1850-1950*, The Amaryllis Press Inc., 1982.
- 84ページ　*Album of American History*, Volumes III & IV 1853 to 1917, Charles Scribner's Sons, 1981.
- 120ページ　*Album of American History*, Volumes V & VI 1917 to 1968 and General Index, Charles Scribner's Sons, 1981.
- 122ページ　*Time-Life Books : This Fabulous Century*, Volume III 1920-1930, Time Inc., 1969.
- 123, 176, 179ページ　*Album of American History*, Volumes V & VI 1917 to 1968 and General Index, Charles Scribner's Sons, 1981.
- 180ページ　*Time-Life Books : This Fabulous Century*, Vol. VII 1960-1970, Time Inc., 1970.
- 182ページ　*Album of American History*, Supplement 1968 to 1982, Charles Scribner's Sons, 1981.
- 183ページ　毎日新聞社提供
- 33, 79, 119, 175ページ　林和仁撮影

執筆者紹介 (所属, 執筆分担, 執筆順, ＊は編者)

小倉いずみ（大東文化大学法学部教授, Ⅰの時代思潮・第1章）

＊別府恵子（神戸女学院大学名誉教授, 松山東雲女子大学名誉教授, Ⅰの第2章, Ⅱの第3章, Ⅴの第2章, 第3章（新版追補））

藤田佳子（奈良女子大学名誉教授, Ⅱの時代思潮・第1章）

福岡和子（京都大学名誉教授, Ⅱの第2章, Ⅴの第4章）

＊渡辺和子（元 京都産業大学外国語学部教授, Ⅲの時代思潮・第1章, 作家年表, 作品年表）

山本澄子（立正大学名誉教授, Ⅲの第2章, Ⅳの第3章）

森岡裕一（関西外国語大学教授, Ⅳの時代思潮・第1章）

林　和仁（元 龍谷大学文学部教授, Ⅳの第2章, 地図, 索引）

伊藤貞基（奈良女子大学名誉教授, Ⅴの時代思潮・第1章）

Belma Baskett（元ミシガン州立大学教授, Ⅴの第3章, 訳：別府恵子）

〈編著者略歴〉

別府　恵子（べっぷ・けいこ）
　ミシガン大学大学院博士号取得。
　神戸女学院大学名誉教授，松山東雲女子大学名誉教授。
　主　著　*The Educated Sensibility in Henry James and Walter Pater*, 松柏社，1979年。
　『アメリカ小説の変容』（共著）ミネルヴァ書房，2000年。
　『ヘンリー・ジェイムズと華麗な仲間たち（ベッドフェローズ）』（共編著）英宝社，2004年。
　『ヘンリー・ジェイムズ事典』（共訳）雄松堂出版，2007年。
　『回想録　生かされ，生きて七十年』キリスト新聞社，2013年。
　『心ひろき友人たちへ――四人の女性に宛てたヘンリー・ジェイムズの手紙』（共訳）
　　大阪教育図書，2014年。
　『ヘンリー・ジェイムズ，いま――歿後百年記念論集』（共著）英宝社，2016年。
　『「聖母子像」の変容――アメリカ文学に見る「母子像」と「家族のかたち」』
　　大阪教育図書，2019年。

渡辺　和子（わたなべ・かずこ）
　大阪大学大学院修士課程修了。
　京都産業大学外国語学部教授等を歴任。2000年，逝去。
　主　著　『現代アメリカ女性作家の深層』（共著）ミネルヴァ書房，1984年。
　『性差と文化』（共著）玄文社，1988年。
　『イーディス・ウォートンの世界』（共著）弓プレス，1997年。

新版　アメリカ文学史
――コロニアルからポストコロニアルまで――

1989年5月20日	初版第1刷発行	検印省略
1999年4月30日	初版第9刷発行	
2000年3月25日	新版第1刷発行	定価はカバーに
2022年1月30日	新版第10刷発行	表示しています

編著者　　別府　恵子
　　　　　渡辺　和子
発行者　　杉田　啓三
印刷者　　田中　雅博

発行所　株式会社　ミネルヴァ書房
607-8494　京都市山科区日ノ岡堤谷町1
電　話　（075）581-5191番
振替口座　01020-0-8076番

©別府恵子・渡辺和子，2000　　創栄図書印刷・酒本製本

ISBN978-4-623-03198-6
Printed in Japan

板橋好枝・髙田賢一編著
シリーズ・はじめて学ぶ文学史②
はじめて学ぶ　アメリカ文学史
Ａ５判美装カバー　376頁　本体2800円

本書は，アメリカ文学とその歴史を学ぶ人たちのために編集されたユニークな入門書である。全体を７章に分け，各章ごとに①時代思潮②ジャンル別概説③代表的作家と作品の三部構成でコンパクトに解説し，アメリカ文学を多角的に浮き彫りにした。特に，代表的作品の原典抜粋をつうじて，その作家の文学的特色が味わえるように工夫し，さらに原文に訳と注をつけることによって，大学や短大での講義用テキストとしての便宜もはかった。
●目次──序章・アメリカ文学の背景／１植民地時代の文学／２アメリカ文学の独立期／３アメリカ文学の開花／４リアリズムと自然主義の文学／５アメリカ文学の成熟／６第二次大戦後の文学／７アメリカ文学の現在　■コラム／アメリカ全図と地域区分／アメリカ地勢図／文献案内／略年表／索引

神山妙子 編著
シリーズ・はじめて学ぶ文学史①
はじめて学ぶ　イギリス文学史
Ａ５判美装カバー　312頁　本体2800円

本書は，黎明期から現代までのイギリス文学の流れを，各章ごとに①時代思潮②ジャンル別概説③代表的作家と作品の三部構成でコンパクトに概説し，この一冊でイギリス文学史の全体をつかめるように編集した。特に，代表的作品の抜粋を通じて，その時代の文学的特色が味わえるように工夫し，原文には訳と注をつけることによって，大学や短大での講義用テキストとしての便宜もはかった。
●目次──プロローグ─イギリス文学の黎明期／１チョーサーの時代／２シェイクスピアの時代／３ミルトンの時代／４ドライデンとポウプの時代／５ジョンソンの時代／６ワーズワスの時代／７テニソンの時代／８ハーディの時代／９ジョイスの時代　■地図／略年表／索引

──── ミネルヴァ書房 ────
http://www.minervashobo.co.jp/